Das Buch

Eine geheimnisvolle Prophezeiung beunruhigt das alte Indianervolk des Holzkern-Clans: Dereinst wird die Mondgöttin ihr Gesicht in den Wolken verstecken, und ihre Tränen werden als leuchtende Sterne auf Mutter Erde fallen – ein mächtiger Hurrikan soll das Land zerstören. Doch die Götter haben einen Blitzjünger als Rettung versprochen. Könnte Teichläufer, ein Junge von gerade einmal 15 Sommern, dieser geheimnisvolle Blitzjünger sein, der über die Kräfte des Himmels zu gebieten vermag? Sein weißes Haar, seine weiße Haut und seine roten Augen werden im Dorf gefürchtet.

Bald ist für Teichläufer die Zeit gekommen, sich eine Frau zu nehmen, und das Dorf arrangiert eine Heirat zwischen dem zarten Jungen und Muschelweiß, einer großen, erfahrenen Kriegerin, die jedoch ihren angeblich toten Mann nicht vergessen kann. Als Muschelweiß erfährt, dass ihr Mann doch noch am Leben ist, begibt sie sich auf die Suche. Widerwillig gibt sie dem Drängen Teichläufers nach, sie auf ihrer gefährlichen Reise zu begleiten. Doch als Gefahr droht, weiß sie seine Hilfe zu schätzen – Teichläufer besitzt in der Tat magische Fähigkeiten.

Die Autoren

Kathleen O'Neal Gear, führende Archäologin in den USA, verfasste bereits über 20 Sachbücher und Romane, die sich mit der prähistorischen Geschichte Nordamerikas befassen.

W. Michael Gear studierte Anthropologie an der Colorado State University und arbeitet als Archäologe.

Von den Autoren sind bereits als Heyne-Taschenbücher erschienen: *Im Zeichen des Wolfes* (01/8796), *Das Volk des Feuers* (01/9084), *Das Volk der Erde* (01/9610), *Das Volk vom Fluß* (01/9947), *Das Volk an der Küste* (01/10338), *Das Volk an den Seen* (01/10588).

GEAR & GEAR

DAS VOLK DER BLITZE

Roman

Aus dem Amerikanischen
von Fred Schmitz

WILHELM HEYNE VERLAG
MÜNCHEN

HEYNE ALLGEMEINE REIHE
Nr. 01/13181

Die Originalausgabe
PEOPLE OF THE LIGHTNING
erschien im Verlag Tom Doherty Associates, Inc.,
New York

Umwelthinweis:
Das Buch wurde auf
chlor- und säurefreiem Papier gedruckt.

Deutsche Erstausgabe 6/2000

Printed in Germany 2000
Umschlagillustration: Rojo/NORMA, Barcelona
Umschlaggestaltung: Nele Schütz Design, München
Satz: Pinkuin Satz und Datentechnik, Berlin
Druck und Bindung: Elsnerdruck, Berlin

ISBN 3-453-17196-9

http://www.heyne.de

Harold Arthur O'Neal gewidmet,
einem der größten Geschichtenerzähler aller Zeiten

People of
the

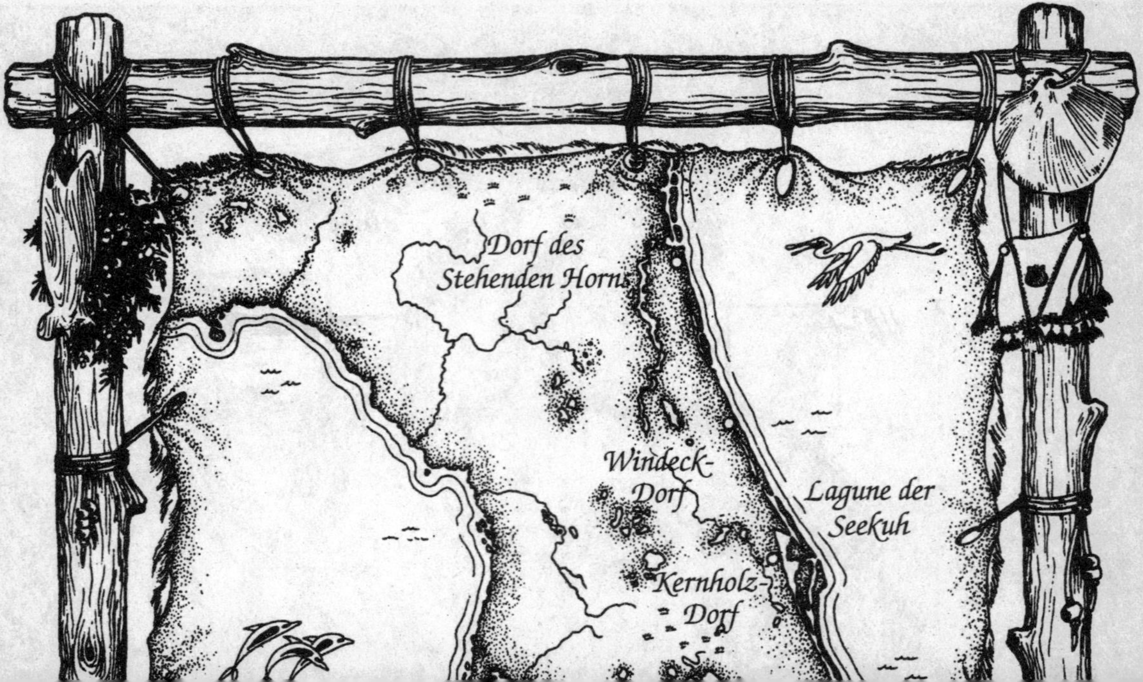
Dorf des
Stehenden Horns
Windeck-
Dorf
Kernholz-
Dorf
Lagune der
Seekuh

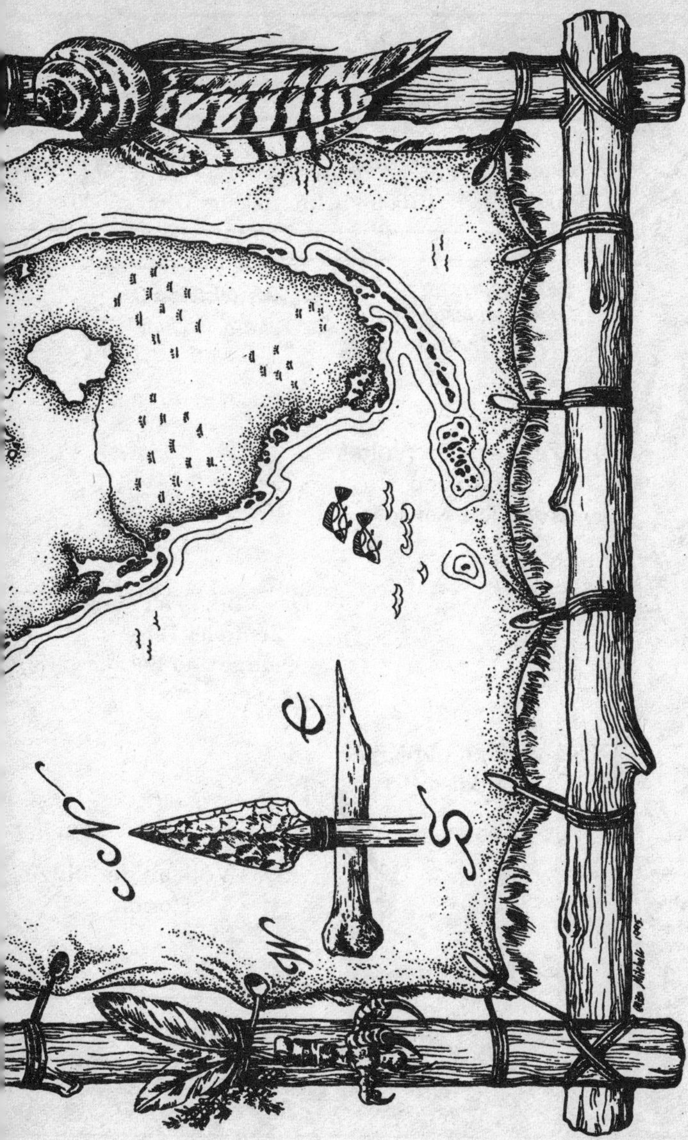
N
E
S
W

13 000 v. Chr. 10 000 v. Chr. 6000 v. Chr. 5000 v. Chr

Jüngere Altsteinzeit (Paleo Indian)

Mittelsteinzeit (Early Archaic)

Im Zeichen des Wolfes
Alaska und Nordwest-Kanada

Das Volk des Feuers
Zentrales Felsengebirge und Ebenen

Das Volk an der Küste
Ostküste

Das Volk an der Blitze
Florida

Paleo Indian

Archaic

3 000 v. Chr. 100 n. Chr. 8000 n. Chr. 1200 n. Chr.

Jungsteinzeit (Archaic)

Waldland-Kultur (Woodland)

Mississippi-Kultur (Mississippian)

Das Volk der Erde
Nördliche Ebenen

Das Volk vom Fluss
Mississippi-Tal

Das Volk an den Seen
Östliches Mittelwaldland
und Große Seen

Basketmaker

Pueblo

Danksagung

Unser aufrichtiger Dank gilt Dr. Glenn Smith, Dr. Frederick W. Lorey, Dr. Becky K. Rolfs und Dr. Glen Doran für ihre exzellenten Arbeiten über den Windover-Teich und ein Exemplar ihres aufschlussreichen (noch unveröffentlichten) Aufsatzes ›Serum Albumin Phenotypes for the Prehistoric Population of Windover Pond and Their Anthropological Significance‹.

Außerdem danken wir Dr. William Hauswirth, der dafür gesorgt hat, dass die neue Wissenschaft der Molekular-Archäologie praktisch anwendbar geworden ist.

Dr. Cal Cummings und Dr. Linda Scott Cummings haben uns mit Daten und Unterlagen über Florida geholfen und uns viele Einsichten in prähistorische Lebensweisen vermittelt. Sie sind nicht nur gute Freunde von uns, sondern gehören auch zu den zuverlässigsten Wissenschaftlern Amerikas.

Steve Vanderjagt, der Baggerführer, der die Arbeit einstellte, als er bemerkte, dass er nicht auf Steine, sondern auf Schädel gestoßen war, verdient eine ganz besondere Anerkennung. Es gibt keinen Archäologen in Amerika, der dir nicht dankbar wäre, Steve.

Sierra Adare hielt, wie immer, die Welt zusammen, als wir forschend und schreibend unterwegs waren.

Doug Nichols sorgte für die Bisons auf der Ranch und dafür, dass sie nicht in den Bratpfannen der Nachbarn verschwanden.

Harriet McDougal ließ uns – Gott sei Dank – nie etwas durchgehen. Tom und Donna Espenshied, Jim und Faye Naramore verwandelten einen Vormittag mit geplanter Feldarbeit in einen wunderbaren Tag voller Gespräche und fröhlichem Lachen.

Wir danken euch allen.

Vorwort

Vor ungefähr 8000 Jahren waren die riesigen Gletscher, die einst den Großteil des amerikanischen Kontinents bedeckt hatten, geschmolzen, und der Meeresspiegel erreichte in etwa seinen heutigen Stand. Die Seen von Florida begannen sich zu füllen, und mit Kiefern und Palmen durchsetzte Laubwälder bedeckten den Großteil des heutigen Staatsgebiets. Zu jener Zeit lebten Völker der Frühzeit in ganz Florida, Jäger, Fischer und Sammler. Sie stellten verschiedene Steinwerkzeuge her, webten wunderschöne Stoffe und praktizierten einen höchst ungewöhnlichen Totenkult. 1982 wurde in der Nähe von Titusville in Florida eine frühzeitliche Begräbnisstätte entdeckt. Man nannte sie ›Windover-Teich‹; eine Fundstelle, die unsere wissenschaftliche Betrachtungsweise der Frühgeschichte Floridas dramatisch verändern sollte.

Tausend Jahre lang, vor 8000 bis 7000 Jahren, bestatteten die Menschen von Windover ihre Toten in Teichen. Den Grund dafür kennen wir nicht. Die Toten wurden in der Regel fein gekleidet in Decken gewickelt und auf die linke Seite gelegt, die Köpfe nach Westen gerichtet, die Gesichter nach Norden gekehrt. Oftmals wurden Grabbeigaben hinzugefügt, besonders bei der Bestattung von Kindern. Die unglaubliche Konservierung der weichen Körpergewebe verrät uns, dass man die Toten schnell bestattet hat, wahrscheinlich innerhalb von achtundvierzig Stunden nach ihrem Tod.

Normalerweise zerfällt menschliches Gewebe binnen weniger Generationen. Dasselbe gilt für leichtere Gegenstände, die aus Holz, Bein oder Stoff gefertigt wurden. Aber die Sauerstoffarmut des Windover-Teichs in Verbindung mit relativ neutralen pH-Werten und einer hohen Konzentration von Kalziumkarbonat führte zu einer ungewöhnlichen Konservierung. Man hat Stoffe ausgegraben, die sieben verschiedene Web- oder Zwirn-Verfahren aufweisen. Auch gravierte Knochen- und Muschelwerkzeuge, Holzschalen, Körbe, tierische und pflanzliche Überreste wurden gefunden. Aber der Fund, der sicher am meisten Aufsehen erregt hat, war wohl der von 168 Toten, die im Teich bestattet worden waren; einundneunzig Gehirne waren erhalten geblieben. Noch schöner war: die DNS, Träger der genetischen Information, war bei allen noch intakt.

Die Bestattungen verraten uns eine ganze Menge. Die Frau war im Durchschnitt 1,57 m groß, der Mann 1,70 m. Sie waren verhältnismäßig gesund. Obwohl manche aufgrund von Eisenmangel unter Anämie gelitten hatten, gab es Menschen, die über fünfundsechzig Jahre alt geworden waren. Analysen der DNS und des Blutalbumins, der reichlich vorhandenen Blut-Eiweißstoffe, beweisen, dass die Menschen von Windover mit keiner anderen amerikanischen Bevölkerungsgruppe nahe verwandt sind.

Durch die Decken, die die Toten umhüllten, wurden Bestattungspfähle getrieben, um die Toten auf dem Grund des Teichs festzuhalten. Sie wurden aus verschiedenen Hölzern gefertigt: aus Kiefer, Eiche, Dattelpflaumenbaum, Liguster, Hartriegel, Esche und Platane. Bäume, die vermutlich alle in unmittelbarer Nähe des Teichs wuchsen.

Die Stoffe, Decken, Seilerwaren, Körbe und Taschen scheinen aus verschiedenartigen Palmenfasern gewebt und zusammengedreht worden zu sein.

Der Mageninhalt verschiedener Toter wurde analysiert und ergab: Trauben, Dattelpflaumen, Kaktusfeigen, Maracuja, Holunderbeeren, Beeren vom Schwarzen Nachtschatten und anderes. Diese Früchte reifen zwischen Juni und Dezember, und deshalb nehmen wir an, dass der Windover-Teich nur in diesen Monaten benutzt wurde und dass die Menschen von Windover sich im Winter und im Frühling in anderen Lagern aufhielten. Wahrscheinlich hatten sie auch noch andere Bestattungsteiche.

Eine der aufregendsten Entdeckungen waren die ungewöhnlichen Verletzungen der Menschen von Windover. Drei Erwachsene und zwei Kinder hatten Schädelbasisbrüche – sie waren mit einem stumpfen Gegenstand auf den Kopf geschlagen worden. Bei einem Mann war eine Speerspitze in einem Hüftknochen stecken geblieben. Bei sechs Männern und fünf Frauen waren die Arme einmal oder mehrmals gebrochen. Ein Mann, etwa siebenundvierzig Jahre alt, hatte einen ›Paradebruch‹ am linken Unterarmknochen – so genannt, weil dieser Knochenbruch darauf zurückzuführen ist, dass jemand einen Schlag mit erhobenem Arm abwehren will. Derselbe Mann hatte eine Punkt-Verletzung im Hintergrund der Augenhöhle. Ein scharfer Gegenstand hatte den Augapfel und den Knochen durchdrungen. Gewalttätige Auseinandersetzungen waren in Windover offenbar gang und gäbe.

Andererseits sorgten die Menschen sehr gut für ihre Familien. Ein fünfzehnjähriger Junge litt an einer Spina bifida – ein Defekt, bei dem die Wirbelkörper sich nicht um die Wirbelsäule schließen, sondern auseinander klaffen. Dieser Defekt führt zu verschiedenen Krankheitserscheinungen: Rückgratverkrümmung, Atrophie der Beine, Geschwürbildungen und gefährliche Entzündungen. Bevor dieser Junge starb, hatte er seinen rechten Fuß verloren, dessen Stumpf entzündet und vereitert war. Der Junge war vermutlich mindestens drei Jahre lang schwerstbehindert gewesen. Dennoch war er am Leben geblieben; jemand hatte ihn genährt, gesäubert und herumgetragen, während das Dorf brutale Überfälle unternahm und vielleicht sogar in einen Krieg verwickelt war. Irgendjemand hatte diesen Jungen sehr geliebt.

Vielleicht waren die Menschen von Windover doch nicht so viel anders als wir.

Einleitung

Janet Mabry-Catton sah zum zehnten Mal auf ihre Uhr und seufzte. Sie saß am Waldrand und blickte über den weißen Meeresstrand. Möwen schossen auf ihrer Jagd nach Essbarem mit schrillen Schreien vor den Wellen her. Sie fragte sich beiläufig, ob auch Vögel jemals eine so niederschmetternde Enttäuschung erlebten wie sie an diesem Tag.

Sie hob einen Kiefernzapfen auf, um den süßlichen Duft zu riechen. Nach fünfzehn Jahren Archäologie hatte sie sich ein gerüttelt Maß an Gefühlen der Ohnmacht und Entmutigung angeeignet. Das eine wie das andere war so unvermeidlich wie die Schwerkraft. Natürliche Prozesse wie Erosion und Zerfall, sogar Wurzeln und grabende Tiere, wirkten im Laufe der Zeit zusammen, um archäologische Zeugnisse stückchenweise zu zerstören.

Die Verstädterung in Amerika war ein weiteres Problem. Janet hatte ihren Teil geleistet; sie war wie verrückt umhergekrochen, als Bulldozer um sie herumbaggerten und dröhnten.

Sie sah über ihre Schulter zurück. Bei der Stätte, die im Schatten des kühlen Waldes hinter ihr lag, würde alles wieder genauso verlaufen. Bald würde dort die Erschließung von Bauland einsetzen, und sie würde verzweifelt herumrennen, um irgendwo ein winziges Stückchen zu retten.

Sie hatte sich oft gefragt, warum. Sie war manchmal ganz sicher, dass es da draußen Menschen gab, die sich wirklich für Amerikas großartige Vergangenheit interessierten, die liebend gern mehr über die faszinierenden Kulturen erfahren hätten, die sich dort entwickelt hatten.

Aber dann gab es Tage wie diesen – voller Resignation darüber, dass kein Mensch sich darum kümmerte.

Als sie den klapprigen alten Lastwagen über den Strand kommen sah, holte sie tief Luft und versuchte, sich für das

Kommende zu wappnen, und wischte mit ihren klammen Händen über ihren braunen Rock.

Wer hätte je gedacht, dass es einmal so weit kommen würde?

Der Lastwagen kam quietschend zum Stehen; Johnny Grady stieg aus, der Verbindungsmann seines Stammes zur Erhaltung der kulturellen Errungenschaften. Ihm folgte ein Mann in einem blauen Anzug, den Janet noch nie gesehen hatte. Grady hielt die Tür auf und wartete. Nach einer Weile stieg ein sehr alter Mann vorsichtig aus; er trug lange silberne Zöpfe, und sein Gesicht glich einem verwitterten Fels. Grady und der Mann in Blau kamen auf sie zu, aber der alte Mann trippelte zur Brandung, das Gesicht emporgewandt, als wollte er den Sprühregen genießen.

Grady hielt die Hand wie einen Trichter vor den Mund und rief: »Dr. Mabry-Catton, tut mir Leid, dass wir uns verspätet haben.«

Janet erhob sich, wischte den Sand von ihrem Rock und versuchte, liebenswürdig zu lächeln.

Grady hatte einen Gang, der anmaßend wirkte; mit großen, wiegenden Schritten kam er näher. Seine hellbraunen Shorts, seine Sandalen und sein gelbes T-Shirt, alles schien neu zu sein. Seine irische Hälfte kam in dem schmalen sommersprossigen Gesicht und seiner aufgeschossenen schlanken Figur zum Ausdruck. Zwei lange schwarze Zöpfe hingen ihm über die Brust. Der Stamm hatte ihn erst vor drei Monaten in sein Amt berufen, aber inzwischen hatte er schon ganz Florida in Angst und Schrecken versetzt.

Als der Mann im blauen Anzug näher kam, stellte Janet fest, dass sie ihn tatsächlich nicht kannte. Er war etwa fünfundvierzig Jahre alt, etwa 1,75 groß und hatte kurz geschorenes schwarzes Haar.

Johnny stellte ihn vor: »Dr. Mabry-Catton, das ist Peter Samson, der Anwalt des Stammes.«

Samson betrachtete Janet prüfend; da war ein Funkeln in seinen dunklen Augen. »Guten Morgen, Doktor.« In seiner Baritonstimme schwang nur die schwache Andeutung eines indianischen Akzents mit. »Wie geht es Ihnen?« Er streckte seine Hand aus.

Sie nahm sie an. »Oh … recht gut.«

»Sie arbeiten hauptsächlich im Südosten, nicht wahr? In Florida, Georgia, Alabama?«

»Das ist richtig.« Sie musterte ihn, etwas beunruhigt bei dem Gedanken, er könnte ihr etwas vorhalten, was sie vor zehn Jahren geschrieben hatte und an das sie sich kaum noch erinnern konnte.

»Ich kenne Ihre Arbeiten über die Calusa teilweise recht gut, und ich fand sie großartig.«

Sie hob eine Braue. »Oh, vielen Dank.«

Samson spähte an ihr vorbei zur Ausgrabung im Wald – ein übliches Quadrat, zwei mal zwei Meter, etwas tiefer als dreißig Zentimeter. »Ist das die Stelle?«

»Zum Teil, ja. Das war die erste Stelle, an der wir angefangen haben, und … na, Sie kennen ja den Rest.« Natürlich kannte er den als Anwalt. »Sollen wir weitermachen? Ich würde gern erklären –«

»Nein, wir machen nicht weiter.« Johnny Grady warf den Kopf herum, zu dem alten Mann am Strand. »Mein Urgroßvater braucht etwas Zeit, um mit den Geistern hier in Verbindung zu kommen. Wir machen weiter, wenn er dazu bereit ist.«

Janet nickte. »Ja, gut. Bitte.«

Sie schaute etwas verdrossen zum Strand. Der alte Mann ließ Muscheln übers Wasser hüpfen. Sie hörte ihn leise lachen. »Wie alt ist er? Ich habe noch nie mit ihm gearbeitet.«

»Vierundneunzig«, antwortete Johnny. Er holte eine kleine Plastikdose aus der Hosentasche, warf sie in die Luft und fing sie wieder auf. Seine Augen glitzerten feindselig.

Janet brauchte nicht zu fragen. Sie wusste, was die Dose enthielt. Sie kreuzte die Arme und zwang sich innerlich zur Ruhe.

Und wartete.

Charlie Weißer Bär lächelte den Blitzen zu, die in der Ferne über dem weiten funkelnden Ozean durch die Donnerwolken zuckten. An solch einem heißen, schwülen Tag wünschte er sich, der Donnervogel würde den kühlen Sturm näher heranbringen. Der Schweiß rann ihm über das faltige Gesicht; er humpelte zu den Bäumen, wo drei Leute standen. Auf Sand nützte ihm sein Stock wenig. Er hörte nicht gut, aber Johnnys ärgerliche Stimme fing er doch auf.

Die Frau musste Dr. Janet Mabry-Catton sein, die Archäologin von der Universität. Mit gesenktem Kopf und verschränkten Armen stand sie da und hörte zu. Aber Johnny sprach nicht mit ihr, er redete mit Peter Samson, dem Indianer-Anwalt. Charlie schüttelte den Kopf. Johnny hatte ihn vergangene Nacht angerufen: er brauche ihn, er solle an dieser Grabungsstätte ›seine Sache machen‹. Charlie verstand zwar nicht, was das heißen sollte, doch er wusste, was Johnny brauchte.

Johnny drehte sich um und hielt einen ausgestreckten Finger vor das Gesicht der Archäologin; er sagte etwas, aber so leise, dass Charlie es nicht hören konnte. Charlie bemühte sich, seine arthritischen Knie voranzutreiben. Johnny hatte von seinem irischen Vater mehr als das Aussehen geerbt; er war ein Heißsporn.

Beim Näherkommen hörte Charlie, wie Johnny sagte: »Dieses Haar repräsentiert die irdischen Überreste von einem unserer heiligsten Ahnen. Dr. Mabry-Catton gibt zu, es hier ausgegraben zu haben. Um Gottes willen, Peter, das ist eine Grabstätte. Wir können nicht zulassen, dass die Universität fortwährend die Gräber unseres Volks entweiht.«

Samson runzelte die Stirn. »Ein Haar ist alles, was sie gefunden haben? Keine Gebeine? Stimmt das, Dr. Mabry-Catton?«

Sie wollte antworten, aber Johnny schnitt ihr das Wort ab.

»Wo liegt der Unterschied? Das ist ein menschliches Haar! Von einem menschlichen Kopf! Von jemandem, der hier begraben wurde. Auf wessen Seite stehst du, Pete?«

Charlie stellte sich neben Johnny und seufzte.

Johnny sagte: »Dr. Mabry-Catton, das ist Mr. Charles Weißer Bär, einer unserer verehrtesten Ältesten.«

Charlie lächelte sie an und streckte die Hand aus. Sie packte sie fest und schüttelte sie. Sie hatte ein hübsches ovales Gesicht mit grünen Augen und einer spitzen Nase. Charlie schätzte sie auf vierzig. Sie sah nicht verärgert aus, eher verzweifelt.

Samson sagte: »Vielleicht kann uns Mr. Weißer Bär helfen. Spüren Sie hier –«

»Sag's ihnen, Großvater!« unterbrach ihn Johnny und legte Charlie eine Hand auf die Schulter. Sein Leben lang war der Junge zornig gewesen, und das war noch schlimmer geworden, seit er das College verlassen hatte. Wie traurig. So wenige der jungen Leute wussten heutzutage, wie man in Harmonie lebt.

»Sag ihnen, dass das eine Grabstätte ist und dass sie aufhören müssen, sie auszugraben. Du spürst doch die Geister hier, Großvater, nicht wahr?«

Dr. Mabry-Catton neigte den Kopf, offenbar vertieft in den Anblick ihres im Meerwind schwingenden Rocks. Sie schob eine lose Strähne ihres glatten, braunen Haars zurück, die sich aus der Spange ihres Pferdeschwanzes gelöst hatte.

»Großvater!« sagte Johnny.

Auf den Stock gestützt ging Charlie an seinem Urenkel vorbei in den Wald, um über den Rand der rechteckigen Grube zu blicken.

Auf dem Grund war ein grauer Fleck mit glänzenden Holzkohlestückchen zu sehen. Charlie lächelte. Kurz nach der Jahrhundertwende hatte sein Großvater solche Feuer gemacht, klein und wirksam, gerade ausreichend, um zu wärmen und um Essen zu kochen. Charlie war von Geburt ein Apache. Er war fern im Westen in der Fort Sill Reservation in Oklahoma zur Welt gekommen, aber sein Vater war in Florida geboren worden. Sein Leben lang hatte sein Vater von den Bäumen und dem Wasser in Florida gesprochen und immer noch so voller Staunen, dass Charlie im Alter von neunzehn Jahren beschloss, sich selbst davon zu überzeugen. Er war Menschen von vielen verschiedenen Florida-Stämmen begegnet und hatte dann sogar hier geheiratet: seine geliebte Sarah. Da in ihrem Stamm die Abstammung von der weiblichen Linie her bestimmt wurde, gehörte nicht nur Charlie zur Verwandtschaft, sondern auch all seine Kinder, Enkel und Urenkel gehörten dazu, und infolgedessen gehörte auch Johnny Grady zu Sarahs Stamm.

Johnny, die Archäologin und der Anwalt kamen ebenfalls zur Grube. Die Schatten der Baumkronen fielen auf ihre besorgten Gesichter. Es war sehr friedlich hier, aber Charlies Urenkel konnte immer nur für Augenblicke stillhalten.

Johnny hielt Dr. Mabry-Catton die Plastikdose hin. »Das Gesetz ist jetzt auf unserer Seite«, sagte er. »Das Gesetz zum Schutz und zur Rückführung der Gräber amerikanischer Ureinwohner bestimmt, dass jede Grabung aufzuhören hat, wenn etwas gefunden wird, das vielleicht aus einer Bestattung stammt. Und das –«

»Genau deswegen habe ich ja aufhören lassen und Sie benachrichtigt.« Dr. Mabry-Catton hob die Stimme, und zum ersten Mal brannte ein Feuer in ihren Augen. »Ich befolge dieses Gesetz, und ich respektiere es«, sagte sie leise, mit bebender Stimme. »Ja, um Himmels willen, ich habe doch selber mitgeholfen, dieses Gesetz abzufassen! Aber dieses Gesetz war nie dazu gedacht, so einen Quatsch zu schützen. Wenn Sie mich nur einen Moment lang anhören würden, dann könnte ich –«

»Anhören? Was? Noch mehr weißen akademischen Scheiß? Das hier sind *meine* Ahnen!«

»Einen Augenblick!« Pete Samson streckte die Hände aus, als wollte er die Archäologin und Johnny auseinander halten. »Ich weiß, hier sind Gefühle und Leidenschaften im Spiel –«

»Na, hören Sie mal«, murmelte Dr. Mabry-Catton.

»Versuchen sie einmal, das von unserem Standpunkt aus zu sehen«, sagte Samson. »Nach fünfhundert Jahren Krieg, Krankheiten, Eroberungen, gewaltsamer Assimilierung und Kasernierung in Reservaten kommen sich die Indianer vor wie Ratten im Käfig. Die Weißen haben getan, was sie nur konnten, um unsere Kulturen zu vernichten, unsere Sprachen auszulöschen. Die Gräber unserer Vorväter sind eine der wenigen uns verbliebenen Verbindungen zu unserer Vergangenheit. Und sie sind uns sehr wichtig.«

»Das verstehe ich«, sagte Dr. Mabry-Catton. »Aber das Gesetz ist dazu da, richtige Grabstätten zu schützen, nicht ein einzelnes loses Haar.«

Johnny reckte sein Kinn nach vorn. »Es stammt vom Körper eines meiner geheiligten Ahnen; es muss zurückgegeben werden, damit es von neuem beerdigt werden kann, und Sie müssen aufhören –«

»Einen Augenblick bitte«, unterbrach ihn Janet. »Wir wissen nicht sehr viel über diese Stätte, außer, dass sie aus der Mittelsteinzeit stammt, also etwa achttausend Jahre alt ist. Das ist eine wichtige Zeit in Floridas Vorgeschichte. Die ganze Welt war im Wandel. Wollen Sie nicht wissen, wer hier gelebt hat? Wollen Sie nicht wissen, wie es den Bewohnern hier ergangen ist? Was sie machten und wie sie lebten?« Ihre Stimme war etwas schärfer geworden. »Wenn ich diese Ausgrabungsstätte schließen muss, Ihnen dieses Haar zur neuerlichen Beerdigung überlassen muss, dann werde ich das tun. Aber ich werde immer daran denken müssen, was ich hier vielleicht entdeckt hätte. Wir wissen so wenig über diese Zeit –«

»Mein Volk braucht keine Archäologie«, sagte Johnny. »Unsere Ältesten erzählen uns schon, was vor Tausenden von Jahren passiert ist.«

Alle wandten sich nach Charlie um.

Er starrte weiter mit gerunzelter Stirn auf die alte Feuergrube. Er dachte an seinen Großvater, der ein großer Apachenhäuptling gewesen war, einer der wenigen, die bis zum bitteren Ende an der Seite von Geronimo gekämpft hatten, bis die US-Army sie zur Strecke gebracht, in Ketten gelegt und nach Florida befördert hatte. Fünfhundert Apachen hatte man im winzigen Fort Marian bei St. Augustine eingesperrt. Aber schon nach wenigen Monaten waren sie zu einer derartigen Touristen-Attraktion geworden, dass die Lobby von Pensacola so lange bohrte, bis sie die ›bemalten Teufel‹ endlich in ihren Mauern hatte. Charlies Vater war in Fort Pickens auf Santa Rosa in der Bucht von Pensacola geboren worden. Während Malaria und Tuberkulose die Apachen dezimierten, verkauften die Leute von Pensacola Eintrittskarten. Die Weißen kamen zu Hunderten, Tag für Tag, um die Apachen lächelnd sterben zu sehen. Sie wurden bald darauf, 1894, nach Mt. Vernon in Alabama verfrachtet, aber da waren nur noch dreihundert von ihnen übrig, meist Kinder, die in der Gefangenschaft zur Welt gekommen waren. Im selben Jahr ließ sie die Bundesregierung ein letztes Mal umziehen, nach Fort Sill in Oklahoma. Da waren die meisten der älteren schon tot, und nur wenige der jüngeren hatten sich je die Zeit genommen, ihren Geschichten zuzuhören. Sie waren Krieger gewesen und hatten um ihr Leben gekämpft, was brauchte man da noch Geschichten?

Charlie stieß mit seinem Stock nach einem Kiefernzapfen. Er erinnerte sich, wie sein Großvater eines Tages – das musste um die Jahrhundertwende gewesen sein – weinend den Kopf in die Hände gelegt hatte, weil ihm von einer Geschichte, die ihm seine Mutter erzählt hatte, ein Teil nicht mehr erinnerlich war. Damals war Charlie drei oder vier Jahre alt gewesen, und der Anblick hatte ihm fast das Herz gebrochen.

»Ist es nicht so, Großvater?« fragte Johnny. »Unser Volk braucht keine Archäologie.«

Der Junge klang wie ein weißer Mann – arrogant, dumm und nur daran interessiert zu zeigen, was er in seiner neuen Position alles machen konnte. Oh, die Macht …

Charlie neigte das Kinn. Die Macht lebte und weste überall um ihn herum – aber das war eine ganz andere als die, von der sein Enkel träumte. Wenn Charlie sich anstrengte, konnte er die Kiefern untereinander wispern hören, Schwester Meer reden hören, wie sie mit Mutter Erde sprach, wenn sie sanft rauschend ihr Antlitz wusch. Solange Johnny nach der Macht des weißen Mannes strebte, würde er nie etwas von der wirklichen Macht verstehen – und niemals in der Lage sein, seinem Volk zu helfen. Dabei hätte es Hilfe dringend nötig gehabt. Da gab es die Fernseh-Porträts von reichen Indianern, die Millionen durch die Casinos verdienten, aber die Wirklichkeit sah ganz anders aus. Die meisten Reservate besaßen keine Casinos. Und dort, wo es Casinos gab, da wurden nur wenige reich. Im vergangenen Jahr hatte Charlie seine Schwester in Oklahoma besucht und unterwegs in Reservaten Halt gemacht. Während sich die meisten Weißen Gedanken über die Anschaffung eines Zweitwagens machten, sorgten sich die meisten Indianer darum, wie sie zu einem zweiten Laib Brot kommen konnten. Jeden Tag gingen Indianerkinder in Amerika hungrig zu Bett, und jede Nacht lag irgendwo jemand wach und zermarterte sich das Gehirn, wie er die Stromrechnung bezahlen sollte.

»Sehen Sie«, sagte Pete Samson zu Dr. Mabry-Catton und riss Charlie aus seinen Gedanken, »wir wollen nur unser Erbe zurück. Weiter nichts. Sie sind Archäologin, nicht wahr? Wie viele archäologische Berichte haben Sie wohl geschrieben?«

Sie winkte ungeduldig ab. »Hunderte wahrscheinlich. Warum?«

Sein Gesichtsausdruck verhärtete sich. »Haben Sie auch nur einen davon an Indianerstämme geschickt, die vielleicht daran interessiert gewesen wären, auch etwas zu erfahren?«

Sie blinzelte. Ihr Schweigen war Antwort genug.

Samson sagte selbstgefällig: »Ich möchte wetten, dass Sie Ihre Erkenntnisse in einer geschwollenen Fachsprache abgefasst und sie stattdessen an irgendwelche Fachzeitschriften geschickt haben. Gelehrsamkeit für Gelehrte. Seit der Ankunft der Europäer ist die Forschung über Indianer im Wesentlichen eine Domäne der Weißen. Ich weiß noch genau, wie die Anthropologen jeden Sommer in die Reservation gekommen sind, als ich ein Kind war. Sie betrieben ihre Forschung und verschwanden mit ihren Aufzeichnungen. Zu welchem Zweck? Sie schrieben ihre Dissertationen, promovierten und machten Karriere. Von uns bekamen sie, was sie wollten. Und was haben wir dafür bekommen?« Pause. »Nichts. Überhaupt nichts.«

Dr. Mabry-Catton seufzte. »Glauben Sie wirklich, dass die Einstellung aller Grabungen daran etwas ändern würde? Wenn Ihnen wirklich etwas an Ihren Ahnen liegt, dann sollten wir –«

»Mir liegt an ihnen!« Johnny hielt ihr wieder die Dose vors Gesicht. »Ich will, dass Sie mein Volk in Ruhe lassen. Und wenn nicht –«

Charlie drehte sich um und ging einfach weg.

Es war so ein herrlicher Tag. Er schaute zu den windbewegten Zweigen empor, wo die Blätter das Sonnenlicht spiegelten. Die Hitze hatte die würzigen Düfte der Kiefern freigesetzt und sie der Brise anvertraut.

Die gereizten Stimmen verstummten … und Charlie vernahm nun etwas anderes. Musik. Wunderbare Musik. Ein leises Zischen wie von fallendem Regen und das Dröhnen des Donners. Bilder fuhren ihm durch den Kopf, Dinge, die er nicht verstand … eine Geburt im Bauch einer Wolke … ein Absturz durch schwärzeste Finsternis … ein Licht, so überirdisch, dass er sich aufs Innigste danach sehnte.

Er ging weiter. Kiefernnadeln knirschten unter seinen Füßen. Unten an einer alten Eiche schimmerte etwas. Er beugte sich hinab und grub es mit den Fingern aus: Es schien ein Schildkrötenknochen zu sein, mit kleinen Narben bedeckt.

Ganz schwach vernahm er Stimmen aus dem Knochen. Er hielt ihn ans Ohr, und ein leises kindliches Lachen hallte durch seine Seele.

»Mr. Weißer Bär«, sagte Pete Samson, »was ist das? Was machen Sie da?«

»Ist da ein Geist drinnen, Großvater?« fragte Johnny eifrig.

Charlie wandte sich zu ihnen um. »Nein«, sagte er sanft und schüttelte den Kopf. »Kein Geist. Nur Erinnerungen.« Er deutete mit dem Knochen auf Dr. Mabry-Catton. »Das ist keine Grabstätte, Doktor. Mein Volk bedauert, dass wir Sie behelligt haben. Graben Sie ruhig weiter.«

»Was?« Johnnys Gesicht lief rot an. »Großvater! Wie kannst du so etwas sagen, wenn sie dieses Haar hier gefunden hat?« Er schüttelte die Plastikdose.

Charlie zuckte die Achseln. »Vielleicht hat sich jemand hier gekämmt, als er vor dem Feuer saß. Das ist mir egal. Aber dieser Knochen ist mir nicht egal. Der ist wichtig für unser Volk.«

Johnny blickte ungläubig auf den Knochen. »Warum?« fragte er missmutig.

Dr. Mabry-Catton sah auf. »Was ist das? Sieht aus wie ein Schildkrötenknochen.«

»Ja«, antwortete Charlie. »Ein Schildkrötenknochen voller Erinnerungen. Hätten Sie etwas dagegen … könnte ich ihn vielleicht behalten? Ich möchte ihn zum Stamm bringen. Ich glaube, die anderen Ältesten würden ihn sehr gern sehen.«

Sie ging mit wehendem Rock um Johnny herum und sah den Knochen genauer an. Charlie übergab ihn ihr und sah zu, wie sie ihn ernsthaft prüfte. Zwei senkrechte Falten gruben sich zwischen den Brauen in ihre Stirn.

»Versteinert«, sagte sie. »Ohne Zeichnung, ohne Muster.« Sie kniete sich neben das Loch, aus dem Charlie ihn ausgegraben hatte, und fuhr über den Sand. »Oberflächenfund, keine Verbindung zur Ausgrabungsstätte.« Sie sah über die Schulter zu Charlie zurück. »Sicher kein Werkzeug oder Gerät. Florida ist voller versteinerter Muscheln und Knochen.« Sie gab ihm den Knochen. »Er gehört Ihnen, Mr. Weißer Bär.«

Charlie drückte ihn ans Herz.

Sein Urenkel steckte die Fäuste in die Taschen seiner Shorts; er grollte. Pete Samson sagte kein Wort, er betrachtete nur den Himmel.

»Komm mit, Urenkel«, rief Charlie. »Ich bin müde. Wir wollen heimgehen.«

»Großvater, warte, komm bitte mal her.« Er versuchte, Charlie beiseite zu winken. »Ich möchte erst mit dir darüber sprechen. Hör mich an –«

Charlie hob den Knochen ans Ohr und ging stracks auf

den Lastwagen zu. Er hörte ein Geflüster ... eines alten Mannes schwache Stimme, melodisch und sanft.

»Großvater?«

»Stör mich nicht«, sagte Charlie, als er in den hellen Sonnenschein hinausging. »Sonst entgeht mir ein Teil der Geschichte.«

Prolog

Ach ja … Teichläufer.

Seltsam, dass du jetzt nach ihm fragst. Ich habe mich nämlich in den letzten Tagen selbst gefragt, ob er wirklich gelebt hat oder ob ich ihn nur erfunden habe. Ich habe in meinem langen Leben so viele Personen erfunden. So machen es die Geschichtenerzähler, weißt du, sie lassen die alten Legenden weiterleben, indem sie sich glorreiche Helden ausdenken, wo es nur verängstigte Männer und Frauen gegeben hatte, oder sie besingen ruhmreiche Kriege, wo es nur schlicht um Mord gegangen war. Aber das hat alles seinen Grund, mein liebes Kind. Du kannst mich ruhig den größten Lügner nennen, aber bedenke bitte, dass jede Betrachtung davon abhängt, auf welcher Wolke derjenige gerade sitzt, der darüber spricht. Der Tod von Teichläufer hatte so ungeheuerliche Folgen, als hätte ein Krieg stattgefunden, und deshalb …

Nein, mein Kind, das darfst du nicht zulassen. Hast du gemerkt, dass ich dir fast das Ende der Geschichte erzählt hätte, bevor ich sie überhaupt angefangen habe? Das Alter ist so ein Fluch; die Erinnerungen sausen herum wie Bruder Wirbelwind. Wenn du merkst, dass ich abschweife, dann schrei – sonst hörst du die Geschichte nie richtig zu Ende. Aber du musst schon laut schreien, liebes Mädchen, sonst hören dich meine Ohren nicht. Aber weißt du was? Winke mit der Hand, wenn du schreist. So müsste es gehen …

Also … warum habe ich dich bloß mit meinem Geschwätz über Geschichtenerzähler gelangweilt? Vielleicht, um dich zu warnen. Ich weiß nämlich selber nicht mehr genau, was von meinen Erinnerungen über Teichläufer wirklich wahr ist – wenn überhaupt irgendetwas davon wahr ist. Aber Mutter Sonne ist mein Zeuge, dass ich das meiste davon erlebt habe. Aber … na ja, selbst wenn es nicht stimmt: Teichläufer hatte jedenfalls das sanftmütigste, versöhnlichste Wesen, das ich je kennen lernen durfte. Ich glaube nicht, dass er meiner Darstellung widersprechen würde. Ich weiß noch, einmal, kurz bevor der Blitzvogel sein Junges ausgebrütet hatte, war Teichläufer zum Heiligen Teich gegangen ...

Das ist sehr unartig, mein Kind – warum wedelst du so mit deiner Hand herum? ... Ach so, ja, richtig.

Also. Mal sehen. Ich muss mich hier erst an diesen kalten Boden gewöhnen. Wirf doch bitte noch etwas Holz aufs Feuer. Ich werde mich an den alten Eichenstumpf lehnen und die Leuchtleute da oben im dunklen Himmel bitten, mein Gedächtnis aufzufrischen.

Die Geschichte fängt tatsächlich lange vor Teichläufers Verwandlung an. Viele Monde früher. Da waren Räuber in die Wälder eingedrungen, hatten viele getötet und Frauen und Kinder geraubt. Niemand fühlte sich mehr sicher. Muschelweiß, die große Kriegerin, hatte einen Spähtrupp von Windeck-Dorf ausgeschickt, um die Grenzen ihres Clans zu sichern. Und da fing der Ärger erst richtig an ...

1

Kupferkopf konnte den Blick nicht von der jungen Kriegerin abwenden, die auf dem Bauch vor ihm lag. Lange Haarsträhnen, auffallend schwarz gegen den weißen Sand, umrahmten ihr schönes Gesicht. Ihr kurzes heufarbenes Gewand war aus feinsten Palmenfasern gewoben und mit grünen Abbildungen von Rotluchs, Walfisch und Delphin versehen. Die Zeit, die vergeht, wenn die Sonne vom linken Rand einer feststehenden Hand zur rechten Kante gewandert ist, nannte man eine Zeithand, und in der letzten halben Zeithand war so viel Blut aus ihr herausgeronnen, dass es schon eine rote und schimmernde Pfütze an ihrer Seite bildete. Seine Männer gingen zwischen den Toten umher, und der bernsteinfarbene Schein ihrer Fackeln spiegelte sich in dieser Pfütze wie Blitze.

Kupferkopf zwang sich zu einem flachen Atemzug. Jeden nächtlichen Geruch nahm er ungeheuer deutlich wahr, als wäre er ihm durch die Poren gedrungen und durch seine Adern befördert worden wie der Duft einer machtvollen Geistpflanze. Die Würze der Küstenkiefern vermischte sich mit der salzigen Ausdünstung von Fisch und Meer und dem starken Geruch der Erde, nachdem der Regensturm die Welt kurz vor dem Kampf rein gewaschen hatte.

Sein Speer hatte ihren Rücken unterhalb der Schulterblätter durchbohrt; sie war gefallen und hatte schwach versucht, wegzukriechen. Als sie nicht weiterkonnte, hatte sie die zitternden Arme und Beine krampfhaft steif gemacht und sich aufrecht gehalten, damit sie sich umdrehen konnte, um ihm herausfordernd in die Augen zu sehen.

Der Anblick dieses Gesichts hatte ihn getroffen wie ein Schlag in den Magen.

Heilige Sonnenmutter, wie oft hatte er in seinen Träumen schon in diese Augen gesehen und dieses Gesicht zärtlich berührt?

Er ballte die Fäuste, um sich zusammenzunehmen, und kniete sich neben die junge Frau. Riesige formlose Schatten tanzten durch die Bäume, als einige seiner Krieger kurz ihre Fackeln hoben, um neugierig nach ihm zu sehen.

Er hatte nur zwei Mann im Kampf verloren. Die übrigen zehn-und-acht liefen lachend und scherzend durchs Lager, stolperten über Leichen, rissen ihnen Kraftsäckchen vom Hals, fledderten sie auf der Suche nach Tand und Schmuck, um ihn heimzubringen zu Frau und Kindern. Gegen den flackernden Hintergrund von feuerbeschienenen Palmen, Eichen und Kiefern wirkten sie geisterhaft, wie über den Sand schwebende gespenstische Aasfresser.

Kupferkopf brach den Speerschaft ab und schleuderte ihn fort. Sein Herz fing an zu hämmern. Er schob die Arme unter Knie und Schultern des Mädchens und presste den schlanken Körper an die nackte Brust. Aus der Wunde sickerte Blut, das ihm warm über den muskulösen Leib und die Beine rann und seinen Lendenschurz benetzte. Sein langes ergrauendes Haar fiel über ihr Gesicht, als er sie hochhob und aufstand.

Von seinen Kriegern kam missbilligendes Gemurmel. Die Tradition ihres Clans des Stehenden Horns verlangte, dass im Kampf getötete Feinde den Aasfressern überlassen werden sollten. Wenn ihre Familien die Toten nicht binnen zwei Tagen fänden, würden ihre Seelen verdientermaßen dazu verdammt, in alle Ewigkeit über der Erde zu wandeln.

Maulbeere, ein kleiner, hagerer Jüngling, trat vor und hob die Fackel so hoch, dass sie Kupferkopf blendete und er die Augen zusammenkneifen musste. Der junge Mann hatte sein schwarzes Haar zu einem Knoten geflochten und mit einer Lamantinknochen-Nadel festgesteckt. Blut hatte seine Beine bespritzt. »Geist-Ältester«, sagte er streng, »wir müssen die Toten liegen lassen.« Er warf einen besorgten Blick über die Schulter zurück. »Die Männer erwarten das.«

Kupferkopf starrte seine Krieger an, die von einem Fuß auf den anderen traten.

Maulbeere verzog ärgerlich sein Gesicht und biss die Zähne zusammen. Kühn trat er näher. »Ältester, unsere

Männer wollen nicht, dass dieser Abschaum im Jenseits unter unseren Verwandten weiterlebt.«

Knappe, geflüsterte Bemerkungen wurden ausgetauscht.

»Hast du unter den Toten nach Tauchvogel gesucht?« fragte Kupferkopf. In seiner sanften Stimme schwang eine Drohung mit. »Oder hast du ihn entkommen lassen?«

Maulbeere versuchte aufzubegehren, besann sich aber schnell. Er leckte sich über die Lippen. »Ich ... nein. Noch nicht.«

»Er ist etwa so alt wie ich, viermal zehn und fünf oder fünf mal zehn Sommer. Ich komme gleich zurück – und dann will ich wissen, wo er ist. Und es wäre gut, wenn du dann eine Antwort für mich hättest.«

Kupferkopf ging langsam fort; er genoss das innige Gefühl ihres Körpers an seiner Brust und ihrer seidigen langen, schwarzen Haare, die an seiner Seite hinunterfielen. Als er sie zuerst gesehen hatte, war er gestolpert und wäre fast gefallen. Erst nach Augenblicken heftiger Erregung war ihm klar geworden, dass es Purpurwinde sein musste, die Tochter von Muschelweiß, und nicht Muschelweiß selbst; aber sie sah ihrer Mutter so ähnlich mit ihren hohen Wangenknochen, der Stupsnase und den wild blickenden braunen Augen, dass er fassungslos gewesen war, unfähig, den Blick von ihr zu wenden.

Kühler Wind fuhr ihm übers Gesicht. Schwester Mond schien so hell in dieser Nacht, dass jeder Grashalm einen Schatten warf. Er ging am Nordrand einer Lichtung entlang und erkannte die aufragende Gestalt eines Blaureihers, der auf einem Bein auf der Wiese stand, und etwas weiter weg einen schneeweißen Silberreiher.

Auf der Westseite der Lichtung war eine uralte Eiche schon vor langer Zeit umgefallen und versperrte den Weg. Große krumme Äste hielten den Stamm in der Luft. Er würde auf den Knien unten durchrutschen und Purpurwinde dann hinüberziehen müssen.

Kupferkopf legte sie auf ein weiches Kissen aus altem Laub und robbte unter dem Stamm durch. Der kräftige Geruch von nasser Borke und Packrattenkot stach ihm in die Nase. Auf der anderen Seite wandte er sich um und griff durch die Äste nach ihrem Handgelenk. Ihre Finger hatten sich versteift und zogen an seinen Armen wie Krallen. Er zerrte an ihr. Sie bewegte sich etwas und blieb dann hängen. Er riss immer stärker und hörte den Stoff reißen, als ihr kurzes Gewand von einem Aststumpf freikam. Sie glitt auf dem Bauch hindurch, das Gesicht in der Erde. Der Anblick tat ihm weh. Aus der Rückenwunde tröpfelte dunkles Blut.

Kupferkopf setzte sich neben sie und wischte ihr die Erde von den glatten Wangen und der Stirn, zog aber die Hand zurück, als er bemerkte, dass ein Auge sich geöffnet hatte. Er wollte nicht noch einmal in diese Augen sehen, obwohl er sich in Dutzenden von Kämpfen nur nach diesem Anblick gesehnt hatte.

Liebevoll breitete er die Haare über ihr Gesicht, hob sie dann auf und trug sie den Pfad hinunter. Am Teich ließ er sie ins Gras gleiten und legte sie dorthin, wo ihre Mutter vor zweimal zehn und sechs Sommern gelegen hatte. Muschelweiß hatte immer gelacht, wenn sie sich geliebt hatten.

Seit damals hatte sich die Welt verändert. Der Wald war um ihre geheimen Plätze herum gewachsen. Windbruch hatte sich angesammelt und die Lücken zwischen den Bäumen ausgefüllt.

Hier kamen keine Liebenden mehr her.

Traurigkeit umfing Kupferkopf; er erinnerte sich deutlich an sonnige Tage, als er und Muschelweiß hier umhergewandelt waren und das Alter von Bruder Erde wie einen warmen Umhang um ihre Schultern gefühlt hatten. Die Stille im Wald war damals so tief gewesen, dass sie die Flügelschläge der Geistervögel um sich herum spüren konnten. Sie hatten Tage damit zugebracht, dem Gesang der Bäume zu lauschen. Jeder Einzelne hatte seine eigene Stimme, und wenn sie zusammen sangen, war die Welt von einer Harmonie großer Erhabenheit erfüllt.

Kupferkopfs Sandalen sanken tief in die weiche Erde ein, als er nach Stecken suchte, um Purpurwindes Leib unten festzuhalten. Wäre sie ein Mitglied seines Clans gewesen, hätte er sie in feinste Decken gewickelt, sie im Übermaß mit seltenen Muscheln und prächtigen Steinwerkzeugen geschmückt – aber sie war es eben nicht, und außerdem hatte er nicht viel Zeit. Jetzt würden seine Krieger schon unruhig werden und sich über sein seltsames Benehmen Gedanken machen, bereit, heimzukehren zu ihren Frauen.

Kupferkopf durchsuchte einen Stapel Windbruch, bis er neun Stecken mit scharfen Spitzen gefunden hatte. Er schob sie sich unter den Gürtel und ging zu Purpurwinde zurück.

»Ich werde dich ins Jenseits singen«, murmelte er und begann das Totenlied mit leiser Stimme, nur so laut, dass die drei Stränge ihrer bezopften Seele es hören konnten.

Ich bin mit den lebendigen Wassern gekommen,
um die heilende Kraft der Wölfe zu bringen,
die heilende Kraft der Wölfe des lebendigen Wassers.
Schau jetzt nach Norden,
auf den Weg, den die lebendigen Wasser nehmen
zu den Wölfen im Dorf der Verwundeten Seelen.
Hörst du sie rufen?
Sie rufen nach dir,
rufen nach dir … rufen nach dir …
rufen nach dir.

Er packte sie an den Fußgelenken und ging in den Teich. Kaltes Wasser wirbelte um seine Knie. Ihr Gesicht sank unter die dunkle Oberfläche, doch ihre schlaffen Arme schwammen in einer Fülle von gewelltem schwarzem Haar. Durch das halb offene Auge beobachtete sie ihn.

Er wälzte Purpurwinde auf die linke Seite, so dass ihr Gesicht nach Norden gerichtet war. »Sieh nach Norden! Siehst du den Tunnel, der zum Dorf der Verwundeten Seelen führt? Alle Teiche, weißt du, sind Einlässe in dieses ferne Jenseits. Du musst eine große Strecke durchschwimmen, aber Schutzgeister werden dir helfen. Warte auf den Alligator, er wird dir den Weg zeigen.«

Sehr vorsichtig bog er ihr die Knie zur Brust und trieb einen Stecken durch die Sandalensenkel, um ihre Füße festzuhalten. Die anderen Stecken stieß er durch den blutigen Stoff ihres Gewandes und machte sie so am Boden des Teichs fest, damit sie nicht fortgleiten und den Tunnel aus den Augen verlieren würde. Schwarzes Haar ringelte sich, langsam schwebend, über ihr Gesicht und bedeckte das offene Auge, aber ihr vollkommener Körper lag völlig still unter dem schimmernden Schleier des mondbeschienenen Wassers.

So ruhig lag sie wie eine Frau, die schon zehn mal zehn Sommer tot war und nicht nur seit einer einzigen Zeithand.

Kupferkopf watete aus dem Teich und häufte Klötze und Äste um die Ecken des Grasabschnitts, um die Lücken im Windbruch auszufüllen; kein Tier sollte näher kommen und sie aus ihrem Grab zerren. Das lichterfüllte Gesicht von Schwester Mond hing hoch über ihm; die Leuchtleute hatten sich an den äußersten Rand ihres Scheins zurückgezogen und warteten geduldig darauf, dass sie sich ins Dorf der Verwundeten Seelen hinabsenken würde, damit sie wieder ihren eigenen Glanz entfalten konnten.

Am nächsten Tag würde Kupferkopf einige Krieger zum Kampfplatz zurückkehren lassen, damit sie die Feinde, die entkommen waren, verfolgten und gefangen nahmen.

In zwei oder drei Tagen, von heute an gerechnet, würde Muschelweiß anfangen sich aufzuregen bei dem Gedanken, was ihrem Ehemann und den Kindern zugestoßen sein könnte, und sie würde das Schlimmste fürchten. Sie würde nicht lange brauchen, um einen Suchtrupp anzuführen – gegen heftige Einwände von Seiten der Geistältesten, die sie warnen würden: Ohne sie wäre das Dorf so gut wie wehrlos. Aber sie würde trotzdem aufbrechen.

Muschelweiß würde kühn sogar den Zorn der Sonnenmutter in Kauf nehmen, um ihre Familie davor zu bewahren, Kupferkopf in die Hände zu fallen. Seit zweimal zehn und sechs Sommern hatte die Erbitterung an ihm genagt und ihn fast aufgefressen. Mit Recht wäre sie beunruhigt über die Taktik, die er anwenden würde, um diese alte Ehrenschuld zu begleichen.

Er schaute zu den Fledermäusen auf, die durch die Dunkelheit huschten und deren Flügel im Mondlicht aufblitzten, und er fragte sich, was er tun würde, wenn sie käme.

Die schwere Last auf seinem Herzen wurde unerträglich. Er ließ den Kopf in die Hände fallen und schloss die Augen.

Er wusste nur, dass er auf sie warten würde.

2

Vorsichtig, um keinen Laut zu machen, schob Tauchvogel den Palmwedel, der ihm den Weg versperrte, nach vorn. Als er daran vorbei war, ließ er ihn in die ursprüngliche Stellung zurückschnellen. Er schwankte kaum, als er über das Rankengewirr auf beiden Seiten strich. Tauchvogel, schwer atmend und auf wackligen Beinen, betrachtete eingehend den Wald im Dämmerlicht.

Er hatte nicht mehr zusammenhängend denken können; eine ganze Zeit lang war er zu keiner Erinnerung mehr fähig gewesen, er kannte weder seinen Namen noch seinen Clan, nicht einmal die Richtung, die nach Hause führte, aber dann war alles wieder in einer erschreckenden Welle der Erinnerung auf ihn eingestürzt, und er war sofort verzweifelt losgelaufen.

Das kurze Stück eines Speerschafts ragte aus der linken unteren Rückenhälfte hervor, und die Wunde hörte nicht auf zu bluten. Er presste seine Hand darauf, und der Schmerz schüttelte ihn. Mit jeder Bewegung schnitt die scharfe Feuersteinspitze tiefer ins Fleisch. Er hatte versucht, den Schaft herauszuziehen, konnte ihn aber in all dem Blut nicht packen. Er hatte den Schaft abgebrochen, aber wann?

Er zwang sich, klar zu denken. *Kupferkopfs Krieger … sie haben angegriffen … der Speer traf mich in die Seite … ich bin gefallen …*

Er schluckte; seine Kehle war trocken. Grauenvolle Bilder von fliehenden Männern durchdrangen seine Seele.

Er blinzelte; Nebelfetzen lagen wie Rohrkolbenflaum in den dicken Lianen, die die Bäume umschlangen. In der aufkommenden Abendkühle verdichtete sich der Dunst, und ein dauernder Tropfregen ging auf die braune Laubmatte auf dem Waldboden nieder, wie in einem leisen Trommelrhythmus. Bis auf die Haut durchnässt, erschauerte Tauchvogel. Nicht einmal seine schenkellange Kapuzentunika schützte ihn vor dem schneidenden Wind, der mit sondierenden Fingern durch den Stoff fuhr, der Abwehr seiner Haut spottend.

Vögel beobachteten ihn; sie hatten ihre Federn der Wärme wegen aufgeplustert, und nur wenige wagten zu zwitschern. Stille herrschte über der glitzernden Welt.

Nur der Dunst bewegte sich.

Silberne Schleier schwebten um die mächtigen Stämme hoher Eichen herum, kletterten an Kiefern hoch und verfingen sich in den Spitzen ihrer Kronen.

Tauchvogel humpelte in der gespenstischen Stille vorwärts. Der eine Speer, den er hatte, war feucht und schlüpfrig geworden. Er packte ihn fester. Er hatte sein Atlatl, die Speerschleuder, in den Gürtel gesteckt; diese Waffe bestand aus einem Stück Holz von vier Handlängen, mit einem Muschelhaken am Ende. Wenn das Griffende des Speers am Haken befestigt war, konnte er damit den Speer fünfmal so weit werfen wie mit bloßen Händen. Auf Sandstränden waren Atlatls tödliche Waffen, aber in diesem dichten Wald konnte er von Glück sagen, wenn ihm überhaupt ein Wurf gelang, von einem Treffer ganz zu schweigen.

Er schob einen Vorhang von hängendem Moos zur Seite und sah einen kleinen Teich vor sich, kristallklar das Wasser, von flechtenbehangenen Stämmen umgeben. Der Dunst hing wie ein Regenbogen über dem Teich. Tauchvogel, von großem Durst gequält, ging zu Boden und kroch zum Wasser. Die Gerüche von nassem Laub und Gras stiegen ihm in die Nase. Er durfte sich nicht lang im offenen Gelände sehen lassen … aber er musste ans Wasser; er würde sterben, wenn er jetzt nicht trinken könnte.

Während er näher rutschte, sah er den Alligator, der regungslos, mit grüner Entengrütze bedeckt, in der Mitte lag – lauernd, wartend. Tauchvogels verzweifeltes Bemühen, lautlos zu sein, sein Zittern, die Ausdünstung seiner Angst und seines Bluts verrieten dem Alligator alles über die Beute. Das Wahnsinnsspiel, das Tauchvogel zwei Tage lang gespielt hatte, würde bald zu Ende sein. So oder so.

Tauchvogels Gewand raschelte, als er die Pflanzen vor sich teilte, den langen Speer ablegte und verstohlen und mit einer Hand frisches, kühles Wasser schöpfte ... und nochmal und nochmal, Wasser schlürfend, das ihm über Kinn und Kehle lief, bis ihm fast übel wurde. Dann ließ er sich ins Gras fallen und stützte das Kinn auf eine Faust. Eine seiner Seelen, Die-sich-im-Wasser-spiegelt, starrte ihn von der ruhigen Teichoberfläche aus an. Verfilztes schwarzes Haar umrahmte sein rundes Gesicht. Am Morgen hatte er sich mit Holzkohle aus einer alten Feuergrube das Gesicht schwarz angemalt, aber im Nebeldunst hatten sich die Muster zu einer grauen Schmiere aufgelöst, die seine braunen Augen umringte und zu den Mundwinkeln gelaufen war. Eine faustgroße Beule, mit geronnenem Blut überzogen, wölbte sich oberhalb seiner Schläfe hervor. Er starrte darauf, ohne sich an einen Schlag erinnern zu können.

Heilige Geister – was war denn vor zwei Tagen geschehen?

Er war mit einem Aufklärungstrupp von acht Mann aufgebrochen, um die Grenzen des Clan-Territoriums abzugehen. Reisende hatten hie und da verbreitet, dass Kupferkopf vorhatte, Windeck-Dorf abermals zu überfallen, um Nahrung und Frauen zu rauben und alles zu töten, was sich ihm in den Weg stellte. Am zweiten Tag war der Trupp von Tauchvogel unbesonnen in eine Abteilung von zweimal zehn Krieger Kupferkopfs hineingelaufen. Er erinnerte sich an den Angriff, an den Speer, der ihn getroffen hatte ...

Er schüttelte den Kopf. Und ... was war da noch? Was war noch alles geschehen?

Silbern blitzende Elritzen schossen durchs Wasser. Seit dem Kampf hatte er nur gegessen, was er im Gehen ergreifen konnte, ein paar Beeren, ein paar Nüsse. Hätte er Zeit gehabt, hätte er sich aus Palmwedelstreifen ein Netz machen können, um diese Fische zu fangen. Aber die langsamen Schnecken auf den toten Stämmen hatten genügen müssen. Er hatte einige mit der linken Hand abgepflückt, die Gehäuse mit der rechten zerbrochen, die Schnecken herausgezogen und sie roh verschlungen. Sein leerer Magen hatte sich verkrampft und geknurrt. Er hatte wenig geschlafen, sich nur kleine Pausen zum Dösen gegönnt, bevor er weitergerannt war, um nach Hause zu kommen.

Dunkelheit hüllte den Wald ein, und der Alte Mann Nebel wurde dichter, aber Tauchvogel erhaschte noch einen Blick auf eine Art Beeren, fast unter Blättern versteckt. Palmbeeren. Er las sie auf und aß eine Hand voll davon. Sie waren klebrig und schmeckten süß. Heilige Geister, was hätte er für einen einzigen Bissen Palmbeerkuchen von Muschelweiß gegeben. Er hatte ihr unzählige Male bei der Zubereitung zugesehen, wie sie die Palmbeeren zerdrückte, die Samen herauslas und die klebrige Masse mit Piniennüssen und Kiefernsaft vermischte. Sie löffelte den Brei in große Muscheln und ließ ihn am Rand des Feuers langsam kochen, bis er Blasen warf und dampfte.

Einen Augenblick lang gönnte er sich den Luxus, die Augen zu schließen. Das zarte ovale Gesicht von Muschelweiß stieg vor seinem inneren Auge auf. Er lächelte. Jetzt, da sie viermal zehn und zwei Sommer alt war, mischten sich schon Silbersträhnen in ihr langes schwarzes Haar, und Falten durchzogen ihre Stirn, aber von ihrer Schönheit hatte sie nichts verloren. Immer noch konnten ihre vollen Lippen in der ironischen Weise lächeln, die er so liebte, wobei ihre großen schwarzen Augen mutwillig funkelten – aber das bekamen nur wenige zu sehen. Für die meisten im Dorf blieb sie Muschelweiß, die Führerin mit den kalten Augen, die große Kriegerin vom Windeck-Clan, Heldin des Massakers der Pelikan-Insel. Eine Frau, die man verehrte und fürchtete.

Mit zitternder Hand schob Tauchvogel die Kapuze zurück und fuhr sich mit der Hand durch das nasse Haar. Erschöpfung und Schmerz lasteten so schwer auf ihm, dass er kaum denken konnte, doch seine Empfindungen flogen auf und nieder wie spielende Falken.

Seltsame, meist unzusammenhängende Erinnerungen

schossen ihm durch den Kopf … Er mühte sich, sie einzufangen, um die Fetzen zusammenzufügen. In der Nacht vor dem Kampf hatte er eine heftige Auseinandersetzung mit seinem Sohn Blaues Echo gehabt. Oder war es unmittelbar davor gewesen?

»Wir werden alle sterben! Hörst du mich, Vater?«

Die Stimme von Blaues Echo stieg aus den Tiefen von Tauchvogels Seele herauf. Ein undeutliches Bild vom Gesicht seines Sohnes erschien ihm – es war zornig, mit hartem Mund und glasigen Augen.

»Der Suchtrupp war ihre Idee, und sie –«

»Und was hätte deine Mutter sonst tun sollen?« hatte Tauchvogel gefragt, während er ein neues Scheit aufs Feuer warf. Funken waren in den Nachthimmel hineingetanzt. Bäume, die ihr Lager überwölbten, hatten gespannt zugehört. Sein ältester Sohn, Eulenfalter, und seine Tochter Purpurwinde saßen dem Feuer gegenüber und starrten unverwandt in ihre Kürbistassen mit Tee. Die anderen Mitglieder des Trupps suchten taktvoll ihre Decken auf. Tauchvogel wartete, bis sie gegangen waren. »Soll deine Mutter bei jedem Gerücht von Überfällen dem Dorf die Flucht befehlen? Oder soll sie nicht lieber vorsichtig sein und erst einmal feststellen, was davon wahr ist? Das, mein Sohn, ist unsere Absicht.«

Die Lippen von Blaues Echo kräuselten sich unmutig. »Drei meiner Freunde sind auf der letzten Patrouille gefallen, Vater! Drei!«

»Der Tod ist Teil des Kriegerlebens. Deine Mutter wird sicherstellen, dass die Mörder dafür bezahlen.«

»Ja, ja.« Blaues Echo sprang auf die Beine. Gegen die Nebelfetzen erschien er sehr groß für seine zehn und fünf Sommer; er war den Tränen nahe. »Und diesmal … diesmal werden noch mehr meiner Freunde sterben. Vielleicht auch meine Schwester, mein Bruder oder mein Vater? Und warum? Warum, Vater? Mutter kämpft gegen Kupferkopf, wo es nur geht. Warum können wir unser Lager nicht einfach weiter südlich aufschlagen, außerhalb seiner Reichweite? Er ist hinter ihr her, nicht hinter uns.«

Tauchvogel hatte sich seinen schmerzenden Nacken gerieben. Kupferkopf und Muschelweiß waren einmal ein Liebespaar gewesen, was der Junge vielleicht wusste, worüber Tauchvogel aber nicht sprechen wollte. Nur Muschelweiß hatte das Recht, ihren Söhnen von ihrer Vergangenheit zu erzählen.

»Ich höre wohl nicht richtig«, sagte Tauchvogel und bannte seinen Sohn mit seinem Blick. »Mein Sohn fragt, warum sein Clan nicht einfach weiter südlich ziehen will, das Lager nicht einfach irgendwo anders aufschlägt! Warum Kupferkopf nicht gleich in unser Lager einladen, damit er uns wie räudige Hunde mit Fußtritten herumjagt? Die Demütigung wäre dieselbe.«

Der Clan zog in jeder Jahresrunde dreimal um. Von der Wintersonnenwende bis zur Tagundnachtgleiche im Frühling lebten sie weit im Süden, sammelten Pflanzen und erlegten Tiere um die großen seichten Seen herum. Dann packten sie alles zusammen und zogen nach Norden zu den Flüssen, wo sie fischten und Vogeleier, Knollen und Wurzeln sammelten. Nach dem Feiertag der Sonnenmutter wanderten sie zu ihrem letzten Lager am Rand des Ozeans. Dieses Lager liebten alle am meisten, denn hier konnten sie in den Süßwasserflüssen fischen, Nüsse und Beeren sammeln und an der Küste nach verschiedenen Muscheln und Langusten tauchen.

Tauchvogel seufzte müde. »Echo«, sagte er, »der Windeck-Clan hat seit Generationen dasselbe Herbstlager. Zehn und zwei deiner Großmütter sind hier bestattet. Das geben wir nicht einfach auf, weil Kupferkopf das wünscht.«

»Aber warum hasst er Mutter so? Weißt du's, Vater? Es ist ja fast so, als hätte sie ihm etwas Furchtbares –«

»Ich will das nicht hören«, sagte Tauchvogel warnend mit leiser, heiserer Stimme. Er packte seine Tasse mit fester Hand. »Du bist ihr Sohn. Du hast dir nichts auszudenken, was war, bevor du zur Welt kamst. Was sie getan hat und warum, geht dich nichts an. Du –«

»Du weißt es nicht, oder?« sagte Blaues Echo höhnend. Der Feuerschein erhellte sein junges Gesicht, als er näher heranka m. »Sie hat dir nie etwas erzählt, nicht wahr? Und dabei bist du ihr Mann!«

Tauchvogel erhob sich und sah seinem Sohn in die Augen. »Ich weiß nur das, was sie mir gesagt hat, und das genügt mir. Ich vertraue deiner Mutter.«

»Aber du hast doch sicher auch die Geschichten gehört, Vater? Die Leute erzählen –«

»Geschichten? Du hörst dir also Geschichten an? Macht es dir Spaß, anzuhören, was die Leute deiner Mutter alles andichten? Jedes andere ihrer Kinder hätte den getötet, der so etwas erzählt.«

»Vater!« Die Stimme des Jungen klang schmerzlich. Er streckte flehend seine Arme aus. »Sagst du mir die Wahrheit? Man erzählt, dass Mutter und Kupferkopf einmal ein Liebespaar waren. Dass sie in seinem Dorf wohnte. Sie hätte sogar ein Kind –«

Tauchvogel ballte die Fäuste und schüttelte sie zum Himmel. »Frag mich nicht so etwas!« brüllte er. »Nur deine Mutter kann darauf Antwort geben. Hättest du den Mut, sie zu fragen, würde sie dir vielleicht etwas erzählen. Aber nein! Dazu bist du zu ängstlich, zu feige, um ihr mit solchen Geschichten entgegenzutreten!«

Einen schlimmen Augenblick lang wirbelten die Bilder durcheinander. Fallende Blätter, die zu Boden kreiselten, die Brust von Blaues Echo voller Blut, seine Augen, die blind auf die Äste starrten, Blätter, die fielen und fielen, ein Speer, der aus dem Rücken von Purpurwinde ragte, rennende Männer, Schreie, schreckliche Schreie …

Trog ihn die Erinnerung? Hatten die Krieger von Kupferkopf wirklich angegriffen, kaum eine halbe Zeithand nachdem Tauchvogels Gebrüll verklungen war?

Tauchvogel öffnete die Augen. Die Dunkelheit hatte die Lücken zwischen den Bäumen ausgefüllt und die Nachtinsekten auf den Plan gerufen. Grashüpfer schwirrten durchs Gras, und Moskitos sirrten um seinen Kopf.

Tauchvogel griff mit tauber Hand nach einem goldenen Blatt. Wassertröpfchen glänzten darauf im grauen Zwielicht. War einer seiner Krieger unverletzt entkommen?

Nach Hause gelaufen? Jagte Muschelweiß vielleicht jetzt schon durch die Wälder auf der Suche nach ihm?

»O Muschelweiß, vergib mir.«

Heilige Geister – sollte auch er sterben, was würde mit ihr geschehen?

Sein Magen zog sich zusammen. Der Tod ihrer Kinder würde sie hart treffen, aber sein Tod? Ihn zu verlieren würde sie im Tiefsten ihrer Seele verletzen.

Tauchvogel klebte sich das Blatt auf die Keulenwunde; Tränen stiegen ihm in die Augen.

»O mein Weib, mein Weib, wie habe ich dich so sehr geliebt.«

Er schöpfte eine Hand voll Wasser, um sich das Gesicht abzuwaschen. Das Blatt fiel herunter. Blut beschmierte seine Finger. Er starrte gebannt auf den roten Fleck, ohne ihn wirklich zu sehen. Das Gesicht von Muschelweiß lächelte ihn an ... aus weiter Ferne. Eine Zeit, da sie beide jung gewesen waren, voller Lachen und Hoffnung ...

Tauchvogel war mehr als zweimal zehn und fünf Sommer ihr einziger Vertrauter gewesen. Sie hatte ihre Seele mit ihm geteilt. Nur Tauchvogel wusste von dem ängstlichen kleinen Mädchen, das in Muschelweiß lebte. Manchmal hatte sie nachts mit der kläglichen Stimme dieses Mädchens geweint, und er hatte sie getröstet. Immer wenn die berühmte Kriegerin vor einem Kampf oder einer Ratsversammlung geschrien, verhandelt oder großen Mut an den Tag gelegt hatte, war das kleine Mädchen in ihren Träumen aufgetaucht, und Tauchvogel hatte es in ihren Augen gesehen, wie es verzweifelt rannte, um sich irgendwo zu verstecken.

Ein trauervolles Lächeln kräuselte seine Lippen. Schon vor langer Zeit hatte er in seinem Herzen einen Zufluchtsort für das Mädchen eingerichtet, damit es immer einen Ort hätte, wo es sicher sein könnte. Würde das kleine Mädchen sterben, wenn es ihn als Zuflucht nicht mehr gäbe?

Mit Herzklopfen nahm Tauchvogel seinen Speer und kam mühsam auf die Beine. Blut schoss aus seiner Wunde. Er senkte den Kopf und biss die Zähne gegen den Schmerz zusammen. Eine Weile verharrte er zitternd am selben Fleck. Der Alligator beobachtete ihn. Ganz ruhig. Abwartend. Vermutlich im Ungewissen, wie lange Tauchvogel sich noch auf den Beinen halten konnte.

Er zwang seine Beine, sich vorwärts zu bewegen. Kaum im Wald, musste er sich unter einen Kiefernast ducken – und erstarrte.

Leise Stimmen durchbrachen die Stille; sie näherten sich.

Nein ... o nein ...

Tauchvogel humpelte rückwärts, legte sich dann auf den Bauch und kroch über den Boden. Vielleicht schützte ihn die Dunkelheit, wenn es ihm gelang, sich weit genug vom Pfad zu entfernen. Scharfer Geruch von Moos und verrottenden Pflanzen stieg auf, als er weiterrobbte. Schließlich zog er sich hinter einen gefallenen Baumstamm, der von Fächerpalmen umringt war. Mit dem Speer bog er einen Farnwedel um, damit er den Hirschpfad im Auge behalten konnte.

Fahles, bernsteinfarbenes Licht fiel durch den Dunst und färbte auf das schwarze ausladende Geäst einer riesigen Eiche ab. Das Licht hüpfte auf und ab, wie von einer Fackel, die jemand trägt, und die Schatten der Bäume tanzten im selben Takt und überzogen den Wald mit seltsamen Streifen und auseinander gezogenen Rautenmustern. Tauchvogel hielt den Atem an. Inmitten dieses wogenden Lichterspiels gingen Männer.

Es dauerte eine Ewigkeit, bis der erste Krieger auftauchte.

Groß, nicht älter als zweimal zehn Sommer; er hielt die Fackel hoch. Er ging so nahe an ihm vorbei, dass Tauchvogel seinen Schweiß riechen konnte. Ihm folgten zwei Männer, die leise über einen Scherz lachten; sie gingen mit ihrem Führer über eine Wegbiegung und verschwanden hinter Bäumen. Die Stimmen verklangen. Der hüpfende goldene Schein zeigte nach dem Abbiegen ihren weiteren Weg nach Norden an.

Waren da noch andere?

Er lauschte.

Ziegenmelker riefen über die Wälder im Zwielicht, und

dann hörte Tauchvogel den klagenden Ton eines Muschelhorns in der Ferne. Drei kurze Töne: Wo seid ihr? Zwei lange Töne gaben Antwort: Hier. Dann zwei kurze Töne und ein langer Ton: Wir schlagen jetzt unser Lager auf.

Hoffnung erfüllte ihn; er atmete schneller und benetzte seine aufgesprungenen Lippen. Es könnte Muschelweiß sein. Vielleicht war einer seiner Krieger entkommen und nach Hause gelaufen ...

Er kämpfte gegen seine Verwirrung an. War das überhaupt möglich? So schnell? Wie weit war dieses Zuhause entfernt? Er wusste nicht, wo er war, geschweige denn, wo Windeck-Dorf sich befand. Er dachte angestrengt nach. Die Sonnenmutter war rechts von ihm untergegangen, das hieß, dass genau vor ihm Süden sein musste. Er versuchte, sich seinen gewundenen Weg durch den Wald während der letzten zwei Tage ins Gedächtnis zu rufen. Windeck-Dorf konnte nicht weiter als einen halben Tageslauf in südöstlicher Richtung entfernt sein. Oder doch? Nein, nein, er war ganz sicher.

Es könnte tatsächlich Muschelweiß sein.

Zitternd zog er sich auf die Knie hoch und atmete tief ein.

Der Wald rings um ihn war totenstill.

Die Wucht des Speers ließ Tauchvogel nach hinten taumeln, die Beine flogen unter ihm weg, als er am Boden aufschlug.

Ein Krieger sprang aus dem ziehenden Dunst hoch, und sein schriller Kriegsschrei durchschnitt die Nacht. Der junge Mann setzte über den gefallenen Stamm und stand vor Tauchvogel, den Speer in der erhobenen Hand. Eine wild schwingende Fackel tauchte hinter ihm auf und warf seinen Schatten gegen die Bäume, so dass er einem tanzenden Giganten glich.

»Alter Narr!« höhnte der Krieger. »Glaubst du, wir hätten auf dem Pfad nicht gesehen, wo du deinen linken Fuß nachgezogen hast? Wir haben nur darauf gewartet, dass du dich zeigst!«

3

Was macht sie da draußen?« fragte Stacheljunge.
Schote tätschelte das Bäckchen seines sechs Sommer alten Enkels und ließ seine Augen zu Muschelweiß schweifen, die allein am Strand stand. »Sie wartet auf deinen Vater.«

Das Abenddunkel vertiefte sich und durchscheinende Regenschleier wehten über den Ozean heran; die dünnen Schatten der Eichen und Gebüsche verschmolzen allmählich mit der Nacht. Eine unirdische Stille herrschte über dem Land, nur unterbrochen vom Sirren der Moskitos, dem Gemurmel der Leute, die ihr Abendessen bereiteten, und dem sanften Geprassel des Regens.

Schote reichte Stacheljunge die Essensschale. Dampf vom gebratenen Katzenfisch stieg dem Jungen kitzelnd in die Stupsnase. Stacheljunge lächelte. Mit seinem runden Gesicht und den hellbraunen Augen sah er seinem Vater Tauchvogel sehr ähnlich. Er trug ein hellbraunes loses Gewand, das ihm gerade bis über die Hüften ging. Ein dünnes Stirnband hielt ihm die widerspenstigen schwarzen Haare aus den Augen.

»Der Fisch ist sehr heiß, Stacheljunge«, meinte Schote. »Probier erst, bevor du ihn in den Mund nimmst.«

»Ich blase drauf, Großvater.« Stacheljunge hob die Schale und blies auf den Fisch, um ihn abzukühlen.« Isst Mutter nicht mit uns?«

»Nein, ich ... ich glaube nicht.«

Schote ließ seine Schale auf der Matte stehen, damit sie von selbst abkühlte. Der Feuerschein flackerte über seine Schutzhütte. Sie war offen, bestand nur aus vier in den Boden gerammten Kiefernstangen, drei Körperlängen breit und vier tief, mit einem Dach aus Palmwedeln. Aufgerollte Schnüre und Fischernetze waren an Zapfen befestigt, und Stoffsäcke hingen von den Dachstangen. Schote webte große Säcke, teils kreisförmige, teils kugelförmige. Sie waren prallvoll mit geräuchertem Fisch, Walnüssen und Pinienkernen, Dattelpflaumen, Flaschenkürbissen verschiedener

Größen und anderen Gütern gefüllt, die er vor streunenden Tieren schützen wollte; die lästigsten darunter waren die Waschbären. Keine Nacht im Dorf verging, ohne dass jemand durch das kratzende Geräusch aufwachte, wenn ein Waschbär an den Hüttenstangen emporkletterte, um sich über die Lebensmittelsäcke herzumachen.

Schote lebte jetzt allein. Seine Frau war vor zwei Sommern gestorben, und danach hatte er die Hütte widerwillig nach seinen Bedürfnissen eingerichtet. Geflochtene Matten aus Fächerpalmenwedeln schützten ihn vor der Bodenkälte, die sonst in seine alten Knochen gekrochen wäre. Quer an der Nordseite kennzeichnete ein Stapel gefalteter Decken und sauberer Gewänder den Standort seines Lagers, und dort, wo sein Kopf nachts ruhte, hing ein kleines Kürbisgefäß an der Stange, das mit einer Mischung aus Fett und Flohkraut gefüllt war. Damit rieb er sich ein, um bissige Insekten abzuwehren. In der Mitte des Raums befand sich eine kleine Feuergrube, und an der Südseite stapelte sich alles, was er sonst noch besaß. In einer großen Holzschale neben der südöstlichen Stange bewahrte er seine Küchengeräte auf: einen Eichenholzmörser, einen flachen Rührlöffel und verschiedene Schaber und Messer aus Feuerstein. Daneben standen zwei Körbe mit Deckeln. Einer enthielt Knochenahlen zum Nähen sowie ein Spinnwirtel und eine Gehörnstanze zum durchlöchern von Leder. Vor diesem Korb lag ein Korallenbrocken, den er als Hammerkopf benutzte. In dem anderen Korb bewahrte er seinen Schmuck auf: Haarnadeln aus den Fußknochen von Hund und Hirsch, Halsketten aus durchbohrten Haifischzähnen und verschiedene Muschelanhänger. Dann war da noch ein Webstuhl, der eigentlich nur aus zwei Holzstöcken bestand, der an der südwestlichen Stange lehnte. Knäuel von feinem Palmenfaden füllten die größten der kreisrunden Säcke und warteten nur darauf, zu hellen Hauben, Decken oder Gewändern verwoben zu werden.

Sein wertvollster Besitz, drei bunt bemalte Kraftsäckchen, hingen an der nordwestlichen Stange. Lange Zeit hatten sie nichts gesagt, doch Schote wusste, dass sie Leben enthielten. Mit seinem Herzen hörte er sie atmen. Als er jung und voller Leben gewesen war, hatten ihn die Geister in diesen Säckchen in seinen Träumen geleitet und ihn Geheimnisse gelehrt, die kein anderer Mensch kannte. Der Geist des Meeressäckchen hatte ihm einst erlaubt, auf dem Wolkenrücken des Sturmmädchens zurückzufliegen ... Aber die Geister schliefen jetzt.

Der Regen prasselte nun auf Schotes Dach. Er schaute hinaus zum Dorf. Weitere acht Schutzhütten waren über die Plaza verstreut. Die Leute saßen um ihre Feuer und besprachen sich leise. Viele hatten ihre Kapuzen hochgezogen, um sich vor den windgepeitschten Regentropfen zu schützen, aber bei den starken Windstößen, die über den Strand fegten, nützte ihnen das wenig. Windeck-Dorf war auf drei Seiten von Wald umgeben, offen nur nach Osten, zum unermesslichen Meer.

»Jetzt ist er sicher kühl genug«, sagte Stacheljunge. Mit seinen dicklichen Händchen griff er in die Schale nach dem kleinen Katzenfisch, hielt aber dann inne. »Großvater, meinst du nicht, ich sollte rauslaufen und Mutter sagen, dass das Essen fertig ist?«

»Ich glaube nicht, dass sie Hunger hat, Enkel. Lass uns ohne sie anfangen. Sie wird bestimmt bald kommen.«

Stacheljunge sah Schote beunruhigt an, als er seinem Fisch die Haut abzog und ihn aß.

Muschelweiß war seit Sonnenaufgang draußen. Sie hatte den langen Speer vor sich in den Boden gerammt und hielt das Gesicht in den Wind. So spähte sie den Pfad hinauf, der nach Norden führte. Wie alle andern trug sie eine lose Tunika mit Kapuze, am Hals weit ausgeschnitten und mit einer Schnur um die Hüften. Schwarzes Haar wippte unter dem Kapuzenrand hervor. Im Himmel hinter ihr flogen die Donnervögel auf den Sturmwinden. Ihre zerzausten Schwanzfedern peitschten über den Himmel, als sie sich von ihren Ansitzen in den Wolken in die Tiefe stürzten und auf der Suche nach Walfischen und Delphinen übers Meer jagten.

Stacheljunge fuhr sich über die Lippen. »Großvater«,

fragte er, »hat dir Mutter von ihren bösen Träumen in der letzten Nacht erzählt?«

Schote runzelte die Stirn. »Nein, hat sie nicht. Was für Träume?«

Stacheljunge schluckte einen Bissen herunter. »Sie hat gestöhnt, so laut, das ich aufgewacht bin. Sie hat gesagt, dass sie meinen Vater rufen hört. Immer wieder. Als ob er sie brauche. Einmal«, fügte er leise hinzu, »hat sie sogar den Namen von Kupferkopf geflüstert.«

Die Falten auf Schotes Stirn glätteten sich wieder. Er fühlte das Netzwerk seiner Runzeln rings um seine scharfe Nase und spürte die tief eingeschnittenen Falten in den Mundwinkeln. Das ganze Dorf hatte in dieser Nacht wach gelegen. Gegen Abend hatte ein scharfer und zielloser Wind angefangen, durch die Hütten zu wimmern und wie zur Warnung wackelnde Säcke und klappernde Kalebassen aneinander zu schlagen.

Er küsste den Jungen auf die Stirn. »Dein Vater hat sich nur um einen Tag verspätet. Wenn sie auffällige Zeichen im Wald gefunden haben, dann müssen sie diesen nachgehen. Das dauert immer eine Weile. Deine Mutter braucht nicht besorgt zu sein.«

Stacheljunge schälte die geröstete Haut auch von der anderen Seite des Fisches ab. Der Feuerschein tanzte über sein angespanntes kleines Gesicht. »Sie ist trotzdem besorgt. Und ich glaube auch nicht, dass sie einen zweiten Mann will.«

Sofort blickte Schote ihn an. »Was weißt du davon? Hat deine Mutter etwas gesagt?«

Stacheljunge steckte sich ein großes Stück weißes Fleisch in den Mund. Kauend gab er Antwort. »Mutter sagt, mein Vater ist ihr genug.«

»Zweimal zehn und fünf Sommer lang habe ich für dieses Gefühl Verständnis gehabt. Aber jetzt leben wir in einer Welt, die viel gefährlicher geworden ist.« Regen peitschte unter das Schutzdach, und Schote zog sich die Kapuze über das weiße Haar. Die kleinen Gehäuse der Kreiselschnecke an seinen Ärmeln klingelten, als der Wind durch den Schutzraum und in den Wald stürmte. »Wir brauchen dieses Bündnis, Stacheljunge. Der Clan von Teichläufer hat viele Krieger, fünfmal so viele, wie wir haben. Kupferkopf wird es sich zweimal überlegen, bevor er uns angreift, wenn er weiß, dass er den verbündeten Kräften vom Windeck-Clan und dem Kernholz-Clan gegenübersteht.«

Stacheljunge rieb sich die Stupsnase und verschmierte sich dabei das Gesicht mit Fett, das im Feuerschein schimmerte. »Aber warum muss Mutter denn heiraten, wenn sie gar nicht will? Warum kann nicht eine andere diesen Teichläufer heiraten, damit seine Krieger uns helfen?«

Schote nahm sich ein Stück Fleisch von seinem Katzenfisch und aß es. Der Regen vom Dach bildete einen wehenden Vorhang, der Muschelweiß vorübergehend Schotes Blicken entzog.

»Weil die Ehrwürdige Mutter vom Kernholz-Clan, die alte Mondschnecke, sehr gerissen ist, Enkel. Dieser Teichläufer ist ein ganz besonderer junger Mann. Er ist ein Blitzjünger. Mondschnecke würde keine andere Frau von unserem kleinen Clan anerkennen als die Große Muschelweiß.«

Die dunklen Augen von Stacheljunge weiteten sich, der Mund blieb ihm offen stehen und enthüllte ein halbzerkautes Stück Fisch. »Ein Blitzjünger? Ich bekäme vielleicht einen Blitzjünger, der bei mir wohnt?«

»Warten wir's ab.«

In Blitzjüngern nistete die Macht wie ein Schildkrötenwurf im Sand. Wenn ein Blitz in den Schoß einer Frau einschlug, brannte der Strahl alle Farbe aus dem Kind heraus, so dass es so bleich blieb wie eine Riesenqualle. Die Farbtönung schwankte dennoch etwas. Den letzten Blitzjünger im Windeck, vor mehr als zehnmal zehn Sommern geboren, hatte man den Blauen Blitzjünger genannt. Er hatte zwar die typischen Merkmale, weißes Haar und bleichrosa Haut, aber die Augen hatten die Farbe von Bruder Himmel gehabt.

Teichläufer hieß man den Weißen Blitzjünger. Der Feuerstrahl im Schoß seiner Mutter hatte jede Andeutung von Farbe weggebrannt, und seine Augen waren sogar so durchsichtig, dass man die Blutgefäße dahinter pulsieren sah.

Es gab Dutzende von Legenden über Blitzjünger und ihre Rolle in der Schöpfung und der Vernichtung von Welten. Teichläufer war in seinem Clan sehr gefürchtet, hatte Schote gehört.

»Hat dir die böse Frau von diesem Blitzjünger erzählt?« fragte Stacheljunge.

»Ja. Sie heißt Schwarzer Regen. Sie ist die Mutter von Teichläufer.«

Stacheljunge blinzelte vor Überraschung. »Ich hoffe nur, dass Teichläufer nichts von ihr hat. Sie ist gemein. Sie hat das kleine Echsenmädchen geschlagen. Hast du davon gehört?«

Schote runzelte die Stirn. Schwarzer Regen hatte den Ruf besonderer Niedertracht und Verschlagenheit, und der war weit und breit bekannt. Man wusste auch, dass sie Männer auf ihr Lager lockte, alle Lust genoss, die sie ihr geben konnten, und wenn sie genug von ihnen hatte, schnitt sie ihnen die Kehle durch; so berichteten jedenfalls die Händler, die jeden Sommer neue und aufregendere Geschichten von ihren Abenteuern zu erzählen hatten.

»Was hat Echsenmädchen denn getan, dass sie geschlagen wurde?«

»Nichts!« sagte Stacheljunge mit Nachdruck. »Sie hat sich nur bei einem Würfelspiel neben Schwarzer Regen hingehockt, und die hat sie auf den Hinterkopf geschlagen und gebrüllt, sie solle weggehen!« Er zog eine Gräte aus seinem Fisch und schob sie an die Seite der Schale. »Ich hoffe, Teichläufer ist nicht gemein.«

»Wenn er's wäre, dann nicht mehr lange. Nicht, wenn er deine Mutter heiratet. Das würde er nicht wagen.«

Vor vielen Sommern hatte Schote es aufgegeben, ein Bündnis mit dem Kernholz-Clan zu erreichen. Sie waren zu reich und hatten zu viel Macht, um sich für irgendeine Frau vom Windeck-Clan zu interessieren. Doch vor zwei Abenden war plötzlich Schwarzer Regen in Schotes Hütte aufgetaucht. Mit einem Angebot: Teichläufer hatte sich noch kein

Weib genommen. Wäre Muschelweiß vielleicht an ihm interessiert?

Schote traute seinen Ohren nicht. Im Umkreis von dreimal zehn Tagesmärschen hatte jedermann von Teichläufer gehört.

»Du bist eine Ausgestoßene – und du könntest das trotzdem in die Wege leiten?« hatte er gefragt.

Schwarzer Regen hatte gelächelt. »Kann ich. Hat allerdings seinen Preis. Ich habe ein paar Spielschulden, verstehst du?«

Schote murmelte vor sich hin, es war aber nicht für Stacheljunge bestimmt. »Ich müsste gar nicht an so eine Heirat denken, wenn Kupferkopf noch Seelen hätte. Aber –«

»Was?« Stacheljunge fuhr herum und starrte Schote an. Ein Stück Katzenfischhaut hing ihm an der Nase. »Du meinst – Kupferkopf hat keine Seelen?«

»Bestimmt keine. Er ist seelenlos und auch so herzlos wie der tote Fisch in deiner Schale.«

Stacheljunge blickte in seine Schale und wieder auf Schote.

»Seit wann hat er keine Seelen mehr?«

»Seit wann?«

»Ja. Wann sind ihm seine Seelen weggeflogen?«

Der starke Regen hatte sich zu einem dunstigen Nieselregen abgeschwächt, der leise aufs Dach trommelte und die Bodenmatten benetzte, wenn Windböen hereinwehten. Schote zog den Saum seiner Tunika enger um sich.

»Nun ja«, sagte Schote, »deine Mutter würde dir wahrscheinlich erzählen, dass Kupferkopf sowieso niemals Seelen besaß. Aber ich glaube, es geschah vor zwei Sommern. Erinnerst du dich noch an den Traum, den Kupferkopf hatte? Vielleicht nicht, du warst noch sehr jung. Es geschah kurz vor dem Feiertag der Sonnenmutter. Denn von diesem Tag an hat er sich gebärdet wie ein tollwütiger Puma, der nach allem schnappt, was er sieht. Aber ich glaube nicht, dass seine Seelen einfach so weggeflogen sind wie Sperlinge. Nein, wirklich nicht.«

Stacheljunge setzte seine Schale ab, streckte sich auf der

Matte aus und legte seinen Kopf in Schotes Schoß. Der Schlaf zupfte schon an seinen Lidern. »Und was ist wirklich mit ihnen geschehen?«

Schote flüsterte: »Ich glaube, die Blitzvögel stürzten auf ihn herab und sprengten ihm die Seelen aus seinem Körper heraus.«

»Warum? Als Strafe?«

»Ganz bestimmt. Wenn du die Welt erschaffen hättest, was würdest du denn machen mit so einem Menschlein, das einfach den Tag des Weltuntergangs schon zu kennen behauptet? Das ist eine Anmaßung, die ihm nicht zusteht.«

Stacheljunge gähnte herzhaft. »Ich hasse Kupferkopf«, murmelte er und kuschelte sich in Schotes Arm, der sich über ihn beugte, um die Kapuze über dem Gesicht zum Schutz gegen den eisigen Wind zurechtzurücken.

Kupferkopfs Traum ... Die reisenden Händler hatten überall davon erzählt.

In der Zeit vor der Welt existierten nur Sturmbläser und die Blitzvögel. Eines Tages legte dann das Blitzvogelweibchen ein Donnerei in Sturmbläsers Auge und machte sich mit ihrem Männchen davon, um von einem Ende der großen Winde aus zuzusehen, was geschehen würde. Als das Donnerei sich selbst ausgebrütet hatte, wirbelte eine blaue Welt heraus, und Sturmbläser war halb tot vor Schrecken. Er war wild vor Wut. Er versuchte, die Welt in Stücke zu hauen. Die Blitzvögel setzten sich zusammen und besprachen, ob sie versuchen sollten, diese Welt zu retten, oder nicht. Das Männchen verspürte dazu nicht die geringste Lust, wohl aber das Weibchen. Schließlich erschufen sie die Vier Leuchtenden Adler, postierten sie an den vier Ecken des Himmels und wiesen sie an, Sturmbläsers Arme und Beine niederzuhalten, so dass er sich nicht mehr rühren konnte. Hie und da gelang es nun Sturmbläser, sich aufzusetzen, und dann tobte ein großer Wirbelsturm über die Küsten, setzte ganze Wälder in Brand und tötete Dutzende von Menschen. Wären aber die Adler tot, wäre die Verheerung noch viel größer.

Schote lächelte resigniert. Die Adler hatten seither die

Winde der Zerstörung gehorsam in Bann gehalten. Aber die großen Seelentänzer, wie auch der verrückte alte Hundszahn, sagten aus, die Adler seien alt und schwach geworden.

Deswegen hatte Kupferkopfs Traum jedermann in Angst versetzt. Denn der hatte behauptet, dass die Sonnenmutter ihm versprochen habe, ihm einen Blitzjünger zu senden, der die Adler abschießen würde. Und sie hatte gelobt, die Blitzvögel auszusenden, um Kupferkopf zu retten und jeden, der ihm folgte; sie würden in eine leuchtende neue Welt jenseits der Sterne emporgetragen.

Stacheljunge schnarchte leise.

Schote löste ein Stück von dem Katzenfisch ab und aß es, während er nachdachte. Nur Narren glaubten an so etwas. Aber gläubige Anhänger waren in Kupferkopfs Dorf geströmt in der Hoffnung, zu den überlebenden Auserwählten zu gehören.

Schote schüttelte den Kopf, verwundert über Kupferkopf – und Teichläufer. Wie kann es denn ein Mensch ertragen, überhaupt nur an diesen furchtbaren Tag zu denken? Wenn der letzte Adler fallen sollte, würde Schwester Mond ihr Gesicht in den Wolken verbergen und Sternschnuppen weinen. Das Auge der Sonnenmutter würde allmählich immer schwärzer werden, bis sie nur noch Finsternis um sich sah, und dann würde der Sturmbläser die Meerfrau und Bruder Erde einsaugen und zusammen verschlingen. Dann wäre wieder alles wie zu Beginn: Sturmbläser würde unaufhörlich in alle Richtungen blasen, während die Blitzvögel in seinen Augen tanzten.

Schote flüsterte: »Ja, Kupferkopf hätte den Tod dafür verdient, so etwas gesagt zu haben. Er kann von Glück sagen, dass die Blitzvögel Mitleid mit ihm hatten und nur seine Seelen abtöteten. Er ist völlig gefühllos. Sein Herz ist blind. Ich kann mir nichts Schlimmeres vorstellen –«

»Wenn ich Kupferkopf gewesen wäre«, murmelte Stacheljunge schlaftrunken zu Schotes Überraschung, »dann hätte ich verlangt, dass mich die Blitzvögel umbringen, damit endlich Ruhe ist.«

»Vielleicht wollen ihn die Blitzvögel noch zu einer Einsicht bringen, bevor sie ihn zerschmettern.«

Stacheljunge gähnte abermals lang und tief. Goldene Lichter tanzten über seine Pausbäckchen, als er das Gesicht dem prasselnden Feuer zuwandte. »Großvater, was passiert mit uns, wenn Mutter Teichläufer nicht heiraten will und Kupferkopf unser Dorf wieder überfällt?«

»Oh, davon wollen wir nicht sprechen. Das wäre zu grausig.«

»Mutter will Teichläufer nicht, und das weißt du.«

»Natürlich weiß ich das. Aber es ist notwendig. Wenn du erwachsen wärst, dann würde ich auch für dich nach einer machtvollen Gefährtin Ausschau halten. Nach einer Frau eines Clans mit vielen Kriegern und großem Reichtum. So wie Teichläufers Clan. Deine Mutter wird sich an den Gedanken gewöhnen. Und Teichläufer wird ihr ein guter Ehemann sein. Da bin ich ganz sicher.«

Stacheljunge dachte darüber nach, wobei sich sein Mund bewegte. »Und vielleicht gewinnt sie ihn sogar lieb.«

Schote sah hinaus zu Muschelweiß. Der Regen hatte ihre Kapuze und Tunika durchnässt; der Stoff klebte an ihrer hochgewachsenen Gestalt wie eine zweite Haut. Zwölf Kinder hatte sie zur Welt gebracht, doch sie war so schlank geblieben wie eine Frau, die halb so alt war wie sie mit ihren viermal zehn und zwei Sommern. Im Licht der Blitze sah Schote das Wasser auf dem schönen Gesicht und den langen Beinen von Muschelweiß glänzen.

»Ich hoffe auch, dass sie den Jungen gern hat«, sagte Schote. »Aber lieben wird sie ihn wohl kaum. In ihren Seelen ist nur Platz für einen Mann, und das ist dein Vater, mögen ihn die Blitzvögel beschützen. Ich weiß nicht, was deine Mutter macht, wenn Tauchvogel etwas zustößt.«

»Oder mir«, sagte Stacheljunge. »Ich weiß nicht, was ich machen würde, wenn ...« Er brachte den Satz nicht zu Ende.

Schote tätschelte das Bein seines Enkels. Stacheljunge wusste, was Tod war. Der Windeck-Clan war seit der letzten Winterfeier dreimal überfallen worden. Das Kind hatte den Mord an Onkeln und Tanten, den Raub von Cousinen mit angesehen. Seinen besten Freund Koralle hatte Kupferkopf vor acht Monden geraubt, zusammen mit seiner Mutter Glaskraut. Das war eine gute Frau gewesen, ein geschätztes Mitglied des Clans; sie hatte versucht, jedem zu helfen. Alle vermissten sie.

Gedankenverloren zupfte Stacheljunge an einem losen Faden in seiner Tunika und sah zu, wie die Feuer im Dorf erloschen. Die Leute erstickten die Flammen. Der Wind blies feinen Sand durch die Luft.

»Großvater, darf ich bei dir schlafen? Vielleicht bleibt Mutter die ganze Nacht draußen im Regen.«

»Natürlich darfst du. Kriech unter die Decke, ich komme gleich nach. Ich will nur noch eine warme Tasse Tee trinken.«

»Vielen Dank, Großvater.« Er stand auf, umschlang Schotes Nacken und ging dann quer durch die Hütte zur Lagerstatt, wo er unter die rot gestreifte Decke schlüpfte; nur noch sein schwarzer Scheitel war zu sehen.

Schote nahm die Schale auf seinen Schoß und aß den kalten Fisch auf. Es stimmte schon – Muschelweiß stand möglicherweise die ganze Nacht im Regen. Schote konnte sie nicht tadeln. Auch er hatte ungute Ahnungen. Immer wenn er in der Nacht zuvor die Augen geschlossen hatte, zeichnete seine Erinnerung tote Männer, tote Tiere, tote Fische, die an den Strand gespült wurden – immer wieder, so als quälte sich seine Seele in einer magischen Falle, aus der es kein Entkommen gab.

Unter den Böen knirschten und ächzten die Hütten. Die Luft roch wie gewaschener Stein – feucht und erdhaft. Hie und da hatten sich die Wolken geteilt, und dann sah er die Leuchtleute, die auf dem Weg zum Land der Morgendämmerung durch den klaren Himmel segelten.

Schote atmete flach aus. Da oben lebte seine Frau, Donnerwolke, und jagte, fischte und lachte. Es schmerzte ihn, dass er sie vermutlich nie wieder sehen würde. Nur wer friedlich starb, verließ die Welt auf dem Rücken von Sternschnuppen und wurde emporgetragen, über den Himmel hinaus, um sich zu den Leuchtleuten zu gesellen. Wer aber eines gewaltsamen Todes starb, der ging in ein anderes Jenseits, durchschwamm einen langen dunklen Tunnel und gelangte ins Dorf der Verwundeten Seelen, wo es Schnee und Kälte und unaufhörliche Kämpfe gab. Schon der Gedanke an die Kälte ließ ihn erschauern.

Die Stofftaschen an den Dachstangen knarrten im Wind. Schote hörte ihnen zu, aber sein Blick war starr auf den Wald gerichtet. Was waren das für schattenhafte Gestalten? Wahrscheinlich Wachtposten. Aber vielleicht auch Geister. Früher war Schote ein tapferer Krieger gewesen. Er hatte Dutzende von Männern getötet, alte und junge, manche noch kaum den Mannbarkeitsriten entwachsen, und auch einige Kriegerinnen. Verschiedene dieser Seelen lauerten noch im Dunkel. Sie waren zu lange auf der Erde geblieben, bevor ihre Familien sie gefunden hatten. Schote kannte jeden Einzelnen; das Bild ihrer Gesichter hatte sich in seine Seele eingegraben, manche überstrahlt von der schräg stehenden Nachmittagssonne, andere im grauen Dämmerlicht. Wieder andere starrten ihn mit durchscheinenden Gesichtern an, vom Glanz eines längst vergangenen Morgenrots lavendelfarben getönt.

Seltsam, dass er sie so sah, wie sie Augenblicke vor ihrem Tod ausgesehen hatten und eben nicht nach ihrem Tod, als Blut und Schmutz die glasigen Augen schon überdeckten.

Damals waren sie Feinde gewesen, aber nach vielen langen Sommern waren sie Freunde geworden, die erschienen, um ihn vor drohenden Kämpfen oder vor Herzeleid zu warnen.

Seit zwei Nächten war ihm, als hätte er sie gesehen, wie sie durch die Wälder schlichen, die durchsichtigen Leiber vom Silberlicht der Sterne umstrahlt. Flüsternd gaben sie in seinen Träumen Wahrheiten preis, die so ungeheuerlich waren, dass er sich weigerte, sie zu glauben.

In den stillen Nischen seiner Seelen klagten unterdrückte Stimmen: *»Nein, nein, das kann nicht sein. Muschelweiß würde zerbrechen.«*

Zweimal zehn und fünf Sommer lang hatte Tauchvogel wie eine Felswand zwischen Muschelweiß und der Welt gestanden, hatte sie ermutigt und unterstützt. Nur Tauchvogel und Schote wussten, wann Muschelweiß die ganze Nacht geschluchzt hatte, nachdem Freunde von ihr gestorben waren. Muschelweiß glaubte, dass eine Führerin im Kampf vor ihren Kriegern unbesiegbar zu erscheinen hatte und dass jede Schwäche, die sie zeigte, auch jeden anderen in ihrem Umkreis schwächen würde. Aber das hieß auch, dass sie nie menschliche Züge zeigen durfte – nicht vor anderen. Ausgenommen vor Tauchvogel. Und, gelegentlich, vor Schote.

Er atmete tief aus. Vier Posten wachten rings um das Dorf. Der Schatten eines stämmigen Mannes bewegte sich unter den nördlichen Eichen; er wusste, dass Schwarzigel dort aufgestellt war. Die Wachen würden sofort brüllend Alarm geben, wenn Feinde auftauchten.

Stacheljunge schnarchte jetzt leise.

Schote nahm seine Kürbistasse Tee auf, hakte sein Atlatl an den Gürtel und ergriff drei Speere. Auf Zehenspitzen ging er hinaus in den Nieselregen, auf seine Tochter zu. Seine bloßen Füße sanken in dem nassen Sand ein. Die Leuchtleute erhellten den Strand so, dass jede Muschel, jedes Blatt einen Schatten warf und unheildrohende Gestalten durch die Bäume an der Küste zu tanzen schienen.

Regenpfützen schimmerten in jeder Mulde.

Schote stand schweigend eine Weile neben Muschelweiß und folgte dem Blick seiner Tochter durch die Regenschleier der Küste entlang.

»Du hast Wachen aufgestellt, warum versuchst du nicht, etwas zu schlafen?«

Muschelweiß blieb reglos stehen. »Ich kann nicht schlafen, Vater. Ich liege einfach da und starre zur Decke. Hier bin ich nützlicher.«

»Irgendwelche Anzeichen von Feinden?«

»Nein.«

»Auch im Dorf ist alles ruhig. Wenn nicht so ein komisches Stinktier bei Sonnenuntergang ins Dorf gekommen wäre und alle in die Flucht gejagt hätte, dann wäre überhaupt nichts vorgefallen.«

Schotes Blick glitt über die kohlschwarze und silbrige Landschaft, über jeden auffällig geformten Lichtflecken, den die Wolken durchgelassen hatten, über jeden bewegten Palmwedel und jede Baumkrone, in deren Geäst sich feindliche Krieger versteckt haben konnten. »Ich habe mein Atlatl dabei. Hab gedacht, ich bleibe eine Weile bei dir, um mit dir zu wachen.«

Muschelweiß drehte sich nicht um, aber ihre Augen verengten sich. Sanft erwiderte sie: »Ich will nicht, dass du lange hier bleibst. Dieser Regen frisst dir das Mark aus den Knochen.«

»Nun ja«, sagte Schote, »mein Mark hält das eine Weile aus.« Er stellte seine Speere vor sich auf und zog sich die Kapuze fest um seinen faltigen Hals. Er spürte bereits, wie die Wärme aus seinen Muskeln wich. »Du solltest dir keine Gedanken machen«, sagte er warnend. »Vielleicht wollten sie plötzlich einen Hirsch jagen, oder ein Wal wurde angespült, und sie haben sich etwas mit Fleisch versorgt. Sie haben nur einen Tag Verspätung. Das ist doch nichts. Also weißt du, wenn ich früher im Krieg bei einem Spähtrupp war, da haben wir oft –«

»Vater!« Muschelweiß atmete tief aus und wieder ein. »Tauchvogel hätte uns einen Läufer geschickt, wenn sie sich nur verspätet hätten. Irgendetwas …«, die Stimme versagte ihr, »irgendetwas ist da geschehen.«

Schote blickte in seine halb volle Teetasse und konnte die Seelen der *Leuchtleute* sehen. Welche wohl Donnerwolke war? Wahrscheinlich eine der Sterne in diesem Haufen, sie wollte immer Leute um sich haben. Sie redete gern. Er nahm einen Schluck von dem fruchtigen Tee und reichte Muschelweiß die Tasse. »Wenn du die ganze Nacht hier draußen bleiben willst, dann bringe ich dir etwas zu essen. Stacheljunge und ich haben Katzenfisch gebraten. Wir haben zwei in deine Schale gelegt und ans Feuer gestellt, damit sie warm bleiben. Kann ich dir sonst noch etwas bringen?«

»Ich habe keinen Hunger, Vater, ich –«

Ein heiserer Schrei ließ sie beide erstarren.

Jemand schrie: »Muschelweiß! Muschelweiß, wo bist du?«

Im ganzen Dorf sprangen die Leute von ihrem Lager auf und liefen auf den Wald zu, wo wirre Stimmen durcheinander klangen. Muschelweiß rannte zum Wald. Als sie durchs Dorf lief, stürzten Leute auf sie zu, die Gewänder windgebläht, und stellten schreiend Fragen. »Was ist los?« verlangte Muschelweiß zu wissen. »Was ist geschehen?«

»Im Wald«, sagte jemand. »Schwarzigel hat nach dir gerufen, er hat einen verwundeten Mann gefunden –«

»Tauchvogel?« schrie Muschelweiß.

Schote spürte, wie eine Hoffnung ihr Herz erfüllte. Sie drängte sich durch die Menge und verschwand zwischen den Bäumen.

Schote eilte durchs Dorf, so schnell ihn die schmerzenden Beine trugen, und folgte ihr. Eine Menschentraube hatte sich inzwischen um Schwarzigel und Muschelweiß gebildet. Sie beugten sich über jemanden und versperrten ihm den Blick auf das Gesicht eines Mannes.

»Wer ist es?« fragte Schote, als er sich durch die Menge drängte. »Tauchvogel?«

»Nein«, sagte Schwarzigel und richtete sich auf. »Es ist Eulenfalter. Schwer verwundet. Ich weiß nicht, wie er noch so weit laufen konnte.« Sein rundes Gesicht war von Angst gezeichnet.

Muschelweiß kniete sich neben ihren Sohn, und Schote hockte sich auf der anderen Seite nieder, um den jungen Mann, dessen Tunika bis hinab zum Schenkel mit verkrustetem Blut befleckt war, zu untersuchen. Der Speer war glatt durch ihn hindurchgegangen und hatte nur ein Loch mit geronnenem Blut hinterlassen, wo er den Schaft abgebrochen und herausgezogen hatte. Schweißnasses schwarzes Haar klebte an seiner Stirn und den hohen Wangenknochen. Er blinzelte zu Schote hinauf, lächelte schwach und wandte sich dann an Muschelweiß; die Augen fielen ihm schon zu.

»Mutter –«

»Was ist geschehen, mein Sohn?« Zärtlich strich sie ihm das nasse Haar aus dem Gesicht. »Wo ist der Rest des Trupps?« fragte sie.

Eulenfalter fing an zu schluchzen. Schote sagte: »Die Frage kann warten. Eulenfalter muss sich erst ausruhen und etwas essen. Schwarzigel, trag ihn in meine Hütte, ich –«

»Nein, Großvater, bitte«, sagte Eulenfalter ermattet und streckte die Hand nach Muschelweiß aus, die sie ergriff.

Sanft wiederholte Muschelweiß: »Wo sind die anderen?«

Eulenfalter schluckte mehrmals, als wollte er seine staubtrockene Kehle anfeuchten. »Mutter … Sie sind alle tot.« Er drückte ihre Hand an seine Wange. Das Schluchzen schüttelte ihn. »O Mutter, es war grauenvoll! Blaues Echo fiel als Erster, der Speer fuhr ihm ins Herz … dann Purpurwinde. Vater …«

Muschelweiß umklammerte seine Hand, ihr Gesicht wurde hart. »Dein Vater?«

Eulenfalter sah mit großen Augen zu ihr auf. »Ich sah ihn fallen, Mutter. Den Speer in seiner Seite … Ein Krieger hat ihn dann erschlagen …«

Er sprach weiter, aber Schote erkannte, dass Muschelweiß nicht mehr zuhörte. Ihr Blick war starr ins Dunkel gerichtet, als ob ihre Seelen den Körper verlassen hätten und irgendwo in der Höhe schwebten.

»Tot!« schrie jemand hinter Schote. »Tauchvogel ist tot? Und die anderen auch? Stimmt das? Das hat Eulenfalter gesagt?«

Die Wörter schienen Muschelweiß zu durchbohren wie ein wohlgezielter Speer. »Tauchvogel ist tot … Tauchvogel ist tot …«

Muschelweiß beugte sich vor und küsste ihren Sohn auf die Schläfe. Sie flüsterte: »Ruh dich aus, mein Sohn. Großvater hat Recht.«

»O Mutter!« Eulenfalter weinte und hielt ihre Hand fest umklammert. »Ich konnte nichts tun. Das musst du mir glauben. Sie haben so schnell zugeschlagen, wir hatten nicht einmal Zeit, unsere Speere einzulegen, keiner von uns.«

»Den Geistern sei Dank, dass wenigstens du entkommen bist, um uns zu warnen«, sagte Muschelweiß. »Morgen sehen wir weiter. Du bist müde und verwundet. Du musst schlafen, mein Sohn.« Sie winkte Schwarzigel. »Hilf ihm auf!«

Eulenfalter wollte sie nicht loslassen. Sie küsste seine Finger, löste ihre Hand aus der seinen und stand auf.

Die Menge verstummte. Die Menschen starrten ihr nach, als sie an ihnen vorbei in die Bäume hineinging und zwischen den Schatten verschwand.

»Wohin geht sie?« fragte Schwarzigel flüsternd. »Da ist es gefährlich. Wir wissen nicht, wo sie angegriffen haben. Kupferkopf könnte –«

»Halt den Mund!« befahl Schote. Er fühlte sich schwach und schwindlig. »Ich will, dass das halbe Dorf heute Nacht hier Wache hält. Bring alle her, die tauglich sind und ein Atlatl benutzen können. Es ist deine Aufgabe, Schwarzigel, sie zu postieren. Geh jetzt. Beeil dich! Ich hole zwei Männer, die Eulenfalter in die Hütte tragen.«

Schwarzigel nickte gehorsam. »Jawohl, Geistältester. Wird erledigt.«

»Und jetzt, Großvater?« stieß Eulenfalter hervor. »Was werden wir tun? Wir haben gerade ein Drittel unserer Krieger verloren. Wir sind fast wehrlos.«

»Mach dir darüber heute Nacht keine Sorgen«, sagte Schote liebevoll und strich seinem Enkel über den Arm. »Morgen werden sich die Geistältesten versammeln, um das zu besprechen. Wir werden uns etwas ausdenken.«

Schote deutete auf zwei junge Männer in der Menge. »Flügelriss und Sandbank! Kommt her! Ihr tragt Eulenfalter in meine Hütte.«

Die jungen Männer traten fügsam vor, fuhren mit den Händen unter Eulenfalters Knie und mit den Armen unter seinen Rücken und hoben ihn auf. Schote ging ins Dorf voraus, und die Menge strömte ihm nach.

Schotes Herz war schwer, er litt mit Muschelweiß. Als Donnerwolke gestorben war, hatte Schote einen langen Spaziergang den Strand entlang gemacht. Er wollte nur das kühle Meerwasser an seinen Beinen spüren und die Gischt auf seinem Gesicht, und dabei erinnerte er sich an kleine Dinge, zum Beispiel wie ihre grauen Brauen sich hoben, wenn sie lächelte, wie ihre Arme sich um ihn schlangen und wie ihre Stimme im Dunkel klang.

Der alte Eschenblatt humpelte mit seinem Gehstock heran, als Schote vorbeiging; sein weißes Haar hing ihm unordentlich um das schmale Gesicht. »Schote?« fragte er leise. »Wo ist Muschelweiß? Wir müssen heute Nacht eine Versammlung einberufen, um die Sache zu besprechen, und dabei brauchen wir sie hier.«

Schote winkte Flügelriss und Sandbank zu sich. Er blieb stehen und sah dem alten Mann in die glanzlosen braunen Augen. Das gebräunte Gesicht des Alten mit seinen tiefen Runzeln glich einer sehr alten Palmbeere. »Wir wollen morgen darüber sprechen, Eschenblatt. Heute Nacht hat Muschelweiß einen Mann und zwei Kinder zu betrauern. Das allein ist schon eine viel zu große Last.«

4

Rotalge trottete hinter ihrem älteren Bruder durch den Wald und wich den Zweigen von Hartriegel und Knopfblumensträuchern aus, bis sie endlich den Hirschpfad gefunden hatten, der am Vogelseemoor vorbei über den Hügel führte. Dicht über dem Boden wogte Dunst, der das Moor verbarg, aber sie hörte Enten schnattern, Frösche quaken und Schildkröten ins Wasser klatschen.

Teichläufer, einen Sommer älter als Rotalge, blieb an einer Biegung des Pfades stehen, um zu lauschen. Räuber waren durch die Wälder geschlichen, und man musste auf der Hut sein. Sie ließ sich zu Boden fallen und lag bäuchlings auf den taunassen roten und goldenen Blättern. Der Geruch von Hirschkot und Kiefernnadeln stach ihr in die Nase. Was hatte Teichläufer gesehen? Er ging vorsichtig weiter. Die hellgrüne Färbung seines langen Gewandes verschmolz mit dem Hintergrund des Waldes, aber sein hüftlanges weißes Haar fing das diffuse Licht auf, warf es in Regenbogenwellen zurück und leuchtete wie eine Fackel.

Rotalge folgte ihm mit den Augen. Im Dorf trugen alle kurze Gewänder, aber Teichläufers Robe schleifte über den Boden, hatte lange Ärmel und eine angenähte Kapuze, um ihn vor dem Zorn der Sonnenmutter zu schützen. Denn diese liebte Teichläufer nicht; bei jeder Gelegenheit brannte sie ihm Blasen in die Haut.

Teichläufer blickte über die Schulter zurück und winkte Rotalge. Je näher sie dem Heiligen Teich kamen, umso mehr zitterten ihr die Knie. Sie waren schon lange vor der Morgendämmerung losgelaufen, und wenn sie etwa in diesem Augenblick umkehrten, würden sie nicht mehr vor Einbruch der Dunkelheit nach Hause kommen. Teichläufer musste den Teich aufsuchen, hatte er ihr erklärt, aber Rotalge wusste nicht, warum er sie gebeten hatte, mitzukommen. »Und was ist, wenn da Alligatoren sind?«

Teichläufer wandte sich um und lächelte ihr zu. Er hatte eine gerade Nase und merkwürdige Augen, rosa und durchsichtig wie eine Fischschuppe. Er war zehn und fünf Sommer alt, aber einen Kopf größer als alle anderen Jungen im Dorf. Der Weiße Blitzjünger, so nannten ihn die Leute; er war der Erste seiner Art, der seit zehnmal zehn Sommern geboren worden war.

»Natürlich sind da Alligatoren, Rotalge«, sagte er. »Sie bewachen die Seelen der Toten. Ich würde mir wirklich Sorgen machen, wenn keine da wären. Aber jetzt ist es nicht mehr weit. Komm.«

Er duckte sich unter einen Palmenwedel und ging den Hügel hinauf.

Rotalge runzelte die Stirn. Seine Erscheinung jagte ihr immer noch Schrecken und Ehrfurcht ein. Viele Leute rannten vor ihm davon. Die Sage prophezeite, dass ein Blitzjünger die Vier Leuchtenden Adler abschießen würde, die an den Ecken der Welt die Winde der Zerstörung zurückhielten.

Rotalge schaute den Hügel hinauf. Ihr Bruder hatte den

Kopf zurückgelegt und blickte prüfend nach oben. Teichläufer – und einen Adler abschießen? Nicht sehr wahrscheinlich. Er hätte nicht einmal das Meer mit einem Speer getroffen. Er musste die Augen zukneifen, wenn er etwas nur ein paar Handbreit vor seinem Gesicht sehen wollte. Um einen heiligen Adler zu töten, müsste er erst Flügel ausbreiten und so nahe heranfliegen, dass er seinen Kurzspeer wie einen Langspeer benutzen könnte, und selbst dann, glaubte sie, würde er ihn noch verfehlen. Wenn er eine Elritze gefangen hatte, standen ihm jedes Mal Tränen in den Augen, und dann musste er ihrer Seele eine Abbitte singen, bevor er sie als Köder verwendete.

Rotalge konnte einfach nicht glauben, dass er wirklich ein Blitzjünger war. Es ergab keinen Sinn. Blitzjünger kamen auf die Welt, wenn ein Blitz in den Schoß einer wahrhaft guten Frau einschlug. Aber – die Heiligen Geister wussten es – ihre Mutter war mindestens so verrucht wie Sturmbläser. Sie hasste ihre Mutter. Schwarzer Regen hatte ihrem Clan so oft Schande gebracht, dass Rotalge schon nicht mehr wusste, wie oft. Erst gestern hatte Teichläufer mit seinem besten Freund Weißfisch gerungen, weil der ihre Mutter ›eine Hure‹ genannt hatte, ›die ihre Seelen gegen ein Muschelhalsband eintauschen würde‹. Muschelschalen waren natürlich nicht wertvoll, man fand sie überall. Teichläufer war bei der Rangelei in weniger als zehn Herzschlägen unterlegen. Er konnte genauso wenig kämpfen wie ein Atlatl benutzen. Großmutter Mondschnecke meinte, Teichläufer werde seine Unbeholfenheit mit zunehmendem Alter bestimmt verlieren. Rotalge betete, das möge bald geschehen, bevor Teichläufer so viele Beulen am Kopf hatte, dass er einem Alligator oder einer Schnappschildkröte glich.

»Rotalge!« Teichläufer winkte ihr und eilte mit wehender Robe den Hang hinauf.

Das Sonnenlicht fiel durch die Zweige und besprenkelte den Pfad mit goldenen Rauten, als sie ihm folgte und dabei vorsichtig um die großen Feigenkakteen herumging. Oben angekommen, sah sie Teichläufer am Boden liegen und die gegenüberliegende Seite beobachten. Er rief: »Rotalge, bist du sicher, dass das der richtige Pfad ist?«

»Natürlich«, antwortete sie. »Da drüben steht der alte, ausgebrannte Baum.«

Teichläufer wandte sich um. »Bei diesem schwarzen Fleck?«

»Der Fleck ist der Baum, Teichläufer.«

Er blinzelte. »Oh!«

Sie schüttelte den Kopf und kam mit einiger Mühe zu ihm; der Untergrund war ausgedünnt, und riesige Kiefern, Hickorybäume und Eichen hatten sich mit ihren Zweigen zu einem vielfarbigen Mosaik über ihrem Kopf ineinander verhakt. Gelbe Blätter kreiselten vom Himmel herab. Rotalge schob sich die Keule an ihrem Gürtel auf den Rücken und legte sich auf die feuchte Laubmatte neben Teichläufer.

»Wenn du dich ganz still verhältst«, murmelte Teichläufer, »dann hörst du sie von hier aus.« Lauschend neigte er den Kopf, sein weißes Haar wischte über die Blätter.

Rotalge konzentrierte sich. Aus dem Wald drangen alle möglichen Geräusche. Eichhörnchen keckerten in den Baumkronen über ihnen, verschiedene Vögel zwitscherten, und Frösche quakten. »Was oder wen höre ich?«

Teichläufer sah sie mit zusammengekniffenen Augen an. »Hörst du das nicht?«

»Ich höre Gänseschnattern, einen Eichelhäher plappern …« Die Stimme versagte ihr, als eine blaue Schlange um einen Eichenstamm herumglitt und direkt auf sie zukam. Sie erstarrte. Die Schlange war länger als sie beide zusammen und hatte einen rötlichen Kiefer und fast schwarze Schuppen.

»Sie ist nicht giftig«, flüsterte Teichläufer.

»Aber sie ist so …«, sie schluckte schwer, »sie ist so groß. Sieh doch, wie groß sie ist.«

Teichläufer lächelte sie an und drehte sich zur Schlange um. »Hallo, Großvater«, sagte er. Die Schlange hielt inne und ringelte sich dann zusammen, als hätte seine sanfte Stimme sie beruhigt und in Bann geschlagen. »Schon gut«, fuhr Teichläufer fort, »wir jagen heute keine Schlangen, sondern den alten Hundszahn. Hast du ihn gesehen?«

»Hundszahn!« Rotalge fuhr herum und starrte ihn an. »Was –«

Teichläufer hob die Hand und hieß sie schweigen.

Die Schlange züngelte noch einmal und glitt, Eicheln beiseite schiebend, zum Teich.

Rotalge packte den Stoff über ihrem hämmernden Herzen. »Das war eine Warnung, Teichläufer! Hast du den Ausdruck ihrer Augen gesehen? Die Schlange im Himmel hat sie gesandt, um uns zu sagen, dass wir ins Dorf zurückkehren sollen, bevor es zu spät ist.«

»Zu spät?« fragte er. »Zu spät wofür?«

»Ich weiß nicht. Vielleicht haben es die Geister da unten nicht so gern, dass wir sie sehen wollen. Vielleicht brechen sie uns das Genick oder ertränken uns oder –«

»Aber Rotalge«, sagte Teichläufer besänftigend, »hörst du denn nicht, wie sie uns rufen, wie sie uns willkommen heißen? Selbst wenn sie es wollten, würde Hundszahn sie nicht lassen. Er erwartet uns, und er hat fast so viel Macht wie die Sonnenmutter. Hundszahn will, dass wir mit Tante Finne reden. Er sagt –«

»Wovon redest du?« Mit offenem Mund starrte sie auf ihren Bruder. »Tante Finne starb vor einem halben Mond, bei einem Überfall von Kupferkopf.«

»Ja«, erwiderte er nüchtern, »aber ihre Stimme ist doch lebendig.« Teichläufer grinste wieder, stand auf und lief mit wehenden weißen Haaren den Hügel hinunter.

Rotalge konnte sich nicht rühren.

Tote Stimmen und Hundszahn! Beides erschreckte sie. Aber vielleicht, dachte sie, war Hundszahn noch das Schlimmere von beiden. Man wusste, dass er Menschen, die er nicht mochte, in abstoßende Dinge verwandelte, in Meerschnecken oder Schlick.

Beim letzten Halbmond war er, in Lumpen gekleidet, in ihr Dorf gekommen, hatte die Geistältesten zusammengeholt und ihnen eröffnet, er sei gerade von einem langen Flug auf dem Rücken der Blitzvögel zurückgekehrt. Er sagte, er habe die Vier Leuchtenden Adler besucht. Dann hatte er die Stimme gesenkt und flüsternd erklärt, die Adler würden bald sterben, ihre Schwanzfedern seien ihnen schon alle ausgefallen, und jetzt mühten sie sich, nur noch mit einem Flügel zu fliegen. Die runzligen Gesichter der Ältesten hatten sich vor Schreck verzerrt. Seit Teichläufers Geburt befürchteten die Menschen, das Ende der Welt stünde bevor. Aber jetzt war es sicher.

Teichläufer bemerkte, dass Rotalge ihm nicht gefolgt war; er hob die Hände zum Mund und rief: »Kommst du?«

»Teichläufer, hast du … hast du Tante Finne noch einmal gehört, nachdem wir sie begraben haben?«

Er schüttelte den Kopf. »Nein, aber Hundszahn sagt, heute ist es so weit. Er will mir zeigen, wie ich mit den Geistern reden kann.«

»Also, ich meine, da solltest du nicht mitmachen. Hundszahn ist ein verrückter alter Mann! Und er mag dich nicht einmal.«

Teichläufer seufzte und stapfte wieder zurück, den Hügel hinauf. Oben ging er auf die Knie, streckte sich, so groß wie er war, vor ihr auf den Blättern aus und ergriff ihre Hand. Ein schwacher Abglanz der Sonne tanzte in der Tiefe seiner unauslotbaren Augen. »Ich muss es tun, Rotalge, und ich will, dass du bei mir bist.«

»Wozu?«

Kleine Nebelschwaden mit Schleppen glitten um sie herum und bestrichen die Fächerpalmen mit mattem Glanz. Teichläufer neigte den Kopf und zog eine Kiefernadel aus dem Laub. »Ich habe etwas Angst, Rotalge, ich –«

»Dann geh nicht!«

»Aber Rotalge …« Er runzelte die Stirn und drehte die grüne Nadel nachdenklich zwischen den Fingern. »Hundszahn sagt, dass Tante Finne nach mir verlangt hat, und ich habe Tante Finne geliebt. Du doch auch?«

»Ja, aber warum will sie mit dir sprechen? Sie ist so alt wie die Blitzvögel. All ihre Freunde und Verwandten sind schon vor vielen Sommern gestorben. Da muss es im Dorf der Verwundeten Seelen jede Menge Leute geben, mit denen sie sprechen kann. Warum gerade mit dir, Teichläufer?«

Seine langen bleichen Wimpern warfen halbmondförmige Schatten über seine Wangen, als er sie von der Seite ansah. »Ich weiß nur, dass sie nach mir gefragt hat. Bitte, komm mit mir, Rotalge. Wenn du dabei bist, habe ich nicht so viel Angst.« Ein Sonnenstrahl stach durch die Zweige, und Teichläufer riss die Kapuze hoch, um sein Gesicht zu schützen, und dabei fiel ihm dichtes weißes Haar in Wellen über die Augen. Er schob es zurück und sah sie an. »Ich brauche dich, Rotalge. Ich weiß nicht, was geschehen wird, aber ich weiß, dass du dazugehörst. Bitte komm mit.«

»Was meinst du damit, dass ich dazugehöre?«

Er legte die Kiefernadel zurück, so wie er sie gefunden hatte, und strich zärtlich mit der Fingerspitze darüber. So verfuhr er mit allem – mit Hunden, Menschen, Steinen. Er berührte sie liebevoll, als wollte er sie um Verzeihung bitten. Rotalge hatte ihn einmal deswegen befragt, und er hatte erklärt, dass er manchmal einen Schmerz fühle, der aus dem Berührten kam, und das belaste ihn und mache ihn hilflos. Sie hatte darauf erwidert, dass es einfältig sei, einen Schmerz in einem Stein zu fühlen, worauf er ganz ernsthaft erwidert hatte: »Warum? Steine werden alt, da brechen Stücke heraus. Sie machen sich auch Gedanken über das Sterben, Rotalge.«

Da er ihr keine Antwort gab, fragte sie weiter: »Stimmt etwas nicht, Teichläufer?«

Er biss sich auf die Lippen. »Das kann ich dir nicht sagen, Rotalge.«

»Ich bin doch deine Schwester!«

»Trotzdem. Ich habe es niemandem gesagt. Ich hatte zu viel Angst.« Er schloss kurz seine Augen, als wollte er Mut fassen.

»Was ist es? Sag's mir!«

Er zögerte. Dann blickte er sie an. »Versprich mir, dass du es nicht weitererzählst.«

»Du weißt, dass ich das nicht tun werde.«

Teichläufer senkte den Kopf, und das Sonnenlicht betupfte sein Gesicht. Seine rosa Augen glühten in einem überirdischen Licht, so wie die Scheren eines Krebses bei Sonnenaufgang. »Seit etwa einem Mond«, begann er leise, »fühle ich mich merkwürdig verändert, Rotalge. Als wäre etwas in mir geboren worden, wie Donner, der grollend erwacht. Ein schwaches Dröhnen ist dann in meiner Brust, das sich bis in meine Finger und Zehen fortsetzt und dabei immer lauter wird, bis ich –«

Rotalge hob eine Hand und suchte schnell den Wald mit Blicken ab, um sich zu vergewissern, dass niemand sie hörte. »Heilige Sterne! Teichläufer, sag das keinem Menschen, besonders nicht dem alten Hundszahn. Der bringt die Geistältesten dazu, dich im Schlaf zu erstechen!«

Ihre Blicke trafen sich; er kniff die Augen leicht zusammen. »Manchmal, Rotalge, höre ich mitten in diesem Gedröhn deine Stimme – nein, nein, sieh mich nicht so an. Es ist kein Traum, es ist ganz wirklich. Ich weiß, ich hätte Großmutter davon erzählen sollen, aber – ich hab's nicht getan.«

»Was sage ich in dem Traum?« fragte Rotalge.

»Du schreist mich immer an, aber ich kann die Worte nicht verstehen, der Lärm ist zu groß. Immerhin weiß ich«, sagte er und drückte ihre Hand, »dass du mich warnen willst.«

»Wovor?«

»Ich weiß nicht. Aber ich brauche dich, Rotalge. Ich glaube, ich brauche dich sogar sehr.«

Rotalge ließ ihre Blicke über den Wald schweifen. Sie dachte: *Ein Dröhnen wie Donner, der grollend erwacht.*

»Teichläufer«, murmelte sie, »wenn du mich brauchst, dann werde ich an dir kleben wie gekochter Kiefernsaft, aber versprich mir, dass du niemandem von diesem Dröhnen in dir erzählst, nicht einmal Großmutter. Sie würde dann denken, sie müsste eine Ratsversammlung der Geistältesten einberufen, und ich ... Bitte tu es einfach nicht! Es wäre nicht gut, nicht nach all dem, was Hundszahn ihnen erklärt hat. Die Ältesten haben dich beobachtet wie Kaninchen, die den Habicht über sich kreisen sehen. Versprichst du mir das?«

Er zögerte. »Ich verspreche es dir. Aber jetzt komm! Ich habe uns aufgehalten; ich glaube, die blaue Schlange hat mir nur sagen wollen, dass der alte Hundszahn schon am Teich auf uns wartet.«

Er drehte sich um und warf sich wieder auf den Pfad, den er bäuchlings hinunterglitt wie ein Otter einen glitschigen Uferhang. Als ihn zu viel aufgehäuftes Laub behinderte, stand er auf und kletterte über den Blätterberg.

Rotalge erhob sich ebenfalls und ging hinunter.

Teichläufer wartete unten in einem Fächerpalmenhain auf sie. Schwarze Erde und Humus klebten auf seinem Gewand; er wischte sich geistesabwesend ab, als er sie kommen sah. So wie er da stand, wirkte er sehr groß und schlaksig. Das lange weiße Haar hing ihm aus der Kapuze heraus und reichte ihm bis zu den Hüften. Rotalge schüttelte den Kopf; mit dichtem schwarzem Haar wäre er vielleicht ansehnlich gewesen. Aber es spielte ohnehin keine Rolle; so wie Fischschwärme bei einer ins Wasser geworfenen Muschel auseinander flitzen, so rannten die Mädchen in alle Richtungen vor ihm davon, und Rotalge konnte sie nicht einmal dafür tadeln. Teichläufers Augen hatten eine seltsame Wirkung auf Menschen. Wen Teichläufer starr anblickte, der fühlte sich wie nackt, eine Schicht hier abgezogen, eine dort, bis alle Schichten, in die man sich zum Schutze seiner selbst so eifrig eingehüllt hatte, verschwunden waren und die eigenen Seelen schutzlos vor ihm lagen.

»Ich höre Hundszahn«, flüsterte er, als sie ihn eingeholt hatte. »Er singt ein Totenlied.«

Verdrossen sagte sie: »Na schön. Dann wollen wir ihn suchen, damit du lernst, wie man mit Geistern spricht, und damit wir vor der Dunkelheit wieder zu Hause sind.«

Teichläufer lächelte. »Vielen Dank, dass du mitgekommen bist, Rotalge.«

Rotalge folgte ihm, die Hand auf ihrer Keule, geräuschlos über den ausgetretenen Pfad, der durch die umrankten Bäume und die Fächerpalmen hindurchführte, welche den Teich umstanden.

»Hörst du Hundszahn immer noch?« fragte sie.

»Nein, jetzt nicht mehr. Ich –«

Teichläufer blieb in der westlichen Biegung des Pfads abrupt stehen. Rotalge trat dicht hinter ihn und spähte an seinem rechten Arm vorbei. »Was ist los?« fragte sie. »Siehst du ihn?«

Teichläufer hob langsam den Arm und wies nach vorn.

Rotalge machte große Augen und schluckte. »Heiliger Bruder Himmel!«

In der schwarzen Höhle eines vom Blitz getroffenen Baums saß Hundszahn, die knotigen alten Knie angezogen. Er hielt einen feuergehärteten spitzen Bestattungsstecken in Händen. Rings um die funkelnden Augen waren weiße Flecken gemalt, aber der Rest seines hageren Körpers war dick mit schwarzer Farbe bestrichen. Ein Geweih, mit grauem Haar bedeckt, ragte über seinem Schädel hoch, als hätte das wachsende Geweih seine Haare mit nach oben gezogen. Er trug einen hirschledernen Schurz und ein Halsband aus polierten Palmensamen. Unter der dicken Schminkschicht sah man die Runzeln in seinem schmalen, uralten Gesicht.

»Ah, da seid ihr ja«, sagte Hundszahn. »Hab schon gefürchtet, ihr würdet nicht kommen.«

»Aber ich hatte es doch versprochen, Großvater«, erwiderte Teichläufer.

»Gut, gut, aber für die meisten sind Versprechen doch nur Worte. Na, ich bin froh, dass du deins gehalten hast.«

Hundszahn stützte sich mit einer Hand auf den Stamm und erhob sich auf dünnen Beinen. Sein schwarzer Körper verschmolz derart mit der verkohlten Innenwand des Baums, dass er fast nicht mehr zu sehen war. »Ich stelle fest, dass deine Schwester mitgekommen ist. Ich habe sie nicht eingeladen. Ich hoffe, die Geister lassen sie leben. Wie heißt sie?«

Rotalge trat hinter Teichläufer hervor, als ginge sie auf Klapperschlangeneiern. »Rotalge. Ich heiße Rotalge.«

»Ach ja, stimmt.« Hundszahn deutete mit dem Stecken auf sie. »Rotalge. Tochter von Schwarzer Regen und … Hat eure Mutter euch jemals verraten, wer euer Vater ist?«

»Nein«, sagten Rotalge und Teichläufer gleichzeitig und sahen sich an. Keiner von beiden kannte den Namen des Vaters. Vielleicht stammten sie beide vom selben ab, vielleicht auch von verschiedenen Männern.

Hundszahn trat ins Sonnenlicht, und die weißen Kreise um seine Augen leuchteten. Er sah prüfend in den Wald, als fürchtete er Eindringlinge. »Nun ja, das ist auch kein Wunder. Schwarzer Regen weiß es wahrscheinlich selber nicht.« Er streckte eine schwarz bemalte Hand aus. »Nun kommt, die Geister sind es müde, weiter zu warten.«

»Müde? Aber Großvater«, verteidigte sich Teichläufer und folgte Hundszahn, »ich bin zu der Zeit gekommen, zu der du –«

»Das meine ich nicht«, erwiderte Hundszahn mit einer lässigen Handbewegung. »Ein paar Geister haben schon mehrere zehn Sommer darauf gewartet, mit einem Blitzjünger sprechen zu können. Sie wussten, dass du kommst, sie wussten nur nicht, wann. Also sei nicht erstaunt, wenn sie dich beim Namen nennen.«

Rotauge sah, wie Teichläufer ein schwacher Schauer über den Rücken lief, den er aber sofort unterdrückte. Sie wusste, wie ihm zumute war. Hundszahn machte sie ganz krank, und sie führte es hauptsächlich auf seine irr klingende Stimme zurück. Wie um all seinen Mut zusammenzunehmen, ballte Teichläufer die Fäuste und fragte: »Du hast also den Geistern meinen Namen gesagt?«

Hundszahn blieb so plötzlich stehen, dass Teichläufer in ihn hineinlief und den alten Mann zwei Schritt zurückstieß.

»Oh, verzeih bitte, Hundszahn«, sagte Teichläufer, »ich wollte nicht –«

»Aber nein«, antwortete Hundszahn und legte den Kopf schräg wie ein überraschter Kormoran. »Wie kommst du denn darauf?« Ein Nebelwölkchen schwebte vor seine Augen; er riss den Kopf zurück, um zu sehen, was es war, und wischte es dann mit beiden Händen gereizt beiseite. »Ich habe den Geistern nicht gesagt, wie du heißt. Tatsächlich waren sie es, die mir deinen Namen genannt haben, übrigens schon lange vor deiner Geburt.«

Hundszahn lächelte ihn auf seine irre Weise an, drehte sich um und ging weiter.

Rotalge packte Teichläufer am Arm und zog ihn zurück. Sie flüsterte: »Hundszahn hat doch nur etwas von einem Geist gesagt, von Tante Finne, die mit dir reden wollte. Jetzt ist auf einmal ein ganzer Haufen von denen da. Mit wie vielen Geistern willst du denn heute reden?«

»Ich … weiß es nicht. Aber ich gehe jetzt besser weiter.« Er zuckte die Achseln und rannte, um Hundszahn einzuholen. Rotalge folgte ihm vorsichtig.

Auf der anderen Seite des Teichs, sechs Körperlängen entfernt, lagen zwei Alligatoren mit aufgesperrten Mäulern im Seichten. Seerosen schwammen um ihre langen Schwänze. Es waren junge Tiere, noch mit gelben Kreuzbändern auf dem Rücken, die mit zunehmendem Alter verblassten. So jung, wie sie waren, würden sie vermutlich noch nicht angreifen, aber Rotalge behielt sie auf alle Fälle im Auge.

Hundszahn bahnte sich seinen Weg durch die Fächerpalmenwedel und ließ sich in den Schlamm neben dem Heiligen Teich fallen. Gegen die grüne Vegetation sah sein skelettartiger schwarzer Körper wie ein verkohlter Leichnam aus.

Eine schwache, warme Brise strich durch den Wald und brachte frischen Herbstgeruch mit; die Sonnenlichtflecken, die über den Teich tanzten, kontrastierten mit dem dunkelbraunen Waldboden und spiegelten sich aufblitzend in den menschlichen Augen, die unterhalb der grünen Wasseroberfläche nach oben starrten. Kultische Pfähle mit geschnitzten Tauben, Pelikanen und anderen Vögeln auf den Spitzen standen Wache rings um den Teich.

Teichläufer nickte den Vögeln respektvoll zu, bevor er sich neben Hundszahn niederließ. »Hier bin ich, Großvater, begierig zu lernen, was du mir beibringen willst.«

Rotalge stand hinter Teichläufer und schaute in den Teich. Einige Gesichter waren mit Schlick überzogen und wirkten wie Tonmasken; andere, von kürzlich Verstorbenen, sahen ganz lebendig aus. Rotalges Herz klopfte heftig.

Wegen der Kälte im Jenseits zog ihr Clan die Toten warm

an und wickelte sie in warme Decken ein. Dann versenkten die Geistältesten die Leichen im Wasser und drehten sie behutsam auf die linke Seite, so dass die Köpfe nach Westen und die Gesichter nach Norden ausgerichtet waren, dem langen, kalten Tunnel zugewandt, den sie durchschwimmen mussten, um das Dorf der Verwundeten Seelen zu erreichen.

Rotalge beugte sich vor, um Tante Finne in die Augen zu sehen. Die Tante schien traurig zu sein. Ein paar wertvolle Sachen ihrer Habe schimmerten im Sonnenlicht – ein Haifischzahn-Halsband, ein Mörser aus Eichenholz, zwei lange Speere und ihr Lieblings-Atlatl mit dem gravierten Vorderschaft aus Hirschbein.

Um zu verhindern, dass Raubtiere ihre Lieben von der Jenseits-Pforte wegzerrten, trieben die Geistältesten durch Feuer zugespitzte Pfähle in ovalen Rahmen durch die Decken, so dass die Leichen wie festgenagelt waren. Denn wer vor seiner Reise von der Pforte weggezerrt wurde, musste vielleicht ewig auf der Erde wandeln, ohne je den Weg zum Dorf der Verwundeten Seelen zu finden. Diese Seelen waren dann so einsam, dass sie aus Rache sogar ihre Verwandten töten konnten.

Hundszahn rammte seinen Stecken mit der Spitze in den Boden und sah Teichläufer ernst an. »Komm näher, Teichläufer, setz dich neben mich.« Nickend zeigte er ihm den Platz, und dabei rutschte sein Geweih nach links. »Oje«, sagte er, als sich die scharfen Spitzen zu seiner Schulter neigten. Hastig rückte er den Kopfputz wieder zurecht und seufzte.

Teichläufers Sandalen versanken im rotbraunen Schlamm, als er sich neben Hundszahn kniete. Ein Lächeln erhellte sein Gesicht, als er in den Teich schaute. »Hallo Tante«, sagte er liebevoll, »du hast mir gefehlt.«

Hundszahn zielte mit seinem Stecken auf Teichläufers Herz. Er fragte sanft: »Hörst du sie?«

»Ja«, antwortete Teichläufer stirnrunzelnd, »aber ich kann sie nicht verstehen. Als ob sie ganz weit weg wären.«

Hundszahn beugte sich vor, und das Sonnenlicht huschte über sein schwarzes Gesicht. »Das ist seltsam«, sagte er.

»Was ist –« Teichläufer setzte sich widerwillig in das Schlammwasser und verzog das Gesicht, als es ihm um die Hüften schwappte.

»Hm?« fragte Hundszahn.

Teichläufers farblose Augenbrauen zogen sich über seiner spitzen Nase zusammen. »Du hast gesagt, es sei seltsam, dass die Stimmen so weit weg sind.«

Hundszahn blinzelte. »Natürlich ist das seltsam«, sagte er ungehalten. »Die da sprechen, sind nur viermal eine Handbreit von deinem rechten Knie entfernt.«

Teichläufer sah den alten Mann mit zusammengekniffenen Augen kurz an und nickte dann lächelnd. »Ich verstehe. Also – was hast du mir beibringen wollen?«

Rotalge blickte ärgerlich in den Wald. Sonnenstrahlen durchbrachen den Nebel und erwärmten den Boden; Dunstfasern ringelten sich hoch, wanden sich durch die Ranken und verfingen sich in den Eichenkronen.

Leise, mit heiserer Stimme, sagte Hundszahn: »Teichläufer, hast du gewusst, dass die Menschen verflochtene Seelen haben?«

»Ja, Großvater. Solange sie leben, sind die Seelen miteinander verwoben, so wie die feinen Fäden unserer Gewänder, aber im Tod trennen sie sich.«

»Gut. Sag mir, wo die drei Stränge deiner Seele wesen.«

Teichläufer erwiderte: »Eine in meinem Schatten, und die ist weiblich, so wie Rotalges Schatten-Seele männlich ist. Eine andere Seele lebt in meinem Wasserspiegelbild und eine weitere in den Pupillen meiner Augen.«

»Das ist richtig«, bestätigte Hundszahn.

Rotalge saß da mit offenem Mund. Das hatte sie nicht gewusst. Woher wusste Teichläufer das? Gehörte das auch zu diesem Geheimwissen, das an Jungen oder Mädchen weitergegeben wurde, wenn sie erwachsen wurden? Aber so weit war sie noch nicht. Durfte ein Mädchen wie sie das überhaupt jetzt schon hören – oder würde ihr dann etwas Schreckliches zustoßen? »Hundszahn«, fragte sie. »Soll ich … ich meine, darf ich bei diesen Sachen schon zuhören?«

»Natürlich nicht«, erwiderte Hundszahn bedeutungsvoll. »Aber jetzt bist du nun einmal hier, samt deinen Ohren.« Er wandte sich wieder an Teichläufer und überließ Rotalge ihrer Verwirrung. »Und weißt du auch, Teichläufer, dass eine dieser Seelen, die in deinen Pupillen lebt, niemals den Körper verlässt?«

Ein Windstoß drückte Teichläufer das Gewand flach gegen die Brust und ließ sein langes weißes Haar um sein bleiches Gesicht flattern. Er schob es zur Seite. »Nein, Großvater, das habe ich nicht gewusst.«

»Ja, diese Seele bleibt dem Gebein ewig verhaftet. Und deshalb kannst du, wenn du dem Teich zuhörst, die Seelen reden und lachen und manchmal sogar weinen hören.«

»Ich höre sie, Großvater.« Teichläufer blickte in die Gesichter unter Wasser. »Aber ich kann sie nicht verstehen. Ich weiß nur, dass sie sich freuen, mich zu sehen.«

»Natürlich«, sagte Hundszahn und flüsterte: »Sie freuen sich, weil sie wissen, dass du bald bei ihnen sein wirst.«

Teichläufer rutschte unbehaglich hin und her. »Ich verstehe nicht. Wie meinst du das?«

Hundszahn drückte den Stecken auf Teichläufers Brust und machte eine Delle in den mattgrünen Stoff. »Wenn der letzte Adler fällt, ist Sturmbläser frei. Du weißt das. Alle werden sterben.«

Teichläufer nickte. »Ja, das weiß ich. Glaubst du denn, dass das so bald sein wird?«

»Sehr bald.«

Jetzt wusste Teichläufer nicht mehr, was er sagen sollte. Er schaute Hilfe suchend zu Rotalge, aber sie schüttelte nur angewidert den Kopf, und ihr Blick bedeutete ihm: ›Ich hab dir ja gesagt, dass der Alte ein Irrer ist.‹

Hundszahn drehte sich um, deutete auf den Teich, und das Geweih rutschte ihm über das rechte Ohr. Brummelnd rückte er es wieder zurecht. Mit Schlitzaugen sah er Teichläufer an. »Willst du leugnen, dass du ein Blitzjünger bist?«

»Ich weiß nicht, Hundszahn«, antwortete Teichläufer. »Ich möchte keiner sein, aber –«

»Du bist ein Blitzjünger. Das habe ich gesehen.« Hundszahn stand knurrend auf und blickte auf Teichläufer herab. »Du weißt es nur noch nicht. Deswegen habe ich dich heute hergebeten.«

»Aber Hundszahn«, sagte Teichläufer.« Selbst wenn ich einer wäre, heißt das noch nicht, dass ich derjenige bin, der die Adler abschießt. Ich kann mit dem Atlatl nicht gut umgehen. Vielleicht ist ja ein anderer nach mir dazu bestimmt?«

»Es ist Zeit.« Hundszahn beugte sich vor und stützte seine Handflächen auf seine bemalten Knie. »Die Geister rufen deinen Namen. Hörst du sie? Sie haben viel mit dir zu besprechen.«

Teichläufers Blick glitt zum Teich. »Ich bin bereit. Glaube ich wenigstens. Sag mir, wie ich mit ihnen sprechen soll, Großvater.«

Hundszahn grinste und reichte Teichläufer seinen Stecken. »Hier, nimm den. Ich habe über ihn gesungen, er ist also geweiht, und die Geister werden dich nicht töten. Geh in den Teich, bis zur Mitte, zur tiefsten Stelle, die aber nur halb so tief ist, wie du groß bist, und ramme den Stecken in den Grund. Dann halte dich daran fest, tauche ein und bleibe so lange unter Wasser, wie du kannst –«

»Und die Alligatoren da drüben?« stieß Rotalge hervor. »Das ist Selbstmord! Teichläufer, willst du dich lebendig auffressen lassen?«

Hundszahn betrachtete sie so neugierig wie ein Pantherkätzchen. »Wird er gefressen?«

»Nun, es ist doch möglich –«

»Hast du jemals gehört, dass die Alligatoren im Heiligen Teich die Ruhe der Toten stören? Ist so etwas jemals geschehen?«

Rotalge beobachtete die Alligatoren, die weiterhin selbstzufrieden mit aufgesperrtem Maul im Schlamm ruhten. »Nein«, antwortete sie, »aber das heißt ja nicht –«

»Mein liebes Mädchen, die Geister haben den Alligatoren schon mitgeteilt, dass sie mit Teichläufer zu sprechen wünschten.«

Hundszahn watete kurz in den Teich, darauf bedacht,

nicht auf die Beschwerungsrahmen zu treten. Er winkte Teichläufer. »Keine Angst, komm nur!«

Mit zitternder Hand griff Teichläufer nach Hundszahns Arm. »Es geht schon, es geht schon«, sagte er und watete ins Wasser, den Stab fest in der rechten Hand.

»Geh bis zur Mitte.« Hundszahn wies auf die Stelle, die er meinte. »Es ist ziemlich seicht da. Du wirst sehen, das Wasser geht dir nicht einmal bis zu den Hüften.«

Teichläufer packte den Stecken wie ein Messer, als er den Alligatoren näher kam, aber sie beobachteten ihn nur reglos aus ihren Silberaugen. Seerosen glitten gedrängt um sein Gewand.

Hundszahn hob die Hände wie einen Trichter zum Mund. »Jetzt stoße den Stecken hinein«, brüllte er. »Dann halt dich fest. Du musst völlig unter Wasser sein, so wie die Toten. Los jetzt!«

Rotalge rannte plötzlich aufgeschreckt zum Rand des Teichs. »Teichläufer! Warte!«

Er lächelte. Es war dieses unglaublich liebenswerte Lächeln, das selbst der Windmutter den Atem rauben würde. Neckend sagte er: »Alles ist gut, Rotalge. Wirklich. Mach dir keine Sorgen!«

Der Wind fegte übers Wasser, verwirbelte den Dunst und blies Teichläufers weiße Haare in die Luft. Sein Lächeln schwand, und Rotalge glaubte, Angst in seinen Augen zu sehen. Nach einigen tiefen Atemzügen tauchte er ein, und grüne Kreise, die sich überschnitten, bildeten sich um ihn herum und strebten dem Ufer zu. Zwei kleine Kärpflinge sprangen aus dem Wasser hoch. Als sie zurückfielen, schnappte ein Alligatormaul zu.

Rotalge löste ihre Keule vom Gürtel und hielt sie in beiden Händen – für alle Fälle.

Hundszahn drehte sich zu Rotalge um, auf dem verzerrten alten Gesicht ein so unglaublich irrer Ausdruck, dass Rotalge fauchte: »Was siehst du mich so an?«

Er schob das Geweih, das im tanzenden Sonnenlicht glänzte, zum Hinterkopf. »Wenn ich's mir recht überlege, bin ich jetzt ganz froh, dass du heute mitgekommen bist.«

Misstrauisch fragte sie: »Warum?«

»Es ist ganz gut, wenn ein Familienmitglied bei seiner Wiedergeburt anwesend ist.«

»Wiedergeburt? Was heißt das?«

Hundszahn beugte sich zu ihr, seine weißen Brauen hoben sich. »Der Teich ist ein besonderer Ort der Macht, er wird Teichläufer die menschlichen Seelen aus dem Körper waschen, und etwas Neues, Wunderbares wird in seiner Brust entstehen. Alles, was hier geschieht, ist eine Einweihung, verstehst du? Du wirst staunen, wie er sich nach seinem Tod verändert –«

»Tod?« brüllte Rotalge. »Hast du nicht gesagt, er würde nicht sterben? Du hast gesagt, du hättest über diesen Stecken gebetet, damit die Geister –«

»Na ja, das war doch nur bildlich gesprochen. Natürlich muss man erst sterben, um wieder geboren zu werden.«

Rotalge schrie auf und sprang mit einem Satz in den Teich. Sie rief mit aller Macht: »Teichläufer! Teichläufer! Wo bist du? Wo bist du?«

Ihr Bruder tauchte plötzlich auf, das nasse weiße Haar klebte an seinen Wangen. »Rotalge, was ist denn los?«

Rotalge blieb stehen; der Puls hämmerte ihr so laut in den Ohren, dass ihr fast übel wurde. Ihre Knie zitterten. Teichläufer sah aus wie immer. Sehr lebendig, mit entwurzelten Seerosen, die ihm schlaff über die Schultern hingen.

Sie fuhr zu Hundszahn herum. »Du Wahnsinnsmann«, schrie sie, »warum hast du mir das erzählt?«

»Nun ja«, sagte Hundszahn lächelnd, »du brauchst sicher etwas Zeit, um mit der Verwandlung deines Bruders fertig zu werden. Aber jetzt entschuldige mich.« Er drehte sich um und stapfte an einer Fächerpalme vorbei. »Jetzt habe ich wirklich anderes zu tun.« Über die Schulter rief er zurück: »Herzliche Glückwünsche zur Hochzeit, Teichläufer.«

Rotalge sah ihm mit zusammengekniffenen Augen nach, bis er im goldenen und grauen Netzwerk des Waldes verschwunden war. »Hochzeit?« sagte sie. »Wovon redet der Kerl?«

Teichläufer kletterte an der Nordseite des Teichs heraus und setzte sich schwerfällig ins Schilf. Die grünen Stängel neigten sich in verschiedenen Richtungen um ihn. Ein roter Fleck erschien auf seiner linken Seite und wurde immer größer.

»Bist du verletzt?« Rotalge eilte durch das Schilf zu ihm.

»Nein. Nichts Ernstes. Sicher nicht. Da war ein Speer ...« Er wirkte etwas betäubt, als er die rote Stelle abtastete. Es kam noch mehr Blut durch den Stoff und bildete einen hellen roten Kreis um seine Finger.

»Ein Speer?« Rotalge warf die Keule zu Boden und beugte sich über ihn, um die Wunde zu untersuchen. »Heilige Sonnenmutter! Du blutest schwer, Teichläufer, was ist –«

Er schaute auf. »Es ist passiert, als ich untertauchte. Der Speer steckte im Schlamm, mit der Spitze nach oben. Der Stich ist nicht so schlimm. Das Wasser verteilt das Blut, und deswegen sieht es schlimmer aus, als es ist.«

Rotalge steckte einen Finger durch den Riss im Stoff, um die Wunde zu befühlen. »Wie tief ist die Spitze eingedrungen?«

Von irgendwoher im Wald brüllte Hundszahn: »Er ist tot! Er ist tot!«

»Ist er nicht«, brüllte Rotalge zurück. »Hier sitzt er. Du bist ein Lügner und ein Wahnsinniger.«

»Vielleicht lebt er jetzt noch.« Der Wind trug seine fröhliche Stimme heran. »Aber bald ist er tot.«

Teichläufers Gesicht nahm einen gequälten Ausdruck an. »O Rotalge, es ist nicht meine Schuld.«

Sie wandte den Blick von der Stelle ab, wo sie Hundszahn zuletzt gesehen hatte, und schaute stirnrunzelnd auf ihren Bruder herab. Er wirkte tatsächlich zu Tode erschreckt. »Was ist nicht deine Schuld, Teichläufer?«

Er presste die Hände auf den Bauch und wiegte sich hin und her. »Ich sterbe. Ich sterbe, und ich weiß nicht wieso. Ich fühle richtig, wie mein Leben aus mir hinausrinnt.« Nasses weißes Haar hing an den Schilfrohren ringsherum, und Wasser tröpfelte an den Stängeln entlang. »Was habe ich getan, um die Sonnenmutter so zu erzürnen, dass sie mich töten will? Was mir jetzt geschieht, dafür kann ich nichts. Ich wollte den Donner nicht wecken. Es ist nicht meine Schuld!«

Rotalge hockte schwer atmend vor ihm. Tränen glänzten auf seinen farblosen Wimpern. »Komm jetzt, ich muss dich heimbringen«, sagte sie und zupfte ihn an der Hand, bis er aufstand. Er schwankte. Rotalge legte sich seinen Arm über die Schultern, um ihn zu stützen. »Kannst du gehen, Teichläufer?«

Er rieb sich mit schlammverschmutzter Hand über die Stirn und murmelte: »Ja, ich glaube, ja.«

5

Da bin ich ganz sicher, Geistältester«, sagte der junge Krieger ruhig im Feuerschein der Ratshütte. »Wir haben einen von den Entflohenen gefoltert, bevor wir ihn getötet haben. Er hat gesagt, der Mann von Muschelweiß sei auch geflohen.«

»Und du hältst diesen Mann für Tauchvogel?«

Tauchvogel öffnete die Augen. In seinen Wunden im Rücken und der linken Schulter schlug der Puls so heftig, dass er sich kaum auf das Gesagte konzentrieren konnte. Er wusste zwar, dass sie seine gefesselten Arme über dem Kopf am tragenden Dachpfosten festgebunden hatten, aber er fühlte sie nicht. Er spürte kein Prickeln darin, und sie schmerzten auch nicht. Sie hätten genauso gut vom Körper abgetrennt sein können, doch er konnte sie sehen und sah den Schweiß von ihnen abtropfen.

Zwei junge Krieger saßen um das Feuer und hielten Kürbistassen mit Tee in ihren Händen. Ein weiterer Mann stand mit dem Rücken zu Tauchvogel, eine Hand auf den nordöstlichen Pfosten gestützt, und schaute hinaus auf den mondbeschienenen Ozean, wo die weißen Rücken der schwimmenden Möwen schimmerten und hinter den heranrollenden Wogen verschwanden. Der Mann hatte sein langes ergrauendes Haar geflochten, zu einem Knoten unten am Hinterkopf zusammengerollt und mit einer schön gravierten Haarnadel aus Pelikanbein festgesteckt. Er trug nur einen Lendenschurz, und Insektenfett glänzte auf seiner Haut. Eine lange weiße Narbe verlief im Zickzack über seine linke Schulter. Kupferkopf! Tauchvogel hatte ihn nie gesehen, wusste aber, dass er es sein musste. Wie oft hatte Muschelweiß diese tiefe Stimme beschrieben, die sie verfolgte. Allerdings hatte Tauchvogel sich nicht vorgestellt, dass er so schlank und so groß war.

Der Mann drehte sich langsam um, und sein Halsband aus polierten kleinen Schneckengehäusen blitzte im Feuerschein auf. Weiße Gehäuse, im heißen Sand geröstet und gebleicht. Ja, Kupferkopf! Er galt als besonders gut aussehend, obwohl ihm das Alter scharfe Linien um die großen dunklen Augen eingeschnitten und das Haar an den Schläfen silbern eingefärbt hatte. Sein ovales Gesicht war vollkommen, Nase und Lippen schienen wie aus Stein gemeißelt.

Unter seinem starren Blick reckte sich Tauchvogel, fand etwas Boden unter den Füßen und fing an zu zittern. Er war erbärmlich schwach vor Schmerzen und vor Angst.

Kupferkopf trat näher. »Bist du«, fragte er, »bist du der Ehemann meiner geliebten Muschelweiß?«

Die Ironie in seiner Stimme verursachte Teichläufer Übelkeit. Das Wort ›geliebt‹ klang wie ein Fluch. »Ich bin Jaguar vom Clan der Meerschildkröten.«

»Ach ja?« fragte Kupferkopf. Er ging um Tauchvogel herum; seine bloßen Füße knisterten auf den Fächerpalmenmatten. »Und wie kommt ein Mann vom Clan der Meerschildkröten zu den Kriegern des Windeck-Clans?« Kupferkopf lächelte, aber in seinen Augen war keine Spur von Belustigung.

Die jungen Männer am Feuer waren verstummt; sie hielten ihre Teetassen fest in der Hand und schauten mit schwitzenden Gesichtern zu. Der kleinere der Männer, der rechts neben Tauchvogel saß, schwenkte ununterbrochen seinen Tee in der Tasse herum, als fürchtete er, Kupferkopfs

Zorn könnte sich gegen ihn richten. Warum? Was hatte er getan? Oder nicht getan?

»Antworte!« befahl Kupferkopf.

Tauchvogel erwiderte: »Viele Clans verbünden sich, um dich zu bekämpfen, Kupferkopf. Das müssen wir ... sonst wirst du uns alle töten.«

»Ja«, sagte Kupferkopf sanft, »das ist nicht ausgeschlossen.«

Tauchvogels Beine gaben plötzlich unter ihm nach; er taumelte, gewann aber alsbald wieder Halt. Die jungen Krieger lachten. Tauchvogel biss die Zähne zusammen und richtete seinen Blick auf die von Feuern erleuchteten Schutzhütten, die im dunklen Wald hinter ihnen wie sonnige Flecken verteilt lagen. Es mussten etwa zehnmal zehn sein. Kinder spielten auf dem Boden, Männer behauten Speerspitzen, Frauen saßen vor ihren Webstühlen und webten. Die feuchte Luft trug schwache Flötenklänge heran, auf die Tauchvogel sich konzentrierte. Wenn es ihm nur gelänge, bei Bewusstsein zu bleiben und Kupferkopf am Reden zu halten, könnte er vielleicht noch einen Sonnenaufgang erleben.

Tauchvogel wand sich, um Kupferkopf zu sehen, der sich hinter ihn gestellt hatte, die Arme über der breiten nackten Brust gekreuzt. »Warum hasst du uns so? Deine Überfälle –«

»Ich mache Überfälle«, sagte Kupferkopf und neigte den Kopf kaum merklich, »um neue Frauen und wertvolle Tauschwaren in meine Dörfer zu bringen. Ich hasse niemanden. Außer deiner Frau Muschelweiß. Und die werde ich töten.«

Tauchvogel brachte es fertig, seine geschwollenen Finger zu bewegen und die Seile über sich zu packen, um seine gefesselten Handgelenke etwas von dem Zug zu entlasten. Aber bei dieser einfachen Bewegung zuckte er zusammen und musste wieder zittern. Seine Wunden eiterten. Er spürte, wie sich die bösen Geister von seinem Fleisch nährten und die Kraft aus ihm heraussaugten. »Wenn das stimmt, was ich über Muschelweiß gehört habe«, sagte er, »dann solltest du sehr gut mit deinem Atlatl umgehen können, sonst hat sie dein Herz aufgespießt, noch bevor du sie wahrgenommen hast.«

Kupferkopfs Ausdruck wurde starr, und seine Augen waren so kalt, dass Tauchvogel dachte, allein der Blick dieses Mannes könnte starke Männern schon verzagen lassen.

Tauchvogel füllte seine Lungen mit köstlicher Luft, und lange ausatmend fragte er: »Stimmt das, was die Leute über dich sagen?«

»Kommt darauf an. Was sagen sie denn?«

»Dass du deine Seelen verloren hast. Dass die Blitzvögel herabgestoßen sind, um sie zu töten.«

Kupferkopf schien das zu bedenken. »Ich glaube, ich werde meinen Kriegern deinen erbärmlichen Körper für ihre Speerwurfübungen überlassen. Und dann werden sie dich auf meinen Befehl zurücktragen und dich aufs Lager deiner Frau kippen.«

»Wenn du das Lager von Muschelweiß meinst, wird das meine Frau nicht im Mindesten stören. Sie schläft nämlich zwei Tagesmärsche weiter nach Norden.«

Der kleine Krieger am Feuer torkelte auf die Knie. »Das ist Tauchvogel! Das schwöre ich, Kupferkopf. Ich habe selber seinen Sohn Blaues Echo mit dem Speer erledigt, und bevor der Junge gestorben ist, hat er die Hand nach diesem Mann ausgestreckt und ›Vater!‹ geschrien. Stimmt's nicht, Schwestern?« fragte er den Krieger, der neben ihm saß und nickte. »Da gibt's keinen Zweifel. Das ist der, den wir fangen sollten.«

Tauchvogel schloss die Augen, während der Mann sprach.

Blaues Echo hat mich gerufen? Da war ich offenbar schon zu sehr in Kämpfe verwickelt …

Ein Abgrund tat sich vor ihm auf, sein Herz klopfte und tat ihm weh. Hatte auch Purpurwinde nach ihm gerufen? Eulenfalter? Hatten sie alle sterben müssen, weil Kupferkopf darauf aus war, ihn zu fangen?

Kupferkopf ging auf den kleinen Krieger zu, und der Mann rutschte auf die Matte zurück, als hätte er so viel Angst vor Kupferkopf, dass er all seinen Mut zusammennehmen musste, um in dessen Gegenwart überhaupt zu atmen.

»Keine Angst, Maulbeere. Ich weiß, dass er Tauchvogel ist.«

»Das weißt du?« fragte Maulbeere und warf einen Blick auf den Krieger neben ihm. »Woher?«

Kupferkopf drehte sich um, und der Schein des Feuers glitt an der weichen Rundung seines Kinns entlang. Er blickte Tauchvogel tief in die Augen.

»Muschelweiß ist vollkommen in seiner Seele gespiegelt«, sagte er. »Ich erkenne sie wieder, denn immer, wenn ich in einen Teich blicke, sehe ich sie in meinen eigenen Augen. Wenn sie einmal ihre Seele mit einem Mann geteilt hat, dann lebt sie für immer in ihm. Und sie hat ihre Seele nur mit zwei Männern in ihrem Leben geteilt.« Kupferkopf ging näher an Tauchvogel heran; sein gebräuntes Gesicht bildete einen scharfen Kontrast zu seinen silberfarbigen Schläfen. »Siehst du sie in meinen Augen?«

Tauchvogel suchte nach ihr in diesen Augen, sehnte sich danach, eine Spur ihrer Stärke oder Zärtlichkeit darin zu entdecken, vielleicht auch ihrer leidenschaftlichen Anhänglichkeit oder einen flüchtigen Augenblick ihrer Liebe.

»Nein«, sagte er und seufzte resigniert. »Nein, ich sehe sie nicht. Ich sehe überhaupt nichts in deinen Augen, Kupferkopf. Du hast wahrhaftig deine Seelen verloren.«

»Vielleicht, Tauchvogel, aber wenn das so ist, dann waren es nicht die Blitzvögel, die sie abgetötet haben, sondern Muschelweiß!« Er betrachtete Tauchvogels zerrissenes, blutbeflecktes Gewand. »Hat sie dir erzählt, dass sie meinen Sohn vor meinen Augen getötet hat?«

Tauchvogel konnte seine Erschütterung nicht verbergen. Seine Gesichtsmuskeln erschlafften, bevor er sich wieder fasste. »Aber warum hätte sie so etwas tun sollen?«

Die Krähenfüße um Kupferkopfs Augen traten schärfer hervor. »Seltsam«, sagte er sanft, »ich hätte gedacht, dass sie damit prahlt. Wie sie den großen Kupferkopf auf die Knie gezwungen hat. Das hat sie nicht getan? Das wundert mich.«

Muschelweiß konnte genauso wenig einen ihrer Söhne töten wie sie zu Schwester Mond fliegen konnte. Jedoch ... Tauchvogel hatte Gerüchte gehört, dass sie Kupferkopf einen Sohn geboren hätte, und manches Mal hatte er sich schon gefragt, was wohl aus dem Jungen geworden war.

»Hast du sie nie nach mir gefragt?« wollte Kupferkopf wissen.

Jetzt zitterten Tauchvogels Beine sehr heftig. Bald würden seine Arme wieder das ganze Gewicht tragen müssen, und er verzweifelte bei dem Gedanken.

Die tiefe Stimme von Kupferkopf durchbrach die Stille wie das ferne Tosen eines Wasserfalls. »Ich habe sie sehr geliebt. Als sie mich verließ, wollte ich sie töten – sie oder mich.« Er lächelte und fügte gelassen hinzu: »Du siehst, ich war weder zum einen noch zum anderen fähig.«

Tauchvogel sagte nichts.

»Weißt du, warum sie mich verlassen hat?« fragte Kupferkopf.

»Es ist mir egal, warum sie dich verlassen hat.«

»Du weißt es wirklich nicht?« Anscheinend las er die Antwort in Tauchvogels Augen. »Sie hat dir wenig über sich selbst verraten.«

Kupferkopf ging über die knisternden Matten und lehnte seine Schulter an den südwestlichen Pfosten. Da stand er mit gekreuzten Armen und beobachtete die silbern umrandeten Wolken, die über den Horizont zogen. Der blumige Geruch seines Insektenfetts verströmte in der ganzen Hütte.

»Ich fange am besten ganz am Anfang an«, sagte Kupferkopf, »mit dem Tag, an dem sie mich verraten hat.«

Tauchvogel biss die Zähne zusammen.

Kupferkopf würdigte ihn keines Blickes, er lächelte nur traurig. »Du vertraust ihr ganz und gar, nicht wahr? Das habe ich auch getan. Habe ihr alles erzählt. Am Vorabend des wichtigsten Kriegszugs in meinem jungen Leben teilte ich ihr meine Pläne mit. In Fragen der Taktik war sie sehr gut. Ich wollte ihre Meinung hören. Würde das gehen, wie ich es plante? Sollte ich die Krieger lieber anderswo aufstellen?« Erbittert verzog er den Mund. »Sie hat es meinen Feinden verraten. Doch, doch, das hat sie gemacht. Sie verriet meinen Plan in allen Einzelheiten. Ich habe den Kampf natürlich verloren.«

»War das das Massaker auf der Pelikan-Insel? Wenn ich mich recht erinnere, waren das ja die Leute von Muschelweiß, die du töten wolltest. Kein Wunder –«

»Nein, nein, Tauchvogel«, sagte er, als wiese er eine neue Tasse Tee zurück und nicht eine Mordanklage. »Das war viele Sommer vor der Pelikan-Insel. Zu der Zeit war Muschelweiß schwanger, mit meinem Sohn. Ich vergab ihr. Natürlich vergab ich ihr. Sie erfand irgendeine Ausrede, und ich wollte ihr glauben, wollte ihr unbedingt glauben können … ja, das wollte ich.«

Das Mondlicht, das der Ozean widerspiegelte, betonte jeden Muskel von Kupferkopfs schlanker Gestalt, als er tief ein- und ausatmete. »Aber du hast Recht«, fuhr er fort. »Auf der Pelikan-Insel, da habe ich sie zum letzten Mal gesehen«, sagte er mit gepresster Stimme. »Kurz vor dem Kampf hat sie meinen Sohn ermordet, und dann ist sie geflohen. Hätte ich sie noch auf der Pelikan-Insel erwischt, dann hätte ich sie an Ort und Stelle umgebracht, das kannst du mir glauben.«

Tauchvogel dankte im Stillen allen Geistern auf der Erde, dass Muschelweiß entkommen war. »Wie lange hast du sie gekannt?«

»Wir haben uns kennen gelernt, da war sie zehn und einen Sommer alt, aber erst als sie zehn und drei Sommer alt war, haben wir angefangen, uns zu lieben. Wir haben nur drei Sommer lang dieselbe Hütte geteilt.«

Tauchvogel hatte sie zweimal zehn und fünf Sommer geliebt. Er kannte jede Falte ihrer Seele, und die Grausamkeit, die Kupferkopf beschrieben hatte, die gab es nicht. Wenn Muschelweiß den Mann, den sie liebte, verraten hatte, dann musste sie so verzweifelt gewesen sein, dass sie keinen anderen Ausweg mehr gesehen hatte. Tauchvogel hatte sie schon verzweifelt erlebt, vielleicht sogar so verzweifelt, dass sie auch ihn verraten hätte, wäre sie zu Handlungen gezwungen worden, die auszuführen ihren tiefsten Abscheu hervorgerufen hätten. Aber er hatte sie nie derart verzweifelt gesehen, dass sie es vermocht hätte, einen ihrer eigenen Söhne zu töten.

»Ich muss sie in meine Falle locken, Tauchvogel«, murmelte Kupferkopf. »Die Blitzvögel kommen bald zu mir. Aber vorher muss ich Muschelweiß sehen, sonst werde ich niemals in die prachtvolle neue Welt gelangen, die mir in meinen Träumen versprochen worden ist.«

»Warum? Was hat sie mit den Blitzvögeln zu tun?«

Kupferkopf streckte eine Hand aus, bog die Handfläche nach oben und hielt sie eine Weile so; dann schloss er die Finger zur Faust. »Sie hält einen Blitzjünger in ihrer Hand. Er wird mich befreien. Aber nur, wenn Muschelweiß es ihm sagt.«

Verwirrt konnte Tauchvogel nur entgegnen: »Du wirst sie niemals in deine Falle locken.«

Kupferkopf deutete mit der Faust auf ihn. »Aber ich habe den besten Köder, den es gibt.«

»Du bist ein Narr! Glaubst du etwa, sie käme mit einer Streitmacht in dieses schwer bewachte Dorf, nur um mich zu retten? Niemals!«

Kupferkopf ließ die Hand fallen. »Ich glaube nicht, dass sie das Leben ihrer Krieger aufs Spiel setzt, höchstens ihr eigenes und das des Blitzjüngers.« Er nickte. »Deinetwegen wird sie kommen, Tauchvogel. Ich kenne sie. Sie liebt dich. Und sie weiß, was ich dir antun könnte. Was ich dir bestimmt antun werde – wenn du erst wieder bei Kräften bist.«

Er wandte sich zu seinen Kriegern um; beide Männer sprangen auf und erwarteten seine Befehle. »Schneidet ihn los. Gebt ihm zu essen. Holt die alte Seestern und sagt ihr, sie soll sich um seine Wunden kümmern. Er muss unter allen Umständen am Leben bleiben. Verstanden?«

Maulbeere antwortete: »Ja, Geistältester. Wir kümmern uns darum.«

Kupferkopf ging bis zum Ende der Hütte und hielt inne; offenbar dachte er nach. »Maulbeere!«

»Ja?« Der junge Mann war völlig erstarrt, als er seinen Namen gehört hatte. »Was noch?« fragte er nervös.

Der Feuerschein glitzerte in den Silbersträhnen von Kupferkopfs Haar. »Schick einen Boten zum Windeck-Clan. Vielleicht glaubt Muschelweiß, dass ihr Mann tot ist. Der Bote soll ihr sagen, dass er lebt.«

Es blitzt.

Blaue Adern durchziehen den schwarzen Bauch von Bruder Himmel. Purpurne Risse zerschneiden krachend die Nacht. Alle Blitzvögel der Welt müssen auf den Schultern des Sturmmädchens hergeflogen sein. Sie fliegen wild um mich herum, ihre feurigen Schwanzfedern wischen über den Hintergrund meiner Augäpfel.

Ich habe Angst.

Der Rest von Kernholz-Dorf schläft. Nach dem Abendessen zogen Rotalge und meine Großmutter ihre Decken nahe an die Feuergrube wegen der Wärme. Sie sind nichts als dunkle Klumpen, bis die ziellosen Flüge der Blitzvögel zuckende Leuchtspuren über ihre Gesichter ziehen. Sie wachen nicht auf. Sie rühren sich nicht einmal.

Ich liege bebend auf meiner Schlafmatte, die Finger in meine Decken gekrampft. Das Zittern wellt durch mich hindurch bis in die Zehen und die Fingerspitzen, und ich kann nichts dagegen tun. Großmutter glaubt, dass ich Fieber habe. Sie hat mich mit Brühe gefüttert. Hat mir Gesicht und Arme mit einem kühlen, nassen Tuch abgewaschen. Aber ich habe kein Fieber. Ich weiß Bescheid.

Die Geister haben mich schon darauf vorbereitet. Sie haben gesagt, wenn der Heilige Teich die verflochtenen Seelen rein wäscht, entwirren sie sich. Die Stränge winden sich aus dem Mund heraus, gleiten in die Luft und verlassen den Körper. Dann rüttelt sich das Fleisch auseinander, weil es durch nichts mehr zusammengehalten wird. Wie Felsbrocken, die bei einem Erdrutsch von einer Klippe hinunterstürzen, so fallen Beine, Arme, Eingeweide ab, gewichtslos in dünner Luft, und entgleiten immer weiter, bis die Ferne sie verschlingt.

So fühle ich mich. Mein Herz schlägt noch, meine Augen sehen noch. Aber das ist auch alles, was ich jetzt bin. Herz und Augen. Alles andere ist fort. Beim vorigen Blitzschlag habe ich aufgehört zu atmen. Meine Lungen fielen mir aus der Brust, fielen … fielen … und fielen.

Ich weiß, es wird jetzt nicht mehr lange dauern.

Die Donnereier im vorgewölbten Bauch des Sturmmädchens sind jetzt ausgebrütet, und eine Wand aus Wasser stürzt herab. Blitzvögel gleiten heraus und schießen sofort in die Höhe; sie schlagen so nahe zu, dass ihre Blitze mich blenden. Meine Augenlider sind verschwunden, und ich kann mich nicht wegdrehen. Ein gespenstisches, durchscheinendes Gespinst senkte sich über Kernholz-Dorf. Der Donner schüttelt die Seelen aus der Welt hinaus.

Mein Augenlicht wird besser, und etwas anderes gewinnt Gestalt. Es springt behände zwischen den Säcken herum, die von den Dachstangen hängen, leicht wie eine Feder, die auf Atemwölkchen schwebt. Aber nein – es ist keine Feder. Jetzt sehe ich es deutlicher. Der Saum seines verblichenen Gewandes wirbelt herum, als es tanzt und sich dreht. Es ist so ausgelassen, so überirdisch, so schön …

»Wer bist du?«

»Ich bin die Schildpattpuppe.«

Ich kneife die Augen zu. »Ich kann dich nicht gut sehen. Kannst du nicht etwas näher kommen?«

Die Schildpattpuppe macht einen Radschlag über die Dachstangen hinweg, stürzt dann wie ein Vogel herunter und schwebt auf der Stelle genau über meinen Augen, immer noch tanzend, hin und her, auf und ab, im Takt zu einer Musik, die ich nicht höre.

Sie ist tatsächlich eine Puppe, aus Schildkrötenhorn gemacht, wie ein Kinderspielzeug. Ihr Gesicht war einmal bunt bemalt, aber im Lauf vieler Sommer sind die Farben so verblasst, dass ich die braunen Augen und den roten Mund kaum erkennen kann. Ein paar Strähnen schwarzen Haares sind am Kopf mit Kiefernharz festgeklebt. Der Rest muss ihr schon vor langer Zeit ausgefallen sein. Ein meisterlicher Weber hat ihre Tunika geschaffen, es sind feine

Fäden, eng gewebt – aber die Berührung vieler, vieler Hände hat den Stoff verschlissen, überall hängen einzelne Fäden heraus.

»Du siehst eher wie ein Stachelschwein als wie eine Puppe aus«, sage ich.

»Und du siehst eher wie ein Paar Rosa-Augen als wie ein Junge aus«, entgegnet sie. »War das eben dein Herz, das da vorbeigeflogen ist?«

Ich erschrecke, denn ich höre meinen Herzschlag nicht mehr. Dann fühle ich mein Herz, es fällt ... und fällt ... und fällt und verschwindet lautlos im gähnenden Schlund der Finsternis.

»Ich wünschte, du hättest es abgefangen«, sage ich. »Ich könnte mein Herz noch gebrauchen.«

»Wozu? Dein Körper ist doch schon fast ganz weg. Wann hast du deine Seelen verloren?«

»Vor drei Tagen. Der Heilige Teich –«

»Ah ja, der Heilige Teich.« Die Schildpattpuppe macht einen Purzelbaum und hüpft dann um meine Augen herum.

»Warst du schon einmal am Teich?«

Ein ungeheurer Blitz färbt die Welt blau; ich sehe ein leises Lächeln um ihren verblassten roten Mund. »Das kann man sagen. Der Teich war einst ein Loch im Eis. Ich bin drübergekrabbelt, in der Tasche einer alten Frau namens Bruchzweig. Aber das war nicht das erste Mal, dass ich da war, heilige Geister, nein. Der Teich war schon eine ganze Weile vor der Welt da. Viel größer damals. Tatsächlich riesig. Es war das stille Auge des Sturmbläsers, genau der Ort, wo das erste Donnerei ausgebrütet wurde und unsere blaue Welt herauskreiselte.« Die Puppe schlug Rad und hüpfte um mich herum und lachte entzückt wie ein Kind. »Und deswegen bin ich heute Abend hier.«

»Warum?«

»Heilige Leuchtleute! Hat dir denn niemand etwas beigebracht?«

»Also – ich weiß nicht. Was denn zum Beispiel?«

Ihre zerschlissene Tunika bauscht sich bei ihren wilden

Sprüngen auf. Sie tanzt über die Köpfe meiner Schwester und Großmutter, bevor sie wieder zurückwirbelt. Sie ist ärgerlich. »Vielleicht weiß hier niemand etwas. Also, dann erklär ich's dir. Du bist in den Teich eingedrungen und damit in das Auge. Ein paar Herzschläge lang warst du in dieser Zeitlosigkeit, die herrschte, bevor die Welt geboren wurde. Deswegen hast du deine menschlichen Seelen verloren, damals gab's nämlich noch keine. Also konntest du auch keine haben.«

»Das verstehe ich nicht. Du bist aus irgendeinem Grund hier, hast du gesagt. Aus welchem Grund?«

»Ich will bei der Empfängnis dabei sein.«

»Was für eine Empfängnis?«

»Die Empfängnis des Erlösers. Ich habe ihn einst gekannt. Er war ein Teil von mir, und ich habe ihn sehr geliebt. Er wird aus diesem zeitlosen Augenblick hervorgehen, der noch in deinen Augen lebendig ist.«

»Aber ich sterbe.«

»Und was macht das aus?«

Mein Sehvermögen ist plötzlich geteilt, und Todesangst überfällt mich. Die Dachstangen scheinen herabzufallen, während sich der Boden hebt. Farben wirbeln durcheinander, braune, grüne, schwarze, so dass mir übel wird. Die Puppe ist das Einzige, was sich nicht bewegt. Sie ist mein Ruhepunkt. Mein Anker, und ich starre sie unverwandt an.

»Schlimm ist das«, sagt die Puppe. »Du hast gerade ein Auge verloren. Jetzt ist nicht mehr viel von dir übrig.«

»Und was geschieht«, frage ich voller Furcht, »wenn mir auch das andere Auge herausfällt?«

Ihr fröhliches Lachen perlt um mich herum wie das Lachen eines Kindes, das einen Sommer alt ist – unbekümmert, unschuldig und so rein wie Tau, ein Lachen, das ihre Augen zum Funkeln brächte, wenn sie welche hätte. »Was die Macht von dir verlangt, Teichläufer, ist lediglich Folgendes: Wenn der Blitz in deiner Reichweite ist, musst du die Hand ausstrecken und ihn festhalten. Ist doch einfach, oder?«

»Nein. Ich habe ja keine Hände mehr.«

Die Puppe seufzt, und die zerzausten Haare auf ihrem hornigen Kopf stellen sich jetzt nacheinander senkrecht auf und weisen zum Himmel. Aus den Haarenden sprühen Funken wie aus einem Fuchspelz, über den man mit den Händen streicht, und sie wird ganz still.

»Was ist los?« frage ich. »Was geschieht?«

»Mach dich bereit«, sagt sie warnend.

Ich blicke erschreckt in die Runde, als käme ein Ungeheuer aus dem Wald gesprungen, um mich mit Haut und Haar zu verschlingen. Blitze zucken in ununterbrochener Folge über den Himmel und blenden mich, und der Donner brüllt so laut, dass der Boden sich unter mir hebt und schüttelt. Das ganze Dorf müsste jetzt zusammenfallen. Tut es aber nicht. Warum nicht? Dächer müssten einstürzen, die Menschen um ihr Leben rennen. Großmutter und Rotalge schlafen ruhig weiter, atmen tief, mit entspannten Gesichtern. Sind sie taub?

»Da kommt sie.« Die Stimme der Puppe ist sanft, von Ehrfurcht durchdrungen.

»Wer?«

»Die Erste Mutter.«

Von weit hinten über dem Meer kommt sie in Gestalt eines riesigen Blitzvogels krachend aus dem schwarzen Herz des Sturms und zuckt wolkenzerteilend herab, als sie auf die Erde stürzt. Sie zieht eine fantastische blauweiß flammende Schleppe hinter sich her. Sie kommt näher, und es wird taghell auf der Erde.

Das Letzte, was ich sehe, ist flüssiges blaues Feuer, das sich über mich ergießt, die Fußmatten und die Stützstangen besprengt und die Hütte mit eisigem Glanz erfüllt.

Der Strahl durchbohrt mein eines Auge, und blind taumle ich wie ein Falke durch Luft, die geschmolzenes Elfenbein ist.

Das liebliche Lachen der Puppe durchbricht das Leuchten. Sie singt: »Teichläufers Auge bringt der Welt das Leben. So wie das Sturmbläser-Auge auch. Leben für die Welt, für die ganze Welt!«

6

»Großmutter! Großmutter!«

Mondschnecke schaute kurz auf und sah Klein-Kormoran durchs Dorf laufen, und sie kam zu ihr. Sand wirbelte hinter ihren Fersen auf. Ihre Rufe klangen sehr dringend, aber im Alter von fünf Sommern war vielleicht auch die Mitteilung dringend, dass sie einen unbekannten Fisch am Strand gefunden hatte. Mondschnecke wischte weiter über Teichläufers Stirn. Er lag unter einem Berg von Decken, unter denen nur sein bleiches Gesicht und die nassen weißen Haare hervorschauten. Vier Tage lang hatte das Fieber gewütet. Während des Gewittersturms gestern hatte Mondschnecke einen schrecklichen Augenblick lang gefürchtet, sie könnte ihn verlieren. Sie spürte den Tod, der neben der Schulter ihres Enkels stand und ihn beobachtete, wartend … Aber heute ging es Teichläufer anscheinend besser. Er atmete leichter und hatte sogar etwas gegessen.

Klein-Kormoran kam rutschend zum Stehen und atmete schwer. Sand klebte ihr an Tunika und Füßen. »Großmutter!«

»Pst! Dein Vetter ist krank.« Mondschnecke warf ihren Lappen in das Gefäß mit kaltem Wasser und blickte ihre Enkelin drohend an, worauf das eckige Gesicht von Klein-Kormoran rot anlief. Sie verschränkte die Hände auf dem Rücken und stand wie zu Stein erstarrt. Nur die dunklen Augen bewegten sich, bemüht, Mondschnecke nicht anzuschauen. »Also gut. Was gibt's so Wichtiges?«

Die hellbraune Tunika von Klein-Kormoran wehte herum, als sie sich schnell umdrehte und auf die große Hütte am fernen Waldrand deutete. »Schwarzer Regen ist zurückgekommen! Sie hat mich am Arm gepackt und mich bös geschüttelt!« Klein-Kormoran hielt den Arm hoch, um die roten Fingerabdrücke zu zeigen. »Sieh mal! Sieh mal, was sie gemacht hat.«

»Schwarzer Regen?« Mondschnecke schaute mit zusammengekniffenen Augen auf die Frau, die in der Ratshütte stand, erkannte aber nur einen undeutlichen Fleck mit rotem Gewand. Sie griff nach ihrem Wanderstab und stützte sich darauf, um aufzustehen. »Was will sie?«

»Sie hat gesagt, ich soll laufen und dich holen. Sie hat mir nicht gesagt, warum.«

»Du hast sie gefragt, he?« Mondschnecke lachte in sich hinein. »Kein Wunder, dass sie dich so geschüttelt hat, weil du so frech warst.« Klein-Kormoran wand sich und schaute hoch. Mondschnecke legte ihr die verkrümmte alte Hand auf den Kopf und tätschelte sie sanft. »Hast ganz Recht gehabt zu fragen. Sie hat hier nichts verloren. Jetzt such mal Rotalge; die will vielleicht ihre Mutter noch einmal sehen, bevor ich sie wieder aus dem Dorf jage.«

»Ja, Großmutter.«

Klein-Kormoran raste mit wehenden Haaren zum Meer. Als sie in Richtung fernes grünes Wasser durchs Dorf rannte, schloss sich ihr gleich eine Schar Kinder an, die ihr zusammen mit bellenden Hunden nachlief und einen Sandsturm hinter sich aufwirbelte.

Mondschnecke wischte sich mit dem nassen Lappen die wirren grauen Haare aus den Augen. Schwarzer Regen. O heilige Leuchtleute! Die Frau war unverschämter als ein schwarzer Bär. Wie oft musste Mondschnecke sie noch hinauswerfen, bevor sie es sich endlich merkte. Mondschnecke warf den Lappen wieder ins Wasser, nahm ihren Wanderstab und strich über Teichläufers rosige Wange. »Bin gleich zurück«, flüsterte sie. Aber er wachte nicht auf.

Das Sonnenlicht umhüllte Mondschnecke mit einem goldenen Schleier, als sie zur Ratshütte humpelte. Die kühle, nach Kiefern duftende Brise spielte mit ihrem kurzen Haar, das ihr ums Gesicht wehte. Sie strebte zum Schatten der Bäume, die das Dorf an drei Seiten umstanden, und kam an der Muschelhalde vorbei, auf die man nach dem Essen die geleerten Muscheln kippte. Kurze Moosbärte hingen von den Zweigen der umstehenden Eichen und wehten im Wind. Der Schatten besänftigte Mondschnecke. In den letzten vier Tagen hatte sie so viel Zeit für die Pflege ihres Enkels geopfert, dass sie kaum zum Schlafen gekommen war. Aber sie hatte Mitglieder des Clans auch schon sechsmal zehn Sommer gepflegt. Deswegen war der Kernholz-Clan so groß und stark geworden.

Dreimal zehn Hütten standen auf der Plaza.

In der Frühe war der Clan in die Wälder gegangen, um zu sammeln, was an diesem Tag für die Mahlzeiten gebraucht wurde. Holzschalen, die vor frisch gepflückten Holunderbeeren und Pilzen überquollen, standen auf den Fächerpalmenmatten. Mondschnecke lief das Wasser im Munde zusammen. Am liebsten spießte sie einen Pilz vom Baum auf einen Stecken und röstete ihn langsam über dem Feuer.

Die Ratshütte stand mit dem Rücken zum Wald; sie ging auf die offene Plaza hinaus. Sechsmal eine Körperlänge in der Breite und fünfmal in der Länge, war sie dreimal so groß wie eine übliche Familienhütte. Mit Rauch behandelte Stoffe lagen zu langen Röhren aufgerollt unterm Dach. Um ungestört zu sein, oder bei Nacht, wenn das Volk der Moskitos auf dem Kriegspfad war, ließ der Clan die Stoffe herab, um die Hütte abzuschirmen. Kalebassen mit Schildkrötenöl, vermischt mit pulverisierter Hartriegel-Wurzel, hingen an jeder Stange für alle, die sich damit einreiben wollten – ein weiterer Schutz gegen Insektenstiche.

An der nordwestlichen Ecke der Ratshütte stieß Mondschnecke ihren Stab mit der Spitze in den Sand und hielt einen Augenblick atemholend inne. Ihre älteste Tochter, Schwarzer Regen, stand auf der gegenüberliegenden Seite und lehnte mit hochmütiger Miene an einem der tragenden Kiefernpfosten. Ihre linke Hand quoll über vor schwarzen Nachtschattenbeeren, die sie lässig aß, so als wäre jede Einzelne die Letzte ihrer Art und beanspruchte als solche ihre ungeteilte Aufmerksamkeit.

Mondschnecke hörte auf das Geschrei der spielenden Kinder, das Gebell der Hunde und das Geflüster der Erwachsenen, die von Hütte zu Hütte eilten und berichteten, dass Schwarzer Regen plötzlich wieder aufgetaucht sei. Der Wind trug die überraschten und erschreckten Äußerungen und ein paar Flüche heran; bald würden sich die Leute am anderen Ende des Dorfs sammeln und auf die Ratshütte starren, und jeder würde wissen wollen, ob Schwarzer Regen gekommen war, um um ihre Wiederaufnahme in den Clan zu bitten.

Schwarzer Regen nahm wieder eine Beere und steckte sie in ihren gespitzten Mund.

Mondschnecke verzog das Gesicht. Jede Bewegung ihrer Tochter war auf eine berechnete Weise elegant. Sie war sehr schön, mit schräg stehenden Augen, einem tiefbraunen Teint und langem schwarzem Haar, das so seidig war wie ein Nerzfell. Mondschnecke hatte sich oft gewünscht, dass ihre Tochter eher wie sie aussähe, mit einem eckigen Gesicht, zu kleinen Augen und einer Knollennasse. Dann hätte Schwarzer Regen sich vielleicht mehr um ihre Kinder und ihren Clan gekümmert, statt herumzuschlendern, um ihre eigenen Bedürfnisse zu befriedigen. Doch nein, die Sonnenmutter hatte es so eingerichtet, dass Schwarzer Regen das verführerische Antlitz eines Meermädchens bekam.

»Guten Tag, Mutter. Freust du dich, mich zu sehen?«

»Ja, so wie ich mich freue, wenn ich eine giftige Kröte auf meinem Lager sehe.« Mondschnecke drohte ihr mit dem Wanderstab. »Was immer du mir zu sagen hast, sag es schnell und verschwinde, bevor du das ganze Dorf in Aufruhr versetzt.«

»Ah, meine Mutter, die mich liebt. Du hast dich keine Spur verändert. Aber ich versichere dir, was ich dir bringe, ist eine Sache, die für unseren Clan lebenswichtig ist. Sonst wäre ich nicht hier.«

»Das ist nicht dein Clan. Du bist ausgestoßen. Eine Frau ohne Clan, ohne Verwandte. Und so soll es sein. Hör bloß auf, mich zu zwingen, mir Ausreden für dich einfallen zu lassen.«

Sie ließ sich am Ende der Ratshütte auf einen Stapel von Fächerpalmenmatten fallen. Der Saum ihrer kurzen, braunen Tunika breitete sich um ihre Schenkel, während sie sich so setzte, dass ihre Gelenke sie nicht allzu sehr schmerzten. In den letzten drei Sommern hatte sich das Feuer in ihrer rechten Hüfte von einem Flämmchen zu einer lodernden Flamme entwickelt. Sie stieß ihren Stab in den Boden und umfasste den Griff mit beiden Händen. »Also, mach schnell. Was willst du?«

Schwarzer Regen warf ihre Beeren ärgerlich auf den Boden und sagte grollend: »Du solltest stolz auf mich sein. Ich habe ein Bündnis vorbereitet, vor dem du nur träumen kannst! Warum bist du so feindselig?«

»Das muss ich sein.«

Schwarzer Regen stemmte ihre schmalen braunen Hände auf die ansehnlichen Hüften. Der Gürtel ihres roten Gewandes war eng geschnürt, um ihre schlanke Taille hervorzuheben. Bevor sie zehn und fünf Sommer alt war, kannte sie schon viele pflanzliche Mittel, die sich für eine Abtreibung eigneten: Lorbeerrose, gemahlene Vanillebaumrinde und der Saft von Bärenklau. Dessen ungeachtet hatte sie zwei Kinder in die Welt gesetzt, doch sie hatte die mütterlichen Instinkte einer Königskrabbe, die ihre Eier legt und sie den Launen der Natur überlässt. Schwarzer Regen überließ die ihren teils der Natur, teils ihrer Mutter. Aber Mondschnecke gab zu, dass sie dankbar dafür war. Sie liebte Teichläufer und Rotalge von ganzem Herzen.

»Also«, sagte sie schließlich, »du und dieser – wie hieß er noch? –, dieser Händlerjunge, ihr sollt die Clans im Norden besucht haben, wie ich hörte, aber siehe da, jetzt bist du wieder hier und bringst Schande in meine Hütte. Was könnte meine Tochter bloß aus den Armen ihres letzten Liebhabers gerissen haben? Ich dachte, du wärst ganz hingerissen von dem stämmigen jungen Mann?«

Schwarzer Regen lachte in ihrer hartherzigen Art. »Stämmig war er ja, Mutter. Aber leider war die stämmige Männlichkeit zwischen seinen Beinen alles, was er mir zu geben hatte. Ich habe ihn verlassen.«

Mondschnecke lächelte nicht. Der dumme Junge hatte wahrscheinlich Schwarzer Regen mit wertvollen Schmuckstücken überhäuft, um sich ihre Liebe zu sichern, und als sie genug davon besaß, hatte sie ihn wegen interessanterer Opfer verlassen. Das hatte Mondschnecke alles schon einmal erlebt. Die Leidenschaft ihrer Tochter für Würfelspiele hatte den Kernholz-Clan schon dreimal arm gemacht; der Clan war verantwortlich für die Schulden seiner Mitglieder. Normalerweise wäre eine Person, die ihrem Clan so viel Schande bereitet hatte, demütig zurückgekommen, um Vergebung zu erbitten, mit dem Versprechen, alles zurückzuzahlen, was zur Deckung der Schulden gespendet worden war. Aber nicht Schwarzer Regen. Sie hatte das Verdikt des Ausgestoßenseins mit Lachen quittiert und war ausgezogen, um einen neuen Dummen für die Begleichung ihrer Schulden zu finden.

»Mutter«, sagte Schwarzer Regen, »ich habe eine Neuigkeit für dich, die dich ganz bestimmt interessieren wird. Willst du sie hören oder nicht?«

Mondschnecke packte ihren Stab noch fester. Hinter der Ratshütte jagten vier Kinder einem Weidenreifen nach und wollten sehen, wer von ihnen die meisten Eicheln durch den Reifen werfen konnte, bevor er umfiel. Mondschnecke wartete, bis ihre fröhlichen Stimmen verklungen waren, und fragte dann knurrend: »Was ist das für ein Bündnis?«

Schwarzer Regen wedelte mit der Schnur, die als Gürtel ihrer kurzen Tunika diente; zwei kleine Muschelschalen baumelten an den Enden der Schnur und klickten zusammen. »Zuerst erzähle mir von meinen Kindern. Ich brauche diese Information, denn sie ist für dieses Bündnis von großer Bedeutung.«

»Deine Tochter Rotalge ist der Schrecken des Dorfs. Sie hat gelernt, wie man einen Speer wirft, und sie wirft ihn besser als irgendein Junge aus dem Dorf, und sie kann rennen wie ein –«

»Oh.« Schwarzer Regen winkte ab. »Du erziehst sie sicher, so gut du kannst. Was ist mit Teichläufer? Wo ist er? Ich hab ihn sofort gesucht, als ich hier angekommen bin.«

Das machte Mondschnecke misstrauisch. Statt ihrer Tochter die Wahrheit zu sagen, erwiderte sie: »Wahrscheinlich liegt er da draußen im Meer, mit großen Korallenstücken beschwert. Er hört vorbeischwimmenden Fischen gern zu. Er kann einen Schwarm Quakfische, der noch einen

Schwimmtag entfernt ist, kommen hören, behauptet er.« Das hätte sogar die Wahrheit sein können, wäre Teichläufer nicht krank gewesen.

»Heilige Sonnenmutter. Warum erlaubst du ihm solche Dummheiten? Er ist zehn und fünf Sommer alt. Er sollte verheiratet sein und schon ein Baby in den Bauch seiner Frau gepflanzt haben, statt herumzurennen wie ein wilder Hund.«

Mondschnecke starrte sie an. »Wenigstens rennt er nicht herum wie ein brünstiger wilder Hund. Was interessierst du dich so für Teichläufer?«

»Er ist mein Sohn. Ich mache mir Gedanken über ihn.«

»Du machst dir –? Na, dann interessiert es dich vielleicht, dass der alte Hundszahn ihn vor drei Tagen umbringen wollte. Er ließ ihn auf den Grund des Heiligen Teichs schwimmen, und da war ein Speer –«

Schwarzer Regen kam leichenblass auf sie zu. »Ist er am Leben? Ist alles mit ihm in Ordnung?«

»Er wird wieder gesund«, antwortete Mondschnecke und betrachtete ihre Tochter ernst. »Ich habe ihm einen Myrsinborkenumschlag gemacht und ihm Weidenrindentee gegeben, um das Fieber herunterzudrücken.«

»Den Heiligen Leuchtleuten sei gedankt«, sagte Schwarzer Regen und atmete tief aus. Sie schloss erleichtert die Augen. »Hundszahn ist schon immer verrückt gewesen. Warum hast du Teichläufer erlaubt, ihn zu besuchen?«

»Ich habe ihm nichts erlaubt. Er ist mit Rotalge fortgelaufen. Du weißt ja, wie weit der Teich entfernt ist. Sie sind erst lange nach Einbruch der Dunkelheit zurückgekommen. Ich war außer mir vor Sorge.«

»Hm. Dass er fortläuft, beweist jedenfalls, dass er unabhängig ist. Jagt er? Hat er seinen ersten Bär erlegt? War er schon auf seinem ersten Kriegszug? Ist er ein Mann?«

Mondschnecke runzelte die Stirn. Schwarzer Regen vertiefte sich in den Anblick der Beerenflecken auf ihren Fingern. »Natürlich ist er ein Mann. Schließlich habe ich ihn aufgezogen. Seinen ersten Bären hat er letzten Sommer erlegt. Ich gebe zu, einen Kriegszug hat er noch nicht mitgemacht, aber ich fürchte, das blüht ihm schon recht bald, bei den Banden von Kupferkopf, die unterwegs sind und Dörfer verbrennen.«

»Er ist also kein Krieger.« Schwarzer Regen zog die Brauen zusammen. »Na ja, vielleicht ist das nicht so wichtig.«

Mondschnecke verschob ihr Gewicht auf die linke Hüfte, um die rechte, die ihr wehtat, zu entlasten. Worauf zielte diese Unterhaltung? Schwarzer Regen hatte noch nie Interesse an ihren Kindern gezeigt. »Was willst du eigentlich, Schwarzer Regen?«

Schwarzer Regen überhörte die Frage. »Ist er wenigstens groß?«

»Das ist er, und muskulös für sein Alter, wenn auch noch etwas mager. Wenn seine Haut und die Haare nicht so weiß wären, dann könnte sich eine Frau beim Anblick seines Gesichts durchaus vergessen. Willst du mich vielleicht auch noch über Rotalge ausfragen?«

Schwarzer Regen war nicht sehr angetan von diesem Themenwechsel. »Nun gut, erzähl mir was von ihr, wenn du willst.«

Mondschneckes Stimme wurde eisig. »Ich verstehe. Du bist nur an Teichläufer interessiert. Und warum?«

Schwarzer Regen setzte sich anmutig hin, lehnte sich zurück und stützte ihre Handflächen auf der Matte auf. Sie sah wie eine schöne Katze aus, die sich in der Sonne räkelt. Im Sonnenlicht schimmerte ihr langes welliges Haar blauschwarz. »Auf dem Weg hierher bin ich durchs Windeck-Dorf gekommen. Der alte Schote fing mich ab und wollte wissen, ob Teichläufer schon eine Frau hat. Ich hab ihm gesagt, dass es viele Angebote gebe, dass er sich aber bereithalte für die richtige Frau.« Ein hämisches Lächeln erschien auf dem Gesicht von Schwarzer Regen.

Wie konnte ihre Tochter es wagen, ihr mit so einer Nachricht zu kommen, da Mondschnecke gerade erst angefangen hatte, sich über passende junge Frauen für Teichläufer Gedanken zu machen? Von diesen Dingen verstand Schwarzer Regen nichts. Die Braut musste zum Beispiel in der Lage sein, die Ziele des Clans zu fördern, dessen Gebietsansprüche zu untermauern und im Kriegsfalle Unterstützung zu versprechen. Um solche Dinge kümmerte sich Schwarzer Regen nicht, sie kümmerte sich nur um sich selbst. Also musste diese Heirat irgendwelche unbekannten Vorteile für ihre ungeratene Tochter haben.

»Willst du mich nicht fragen, wer da als Braut ausersehen wäre, Mutter?«

»Ich weiß von keiner jungen Frau im Windeck-Clan, die in Frage kommen könnte. Unser Clan hat viel zu bieten. Wenn so ein Bündnis nur –«

»O Mutter!« Schwarzer Regen warf die Arme hoch. »Das ist ja eben der Grund, warum Schote an Teichläufer interessiert ist. Der Alte weiß genau, was unser Clan zu bieten hat.«

»Ach ja?«

Schwarzer Regen schlug die Beine unter. »Du wirst mir vielleicht nicht glauben, aber ich schwöre dir, dass ich die Wahrheit sage. Er will Teichläufer mit Muschelweiß verheiraten. Nun ist Muschelweiß natürlich so alt wie eine Zypresse und genauso hässlich. Aber immerhin – sie ist Muschelweiß. Das Ansehen unseres Clans wird in die Höhe schießen wie ein springender Delphin.«

»Muschelweiß?« Mondschnecke sprach den Namen nur flüsternd aus. Das war doch ausgeschlossen – Muschelweiß war eine große Heldin. Zweimal zehn und sechs Sommer zuvor, als Kupferkopfs Krieger den Windeck-Clan vernichteten, war Muschelweiß mitten im Massaker der Pelikan-Insel aus dem Nichts aufgetaucht und durch die Reihen der Krieger Kupferkopfs gefegt wie ein Wirbelsturm durch trockenes Gras und hatte dabei tapfer neun Feinde nur mit ihrem Hirschbein-Stilett getötet. Das hatte die Krieger Kupferkopfs derart mit Furcht erfüllt, dass die meisten ihre Waffen weggeworfen hatten und geflohen waren. Die Frau war eine Legende. Und mindestens viermal zehn Sommer alt, vielleicht sogar noch älter, und außerdem hatte sie schon einen Mann.

Ja, Tauchvogel, wenn sich Mondschnecke recht erinnerte. Im Allgemeinen hatte so etwas bei Verhandlungen keine große Bedeutung; der zweite Ehemann musste zum Beispiel nur damit einverstanden sein, alle niedrigen Arbeiten zu übernehmen, die der erste Mann nicht machen wollte: etwa im Frühling Knollen auszugraben, die Knoten von Speerschäften zu beschneiden oder Feld- oder Wühlmäuse zu jagen, wenn kein größeres Wild sich zeigte. Doch wenn man den Gerüchten glauben durfte, liebte Muschelweiß ihren Mann Tauchvogel mit fanatischer Hingabe. Zwei- oder dreimal zehn Sommer lang hatte Schote versucht, Muschelweiß zu überreden, einen zweiten Mann zu nehmen, aber das hatte Muschelweiß glatt abgelehnt. Wie kam es, dass Schote sein Ziel endlich erreicht hatte?

Mondschnecke warf einen Blick auf Schwarzer Regen. Da hatte ihre Tochter Recht gehabt: Nicht in ihren wildesten Träumen hätte Mondschnecke sich so etwas erhofft. Konnte man es glauben? Oder war das nur wieder ein perverser Spaß von ihrer Tochter?

»Schote hätte mir einen Läufer schicken müssen, um mich zu benachrichtigen, um eine Anhörung zu erbitten und Ort und Zeit für eine Besprechung festzulegen. Warum hat er das nicht gemacht?«

Schwarzer Regen klatschte in die Hände und schüttete sich aus vor Lachen. »Mutter, dieser Läufer bin ich! Schote bat mich, dir seinen Vorschlag auszurichten. Das ist doch zu schön, um wahr zu sein, nicht wahr? Mein Teichläufer, mit Muschelweiß verheiratet – auch wenn sie zu alt ist, um ihm noch Kinder zu gebären oder sonst etwas, außer Ansehen. Unser Clan wird beneidet werden –«

»Pst!« Mondschnecke durchschnitt die Luft mit ihrem Stab. »Das verlangt sorgfältige Überlegungen, die für dich viel zu kompliziert sind. Warum, zum Beispiel, will sich der Windeck-Clan ausgerechnet mit uns verbünden? Da gibt es andere Clans, die reicher sind und größeres Ansehen genießen.«

»Ja, aber sie wollen uns.«

»Das sagst du.«

Mit einem erbitterten Seufzen sagte Schwarzer Regen:

»Also hör zu, Mutter. Nach den Winterfeiern ist Windeck dreimal überfallen worden. Zweimal in ihrem Frühlingslager im Binnenland und einmal, seit sie im Herbstlager angekommen sind. Offenbar greift Kupferkopf seine alte Liebe an, wo immer sie ihr Dorf hinführt. Das muss eine uralte Blutrache zwischen ihnen sein. Wahrscheinlich hat Muschelweiß –«

»Deine Meinung interessiert mich nicht. Was hat Schote sonst noch gesagt?«

Schwarzer Regen knirschte mit den Zähnen. Abweisend sagte sie: »Er hat erwähnt, dass Tauchvogel sich auf dem Kriegspfad befindet, allerdings nur, um das Gebiet des Clans zu erkunden.«

Mondschnecke rieb sich die schmerzende Hüfte. Sie überlegte. Tauchvogel auf dem Kriegspfad? »Und wo war Muschelweiß?«

»Im Dorf. Ich hab sie gesehen.«

Muschelweiß im Windeck-Dorf, während Tauchvogel als Späher unterwegs war? Da hat sie wohl gedacht, Kupferkopf könnte das Dorf abermals überfallen. Und das hieß, dass auch Kernholz-Dorf möglicherweise gefährdet war.

»Mutter, du hättest dort sein sollen. Muschelweiß ist noch hässlicher, als ich sie in Erinnerung hatte. Viel zu groß für eine Frau, und sie geht wie ein Panther, der sich anschleicht. Kein Wunder, dass Männer sie abstoßend finden. Ich meine, sie –«

Mondschnecke hörte ihr nicht mehr zu. Muschelweiß war immer eine fantastische Frau gewesen, zwar nicht im Sinne einer geheimnisvollen Erotik, wie sie Schwarzer Regen ausstrahlte, aber so überwältigend wie die Blitzvögel, mit flammenden Augen, die wie Blitze ins Herz eines Widersachers eindringen konnten. Und ihre Stimme, so volltönend und tief, dass sie in den Seelen ihrer Zuhörer wie schwacher Donner lange nachhallte.

Mondschnecke sah ihre Tochter mit kalten Augen an. »Und jetzt«, sagte sie, »wollen wir mal hören, was du durch diese Heirat gewinnst.«

Die Schultern von Schwarzer Regen fielen herab. »O Mutter, beleidige mich bitte nicht. Ich habe nichts zu gewinnen – außer meinen Sohn glücklich zu sehen. Du weißt, ich habe ihn immer am meisten geliebt. Er –«

»Schluss!« Mondschnecke stieß den Stab ungeduldig auf den Boden. »Du hast dich um keines deiner Kinder gekümmert, niemals. Warum jetzt auf einmal?«

Schwarzer Regen spielte mit den Enden der Gürtelschnur. Sie zögerte.

»Warum?!«

»Also Mutter, ich wollte dir das später erzählen, wenn wir uns etwas näher gekommen sind, aber weil das sowieso unmöglich scheint … also ich habe vor, um die Wiederaufnahme in den Clan zu bitten. Ich habe ja nichts mehr als meine Kinder – und dich.« Schwarzer Regen schaute unter langen schwarzen Wimpern zu ihrer Mutter auf und sagte zerknirscht: »Ich werde nicht heute darum bitten. Das ist ein glorreicher Tag für unseren Clan, und da will ich nicht stören, aber morgen vielleicht –«

Mondschnecke schwang den Stab mit aller Kraft und schlug ihrer Tochter damit über die Knie.

Schwarzer Regen schrie auf vor Schmerz und Empörung. »Hast du deine Seelen nicht mehr beisammen? Ich bin deine Tochter!«

»Nein«, erwiderte Mondschnecke gelassen, »das bist du nicht. Und bevor ich dir erlaube, um deine Wiederaufnahme zu bitten, wirst du mir erzählen, was du durch diese Heirat gewinnst. Was ist wirklich im Windeck-Dorf geschehen? Warum sollte Schote mit einer Ausgestoßenen sprechen, he? Wie viel schuldest du seinem Clan? Geht es vielleicht darum? Wieder Spielschulden? Du willst wohl deinen Sohn gegen deine Schulden tauschen?«

Mondschnecke erhob sich auf wackligen Knien und hob den Stab in die Höhe. Schwarzer Regen wich zurück wie ein Krebs, der um sein Leben läuft. »Mutter!«

»Sag's mir, verdammt! Sonst, bei der Sonnenmutter, breche ich dir jeden Knochen in deinem elenden Leib.«

7

Völlig durchnässt trottete Rotalge durch den Meerschaum, der den Strand bogenförmig bedeckte. Der Sturm in der Nacht hatte zehnmal zehn mal zehn mal zehn glänzende Muscheln angespült, aber auch lebendes Getier. Winzige Krebse holperten ihr über den Weg, die sie vorsichtig umging. Der salzige Wind liebkoste ihr Gesicht. Die Kinderschar, die sie abholen wollte, lief ihr weit hinten nach; sie konnte ihr fröhliches Gelächter hören, als die Kinder mit der Brandung um die Wette liefen.

Rotalge lief schneller. Ihre Mutter ... welch grässlicher Gedanke.

Bevor man sie ausgestoßen hatte, war Schwarzer Regen nur an Feiertagen zum Clan zurückgekehrt, immer mit einem neuen Mann und immer lächelnd, als kenne sie allein das Geheimnis der flutenden Wasser, die der Meerfrau gehorchen. Wenn sie so lächelte, sah man die scharfen Spitzen ihrer Zähne, die Rotalge an ein Haifischmaul erinnerten. Ihre Mutter lachte immer zu viel und verschenkte Taschen voller Schmuckstücke – Muschelarmbänder, Perlenketten, Haarnadeln aus Gehäusen der Wellhornschnecke und Halsbänder aus Gehäusen der Blutzahnschnecke, Dinge, die sie beim Spielen gewonnen hatte. Aber mit ihren Kindern verbrachte sie weniger als eine Zeithand am Tag, und wenn Teichläufer oder Rotalge versuchten, sie zu umarmen, oder ihre schönen Halsbänder berührten, schlug ihnen Schwarzer Regen auf die Hand und schob sie weg.

»Teichläufer! Jetzt sieh dir das an! Du hast mir Sand auf mein Gewand gestreut! Mutter, der wird sein Leben lang wie ein wildes Tier sein, wenn du ihm keine Manieren beibringst. Und jetzt lauf, Teichläufer. Lauf weit weg, ich will dich nicht mehr sehen. Du auch, Rotalge, ich habe euch beide satt.«

Als sie älter geworden waren, liefen Teichläufer und Rotalge einfach weg, sowie sie ihre Mutter kommen sahen. Sie hatten auch versucht, sich im Wald zu verstecken, aber irgendjemand fand sie immer und zerrte sie zurück. Dann hatten sie entdeckt, dass man durch hohle Schilfrohre aus dem Moor atmen konnte und dass es möglich war, beschwert von Korallen überall auf dem Grund irgendeines Gewässers versteckt zu bleiben. Da fand sie niemand, nicht einmal ihre Großmutter.

Rotalge stapfte den Pfad zum Mittelpunkt des Dorfs hinauf. Die Hütten standen leer, Lebensmitteltaschen schwangen im Wind, und die Hunde lagen im kühlen Schatten unter den Dächern. Kinder und Erwachsene umringten gedrängt die Ratshütte. Sie blickten Rotalge verstohlen entgegen, die Frauen stumm, und die Männer flüsterten hinter vorgehaltener Hand.

Rotalge blieb um Atem ringend stehen.« Wo ist meine Großmutter? Sie hat nach mir geschickt.«

Ihre Tante, Muschelglanz, eine korpulente Frau mit buschigen schwarzen Augenbrauen, drängte sich durch die Menge und führte Rotalge etwas weiter weg. Sie legte ihr eine Hand auf die Schulter; die kleinen Schneckengehäuse ihres Armbandes glitzerten in der Sonne. »Mondschnecke hat deine Mutter zu ihrer Hütte gebracht, damit sie beim Gespräch auch Teichläufer im Auge behält«, murmelte sie. »Sei vorsichtig, Rotalge. Deine Mutter benimmt sich wie ein Geier, der Aas gerochen hat.«

»So benimmt sie sich immer, Tante«, sagte Rotalge und deutete auf die Menge. »Glauben meine Verwandten etwa, dass ich mich auf die Seite meiner Mutter stelle? Sehen sie mich deswegen so misstrauisch an?«

»Sie wissen nicht, was sie glauben sollen. Wir fürchten, dass Schwarzer Regen um Wiederaufnahme in den Clan bitten will.«

Rotalge reckte das Kinn hoch. »Also ich stimme jedenfalls dagegen.«

Muschelglanz lächelte düster. »Ich auch, selbst wenn sie meine Schwester ist. Sie hat zu oft Schande über unser Dorf gebracht. Aber davon später. Du gehst jetzt besser zu deiner Großmutter, Rotalge. Ich kümmere mich hier um alles.«

»Bist du sicher, dass du keine Hilfe brauchst?«

»Ja. Ich habe das boshafte Gesicht meiner Schwester gesehen. Ich glaube, da erwartet dich etwas Unerfreuliches in der Hütte deiner Großmutter. Geh jetzt, damit du es bald hinter dir hast. Komm heute Abend in meine Hütte. Dann erzähle ich dir, was heute hier vorgefallen ist.«

»Vielen Dank, Tante.«

Ein angsterfülltes Gemurmel erhob sich, als Rotalge weiterging. Sie wusste, wie ihnen zumute war, sie hatte sich ja selbst seit Tagen unwohl gefühlt. Erst Hundszahns Besuch bei den Vier Leuchtenden Adlern, dann hatte Teichläufer den Tod gestreift, und nun war ihre Mutter zurückgekommen. Vielleicht ging die Welt bald unter.

Der Wind hatte aufgefrischt. Eichenäste knirschten und ächzten klagend, und das hängende Moos wurde herumgeworfen. Rotalge machte einen Bogen um die Halde, auf der die leeren Muscheln von gestern Abend jetzt in der Sonne trockneten. In wildem Durcheinander wogten Möwen flügelschlagend über dem stinkenden Hügel; sie bekämpften sich in der Hoffnung, etwas Muschelfleisch oder eine Auster zu erwischen. Ihr Gekreisch beschallte das Dorf den ganzen Tag.

Die Hütte ihrer Großmutter kam in Sicht. Rotalge atmete tief ein, um sich zu wappnen.

Schwarzer Regen lagerte anmutig auf einem Stapel Decken am Nordende der Hütte und starrte abwesend zum Dach hinauf, während Rotalges Großmutter Teichläufer einen Becher mit Wasser an den Mund hielt. Anscheinend trank er.

Rotalge trat ein, ohne ihre Mutter zu beachten, und kniete sich neben Teichläufer. »Du siehst besser aus«, sagte sie. »Wie fühlst du dich?«

Teichläufer ergriff mit schwacher Hand Rotalges Arm und bildete mit dem Mund die Wörter: Pass auf, Vorsicht!

Rotalge nickte, und Teichläufer lächelte kaum merklich.

Mondschnecke bemerkte die Verständigung. »Rotalge«, bat sie, »kannst du Teichläufer stützen, dann hole ich neues Wasser?«

»Ja, Großmutter.« Sie führte einen Arm hinter seinen Rücken, damit er sich aufsetzen konnte. Teichläufer sah

Rotalge an, als ob sein Geist ihm entglitte und er sie nur zur Hälfte sähe, aber sich dennoch der Gefahr bewusst sei, die ihr drohte. Sie flüsterte: »Alles in Ordnung. Hab keine Angst.«

Er nickte.

Mondschnecke schöpfte neues Wasser aus der großen Kalebasse hinter ihr und tippte mit dem Becher wieder Teichläufers Lippen an. Er trank und trank, das Wasser lief ihm das Kinn herunter und benetzte Rotalges Arm.

»So«, sagte Mondschnecke, »das ist genug. Ich geb dir später noch mehr Wasser, aber jetzt möchte ich, dass du ruhst, Teichläufer. Das Fieber ist gebrochen. Versuch zu schlafen.«

Kaum hörbar flüsterte Teichläufer: »Ich werd's versuchen.«

Rotalge ließ ihn langsam auf die Schlafmatte zurückgleiten und deckte ihn bis zum Hals zu.

Mondschnecke ließ sich auf die Matte sinken. »Rotalge, deine Mutter ist da.«

»Ja, ich hab's gesehen. Willkommen, Mutter.«

Schwarzer Regen lachte. »Heilige Wühlmaus, nun sieh dich an. Du hast ja kaum genug Fleisch auf den Knochen, um einem Mann aufzufallen. Wie willst du denn jemals einen anständigen Ehemann finden?«

»Ich will keinen Ehemann, Mutter.«

»Sie will keinen Ehemann! Was ist das nur für ein Geschwätz? Bist du krank oder einfach nur dumm? Den Geistern sei Dank, dass Teichläufer wenigstens so viel Verstand hat und merkt, dass es Zeit zum Heiraten ist.«

Heiraten! Das Wort ließ Rotalges Seelen erschauern. Heirat ... so wie Hundszahn es vorausgesagt hatte. Und Rotalge wusste ganz genau, was für eine Sorte Frau ihre Mutter für Teichläufer aussuchen würde. Bevor sie vor zehn und vier Monden ausgestoßen worden war, hatte sie Teichläufer verspottet und alle Möglichkeiten laut durchgespielt. Kurz nach der Winterfeier hatte sie sich eines Abends vor ihren Kindern bäuchlings auf den Boden gelegt und das Kinn auf den Händen aufgestützt. Sie war von einem Besuch an der Westküste zurückgekehrt und wollte Teichläufer eine sehr komische Geschichte erzählen, die sie dort gehört hatte, die Geschichte eines jungen Mannes, den sein eigener Clan an seinem Hochzeitstag ermordet hatte, weil er nach einem Blick auf seine vorgesehene Braut schreiend weggelaufen war. »Sie hatte den Hundewahnsinn, versteht ihr?« hatte Schwarzer Regen geflüstert, »und war am Boden angepflockt, damit sie ihm nicht die Augen ausreißen konnte. Sie machte die Beine für ihn breit, und da sah er die nässenden Bisswunden an ihren Beinen.« Als Teichläufer erschauert war, hatte Schwarzer Regen boshaft gelacht. »Sei ein Mann, Teichläufer. Der Clan kommt immer zuerst. Mach dir keine Sorgen, ich finde schon die passende Gefährtin für dich, und du wirst gehorchen und das Würmchen heiraten, das ich dir ausgesucht habe, auch wenn die Braut so krank ist, dass sie kaum laufen kann.« Sein entsetztes Gesicht brachte sie dazu, sich auf den Rücken zu wälzen und derart zu lachen, dass sie fast erstickte. Rotalge hatte ihren Bruder weggezerrt, und sie hielten sich die ganze Nacht im Wald versteckt.

Rotalge runzelte die Stirn. »Hast du Teichläufer gefragt, was er dazu meint? Will er denn die Frau?«

»Was er will, spielt keine Rolle. Es ist an der Zeit. Er ist zehn und fünf Sommer alt.« Schwarzer Regen zeigte ihre spitzen Zähne. »Als ich so alt war, hatte ich dich schon geboren, Rotalge. Sollen wir zusehen, wie dein Bruder immer nur wie ein Wolfjunges herumtobt? Er hat jetzt die Pflicht, das kümmerliche Ding zwischen seinen Beinen ordentlich heranzunehmen. Und du, meine Tochter, kommst als Nächste dran. Ich will, dass du zur nächsten Sommerfeier einen Schwanz in Händen hast.«

Rotalge hätte nicht beschreiben können, wie die Worte ihrer Mutter auf sie wirkten, die offenbar ganz genau wusste, wie sie ihre Krallen in Rotalges verflochtene Seelen schlagen konnte, um sie auseinander zu reißen.

»Schwarzer Regen«, sagte Mondschnecke und setzte ihren Becher heftig ab, »ich will mit Rotalge und Teichläufer allein sprechen. Geh hinaus!«

»O Mutter!« Schwarzer Regen sprang auf. »Ich war's doch, die diese großartige Sache zustande gebracht hat. Warum kann ich's ihnen nicht sagen?«

Mondschnecke hob langsam das Kinn. In ihren alten Augen flackerte die Wut. »Wenn du nicht auf der Stelle rausgehst, dann bring ich dich mit eigenen Händen um, du läufige Hündin.«

Schwarzer Regen reckte trotzig ihr Kinn, dann fuhr sie herum und stampfte hinaus.

Rotalge ließ sich auf die Matte zurückfallen und schüttelte den Kopf. »Warum muss sie immer die Leute mit ihrer Zunge quälen?«

»Das ist die einzige Stärke, die deine Mutter hat, Rotalge, und die nutzt sie eben ununterbrochen.« Mondschnecke füllte zwei Tassen mit Kaktusfeigentee und reichte Rotalge eine. »Jetzt wollen wir über wichtigere Dinge sprechen.«

»War das über Teichläufers Heirat eine Lüge?«

Mondschnecke sagte mit leisem Grollen: »Nein. Da gibt es eine Frau, die an deinem Bruder interessiert ist.«

Rotalge verengte die Augen zu Schlitzen. »Wer ist sie?«

»Die Führerin vom Windeck-Clan.«

»Kenne ich sie?«

»Du hast sie ein paar Mal getroffen, da war sie noch nicht die Truppenoberste des Clans. Ich habe vergessen, was sie für einen Titel hatte. Ihr Name ist Muschelweiß.«

Rotalge zog staunend die Luft ein, und Teichläufers Lippen bewegten sich, aber er brachte kein Wort heraus. Er wandte den Kopf um und machte die Augen auf. »Muschelweiß?« flüsterte er. »Sie hat eine Heirat erwähnt, aber ich ... habe doch niemals angenommen ...«

Mondschnecke wischte feuchtes weißes Haar aus Teichläufers Stirn. »Bist du schon kräftig genug, darüber zu sprechen? Aber es hat auch Zeit, deine Gesundheit ist wichtiger.«

»Ich will darüber sprechen«, antwortete er schwach. »Rotalge, könntest du noch ein paar Decken für meinen Rücken bringen, damit ich aufrecht sitzen kann?«

»Ja.« Sie rannte auf die andere Seite der Hütte und nahm

mehrere Decken unter den Arm, die sie dann faltete, bis sie die richtige Höhe hatten. Sie hob Teichläufer an und schob sie ihm in den Rücken. »Gut so?«

Er nickte. »Ich danke dir.«

Sie setzte sich wieder. Die drei Decken hoben Teichläufers Oberkörper so weit an, dass er die beiden über seine Füße hinweg ansehen konnte. Rotalge und Mondschnecke setzten sich links und rechts neben ihn. Er schien halb betäubt zu sein, seine Blicke zuckten ziellos hin und her, als wäre er benommen oder hätte zu viele gegorene Holunderbeeren genossen. Feuchte Locken seines weißen Haares klebten an seinen Wangen, wodurch der Bogen seiner Wangenknochen und die gerade Nase betont wurden. Im Dorf, hinter ihm, tobten Welpen zwischen den Hütten herum, knurrten und zwickten einander.

»Muschelweiß«, stieß Teichläufer ehrfürchtig hervor. Rotalge erinnerte sich noch lebhaft an die erste Begegnung, obwohl sie damals nicht mehr als vier Sommer alt gewesen sein konnte. Sie und Teichläufer hatten zusammen gespielt; sie waren beide in die Zeremonienhütte gelaufen, wo das Festessen für den Abend schon auf langen Matten ausgebreitet lag und nicht angerührt werden durfte, bis die Sonnenmutter zum Schlafen in das Dorf der Verwundeten Seelen geglitten war. Grubengeröstete Hirschkeulen, gekochte Muscheln und andere Gerichte, die alle herrlich rochen, waren in der Hütte in Hülle und Fülle vorhanden – alles Dinge, nach denen Kinder mit Wonne gegriffen hätten. Die Hütte war voller Leute – Männer, die lachten und redeten, Frauen, die weinende Kinder im Arm hielten, junge Paare, die sich auf ihre Hochzeit vorbereiteten, jeder in seinem muschelgeschmückten und schmuckbehängten besten Gewand. Teichläufer hatte versucht, Rotalge durch das Gewimmel der Erwachsenenbeine zu folgen, und war mit Muschelweiß zusammengestoßen, bevor er sie gesehen hatte. Rotalge hatte sich umgedreht, um nach ihm zu sehen, und hatte die Kriegerin vor Teichläufer kniend erblickt. Sie hatte lächelnd gefragt: »Hast du auch so einen Hunger wie ich, mein kleiner Blitzjünger?« Sprachlos hatte Teichläufer nur nicken können, und die große Muschelweiß hatte einer gebratenen Wachtel ein Bein abgerissen und es ihm heimlich zugesteckt. »Da, damit dein Magen bis zum Abendessen nicht mehr zu knurren braucht.«

Rotalge wusste – denn er hatte es ihr oft erzählt –, dass Teichläufer noch jahrelang von der wunderbaren Stimme von Muschelweiß geträumt hatte.

»Wir brauchen diese Heirat«, sagte Mondschnecke. »Mit Muschelweiß verwandt zu sein wird uns eine Macht verschaffen, von der wir heute kaum träumen könnten. Nicht nur im Krieg. Auch der Handel würde davon profitieren. Aber ich will natürlich auf keinen Fall, dass du unglücklich wirst, Teichläufer. Ich werde dich nicht zwingen –«

»Großmutter ...« Er straffte sich gegen die Decken im Rücken. »Warum ich?«

»Das ist eine gute Frage«, meinte Rotalge. »Muschelweiß könnte jeden Mann haben, den sie wollte. Warum den mageren Teichläufer?«

»Ich will euch nicht belügen«, sagte Mondschnecke. »Ihr habt ein Recht darauf, die Hintergründe zu erfahren. Eure Mutter hat offenbar alles verspielt, was sie hatte, und als nichts mehr übrig war, um ihre Schulden an den Windeck-Clan zu zahlen, hat sie ihren Sohn angeboten.«

Rotalge stand mit offenem Mund da; sie war empört. Aber Teichläufer lächelte nur schwach.

»Haben sie es angenommen?«

»Noch nicht. Aber wenn du einverstanden bist, werde ich Verbindung mit Schote aufnehmen, dem Schutzherrn vom Windeck-Clan, und dann setzen wir uns hin und feilschen darum.«

»Muschelweiß ... kennt sie überhaupt meinen Namen?« Er klang so kummervoll, als wünschte er von ganzem Herzen, dass sie seinen Namen kannte. »Oder weiß sie nur, dass um ein Bündnis mit dem Kernholz-Clan gefeilscht wird?«

Mondschnecke drückte leicht seine Hand. »Die Blitzvögel blitzen furchtbar in deinen Augen, Enkel. Beruhige sie. Das ist nur ein Anfang.« Das Gesicht von Mondschnecke verwandelte sich in ein Feld besorgter Falten. »Da ist noch ein anderer Grund, warum ich das für eine gute Lösung halte, Enkel. Der Traum von Hundszahn und die Überfälle von Kupferkopf ... die Leute haben Angst.«

»Ich weiß.« Teichläufer schaute auf seine grob gewebte Decke herab; seine Familie färbte zwar alles, aber die Farben verblichen schnell, und übrig blieben nur undeutliche rote und gelbe Muster. »Ihre Angst wächst, ich fühle das. Es ist für alle das Beste, wenn ich fortgehe. Es macht mir nichts aus, Großmutter, tatsächlich –«

»Aber mir macht's was aus«, stieß Rotalge hervor. »Ich will nicht, dass du weggehst, Teichläufer.«

Sandgesättigte Windstöße schüttelten die Hütte. Teichläufer schloss die Augen und wartete das Ende des stürmischen Bebens ab, und Rotalge zog den Kopf ein. Der Wind fuhr heftig durch das Dorf, brachte die Kinder zum Schreien, die Hunde zum Bellen und verzettelte sich über dem Meer.

Teichläufer murmelte: »Ich werde dich auch vermissen, Rotalge, aber ich muss das tun. Bitte, Großmutter, regle das. Ich muss am Anfang des Nebelmonds im Windeck-Dorf sein.«

Mondschnecke blickte von Rotalge zu Teichläufer und sah dann düster in ihre Teetasse; offenkundig suchte sie die Augen ihrer Seele. Der Nebelmond begann in sieben Tagen. »Sagst du mir, warum du es auf einmal so eilig hast?«

Teichläufer antwortete: »Verzeih, Großmutter, ich kann nicht. Ich habe es versprochen.« Die Augen fielen ihm wieder zu, und sein Kopf kippte nach links. Nach wenigen Herzschlägen war er fest eingeschlafen.

Rotalge und Mondschnecke blieben einen ganzen Zeitfinger stumm sitzen. Dann lehnte sich die Großmutter vor und flüsterte: »Wovon hat er gesprochen, Rotalge? Wem hat er etwas versprochen?«

Rotalge schüttelte den Kopf; sie dachte an den Zwischenfall mit dem alten Hundszahn am Heiligen Teich. Ihr Bruder war nach dem Heimweg so krank gewesen, dass sie es nicht über sich gebracht hatte, ihn zu fragen, was ihm die

Geister erzählt hatten, aber jetzt hatte sie eine Vermutung, wem er etwas versprochen hatte. »Ich weiß nicht, Großmutter.«

Mondschnecke sah Rotalge missbilligend an, als glaubte sie ihr nicht, aber sie beließ es dabei und stand auf. »Also dann komm mal, Kind. Höchste Zeit, dass wir dem Clan Bescheid sagen. Sie befürchten sicher, dass Schwarzer Regen wieder etwas angestellt hat. Wollen wir ihnen die gute Nachricht bringen. Geschwind. Bevor sie irgendetwas Dummes machen, zum Beispiel deine Mutter aufhängen, damit endlich Ruhe ist.«

Schote saß mit den anderen Geistältesten vom Windeck-Clan in der Ratshütte um die Asche des in der Nacht erloschenen Feuers herum. Auf die Tunika vom alten Eschenblatt war ein roter Wolf gemalt; er beugte sich zu Schote, und dabei wischte er sich kurzes weißes Haar aus der Stirn. Er flüsterte: »Ich sag dir. Wir müssen etwas tun, und zwar jetzt! Bevor es zu spät ist.«

Traumstein nickte zustimmend. Das welke Gesicht der Frau wechselte dauernd den Ausdruck, in einem Herzschlag vom Entsetzen zur Belustigung. Sie hatte ihr langes graues Haar aufgelassen, so dass es im Wind flatterte. Sowohl Traumstein wie Schote trugen einfache hellbraune Gewänder, mit einer geflochtenen Palmenschnur als Gürtel.

Schote beobachtete seine Tochter, und dabei genoss er die kühle Luft, die er einatmete.

Muschelweiß saß mit untergeschlagenen Beinen auf der Matte in der nordöstlichen Ecke der Ratshütte, den Rücken an den Stützpfosten gelehnt. Sie hatte vor Sonnenaufgang gebadet, ihr langes schwarzes Haar mit den Silbersträhnen gewaschen und geflochten und sich dann ein sauberes Gewand angezogen. Austernperlschnüre hingen ihr über die Brust, aber deren schimmernde Schönheit machte die erschreckende Ausdruckslosigkeit in ihrem verfallen wirkenden Gesicht nicht wett. Jede ihrer Handbewegungen war so träge, als wäre eine Wand schwarzen Wassers auf sie niedergestürzt, während sie schlief, und hätte ihr die Luft aus den Lungen gepresst, und wie sehr sie sich auch anstrengte, hindurchzuschwimmen, um wieder zu Licht und Luft zu kommen, es gelang ihr nicht, es würde ihr nie mehr gelingen.

Schote teilte ihren Schmerz. Muschelweiß hatte zweifellos erkannt, dass sie das Lächeln derer, die sie liebte, nie mehr sehen würde, ihre zarten Berührungen nie mehr fühlen würde und die Herzlichkeit in ihren Stimmen nie mehr hören würde.

»Ich sage dir, wir können nicht überleben!« rief Eschenblatt aus und schaute hinaus, um sich zu vergewissern, dass niemand sie belauschte. »Wir müssen einen anderen Clan bitten, uns aufzunehmen. Das ist unsere einzige Chance.«

Schote wischte sich die schweißnassen Hände am Gewandsaum ab und schüttelte den Kopf. »Das soll unsere einzige Chance sein – unseren Clan aufzugeben und in einem anderen aufzugehen? Sollen wir zulassen, dass unsere Traditionen, unsere eigenen Geschichten sterben, Eschenblatt?«

Die schmerzerfüllten Augen des alten Mannes verengten sich. »Mein Wunsch ist das nicht, Schote. Aber –«

»Dann muss es einen anderen Weg geben«, sagte Traumstein. »Wir wollen erst alle Möglichkeiten erwägen. Wir könnten zum Beispiel unser Dorf weit nach Süden verlegen. Was will Kupferkopf –«

»Er wird uns nachjagen und jeden von uns töten«, entgegnete Muschelweiß sanft, ohne von den gefalteten Händen in ihrem Schoß aufzusehen. Narben liefen kreuz und quer über die gebräunte Haut. Viele Fingernägel waren bis aufs Fleisch darunter abgebissen. Tauchvogel hatte immer ihre Hände festgehalten, wenn er sah, dass sie auf ihren Nägeln kaute. Wenn sie die Hände dann wegziehen wollte, um weiterzukauen, dann weigerte er sich, sie loszulassen, und am Ende lachten sie beide und rangen miteinander. »Unsere einzige Chance ist, Kupferkopf zu bekämpfen.«

»Muschelweiß, wir haben nur noch elf Krieger!« warf Traumstein ein. »Kupferkopf hat mindestens zehnmal zehn, und die Anzahl wächst täglich. Gegen ihn können wir nicht kämpfen. Es muss einen Ort geben, den wir erreichen können und der zugleich so weit entfernt liegt, dass er uns nicht folgt.« Sie streckte die Hände in einer bittenden Geste den anderen Geistältesten entgegen. »Denkt doch einmal nach! Was ist mit den Inseln weit unten im Süden?«

Eschenblatt rieb sich das faltige Kinn und warf einen Blick auf Schote. »Davon ist schon einmal gesprochen worden, aber niemand wollte das Land unserer Ahnen verlassen. Doch jetzt ...«, er stieß die Luft hörbar aus, »ja, es könnte gehen. Muschelweiß, war Kupferkopf jemals auf diesen Inseln? Würde er uns so weit folgen?«

Muschelweiß wandte sich ab und schaute hinaus auf die gischtgekrönten Bänder grünen Wassers, die ans Ufer rollten und eine vielfarbige Decke aus blinkenden Muschelschalen hinter sich ausbreiteten. Lachmöwen stolzierten darüber und pickten nach Leckerbissen, schreiend und einander bekämpfend, hochflatternd, wenn verdrängt, und wieder hinabstürzend, um nichts vom Beutezug zu versäumen.

»Muschelweiß?« rief Eschenblatt. »Hörst du zu? Würde uns Kupferkopf bis zu den südlichen Inseln verfolgen?«

Sie hob ein goldenes Blatt auf, das in die Hütte geweht worden war, und betrachtete die fahlgrünen Adern, ohne sie wirklich zu sehen. Alles, was von Bedeutung war, schien aus ihrer Welt herausgeflossen. Alle Freuden. Wie zur Strafe führte Schotes Gedächtnis ihm Tauchvogel und Muschelweiß vor ... Tauchvogel, der Muschelweiß liebevoll-vorwurfsvoll ansah, und der Blick erinnerte sie daran, dass sie töricht war, dass ihre Kinder sie brauchten, wie sie wusste – ihre Kinder und alle, die von ihrem Clan noch übrig waren.

Schote sah den Blick von Muschelweiß zu seiner Hütte gleiten, wo Eulenfalter schlief, vom kleinen Stacheljunge bewacht, der seinem Bruder Kühlung zufächelte. Muschelweiß zerdrückte das Blatt in ihrer Hand. Bevor sie Kupferkopf gegenübertreten konnten, musste sie ihre Haltung zurückgewinnen. Aber wie könnte Schote ihr dabei helfen?

Schotes weiße Augenbrauen zogen sich zusammen, als er zu Muschelweiß schaute. »Ich glaube, wir haben noch eine andere Chance.«

Eschenblatt und Traumstein folgten seinem Blick.

Muschelweiß wandte sich zu ihm, und ihre Finger zogen sich wie unter Schmerzen zu Klauen zusammen.

»Tauchvogel ist von uns gegangen«, sagte Schote mitfühlend. »Dem Clan zuliebe musst du wieder heiraten. Dieser Junge vom Kernholz-Clan –«

Muschelweiß sprang auf und schrie: »Wie kannst du so etwas verlangen, so schnell nach –«

Tauchvogels Tod. Los, sag es, meine Tochter. Sag es. Er ist tot.

Muschelweiß stand mit offenem Mund da.

Traumsteins Augen füllten sich mit Tränen der Anteilnahme, während Eschenblatt verlegen mit seinen Sandalensenkeln spielte. Nur Schote schaute weiter auf seine Tochter, und die Liebe zu ihr brach ihm fast das Herz.

Schote wusste, die anderen Ältesten warteten darauf, dass Muschelweiß entweder in Tränen ausbrechen oder weglaufen würde. Sie würden warten bis zum Ende der Tage.

Muschelweiß atmete tief ein; sie nahm sich sichtlich zusammen und setzte sich wieder. »Also er... erzähl mir von diesem Jungen. Hast du seinen Namen genannt? Wenn ja, ich kann mich nicht daran erinnern.«

Schote murmelte: »Teichläufer. Er heißt Teichläufer. Seine Leute nennen ihn den Weißen Blitzjünger.«

»Ein Blitzjünger, ja, ich glaube, ich erinnere mich an ihn. Was hat sein Clan uns anzubieten?«

Eschenblatt sagte: »Sechs- oder siebenmal zehn Krieger. Mit unseren zusammen hätten wir eine Chance gegen Kupferkopf. Was meinst du, Muschelweiß?«

Alle Ältesten, einschließlich Schote, beugten sich erwartungsvoll vor. Zum ersten Mal fiel es Schote auf, wie gebannt die Leute aus dem Dorf die Hütte beobachteten. Sie hatten sich in der Mitte des Dorfs gesammelt, um miteinander zu reden. Die Männer gingen über den Sand hin und her, verworren murmelnd, die Frauen flüsterten miteinander. Die Kinder – und sogar die Hunde – lagen reglos auf den Schlafmatten und wagten es nicht, einen Laut von sich zu geben. Aller Augen waren starr auf die Ratshütte gerichtet.

Der Blick von Muschelweiß glitt wieder dorthin, wo Stacheljunge fächelnd neben Eulenfalter saß. Schote folgte ihrem Blick. Stacheljunge schien die Aufmerksamkeit seiner Mutter zu spüren; vielleicht hatte er auch nur dauernd aufgeschaut. Er winkte mit seinem Fächer, und Muschelweiß hob grüßend eine Hand. Stacheljunge lächelte breit.

»Muschelweiß«, drängte Eschenblatt, »werden achtmal zehn Krieger genügen?«

Eine unheimliche Vorahnung kommenden Unheils befiel Schote, so als wäre einer der Vier Leuchtenden Adler gerade zur Erde gefallen und Sturmbläser stünde nun auf einem Bein.

»Vielleicht«, erwiderte Muschelweiß müde. »Es könnte eine Chance sein.« Sie schaute auf, wie ausgelaugt und ohne Gefühl. Schote wurde das Herz schwer. »Vater, schicke Mondschnecke eine Nachricht. Ich komme mit, wenn du zu ihr gehst, um die Heirat zu besprechen. Ich will mit ihrem Kommandanten sprechen, und ich will diesen Blitzjünger sehen.«

Schote kam auf die Beine und legte Muschelweiß eine Hand auf die Schulter. Seine alte Brust war stolzgeschwellt. Er tätschelte sie liebevoll. »Ich mache das sofort.«

8

Pah! Wo hast du denn das her, Kind?

Hm? Na sag schon! ... Also Rotborke ist ein Narr. War immer ein Narr. Hör nicht hin, wenn er dir was erzählt. Das meiste erfindet er, aber ich, ich erzähl dir die wahre Geschichte.

Jedenfalls, soweit ich mich noch daran erinnere.

Als Teichläufer in den Heiligen Teich getaucht ist, hat

der ihm tatsächlich seine menschlichen Seelen herausgespült, deswegen wurde er auch so krank. Drei Tage lang schwebte Teichläufer zwischen Leben und Tod. Er wäre auch gestorben, wenn der Blitzvogel nicht herabgeflogen wäre und ihm ein Donnerei in die Brust gelegt hätte, um die Seelen zu ersetzen. O ja, es war ganz knapp. Der arme Teichläufer. Mit diesem Geschehnis hat es angefangen. Als das Vogeljunge anfing, Löcher in die feurige Schale zu hacken, von diesem Augenblick an war Teichläufers Leben völlig verändert. Jedes Mal, wenn ein Schalenstück herausbrannte, erzitterte Teichläufer und erblickte Lichtblitze …

Tauchvogel knirschte mit den Zähnen, als Seestern seine Wunden behandelte, und unterdrückte mühsam den Drang zu schreien. Er lag auf dem Bauch, auf einer weichen gelben und blauen Decke, die Hände auf dem Rücken gefesselt, die Füße an den nordöstlichen Pfosten gebunden. Windstöße ließen die Hütte erzittern und ächzen. Hass beflügelte die Behandlung der Alten. Sie tat ihm weh, wann und wo immer sie konnte. An diesem Morgen hatte sie vier Männer herbeigerufen, die ihn festhalten mussten, als sie ihm den Speer aus dem Rücken riss, die offene Wunde mit Salbe einrieb und mit feinem Stoff bedeckte; den gerollten Verband zog sie ihm grob über den Rücken bis unter den Magen. Dann hatte sie grob, aber gründlich, die Schulterwunde gesäubert und gesalbt. Das war schon vor einer Zeithand geschehen, aber der Schock wirkte nach; Tauchvogel zitterte immer noch.

Er zwang sich, auf die Wellen zu blicken, die am Ufer anbrandeten und die Gischt zehn Handbreit hochwarfen. Es half ihm etwas, sich von ihrer Grausamkeit abzulenken. Seestern saß mit untergeschlagenen Beinen neben ihm; graue Haarsträhnen wehten ihr über das eingefallene Gesicht mit dem zahnlosen Mund. Sie tauchte Stoff in ein Kürbisgefäß mit warmem Wasser und wusch die Keulenwunde auf seinem Kopf aus. Der Geruch der Torfgränkenseife umwehte ihn. Er zuckte zusammen, als sie mit dem Lappen vorsätzlich ein Stück Haut abriss.

»Heilige Packratte!« stieß er schmerzgepeinigt hervor. »Kannst du nicht etwas sanfter mit mir umgehen?«

»Könnte ich. Wenn ich wollte.« Ihre raue Stimme verriet etwa so viel Gefühl wie ein toter Frosch. Sie tauchte den Lappen abermals ein und rieb noch etwas fester über seine Wunde.

Tauchvogel biss die Zähne zusammen und presste die Augenlider fest zu. Ihm war, als hätte sie kochendes Wasser in sein aufgerissenes Fleisch gegossen. Sie genoss seine Qualen offenbar. Ein schwaches Lächeln kräuselte ihre verwelkten Lippen. Er war so sehr in seine Pein vertieft, dass er die weichen Schritte auf dem Sand kaum hörte.

»Seestern«, sagte Kupferkopf mit seiner verletzenden Stimme. »Schneid ihm die Handfesseln ab. Du hast für heute genug getan. Ich will mit Tauchvogel allein sprechen.«

Tauchvogel warf einen Blick auf Kupferkopf. Der Mann trug eine kostbare goldgefärbte Tunika. Der Zopf aus seinem langen ergrauenden Haar hing ihm auf dem Rücken. Diese Mode betonte das Silber seiner Schläfen und ließ seine dunklen Augen noch größer erscheinen, wie strahlende schwarze Monde in dem Oval seines gebräunten Gesichts.

»Ja, Geistältester«, antwortete Seestern und sägte mit ihrem Feuersteinmesser die Handfesseln durch. Tauchvogels schmerzende Hände fielen herab. Mit großer Anstrengung bewegte er seine Finger. Seestern erhob sich auf wackligen Füßen. »Soll ich später wiederkommen, um die Behandlung zu beenden?«

»Wie geht's ihm?« fragte Kupferkopf. In seinen Worten klang Sorge. »Die Wunden sehen sauber aus.«

»Dem geht's ganz gut«, erwiderte Seestern mürrisch. »Der bleibt am Leben, glaube ich.«

»Sorge dafür!« Er sagte das sehr sanft, aber sein Ton machte ihr deutlich, dass es keinen Fehler geben durfte. Sie erbleichte und nickte ruckhaft. »Ich sorge dafür.«

»Geh jetzt. Komm später wieder, um nach ihm zu sehen.«

Die alte Frau warf Tauchvogel einen hasserfüllten Blick zu, nahm Wasserkalebasse, Messer und Lappen und humpelte fort, mitten durchs Dorf, und schlug nach den Hunden, die spielerisch von hinten an ihr hochsprangen. Der Wind trug den Geruch von gebratenem Fisch heran, und Tauchvogel sah eine Gruppe von Frauen, die redend und lachend um ein niedriges Feuer standen. Seestern bewegte sich auf sie zu.

Kupferkopf betrachtete aufmerksam Tauchvogels nackten Körper. »Du hast gut gefrühstückt, wie ich höre. Fühlst du dich kräftiger?«

Tauchvogel lachte und schaute mit zusammengekniffenen Augen auf die Brandung. Das Wasser schoss in die Höhe, Tropfen glitzerten vor dem Hintergrund schmaler grauer Wolken, bevor sie herabfielen. Wieso klang Kupferkopf immer so aufrichtig? Übte er diesen Ton nachts, wenn niemand ihn belauschen konnte? Pelikane drängten sich am Strand zusammen und schlugen sich mit den Schnäbeln auf die Brust.

»Ich habe dir etwas mitgebracht, Tauchvogel.«

Tauchvogel wandte sich wieder Kupferkopf zu, der etwas von seinem Gürtel losband. Der Mann berührte den Gegenstand ehrfürchtig, bevor er ihn Tauchvogel reichte. Es war eine Hirschbeinahle mit abgebrochener Spitze. Tauchvogel nahm sie und drehte sie in der Hand … Dann stockte ihm der Atem. Auf der Rückseite war die persönliche Kennmarke des Besitzers in den Knochen geschnitzt – drei zusammenstoßende Schrägbalken und ein großes X: das Kennzeichen von Muschelweiß. Wenn er sich konzentrierte, könnte er sie darin spüren, in der Ahle lebte noch ein Teil von ihr. Sie hatte offenbar geistige Kraft hineingeatmet, als sie die Ahle angefertigt hatte. Tauchvogels Finger schlossen sich fest um das Werkzeug, und er drückte es an die Brust.

»Ich dachte mir, es könnte deine Schmerzen lindern«, sagte Kupferkopf.

»Was kümmern dich meine Schmerzen?«

Die kleinen Flamingozungenmuscheln an Kupferkopfs Gürtel klingelten, als er sich auf den weißen Sand setzte und die Finger um die angezogenen Knie verschränkte. Eine lange Silbersträhne hatte sich aus seinem Zopf gelöst und wehte ihm übers Gesicht. »Schmerzen stören mich. Haben mich immer gestört.«

Tauchvogel strich mit dem Daumen zärtlich über die Kennmarke von Muschelweiß; er liebkoste das Gerät, das auch sie berührt hatte.

»Tauchvogel«, sagte Kupferkopf. »Ich bin gekommen, um mit dir über einen Traum zu sprechen, den ich gehabt habe. Über einen sehr sonderbaren Traum.«

»Was für ein Traum?«

»Oh, ich habe ihn schon oft gehabt, aber diesen Teil davon hatte ich noch nie gesehen, das heißt, erst letzte Nacht habe ich erfahren, dass du an meiner Seite sein wirst, wenn die Welt untergeht.«

»Wenn die Welt untergeht?« fragte Tauchvogel. Die Stimme von Kupferkopf war wie ein Nerzpelz, der gegen die Seele reibt, weich, beruhigend und dennoch Funken sprühend. »Wovon redest du? Ist es der Traum, den du schon vor zwei Sommern hattest? Der mit den Blitzvögeln –«

»Ich begreife nicht, wieso du dabei bist«, unterbrach ihn Kupferkopf. »Begreifst du's? Das ist ganz merkwürdig. Du müsstest eigentlich zu mir gestoßen sein, als einer meiner Anhänger, denn du trägst eine Tunika, wie sie hier gemacht wird, im Dorf des Stehenden Horns; sie hat eine aufgemalte blaue Zickzacklinie über der Brust.« Er zeichnete sie auf seiner eigenen Tunika nach. Am Himmel hinter ihm segelten die Möwen auf dem launischen Wind herab oder schossen in die Höhe.

»Ich würde niemals einer deiner Anhänger sein, Kupferkopf!«

Kupferkopf legte den Kopf zurück und betrachtete die schnell dahinziehenden Wolken. »Der Traum beginnt wie der heutige Tag. Stürmisch. Kalt. Wir stehen da drüben.« Er deutete auf einen alten Stamm an der Baumgrenze, der sich im Winkel zum Ozean neigte. Seine Stimme sank zu einem schmerzerfüllten Murmeln herab. »Du und ich, wir sehen den Sturmbläser kommen. Mit großen Schritten kommt er übers Wasser und reißt die Meerfrau mit bloßen Händen in Stücke. Er ist riesig, Tauchvogel.« Er schloss die Augen.

»Regenwände fallen herab, Wolkenbrüche, Bäume knicken und fliegen um uns herum durch die Luft, die Menschen schreien, rennen um ihr Leben, und dann sehe ich sie!«

Tauchvogel fragte, ganz im Bann seiner tiefen Stimme: »Wen?«

»Die Blitzvögel.« Kupferkopf wandte sich nach Osten. »Sie kommen, um mich zu holen, sie schießen durch die Wolken wie blauweiße Flammen.« Er streckte eine Hand aus, als wollte er nach ihnen greifen.

»Und dann?«

Kupferkopf zog die Hand zurück, zur Faust geballt legte er sie auf sein Knie. »Dann nichts mehr. Die Welt stirbt.«

Tauchvogel liefen Schauer über den Rücken. Er hob die Ahle hoch und presste das Kennzeichen von Muschelweiß gegen seine Wange. Der Knochen fühlte sich glatt und warm an. Das schöne Gesicht von Kupferkopf war zusammengefallen, die aufgerissenen Augen starrten ins Leere.

»Der Tod der Welt ist notwendig, Tauchvogel«, sagte er. »Das Übel ist in jede lebende Seele eingedrungen. Wie ein Krebs ist es in Bäume und Tiere gekrochen, selbst in die winzigen Schnecken auf dem Waldboden. Siehst du das nicht? Der Sturmbläser ist unser Erlöser. Die Vernichtung ist eine Reinigung, eine notwendige Läuterung.« Langsam, mit einer ruckhaften Bewegung nahm er Sand mit seiner rechten Hand auf und ließ die Körnchen durch die Finger rinnen. Der Wind blies sie fort.

Tauchvogel fragte: »Warum willst du die Welt sterben sehen? Es ist schön auf der Welt.«

»Ich will es nicht, Tauchvogel. Nein, überhaupt nicht. Ich habe das Übel nicht in die Welt gebracht, sondern böse, schlechte Menschen haben das getan. Wie Muschelweiß.«

Tauchvogel rieb die Ahle an seiner Wange. »Muschelweiß ist nicht böse.«

»Ach nein?«

»Nein.«

Kupferkopf lächelte sein kaltes Lächeln. »Vielleicht sollte ich den alten Wurzelkrebs kommen lassen, damit er dir die Geschichte seiner Familie erzählt, wie Muschelweiß seine zwei kleinen Kinder bei einem Überfall abgeschlachtet hat. Ich war dort, Tauchvogel, ich habe es gesehen. Ja, ihr Geister im Himmel, ich war dabei. Ich wollte sie noch aufhalten, als sie den Kindern noch den Schmuck rauben wollte, bevor sie –«

»Genug!« sagte Tauchvogel. »Ich will das nicht hören. Deine Besessenheit von Muschelweiß interessiert mich nicht.«

Eine ganze Weile verharrte Kupferkopf völlig reglos. Dann sagte er: »Wir wollen nicht mehr über meinen sonderbaren Traum sprechen. Was mich überrascht ist, dass du am Ende neben mir stehst. Kannst du dir denken, warum?«

»Vielleicht versuche ich gerade, dich umzubringen, bevor dich die Blitzvögel retten können.«

Die Falten um den Mund von Kupferkopf wurden schärfer. »Sie retten mich in jedem Fall«, murmelte er. »Im Traum halte ich wie ein Wahnsinniger Ausschau nach Muschelweiß oder dem Blitzjünger, aber ich sehe immer nur dich, Tauchvogel. Du und ich – und ein Dorf voller kreischender Menschen. Ich verstehe nicht –«

»Glaubst du wirklich, dass dich die Blitzvögel vor dem Zorn des Sturmbläsers retten, nach allem, was du getan hast?«

»Alles und jedes wird gereinigt werden. Auch ich. Was ich getan habe, spielt dann keine Rolle mehr«, erwiderte Kupferkopf. »Während der Sturmbläser die Welt reinigt, putzen die Blitzvögel die Himmel aus. Verbrennen alles Böse dort oben und noch weit darüber hinaus. Wenn sie die Wolken und die Vögel gereinigt haben, schießen sie ein ins Land der Morgenröte, um auch die Leuchtleute zu läutern.« Er wandte sich Tauchvogel zu, mit leeren, dunklen Augen, die eine unheilvolle Macht verhießen wie die Windstille vor der gewaltigen Flutwelle, die über die Ufer stürzt. »Auch meine eigenen Anhänger und ich, wir werden gereinigt, Tauchvogel. Und rein müssen wir sein, bevor wir die prachtvolle neue Welt betreten, die für uns vorbereitet worden ist. Wir –«

Tauchvogel änderte seine Haltung, um den rechten Arm

zu heben und seine Wange darauf zu legen. Die morgendlichen Qualen, die Grausamkeit von Seestern, all das hatte ihn erschöpft. Er hörte Kupferkopf weiter zu, wie dieser von seinem Traum erzählte, von der Welt der Blitzvögel jenseits des Landes der Morgenröte, aber ihm fielen die Augen zu. Er riss sie wieder auf und versuchte, sich zu konzentrieren.

Kupferkopf erhob sich. Hoch gewachsen und schlank stand er da und sah auf Tauchvogel hinab. »Du bist müde. Wenn du dich erholt hast, sprechen wir weiter.«

Er ging, und Tauchvogel hörte ihn noch sagen: »Maulbeere, stelle vier Posten rings um die Ratshütte auf.«

Dem Befehl folgte das Geräusch von Laufschritten, vom Geklirr der Speere und durcheinander sprechender Stimmen, als die Männer Posten bezogen.

9

Als die Sonnenmutter hinter dem westlichen Horizont versank, schossen Strahlen von leuchtendem Purpur über den Himmel und durchdrangen die Nebelwand, die auf den Strand zurollte. Es funkelte und glitzerte über dem Meer wie ein hochkriechender Regenbogen, der sich in den Bäumen verfing, die Kernholz-Dorf umstanden. Die Kinder verstanden offenbar das stumme Signal des Alten Nebelriesen, das ihnen sagte: Zeit zum Abendessen. Sie hatten Delphine aus weißem Sand geformt, aber jetzt winkten sie sich zum Abschied gegenseitig zu und machten sich zu ihren eigenen Hütten auf, und die Hunde trotteten hinterher.

Biberpfote, Kommandant des Kernholz-Clans, sah zu, wie sie Feuer machten. Kinder lachen viel, und verwirrte Seelen haben ihre Freude daran. Doch was Muschelweiß ihm mitgeteilt hatte, ließ ihn erstarren.

Er stand neben ihr, von der Ratshütte etwas entfernt. Dort drinnen feilschten Schote und Mondschnecke um die Heirat von Muschelweiß und Teichläufer. Schwarzer Regen lehnte am nordwestlichen Pfosten und hörte zu. Fortwährend warf sie Biberpfote lüsterne Blicke zu und lächelte wie ein Luchs, der ausgestreckt vor einem Mauseloch verharrt. Immer wieder hörte Biberpfote, wie Schote seine Stimme wütend erhob, und fing ein paar hitzige Bemerkungen auf, darauf folgte eine Pause, die Schwarzer Regen mit ihrem kalten Lachen ausfüllte. Doch alles in allem schienen die Verhandlungen glatt zu verlaufen, die Muschelweiß jedoch offenbar völlig gleichgültig ließen.

Lange silberne Strähnen in ihrem schwarzen Haar hingen ihr vorne über die dunkelgrüne Tunika. Ungeachtet ihres Alters war sie immer noch eine fabelhafte Frau, mit vollen Brüsten, schlanker Taille und langen, muskulösen Beinen. Das ovale Gesicht mit den hoch angesetzten Wangenknochen und der Stupsnase strahlte eine starre Würde aus. Seeigelstacheln schmückten Kragen und Rocksaum, und wenn der Abendwind blies, klickten sie melodisch.

Biberpfote, ein Mann mittlerer Größe, trug eine einfache Tunika ohne Gürtel, die ihm gerade bis unter die Hüften hing. Sein schwarzes Haar trug er glatt bis zum Kinn heruntergekämmt und benutzte einen braunen Stoffstreifen als Stirnband. Er hatte ein dickes Gesicht, wie eine Kaulquappe, mit kleinen Augen und einem noch kleineren Mund. Mit gekreuzten Armen stand er da und betrachtete nervös die große Kriegerin vor sich.

Eine Legende. Überall erzählte man von ihren Heldentaten. Einmal, so konnte man hören, war sie in ein schwer bewaffnetes Lager eingedrungen und hatte zehn und fünf feindliche Krieger überwältigt, um einen ihrer Männer, nur einen einzigen, zu befreien. Biberpfote hatte die Geschichte von eben diesem Mann selber gehört: von Krautwurz. Der war, nachdem Muschelweiß ihm die Fesseln durchgeschnitten und seine Flucht gedeckt hatte, wobei sie noch vier Männer mit dem Speer erledigte, von den Foltern zermürbt, mit letzter Kraft in den Wald gerannt, wo er sich in einem Haufen Bruchholz versteckt hatte. Muschelweiß hatte Krautwurz später dort gefunden. Seinen Arm über ihrer Schulter, so hatte sie ihn zum Lager zurückgeschleift, wo sie seine Wunden behandelt hatte. Krautwurz schwor, dass kein Speer sie verletzen konnte.

Biberpfote wusste nicht, was er glauben sollte. Das Einzige, was er mit Sicherheit bezeugen konnte, war, dass ihr unnatürliches Selbstvertrauen und ihre Gelassenheit jeden Mann mit ehrfürchtiger Scheu erfüllte.

»Du glaubst also, dass Kupferkopf unser Kernholz-Dorf überfallen wird?« fragte er unterwürfig. Seit ihrer Ankunft hatte ihn Muschelweiß mit großer Achtung behandelt, seinen Worten aufmerksam gelauscht, obwohl er im Vergleich zu ihr ein Niemand war. O ja, er hatte eine ganze Reihe von Kämpfen hinter sich und viele davon gewonnen, aber seine Laufbahn als Krieger hatte erst angefangen, als er zweimal zehn und neun Sommer alt war, aber sie, sie war schon immer so gewesen, wie jeder Krieger gern sein würde.

»Das ist ganz gewiss, Biberpfote. Kein Dorf wäre fähig, ihm Widerstand zu leisten, und die Reihe immer neuer Siege hat ihn größenwahnsinnig gemacht. Ich wette, er hält sich für unbesiegbar. Was sollte ihn davon abhalten, jedes Dorf an der Küste zu überfallen? Denk doch nur, was er an Reichtümern und Ansehen gewinnen kann.«

Biberpfote ließ die Arme sinken. »Dann müssen wir uns also verteidigen.«

»Was schlägst du vor?«

Biberpfote gestikulierte hilflos. »Ich weiß es noch nicht. Vielleicht sollten wir unsere Verwandten in anderen Dörfern aufrufen, uns zu Hilfe zu kommen. Wenn sie einverstanden wären, dann könnten wir vielleicht –«

»Wie viele Krieger hättest du dann, insgesamt?«

Biberpfote runzelte die Stirn. »Vielleicht dreimal zehn mehr. Die Clans, die mit uns verwandt sind, können uns leider nicht mehr Krieger anbieten.«

»Aber wenn eure Verwandten dreimal zehn Krieger stellen und Windeck noch einmal zehn und einen beiträgt, dann hätten wir zusammen über zehnmal zehn Krieger. Mit so einer Streitmacht könnten wir uns vielleicht mit Kupferkopf messen.«

»Also dann …« Biberpfote hielt inne, um sie prüfend zu

betrachten. Der Wind peitschte ihm das kurze Haar über die dicken Backen. Die Nebeldecke schimmerte, aber die Farbe war daraus gewichen, und jetzt war es fahlgrau, dort, wo noch vor wenigen Augenblicken eine rosa glänzende Wolke gewesen war. »Dann hast du also tatsächlich vor, den Blitzjünger zu heiraten?«

»Darüber wird noch verhandelt«, erwiderte sie wahrheitsgetreu.

Biberpfote zuckte die Achseln. »Solche Dinge sind oft notwendig, aber er ist ein wunderlicher Junge. Schon deine Einwilligung, ihn zu heiraten, beweist deinen Mut, der über alle Zweifel erhaben ist. Bist du ihm schon einmal begegnet?«

»Nein. Er soll noch krank sein und schläft in der Hütte seiner Großmutter.«

Biberpfote warf einen Blick über die Schulter zurück und runzelte die Stirn. »Das hat Mondschnecke gesagt, he?«

»Ja, warum?« Sie versuchte, seinem Blick zu folgen, aber da standen mehrere Hütten, und sie wusste nicht genau, welche er vor Augen hatte.

»Nun ja, es ist nämlich so, dass er aufrecht sitzt und mit seiner Schwester Rotalge spricht, und zwar in diesem Augenblick. Offenbar will Mondschnecke deine Vorstellung hinauszögern. Wenn ich an deiner Stelle wäre … nein, verzeih bitte. Ich hätte den Mund halten sollen.«

»Wenn du an meiner Stelle wärst, dann gingst du hinein und stelltest dich selber vor – wolltest du das sagen?«

Biberpfote verzog grinsend das Gesicht. »Wenn er dein Ehemann werden soll, dann solltest du wenigstens vorher sehen, worauf du dich einlässt. Vielleicht hat Mondschnecke deshalb gesagt, dass er noch schläft. Weil sie dich nicht abschrecken will. Ich weiß, sie will diese Hochzeit so sehr wie dein eigener Clan.«

Muschelweiß sah wieder über das ganze Dorf. »Welche Hütte gehört Mondschnecke?«

Biberpfote deutete auf eine Hütte im hinteren Teil des Dorfs, gerade hinter der Muschelhalde.

»Vielen Dank«, sagte Muschelweiß. »Ich möchte gern

später noch mehr mit dir bereden, Biberpfote, vorausgesetzt, dass ich dich nicht beim Abendessen störe.«

»Ich warte auf dich. Frag einfach nach meiner Hütte, wenn du bereit bist.«

Muschelweiß nickte ihm zu und schritt leichtfüßig davon, auf die Hütte von Mondschnecke zu. Als sie an den voranliegenden Hütten vorbeikam, unterbrachen die Leute ihre Vorbereitungen zum Abendessen und starrten hinaus. Aufgeregtes Geflüster erhob sich. Kinder deuteten mit dem Finger, die Augen aufgerissen.

Rotalge hatte neben Teichläufer gekniet, erhob sich aber, als sich Muschelweiß der Hütte näherte. Sie wischte ihre Hände an der Tunika ab. »Heilige Geister«, flüsterte sie, »da kommt sie ja.«

Teichläufer lächelte. Er spürte ihr Kommen, so wie man das Herannahen eines Nachmittagssturms spürt. Er konnte sie nicht sehen, denn er lag auf der linken Seite und schaute in den Wald. Ihre Schritte raschelten im Sand.

»Du bist sicher Rotalge«, sagte Muschelweiß mit ihrer schönen tiefen Stimme. »Biberpfote hat mir erzählt, wie gut du mit dem Atlatl umgehen kannst. Er sagt, du triffst den Kopf einer Feldmaus aus fünf und zehn Schritten. Ist das wahr?«

Rotalges Furcht verminderte sich. Sie lächelte. »Wenn Biberpfote das sagt.«

»Du darfst nicht dulden, dass sie dich anlügt, Muschelweiß«, sagte Teichläufer sanft. »Rotalge kann einen Moskito aus zehnmal zehn Schritten aufspießen.«

»Das möchte ich sehen«, sagte Muschelweiß und lachte.

»Ja«, erwiderte Rotalge verlegen, »das möchte ich auch gern. Aber jetzt musst du mich entschuldigen, ich muss gehen und … sehen, was zu tun ist. Trink den ganzen Tee aus, Teichläufer, ich komme später zurück.« Sie nickte Muschelweiß respektvoll zu. »Guten Abend, Kriegsoberste.«

Rotalge eilte davon und trabte durchs Dorf zur Ratshütte. Beim Geräusch ihrer Schritte, die sich entfernten, atmete Teichläufer tief ein. Dann rollte er sich mit großer Anstrengung auf den Rücken, um Muschelweiß anzusehen. O ihr Leuchtleute, sie war ja noch schöner, als er sie in Erinnerung hatte. In den Tiefen ihrer dunkelbraunen Augen sah er Güte … und sehr müde Seelen.

»Wie fühlst du dich?« fragte sie.

»Es geht mir gut.« Er lächelte, und mit dem Kinn deutete er auf die Ratshütte. »Von meiner Familie geht's vielen nicht so gut. Die Verhandlungen sind offenbar durch dein kühnes Auftreten unterbrochen worden.«

Muschelweiß sah über die Schulter zurück. Schwarzer Regen war mit geballten Fäusten aus der Hütte geschritten, und das alte Gesicht von Mondschnecke war am Ende so weiß wie Gischt. Schote hingegen lächelte breit. Muschelweiß dachte nicht mehr an sie. Sie setzte sich neben Teichläufer. Ihre dunkelgrüne Tunika war im Kreis um ihre Hüften gebreitet.

»Sie wollten nicht, dass ich dich sehe«, sagte sie. »Sie erzählten mir, du seist viel zu krank, um mit jemandem zu sprechen.«

Er nickte schwach. »Ich weiß. Wenn du mich erst einmal kennen gelernt hast, fürchten sie, läufst du weg, so schnell und so weit du kannst.« Er erschauerte leicht, ohne es unterdrücken zu können. »Die meisten sind nämlich zu Tode erschrocken, wenn sie mich sehen.«

Muschelweiß zog ihm die Decke über die bloße Brust und steckte ihm die Ränder unter beiden Seiten fest. Sie machte das so flink und kundig, als hätte sie schon viele Jungen zu Bett gebracht und zugedeckt. Seine Seelen waren voller Dankbarkeit. Die verblassten roten und gelben Muster auf seiner Decke unterstrichen das Weiße seiner Haut. »Mir kommst du nicht so Angst erregend vor, Teichläufer.«

»Nein?«

»Nein.«

Er lächelte. »Dann bist du die Einzige hier, die so empfindet.«

»Warum fürchten sie dich? Sind es die Legenden?«

»Ja, zum größten Teil.« Er zuckte plötzlich zusammen

und presste die Augenlider zu. Die Schmerzen wurden mit jeder Zeithand schlimmer, als durchbohrten Eiszapfen sein Herz.

»Alles in Ordnung?«

Er schluckte schwer. »Es ist nur ... ich habe so stechende Schmerzen in meiner Brust.«

»Die kommen vom Fieber. Die Schmerzen gehen bestimmt weg, wenn du wieder kräftiger geworden bist. Soll ich gehen, damit du wieder schlafen kannst? Vielleicht hätte ich warten sollen –«

»Nein, bleib bitte, Muschelweiß«, sagte er und machte langsam die Augen auf. Er schaute sie blinzelnd an. »Ich bin so froh, dass du gekommen bist, um mit mir zu sprechen. Es gibt Dinge, die ich dir sagen will, und zwar jetzt, da wir allein sind, und bevor ich den Mut verliere.« Er warf einen Blick auf die Ratshütte, wo seine Mutter stand und das Gesicht verzog. Er fühlte ihren Ärger in seiner Magengrube. »Und bevor jemand kommt, der mich zum Schweigen bringt.«

Muschelweiß nickte. »Bitte erzähle.«

»Zuerst«, seine Worte überstürzten sich jetzt, »ich bin kein Krieger. Ich weiß, das wird dich enttäuschen. Rotalge meint, ich könne nicht einmal das Meer mit einem Speer treffen, und sie hat Recht. Mit einem Atlatl komme ich nicht zurecht, und ich bin auch ein schlechter Jäger. Doch du musst mir glauben, dass ich andere –«

»Aber ich habe gehört, du hast im letzten Sommer einen Bären erlegt. Biberpfote hat gesagt, dass du das Tier genau ins Herz getroffen hast.«

»Na ja.« Teichläufer zerknüllte seine Decke. Bei dieser Geschichte war ihm unbehaglich zumute. »Ja, das stimmt, so wie es aussieht. Aber ich habe keinen Bären gejagt. Ich hoffe, sie haben das nicht behauptet. Manchmal übertreibt meine Familie etwas, wenn sie mich als normal darstellen will. Rotalge und ich, wir waren beide beim Beerensuchen, und da lief ich aus Versehen zwischen eine Sau und ihr Junges. Die Sau griff mich sofort an, und ich habe mich nur verteidigt, und dabei gelang es mir irgendwie, sie zu töten.«

Seine aufeinander gepressten Lippen wurden zu einem weißen Strich.« Ich hatte ein ganz schlechtes Gewissen. Das Junge ist sicherlich umgekommen. Nur weil ich nicht aufgepasst habe, wo ich hinlaufe. Es war meine Schuld.«

Muschelweiß senkte verständnisvoll den Kopf, und Teichläufer sprach hastig weiter.

»Glaub mir bitte, wenn ich dir sage, dass ich andere Talente habe. Die habe ich wirklich. Dinge, die dir nützlich sein werden. Wenn du mir nur die Chance gibst, das zu beweisen. Ich verspreche dir, ich würde dir ein guter Ehemann sein.«

Teichläufer biss sich auf die Lippen und wartete auf ihre Antwort. Im Grunde hatte er ihr jetzt verraten, dass er ihre Familie weder beschützen noch ernähren konnte – und beides wäre Grund genug, die Verhandlungen über eine Heirat augenblicklich abzubrechen. Er senkte den Blick und schaute düster auf seine Hände, aber aus den Augenwinkeln sah er sie lächeln. War ihr eingefallen, dass seine Familie ihm vielleicht vorgesagt hatte, was er sagen sollte und wie er es sagen sollte – und dass seine Verwandten wahrscheinlich erschüttert wären, wenn sie wüssten, was ihm gerade über die Lippen gekommen war? Nach ihrem Gesichtsausdruck zu urteilen, vermutete sie genau das.

Muschelweiß legte beruhigend ihre Hand auf die seine. Ihre schlanken Finger waren kühl. »Ich möchte einen Handel mit dir machen, Teichläufer. Auch ich habe dir verschiedene Dinge mitzuteilen, aber ich muss darum bitten, dass alles, was heute Abend zwischen uns besprochen wird, unter uns bleibt. Kannst du –«

»O ja, natürlich, völlig einverstanden!« Sein Gesicht entspannte sich vor Erleichterung, und er drehte mutig seine Hand herum, so dass er ihre Finger umklammern konnte. Sie packte seine Hand mit festem Griff. »Ich danke dir«, sagte er. »Wenn meine Mutter je dahinter käme, was ich dir erzählt habe, würde sie mich sicher erdrosseln.«

»Jetzt übertreibst du bestimmt.«

»Nein, Muschelweiß, leider ist das wahr. Ich weiß, dass ich eingetauscht werde, zum Ausgleich der Spielschulden meiner Mutter, und wenn diese Hochzeit aus irgendeinem Grund nicht stattfindet, dann wird sie glauben, dass es an mir lag, dass ich es irgendwie hintertrieben hätte. Dann werden mich meine Verwandten sicherlich tot auffinden –«

Muschelweiß lächelte, aber er fuhr fort. Er hatte Angst, jetzt innezuhalten. »– und dabei möchte ich es gar nicht hintertreiben. Wenn ich dich verletze oder etwas Dummes sage, bitte, dann sag es mir. Dann werde ich schon etwas finden, um es wieder gutzumachen.«

»Ich respektiere Ehrlichkeit, Teichläufer. Du wirst mich niemals verletzen, solange du die Wahrheit sagst. Aber bitte, sprich weiter. Da war noch etwas, was du mir vorher sagen wolltest. Über deine Fähigkeiten.«

Er nickte gehorsam, zögerte aber und blickte sie durch zusammengekniffene Augen an. Zwei scharfe aufrechte Falten zeigten sich zwischen seinen Brauen. »Ich habe ungewöhnliche Fähigkeiten. Oft habe ich Träume von zukünftigen Dingen. Ich –«

»Meinst du Geistträume? Wahrträume?«

Er fuhr sich mit der Zunge über die Lippen und nickte. »Ja, das meine ich. Meiner Familie habe ich nie etwas davon erzählt, sie hätten dann nur noch mehr Angst vor mir. Aber ich wusste zum Beispiel, dass du heute zu Mittag ankommst, obwohl der Läufer nur meldete, dass dein Vater Schote kommen würde.«

Muschelweiß nickte. »Du bist ein Blitzjünger, Teichläufer. Das gehört dazu. Was sonst noch?«

Er umklammerte ihre Hand. »Ich kann auch Dinge spüren, von Tieren, Bäumen, Menschen, sogar von ziehenden Wolken.«

»Was meinst du damit? Was für Dinge?«

»Ja, ich weiß nicht, wie ich das beschreiben soll. Ich spüre ›Absichten‹, gute und böse. Manchmal weiß ich, dass da Menschen im Wald sind, weil ich sie schon einen halben Tagesmarsch entfernt höre. Und ich höre auch schon einen Schwarm Quakfische aus der Ferne. Ich brauche mich nur mit einem Stein zu beschweren und mich lauschend auf den Meeresboden zu legen.«

»Das könnte sehr nützlich sein«, sagte sie. »Dann könnten wir schon früh unsere Netze auswerfen und einen größeren Fang einbringen.«

Eifrig fuhr er fort. »Ja. Mein eigener Clan hat nie auf mich gehört, aber ich verspreche dir, ich kann den Fang deines Clans verbessern. Warte es nur ab. Du wirst sehen. Und ich weiß auch, wie man mit Geistern redet. Der verrückte alte Hundszahn hat mir das beigebracht. Er ...«

Muschelweiß schaute plötzlich zur Seite, und Teichläufers Magen zog sich zusammen. Geister! Sie musste sicher an ihren Mann denken. Sein Tod hatte wahrscheinlich ein schwarzes Loch in ihr Leben gerissen, das sich riesig vor ihr auftat. Sanft löste sie ihre Finger aus seiner Hand und blieb eine ganze Weile stumm. Als sie sich ihm wieder zuwandte, starrte er sie an, und all seine Seelen spiegelten sich in seinen Augen.

»Es tut mir Leid«, sagte er. »Es tut mir wirklich sehr Leid. Ich hatte nicht bedacht –«

»Du hattest keinen Anlass dazu, Teichläufer. Verzeih mir. Ich bin töricht, ich –«

»O nein, das bist du nicht.« Wie eine Spinne kroch seine Hand schwach über die Decke und griff wieder nach ihr. »Du hast gerade zwei Kinder und einen Mann verloren, Muschelweiß. Es ist nur natürlich, dass du innerlich blutest.«

»Nicht nur das, Teichläufer«, sagte sie leise. »Ich bin in diesem Augenblick nicht mehr ich selbst. Um die Wahrheit zu sagen, ich weiß nicht, wer ich bin. Meine Kraft ist aus mir herausgesickert wie Wasser aus einer gesprungenen Schale. Wenn ich in mich hineinblicke, sehe ich nur noch eine schwache alte Frau, die nicht verhindern kann, dass ihr die Knie einknicken, wenn sie durch dein Dorf geht.«

»Ich wünschte, ich könnte helfen. Aber wie? Sag's mir bitte.«

Sie tätschelte seine Hand. »Die Herzlichkeit in deiner Stimme hat mir schon geholfen. Ich danke dir.«

Er drückte sich gegen die Decken in seinem Rücken und setzte sich etwas höher, aber diese kleine Anstrengung machte ihn schon atemlos. Er ließ sich schlaff zurückfallen und kämpfte gegen seine Schwäche an, denn er musste ihr unbedingt noch etwas sagen. »Da ist noch etwas, was ich dir mitteilen muss, Muschelweiß. Aber bitte halte mich nicht für ein Kind, wenn ich das sage. Vielleicht habe ich nie mehr die Möglichkeit dazu. Aber du sollst wissen, wie sehr ich mir wünsche, dich heiraten zu können. Ich habe dich schon als kleiner Junge verehrt. Schon die Erinnerung an deine Stimme, deine wunderbare Stimme, hat mir Kraft gegeben, wenn ich sie am meisten brauchte. Selbst wenn –«

»Teichläufer, es gehört sich nicht –«

»Bitte, bitte! Lass mich ausreden.«

»Gut.«

Seine rosafarbenen Augen weiteten sich. »Selbst wenn wir aus irgendeinem Grund nicht heiraten. Aber du sollst wissen, dass ich dich immer lieben werde ...« Seine Stimme wurde schwächer. Er spielte nervös mit seiner Decke und zerknüllte sie mit verkrampften Händen. »Hätte ich die Macht dazu, würde ich alle deine Schmerzen lindern, Muschelweiß. Ich weiß, es gehört sich nicht, so etwas so früh auszusprechen, aber ich wollte es dir sagen.«

Sie strich über die grob gewebten Bodenmatten und sah ihn nicht an. »Ich weiß nicht, was ich sagen soll, Teichläufer. Es ist sehr lange her, dass ich solch eine Erklärung von einem jungen Mann gehört habe, wirklich sehr lange her. An hellen Sommerabenden vor langer Zeit, wenn Tauchvogel und ich nebeneinander lagen und dem Rascheln der Baumkronen und dem Zwitschern der Vögel zuhörten, das durch den ganzen Wald schallte, da hat er mir wieder und wieder gesagt, wie schön ich sei, wie sehr er mich liebe und was er mir alles schenken wolle. Er gelobte, dass er gegen die ganze Welt kämpfen werde, um mich zu beschützen. Und das hat er getan. Zweimal zehn und fünf wundervolle Sommer lang. Ich möchte, dass du versuchst, das zu verstehen. Ich werde lange brauchen, um mich daran zu gewöhnen, dass ich ihn verloren habe. Diese Heirat wird nicht leicht für mich sein. Doch meine Verzweiflung, meine Wut – das hat mit dir nichts zu tun. Ich habe dich sehr gern. Verstehst du das?«

Muschelweiß beugte sich vor und legte ihre weiche Hand auf seine Wange. Seine Augen leuchteten. »Ja, ich verstehe das.«

Sie sahen einander an, und für einen kurzen Augenblick waren sie sich sehr nahe. »Es tut mir Leid, aber ich muss dir jetzt Gute Nacht sagen«, erklärte sie. »Ich habe Biberpfote versprochen, heute Abend noch mit ihm zu reden, und ich bin schon –«

»Kommst du morgen noch einmal zu mir, bevor du gehst?«

»Ich werde es versuchen.«

Teichläufer ergriff ihre Hand und führte sie an seine Lippen. Er küsste ihre Handfläche, ihre Haut war glatt und weich. Die zärtliche Geste, eines Liebhabers würdig, brachte Muschelweiß zum Lächeln, und sein Herz jubelte.

»Gute Nacht, Teichläufer.« Sie zog ihre Hand zurück. »Schlafe gut.«

»Schlafe du auch gut.«

Er sah ihr nach. Als sie durchs Dorf schritt, trat ihr ein junger Krieger namens Kahlhecht in den Weg. Er trug einen Schurz und ein Stirnband, aber keine Waffen. Er sagte ihr etwas, was Teichläufer nicht verstand, aber darauf hörte er Muschelweiß lachen. Lächelnd ging der Krieger in die Hocke und umkreiste sie. Teichläufer runzelte die Stirn. Was machte er da? Wollte er kämpfen?

Als nähme sie eine Herausforderung an, beugte Muschelweiß die Knie und streckte die Arme aus: kampfbereit.

Kahlhecht stieß einen Kriegsschrei aus, sprang vorwärts, und Muschelweiß schlug zu, sauber und schnell, sie hatte das Sprungtempo richtig abgeschätzt. Sie wirbelte herum, stieß ihm mit dem Ellbogen auf den Hinterkopf, und als er stolpernd sein Gleichgewicht wiedergewinnen wollte, kickte sie seine Füße weg. Kahlhecht schlug flach auf den Sand auf und ächzte.

Muschelweiß lachte in sich hinein und schritt hinweg.

Teichläufer sank auf die Schlafmatte zurück. Verwundert und verwirrt.

Muschelweiß betrat die Ratshütte mit wehenden langen Haaren, und sofort verstummte alles. Schote unterdrückte ein Lächeln, als das schöne Gesicht von Schwarzer Regen sich verzerrte. Mondschnecke schaute ebenso erwartungsvoll auf Muschelweiß. Ihr faltenreiches altes Gesicht hatte einen grimmigen Ausdruck.

»Wie war der Kampf?« fragte Schote.

»Kurz.«

»Das habe ich gesehen«, sagte Schote. »Und Teichläufer?«

»Er ist ein feiner junger Mann«, erklärte Muschelweiß und zerstreute damit die Ängste von Mondschnecke und Schwarzer Regen. Sie fügte hinzu: »Kann ich mit dir sprechen, Vater? Es ist wichtig.«

»Gern. Ich könnte eine kleine Erholung von Mondschneckes Sturheit gebrauchen. Machen wir einen Spaziergang, der tut uns beiden gut.«

»Bah!« sagte Mondschnecke grollend. »Du bist es doch, der stur ist. Geht spazieren. Wenn ihr zurückkommt, findet ihr mich hier.«

Schote grinste, stand auf und hakte sich bei Muschelweiß ein; so ließ er sich durch das Dorf führen.

Außer Hörweite sagte Schote: »Worum geht es? Ist der Junge ein Vollidiot?«

Muschelweiß lächelte. »Nein, ganz im Gegenteil. Er hat ein ganz reines Herz, so wie ich selten eines gesehen habe. Seine Unschuld ist völlig entwaffnend.«

»Hm«, grunzte Schote. »Das hat er bestimmt nicht von der weiblichen Seite der Familie, das kann ich dir sagen. Mondschnecke und Schwarzer Regen sind beide so durchtrieben und gnadenlos wie ein Puma auf der Jagd. Worüber willst du mit mir sprechen?«

»Über nichts. Nein, wirklich. Ich wollte nur wieder einmal in deine strengen alten Augen sehen – um mich wieder zu fassen. Teichläufer hat mich aus dem Gleichgewicht gebracht.«

Er sah Muschelweiß schräg von der Seite an. »Das ist aber eine Überraschung.«

»Ich glaube, er wird ein treuer Gefährte sein.«

»Das ist schon etwas, besonders da sie sich wegen dieser Hochzeit in den Haaren liegen. Weil du Teichläufer keine Kinder mehr schenken kannst. Deshalb verlangt Mondschnecke jeden Herbst die Hälfte unserer Nussernte.«

»Die Hälfte!« schrie Muschelweiß und blieb unvermittelt stehen. »Das ist unerhört! Was hast du darauf erwidert?«

Schote kicherte. »Ich habe ihnen gesagt, es sei mir zu Ohren gekommen, dass Teichläufer nicht einmal einen Speer handhaben kann, was bedeutet, dass er für unseren Clan völlig nutzlos ist. Und besonders für dich, meine liebe Tochter, da du nicht einmal ein kümmerliches Eichhörnchen in der Jagdtasche fändest, zum Beweis, dass du einen Mann hast. Ich habe ihnen mitgeteilt, dass sie keine einzige Nuss von uns bekommen werden. Umgekehrt aber habe ich die Hälfte ihrer Nussernte verlangt, zum Ausgleich für Teichläufers Untüchtigkeit.«

»Also ohne Ergebnis?«

»O nein. Im Gegenteil, es läuft alles sehr gut. Ich sehe voraus, dass du morgen heiratest, nachdem –«

»Morgen!« stieß Muschelweiß hervor.

»Sie haben es eilig. Das ist gut, gar nicht schlecht.«

»Aber es geht so schnell.«

Schote zuckte die Achseln. »Sie sind erpicht darauf. Und wir sind zugegebenermaßen in einer verzweifelten Lage. Und deswegen habe ich auch keine Einwände gemacht, als Mondschnecke als Termin den morgigen Nachmittag vorgeschlagen hat. Und jetzt zu Teichläufer. Worüber habt ihr gesprochen?«

Muschelweiß führte Schote um einen Sandhaufen herum, der einige Zeit zuvor noch ein springender Delphin gewesen war, nun aber einer zerquetschten Kalebasse glich. »Er wollte mir all seine Mängel und Schwächen offen legen. Es war wirklich rührend. Er behauptet, er habe andere Stärken, die unserem Clan von Nutzen sein könnten.«

»Natürlich hat er die«, antwortete Schote nüchtern. »Er ist ein Blitzjünger. Er braucht nur neben mir zu sitzen, wenn ein Händler ankommt, und dann bekommen wir niedrigere

Preise. Seine Anwesenheit wird jeden Händler mit Verstand einschüchtern. Aber sag das nicht Mondschnecke, sie hat Teichläufer noch nicht in diesem Sinne eingesetzt, und sie feilscht schon hart genug mit uns.« Dann fragte er: »Also du hast den Jungen gemocht?«

Muschelweiß seufzte. »Ja, aber ich fürchte, dass meine Gegenwart seine Seelen töten wird.«

»Tauchvogels Seelen sind nicht getötet worden.«

Sie lächelte, aber mit zitternden Lippen. »Tauchvogel war ein starker Mann. Aber dieser Junge ist – eben ein Junge. Wenn er mich ansieht, ist eine solche Sehnsucht in seinen Augen, das macht mich ganz traurig, Vater. Wie sehr ich mir auch vornehmen werde, ihn nicht zu verletzen – am Ende werde ich ihn doch verletzen, und zwar ohne es zu wollen, ich werde nichts dazu tun. Seine Seelen sind zu zart, zu schwach, um die Wut und die Verzweiflung in meinem Herzen auszuhalten. Ja, ich werde ihm wehtun. Mehrmals. Bei vielen Kleinigkeiten. Ein scharfer Blick. Ein hartes Wort. Wie Blut, das aus einer aufgeschnittenen Ader pulsend herausfließt, so wird der liebevolle Blick allmählich aus seinen Augen verschwinden, bis ich ihm gleichgültig sein werde.« Sie machte eine Pause. »Aber selbst nach unserem kurzen Treffen stelle ich fest, dass ich jetzt keine Lust habe, an so etwas zu denken. Ich hoffe nur, es kommt nicht so weit, dass er mich hasst.«

Schote drückte ihren Arm und schaute hinaus zum Meer. Die Meerfrau ärgerte Bruder Erde, indem sie große gischtige Wellen ans Ufer warf und sie dann schnell wieder zurückzog. Als sich die beiden der Brandung näherten, glitzerte ein Schleier funkelnder Wassertröpfchen im Sternenlicht und fiel ihnen kühl aufs Gesicht.

»Sie meinen vielleicht«, sagte Schote, »dass du ihn noch nach Belieben formen kannst. Wäre nicht schlecht. Denk mal an all die Möglichkeiten.«

Er warf Muschelweiß einen listigen Blick zu, und sie lächelte. »Erzähle mir von der Verhandlung, Vater. Ich will mich von meinen schauderhaften Gedanken ablenken.«

Schote trat nach einem Schwamm, der weiter über den

Strand rollte, und kickte dabei eine Menge verschiedener großer Muscheln hoch. »Oh, da gibt's nicht viel zu erzählen. Mondschnecke will unbedingt mit dir verwandt sein, auch wenn sie es nicht zugibt, die alte Hexe.«

Tauchvogel schlief, von warmen, sonnigen Tagen in seiner Jugend träumend, als er und Muschelweiß ganze Tage lang müßig Hand in Hand durch die Wälder gewandert waren, wo der Duft der Wildblumen sie umgeben hatte. Die Sonne, die durch das Laub fiel, hatte das schöne Gesicht von Muschelweiß mit Licht besprenkelt, als sie durch blühende Beerenbüsche schlenderten und dabei breite Moosgirlanden zur Seite schoben. Sie hatte seine Hand geschwungen und ihn tadelnd angesehen.

»Das wäre nicht sehr klug«, hatte sie gemeint. »Nicht einmal als Scherz. Niederwald könnte dich zufällig töten.«

»Wie denn? Ich würde von Süden kommen, sein Dorf vom dichten Wald aus überfallen. Wir wären die ganze Zeit in Deckung. Er kann niemals –«

Sie hatte seine Hand gedrückt. »Das ist ja das Problem. Niederwald ist kein Dummkopf. Trotz allem, was du gehört hast. Er hat bestimmt dauernd Krieger im Wald postiert. Der Wald ist seine schwache Stelle, und das weiß er.«

»Du traust ihm mehr Scharfsinn zu, als er hat – und mir weniger!«

Sie hatte gelacht, und der Klang hatte ihn an die Muschelglöckchen erinnert, die im Wind schwingen; er liebte diesen Klang, hatte ihn für immer in seinem Gedächtnis bewahrt, um ihn wieder und wieder zu hören, wenn er den Gestank des Todes und die Schrecken des Krieges nicht mehr ertragen konnte. An den Rändern seines Traums huschten einzelne Bilder vorbei wie Mottenflügel, die in der Flamme verbrennen: Purpurwinde tot, schreiende Männer, fliegende Speere, Blaues Echo …

Wo ist Muschelweiß? Ist sie hier? Meine Frau! Hast du meine Frau gesehen? Wo?

Er hörte das schwache Geräusch von Füßen auf Sand. Die Palmenmatte unter ihm erzitterte. Tauchvogel kämpfte gegen die Geräusche an, er wollte nicht aufwachen. Aber die Stimmen waren unbarmherzig laut.

»Hoch mit ihm! Jetzt!«

Männerhände ergriffen ihn an den Armen, wälzten ihn auf den Rücken und zogen ihn auf die Beine. Vier Krieger standen um ihn herum, auch der kleine Mann namens Maulbeere. Hinter ihnen stand Kupferkopf. Er trug eine blassgelbe Tunika und hatte sein langes, ergrauendes Haar in einem Knoten unten am Hinterkopf befestigt. Die silbernen Schläfen leuchteten im Licht der frühen Morgensonne. Seine starre Miene ließ Tauchvogel erschaudern.

Tauchvogel blinzelte den Schlaf fort und verschob seine Füße, um sein Gleichgewicht zu finden. »Was willst du?«

Kupferkopf trat wortlos vor. In seiner rechten Hand trug er etwas, und als er näher kam, sah Tauchvogel, dass es eine Kinderpuppe war, eine Schildpattpuppe mit einer zerschlissenen Tunika und langem schwarzem Haar, das mit Harz festgeklebt war. Das Spielzeug hatte einmal ein aufgemaltes Gesicht gehabt, aber das war seit langem verblasst; jetzt waren nur noch pastellfarbene Flecken übrig geblieben. Die Männer blickten ängstlich auf die Puppe, und Maulbeere schaute sie mit zusammengebissenen Zähnen drohend an, wie um ihnen anzuzeigen, sie sollten den Mund halten.

Tauchvogel sah in die Runde, er spürte ihre Angst. »Was ist das? Was ist los?«

Niemand sagte ein Wort. Kupferkopf trat in die Hütte ein und breitete eine Decke über die sandigen Matten; auf der Seite liegend, die angelehnte Puppe vor sich, so starrte er in deren längst verschwundene Augen, mit einem seltsamen, fast liebevollen Gesichtsausdruck.

»Siehst du?« murmelte er in vertraulichem Ton zur Puppe. »Ich hab dir ja gesagt, dass er hier ist. Jetzt kannst du ihn mit eigenen Augen sehen.« Er drehte die Puppe herum und hielt sie näher an Tauchvogel heran. »Glaubst du mir jetzt?«

Die Finger von Maulbeere bohrten sich in Tauchvogels linken Arm, und Tauchvogel spürte, wie der junge Mann zitterte. Sein Herz fing an, heftig zu schlagen. Tauchvogel spannte seine Muskeln an, um aufrecht stehen zu bleiben.

Er hörte zwei Männer hinter sich leise flüstern. »Wahnsinnig« und »Ich kann das kaum aushalten, wenn er das macht.« Ein anderer murmelte: »Es ist die Puppe. Immer, wenn er sie berührt ...!« Maulbeere warf ihnen warnende Blicke zu.

Tauchvogel strich sich mit der Zunge über die aufgerissenen Lippen. »Was geschieht jetzt?«

Kupferkopf zog die Puppe zurück und drückte sie an sein Herz, wie ein geliebtes Kind. Seine Blicke aus kalten leeren Augen wanderten zu Tauchvogel. »Ich stelle fest, dass du stark genug bist, Tauchvogel«, sagte er.

»Stark genug wofür?«

Kupferkopf lächelte nicht. Sein schönes Gesicht schien zu Stein erstarrt. »Maulbeere! Schüre das Feuer! Wir brauchen viel Glut.«

»Was wirst du tun?« fragte Tauchvogel.

Kupferkopf stützte sein Kinn auf den Kopf der Puppe; er blickte abwesend ins Leere. »Weißt du, Tauchvogel, ich habe mich mein Leben lang bemüht, die Bedeutung des Schmerzes zu verstehen. Ich meine – warum ist der Schmerz ganz offenbar unser ständiger Begleiter, unser Leben lang? Warum wird das Blut Unschuldiger so oft vergossen – ohne jeden Grund?«

Tauchvogel schluckte schwer.

Kupferkopf sagte: »Ich werde jetzt dafür sorgen, dass du eine Weile über den Schmerz nachdenkst. Wir wollen sehen, ob du hinterher auch einen anderen Begriff vom Leben gewonnen hast, so wie ich.«

An meine Decken gelehnt, ruhe ich und sehe Rotalge zu, wie sie Feuer in der Mitte der Hütte macht. Sorgfältig legt sie Reisig auf die heiße Asche und bläst darauf. Ihr rundes Gesicht ist angespannt, denn sie fühlt sich gedrängt, mir Fragen zu stellen – aber noch hat sie es nicht getan. Aber wenn sie endlich ihren Mut zusammengenommen hat – was soll ich ihr antworten? Die Flammen lecken durch das neue Holz, Funken sprühen hoch und tanzen zu den Dachpfosten, wo eine schwarz glänzende Kreosotschicht im plötzlich aufflackernden Licht sichtbar wird. Rotalge setzt sich auf die Matten am Boden und schaut mich an.

Ich lächle. Sie ist meinetwegen beunruhigt. Ich spüre das, wie Würmer in meinem Bauch. Aber sie lächelt zurück.

»Noch etwas Tee?«

»Gern. Danke, Rotalge.«

Rotalge gießt meinen Kürbisbecher voll, aus dem Darmbeutel, der am Dreibein über dem Rand des Feuers warm gehalten wird. Sie setzt den Becher neben mir ab und sieht mich stirnrunzelnd an.

»Geht's dir gut?« fragt sie. »Du hast dich ziemlich merkwürdig benommen, noch schlimmer als sonst, und ich spreche nicht nur davon, dass du beinahe gestorben wärst.« Sie lässt sich neben mir nieder und streckt die langen Beine aus. Ihre kleine spitze Nase hat einen Rußflecken. »Was ist mit dir los, Teichläufer?« Glänzendes schwarzes Haar fällt ihr über den Rücken. Ihr kurzes Gewand ist vorne mit weißen Sandkörnchen bedeckt, und sie riecht angenehm nach Holzfeuerrauch.

Ich hebe meinen Becher hoch und starre auf die Oberfläche des dunklen Tees, wo meine Seele schwimmt. Unter der schwachen Brise vom Meer bewegt sich der Tee wellenartig hin und her. Genauso fühle ich mich selbst, als ob mein ganzes Wesen sich wellenartig bewegt, sich ausdehnt und undeutlich wird und zurückrollend wieder deutlich, die Form verändert und in etwas Hellem, Neuem neu geboren wird … Ich muss schwer schlucken. »Rotalge, ich weiß nicht, wie ich es dir erklären soll.«

»Versuch's und mach schnell, bevor Großmutter oder Mutter zurückkommt. Ich muss es wissen, Teichläufer. Seit der verrückte alte Hundszahn gesagt hast, du würdest sterben, bin ich ganz krank vor Sorge.«

»Ich weiß.«

Ich beiße mir auf die Lippe und schaue Rotalge blinzelnd an. Wie kann ich ihr sagen, dass ich tatsächlich gestorben bin, dass ich drei Tage lang in einer schrecklichen Finsternis schwebte und zusehen musste, wie jeder Strang meiner geflochtenen Seele sich entwirrte und ausfaserte und vor meinen Augen welk wurde, bis nichts mehr da war als nur noch Dunkelheit? Das würde sie nur erschrecken, und es wäre mir unerträglich, wenn meine eigene Schwester, meine beste Freundin, sich vor mir ebenso fürchtete wie alle anderen.

»Fühlst du immer noch den Donner, der in dir wach wird?« flüstert sie heiser und beugt sich zu mir.

»O ja«, antworte ich, froh, auf vertrautem Boden zu stehen. »Ich habe sogar gelernt, seine Stimme zu unterscheiden –«

»Was für eine Stimme?« Ihre dunklen Augen verengen sich.

Ich nehme einen Schluck Tee, damit ich nichts mehr zu sagen brauche. Ich habe vergessen, dass ich ihr davon noch nichts erzählt hatte. Allmählich wächst ihr Verständnis, ich sehe die Furcht in ihrem Gesicht. Ob sie es wohl begreift?

»Der Donner, ist das die Stimme von jemandem? Aber Donner ist die Stimme der Blitzvögel, wie konntest du …?« Sie verzerrt das Gesicht, dann fragt sie mit blitzenden Augen: »Teichläufer, heißt das, dass ein Blitzvogel in dir lebt?« Fast schreit sie es heraus und wirbelt herum, um sich zu vergewissern, dass niemand sie gehört hat. Sie senkt ihre Stimme zu einem Wispern. »Willst du das damit sagen? Spricht er zu dir?«

»Nein, ich höre ihn nur dröhnen.«

Ich schwenke den Tee in meinem Becher, verteile meine Seele über die Wellen und schaue beiseite. Ich habe nicht wirklich gelogen. Manchmal ist es tatsächlich alles, was ich höre, Dröhnen und Donnergrollen. Oft bleibt die Stimme stumm. Aber zu anderen Zeiten, da ruft die Stimme so laut, dass sie die Stimmen meiner Familie übertönt. Ich bin darüber sehr verwundert. Gerade heute Morgen erbebte etwas mitten in meiner Brust. Ich weiß nicht, was es ist, aber ich habe es den ganzen Tag über in Abständen gespürt. Jedes Mal schießen dabei Lichtpunkte durch mich hindurch wie kleine Blitze. Sie tun weh, aber sie sind schön anzusehen.

Trotzdem machen sie mir Angst.

Ich habe die Befürchtung, dass sich all diese kleinen Blitze bald zu einem großen blendenden Blitzschlag vereinen, der die Welt zerspaltet. Und wenn das geschieht, was wird dann aus mir? Werde ich dann überhaupt noch am Leben sein?

Rotalge sagt: »Erzähle mir mehr von dem Blitzvogel. Was für eine Farbe hat er?«

Ich hebe verlegen die Schultern. »Können wir von etwas anderem sprechen? Das Thema macht mir Angst.«

»Ich weiß, weswegen.«

»Können wir über Muschelweiß reden?«

Rotalge scheint zu zögern; sie möchte gar zu gern über den Vogel sprechen. Aber sie fragt: »Wie war sie denn? Ihr habt eine ganze Weile miteinander gesprochen.«

Ich senke den Kopf, mein Kinn ruht auf der Brust. Das Beben fängt wieder an, es steigert sich, droht, mich zu zerreißen. Die kleinen Lichtblitze, sie fliegen in meinem Innern herum. Ich ziehe mir die Decke um die Brust und hoffe, dass Rotalge nur denkt, mir sei kalt. »Ich … ich liebe sie, Rotalge. Sie –«

»Was heißt das? Du hast sie doch gerade erst kennen gelernt. Oh, dir ist kalt, Teichläufer. Ich hole dir schnell noch eine Decke.« Eilig nimmt sie eine.

Ich lächle. »Ich liebe sie, Rotalge. Ich glaube, ich habe sie schon immer geliebt, seit ich sie zum ersten Mal sah. Ich –«

»Dazu braucht man bloß wacklige Knie zu haben, he, großer Bruder?« sagt Rotalge respektlos und schüttelt den Kopf, scheinbar angewidert. Sie breitet die neue Decke über mich. Ich lächle noch mehr. »Ich glaube«, sagt sie, »ich sollte jetzt anfangen, das Abendessen zuzubereiten, sonst kommt Großmutter zurück und dreht mir den Hals um. Sprich weiter, während ich arbeite.«

Rotalge richtet sich auf und holt die nötigen Geräte, um das Essen zu bereiten. Eine große Holzschale mit frisch gepflückten Pilzen steht neben dem Feuer, Großmutters Lieblingsspeise. Daneben stehen kleinere Schalen mit Hickorynüssen und Kaktusfeigen. Mit einem Stößel stampft Rotalge die Früchte und Nüsse zusammen und macht daraus Klößchen, die zu süßen Kuchen gebacken werden.

Ich beobachte sie heimlich. Da ist ein Blitzvogeljunges in mir. Weich und sehr tief. Wie ein ferner Sturm, der gerade erst geboren wird. Ich bin zu Tode erschreckt und verzückt, als ob gleich etwas ungeheuer Schönes geschehen würde.

Und ich weiß weder wann noch wo, noch warum.

10

Muschelweiß setzte sich in der Ratshütte in ihren Decken auf und schreckte Schote aus seinem tiefen Schlaf. Er fuhr mit rasendem Herzen hoch und starrte seine Tochter an. Schweiß lief ihr über das schöne Gesicht und befleckte ihr dünnes, fein gewobenes Nachtgewand. Sie zitterte. »Was ist los?« fragte er.

Sie schüttelte den Kopf. Die Leuchtleute flimmerten über dem Dorf. Eine kühle, salzige Brise fuhr gemächlich in alle Richtungen, bewegte die aufgewickelten Schnüre, die an den Pfosten hingen, und spielte mit den Decken der Schlafenden. Muschelweiß griff nach ihrem Atlatl und den Speeren, die neben ihr lagen. Als sie die Waffe fest im Griff hatte, sagte sie: »Ich habe Tauchvogel gehört. Er hat mich gerufen.«

Schote legte ihr begütigend eine Hand auf den Rücken. »Schon gut. Beruhige dich. So etwas entsteht aus tiefster Verzweiflung.«

»In meinem Traum ...« Ihre Stimme brach. Sie holte tief Luft. »Kupferkopf ... Tauchvogel sagte, dass Kupferkopf dauernd über einen Blitzjünger spricht.«

»Was sagt er von dem Blitzjünger? Meinst du Teichläufer?«

Muschelweiß schüttelte den Kopf. »Ich weiß nicht. Aber meine Ängste, Vater, das sind schwarze Abgründe, in die ich nicht ohne Herzklopfen blicken kann. Ich bin so angstbesessen, dass ich nicht mehr richtig denken kann. Was ist bloß los mit mir?«

Schote zog sich die Decke um die Schultern und lächelte seiner Tochter, die im Sternenlicht saß, gütig zu. Schwarzes Haar hing ihr über die Wangen. »Was los ist?« sagte er sanft. »Ich glaube, darauf kann ich Antwort geben. Ich habe ja selbst so viele meiner Lieben verloren. Du suchst überall nach einem sicheren Versteck, wo du dir die Wunden lecken kannst, wo du deine Verluste betrauern kannst. Aber –«

»Aber«, flüsterte sie und fuhr sich durch das lange Haar, »alle sicheren Orte sind mit Tauchvogel verschwunden. O Vater, ich fühle mich so leer. In den letzten paar Tagen habe ich mich nur bewegt wie ein Schlafwandler und gebetet, dass ich nie mehr aufzuwachen brauche.«

»Aber du wirst aufwachen, meine Tochter«, versicherte Schote ihr liebevoll. »Wie du dich auch ablenken willst, um deine Ängste zu verscheuchen – du wirst wieder aufwachen.«

Muschelweiß schüttelte den Kopf. »Ich spüre schon die Fühler unerträglichster Qualen nach meinen Seelen greifen, und ich weiß, dass bald ein übermenschlicher Schmerz jede andere Sorge vertreiben wird. Und da ist auch noch so eine wilde Hoffnung, die mich schüttelt. Zwei Stimmen ertönen abwechselnd in mir. Die eine sagt: ›Er ist tot‹. Aber die andere beharrt darauf: ›Nein, er ist nicht tot‹. Wenn ich nur gesehen hätte, dass Tauchvogel stirbt. Aber ich habe es nicht gesehen.«

Schote schwieg. Schließlich wusste nicht einmal Eulenfalter genau, ob sein Vater tot war.

Muschelweiß warf die Decke beiseite und stand auf. Das Licht der Sterne schimmerte in ihren dunklen Augen und vertiefte die Falten, die ihre Stirn durchfurchten und sie zehnmal zehn Sommer alt erscheinen ließen. »Ich muss jetzt etwas laufen. Bin bald zurück.«

Schote stützte eine Hand auf die Bodenmatte. »Scheint mir eine gute Idee.«

»Du brauchst nicht mitzukommen, Vater.«

»Ich weiß. Aber jetzt bin ich wach. Und wir können miteinander reden.«

Er folgte ihr zum Strand. Der kalte Nachtwind ließ ihre

Tunika um die Hüften flattern. Sie hakte ihr Atlatl am Gürtel fest und nahm die Speere in die rechte Hand; so ging sie nach Süden über ein Feld glitzernder Muscheln.

Schote ging an ihrer Seite. »Alles in Ordnung?«

»Er ist tot, Vater, nicht wahr? Eulenfalter sah ihn fallen. Es ist die Angst, die mich quält. Angst und Hoffnung. Tauchvogel kann nicht mehr am Leben sein – oder?«

»Es ist sehr unwahrscheinlich. Wie sehr uns diese Wahrheit auch schmerzen mag.«

Aber eine tief vergrabene Erinnerung überkam Schote. Sein Neffe, Krötentöter, hatte gelebt. Zweimal zehn und sieben Sommer zuvor hatte er sein Dorf gegen Kupferkopfs Krieger geführt und war verwundet worden. Kupferkopf hatte ihn tagelang am Schreien gehalten, bevor er ihn tötete. Die grauenhaften Schreie rissen Muschelweiß gelegentlich immer noch aus dem Schlaf. Sie hatte die Geschichte Schote erzählt, immer wieder, wie eine Litanei, mit der sie böse Geister, die ihre Seelen besetzt hatten, aus sich heraustreiben wollte. Kupferkopf hatte sie in ihrer Hütte festgebunden, damit sie ihren Vetter nicht befreite und Zeugnis ablegen konnte über das, was er mit seinen Feinden machte. Immer wenn Muschelweiß geschrien oder getobt hatte, war Kupferkopf unbewegt in die Hütte gekommen, um sich vor sie zu knien und ihr so lange ins Gesicht zu schlagen, bis sie aufhörte. Zu jener Zeit war sie schwanger mit seinem Sohn gewesen, und das Baby hatte bei diesen Zwischenfällen wild in ihrem Bauch gekickt, als wollte es entfliehen. Bei jedem Schlag hatte Kupferkopf zärtlich gemurmelt: »Ich liebe dich, Muschelweiß. Mach das nicht mit mir. Ich liebe dich, Muschelweiß. Dieser Mann ist nicht dein Vetter, er ist unser Feind. Mach das nicht mit mir!«

Muschelweiß hockte sich in die Brandung und ergriff eine kleine, vollkommen geformte Schneckenmuschel, die an den Strand gespült worden war. Gischt umgab ihre Knöchel und bedeckte sie mit Bläschen, die kitzelten, wenn sie aufplatzten. Schote schaute neben ihr nach unten. Wasser war in der leeren Muschelschale. Im Sternenlicht blickte ihre Seele zu ihm auf.

»Vielleicht … wenn ich auf meine eigene Seele starre, die dem Wasser so gleicht«, flüsterte sie, »vielleicht kann ich dann meine Erinnerungen an Kupferkopf wegspülen. Heilige Meerfrau – ich höre immer noch seine Stimme, Vater. Wispernd dringt sie aus einer Spalte in meinen Seelen, die ich längst unter einem riesigen Erdhügel vergraben glaubte.«

»Was sagt die Stimme?«

»Er sagt: Du hast Recht, Muschelweiß. Du hast Recht.«

»Recht? Womit hast du Recht?«

Sie schüttelte den Kopf. »Er lügt. Ganz sicher. Er hat mich immer belogen.« Sie packte die Muschel fester.

Schote wusste nicht alles, was damals vor so vielen Sommern geschehen war, und er bezweifelte, dass andere es wussten. Muschelweiß weigerte sich, darüber zu sprechen, und Schote hatte den Verdacht, dass sie im tiefsten Innern glaubte, wenn sie nur nie von jenen Ereignissen spräche, könnte sie sie aus ihrer Vergangenheit löschen oder sich einreden, sie wären nie geschehen.

Sie murmelte: »Niemand foltert Tauchvogel, Vater, nicht wahr? Das sind doch nicht seine Schreie, die ich in meinen Träumen höre?«

»Eulenfalter hat gesehen, wie ihn ein Speer getroffen hat und wie er erschlagen wurde. So etwas zu überleben, das würde schon an ein Wunder grenzen.«

Ein Schluchzen staute sich in ihrer Kehle, aber die erneute Versicherung, dass er tot sei, schien ihre Ängste zu mildern. Sie brachte es fertig zu nicken. »Ich muss Kupferkopfs Stimme in mir zum Schweigen bringen und sie wieder in ihr Loch sperren, zusammen mit all den anderen schrecklichen Dingen in meinem Leben. Dann kann ich weitermachen.«

»Hast du denn so schlimme Zeiten erlebt, meine Tochter? Warum sprichst du nie davon? Das könnte dir helfen.«

Sie legte die Muschel auf den Sand zurück und hob ihr Gesicht auf zu den silbernen Strahlen der Sterne. Langes Haar umwehte ihre Schultern. Es roch nach Fisch und Tang. Gegen die schwarz glänzende Grundierung der Nacht schienen die Leuchtleute mit ungewöhnlicher Helligkeit, wie kleine blaue, weiße und gelbe Feuer, die, von den Winden aus dem Land der Morgenröte geschürt, in alle Richtungen flackerten.

»Vater, bitte erzähle keinem von meinen Träumen. Sie würden den Leuten nur Angst machen. Und ich muss meine Hoffnung aufgeben, sonst kann ich niemals die Kraft aufbringen, alles Nötige zu tun, um unseren Clan zu schützen.« Sie blickte zu ihm auf. »Bitte, ich könnte es nicht ertragen, die Leute darüber reden zu hören, dass Tauchvogel vielleicht noch am Leben ist. Das würde mir alles noch schwerer machen.«

»Wie du willst.«

Sie stand auf und umarmte ihren Vater. »Ich danke dir, Vater.«

Schote strich ihr liebevoll über den Rücken. »Du brauchst mir nicht zu danken. Ich bin auf deiner Seite. Wie eh und je.«

Sie nickte in sein Haar hinein und flüsterte: »Ich weiß. Ich danke der Sonnenmutter jeden Tag für dich.«

Langsam gingen sie zur Ratshütte zurück. Mondschnecke und Schote hatten den ganzen Nachmittag und die halbe Nacht debattiert, ohne zu einem Ergebnis zu kommen. In der Frühe würde sich der ganze Rat vom Kernholz-Clan versammeln, und die Geistältesten würden über die Heirat sprechen; es würde wahrscheinlich ein langer Tag werden.

»Versuch zu schlafen«, sagte er. »Kein Mensch weiß, was für einen Wahnsinn uns der morgige Tag beschert.«

»Ich werde es versuchen«, erwiderte sie müde. »Versprechen kann ich's nicht.«

Heilige Geister!« keuchte Biberpfote. Er lag auf dem Rücken, in einem weichen Haufen Herbstlaub, und starrte in die dunkle Eichenkrone, die ein Filigranbild gegen den sternbesetzten dunkelblauen Himmel zeichnete. Er griff krampfhaft in die Blätter an seinen Seiten. Schwarzer Regen hatte sich über ihn gebeugt, ihr Mund war emsig und kundig damit beschäftigt, ihm den Samen aus dem Leib zu saugen. Ihre großen Brüste baumelten über seinem Bauch. Er keuchte noch einmal. Sobald ihr das glänzende Haar kaskadenartig übers Gesicht fiel und sie seinem Anblick entzog, warf sie es unbekümmert zurück; sie wollte, dass er zusah. Schamlos. Sie hatte ihre Stellung so gewählt, dass er nur den Kopf etwas zu wenden brauchte, um ihr direkt zwischen die offenen Beine zu sehen. Was für eine herrliche Frau! Lange Beine mündeten in breite Hüften und gingen über in eine schmale Taille, und darüber waren diese hinreißenden Brüste. »O Bruder Erde!« rief er aus und hob sich gegen ihren Mund. Sie blieb bei der Sache und betreute ihn. Als er am Ende erschöpft auf die Blätter zurückfiel, setzte sie sich aufrecht und strich sich mit den Fingern aufreizend das lange Haar aus ihrem schönen Gesicht.

»Schwarzer Regen«, flüsterte er. »Wo hast du so etwas gelernt?«

»Ich bin weit herumgekommen, Biberpfote«, antwortete sie ausdruckslos. »Zum Glück mag ich Männer, die das Abenteuer lieben, und sie mögen mich.« Sie leckte sich die Lippen mit ihrer rosigen Zunge, ganz langsam. »Sie lieben mich sehr.«

»Kann ich gut verstehen«, erwiderte er. Seine Männlichkeit tat ihm jetzt weh. Wie oft hatte sie ihn in dieser Nacht zur Ekstase gebracht – ohne etwas dafür zu verlangen? Allerdings – er hatte sie gut bedient. Was war das nur für ein fremdartiges, exotisches Wesen? Fast unmenschlich. Er hatte sogar ein wenig Angst vor ihr.

Schwarzer Regen beugte sich vor und küsste ihn. »Verrate mir, was Muschelweiß gesagt hat. Über meinen Sohn. Was die Heirat betrifft. Macht sie mit?«

Biberpfote atmete hörbar aus. »Sachen zu erzählen, die Muschelweiß gesagt hat, grenzt an Selbstmord, Schwarzer Regen. Außerdem habe ich dir schon alles gesagt, was wichtig ist. Sie wollte mit mir nicht über persönliche Dinge reden. Sie sprach von Krieg.«

»Krieg. Wen interessiert denn Krieg?« Sie schmollte. Sie rollte sich auf ihn und fing an, sich in jenem Rhythmus zu bewegen, der so alt war wie die Welt.

»Schwarzer Regen, verzeih, aber ich bin völlig ausgelaugt. Ich glaube nicht, dass ich weiter –«

»Aber du wirst es mir sagen, nicht wahr? Wenn Muschelweiß über diese Heirat spricht. Du kommst dann sofort zu mir und berichtest mir.«

Schwarzer Regen glitt etwas höher, schob eine große dunkle Brustwarze über seinen Mund und bewegte sie um seine Lippen herum. Überrascht fühlte er, dass es auf ihn wirkte.

»Ja«, flüsterte er und küsste ihr Fleisch. »Ja natürlich, ganz bestimmt.«

11

Du augenloser Bursche, schläfst du?«

Ich schrecke ächzend auf und blinzle ins Dunkel. Da sitzt die Schildpattpuppe auf der Stofftasche über meinem Kopf. Immer wenn es knarrt und die Tasche zu schaukeln anfängt, lehnt sie sich in die andere Richtung.

»Ich schlafe jetzt nicht«, sage ich. »Was machst du da, warum schaukelst du? Willst du dein Gleichgewicht halten?«

»Nein, nein. Die Tasche tanzt im Wind, und ich habe mich in einen Teil dieses Tanzes verwandelt. Hast du das noch nie gemacht? Noch nie versucht, Teil des Tanzes einer anderen Seele zu sein?«

»Eigentlich nicht. Hätte auch nie gedacht, dass ich das kann. Wüsste auch nicht, warum ich das tun sollte.«

»Er weiß nicht, warum er das tun sollte! Heilige Geister.« Sie starrt mich eine ganze Weile an. Dann fragt sie: »Kennst du eigentlich die Geschichte von den Katzenfischleuten?«

»Was ist das für eine Geschichte?«

»Am Anfang waren die Katzenfische Menschen, aber eine böse Hexe hatte ihnen die Gehirne herausgekämmt, und da mussten sie gezwungenermaßen nach Norden marschieren, um beim Urkatzenfisch zu leben. Das war ein kaltes Land, und ein Wall von Schneestürmen schloss sie da ein. Der Urkatzenfisch machte die blöden Katzenfische zu Sklaven. Immer wenn einer der blöden Katzenfische etwas falsch machte, stieß der Urkatzenfisch den Versager in den Fluss und hoffte, er würde ertrinken. Am Ende hatte der Urkatzenfisch alle seine Sklaven in den Fluss geworfen, aber sie brauchten nicht zu ertrinken, denn die Sonnenmutter gab ihnen Kiemen. Da schwammen sie über die ganze Erde, und so sind sie Nahrung für Menschen und Adler geworden.«

»Die Geschichte habe ich nie gehört. Hat sie auch eine Pointe?«

»Ich habe mich gerade gefragt, ob dir vielleicht dieselbe böse Hexe begegnet ist.«

Ein Windstoß lässt die Tasche winselnd in kleinen Kreisen schwingen. Die Schildpattpuppe springt jedes Mal hoch, wenn die Tasche eine ganze Wendung macht, und wenn sie wieder landet, winselt sie im Takt mit der Tasche, nur auf einem anderen Ton. Ihr zerschlissenes Gewand umweht sie. Ihr Haar, das wenige, das sie noch hat, scheint frisch gewaschen. Es schimmert, wenn sie springt.

»Warum bist du hier?«

»Das Ei in deiner Brust hat so laut gedonnert, dass die ganze Welt erwacht ist. Ich habe seit Tagen nicht geschlafen.«

»Du schläfst? Ich wusste gar nicht, dass Puppen schlafen müssen.«

»Du bist ja wirklich komisch. In diesem Augenblick bilden sich Herz und Lungen des Erlösers in dir, aus reinem Licht geformt, und da hast du nichts Besseres zu tun als mich zu fragen, ob ich schlafen muss.«

Ich komme mir plötzlich so dumm vor wie die Katzenfischleute mit ausgekämmtem Gehirn. Zerknirscht sage ich: »Hat das Ei deswegen angefangen, so hell zu glühen? Es blendet mich manchmal im Innern. Und es wird ganz heiß. Sehr heiß. Als hätte ich ein tobendes Feuer im Herzen.« Ich reibe mir über die wunde Stelle in der Brust.

»Das hast du auch tatsächlich. Und du musst lernen, mit dieser Seele zu tanzen. So schnell, wie es geht.«

»Warum? Was macht das für einen Unterschied?«

Die Schildpattpuppe winselt jetzt auf einem anderen Ton im Takt mit dem Winselgesang der schwingenden Tasche, und dieser Ton ist viel tiefer, er betont die tiefe Stimme der Meerfrau. Nach einigen Partien in diesem Duett hört sie auf und wendet sich wieder zu mir. »Ein großer Sturm ist im Anmarsch, Teichläufer. Es ist die Finsternis in Gestalt eines Sturms, zusammen mit der Kälte, ein eisiger schwarzer Abgrund. Soll die Welt am Leben bleiben, dann braucht sie alles Licht und alle Wärme, die sie bekommen kann. Jedes Strahlen, das in dem winzigen Donnerei entstehen kann, gleicht einem Freudenschrei und einer Verheißung, dass das Leben weitergeht. Merke dir das. Wenn du am Leben bleibst, musst du die Geschichte erzählen.«

»Wenn ich am Leben bleibe?«

»Ich versichere dir, du wirst keine Geschichte zu erzählen haben, wenn du dich weigerst, mit der gleißenden Seele dieses Blitzvogels zu tanzen.«

»Aber wie mache ich das?«

»Als Erstes gibst du deine Menschenfüße auf. Du strengst dich furchtbar an, fest auf dem Boden zu stehen. Du musst lernen, dich aufzuschwingen und zu blitzen und zu donnern.«

»Und dann?«

Die Puppe verzieht das gemalte Gesicht ein wenig. »Wenn du alles vollbracht hast, dann rufe mich!«

Der Morgen dämmerte kalt herauf, mit dem Geruch fernen Regens, der nach dem Atem der Meerfrau duftete. Tauchvogel atmete tief ein und genoss das Gefühl der sich regenden Lungen. Er lag auf dem Boden der Hütte, auf dem Bauch, und schaute hinaus auf das Meer; seine Füße waren am nordöstlichen Pfosten festgebunden, die Hände auf dem Rücken gefesselt. Die roten Wundstriemen auf Armen und Beinen schmerzten unerträglich, und hohes Fieber röstete seinen Körper. Schweiß rann ihm stechend in die Augen. Verfilzte Stränge von schwarzem Haar fielen ihm über das linke Auge, aber mit dem rechten konnte er die Sonnenmutter sehen, die sich wie ein goldener Streifen über den Horizont schob. Bernsteinfarbenes Licht ergoss sich über das Wasser, flimmernd und glitzernd, und färbte die weißen Wellenkämme gelb. Dünne, leuchtende Wolkenfetzen schienen aus dem tiefblauen Hintergrund hervorzuspringen. O welche Schönheit! Er dankte der Sonnenmutter, die ihm erlaubt hatte, lange genug zu leben, um das bewundern zu können.

Dass sie ihn folterten, hatte ihm keine Ehre gebracht. Sie versuchten gar nicht, ihm wertvolle Informationen zu entlocken. Kupferkopf wollte lediglich zusehen, wie er gemartert wurde. Er stand daneben, presste die Puppe an seine Brust und wies seine Krieger mit ruhiger Stimme an, wohin – und für wie lange – sie die Glut und die heiße Asche schütten sollten. Der Mann kannte den menschlichen Körper nur allzu gut. Die Quälerei hatte fast bis Mitternacht gedauert. Tauchvogel schluckte; er hatte eine raue Kehle. Er hatte geschrien. Die Scham drückte ihn nieder, aber er hatte geschrien.

Tauchvogel rieb seine Wange an der kühlen Matte und versuchte, eine bequeme Stellung zu finden; da hörte er Schritte, die sich ihm von hinten näherten. Er bewegte sich nicht. Das brauchte er nicht. Sechs Tage lang war er im Dorf des Stehenden Horns gewesen, und nun kannte er diese weichen, berechneten Schritte sehr genau. Er erschauerte in der Vorahnung des Kommenden. Um sich zu wappnen, wandte er seine ganze Aufmerksamkeit den kreischenden Möwen zu, die über den Strand stolzierten und in der Ebbe nach kleinen gestrandeten Lebewesen suchten. Ihre Federn glänzten schwach golden.

»Ich wundere mich, dass du wach liegst«, sagte Kupferkopf.

Er kniete sich vor Tauchvogel auf den Sand und betrachtete seinen Gefangenen. Seine grüne Tunika, mit kleinen purpurnen Barrakuda-Bildern bemalt, war um die Hüften gegürtet mit einer roten Schärpe, die auf der linken Seite verknotet war. Die Enden der Schärpe flatterten im Wind, so wie sein Haar, das er an diesem Tag lose trug. Er blieb lange knien, stumm, wie in tiefen Gedanken, und setzte sich dann anmutig mit untergeschlagenen Beinen hin. Der Perlenschimmer der Morgenröte glitt an seiner glatten Kinnlinie empor, während er Tauchvogel das Haar aus dem Gesicht strich, um ihn besser zu sehen. Tauchvogel zuckte zusammen, aber sein Blick blieb unverwandt auf Kupferkopfs schönes Gesicht gerichtet.

»Mein Läufer ist vom Windeck-Dorf zurückgekehrt«, sagte Kupferkopf. Mit dem schwarzen Umriss gegen den strahlenden Sonnenaufgang, dem langen Silberhaar, das im Winde wehte, wirkte er wie eine mythische Gestalt. »Erzähle mir, was in dem Dorf geschehen war, als du es verlassen hast.«

»Was? Warum?« Tauchvogels Stimme klang so heiser, dass man sie nicht mehr als die seine erkannt hätte. »Was kann das denn ausmachen –«

Kupferkopf packte Tauchvogel grob am Kinn und stieß seinen Kopf hin und her. In seinen kalten Augen blitzte Ärger auf. »Weil ich es wissen will, darum.«

Er schubste ihn am Kinn zurück, und Tauchvogel keuchte, als die brennenden Wunden an den Armen über die Palmenmatte schrammten. Schwer atmend wälzte sich Tauchvogel auf die Seite und sagte: »Schote webte eine neue Decke. Ein hübsches Ding aus vier verschieden gefärbten Quadraten. Er hatte einen starken Farbstoff aus Beerentang gemacht, der ein lebhaftes Rot ergibt, und Tollkirschen zugemischt –«

Kupferkopf fletschte die weißen Zähne. »Ich müsste dich töten. Ich weiß nicht, warum ich dich leben lasse.«

Tauchvogel seufzte. »Warum willst du denn wissen, was im Windeck-Dorf los war?«

Kupferkopf umfasste sein rechtes Knie mit gefalteten Händen und lehnte sich zurück. Hinter ihm kletterte die geschmolzene Kugel der Sonnenmutter langsam in den wolkenübersäten azurblauen Himmel. »Als mein Läufer im Windeck-Dorf ankam, war Muschelweiß verschwunden.«

Hoffnung und Angst durchfuhren Tauchvogel. Kam sie, um nach ihm zu suchen? Er unterdrückte die Schauer, die ihm über den fiebrigen Leib liefen, und sagte nichts.

Die großen dunklen Augen von Kupferkopf verengten

sich. »Hast du gewusst, dass sie sich wieder verheiratet? Dass sie einen zweiten Mann nimmt?«

»Was?«

Kupferkopf betrachtete Tauchvogels erschreckten Ausdruck und fuhr fort: »Deinem Sohn Eulenfalter ist es offenbar gelungen, nach Hause zu kommen. Er war nur leicht verwundet und hat deiner Frau mitgeteilt, du seist tot. Da hat sie dann sehr schnell gehandelt.«

»Schote hat schnell gehandelt«, verbesserte ihn Tauchvogel. Er starrte abwesend zum Dach, wo schräge Sonnenstrahlen vom Palmwedelgeflecht hinabfunkelten und kugelförmige Nusssäckchen im Winde schwankten. Muschelweiß nimmt einen zweiten Mann? Bei diesem Gedanken durchfuhr ihn ein stechender Schmerz. Von ihrem ersten Hochzeitstag an hatte Schote das unablässig verlangt. Und warum auch nicht? Der Ruf von Muschelweiß war ihres kleinen Clans einziger Besitz von Wert, das Einzige also, was der Windeck-Clan in Notzeiten wie dieser bei einem Handel zu bieten hatte. Natürlich hatte Schote so schnell wie möglich ein neues Bündnis zustande gebracht. Das war praktisch, sogar notwendig. Aber trotzdem litt Tauchvogel darunter. Ihr gemeinsames Leben war ein Wunder an Herzlichkeit und Liebe gewesen.

Seit mehr als zweimal zehn Sommern hatten sie zusammen Raubzüge unternommen und gekämpft und ihren Clan verteidigt ... und sich nachts in den Armen gelegen. Ach, wie wunderbar waren diese Zeiten gewesen! Fünf starke Söhne, einer nach dem andern – und dann war eine Tochter gekommen wie ein lebensspendender Frühlingsregen, ein Mädchen, so schön wie seine Mutter. Dann weitere drei Söhne, die am Leben blieben. Zwischendurch noch drei Töchter – drei Totgeburten. Sie hatten auch noch andere Kinder verloren, die meisten, bevor sie zwei Sommer alt waren. Doch trotz ihres Kummers und der gemeinsamen Sorge war ihnen das Leben so wundervoll, so großartig erschienen, als hätte jeder Geist auf Erden und jenseits des Himmels auf sie herabgelächelt. Dann aber kam das Unheil über sie; vier Söhne waren ertrunken, als eine Wasserhose ihr Einbaum-Kanu entzweiriss und die Teile ihrer Körper über das Meer verstreute. Der Vater von Muschelweiß war im Schlaf gestorben. Ein Unglück nach dem anderen hatte die Familie niedergedrückt. Doch als Muschelweiß gerade dabei war, sich zu erholen, fingen kaum einen Sommer später die Überfälle von Kupferkopf an. Nun waren nur noch Eulenfalter und Stacheljunge übrig geblieben. Dank den Geistern, dass wenigstens Eulenfalter überlebt hatte. Tauchvogel sandte den Blitzvögeln ein feierliches Dankgebet. Aber nun, nach zweimal zehn und fünf Sommern an seiner Seite, und ausschließlich an seiner Seite, würde Muschelweiß wieder heiraten.

Tauchvogel verdrehte seine gefesselten Hände und fühlte kaum die rauen Stellen, an denen sich die Seile eingeschnitten hatten. *Meine arme Muschelweiß* – sie würde pflichtgemäß alles tun, wie es sich gehörte, und weiterhin als Große Kriegerin in Erscheinung treten, und die ganze Zeit würde ihr dabei das Herz brechen. Tauchvogel litt mit ihr.

»Ich hatte das nicht begriffen«, sagte Kupferkopf. »Bis heute Morgen.«

»Was begriffen?«

»Den Traum, den ich vor zwei Sommern hatte. Ich wusste, dass Muschelweiß mir den Blitzjünger bringt, aber nicht, unter welchen Umständen.«

»Wovon redest du?«

Kupferkopf benetzte seine Lippen. »Sie heiratet einen Blitzjünger, Tauchvogel. Sein Name ist Teichläufer – vom Kernholz-Clan.«

»Ja, ich erinnere mich an ihn. Er ist sehr jung, nicht wahr? Zehn und vier Sommer alt? Vielleicht zehn und fünf?«

»Zehn und fünf Sommer. Sein eigener Clan hat Angst vor ihm. Ich habe natürlich seit seiner Geburt von seinem Dasein gewusst, aber ich hatte keine Ahnung, dass er ihr Mann sein würde, wenn sie ihn zu mir bringen würde.«

Tauchvogel schüttelte den Kopf mit der Absicht, auch das Fieber abzuschütteln. Es kam ihm vor, als schwebte er auf einer heiß dampfenden Wolke. »Davon hast du geträumt?«

Kupferkopf nickte. »O ja. Ich weiß genau, wie es ablaufen wird. Ich weiß auch schon, wo. Ich weiß nur noch nicht, wann.«

Tauchvogel zwang sich, genau zuzuhören. »Wie was abläuft? Sag's mir.«

Kupferkopf streckte sich neben ihm aus und stützte einen Ellbogen auf. Beiläufig deutete er auf eine hohe Eiche mit hängendem Moos, die sich nordwestlich vom Dorf befand. Kinder spielten darunter, lachten und schrien. »Sie wird von dort oben angreifen. Und jetzt höre genau zu, denn du spielst eine große Rolle in dieser Sache. Du wirst sie anrufen, und sie –«

»Was? Ich soll ...« In diesem Augenblick beschloss Tauchvogel, dass er sie niemals anrufen würde, und hinge auch der Fortbestand der Welt davon ab.

»Ja. Natürlich. Warum glaubst du, dass ich dich gefangen genommen habe? Nur durch dich werde ich in der Lage sein, sie zu fangen. Wenn du sie angerufen hast, wird sie sich erschrocken umdrehen, und dann werden meine Krieger aus ihrem Hinterhalt im Gebüsch vorpreschen. Und dann werde ich den Schauplatz betreten.«

12

Mondschnecke saß erschlafft auf einem Stapel weicher Decken im hinteren Teil der Hütte und sah zu, wie Rotalge Teichläufers langes weißes Haar wusch. Das Haarwaschmittel aus Torfgränke lief ihm schaumig über die rosigen Schläfen und die Wangen. Fortwährend zuckte er zusammen und wand sich hin und her. Zu schwach, um sich allein zu behelfen, war er offensichtlich ärgerlich darüber, dass seine Schwester das erledigen musste. Vorher, am Nachmittag, hatte er gebadet und saß jetzt, mit Lendenschurz und Sandalen, auf einer Matte neben dem Herd. Sein Hochzeitsgewand, lang und dunkelblau, hing am Pfosten zur Rechten von Mondschnecke. Nachdem die weichen Wulstschnecken aus ihren Gehäusen herausgeholt, getrocknet und gekocht worden waren, ergaben sie einen wunderschönen gelben Farbstoff, der sich im Sonnenlicht zu einem leuchtenden Lila verfärbte. Die Farbe gefiel Teichläufer. Zwei- oder dreimal zehn kleine Wellhornschneckenhäuser verzierten das Vorderteil der Robe und bedeckten die Ärmel; sie klickten zusammen, wenn das Gewand in der kühlen Meerbrise hin- und herschwang. Die Meerfrau hatte eine dicke Decke aus blauschwarzen Wolken über Kernholz-Dorf gezogen. Noch regnete es nicht, aber das würde sicher kommen, bevor der Tag zu Ende war.

Die Hingabe an ihre Aufgabe war Rotalge am Gesicht abzulesen. Die Brauen waren tief herabgezogen, und die Zungenspitze ragte ihr seitlich aus dem Mund. Sie trug ein einfaches Gewand, verschmutzt, mit blasigem Seifenwasser befleckt, aber ihr langes schwarzes Haar glänzte und hing ihr sauber geflochten den Rücken hinunter. Sie kniete hinter ihrem Bruder und rieb ihm kräftig den Kopf. Rings um sie lagen Holzschalen, ein Fischgrätenkamm, eine Bürste aus der harten Palmeninnenrinde, und eine große Kalebasse mit klarem Wasser.

»Lehn dich zurück, Teichläufer«, sagte Rotalge, »ich halte dich schon, aber jetzt muss ich dein Haar ausspülen.«

»Schon gut«, seufzte er und lehnte sich gegen ihren stützenden Arm.

Mit dem anderen Arm hielt sie ihm eine Holzschale unter den Kopf und goss das Wasser aus der Kalebasse langsam über sein seifiges Haar. Der Schaum strömte in die Schale und spritzte über ihr Bein. Teichläufer hatte die Augen geschlossen. Sein jugendliches Gesicht nahm einen heiter-gelassenen Ausdruck an, als ob er es genieße, dass das saubere Wasser ihm über die Kopfhaut lief. Er war so krank gewesen, wahrscheinlich tat es ihm gut.

Mondschnecke wartete, bis Rotalge die Schale auf dem Sand ausgegossen hatte und anfing, das lange Haar ihres Bruders zu kämmen, und sagte dann: »Rotalge, ich habe deine saubere Tunika in der Hütte von Muschelglanz gelassen. Geh dorthin und zieh dich bitte um. Ich möchte mit Teichläufer allein sprechen.«

»Aber Großmutter ...«, wandte Rotalge ein, den Kamm noch in der Hand. »Da ist auch meine Mutter. Ich –«

»Geh jetzt bitte. Du wirst deine Mutter eine halbe Zeithand lang aushalten können. Sag Muschelglanz, sie soll dir ihre Halskette aus Kreiselschneckenhäusern leihen, ich hätte es gesagt. Ich habe sie ihr geschenkt, und da kann sie die Kette ruhig hie und da mal ausleihen. Also geh jetzt!«

Rotalge senkte den Blick und legte den Kamm neben Teichläufer ab. Er tätschelte ihre Hand und lächelte sein reizendes Lächeln. »Es dauert ja nicht lange, Rotalge«, flüsterte er wie ein Verschwörer. »Großmutter will mich nur über meine ehelichen ... hm ... Pflichten unterrichten.« Er blinzelte Mondschnecke zu, die ihren Mund verächtlich zusammenzog.

Die Augen von Rotalge wurden ganz groß, als sie das begriff. »Oh. Also dann auf Wiedersehen. Bis bald.« Sie rappelte sich auf und lief davon.

Teichläufer sah ihr lächelnd nach, als sie das Dorf durchquerte und sich um die Hütten schlängelte. Mondschnecke fragte brummig: »Woher hast du gewusst, worüber ich mit dir sprechen wollte?«

Teichläufer unterdrückte sein Lächeln, nahm den Kamm und fuhr sich damit durch das nasse Haar. »Also ich werde in weniger als zwei Zeithänden verheiratet sein, und da meine Mutter nicht dabei sein wird –«

»Sie wollte sehr, kann ich dir sagen. Aber der Mutwillen in ihrer Stimme machte mich stutzig, und ich habe ihr das Recht, dabei zu sein, abgesprochen. Ich musste sie aus der Hütte weisen, und ich brüllte, nur ich hätte das Recht, denn ich hätte dich aufgezogen. Wer weiß, was sie dir alles gesagt hätte. Wie ich sie kenne, hätte sie dich so erschreckt, dass du keine Kraft mehr zur Abwehr gehabt hättest.«

»Großmutter«, sagte Teichläufer. »Ich habe kaum die Kraft, allein aufzustehen, geschweige denn –«

»Also du stehst gar nicht auf! Jedenfalls ist das meine Meinung, und sicherlich ist sich Muschelweiß über deinen Zustand im Klaren und wird sich danach richten, und das heißt, dass du liegen bleibst. Ich weiß, du bist nie mit einer

Frau zusammen gewesen. Du hast nur ein Mädchen zweimal anzugucken brauchen, da ist sie doch schreiend weggelaufen, aber –«

»Nicht jedes Mädchen, Großmutter«, widersprach er.

»– aber du weißt sicher so ungefähr, um was es geht.«

Teichläufer seufzte. »Erfahrung ist nicht alles. Ich habe gesehen, wie sich Hunde paaren, auch Wölfe, und –«

»Das ist nicht dasselbe«, sagte Mondschnecke. Um Mut zu gewinnen, griff sie nach ihrem Stock, stand aber nicht auf. Sie stieß ihn vor sich auf den Boden und lehnte sich dagegen. Sie schaute auf ihren Enkel herab, der sie aus zusammengekniffenen rosafarbenen Augen ansah. »Hunde und Wölfe machen so etwas ... Glaub mir. Muschelweiß wird sich etwas Feineres vorstellen. Verstehst du, was von dir erwartet wird, oder soll ich es noch näher beschreiben?«

Teichläufer wurde rot und senkte den Kopf. »Ich verstehe, Großmutter.«

»Gut. Frauen möchten zart behandelt werden. Sei nicht zu schnell. Sie hat gerade ihren Mann verloren, und wenn du sie bespringst wie ein keuchender Hund, dann kann es gut sein, dass sie dir den Speer in deine empfindlichste Stelle stößt, und das würde den Rest unserer Unterhaltung wohl sinnlos machen. In vieler Hinsicht.«

»Ich würde sie nicht drängen, Großmutter«, sagte er abwehrend. »Ich liebe sie.«

Mondschnecke beäugte ihn streng. »So einfach ist das nicht mit der Liebe, Teichläufer, wenn ich auch glaube, dass es dir ernst damit ist. Aber du solltest wissen, dass Muschelweiß trotz deiner Gefühle sehr lange brauchen wird, um Gefühle für dich zu entwickeln. Es kann sogar sein, dass sie nie –«

»Doch. Sie wird mich lieben«, unterbrach er sie. »O ja, Großmutter, dafür kann ich sorgen, das verspreche ich dir. Wenn sie mich nur lässt.«

In ihren verkrümmten alten Fingern fühlte sich der Knotengriff des Stocks kühl an. Nach langem Gebrauch in vielen Sommern hatte ihr Griff ihn geglättet, und die Öle auf ihren Händen hatten das Kiefernholz dunkelbraun gefärbt, so dass die Maserung schön hervortrat. Darauf starrte sie jetzt. Die heftige Sehnsucht und die Aufrichtigkeit in seiner Stimme machten ihr das Herz schwer; was wusste er schon von Liebe und den damit verbundenen Schwierigkeiten, von denen es viele gab, gleichgültig, wie gern sich zwei Menschen hatten. Er war ein Junge, jetzt zehn und fünf Sommer alt, und hatte bis jetzt noch nicht einmal ein Mädchen geküsst, jedenfalls soviel sie wusste, und da die Mädchen bei seinem Anblick die Flucht ergriffen, schien ihr, dass sie wohl Recht hatte. Wie konnte er da die möglichen Verwicklungen der Liebe verstehen?

»Also ich hoffe, dass es sich so ergibt, Teichläufer, aber manchmal ist das nicht der Fall. Nein, unterbrich mich nicht. Hör mir lieber kurz zu. Muschelweiß hat ihren Mann sehr geliebt. Der alte Schote, dieser verdorrte Knüppel, hat sogar gemeint, er habe Angst, dass sie sich nach Tauchvogels Tod das Leben nehmen könnte. So sehr hat sie diesen Mann geliebt. Im Grunde will sie ohne ihn gar nicht mehr leben.« Ihre Stimme wurde weich, als sie sich dabei an ihren eigenen verstorbenen Mann erinnerte. Sie hatte nie aufgehört, an ihn zu denken. Er war in ihren Träumen bis zum heutigen Tag, er sprach mit ihr, er liebte sie. »Das verstehe ich. Ich habe auch großes Leid erfahren, als dein Großvater starb. Du musst dich also einfach damit abfinden, dass du nur ein ärmlicher Ersatz für einen Mann bist, den Muschelweiß liebte, mit dem sie länger als ihr halbes Leben lang zusammen war. Vielleicht wird sie dich eines Tages lieben können. Vielleicht erlaubt sie sich das selber – aber erst nach langer Zeit. Vielleicht erwägt sie erst nach drei oder vier Sommern, dich zu lieben. Verstehst du das?«

»Ja, Großmutter«, sagte er gehorsam, doch er klang nicht überzeugt. Auch gut. Wenn er sich innig und leidenschaftlich genug wünschte, dass sie ihn liebte – vielleicht gelang es ihm.

»Noch etwas zum Schluss«, sagte Mondschnecke.

Teichläufer sah unter seinen weißen Wimpern hoch.

»Muschelweiß ist es gewohnt, in einer bestimmten Art und Weise berührt zu werden. Liebende lehren sich das gegenseitig. Frag sie, was ihr Spaß macht, und hör genau zu, wenn sie dir sagt, was ihr keinen Spaß macht.« Mondschnecke deutete mit dem Stock auf ihn. »Das hörst du wahrscheinlich nicht gern, aber ich halte es für nötig, dir das zu sagen: Wann immer ihr Körper dich liebt, mein lieber Enkel, wird sie vermutlich die Augen schließen und Tauchvogel vor sich sehen.«

Er ließ den Kopf hängen. »Du meinst –«

»Genau das. In ihrem Herzen wird sie Tauchvogel lieben, nicht dich.« Angesichts seiner Niedergeschlagenheit sagte sie: »Aber das wird sich ändern, Teichläufer. Doch du musst ihr Zeit zum Trauern lassen. Dich in ihrer Nähe zu wissen, wird ihr ein Trost in ihrem Kummer sein. Behandle sie liebevoll. Sie ist eine ehrbare Frau, und zu diesem Zeitpunkt sehr verletzlich, obwohl sie das nie zugeben würde. In ihrem Gram ist sie vielleicht sogar versucht, dich heftig anzugreifen, ohne Warnung, ohne Grund. Das musst du verstehen und übergehen. Sie wird sicher lernen, dich zu lieben, wenn du ein treuer und liebevoller Ehemann bist.«

»Das werde ich sein, Großmutter, das will ich auch gern sein.«

Mondschneckes alter Mund zitterte. Bekümmert stieß sie ihren Stock auf die Matten, hierhin und dorthin, stach auf ein verblichenes blaues Muster ein, dann auf ein gelbes. Teichläufer sah ihr gespannt zu, als spürte er ihre Bangigkeit. Er würde ein neues Leben beginnen, von Mondschnecke weit entfernt, und sie wollte ihn eigentlich nicht gehen lassen. Die letzten zehn und fünf Sommer lang hatte sie ihn behütet und beschützt, und jetzt musste sie diese Aufgabe einer anderen Frau überlassen. Das beunruhigte sie. Sie liebte ihren Enkel sehr, und er war so zart, litt immer unter Sonnenbrand und Kopfschmerzen. Helles Licht schmerzte ihn in den Augen, und er konnte kaum weiter sehen als zweimal zehn Handbreit weit, dahinter bestand die Welt, wie er sagte, nur noch aus Klecksen in vielen Farben. Doch Muschelweiß würde sicher auf ihren Enkel Acht haben, in dieser Hinsicht hatte Mondschnecke keine Zweifel. Aber es tat einfach weh. Sie zog die Nase hoch und wischte sich die trüb gewordenen Augen mit dem Ärmel ab.

»Alles in Ordnung, Großmutter?« wollte Teichläufer wissen.

»Nichts ist in Ordnung. Du wirst mir fehlen. Du warst eine Freude für mich, Teichläufer.«

Teichläufer erhob sich mit Mühe und ging durch die Hütte, um sich neben Mondschnecke auf dem Deckenstapel niederzulassen. Er küsste ihr graues Haar. »Ich liebe dich, Großmutter. Aber ich muss gehen. Muschelweiß braucht mich. Sie weiß es noch nicht. Aber sie braucht mich wirklich.«

»Wozu?«

Er lächelte. »Für alles.«

»Ach ja?« Eine Weile genoss Mondschnecke einfach die Nähe des Jungen. Aber dann schob sie ihn weg und räusperte sich laut. »Da wollen wir dich mal anziehen. Danach legst du dich besser noch einmal hin, solange du kannst. Bei all dem Feiern und Tanzen heute Abend wirst du schon müde sein, wenn du die Hand von Muschelweiß nimmst, um mit ihr zur Hochzeitshütte im Wald zu gehen. Ich will nicht, dass du völlig kraftlos bist.«

Rotalge betastete die wunderschöne Schneckenhauskette am Hals.

Der goldene Glanz der Schneckenmuscheln hob das Braun der sauberen Tunika hervor. Stirnrunzelnd blickte sie auf Teichläufer. Er stand vor seiner Großmutter in seinem langen blauen Gewand und ließ Mondschnecke die Ärmel glatt ziehen und die goldene Schärpe um die Taille binden. Er sah sehr gut aus, wenngleich etwas mager. Er lächelte.

Rotalge vermisste ihn schon jetzt. Mit wem konnte sie künftig Geheimnisse teilen? Er war ihr bester Freund. Tränen brannten ihr in den Augen.

»Also ich bin nicht interessiert«, sagte Schwarzer Regen.

»Das wundert mich nicht im Geringsten«, entgegnete Muschelglanz gereizt.

Rotalge drehte sich nicht um. Seit sie angekommen war, hatten sich Mutter und Tante verbissen gestritten. Gehasst hatten sie sich schon immer, solange Rotalge denken konnte. Tante Muschelglanz hätte es sicher auch fabelhaft gefunden, sich korallenbeschwert auf den Grund der Teiche zu legen, um ihrer Schwester zu entgehen. Später würde ihr Rotalge vielleicht verraten, wie man das machte.

»Wundert mich gar nicht«, fuhr Muschelglanz fort, »denn du hast dich nie für Rotalge oder Teichläufer interessiert. Die einzige Person, für die –«

»Ist ja nicht wahr«, wandte Schwarzer Regen mit ihrer kalten Stimme ein. »Heute liegt mir Teichläufer sehr am Herzen. Sobald sein kärglicher Penis in Muschelweiß werkelt, bin ich frei. Der Handel ist dann besiegelt, und meine Schulden sind bezahlt. Das interessiert mich allerdings sehr, geliebte Schwester.«

»Du hast die Seelen einer Schnecke«, erwiderte Muschelglanz angewidert. »Mach, dass du aus meiner Hütte kommst. Es ist mir egal, was Mutter sagt. Ich habe dich so lange ertragen wie nur möglich.«

»Mit Vergnügen.« Schwarzer Regen glitt wortlos an Rotalge vorbei und machte sich auf zur Hütte ihrer Mutter. Sie hatte ihr rotes Gewand angelegt und ließ ihr Haar in all seiner glänzenden Fülle lose über den Rücken hängen. Sie schwenkte die Hüften beim Gehen.

Teichläufer erstarrte, als er sie kommen sah. Wie ein Blitz legte er sich auf die Schlafmatte und rollte sich auf die Seite, um Schlaf vorzutäuschen. Rotalge wünschte ihm jedenfalls Glück.

Muschelglanz stellte sich neben Rotalge und legte ihr liebevoll einen Arm um die Schultern. »Tut mir Leid, dass du das mit anhören musstest«, sagte sie entschuldigend. »Deine Mutter macht mich immer so wild, dass ich –«

»Ich hasse sie«, erklärte Rotalge.

Muschelglanz sah stumm zu, wie Schwarzer Regen sich neben Mondschnecke auf die vielfarbigen Decken fallen ließ. Der Wind trug ihr tiefes Lachen heran. Muschelglanz schüttelte den Kopf. »Ich weiß nicht, wie Mutter sie ertragen kann. Aber ich muss jetzt in der Ratshütte nach der Feier sehen. Kommst du mit?«

»Ja gern, vielen Dank, Tante. Ich mache alles, um meiner Mutter eine Zeithand lang aus dem Weg zu gehen.«

Muschelglanz seufzte. »Also die Ratshütte ist jetzt der sicherste Ort. Deine Mutter würde um keinen Preis da hineingehen, denn jemand könnte auf die Idee kommen, ihr eine kleine Arbeit anzutragen. Komm, Rotalge, ich kann deine Hilfe gebrauchen.«

Kupferkopf lag in seiner Hütte auf der Seite, die Decke auf seinen Beinen, und beobachtete die schweren Fruchtsäcke an den Dachpfosten, die hin und her schwangen. Er ächzte. Der süßliche Duft reifer Dattelpflaumen lag in der Luft. Er müsste sie bald essen, solange sie sich noch hielten. Um ihn herum schimmerte das Dorf des Stehenden Horns im bläulichen Licht des Morgengrauens. Einige Schnarchlaute waren zu hören. Möwen kreischten. Das Dauergeräusch der anbrandenden Wellen hallte über das Land. Seine Hütte befand sich in der Mitte des Dorfs, umgeben vor denen der anderen Geistältesten. Im Falle eines Angriffs wären sie am sichersten.

Er kippte den Kopf nach hinten, um aufs Meer zu blicken. Das Wasser leuchtete mattgrau wie Möwenflügel in der Abenddämmerung. Die schaumbedeckten Wellen rasten auf den Strand und hinterließen weiße Linien, die sich über den Sand schlängelten, wenn das Wasser zurückflutete.

Kupferkopf zog die Puppe fester an seine bloße braune Brust und versuchte, in dem kleinen knochigen Körper eine Spur des kraftvollen jungen Mannes zu finden, der er einst gewesen war. So hatte er viele Nächte verbracht, abwesend auf die Welt draußen starrend, während er innerlich einen verzweifelten Kampf ausfocht. In seinem eigenen Körper konnte er keine heile Stelle mehr finden. All die geheimen, geheiligten Stellen waren vor langer Zeit geschändet worden, und seine Seelen waren geflohen. Wie verängstigte Vögel waren sie mondelang herumgeflogen, atemlos, zu furchtsam, um irgendwo zu rasten. Niemand hatte es verstanden. Man hatte sich zugeflüstert, er sei wahnsinnig geworden. Und dann, eines Nachts in seiner Einsamkeit, hatte er die Puppe gefunden. Sie hatte eingewickelt in einem Korb in ihrer beider Hütte gelegen, mit schön gravierten Haarnadeln besteckt und mit Halsbändern geschmückt. Mit Dingen, die er ihr geschenkt hatte – und die er alle weggeworfen hatte. Die Puppe hatte er an sich genommen. Von diesem Augenblick an hatten seine Seelen in einer Glitzerwelt gelebt, in einer Welt dunstbedeckter Hügel und feuerbestrahlter Abende, mondlichtspiegelnder Augen und liebender schenkender Hände, die sich umklammerten. In einer Welt, die es nicht mehr gab. Außer in der Puppe.

Als er die Puppe aus dem Korb genommen und an sein Herz gehalten hatte, war es ihm möglich gewesen, in den Körper seines Selbst in der Kindheit einzutreten, eines Selbst, das jung und mutig gewesen war, das er für viele zehnmal Sommer geschützt und gepflegt hatte. Die Seelen dieses Jungen waren nicht gestorben, sie waren stark und lebensvoll, und eine Zeit lang hatte er sich sicher gefühlt.

Aber das dauerte nicht an.

Jene helle Welt löste sich plötzlich in nichts auf, und dann ertappte er sich wieder, wie er auf diese hiesige Welt blickte, diese kalte, leere, einsame Welt.

Und dann hatte er Angst.

Kupferkopf steckte die Puppe unter den Arm, um sie warm zu halten, und zog sich die Decke über die Schultern. Er sollte die Puppe wieder in den Korb zurücklegen, das wusste er, aber er brachte es nicht fertig. Noch nicht. Er musste die Puppe doch beschützen, damit niemand ihr etwas antun konnte. So hatte er es gehalten während vieler Zeitspannen von jeweils zehn Sommern. Die Puppe konnte sich auf ihn verlassen, doch Kupferkopf selbst hatte niemanden.

13

Muschelglanz stand am Rand des Hüttenraums und rang die Hände. »Die Gänse werden bestimmt nicht mehr rechtzeitig fertig, das sehe ich schon. So riesige Vögel. Ich weiß nicht, warum Mutter diese Heirat so überstürzt hat. Hätte sie mir doch zwei Tage vorher Bescheid gesagt, dann hätte ich das Festessen schön vorbereiten können, aber nein! Teichläufer musste nach der Verhandlung im Handumdrehen verheiratet werden. Wahnsinn, so etwas. Außerdem wird's regnen.«

Von weit her wehten dunstige graue Schleier über die glatte Oberfläche des Meeres auf den Strand zu. Die Sturmfrau hatte eine dichte Wolkendecke über die Welt gezogen, und das ferne Donnergrollen wetteiferte mit dem Dröhnen der Brandung. Schon spürte Rotalge einzelne Tropfen auf dem Gesicht, kühl und erfrischend.

Sie sah ihre Tante an. Mehr als zehnmal zehn Menschen sammelten sich auf der Plaza rings um die Hütte. Muschelglanz schaute immer wieder voller Unruhe auf die Menge. Sie hatte ihre beste hellgrüne Tunika angezogen, ihr Haar zu einem Knoten zusammengebunden und mit einer gespitzten Hunde-Elle festgesteckt. Hinter ihr loderte ein großes Feuer, das in der Brise krachte und spuckte. Mehrere Frauen kümmerten sich um die Kochkörbe, die mit Knochenpulver verdickte Schildkröten- und Muschelsuppe enthielten. Lieblich riechende Kürbisstücke schwammen obenauf, und eine Fülle verschiedener Pilze brodelte an den Rändern. Gebratene goldene Glanzfische und winzige Kärpflinge lagen gehäuft in einer Holzschale in Feuernähe, um warm zu bleiben. Über der Glut dampften Dutzende von Palmbeerenküchlein in großen Muschelschalen. Um das Feuer herum standen überall Körbe, randvoll mit Dattelpflaumen, Hickorynüssen, Kaktusfeigen, Holunderbeeren und Piniennüssen. Die Gänse lagen tief in der heißen Asche vergraben und köchelten im eigenen Saft.

»Ich weiß nicht, warum du dich sorgst, Tante«, sagte Rotalge. »Auch wenn die Gänse nicht rechtzeitig fertig werden, gibt's doch sonst noch eine Menge zu essen.«

Muschelglanz wischte sich die Stirn. »Wie kannst du nur so ruhig sein, Rotalge? Dein Bruder steht vor seiner Heirat.«

»Deswegen bin ich so ruhig. Lieber er als ich.« Rotalge sah von weitem ihre Großmutter kommen, und Teichläufer war bei ihr eingehakt. »Da kommen sie.«

»Wer?« stieß Muschelglanz hervor und wirbelte herum. »O Jammer, ist es schon so weit? Ist dir nicht warm, Rotalge? Mir ist noch nie im Leben so heiß gewesen, das schwöre ich dir.«

»Natürlich ist dir warm. Du hast dich den ganzen Tag über die Feuer gebeugt.«

»Ich verstehe dich nicht, Rotalge. Du müsstest nervös sein. Dein Bruder geht für immer fort, und du –«

»Nein, er geht nicht fort.«

Muschelglanz runzelte die Stirn. »Was redest du da? Windeck-Dorf ist –«

»Ich habe gehört, wie Großmutter mit Mutter gesprochen hat. Sie hat Schwarzer Regen gesagt, dass aufgrund der gültigen Abmachung beide Dörfer zusammenziehen werden. Wegen der Verteidigung. Wir ziehen nach Norden, und sie ziehen nach Süden. Wir werden uns dann sicher irgendwo in der Mitte treffen.«

»Das hast du gehört? Warum hat mir Mutter das nicht erzählt?«

»Du warst mit dem Festessen beschäftigt.«

Muschelglanz seufzte und erwiderte grollend: »Das ist wahr. Was hat Mutter sonst noch erzählt? Sag's mir schnell, bevor die Zeremonie anfängt.«

Rotalge zuckte die Achseln. »Nicht viel. Sie hat gesagt, dass Windeck einverstanden ist, uns ein Viertel ihrer Nussernte zu geben, gegen ein Viertel unseres Katzenfischfangs. Ich finde das albern, da wir jetzt ohnehin in ein großes Dorf zusammenziehen.«

»Wirklich albern. Am Ende teilen wir doch alles gleichmäßig auf, so wie immer. Was sonst?«

Teichläufer grinste Rotalge an, als er näher kam. Er sah sehr gut aus. Sein bleiches Gesicht mit der spitzen Nase und den rötlichen Augen schien im Rahmen der dunkelblauen Kapuze zu glühen. Langes weißes Haar hing vorne über seine Robe. Der Saum schleifte über dem Boden, was ihn gelegentlich stolpern ließ, aber die Bögen der gewundenen Wellhornschneckengehäuse auf der Brust und den Ärmeln schimmerten stark und lenkten die Leute ab. Die Großmutter mit den kurzen grauen Haaren, die ihr über die Augen hingen, trug eine hellbraune Tunika voller gelber Herzmuschelschalen. Rotalge war sich nicht sicher, wer wen stützte; manchmal schien Teichläufer Mondschnecke aufrecht zu halten, und manchmal mühte sich offenbar die Großmutter darum, Teichläufer auf den Beinen zu halten. Es war ziemlich erheiternd. Rotalge schaute in die Menge, ob andere wohl denselben Eindruck hatten. Da aber alle lächelten, war das nicht festzustellen. Die Leute sammelten sich hinter Teichläufer und folgten ihm bis zum Rand der Brandung, wo sie die Ankunft von Muschelweiß und Schote erwarteten.

»Also, dann komm mit«, sagte Muschelglanz und wischte sich die Hände an ihrem Gewand ab. »Wir stellen uns dazu. Wenn wir erst alle versammelt sind, dann dauert die Zeremonie nicht lang. Und danach kann ich mir wieder Sorgen wegen der Gänse machen.«

Rotalge lachte leise, und sie gingen zu der Stelle, wo die Brandung am Strand aufschlug, im schaumigen Gefolge Muschelschalen hinwarf und wieder zum Busen der Meerfrau zurückeilte. Ein Nieselregen fiel in leichtem Dunst.

Rotalge setzte sich an Teichläufers Seite, und er strahlte sie an, aber bevor sie etwas sagen konnte, senkte sich eine seltsame Stille über die Menge; die Leute stießen einander an, bis sich eine Gasse bildete. Darin schritt Schwarzer Regen, lächelnd wie ein Rotluchs, der den Hals eines Blaureihers im Maul hat.

Rotalge hörte, wie Biberpfote seiner dicklichen Frau Wasserträgerin zuflüsterte: »Heiliger Baumfrosch, was für eine hinreißende Frau.« Als Antwort stieß sie ihm den Ellbogen in den Bauch; wieder zu Atem gekommen, warf er ihr grimmige Blicke zu.

Schwarzer Regen war rot gekleidet, in ihrer Lieblingsfarbe, und spielte verführerisch mit ihrer Halskette aus Schildkrötenschale, die ihr zwischen den Brüsten hing. Ihr langes Haar, das sie aufgelassen hatte, wehte ihr anmutig übers Gesicht. Sie blieb vor Muschelglanz stehen und flüsterte: »Stell dich irgendwo anders hin, mein Platz ist neben meinem Sohn.«

Muschelglanz lächelte und erwiderte: »Ich würde dich mit einer Schnur erdrosseln, geliebte Schwester, aber ich habe leider keine dabei. Du suchst dir irgendwo anders einen Platz, du bist deinem Sohn nie eine Mutter gewesen.«

Mondschnecke zischte: »Aufhören! Schluss, ihr beiden!«

Teichläufer hob eine Hand vors Gesicht, um zu verbergen, dass er fast vor Lachen platzte. Rotalge beugte sich zu ihm und flüsterte: »Dank den Leuchtleuten, dass du bald deine eigene Hütte hast und alldem hier entgehst.«

»Glaubst du?«

»Aber sicher, du Narr. Wer würde es schon wagen, den Gatten von Muschelweiß zu schikanieren?«

Er legte ihr eine Hand auf die Schulter. Der Menge zulächelnd, fragte er aus dem Mundwinkel: »Darf ich mich an dich lehnen, Rotalge? Ich glaube, ich falle sonst hin.«

»Ach, heilige Maus!« Sie stellte sich breitbeinig hin, zog seinen Arm über ihre Schulter und half ihm, sein Gewicht auf sie zu verlagern. »Du zitterst, Teichläufer. Du solltest auf deinem Lager liegen.«

»Großmutter hat versprochen, dass das noch kommt, wenn ich nur so lange stehen bleiben kann, bis ich verheiratet bin.«

»Na, also wenigstens ist sicher, dass du dich wieder hinlegen kannst.«

Teichläufer beugte sich seitlich zu ihr. »Ich hoffe es. Großmutter deutete an, das wäre möglicherweise auch nicht der Fall, und das hat mich die ganze Zeit beunruhigt.«

»Wie?«

Ein plötzlicher Windstoß peitschte den Saum seines blauen Gewandes hoch. Er packte Rotalges Schulter noch fester, um sich zu halten. »Schon gut«, sagte er. »Ich hab's auch nicht verstanden.«

»Du darfst dich vielleicht nicht mehr hinlegen?« Sie spielte im Geist die Möglichkeiten durch und errötete. »Ich bin froh, dass du derjenige bist, der heiratet, und nicht ich, Teichläufer. Ich würde in Ohnmacht fallen.«

Zum ersten Mal seit vielen Tagen lachte er. Ein herzliches Lachen, das aus dem Bauch kam. Es brachte auch Rotalge zum Lachen. Da standen sie vor der Menge, hielten sich gegenseitig und brachen in schallendes Gelächter aus; dabei hatten beide nicht mehr die geringste Ahnung, was so komisch war. Aber es war so gut, so lachen zu können. Erst als Mondschnecke die Brauen tadelnd hob, bezwangen sie ihre Heiterkeit, doch Teichläufer lachte in Abständen immer wieder von neuem auf, als hätte er sein Lachen zu lange unterdrückt.

Mondschnecke humpelte vor und sah ihm in die Augen. »Schluss damit, die Leute halten dich doch für einen Idioten.«

»Tut mir Leid, Großmutter«, sagte Teichläufer und bemühte sich um eine ernste Miene. »Ich hab gewusst, dass du das noch vor Schote merkst, denn der merkt es erst, wenn wir verwandt sind.«

Mondschnecke tat so, als ob sie Teichläufers Kapuze ordnete, und flüsterte wütend: »Also hör zu, Teichläufer, das ist ein sehr feierlicher Anlass, und man erwartet, dass du dich benimmst, wie es deiner Stellung und deinem Rang entspricht.«

Teichläufer blinzelte und nickte ernsthaft wie ein guter, gehorsamer Enkel, kniff dabei aber Rotalge in die Schulter, so dass sie fast erstickte, als sie ihr Kichern unterdrückte. Feierlich sagte Teichläufer: »Ich verspreche dir, ich werde mich so benehmen, wie du es wünschst, Großmutter.«

»Gut«, flüsterte Mondschnecke. »Und nun steh gerade. Da kommt Muschelweiß.«

»Wo?« fragte Rotalge und reckte den Hals.

Teichläufer war in diesem Augenblick völlig ernüchtert.

Schote ging voran, er kam aus den Bäumen hinter dem Dorf, eine gefaltete Decke unterm Arm, das weiße Haupt hoch erhoben. Langsam schritt er vorwärts. Muschelweiß folgte. Sie trug eine beige Tunika mit unregelmäßig angeordneten gelben Flecken. Diese Musterung erforderte sorgfältiges Arbeiten; lebende Schlangensterne wurden so lange gegen den Stoff gepresst, bis sie eine helle bernsteinfarbene

Tönung hinterließen. Für jeden gelben Fleck wurde ein Schlangenstern benötigt. Jemand mit viel Geduld hatte diese Tunika bearbeitet. Ein Band mit polierten Seeigelstacheln schmückte den Hals von Muschelweiß. Sie hatte ihr schwarzes, silber meliertes Haar zu einem langen Zopf geflochten, der über ihre rechte Schulter hing. Als sie beim Näherkommen Teichläufers bewundernden Blick sah, waren viele Lachfältchen um ihre Augen zu sehen.

Schote nahm seinen Platz neben Mondschnecke ein, und sie drehten sich beide gleichzeitig zur Menge um. Beifall wurde laut, und zehn und zwei Krieger begannen einen Rundtanz und sangen dabei zu Ehren von Muschelweiß das Lied der Krieger:

Zorn hat es vollendet,
Zorn hat es vollendet,
tot sind unsere Feinde,
liegen in ihrem Blut
wie aufgeschlitzte Mäuse.
Zorn hat es vollendet.

Muschelweiß ging zu Rotalge und fragte ruhig:« Stützt du ihn?«

»Ja. Und jetzt übernimm du.«

Rotalge zog ihren Arm zurück und machte Muschelweiß Platz, die ihren Arm unter den von Teichläufer schob und seine Hand locker über ihre Schultern zog.

Teichläufer flüsterte: »Ich verspreche dir, dass du mich nicht mein ganzes Leben lang halten musst.«

»Und ich verspreche dir«, flüsterte sie zurück, »dass ich dich so lange stützen werde, wie du mich dafür brauchst.«

Seine Augen zeigten, wie tief bewegt er war; innig drückte er ihre Schulter. Liebevoll umfasste sie seine Hüften.

Rotalge betete stumm neben Muschelweiß, dass das Ritual bald anfinge. Muschelglanz und Schwarzer Regen hatten sich neben Teichläufer gestellt; sie sahen sich finster an und schmähten sich gegenseitig mit leiser Stimme. Rotalge fing nur Wortfetzen auf: *Schamloses Flittchen … du bist eifer-*

süchtig, hässliche Schwester ..., während die Mitglieder des Kernholz-Clans einen Halbkreis um sie bildeten.

Schote hob Schweigen gebietend eine Hand, und die Menge verstummte. »Ich bin in euer schönes Dorf gekommen, meine Freunde, um die Heirat zu bezeugen zwischen der größten Kriegerin in der Geschichte, Muschelweiß vom Windeck-Clan, und dem Weißen Blitzjünger des Kernholz-Clans.« Er drehte sich um und wies mit großer Geste auf Muschelweiß und Teichläufer. Die Menge geriet außer sich, jubelnd und klatschend, und stampfte mit den Füßen. Kinder rannten im Kreis herum und kreischten vor Freude.

Das Getöse übertönend, schrie Mondschnecke: »Ich erbitte den Segen der Sonnenmutter für diese Verbindung. Möge sie uns allen Sicherheit und Glück bringen.«

Rotalge schaute zu ihrer Mutter hin. Das Gesicht von Schwarzer Regen zeigte Ärger, aber sie sah weder Mondschnecke noch Schote und nicht einmal Muschelglanz an. Ihre Augen hingen an Biberpfote, der die Hand seiner dicklichen Frau hielt. Als Biberpfote den Blick von Schwarzer Regen auffing, ließ er schnell die Hand seiner Frau los und kreuzte die Arme. Rotalge runzelte die Stirn; sie war verwundert. Wieder schaute sie auf ihre Mutter, und da sah sie, wie Schwarzer Regen triumphierend ihre spitzen weißen Zähne zeigte.

Schote und Mondschnecke kamen zusammen auf Muschelweiß und Teichläufer zu. Währenddessen entfaltete Schote die Ehedecke und schüttelte sie im Wind aus. Sie war in den heiligen Farben gefärbt, mit abwechselnd roten, gelben, schwarzen und blauen Streifen. Mondschnecke packte sie an zwei Ecken, und zusammen legten sie die Decke um die Schultern des Paares.

Jubelnd frohlockte die Menge, als Muschelweiß und Teichläufer sich umwandten und ins Meer wateten.

Teichläufer hielt die Hand von Muschelweiß fest umklammert, als der Wellengang ihn umzuwerfen drohte.

»Alles in Ordnung?« fragte sie sanft.

»Bis jetzt schon.«

»Halt dich nur fest an mir. Ich lasse dich nicht fallen.«

»Ja, ich halte mich sehr gern an dir fest«, gab er schüchtern zurück.

Muschelweiß führte ihn vorsichtig weiter, bis das kühle Wasser ihnen bis zur Brust reichte; dann drehte sie sich zu ihm um, nahm die nasse Decke von ihren Schultern und warf sie so hoch, wie sie konnte. Der Wind packte sie, peitschte sie herum und wirbelte sie wieder ins Wasser. Die Leute am Ufer riefen ihnen Glückwünsche zu und fingen an zu tanzen.

Muschelweiß nahm Teichläufers Gesicht in ihre Hände, sah ihm in die Augen und küsste ihn sanft auf die Lippen. Freude erfüllte ihn. Er sehnte sich danach, ihr ewig in die Augen sehen zu können. Die Blitzvögel in seiner Brust rumpelten leise, es klang seltsam, wie ein Kind, das weinte und einen unversiegbaren Tränenstrom aufzuhalten suchte. Teichläufer runzelte die Stirn und lauschte angestrengt. Fast konnte er einzelne Worte ausmachen. Nun begann es, richtig zu regnen, und die Tropfen stachen um sie herum punktförmig ins Wasser.

»Man erwartet, dass wir jetzt zurückschwimmen«, sagte Muschelweiß. »Kannst du das?«

»Ich bin kein großer Schwimmer«, entgegnete er. »Im Wasser beschwere ich mich gewöhnlich mit Korallenbrocken und atme durch ein hohles Schilfrohr. Aber ich werd's versuchen.«

Sie schaute ihn prüfend an, von der Kapuze bis zu den langen blauen Ärmeln. »Vielleicht besser, wenn du es nicht versuchst. Ich sag dir was: Nimm den Saum deines Gewands in eine Hand, und mit der anderen hältst du dich an meinem Gürtel fest. Du lässt dich einfach gleiten, und ich bring uns beide ans Ufer. Das merkt kein Mensch.«

Teichläufer streichelte ihren Arm liebevoll. »Du bist so lieb zu mir.« Er hob den Saum hoch, wie sie gesagt hatte, und schob seine Finger unter ihren Gürtel.

»Fertig?«

»Ja.«

Sie war eine kräftige Schwimmerin und machte weite, gleichmäßige Stöße. In dem kalten Wasser bekam er eine

Gänsehaut. Er bemerkte, dass Schwarzer Regen auch ins Wasser gewatet war und sie beobachtete. Das schwarze Haar hing ihr kreisförmig rings ums Gesicht.

Muschelweiß sagte: »Deine Mutter ist sehr besorgt um dich.«

»Ja, aber nicht so, wie du denkst«, erwiderte er. »Wahrscheinlich fürchtet sie, ich könnte ertrinken, und dann müsste sie einen andern Weg finden, um ihre Schulden zu bezahlen.«

»Keine Sorge, du wirst nicht ertrinken. Wir sind fast da«, sagte Muschelweiß und stand im Wasser auf, das ihr nun bis zur Mitte der Oberschenkel ging. »Stell dich hin.«

Teichläufer folgte und fiel mit den Knien auf den Grund. Sie packte ihn am Arm und half ihm auf. Seine Beine zitterten stark.

»Heilige Geister«, sagte er. »Mein nasses Gewand ist so schwer wie ein toter Walfisch.«

»Leg mir den Arm wieder über die Schulter.«

Muschelweiß zog ihn hoch und brachte ihn zum Strand. Die Leute tanzten um sie herum, schlugen ihnen auf den Rücken, als sie zur Ratshütte gingen, wo das Festessen wartete. Teichläufer atmete tief ein; er war verheiratet. Kein Junge mehr, sondern ein Mann. Er gehörte Muschelweiß, der größten Kriegerin seit Menschengedenken, und sie gehörte ihm. Ihm wurde leicht schwindlig. Nun würde er neue Verantwortung tragen. Die Menschen würden ihn anders behandeln und mehr von ihm erwarten. Es war ein sehr erregender Gedanke.

Die Hochzeitsmatte war innen an der Nordwand ausgelegt worden. Muschelweiß half ihm, sich zu setzen, und ließ sich dann neben ihm nieder. Regen prasselte auf das Schilfdach, und der Wind blies ihn zuweilen in die Hütte hinein. Teichläufer wrang das Unterteil seiner Robe aus und lächelte. Draußen gruben die Leute die Gänse aus der heißen Asche aus und befreiten sie von den schützenden Stofflagen; dann legten sie die großen Vögel in breite, flache Körbe. Dampf stieg auf und drehte mit dem Winde ab.

»Ist dir kalt?« fragte Muschelweiß.

»Nur ein bisschen.«

Aus dem Stapel gefalteter Decken, der immer neben dem nordwestlichen Stützpfosten bereitlag, nahm sie eine Decke und breitete sie über seine Schultern. »Besser so?«

Er zog sie sich dicht am Hals zusammen, und es wurde ihm wirklich wärmer. »Vielen Dank.« Er schob kühn eine Hand unter die Decke und verschränkte seine Finger mit denen von Muschelweiß. Sie zog ihre Hand nicht weg, und ein großes Glücksgefühl kam über ihn. Er drückte ihre Finger.

Mondschnecke bahnte sich mit Hilfe ihres Wanderstocks ihren Weg durch die Menge und ließ sich neben Muschelweiß niederfallen. »Bruder Erde sei Dank, die Gänse sind gar. Das habe ich Muschelglanz vorausgesagt. Sobald man euch aufgelegt hat, dürfen alle andern anfangen zu essen. Und ich sag euch, die sind schon ganz gierig. Ich hab Wachtposten hier aufgestellt, als ihr draußen im Meer wart, sonst wäre wahrscheinlich bei eurer Rückkehr kein Krümel mehr übrig gewesen.«

Rotalge drängte sich mit zwei Schalen voller Essen herein, und Schote kam sofort mit zwei weiteren Schalen direkt hinterher. Rotalge setzte ihre Schalen vor Teichläufer hin und grinste ihn dabei an. Eine Schale war voll mit dampfendem Gänsebraten, gebratenem Katzenfisch und Kärpfling, und in der anderen waren Schildkröten- und Muschelsuppe. »Wie fühlst du dich?« fragte sie.

»Besser jetzt.«

Rotalge grinste.

Schote stellte seine Schalen daneben, die eine Fülle von Obst und Nüssen enthielten. Darauf kniete er sich neben seine Tochter und küsste sie sanft auf die Wange. »Du bist sehr schön, meine Tochter.«

Muschelweiß strich liebevoll über sein Haar und lächelte, und jetzt gewahrte Teichläufer zum ersten Mal den abwesenden, angstvollen Ausdruck in ihren dunklen Augen. »Vielen Dank für die hübsche Tunika, Vater. Du bist der beste Weber des Clans. Es ist deine Tunika, die mich so schön gemacht hat.«

Menschen drängten sich um die Hütte, füllten ihre Schalen mit Essen, lachten, applaudierten und schubsten sich gegenseitig, während sich auf der Plaza bereits ein Tanzkreis gebildet hatte. Krieger mit Gänsefleischbrocken in den Fäusten hopsten von einem Fuß auf den andern, immer wieder einen Bissen nehmend zwischen Kreisch- und Jubellauten.

Mondschnecke beugte sich vor. »Iss, Teichläufer«, sagte sie drängend.

Er griff nach einem Stück Gans. »Du willst mich wohl bei Kräften halten, Großmutter?«

»Das will ich«, antwortete sie und schlug ihm aufs Knie. »Du sollst dich voll stopfen. Das wirst du nämlich brauchen.«

Gegen Abend hatte Teichläufer so viel gegessen, dass er sich so dick fühlte wie ein Bär im Herbst; er war sehr müde. Dauernd unterdrückte er das Gähnen und versuchte, den Feierlichkeiten aufmerksam zu folgen. Rotalge und der Rest seiner Familie standen am Meer und sprachen mit Schote. Die feinen Gewänder der Gäste wiesen nun Speiseflecken auf, viele hatten ihr Haar gelöst und dem Wind überlassen, und hie und da fingen Tänzer schon an, vor Erschöpfung zu taumeln. Kinder mit Gesichtern, die vor Gänse- und Katzenfischfett glänzten, rasten den Erwachsenen zwischen den Beinen hindurch. Alle waren offenbar in bester Stimmung. In den Speiseschalen waren jetzt nur noch Reste und haufenweise Gräten. Schon fingen ein paar Frauen an aufzuräumen; sie stapelten die Schalen aufeinander und brachten sie zum Meer, um sie zu spülen. Muschelweiß hatte mit Kernholz-Kriegern einige Tänze getanzt, lag aber nun neben Teichläufer auf der Seite, die langen muskulösen Beine ausgestreckt, den Kopf auf die Hand gestützt. Auch sie sah mitgenommen aus.

»Muschelweiß«, murmelte Teichläufer und beugte sich zu ihr, »ich bin sehr müde. Könnten wir, ich meine, würdest du – ich will dich nicht vom Feiern abhalten, aber –«

»Ja, Teichläufer. Ich will auch gehen.«

Sie erhob sich und half ihm aufzustehen, umfasste seine

Taille und stützte ihn, als sie zusammen zu den Bäumen gingen. Niemand schien bemerkt zu haben, dass sie gegangen waren. Sie schlug den Hirschpfad ein, der zur Hochzeitshütte führte.

Das Licht der Sterne fiel in mattsilbernen Streifen um sie herum. Die Gerüche des Waldes, der Kiefern und des nassen Herbstlaubs erfüllten die Nachtluft. Der Regen tropfte mit weichen Zischlauten auf die Blätter. Teichläufer blickte sie von der Seite her an, am Rand seiner blauen Kapuze vorbei. Im schwachen Strahl des Sternenlichts, der die Wolken durchdrang, sah er die Traurigkeit in ihren Augen. Ihm zog sich die Brust zusammen, und eine schmerzliche tiefe Sehnsucht wuchs in ihm, der Wunsch, ihren Schmerz zu lindern, als ob er schon ahnte, was ihr Zusammensein bedeuten könnte, und diese heile, harmonische Zweisamkeit jetzt schon ersehnte – aber doch nicht haben konnte, und vermutlich viele Sommer lang nicht haben würde.

»Hat deine Mutter mit dir über das Ehebett gesprochen?« fragte sie ruhig.

»Nein.« Er lachte. »Das hat Großmutter getan. Ich glaube, sie musste meine Mutter mit ihrem Wanderstab vertreiben, und das ist ihr gelungen. Dank den Leuchtleuten. Ich weiß nicht, ob ich es ertragen hätte.«

»Du liebst deine Mutter nicht?«

Melancholisch sagte er: »Sie muss die Menschen offenbar immer verletzen. Besonders mich und Rotalge.«

Bei seinem gequälten Ton schaute sie auf. »Bist du wohlauf?«

»Ja, warum? Klang ich anders?«

Muschelweiß fasste ihn fester um die Taille und drückte ihn an sich. »Man kann einen Menschen zermürben, das ist alles. Andauernde Grausamkeit hinterlässt offene Wunden in den Seelen der Opfer, Wunden, die nie mehr wirklich verheilen, Teichläufer.«

»Wie meinst du das? Warum sollten sie nicht heilen mit der Zeit?«

»Das ist schwer zu erklären«, antwortete sie und atmete tief aus. »Es ist, als ob ein böser Mensch seine Opfer wie durch Zauberkraft beherrscht, und zwar für immer, solang das Opfer am Leben bleibt; da bedarf es nur eines einzigen verletzenden Worts vom Peiniger, und die Wunden in der Seele des Opfers bluten wieder. Ich verstehe es selbst nicht ganz. Ein erwachsener Mensch sollte fähig sein, so etwas zu überwinden, meinst du nicht?«

Teichläufer dachte darüber nach. Der Ausdruck von Muschelweiß war grimmig, und ihre Stirnfalten hatten sich vertieft. »Hat denn ein böser Mensch so eine magische Herrschaft über unsere Seelen? So wie meine Mutter?«

Sie blieb eine Weile stumm. Dann sagte sie schroff, mit Bitterkeit in der Stimme: »Ich glaube nur ungern daran, aber wahrscheinlich ist es so. Ich habe ihn lange nicht mehr gesehen.« Teichläufer blinzelte und beobachtete, wie der laubübersäte Pfad unter seinen Sandalen dahineilte. Meinte sie Kupferkopf? Seit er denken konnte, hatte er Leute von Dingen flüstern hören, die viele Sommer vor seiner Geburt geschehen waren, grausige Dinge, brutale Raubüberfälle, sinnloser Mord – Verbrechen, zu denen diese gütige, ehrenwerte Frau bestimmt nicht fähig war. Nein, das konnte er nicht glauben. Oder war es so, dass er es nicht glauben wollte? Jedenfalls nicht, bevor er Beweise hatte. Aber selbst dann würde es ihn nicht kümmern, was sie gewesen war. Für ihn war nur wichtig, was sie jetzt war.

Schweigend gingen sie den Rest des Weges, lauschten dem sanften Regenfall und den Eulenschreien, die durch den nassen Wald tönten.

Die Hochzeitshütte lag verborgen in einem Eichengehölz, eine halbe Zeithand vom Dorf entfernt. Das Schutzdach war klein, kaum groß genug, um sie vor dem Regen zu schützen. Ein Lager war auf Bodenmatten hergerichtet worden. Damit der Wind die Decken nicht davontrug, waren die Ecken mit Korallenbrocken beschwert. Ein kleines Feuer loderte am südlichen Ende der Hütte und zischte die hineinfallenden Regentropfen an. Schalen mit Speisen standen im Kreis um das Feuer herum, das sie warm halten sollte – als ob sie noch Hunger haben könnten. Was sie enthielten, konnte er nicht sehen, da man andere Schalen darüber gestülpt hatte, aber der starke würzige Geruch von Gänsebraten und Dattelpflaumen war unverkennbar.

Muschelweiß ließ Teichläufer stehen und schlug die obere Decke zurück. Ihr Gesicht drückte Anspannung aus, als ob sie den Rest des Heiratsrituals fürchtete oder aber sich zwang, es aus Gründen der Pflicht zum guten Ende zu bringen. Teichläufer dachte an die Dinge, die ihm seine Großmutter gesagt hatte, dachte an ihren Kummer und dass sie sich nach dem Tod ihres Mannes das Leben nehmen wollte und dass sie vermutlich Tauchvogel vor Augen hatte, während sie ihn liebte.

»Du musst ja nicht«, sagte er hastig. »Wir können warten. Ich bin sowieso nicht kräftig, es würde mir nichts ausmachen. Ich meine, es würde mich gar nicht stören, wenn du auf eine bessere –«

»Teichläufer«, sagte sie sanft und setzte sich auf die untere Decke; sie zog die langen Beine rechts neben sich. »Komm her. Setz dich neben mich.«

Er biss sich auf die Lippen und tat, wie geheißen. Ängstlich zog er die Knie bis zur Brust an.

Muschelweiß schob die Kapuze zurück, die sein langes weißes Haar jetzt freigab, und drehte sein Gesicht am Kinn zu sich herum. »Ich danke dir dafür«, sagte sie. »Du hast Recht, meine Seelen leiden. Ich kann dir nicht so viel geben, wie ich möchte – aber ich schulde dir so viel, wie ich dir geben kann. Bist du stark genug?«

Er nickte. »Ich glaube, ja.«

»Deine Großmutter sagt, dass du noch Jungfrau bist, aber Großmütter wissen nicht immer genau Bescheid. Stimmt das?«

»Ja. Die meisten Mädchen schreien und laufen weg, wenn sie mich sehen. Ich hab nie eines eingeholt, die waren immer schneller. Vielleicht auch, weil ich nicht gut sehen kann. Wenn sie zehn oder zweimal zehn Handbreit entfernt sind, sehe ich nur noch einen Farbfleck, und ich kann kaum einen Fleck vom andern unterscheiden. Ich hab immer Angst gehabt, ich könnte den falschen Fleck erwischen und würde dann halb totgeschlagen.«

Muschelweiß lachte und nahm ihm damit etwas von seiner Angst. Er lächelte.

Sie ergriff seine Hand. »Ich hab nie gedacht, dass ein J–, dass jemand in deinem Alter Humor hat. Und der ist so wichtig. Andere Eigenschaften vergehen mit der Zeit, Teichläufer, die Schönheit vergeht, die Kraft wird weniger, aber solange wir noch lachen können, ist alles in Ordnung.«

»So soll es auch sein, das wünsche ich mir so sehr.«

Sie beugte sich vor und küsste ihn leicht auf den Mund. »Wir wollen ganz langsam machen. Kannst du aufstehen?«

Er stützte sich mit einer Hand auf und erhob sich. Sie stellte sich neben ihn, löste ihren Gürtel und zog sich das Gewand über den Kopf. Teichläufer konnte nur hinstarren. Oh, war sie schön! Lange vollendete Beine gingen in breite Hüften über und verengten sich zu einer schmalen Taille, und ihre Brüste, sie waren vollkommen. Als sie ihr Haar löste, schlug sein Herz – vor Angst und Aufregung. Sie warf ihr Haar über die Schultern und streckte die Hand nach ihm aus.

»Ich möchte dich ausziehen, Teichläufer, ist dir das recht?«

»Oh … ja.« Er warf die Arme in die Höhe.

Muschelweiß lächelte. Sie löste seinen Gürtel und ließ ihn zu Boden fallen, dann zog sie ihm sein Gewand über den Kopf. Er zog die Arme aus den Ärmeln und schluckte schwer. Er hatte noch nie nackt vor einer Frau gestanden, nicht in so einer Situation, die eine Pflichterfüllung forderte.

Muschelweiß schlüpfte unter die Decke und hielt sie für ihn hoch. »Ich will dich halten, Teichläufer.«

Geschwind schlüpfte er neben sie, lag auf dem Rücken, und Muschelweiß stützte sich auf einen Ellbogen und beugte sich über ihn, ihre Brüste auf seiner Brust. Eine Kaskade ihres Haares fiel über ihn. Er sah Sternenlicht durch die Fülle der Haare fallen und auf ihren Silbersträhnen schimmern. Er strich leicht darüber, sie fühlten sich an wie Seide, so fein wie glänzende Spinnweben.

Sie berührte seine Flanken; er zuckte zusammen. »Habe ich dich erschreckt? Das tut mir Leid.«

»Ich war nicht darauf gefasst.« Er schob seine Arme unter ihren Rücken und sagte: »Ich will ja, dass du mich berührst, Muschelweiß. Ich bin nur etwas nervös.«

»Ich habe kalte Finger, ich hätte dir vorher Bescheid sagen müssen. Meine Hand gleitet jetzt an deiner Seite hinunter, Teichläufer, so, siehst du, über deinen Bauch.« Ihre Hand glitt langsam durch das weiße Haar unter seinem Nabel, und dabei küsste sie ihn auf den Mund und den Hals; Schauer liefen ihm über den Rücken. Irgendwo, tief in seinem Innern, rumpelte es, als das Blitzvogeljunge sich in seiner Brust ausdehnte und gegen die letzten Reste der Schale drückte, die es noch gefangen hielten, wie jeder Vogel wissend, dass es aus dieser Schale ausbrechen – oder sterben musste. Blitze gleißenden Lichts blendeten Teichläufer, und er stieß hörbar keuchend die Luft aus. Muschelweiß führte es auf anderes zurück …

»Jetzt gleitet meine Hand noch tiefer, Teichläufer.«

Ein Feuer durchglühte seinen Körper, wie ein feuriger Strom fuhr es bis in seine Fingerspitzen, bis in seine Zehen, und füllte die Höhlung seiner Brust wie eine Flut geschmolzenen Goldes. Gleichzeitig überkam ihn das Gefühl eines noch nicht erlebten wunderbaren Glücks, als hätte er das Licht der Sonne getrunken.

Trotz seiner Müdigkeit und der Abgründe seiner Angst erwachten seine Seelen zum Leben.

Teichläufer legte ihr eine Hand in den Nacken und zog ihr Gesicht heran. Er küsste sie sanft, erschauernd, und flüsterte: »Ich danke dir dafür, Muschelweiß. Ich danke dir, dass du meine Frau geworden bist.«

Heftiges Weinen weckt mich.

Erschreckt hebe ich den Kopf und drehe mich zu Muschelweiß. Sie liegt auf dem Rücken, das schöne Gesicht von Sternenlicht überstrahlt, und schläft tief. Die Decke ist heruntergefallen und enthüllt ihre Brüste. Ihre Lider bewegen sich mit ihren Träumen. Aber ihre Stimme … es ist nicht die ihre … es ist jetzt nicht die ihre, eher die eines kleinen Mädchens.

Ich setze mich auf und schaue sie verwirrt an. Erinnert sie sich an ihren Mann? Ist sie einsam? Ist sie schuldbewusst, weil sie mich geliebt hat, da Tauchvogels Leiche noch nicht gefunden worden ist? Durch ihr Weinen fühle ich mich innerlich ganz leer. Ich weiß nicht, was ich tun soll. Soll ich sie wecken? Ich strecke die Hand aus, die aber oberhalb ihrer Schulter innehält. Jetzt weint sie stärker. Tränen strömen ihr aus den Augenwinkeln. Funkelnde Tautropfen liegen auf der Decke und schimmern im Sternenlicht. Solch schmerzliche Tränen habe ich noch nie erlebt. Wahrscheinlich habe ich es nie für möglich gehalten, dass eine so mutige Frau, dass so eine große Kriegerin solche Tränen vergießen kann. Aber das ist nicht die Stimme einer Frau. Etwa die eines Kindes? Meine Seelen winden sich. Ist ihr vielleicht als Kind etwas Schreckliches zugestoßen? Und durchlebt sie es jetzt wieder?

»Muschelweiß?« rufe ich leise. Da sie nicht antwortet, lege ich ihr die Hand auf die Stirn und streiche ihr ganz leicht übers Haar. »Muschelweiß«, murmele ich, »alles ist gut. Du bist in Kernholz-Dorf. Niemand wird dir etwas tun, das verspreche ich, denn ich würde es nicht zulassen. Ich bin Teichläufer, dein Mann«, und während ich das sage, fühle ich mich froh und stolz. »Ich bin dein Ehemann. Ich liebe dich über alles. Bitte komme zu mir zurück, alles ist gut.«

Ich streiche ihr weiter übers Haar, und endlich hört sie auf zu weinen und gleitet in einen tieferen Schlaf. Ihr Atem wird langsamer. Als sie sich auf die Seite dreht, das Gesicht zu mir, lege ich mich zurück und ziehe ihr die Decke über die Schulter, um sie vor der Abendkälte zu schützen. Jetzt hat ihr Gesicht einen ruhigen, heiteren Ausdruck gewonnen.

Ein Schmerz durchbohrt mich.

Ich beiße die Zähne zusammen; die ganze Nacht leide ich schon darunter. Ich rutsche lautlos fort von Muschelweiß, damit sie mein Unbehagen nicht spürt, rolle mich wieder auf den Rücken und zerknittere krampfhaft die Decke. Der winzige Blitzvogel, der in meiner Brust glüht, reckt sich und poltert vor Freude, dass er das Donnerei aufbrechen kann. Als der Vogel seine neuen Flügel aufspannt, fällt ein feuriges Schalenstück von ihm ab und löst einen Ausbruch gleißenden Lichts aus.

Ich kann nicht mehr atmen, meine Lungen schmerzen.

Der Vogel versucht auszubrechen. Ich spüre, wie die Hitze steigt, fällt und wieder steigt. Bei jedem Auflodern fallen weitere Schalenstücke ab und fangen Feuer, und bizarre, gespenstische Bilder blitzen vor mir auf: *Zwei Männer auf einem Strand ... eine Puppe ... ein Wirbelsturm ...* Die Szenen sind wie Dunst in meinen Fingern, sie entgleiten mir hierhin und dorthin, und ich kann sie nicht festhalten.

Donner durchrüttelt mich.

Ich spanne die Muskeln an und zwinge mich zur Ruhe.

Durch das Donnern hindurch höre ich eine Stimme, weich und leise, und sie ruft mich beim Namen.

Seit mehr als zwei Zeithänden hatte Rotalge am Ufer den silbern überschäumten Wellen zugesehen, wie sie sanft auf sie zurollten und ihre Füße umspülten, und höflich zugehört, wie Schote, ihre Großmutter und ein alter Krieger namens Schwemmstock über Kupferkopf sprachen. Mit unterdrückter Stimme redeten sie von verbrannten Dörfern und getöteten kleinen Kindern, von der Vernichtung des Windeck-Spähtrupps und von der sicher zu erwartenden Ausdehnung der Kriegszüge.

»Ja, davon bin ich überzeugt«, sagte Schote. Die Leuchtleute sprenkelten den Himmel mit flimmerndem Glanz, schauten hinab auf die Menschen, lauschten und beobachteten. Schote atmete heftig aus. »Kupferkopf hat all seine Seelen verloren. Ich bin sicher, dass er wahnsinnig ist. Völlig wahnsinnig. Da hat es seit vielen Sommern Gerüchte über sein sonderbares Verhalten gegeben, aber –«

»Es wäre viel schrecklicher, finde ich«, meinte Mondschnecke, »wenn er geistig gesund wäre. Solche Wahnsinnstaten von einem normalen Menschen lassen doch darauf schließen, dass er einen Plan verfolgt, und das würde mir Angst einjagen.«

»Einen Plan?« fragte Schwemmstock, ein hoch gewachsener schmächtiger alter Mann mit schütterem grauen Haar und einer Hakennase. Er trug eine dunkelbraune Tunika, die mit Schneckenmuscheln geschmückt war. »Was meinst du damit?«

»Einfach, dass er vielleicht nicht aus Hass oder aus Rache handelt«, sagte Mondschnecke. Es klang unheilvoll. »Ich kann nicht glauben, dass Kupferkopf ein Verrückter oder ein Wahnsinniger ist – vergib mir, Schote. Das ist nicht als Missachtung gemeint. Ich frage mich nur, ob diese beliebigen Überfälle auf Dörfer hie und da nicht beabsichtigt sind, um auf uns einzuwirken.«

Schote rieb sich das Kinn und kniff die Augen zusammen. »Meinst du, um uns vielleicht dazu zu zwingen, Bündnisse durch Heirat zu schaffen? Um unsere Abwehr zu stärken?«

»Vielleicht«, erwiderte Mondschnecke. »Oder um uns zu zwingen, unsere Dörfer zusammenzulegen.«

»Aber wozu?« fragte Schwemmstock. »Was nützt ihm das?«

»Er würde uns zum Beispiel alle schön auf einem Fleck haben«, sagte Mondschnecke.

Die Brise zauste Schotes weißes Haar; es fiel ihm in die Stirn, als er unverwandt auf Mondschnecke starrte. »Heilige Schwester Mond! Du hast mir gerade einen Riesenschrecken eingejagt. Darauf wäre ich nie gekommen.«

Die Ältesten sprachen weiter, aber Rotalge hörte nicht mehr zu. Sie konnte jetzt kein einziges Wort mehr über Krieg und Tod vertragen. Sie blickte zum Dorf zurück und sah die Tänzer im Ockerlicht der Freudenfeuer herumspringen. Die Macht des Sturms war gebrochen, nur schwarze Wolkenfetzen zogen noch nach Westen. Am Rand der Plaza lagen Kinder auf windgezausten Decken und schliefen. Alte Männer und Frauen hatten sich in der Nähe der Ratshütte mit ihren kleinen eckigen Webstühlen zusammengefunden und webten, während die letzten Nachtschwärmer immer noch tanzten und sangen, um das frisch getraute Paar zu feiern.

Rotalge hatte gesehen, wie Muschelweiß Teichläufer über den Hirschpfad zur Hochzeitshütte führte; er hatte krank ausgesehen. Ob es ihm gut ging? War er fähig gewesen auszuführen, was er tun musste? Schon daran zu denken ließ Rotalge erröten. Sie musste sich noch an die Vorstellung gewöhnen, dass ihr Bruder jetzt eine Frau hatte. Ein merkwürdiges Gefühl der Trauer überfiel sie. Nie mehr würden sie und Teichläufer durch die Wälder streifen und nach Gespenstern oder scheuen Erdgeistern in ausgehöhlten Bäumen Ausschau halten. Nie mehr würden sie zusammensitzen und sich ihre Geheimnisse, die sie tief im Herzen trugen, mitteilen. Mit wem würde sie fortan sprechen – und mit wem konnte sie nun ihre Sorgen teilen? Niemand kannte sie so wie Teichläufer.

Geistesabwesend spielte sie mit ihrer klingelnden Muschelhalskette, und die Ältesten wandten sich nach ihr um. »Oh, tut mir Leid, Großmutter, bitte verzeih, ich habe so viel Feigentee getrunken – ich muss mal in den Wald laufen.«

Mondschnecke sah sie misstrauisch an. Diese verdammte Alte – sie wusste immer, wann Rotalge log. Rotalge zappelte unruhig herum. »Wirklich Großmutter, ich muss mal –«

»Also dann lauf«, sagte Mondschnecke. »Wenn du fertig bist, dann sieh zu, ob du deiner Tante beim Aufräumen noch etwas helfen kannst.«

»Ja sicher, Großmutter. Gute Nacht, Geistälteste.«

Schote und Schwemmstock nickten ihr zu, und Rotalge ging langsam den Strand hinauf zu dem Kieferngehölz hinter der nordöstlichen Ecke des Dorfs. Von der Plaza winkten ihr einige zu, und Rotalge winkte zurück. Sie sah Muschelglanz mit zwei anderen Frauen vor der Ratshütte knien und die Schalen mit Sand abscheuern. Ihr leises Lachen tönte zu ihr herüber. Alle unterhielten sich offenbar glänzend – alle außer ihr.

Rotalge schlang die Arme um sich; sie fühlte sich so einsam. Aber was alles noch schlimmer machte – sie verstand ihre eigene Verstimmung nicht. Das musste doch alles so kommen. Leute heirateten. Auch ihr Bruder. Das war eben so. Aber sie nicht! Die Geister wussten: sie nicht! Und wenn sie weit fortlaufen müsste, um sich einem Wolfsrudel anzuschließen: Da wären sicher bessere Gefährten als jeder Mann, den ihre Mutter ihr aussuchen würde.

Sie ging geradeaus weiter; ihre Sandalen füllten sich mit nassem Sand. Regentropfen taumelten auf Kiefernnadeln. Wenn der Wind durch die Äste strich, fielen die Tröpfchen glitzernd und schimmernd weich auf den Waldboden.

Der Pfad, der nördlich zum Teich führte, aus dem sie ihr frisches Wasser holten, fing gerade vor ihr an, und Rotalge ging darauf zu. Auf dem Pfad standen so helle Pfützen, dass die schwarzen Äste sich scharf darin spiegelten. Rotalge betrachtete das Spiegelbild, als sie darum herumging, aber sie vermied es, den Pfützen zu nahe zu kommen, um nicht ihre eigene Seele sehen zu müssen. Das wollte sie nicht. Vielleicht sah sie so zerrissen aus, wie sie sich fühlte, und sie wusste nicht, ob sie das ertragen konnte. Seufzend ging sie vom Wege ab, duckte sich unter einem Eichenast – und hörte Gelächter.

Durch das Gewirr der Zweige sah sie Biberpfote lächelnd über ihrer Mutter stehen. Schwarzer Regen lag nackt auf dem Boden, und ein anderer Krieger lag halb auf, halb neben ihr. Rotalge sah sein Gesicht nicht, nur seinen Rücken, vermutete jedoch, es könnte der junge Kahlhecht sein, Biberpfotes bester Krieger.

»Siehst du?« flüsterte Biberpfote. »Habe ich dir zu viel versprochen? Ist sie nicht hinreißend?«

Ihre Mutter lachte; Biberpfote kniete sich neben sie und biss sie in ihre nackten Brüste. Sie sagte: »Mach zu, Kahlhecht, ich komme schon wieder.«

Rotalge trat schnell zurück, mitten in eine Fächerpalme. Die Wedel schlugen zusammen.

Schwarzer Regen keuchte. »Biberpfote! Sieh nach, wer das ist.«

Rotalge rappelte sich auf und rannte mit aller Kraft um die Pfützen herum und über Bruchholz hinweg.

Biberpfote jagte ihr ein Stück hinterher, gab aber dann

lachend auf und brüllte: »Verschwinde von hier! Pack dich!« Rotalge verbarg sich hinter einem Lianengewirr und sah, wie er sich umwandte und schrie: »Alles in Ordnung, Schwarzer Regen. War bloß so ein Rotzjunge. Ich hab ihn weggejagt. Ist Kahlhecht endlich fertig? Wird schon spät, ich muss jetzt heim zu meiner Frau.«

14

Die Sonnenmutter glitt eben über den Horizont und verströmte ihr Licht in die Hütte, in der Tauchvogel flach auf dem Rücken lag, die Hände über dem Bauch gefaltet. Die Stofftaschen und Körbe, die an den Dachpfosten schwangen, leuchteten wie mit flüssigem Bernstein übergossen. Der armselige kleine Mann namens Wurzelkrebs kniete neben Tauchvogel, sein Totenkopfgesicht voll unzähliger tiefer Falten, sein kahler Kopf voller Altersflecken. Er trug ein verblichenes blaues Gewand. Hinter ihm stand Kupferkopf mit gekreuzten Armen, mit der Schulter an einen Pfosten gelehnt. Er hatte einen schwarzen Lendenschurz angelegt. Nichts schmückte seinen schlanken, großen Körper, und sein ergrauendes Haar hing ihm frei über die Schultern. Seine dunklen Augen waren starr auf die Meerfrau gerichtet, die heute in kristallischem Blau erglänzte. Dreimal zehn Handbreit entfernt saßen vier Wachtposten und würfelten mit bemalten Palmsamen. Ihr Gelächter umwehte Tauchvogel wie die Fetzen eines Alptraums. Nach acht Tagen kannte er die Stimme jedes Mannes, und selbst wenn sie noch mitten in dem großen Dorf waren, konnte er sie einzeln erkennen.

Wurzelkrebs wiegte sich vor und zurück und rang die Hände im Schoß. »Der Geistälteste hat mich aufgefordert, mit dir zu sprechen. Ich selbst will es nicht, die Erinnerungen schmerzen mich noch zu sehr, aber da er mich gebeten hat, will ich es tun.« Er benetzte die dünnen Lippen. »Es geschah dies –«

»Ich will deine Geschichte nicht hören.«

Wurzelkrebs sah zu Kupferkopf hinüber, der sich jedoch nicht umdrehte. Er blinzelte nicht einmal. Es war, als ob er dem Gespräch gar nicht zuhörte.

Wurzelkrebs schluckte nervös und fuhr fort: »Es geschah vor zweimal zehn und acht Sommern, im Mond der Neuen Geweihe. Zu der Zeit lebte ich mit meiner Familie weit im Binnenland, an einem flachen See. Ich hatte eine Frau ...«, seine alte Stimme brach, und er brauchte etwas Zeit, um sich wieder zu fassen. »Und drei kleine Kinder, zwei, fünf und sechs Sommer alt. Sehr hübsche Kinder. Wir sammelten gemeinsam zarte Frühlingsknollen, gruben mit unseren Grabstöcken und lachten dabei. Ich hörte als Erster die Krieger kommen und schrie meiner Frau zu –«

»Geh weg!« brüllte Tauchvogel. Er setzte sich auf und schrie dem alten Mann ins Gesicht: »Das kümmert mich nicht, was mit deiner Familie geschah.«

Die Posten wandten sich mit funkelnden Augen schnell zu ihm um, und ein paar Hunde rasten bellend auf die Hütte zu. Im ganzen Dorf erhoben sich die Leute von ihren alltäglichen Arbeiten und sahen zu ihm hin. Ein Gemurmel setzte ein.

Wurzelkrebs setzte sich auf seine Absätze zurück und wandte sich wieder Kupferkopf zu. Der aber regte sich lange nicht, nickte dann einmal, aber nur andeutungsweise, so dass ein Außenstehender es vermutlich gar nicht wahrnehmen konnte.

Verzweifelt blickte Wurzelkrebs Tauchvogel in die kalten Augen, und sein Blick bat ihn, doch zuzuhören. Sein Mund formte das Wort ›Bitte‹. Ob der alte Mann später dafür leiden musste, wenn Tauchvogel ablehnte? Tauchvogel verstand dieses Dorf nicht. Offenkundig herrschte Kupferkopf mit Angst und Schrecken über diese Menschen, doch gleichzeitig verehrten sie ihn, als wäre er einer der Leuchtleute.

Wurzelkrebs wischte sich den Schweiß von der Glatze und stieß den Atem hörbar aus. »Ich brüllte meine Frau an, sie hieß Rosenzweig, und sie rannte zu den Kindern, aber die Krieger von Kupferkopf waren schneller. Die Kriegerin Muschelweiß schlug Rosenzweig mit ihrer Kriegskeule auf den Kopf und rannte dann zu den Kindern. Die kreischten vor Angst und sprangen davon, um sich hinter gefallenen Stämmen oder in Sträuchern zu verstecken, aber Muschelweiß fand jedes Einzelne. Sie ...« Wurzelkrebs presste die gefalteten Hände so fest gegeneinander, dass die Knöchel weiß hervortraten. »Muschelweiß zerrte alle meine Kinder heraus und stach ihnen mit dem Dolch ins Herz. Laut stieß sie einen Kriegsschrei aus und ... und nahm sich meine jüngste Tochter vor, zwei Sommer alt ... zerrte ihr die Armbänder ab und riss das Kettchen von ihrem kleinen Hals. Kupferkopf lief auf sie zu, als sie sich über mein zweites Kind beugte, meinen Sohn, fünf Sommer alt, und packte sie an der Hand, um zu verhindern, dass sie auch ihn beraubte. Sie rangen miteinander.« Der alte Mann wischte sich mit dem Ärmel den Schweiß aus den hohlen Wangen. »Ich habe noch nie gesehen, wie sich zwei aus demselben Lager so wild bekämpften. Sie schlug ihm mit ihrer klingenbesetzten Keule auf die Schulter, und da sah ich Blut spritzen ...«

Unwillkürlich blickte Tauchvogel hoch auf die ausgezackte Narbe, die Kupferkopf von der linken Schulter im Winkel den Rücken hinunterlief. Eine alte Narbe, die zu einer bleichen, glänzenden Fleischbrücke zusammengewachsen war.

»Kupferkopf warf sie zu Boden«, fuhr Wurzelkrebs fort, »und wand ihr die Keule aus der Hand. Sie schrie und trat aus, aber er hielt sie fest.« Wurzelkrebs senkte den Blick auf seine Hände im Schoß und stemmte die Finger gegeneinander. Er zuckte zusammen und bewegte sie, als ob sie schmerzten, und legte die Hände dann auf die Knie. »Ich weiß nicht, was danach noch geschehen ist. Ich bin fortgelaufen, so schnell ich konnte. Ich hatte nichts mehr, und da war niemand mehr, um den ich mir Sorgen machen musste – außer um mich selbst.«

Wurzelkrebs hielt Tauchvogels kaltem Blick stand, und Tauchvogel sah Tränen in den trüben alten Augen.

Als Tauchvogel nichts darauf sagte, stand der alte Mann auf, nickte Kupferkopf respektvoll zu und humpelte durch das Dorf davon. Die Leute hielten ihn auf, sprachen sanft mit ihm und fragten, was geschehen sei.

Tauchvogel sagte: »Was willst du damit beweisen? Hast du geglaubt, dass ich nach dieser Geschichte an meiner Frau zweifeln würde? An einer Frau, die ich seit zweimal zehn und fünf Sommern kenne?«

Kupferkopf starrte weiter auf die Meerfrau, und sein Gesicht wurde zu Stein.

Zornig wollte Tauchvogel wissen: »Den Namen der Frau, die seine Kinder tötete – woher wusste er den? Hast du ihm gesagt, dass sie Muschelweiß hieß? Glaubt er deswegen, dass sie es war?« Seine Brust hob sich vor Erregung, und das weckte Schmerzen aus Rücken- und Schulterwunden, die ihm Stiche im Unterleib beibrachten. Ein Brechreiz quälte ihn. Er beugte sich vor, stützte sich mit einer Hand auf den Boden und wartete darauf, dass es vorüberging. Er ließ sich auf die Bodenmatte zurückgleiten, als es ihm wieder möglich war, und zwang sich, gleichmäßig und tief zu atmen. Der Brechreiz verging wieder.

Draußen jagte ein kahlköpfiger Adler über die glitzernde Oberfläche der Meerfrau, kreiste und stieß hinab und fuhr schließlich wie eine Lanze ins Wasser, um einen Fisch zu fangen. Seine schwarzen Flügel schwappten gegen die Oberfläche. Tauchvogel beobachtete das Spiel gegen den Hintergrund der roten aufgehenden Sonne und des unendlichen blauen Ozeans, und eine Spur ruhiger Gelassenheit drang in sein Herz.

»Wer war es wirklich, der die Kinder dieses alten Mannes getötet hat, Kupferkopf?« fragte er. »Du musst es wissen. Warum sagst du Wurzelkrebs nicht die Wahrheit? Das hätte er doch verdient. Wie kannst du unter diesen Leuten leben und so tun, als wärst du ein aufrechter und guter Mensch, wenn du in Wirklichkeit ein Lügner bist?«

Kupferkopf drehte sich langsam um, die dunklen Augen weit aufgerissen, und ließ seine Arme schlaff herunterfallen. »Die Sonnenmutter allein weiß, was recht und gut ist,

Tauchvogel«, antwortete er sanft. »Und das würde ich nie von mir behaupten.«

Teichläufer kroch nackt um die Reste des gestrigen Feuers herum und trennte mit einem Stock die Glut, die er nach rechts schob, von der Asche, die er nach links häufelte. Die Morgensonne fiel schräg durch den Wald und schoss goldene Dunstbänder durch die Bäume über ihm und lockte mit ihrer Wärme kleine Nebelkringel vom nassen Waldboden nach oben. Was für ein herrlicher Tagesanfang! Der liebliche Duft feuchter Borke mischte sich mit dem Geruch von Holzrauch. In der Ferne brüllte irgendwo ein Alligator, und Bruder Erde verstummte; dann aber brachen alle Vögel wieder in lauten Gesang aus. Die Purpurhühner übertönten mit ihrem Geschnatter alle andern. Teichläufer lächelte. Er stellte sich den schönen Vogel vor, der über die Seerosenblätter in einem nahe gelegenen Teich stolzierte, mit dem Kopf und dem Schwanz ruckhaft zuckend, während er nach Insekten jagte.

Er zog eine Hand voll Zweige aus dem Holzstapel innerhalb der Hütte, legte sie aber wieder ab. Trotz der Achtsamkeit seiner Verwandten hatte Regen die Reiserspitzen nass gemacht. Er musste tiefer graben, um trockene Zweige zum Feuermachen zu finden. Als er genug davon hatte, legte er sie auf die Glut und fachte das Feuer vorsichtig blasend an. Gelbe Flammenzungen leckten empor, krachend und spuckend. Er legte langsam weitere Zweige nach und dann größere Holzstücke.

Seine Frau schlief noch, und er ….

Meine Frau! Es war so neu und so wunderbar, diese Wörter auszusprechen. Am liebsten hätte er seine Freude in die Welt hinausgeschrien, doch wollte er sie nicht wecken. Sie hatte sich in der Nacht dauernd herumgewälzt. So wie er.

Selbst jetzt sah er diese seltsamen Bilder vor sich … Sie wiederholten sich, zuckten jedes Mal durch seine Seelen, wenn das Blitzvogeljunge mit den Flügeln schlug, um sie zu trocknen, oder den Kopf auf dem mageren Halsstumpf hin- und herschwenkte. Er fragte sich, was die Bilder bedeuteten.

Und wie viel Zeit bleibt mir, bevor das Vogeljunge durch meine Brust bricht und über den Himmel schießt?

Er hob die nächstgelegene Schale auf und lüftete die darüber gestülpte Schale, die als Deckel diente. Sie enthielt dunkle Gänsebratenstücke und große Baumpilze – sogar kalt dufteten sie noch köstlich. Sein Magen knurrte. Er setzte den Deckel wieder darauf und stellte sie nahe ans Feuer, um den Inhalt aufzuwärmen; dann untersuchte er nacheinander die anderen vier Schalen und fand darin Dattelpflaumen, Hickorynüsse, Holunderbeeren und gerösteten Katzenfisch.

Ein scharfes Knacken kam aus dem Wald, und als er aufsah, gewahrte er einen weißbraunen Farbfleck – einen Weißwedelhirsch, der in nächster Nähe graste, wo die Baumriesen so viel Licht einfallen ließen, dass die Grashalme gut in die Höhe wachsen konnten. Die Hirschkuh hob sichernd den Kopf, und er flüsterte: »Alles ist gut, Schwester. Ich werde dir nichts tun. Friss nach Herzenslust, heute bist du hier sicher.«

Die Hirschkuh stand unbewegt, zuckte mit dem Schwanz und senkte den Kopf. Teichläufer hörte die Grashalme knistern, als sie sich wieder eine Hand voll abriss.

Teichläufer schürte sein Feuer mit einem Stecken und beobachtete Muschelweiß. Sie lag auf der linken Seite, den Kopf auf einem Arm, die Decke so weit hochgezogen, dass sie gerade die bloßen Brüste bedeckte. Das Haar fiel ihr über den Rücken, und die Silberstränge leuchteten im Morgenlicht. Sie sah so wunderschön aus, so verletzlich. Das Blut schoss ihm ins Gesicht. In der letzten Nacht hatte er sich sehr als Mann gefühlt, und das hatte er ihr zu verdanken. Stärker war er geworden, älter. Das hatte er nicht erwartet, dass er mit seiner neuen Frau so glücklich sein würde. Und er liebte sie. O heilige Geister, wie er sie liebte!

Sie regte sich, als spürte sie seine starken Gefühlsaufwallungen. Teichläufer flüsterte: »Schlaf. Das Frühstück ist noch nicht warm. Du bist bestimmt noch sehr müde.«

Muschelweiß stützte sich auf einen Ellbogen, gähnte und

kämmte sich mit den Fingern das Haar aus dem Gesicht. »Du musst auch müde sein. Wenn ich mich bewegt habe, hast du mich jedes Mal gestreichelt. Komm doch zurück und schlaf weiter mit mir, Teichläufer. Wir können die Ruhepause beide gut gebrauchen, und niemand achtet darauf, ob wir uns vor dem Nachmittag im Dorf zeigen.« Sie hatte dunkle Ringe um die Augen und sah wirklich mitgenommen aus.

»Und unser Essen?«

»Das läuft uns nicht davon«, erwiderte sie und streckte ihm eine Hand entgegen.

Teichläufer kam zu ihr und schlüpfte wieder unter die warme Decke, das Gesicht ihr zugewandt. Muschelweiß schlang einen Arm um ihn und zog ihn an sich heran. Zärtlich glitt seine Hand über ihre Seite und die Wölbung ihrer Hüften. Ihre Brust weitete sich beim Einatmen, und sie lächelte.

Er streichelte sie weiter, weil ihn das beruhigte. Ihre Haut war so unglaublich weich. Nach einiger Zeit flüsterte sie: »Du schläfst ja nicht, Teichläufer.«

»Tut mir Leid. Ich muss dauernd an den Traum denken, den ich in der Nacht gehabt habe.«

»Einen Traum?« murmelte sie.

»Ja, er war sehr sonderbar.«

»Ein Traum wovon?«

Teichläufer verwunderte sich noch eine ganze Weile über die seidige Beschaffenheit ihrer Haut. »Von einer Schildpatt-Puppe.«

»Einer Puppe?«

»Ja.« Er holte sich das Bild der Puppe wieder vor seine Seelen und sah die verschlissene Tunika und die verblichenen Farben vor sich. »Sie ist sicher sehr alt, mit einem abgetragenen Gewand, und hat lange schwarze Haare. Da war bestimmt einmal ein Gesicht darauf gemalt, weil da immer noch schwache Farbflecke –«

Schnell wie ein Blitz warf sie die Decke zurück, und nackt, wie sie nun war, packte sie seine Hand, die Augen wie schwarze Obsidian-Perlen. »Wo hast du sie gesehen?«

»Was ist denn?« fragte er erschrocken. »Was ist los?«

»Sag's!«

»In meinem Traum letzte Nacht. Sie tanzte vor meinen Augen, mit wirbelndem Rock. Warum? Wem gehört sie?«

»Ich weiß nicht«, sagte sie ruhiger, »vielleicht meinem Sohn.«

»Deinem Sohn? Du meinst Stacheljunge?«

Sie ließ seine Hand los und setzte sich aufrecht hin. Ihre Brüste schimmerten im schwachen Sonnenstrahl. Schweißtröpfchen hatten sich auf ihrer Stupsnase und den hohen Backenknochen gebildet. Sie fuhr sich mit der Hand übers Gesicht. »Verzeih, Teichläufer, ich wollte dich nicht erschrecken. Es ist nur so, dass diese Puppe mir einmal etwas bedeutet hat, wenn es dieselbe Puppe ist. Und was hast du sonst noch gesehen?«

Eingeschüchtert stotterte er: »S-seltsame Dinge. Da war ein Wirbelsturm und –«

»Ein Wirbelsturm?«

»Ja.« Er sah ihn noch vor sich, wie er sich am Himmel ringelte und aus den Wolken über dem Meer herabschoss wie eine schwarze Schlange. »Der Sturm schwankte wie betrunken über einen Strand, ich weiß nicht, wo. Ich habe den Ort nie gesehen. Aber die ganze Zeit, während der Orkan Bäume ausriss und sie fortschleuderte, tanzte die Puppe. Sie sprang herum und drehte sich, als wäre sie sehr glücklich.« Teichläufer schluckte den Kloß im Hals hinunter. In einem mutigen Vorstoß fragte er: »Muschelweiß, hast du die Puppe gemacht?«

Die Falten um ihre Augen herum vertieften sich. »Wie kommst du darauf?«

»Es ist einfach so ein Gefühl von mir, sie ist irgendwie wie du. Ich kann's nicht erklären, aber im Traum habe ich geglaubt, du wärst es. Das klingt sicher dumm, aber –«

»Nein, das klingt nicht dumm. Wenn es dieselbe Puppe ist, dann habe ich meine Seele in sie hineingeatmet. Ich habe sie vor vielen Sommern gemacht. Für meinen Sohn. Kurz bevor er gestorben ist.«

Das Blitzvogeljunge in Teichläufers Brust erwachte plötzlich zu glühendem Leben. Blendende Blitzstrahlen ritzten gezackte blauweiße Linien in seine Seelen, und blanke Todesangst überfiel ihn.

»Was ist los?« fragte Muschelweiß.

»Nichts ... ich ...« Er konnte es ihr nicht sagen. Noch nicht. Nicht so kurz nach ihrer Heirat. »Und da war auch ein Mann, Muschelweiß. Nein, zwei Männer. Aber einer stand mit ausgestreckten Armen und zurückgeworfenem Kopf dem Sturm gegenüber.« Teichläufer zeigte, wie der Mann dastand, und starrte in das reine Licht, das seine Augen zerstört hatte. »Um den Mann herum fielen Sternschnuppen zu Boden wie Regen – jedenfalls glaube ich, dass es Sternschnuppen waren –, und da hörte ich eine Stimme, die meinen Namen rief. Sie rief und rief und –«, er reckte den Kopf hoch, »– und ich antworte nie.«

»Wessen Stimme war das?«

»Ich weiß nicht. Vielleicht die meiner Schwester. Ich glaube, Rotalge hat mich gerufen. Aber ich bin nicht sicher. Ich bin nicht mehr sicher.«

Muschelweiß strich sich das lange Haar hinter die Ohren und stieß dann hörbar den Atem aus. Gegen den Hintergrund vergilbender Lianen, die sich um die Eichenäste wanden, sah sie bezaubernd aus. »Wie hat der Mann ausgesehen?«

Teichläufer kniff die Augen zu, als würde dadurch das Bild, das sich seinen Seelen eingeprägt hatte, noch klarer werden. »Grausam. Voller Wut. Ich konnte ihn nicht sehr gut sehen, aber er war hoch gewachsen. Er hatte schwarze Augen und eine Narbe auf dem Rücken. Etwa hier. In einer Hand hielt er eine Hirschbeinahle –«

Muschelweiß gab einen leisen Laut des Schmerzes von sich. Sie presste ihre Augenlider fest zu und ließ sich langsam auf die Schlafmatte sinken. Mit angezogenen Knien rollte sie sich kugelförmig vor ihm zusammen und fing an zu zittern.

»Muschelweiß! Was ist denn?«

»Halte mich, Teichläufer! Halt mich fest! Ich habe keinen Menschen, der mir jetzt bei den Angriffen, die mir drohen, zur Seite steht – außer dir.«

Wie betäubt starrte er sie an. Eine Flut von Zärtlichkeit kam über ihn, und schnell schlang er die Arme um sie und zog sie an sich, so fest, wie er konnte. »Es ist alles gut«, flüsterte er und drückte ihren Kopf gegen seine Brust. »Alles ist gut.«

Die Schildpatt-Puppe kommt zum Tanzen in meine Träume …

Sie dreht sich mit wirbelndem Rock. Die Dunstfühler, die aus dem sonnenbesprenkelten Waldboden steigen, nimmt sie auf und windet sie in glitzernden Spiralen um ihren Knochenleib und neigt sich hurtig seitlich hin und her. Im Handumdrehen gleicht sie einem winzigen Tornado. Die Blätter vom Boden wirbeln hoch und kleiden sie in herbstliche Farben.

»Er ist nicht grausam, Teichläufer.«

»Wer?«

»Er ist heimatlos. Verlassen. Ein Schatten ohne Gewicht, der unter Wasser Purzelbäume schlägt. Die Wellen seiner Vereinsamung ertränken ihn. Aber er darf niemanden zusehen lassen, wie er um sich schlägt. Er kann niemals um Hilfe rufen. Es ist nicht so, dass er sterben will, verstehst du? Er will einfach nichts sein.«

»Wer? Sag's mir bitte. Ich muss wissen, wer das ist.«

Die Schildpatt-Puppe kichert. Es klingt, als falle kristallklares Wasser auf bemooste Felsen. Sie hört auf herumzuwirbeln und stolziert näher, um mir direkt in die Augen zu sehen. Ihr verblichenes Gesicht ist von Dunst bedeckt – oder von Tränen.

»Viele Sommer lang schlief ich mit dieser Ahle über meinem Herzen. Wir waren ein vollendetes Kreuz, die Ahle und ich. Genau das, was wir für ihn sind: Gegensätze, die sich kreuzen. Die Verkörperung von allem, was er hasst – und von allem, was er liebt. Er sehnt sich danach, uns loszuwerden – und kann uns doch nicht lassen. Wir sind das Licht, das auf das Dunkel trifft. Der Punkt, wo Tod Leben ist. Wir sind seine einzige Hoffnung auf Erlösung. Und das weiß er.«

»Schildpatt-Puppe«, sage ich, »du bist so wahnsinnig anstrengend. Ich wünschte, du könntest deutlicher reden. Immer stellst du mich vor Rätsel, und da bin ich verloren, bevor ich anfange nachzudenken.«

»Ein Menschenkind mit einem Blitzvogel in seiner Brust tadelt mich – mich! –, dass ich in Rätseln rede?« sagt sie und schnippt aufgebracht ihren Rock zur Seite. »Kein Wunder, dass die Welt am Rand einer Katastrophe steht.«

Wie ein winziger Tornado aus Herbstlaub und Nebel dreht sie sich wirbelnd empor in das gleißende Morgenlicht, bis sie wie ein kleiner Speer ein Wölkchen durchsticht – und verschwindet.

15

Nebelwölkchen, von hinten sonnenbeschienen, wanderten durch Kernholz-Dorf, umringelten Hütten und streiften weich über glückliche Gesichter. Die Freude über die gestrige Feier hielt noch an. Gelächter ertönte, laut und ungehemmt. Schreiende Kinder rasten am Waldrand entlang und spielten Fangen mit ihren Hunden. Die Reste des Festessens waren gleichmäßig auf alle Hütten verteilt worden, und die Gerüche gebackener Kürbisse und aufgewärmter Palmenbeerenkuchen würzten die Luft. Die Meerfrau wiegte sich auf langsame, lässige Art, und ihre Stimme tönte weich unter dem Gekreisch der Möwen, die über den Strand segelten.

Mondschnecke lehnte sich gegen einen Deckenstapel in ihrer Hütte zurück und sah auf die Versammlung dieses Morgens. Rotalge und Schwarzer Regen saßen zu ihrer Rechten, in einfache hellbraune Gewänder gekleidet, und Schote, dessen kurzes weißes Haar sein hageres Gesicht umwehte, hatte sich links von ihr niedergelassen. Er blickte hinauf zu den Säcken mit Kaktusfeigen, die von der Decke hingen. Neben ihm streckte sich Schwemmstock, auf der Seite liegend, aus. Durch das feine Gewebe seines verblichenen moosfarbenen Gewandes sah man seine Rippen. Er hatte sich Insektenfett über die sehnigen Beine und ins Gesicht geschmiert, und der Fettglanz ließ seine Hakennase noch stärker hervortreten. Er hielt eine reife Dattelpflaume in der einen Hand und in der andern einen Löffel aus dem Schulterblatt eines Kaninchens. Damit schabte er das saftige Fruchtfleisch heraus, das er mit Wonne verzehrte. Vor ihnen standen Holzschalen mit einer Fülle von Delikatessen: Gänsebraten, gebackener Katzenfisch, Hickory-Nüsse. Rotalge hatte den Kopf gesenkt. Dunkles Haar bedeckte den größten Teil ihres schönen Gesichts; mit einem Finger strich sie über den Sand auf ihrer bloßen Fußsohle. Den ganzen Morgen über war sie schweigsam gewesen. Verdrießlich. Dauernd sah sie zu Teichläufers Lager hin, das Mondschnecke zusammengerollt in die Südecke der Hütte gestellt hatte. Vermisste sie ihren Bruder? Wahrscheinlich. Entweder das, oder sie machte sich Sorgen um ihn. Vielleicht beides. Mondschnecke betrachtete sie voller Anteilnahme. Sie hatte dieselben zärtlichen Gefühle gehabt. Den ganzen Morgen hatte sie den Hirschpfad im Auge behalten, immer in der Hoffnung, Teichläufer und Muschelweiß zusammen ins Lager wandern zu sehen. Rotalge schaute auf, und Mondschnecke blinzelte ihr ermutigend zu. Ihre Enkelin lächelte. Es war geteiltes Leid; beide empfanden sie den Verlust eines geliebten Menschen.

Seit Schwarzer Regen die Kinder Mondschnecke in den Schoß gekippt hatte, waren die drei zusammengewachsen wie sprießende Kletterpflanzen im Frühling; sie verflochten und verschlangen sich ineinander, liebten einander und schützten sich gegenseitig, bis sie sich ein Leben ohne die beiden anderen nicht mehr vorstellen konnten. Aber das war schließlich nur menschlich. Mondschnecke dachte zwar nicht gern daran, aber eines Tages würde sie auch Rotalge durch eine Heirat verlieren, und dieses Wissen stach ihr ins Herz.

»Ich weiß es nicht, Mondschnecke«, sagte Schote kopfschüttelnd. Sein Gesicht schien noch eingefallener an diesem Morgen, als hätte man seine lederhäutigen Wangen bis auf ein nacktes, hervorstechendes Kinn ausgekerbt; seine klugen alten Augen saßen tief in ihren Höhlen. »Ich wüsste von keinem einzigen Ort, der all das hätte, was du verlangst. Frisches Wasser, ja. Da ist ein großer Teich bei der Lagune der Seekuh, auf halbem Wege zwischen Kernholz-Dorf und Windeck-Dorf. Aber ob er groß genug ist? Alle Teiche verlieren um diese Jahreszeit Wasser, und wenn wir zusammenziehen, haben wir mehr als zehnmal zehn Menschen.«

»Und vielleicht sogar noch mehr, wenn es uns gelingt, verwandte Dörfer zu einem Bündnis zu bewegen«, meinte Mondschnecke. »Was ist mit Nussbäumen und Beeren?«

»Oh, das ist kein Problem. Da gibt es viele Sorten«, antwortete Schote, »damit könnten wir die vereinten Dörfer drei oder vier Monde lang versorgen. Und die Lagune liefert uns haufenweise Muscheln, Krebse und Austern. Hirsche gibt's da allerdings kaum, und nur wenige Kaninchen.«

»Gut«, sagte Mondschnecke und rieb sich die schmerzende Hüfte. »Der große Teich hat sicher noch anderes Fleisch für uns. Enten und Gänse?«

Schote nickte. »Ja, und Reiher, Seetaucher und Schildkröten. Also verhungern werden wir nicht, wenn wir die Bestände klug einteilen und das Dorf wieder verlegen, wenn es geboten scheint.«

Schwemmstock aß seine letzte Dattelpflaume und warf die leere orangenfarbene Haut in die kalte Feuermulde inmitten der Hütte. »Mich beschäftigt da noch etwas anderes«, sagte er und setzte sich aufrecht hin. Er wischte sich mit seiner Klauenhand über den Mund. »Was ist mit den Heiligen Teichen unserer Clans? Können wir unsere Teiche von der neuen Stätte aus binnen zwei Tagen erreichen, wie es vorgeschrieben ist, um unsere Verwandten auf den Pfad zum Dorf der Verwundeten Seelen zu bringen?«

Schote bedachte die Frage. Falten durchfurchten seine Stirn. »Ja, ich glaube schon. Euer Teich ist etwas weiter weg als unserer, aber ich bin ziemlich sicher, dass man sie innerhalb von zwei Tagen erreichen kann.«

Schwemmstock rieb sich über das runzlige Kinn. »Sind da Pflanzen, um Stoffe zu machen? Gibt es dort genügend Palmen für die Fasern?«

Schote machte eine unbestimmte Handbewegung. »Das weiß ich nun wirklich nicht. Bevor wir eins unserer beider Dörfer verlegen, sollten wir jemanden vorschicken, der all das prüft. Damit wir uns vergewissern, dass alles da ist, was wir brauchen.«

»Wen?« fragte Schwemmstock. »Denkst du an jemand Bestimmten?«

»Nein.« Schote schüttelte den Kopf. »Aber es sollte jedenfalls einer sein, der weiß, was für die Verteidigung wie auch für die Haushalte nötig ist. Vielleicht euer Befehlshaber. Wie heißt er noch?«

Schwarzer Regen lächelte verführerisch und sagte: »Biberpfote. Er heißt Biberpfote.« Das kam aus ihrem Mund so weich wie seidige Fasern, die über polierte Muschelschalen gezogen werden.

Rotalge verzog den Mund, als müsste sie speien, und Mondschnecke hätte sie beinahe laut getadelt, tat es aber nicht; es sah Rotalge nicht ähnlich, ihr Missfallen über eine Person von Rang und Namen ohne Grund so deutlich auszudrücken. Was wusste Rotalge also über Biberpfote, was Mondschnecke nicht wusste? Nach dieser Sitzung würde sie die Wahrheit aus dem Mädchen herausholen.

Mondschnecke wandte sich wieder Schote zu, der sie aus seinen scharfen alten Augen beobachtet hatte. Offenbar hatte er ihre prüfenden Blicke auf Rotalge wahrgenommen und fragte sich, was sie bedeuteten. Er hatte eine gute Auffassungsgabe, und sie sah nun, dass ihm plötzlich wegen Biberpfote Zweifel kamen. »Wir wollen unsere Entscheidung darüber, wen wir vorausschicken wollen, vertagen. Ich –«

»Aber warum?« fragte Schwemmstock. »Ich halte Biberpfote für sehr geeignet. Er –«

»Ich auch«, fügte Schwarzer Regen hinzu und schenkte dem Alten ihr Haifischlächeln.

Schotes Blicke ruhten auf Rotalge und schweiften schließlich zu Mondschnecke. In den braunen Tiefen seiner

Augen schimmerte Verständnis auf. »Die Entscheidung läuft uns nicht weg. Wir wollen stattdessen überlegen, wann die Verlegung vonstatten gehen soll.«

Schwemmstock fragte: »Wie viel Zeit braucht Windeck, um zusammenzupacken?«

Schote machte ein grimmiges Gesicht. »Nach vier Überfällen von Kupferkopf, drei auf unser Dorf und einen auf unseren Spähtrupp, haben wir nicht mehr viel an Menschen und Besitz. Wir könnten in drei Tagen zum Aufbruch bereit sein. Und wie steht's mit Kernholz-Dorf?«

Schwemmstock beugte sich vor und verschränkte die Finger in seinem Schoß. Schütteres weißes Haar umwehte sein faltiges Gesicht. Noch vor zehn Sommern hatte er volles, dichtes Haar gehabt, aber seitdem war es ihm in Büscheln ausgefallen, und nur noch wenige Strähnen bedeckten seine mit Altersflecken übersäte Kopfhaut. Die Nüstern seiner Hakennase blähten sich. Er sagte: »Ich denke, wir wären in fünf oder sechs Tagen fertig. Das heißt natürlich, wenn uns der Späher bestätigt hat, dass der Ort geeignet ist. Was meinst du, Mondschnecke?«

Sie nickte. »Ich halte das für vernünftig. Das heißt, wir könnten hier aufbrechen, wollen mal sehen – wenn wir den Späher morgen früh losschicken –, zwei Tage braucht er, um hinzukommen, und zwei Tage zurück, und dann noch fünf Tage zum Zusammenpacken. Also wir könnten so etwa in neun oder zehn Tagen fertig sein. Allerdings könnten wir drei oder vier Tage für die Reise brauchen – bei dem Gepäck, das wir tragen, und den Kindern, auf die wir aufpassen müssen.«

»Alles in allem also«, sagte Schote, »könnten wir euch in etwa zehn und drei Tagen in der neuen Siedlung erwarten.«

»Ja.«

»Gut.« Schote nickte. »Wenn euer Läufer zurückkehrt, sollten Muschelweiß, Teichläufer und ich im Windeck-Dorf sein. Wenn der Ort geeignet scheint, werden wir aus Windeck fünf Tage später abmarschieren. So könnten wir uns alle zusammen gleichzeitig zur neuen Siedlung aufmachen.«

»Und auch zusammen etwa gleichzeitig ankommen«, ergänzte Schwemmstock. »Das ist ein Vorteil. Wir können unsere Clans einweisen und uns gegenseitig beim Hüttenbau helfen, dann jagen und Nahrung sammeln. Auf diese Weise kommen sich die neuen Verwandten schnell näher.«

Schwemmstock lächelte, und Schote nickte zustimmend.

»Also abgemacht«, sagte Mondschnecke.

»Ja.« Schote schlug sich auf die Knie. »Wenn du nichts mehr mit mir zu besprechen hast, Mondschnecke, dann will ich mich für die Heimreise fertig machen.«

Mondschnecke nickte. »Übernachtest du noch bei uns? Oder willst du heute noch aufbrechen?«

»Ich muss das mit Muschelweiß besprechen. Ich weiß nicht –«

Schwemmstock kicherte und lehnte sich dann laut lachend zurück. Schote schaute ihn neugierig an, und Schwemmstock sagte: »Das hängt doch davon ab, ob dein neuer Schwiegersohn deine Tochter den ganzen Tag unter den Decken beschäftigt. He, Mondschnecke? Was meinst du? Lässt Teichläufer seine Frau so lange los, dass sie sich für den Marsch nach Windeck-Dorf fertig machen kann? Oder klebt er sie die ganze Zeit auf den Bodenmatten fest?«

Mondschnecke lachte in sich hinein. »Wir werden sehen.«

Schote hatte seine Brauen sehr hoch gezogen. Lächelnd sagte er: »Sollte Teichläufer noch am Leben sein, wenn er versucht hat, Muschelweiß auf die Matten zu kleben, dann sollten wir ihm lieber alle beim Packen helfen – denn dann muss er sehr schnell rennen.«

Schwemmstock schüttete sich aus vor Lachen und klatschte Beifall, und Mondschnecke lachte leise. Schwarzer Regen lächelte. Nur Rotalge schien der Scherz kalt zu lassen, und nicht nur das, die ganze Unterhaltung hatte sie offenbar angewidert. Mit ihrem Daumen strich sie sich über den großen Zeh.

Mondschnecke gab Schote einen Wink. »Mach deine Sachen fertig, ich stoße später mit Reiseproviant und Wasser zu euch.«

Schote verbeugte sich. »Meine Tochter und ich danken dir.« Er besann sich aber und ergänzte lächelnd: »Meine

Tochter, mein Schwiegersohn und ich danken dir.« Er wandte sich um und ging durchs Dorf.

Schwemmstock erhob sich auf wackligen Knien, immer noch kichernd. Seine dünnen, alten Muskeln zuckten. »Ruf mich, wenn du mich brauchst, Mondschnecke. Ich geh jetzt und mache ein Nickerchen. Das ganze Paarungsgerede hat mich all meine Kraft gekostet.«

»Du alter Narr«, sagte Mondschnecke freundschaftlich. »Mach, dass du wegkommst. Geh heim zu deiner Frau. Ich sag dir Bescheid, wenn irgendetwas Wichtiges passiert.«

Schwemmstock nickte und machte sich zu seiner eigenen Hütte am Südende des Dorfs auf. Das Sonnenlicht spielte in seinem schütteren Haar, als er sich vorbeugte, um auf eine Horde Kinder einzureden, die im Sand spielten. Da gab es dann ein großes Gekicher, und zwei kleine Jungen standen auf und klammerten sich an seine Hände, als er weiterging.

Mondschnecke lächelte. Dieser alte Dummkopf! Sie kannte ihn seit fünfmal zehn und fünf Sommern und hatte jeden Augenblick mit ihm genossen. Er war in seiner Jugend ein rechter Possenreißer gewesen. Am liebsten spielte er Neuvermählten einen Streich, indem er sich unter ihren Decken versteckte und hochschoss, bevor sie ihn entdeckten – wenn sie ihn überhaupt entdeckten. Er behauptete, er habe der Empfängnis von einem halben Dutzend Kindlein beigewohnt, weil ihn die Paare erst entdeckt hätten, als es schon zu spät gewesen sei, und wer ihn kannte, glaubte ihm aufs Wort.

Schwarzer Regen stand auf und reckte die Arme über dem Kopf mit dieser lässigen sinnlichen Bewegung, die ihre Brüste straff gegen ihr Gewand drückte. »Mutter, ich bin sehr müde. Ich werde mich auch etwas hinlegen.«

»Tu das.«

Schwarzer Regen zögerte und sah sie dann schräg an. »Warum? Willst du über mich reden, wenn ich weg bin?«

»Sei überzeugt, meine liebe Tochter, dass ich alles Unerfreuliche über dich für mich behalte und nur dir ins Gesicht sage. Jetzt geh! Ich möchte mit meiner Enkeltochter sprechen.«

Rotalge schien zu erwachen. Mit einem Ruck schaute sie auf. »Was? Was hast du gesagt, Großmutter?«

»Ich habe gesagt, ich wünsche mit dir zu sprechen.«

Rotalge erbleichte und blickte ängstlich auf ihre Mutter. Schwarzer Regen kniff die Augen zusammen, als spüre sie, dass etwas nicht stimmte.

»Verschwinde, Schwarzer Regen«, befahl Mondschnecke. Als ihre Tochter den Mund aufmachte, um noch etwas zu erwidern, schnitt ihr Mondschnecke das Wort ab. »Muss ich erst meinen Stock suchen, um dich zu verprügeln?«

Unwillkürlich warf Rotalge ein: »Ich weiß, wo er ist, Großmutter. Soll ich ihn holen?«

Sie wollte eigentlich nur nützlich sein, aber als ihr langsam klar wurde, was sie gesagt hatte, schrie sie auf. »Oh, das habe ich gar nicht so gemeint –«

Schwarzer Regen fauchte vor Wut. »Doch, du kleine –«

»Ja, hol ihn, Rotalge«, sagte Mondschnecke und lächelte grimmig.

Rotalge sprang auf, um den Stock zu holen, und Schwarzer Regen starrte ihr grollend nach. »Ich gehe.«

»Das dachte ich mir.«

Schwarzer Regen reckte ihr Kinn vor und stolzierte davon.

Rotalge kam mit Mondschneckes Stock zurück und gab ihn ihr. »Wirklich, Großmutter, ich hab mir gar nichts dabei gedacht.«

»Meinst du, es hätte mich gestört? Setz dich, Mädchen. Wir wollen uns etwas unterhalten.«

Rotalge kniete vor Mondschnecke auf der Matte und spielte nervös mit dem Saum ihres Gewandes, in das sie ihre Fingernägel grub. »Was ist? Hab ich etwas angestellt?«

Mondschnecke stellte den Stock vor sich auf und stützte sich mit den Händen auf den polierten Griff. »Das wird sich zeigen. Erzähl mir, was du von Biberpfote weißt.«

Rotalge warf den Kopf hoch wie ein erschreckter Storch. »Ich – aber ich weiß gar nichts.«

»Doch, du weißt etwas. Meinst du, ich hätte dein Gesicht nicht gesehen, als Schote vorgeschlagen hat, Biberpfote vorzuschicken, um den neuen Ort zu prüfen? Also – sag mir alles, was du weißt.«

»Großmutter …«, Rotalge rang die Hände und sah ganz unglücklich aus, »wirklich … ich weiß nicht –«

»Lüg mich nicht an!« Mondschnecke schlug ihr mit dem Stock auf die Schulter, und Rotalge zuckte zusammen. »Hat es mit deiner Mutter zu tun? Ich hab deinen finsteren Blick gesehen, als Schwarzer Regen grinste wie ein Coyote, der einen Bau mit neugeborenen Kaninchen aufgräbt. Haben sich die zwei zusammengetan, Schwarzer Regen und Biberpfote?«

Rotalge seufzte erleichtert auf. »Den Geistern sei Dank, du weißt es schon.«

»Und was weißt du davon?«

»Also, ich hab sie gesehen, im Wald, gestern Nacht. Mutter hat da … auf dem Boden gelegen … und Biberpfote …« Sie wurde ganz rot.

Die grauen Brauen von Mondschnecke schnellten nach unten, über ihre Knollennase, und sie packte den Stock fester. Ärger stieg in ihr auf und füllte ihre Brust bis zum Platzen. »Ich bin wohl ziemlich alt geworden, dass mir das entgangen ist.«

»Aber Großmutter«, flüsterte Rotalge und beugte sich vertraulich vor, »ich habe natürlich gedacht, dass du das weißt.«

»Das Einzige, was ich wusste, war, dass du etwas weißt.«

»O Großmutter, jetzt bekomme ich Angst. Biberpfote hat eine Frau und sieben Kinder. Wenn Mutter dahinter kommt, dass ich … sie glaubt dann bestimmt, ich hätte hinter ihr herspioniert … und dann …«, Rotalge machte die Augen fest zu. »O heilige Geister, ich bin doch nur in den Wald gegangen, weil meine Blase so voll war, ich hab doch nie gewollt –«

»Danke deiner Blase, dass sie so voll war, Mädchen. Das ist sehr günstig für den Clan, dass du sie entdeckt hast.«

»Aber Großmutter, wie konnte Mutter jemals daran denken –«

»Sie denkt nicht, Kind. Die hat noch nie gedacht. Was sie

nicht zwischen den Beinen spürt, interessiert sie nicht«, knurrte Mondschnecke, zutiefst über sich selbst verärgert. Früher hatte sie für so etwas immer die schärfsten Augen im Dorf gehabt. Hatte das Alter ihr weibliches Einfühlungsvermögen abgestumpft? Das war nun ein wirklich erschreckender Gedanke. »Ach weißt du, ich hab gesehen, wie deine Mutter Biberpfote ein- oder zweimal angeblinzelt hat, aber – heilige Waldgeister! Diese Krötenfresse Biberpfote und Schwarzer Regen, die Schöne? Wer hätte denn an so was gedacht? Deine Mutter muss ihn irgendwie ausgenutzt haben –wenn ich auch nicht weiß, wie. Wahrscheinlich sollte ich ihn einfach bedauern.«

Rotalge drückte die Hände ihrer Großmutter auf dem Stockgriff. Ihre jungen Finger fühlten sich warm und stark an. »Und was jetzt, Großmutter?«

»Deine Mutter ist nun schon eine Ausgestoßene. Mehr können wir ihr gar nicht antun. Außerdem ist sie eine unverheiratete Frau, und natürlich darf sie herumtändeln wie eine Biene, die Nektar sucht. Ich habe mich immer gefragt, ob sie vielleicht deswegen nicht geheiratet hat; denn das würde ihr Tändeln einschränken, und das weiß sie. Aber Biberpfote ist ein anderer Fall. Die Strafe für Ehebruch ist hart.«

»Wird man ihn töten?«

Mondschnecke zuckte die Achseln. »Das hängt von den Geistältesten ab. Wenn Wasserträgerin ihn noch haben will, wird die Strafe nicht so schwer sein. Aber wenn Wasserträgerin in Zorn gerät und nach Rache für seine Untreue verlangt ... also dann hat Biberpfote sein letztes Kind gezeugt, und dann kann er noch froh sein, wenn er nicht verblutet.« Sie seufzte. »Aber möglicherweise wird er auch nur ausgestoßen. Ich weiß es nicht.«

»Daran ist doch Mutter schuld, Großmutter. Du weißt, wie schlecht sie ist. Warum können wir nicht einfach –« Sie schaute plötzlich auf. »Da kommen sie ja.« Sie sprang auf und lächelte.

Mondschnecke wandte sich hurtig um und sah Teichläufer und Muschelweiß Hand in Hand aufs Dorf zukommen.

Sie trugen die Hochzeitstracht, Teichläufer sein blaues Gewand mit hochgezogener Kapuze und Muschelweiß ihre mit Sternen bemalte gelbe Tunika. Teichläufers Haar hing ihm über die Brust, sehr weiß gegen das Dunkelblau seines Gewands. Muschelweiß hatte ihr Haar zu einem langen Zopf geflochten. Sie sahen beide müde aus; Mondschnecke grinste. Als Teichläufer nahe genug war, um sie zu erkennen, winkte er ihnen lächelnd zu.

Rotalge eilte zu ihm und schlang ihre Arme um seinen Hals. Bruder und Schwester lachten; Rotalge verbeugte sich respektvoll vor Muschelweiß und folgte ihnen in die Hütte von Mondschnecke.

»Guten Morgen, Großmutter«, sagte Teichläufer und küsste sie auf die Stirn. Er roch nach Holzrauch und Dattelpflaumen. »Du siehst ja heute großartig aus.«

»Bah!« machte Mondschnecke. »Ich hab mir solche Sorgen gemacht, ob du wohl kräftig genug bist, dass ich kaum geschlafen habe. Also jetzt setzt euch. Rotalge und ich haben gerade etwas Wichtiges besprochen.«

Teichläufer blickte Rotalge an, die plötzlich zu Boden schaute. Er fragte: »Um was geht es denn?«

»Um Mutter«, antwortete Rotalge und sank auf die Matten neben Mondschneckes Wanderstab.

»Was hat sie diesmal angestellt?« wollte Teichläufer wissen.

Muschelweiß fragte: »Soll ich hinausgehen? Ich könnte meinem Vater beim Packen helfen.«

»Nein, bleib nur. Das ist jetzt auch deine Familie. Du hast ein Recht darauf, auch unsere Schwächen kennen zu lernen.« Mondschnecke hob ihren Stab und deutete auf Schwarzer Regen, die mit dem jungen Kahlhecht auf der Plaza stand. »Und das ist unser schwacher Punkt.«

Muschelweiß wandte sich stirnrunzelnd um. »Deine Tochter?«

»Nur blutsmäßig. Sie ist vor zehn und vier Monden ausgestoßen worden; der Clan hat ihren Antrag auf Wiederaufnahme abgelehnt.«

Teichläufer kniete auf den Matten neben Rotalge und

schob die Kapuze zurück, die sein langes weißes Haar freigab. Seine rosige Haut glühte heute auf merkwürdige Weise. Muschelweiß lehnte am Stützpfosten neben Mondschnecke und kreuzte die Arme. Gegen den Hintergrund des Himmels wirkte sie sehr groß und schlank.

Teichläufer verzog das Gesicht. »Also erzählt: Was hat sie gemacht? Einen der Geistältesten beleidigt? Rotalges Leben verspielt? Also was?«

Diese Idee belustigte Rotalge, sie lachte auf und schlug ihrem Bruder spielerisch auf die Schulter. »Nein, das noch nicht. Das kommt erst im nächsten Mond. Aber vielleicht hat sie das Leben von Biberpfote in Gefahr gebracht.«

»Biberpfote?« fragte Muschelweiß stirnrunzelnd. »Was hat er damit zu tun?«

Mondschnecke seufzte. »Er und Schwarzer Regen lieben sich anscheinend.«

»Oh«, sagte Muschelweiß mit gesenktem Kopf.« Das bedaure ich. Er schien ein fähiger Kommandant. Seine Erfahrung wird mir fehlen.«

»Was heißt das?« fragte Teichläufer.

Muschelweiß sah ihn nachsichtig an und wandte sich an Mondschnecke. »Ich nehme an, dass er seine Stellung sofort verlieren wird.«

Mondschnecke nickte. »Ganz bestimmt. Dann werden die Ältesten über weitere Strafen bestimmen.«

»Und wer wird dann Befehlshaber?« fragte Muschelweiß. Auf der Plaza hinter ihr ertönte Kahlhechts hohes Lachen, worauf Schwarzer Regen einschmeichelnd murmelte.

Mondschnecke antwortete: »Schwer zu sagen. Vielleicht Kahlhecht. Vielleicht aber auch Schwanzfeder. Sein Ansehen wächst.«

»Ja.« Muschelweiß nickte entschieden. »Ich habe von Schwanzfeder gehört. Er ist sehr angesehen. Nach allem, was ich weiß, wäre das eine gute Lösung.«

Halblaut sagte Rotalge: »Viel besser als Kahlhecht.«

Mondschnecke drehte sich schnell zu ihr um. »Wieso? Was ist mit Kahlhecht? Weißt du noch etwas?« Ihr Blick wanderte zur Plaza zurück. Schwarzer Regen schlängelte sich an Kahlhecht heran und flüsterte etwas, worauf er breit lächelte. Mondschnecke wusste vielleicht nicht viel, aber sie wusste, wie dieses Grinsen zu deuten war. »O du Große Maus! Ich werde wirklich alt.« Mit ihrem Stock schlug sie heftig auf den Boden.

Rotalge flüsterte: »Hätte ich doch nur meinen Mund gehalten. Aber er ist nicht verheiratet. Also macht's doch sicher nichts aus, was er und meine Mutter zusammen treiben.«

»O doch, es macht sehr wohl etwas aus«, fauchte Mondschnecke. »Sie ist aus dem Clan ausgestoßen worden, er dürfte überhaupt nicht mehr mit ihr verkehren!«

Sie sank gegen ihre Decken zurück und wischte sich mit dem Ärmel über die Stirn. »Heilige Leuchtleute! Ich weiß nicht, wie Schwarzer Regen das macht. Ehebruch und Familienzwist, alles binnen weniger Tage.«

Teichläufer schüttelte den Kopf. »Meine Mutter ist wirklich unmöglich.«

Muschelweiß unterdrückte ein Lächeln bei dieser Untertreibung, und Rotalge hielt beide Hände vor den Mund, um ihr Lachen zu ersticken.

Mondschnecke sah ihn ärgerlich an. »Schluss damit! Wir wollen von etwas anderem reden. Muschelweiß, ich habe versucht, deinen Vater zu einer weiteren Übernachtung hier zu überreden, aber das schien ihm nicht recht. Sprich du bitte mit ihm. Es wäre uns eine Ehre, wenn ihr beiden –«

»Du bist sehr liebenswürdig, Mondschnecke, aber ich glaube, er hat Recht. Wir sollten uns auf den Heimweg machen. Seit wir fortgegangen sind, schwebt unser Dorf in Gefahr. Er ist vermutlich wegen Windeck-Dorf genauso in Sorge wie ich.«

Mondschnecke nickte. »Das verstehe ich. Wenn alles glatt läuft, sehen wir uns ohnehin bald wieder, aber das soll dir Schote erklären. Rotalge, wenn du mir eine Tasche bringst, kann ich etwas Reiseproviant für deinen Bruder und seine neue Familie einpacken. Und bring mir bitte auch eine dieser großen schmalhalsigen Kalebassen; sie werden frisches Wasser brauchen.«

Biberpfote stand mit Schwarzer Regen und Kahlhecht in einem Kreis zusammen und schaute voller Bangigkeit zu den Rieseneichen empor, deren krumme Äste sich schwarz von dem rosigen Sonnenuntergang abhoben. Eulen nisteten in den Kronen. Bei der Dämmerung waren die Grillen und Grashüpfer im Gras zu neuem Leben erwacht und sangen und zirpten.

»Ich kann es nicht glauben«, sagte Biberpfote. »Wir sind doch so vorsichtig gewesen. Wie kann das nur jemand entdeckt haben?«

Schwarzer Regen reckte ihr Kinn vor, und wenn sie das machte, sah sie immer hinreißend aus. Sternenlicht überstrahlte ihr schönes Gesicht, und ihre vollen Lippen spitzten sich, als wollten sie geküsst werden. »Ich weiß es nicht. Aber ich hörte, wie meine Mutter Schwemmstock die Geschichte zuzischte. Also hat es jemand entdeckt. Glaub mir, Biberpfote, sie wissen Bescheid.«

Er schlug sich mit den Armen auf die Schenkel. »Und was machen wir jetzt?«

»Wir müssen von hier verschwinden«, sagte Schwarzer Regen.

»Und meine Frau und meine Kinder? Wer sorgt für sie? Ich kann doch nicht einfach –«

»Vergiss sie, wenn dein Penis nicht für den Rest deines Lebens in einem Körbchen am Bett hängen soll. Und das ist wohl das Mindeste, was sie mit dir machen werden.«

Biberpfote starrte in ihr feengleiches Gesicht. Ihm war übel. Er liebte seine Kinder und seine Frau. Er hatte nie daran gedacht, sie zu verlassen. Der bloße Gedanke daran zerriss seine Seelen. Er hatte doch nur ein bisschen Spaß mit diesem exotisch-erotischen Geschöpf haben wollen. Aber auf einmal war das kein Spaß mehr. Die Gesichter seiner Kinder zogen einzeln vor seinen Augen vorbei, und die Kinder lächelten, streichelten ihn, liebten ihn. Wie könnte er denn ohne seine Kinder leben? Der kleine Robbenschwanz hatte gerade gelernt, wie man einen Speer wirft, und sein Sohn war vor Freude außer sich gewesen, als der Vater angefangen hatte, ihm das beizubringen. Und wer würde ihm jetzt etwas beibringen? Wenn Biberpfote fortginge, würde das dem Jungen das Herz brechen. Das Gesicht von Wasserträgerin war vielleicht nicht das allerschönste, aber sie hatte ihm immer beigestanden, auch wenn er im Irrtum gewesen war. Sie war die scharfe Klinge gewesen, die ihn vor Kritik geschützt hatte, und die Antriebskraft zu seinen größten Leistungen. Biberpfote verdankte ihr alles.

»Ich glaube nicht, dass die Dorfältesten an so schwere Strafen denken«, sagte Biberpfote. »Wasserträgerin nimmt mich sicher wieder auf, und dann –«

»Vielleicht lässt man ihr keine Wahl«, widersprach Schwarzer Regen heftig. »Erinnerst du dich noch, wie man vor zehn Sommern Lenzwolke erwischt hat, wie der gerade seine Männlichkeit in die kleine Moordelle steckte? Seine Frau hat schreiend um seine Freilassung gebeten, aber die Dorfältesten haben seinen Tod befohlen. Wie kannst du das vergessen haben?«

Das Blut wich aus seinem Kopf. Das hatte er vergessen. Schwarzer Regen hatte Recht. Lenzwolke war an einen Baum gebunden worden, und jeder Krieger im Dorf hatte seinen Speer auf ihn geworfen. Allerdings war das ein besonderer Fall gewesen; Moordelle war mit erst zehn Sommern noch nicht einmal annähernd eine Frau gewesen. Die Dorfältesten gingen von einer Vergewaltigung aus. Und dennoch, Lenzwolkes Frau hatte um sein Leben gebeten, hatte geweint, gebettelt und alles Mögliche getan, um ihn zu retten. Aber er wurde hingerichtet. Um des Clans willen.

Schauer des Entsetzens liefen ihm über den Rücken. »Heiliger Bruder Himmel«, flüsterte er und rieb sich die Stirn, »wie bin ich da nur hineingeraten?«

Aber das wusste er nur zu gut. Er hatte sich vorgemacht, in Schwarzer Regen verliebt zu sein. Immer wenn sie ihn anlächelte, schwangen sich seine Seelen in die Höhe, versteifte sich seine Männlichkeit. Keine Frau hatte jemals eine solche Wirkung auf ihn ausgeübt. Bei der leisesten Berührung fing er an zu zittern.

Kahlhecht lachte, ein tiefes Lachen, das Biberpfotes Blut zu Eis erstarren ließ. Ein Grinsen breitete sich im länglichen Gesicht von Kahlhecht aus, und seine tief sitzenden Augen funkelten. Er packte Schwarzer Regen am Arm und küsste sie brutal. Sie tat so, als wehrte sie sich, küsste ihn aber zurück. »Ich sage dir, wir du da hineingeraten bist«, sagte Kahlhecht. »Diese Frau hat einen Leib wie die Sonnenmutter, so heiß und so strahlend, da musst du einfach zugreifen, oder du wirst verrückt.« Schwarzer Regen rieb sich gegen ihn; sie lächelte und gab diese leise gurrenden sinnlichen Laute von sich, die einen Mann tatsächlich vor Verlangen wahnsinnig machen konnten.

Biberpfote griff nach ihr und zerrte sie zu sich. Schwarzer Regen schlang ihre Arme um ihn, hängte sich an ihn, aber er beachtete sie nicht. Er starrte Kahlhecht an. »Und du, junger Krieger, was hast du vor? Du hast mit einer Ausgestoßenen verkehrt. Die Ältesten werden dich bestimmt auch ausstoßen.«

Kahlhecht winkte lässig ab. »Na und? Hier hält mich nichts. Weder Weib noch Kinder. Meine eigene Familie kann ich nicht ausstehen. Die beiden Hasenfüße, die meine Brüder sind, hassen mich, weil ich ein großer Krieger geworden bin. Hier wegzugehen – das scheint mir gar nicht so übel. Vielleicht finde ich einen anderen Clan, der meine Talente zu schätzen weiß.«

Biberpfote ließ den Kopf hängen und starrte blind auf die Tautropfen, die auf dem Eichenlaub am Boden glitzerten. »Wie haben sie das bloß gemerkt? Ich verstehe das nicht. Im Dorf haben wir uns nie berührt, und –«

»Das Kind, das du verjagt hast, vielleicht hat das seinen Eltern erzählt, was es gesehen hat. Aber was soll's?« sagte Schwarzer Regen, stellte sich auf die Zehenspitzen und biss Biberpfote leicht ins Kinn. »Los, komm. Wir werden viel Spaß haben.« Ihre Hand glitt zwischen seine Beine. »Wenn du mit mir fortläufst, dann verspreche ich dir, dass ich das hier ganz wunderbar hegen und pflegen werde.«

16

Du bist ein aufmerksames Kind. Ich hätte mir ja selber wieder einschenken können, aber ich bin dankbar für deine Hilfe. Meine Hände sind nicht mehr so ruhig wie früher. Diese Krankheit, die mir die Knochen versteift, wird auch – ja danke, das reicht – jeden Sommer schlimmer. Eines Tages wirst du begreifen, dass es nur drei Dinge gibt, die wirklich wichtig sind im Leben: eine Tasse warmen Tees, eine Decke in kalter Nacht und die Berührung von jemandem, den du liebst. Alles andere ist nur unnötiger Ballast. Hm, das ist wirklich guter Tee. Wo hast du um diese Zeit noch Minze gefunden? Also der ist wirklich gut, auch wenn er von getrockneten Blättern stammt.

Mal sehen … Wo war ich stehen geblieben?

Ach ja, Tauchvogel.

Also es stand nicht sehr gut für ihn. Trotz seiner inneren Abwehr zermürbte ihn der Aufenthalt im Dorf des Stehenden Horns. Zweifel befielen ihn. Er war sich nicht mehr sicher, ob die Frau, die er aus vollem Herzen liebte, an den Verbrechen unschuldig war, die Kupferkopf ihr zuschrieb. Schon die Möglichkeit, dass Muschelweiß so eine Neigung zur Grausamkeit zweimal zehn und fünf Sommer lang vor ihm verborgen gehalten hatte, stellte alles auf den Kopf.

Was? Sprich lauter! Ich kann kein Wort hören.

Na ja, denk mal nach. Wenn Menschen sich verlieben, mein Kind, fallen sie und brechen sich das Genick. Danach laufen sie ein paar Monde lang verletzt herum, und da gibt es nur einen Weg, um den Schmerz zu lindern, und das ist, ins Herz des oder der Geliebten zu kriechen und sich dort einzunisten. Die Liebe verschafft einem die innere Vertrautheit, die menschlicher und kostbarer ist als alles andere auf der Welt. Das ist ganz wörtlich zu verstehen: Liebende leben dauernd innerhalb derer, die sie lieben, auch wenn sie weit voneinander entfernt sind.

Tauchvogel also litt unter der Unsicherheit, die ihn quälte. Die Möglichkeit, dass seine Frau vielleicht etwas vor ihm geheim gehalten hatte, ja dass sie so etwas sogar fertig gebracht hätte, das hinterließ eine Leere in ihm. Es tat ihm weh.

Hm?

Nein, nein. Es war nur Unsicherheit. Tauchvogel liebte sie viel zu sehr, um aufgebracht zu sein. Außerdem hatte er all seine Wut für den Herrn seiner Folterknechte aufgespart. Kupferkopf, andererseits, war von Tauchvogel so besessen wie ein Mann, dem gerade einer der Leuchtleute durchs Dach gefallen ist und dem nun die Chance geboten wird, mit einem Gott zu reden …

Lass mich in Ruhe!« brüllte Tauchvogel und warf den Löffel in seine Schale mit Fischsuppe; die warme Brühe spritzte ihm auf die Hände. »Kannst du mich nicht einmal in Frieden essen lassen?«

Kupferkopf winkte seine Wachen hinweg und wartete, bis sie außer Hörweite waren. Dann griff er in das Kürbisgefäß mit Insektenfett, das am nordwestlichen Stützpfosten hing, und rieb sich Arme und Brust ein; langsam ging er durch die Hütte zum südöstlichen Stützpfosten, wo er sich niedersetzte, das Gesicht Tauchvogel zugewandt. Das lange Haar hatte er zum Zopf geflochten. Die Glut des Sonnenuntergangs tönte seine silbernen Schläfen leicht rosarot.

Die Sonnenmutter schickte der Meerfrau eine karminrote Decke und verwandelte die Wellenspitzen in schaumiges Karneolrot. Delphine durchkämmten die Seichtstellen in Ufernähe; ihre Rückenfinnen durchschnitten das Wasser. Meeräschen sprangen erschreckt vor ihnen aus dem Wasser, segelten einen glorreichen Augenblick lang durch die Luft und tauchten wieder hinab.

Tauchvogel sah auf sein eigenes Essen. Muscheln, Algen und Sonnenfisch schwammen in der Brühe, die wunderbar roch. Beim Anblick von Kupferkopf hatte er den Appetit verloren, doch er aß dennoch gierig und fischte mit seinem Löffel einzelne Fischbrocken heraus. Wenn er Glück hatte, bekam er einmal am Tag etwas zu essen, und diese Suppe schmeckte wunderbar. Zum Essen banden sie ihm gewöhnlich die Hände und Füße los, und für kurze Zeit verging die Taubheit seiner Glieder, und der Schmerz ließ nach. Ganz abgesehen davon, dass er nach den Moskitos schlagen konnte; wenn er gefesselt war, trieben ihn die Insekten zum Wahnsinn. Anscheinend wollte niemand Insektenfett an ihn verschwenden; rote Striemen bedeckten seinen ganzen Körper, einschließlich der empfindlichen Stellen unter dem Lendenschurz. Kupferkopf hatte der alten Hexe Seestern gestern befohlen, ihm einen Schurz anzuschaffen, und dafür war Tauchvogel sehr dankbar, obwohl das bisschen Stoff den Rest seines Körpers nicht schützen konnte. Es juckte ihn fürchterlich.

Tauchvogel verzehrte seine Muscheln und blickte dabei auf die Hirschbeinahle von Muschelweiß, die neben ihm auf der Matte lag. Das allein war ihm schon ein Trost. Er hatte unaufhörlich von ihr geträumt und sich gefragt, ob sie schon geheiratet hatte, besorgt über ihr unausweichliches Schuldgefühl. Sie würde sich selbst die Schuld am Tod ihrer Kinder und an seiner Gefangennahme geben. So war sie nun einmal. Sicher litt sie unter der irrigen Annahme, dass sie alle hätte retten können, wäre sie nur dort gewesen. Vielleicht hätte ihre Anwesenheit die Kinder tatsächlich gerettet, und möglicherweise hätte sie seine Auseinandersetzung mit Blaues Echo verhindern können. Ihm zog sich der Magen zusammen. Er hob die Schale, trank sie leer und setzte sie ab.

»Bist du bereit zu sprechen?« fragte Kupferkopf. Die Falten um seine Augen waren so tief wie Schluchten.

»Ich habe dir nichts zu sagen. Lass mich allein.«

»Allein – so etwas gibt es nicht, Tauchvogel«, entgegnete Kupferkopf sanft. »Da du bist, bist du mit allem verbunden – mit dem Weißwedelhirsch, den Delphinen und den Wolken, die am Horizont entlangziehen. Die Vorstellung, davon losgelöst zu sein, ist eine Illusion, die wir uns schaffen, um unsere Fehler zu rechtfertigen; so brauchen wir uns nicht dafür verantwortlich zu fühlen, wenn wir der Welt das Herz brechen. Was wir aber tun, wie du weißt – in jedem Augenblick unseres Lebens. Selbst wenn wir –«

»Du bist verrückt.«

Kupferkopf zog ein Knie an und umschlang es mit beiden Armen. »Vielleicht. Das spielt keine Rolle. Schmerz ist Schmerz. Wahrheit ist Wahrheit.«

»Was weißt du denn von Wahrheit?« stieß Tauchvogel hervor. »Oder von Schmerz? Du kannst ja nicht einmal atmen, ohne jemandem wehzutun.«

»Das ist es, Tauchvogel«, sagte Kupferkopf in düsterem Ton, »was ich dir schon die ganze Zeit zu sagen versuche. Niemand kann das, weil es das Los der Menschen ist. Und nur wenn wir das begreifen, können wir uns selbst retten. Leben heißt Schmerz zufügen, Schmerzen erfahren. Nichts kann uns davor bewahren. Doch es ist uns möglich, mit dieser Wahrheit zu leben, ohne dabei unsere Seelen zu töten.« Das sich abschwächende Licht der Sonne schien purpurrot auf seine gebräunten Wangen. »Willst du dich selber retten? Wenn du willst, lehre ich es dich.«

Tauchvogel lachte verächtlich. »Ist das der Unsinn, mit dem du die Leute hier dazu bringen willst, dir zu folgen?«

Kupferkopf schaute zur Seite. »Wenn der Sturmbläser wieder über das Land schreitet, wirst du dich danach sehnen, in die strahlende neue Welt zu entfliehen, die jenseits der Sterne auf meine Anhänger wartet. Was du zu lernen hast, ist einfach. Wenn du mir zuhören willst, dann brauchen wir nur –«

»Es gibt überhaupt nichts, was ich von dir lernen will.«

Kupferkopf beugte nachsichtig den Kopf. »Wie du willst.«

Pelikane segelten dicht über dem Meer, das allmählich dunkler wurde, und schossen im Sturzflug ins Wasser. Kupferkopf beobachtete sie aus zusammengekniffenen Augen.

Tauchvogel packte die Hirschbeinahle, glitt über die Matten zum nordöstlichen Pfosten und lehnte sich dagegen. Die Wachen hatten mit ihrem Glücksspiel angefangen und warfen Stöckchen, behielten ihn aber dabei genau im Auge. Tauchvogel ließ den Kopf gegen den Pfosten fallen und atmete tief aus. Der Abendwind zerrte an seinem zerzausten

Haar und kühlte sein erhitztes Gesicht. Er lebte jetzt nur noch von Tag zu Tag, erhoffte sich nichts mehr und betete trotzdem um alles. Er hatte entdeckt, dass ihm auf diese Weise auch die kleinsten Dinge Freude bereiten konnten: ein Zank zwischen Möwen brachte ihn eine halbe Zeithand zum Lachen; ein Ehemann, der seine Frau liebevoll berührte, weckte in ihm Gefühle überwältigender Zärtlichkeit; ein Kind, das über den Schwanz eines Hundes stolperte, bereitete ihm unbeschreibliches Vergnügen.

Kupferkopf drehte ein im Sand vergrabenes Stück Muschel um und betrachtete die matt purpurnen Rillen. »Ich glaube ernsthaft an diese andere Welt, die mir in meinen Träumen verheißen worden ist, Tauchvogel. Ich sehe, du denkst, dass ich lüge, um Anhänger zu gewinnen, aber das ist nicht der Fall.«

»Nein?«

Kupferkopf schüttelte den Kopf. »Versteh das doch, Tauchvogel: Ein Mensch, der nur eine gerade Linie zum Grab vor sich sieht, dessen Leben ist doch nichtig und leer, voll wachsender Sorgen und Bitterkeit, und ich kann nicht ertragen –«

»Das glaubt doch auch kein Mensch! Alle in meiner Familie wissen, dass es das Land der Morgenröte und das Dorf der Verwundeten Seelen gibt. Von denen sieht niemand sein Leben als gerade Linie zum Grab.«

Kupferkopf zeichnete Spiralen in den Sand. »Nun, ich hatte es so gesehen. Viele, viele Sommer lang. Ich hatte geglaubt, die Menschen sterben einfach nach einem schweren Leben, und danach kommt nichts mehr.«

»Das ist doch Wahnsinn! Alle großen Seelentänzer waren schon im Jenseits. Wie ist es da möglich, nicht daran zu glauben?«

Kupferkopf zuckte die Achseln. »Also ich jedenfalls habe nicht daran geglaubt, weder an ein Leben nach dem Tod noch an die Sonnenmutter oder irgendein anderes geistiges Wesen. Und deswegen habe ich auch versucht, zehn Leben auf einmal zu leben und dieses Leben nach Kräften zu genießen, so viel wie möglich zu hassen, zu töten und zu retten.« Er lachte grimmig. »Das Einzige, woran ich glaubte, war diese Welt.«

»Aber du hältst diese Welt für böse. Ich habe gehört, dass du das einmal gesagt hast.«

»Ja. Die Welt ist voller Schmerz und Leid. Das habe ich immer geglaubt. Deshalb waren diese Jahre ohne die Sonnenmutter so schrecklich. Wenn die Welt das Einzige ist, woran du glaubst, dann ist dir jedoch unendliches Leid bestimmt. Ich war so von Sorgen bedrängt, dass ich kaum leben konnte. Ich fühlte mich wie tot. Und völlig hoffnungslos.«

Tauchvogel trank die letzten Tropfen der Brühe aus der Schale und stellte sie dann beiseite. Er schloss die Augen, um Kupferkopf nicht sehen zu müssen. »Und dann hast du von der strahlenden neuen Welt geträumt?«

»Ja, vor zwei Sommern.«

»Dann sag mir doch bitte, was geschieht mit denen, die sich dir nicht anschließen? Die deinen Traum für Verblendung halten?«

Tauchvogel öffnete die Augen, als Kupferkopf sich erhob, herankam und sich mit gekreuzten Armen über ihn stellte. Einzelne Silberhaare umwehten seine Wangen. Seine Augen sahen gespenstisch aus, sie glitzerten – als wäre die dunkle Unredlichkeit aus seinen Seelen ausgelaufen wie schwarzes Wasser aus einem Brunnen.

Tauchvogel umklammerte die Hirschbeinahle von Muschelweiß mit der rechten Hand und warf einen Blick auf die Wachen. Sie waren völlig in ihr Glücksspiel vertieft und achteten nicht mehr auf ihn. Triumphgebrüll und Flüche waren von dort zu hören. Der Rest der Dörfler hatte sich in die Hütten zurückgezogen, Feuer gemacht und angefangen, das Abendessen zu bereiten.

Ein Adrenalinstoß befeuerte Tauchvogels Adern. War die gebrochene Ahle lang genug, um eine Lunge zu durchstechen? Und wenn ja – könnte er dann in dem Aufruhr entkommen? In diesen Herbsttagen wurde es schnell dunkel. Wenn er nur bis zum Wald käme ... Dort könnte er sich verstecken. Die Wunde im Rücken schmerzte zwar noch immer, aber die Schulterwunde fing an zu heilen, und er hatte wieder etwas von seiner früheren Kraft zurückgewonnen.

»Wer nicht an meinen Traum glaubt«, sagte Kupferkopf, »den wird der Sturmbläser zertreten, und seine Seelen werden den Winden der Vernichtung preisgegeben.«

»Der Sturmbläser wird ihre Seelen zur Strafe vernichten? Weil sie sich geweigert haben, dir zu folgen?«

»O ja. Ich habe es gesehen.«

»Gesehen?« Tauchvogels Herz raste, ihm wurde schwindlig. »Wie meinst du das? Wie hast du sehen können, dass Seelen sterben?«

Kupferkopf hockte sich neben Tauchvogel und sah ihm starr in die Augen, nicht weiter als acht Handbreit entfernt. Seine Stimme klang geisterhaft. »Es war, als ob Feuer erstickt würde, Tauchvogel. Nacheinander gingen alle Lichter im Weltall aus, und Finsternis herrschte.«

»Und was ist mit den Blitzvögeln?«

»Oh, die tötete er auch. Der Sturmbläser verschlang alles Licht.«

Sein Blick wurde noch gespenstischer und erinnerte Tauchvogel an die leeren Augen eines toten Tieres. Es war nichts Menschliches mehr darin. Gar nichts.

Eine Ewigkeit lang starrten sie sich an, dann zerfiel das vollkommene Gesicht von Kupferkopf, und er setzte sich auf dem Sand zurück. Er sagte: »Vergib mir, manchmal falle ich wieder in diesen Traum, wenn –«

Tauchvogel stach zu; von seinem Sitz schoss er vorwärts, die Ahle in der Hand wie ein Messer, und zielte auf Kupferkopfs Herz. Dieser keuchte, versuchte, den Stich mit einer Armbewegung abzulenken, und wich zur Seite aus. Tauchvogel landete mit dem Gesicht nach unten im Sand und raffte sich auf, gerade noch rechtzeitig, um zu sehen, wie Kupferkopf mit einem Satz auf die Ahle in seiner Hand zusprang; Tauchvogel fiel nach hinten, und die verletzte Niere schickte einen weiß glühenden Schmerz wie einen Blitz durch seinen Körper, so dass er einen Schrei ausstieß. Sofort stampften Füße über den Sand, die Wachen umringten ihn brüllend und fluchend, die langen Speere drohend auf ihn gerichtet.

Kupferkopf lag auf Tauchvogel, Nase an Nase, und keuchte. Mit einer schnellen Bewegung hatte er Tauchvogel die Ahle entrissen und hielt sie über dessen Augen. Der Knochen schimmerte im Zwielicht gräulich weiß.

»So hat sie es gemacht«, flüsterte Kupferkopf. »Sie stieß die Ahle meinem kleinen Sohn in die Brust und traf sein Herz.« Er sah Tauchvogel starr in die Augen. »Der Junge starb nicht sofort, Tauchvogel. Du kennst ja Stichwunden. Es dauerte eine Weile, bis das Blut ausgeflossen war. Ich hielt ihn. Wiegte ihn in meinen Armen. Ich sang zur Sonnenmutter und bat um sein Leben.« Sein Blick schweifte zur Ahle. »Aber ich hatte die Sonnenmutter verlassen, sie für die meiste Zeit meines Lebens aus mir verbannt, und so weigerte sie sich, mich anzuhören.«

»Wieso ist die Ahle damals zerbrochen?« fragte Maulbeere, der hinter Kupferkopf stand. Der Gesichtsausdruck des jungen Kriegers zeigte, dass er Angst hatte, aber auch fasziniert war. Er war so kleinwüchsig und mager, dass er eher wie ein Junge mit einem grimmigen Gesicht wirkte.

»Ich habe sie zerbrochen«, murmelte Kupferkopf, »als ich sie aus meinem sterbenden Sohn herauszog.«

Maulbeere schaute die anderen Wachen an, die bestürzt zusahen, und rief: »Ihr hättet sie töten müssen.«

Kupferkopf starrte Tauchvogel noch einen Moment lang mit leerem Blick an, und dieser sah in den Augen seines Gegenübers Wahnsinn flackern. Dann stand Kupferkopf auf und überließ Tauchvogel seinen Schmerzen und seiner Schwäche. Er blieb reglos stehen, den Kopf leicht geneigt, als hörte er auf Stimmen, die sonst niemand vernahm. Dann kräuselte ein schwaches Lächeln seine Lippen. »Muschelweiß ist noch nicht zu Hause«, sagte er sanft. »Vielleicht sollte ich ein Begrüßungsgeschenk für sie vorbereiten.«

»Ein Geschenk?« fragte Maulbeere verwirrt und trat vor. Er stellte den langen Speer senkrecht auf den Boden. Die Goldzeisig-Befiederung am Schaft glänzte im Licht des Sonnenuntergangs.

»Ja. Bei Tagesanbruch bricht ein Kriegstrupp nach Süden auf, zum Windeck-Dorf. Dreißig Krieger sollten genügen. Keine Gefangenen diesmal. Verstehst du? Ich wünsche, dass niemand –«

»Nein!« brüllte Tauchvogel. »Nein, Kupferkopf! Um der Sonnenmutter willen, mach das nicht! Bitte!« flehte er. »Das sind doch Unschuldige. Sie haben dir nie etwas getan.«

Kupferkopf sah ausdruckslos auf ihn herab. »Habe ich dir nicht gesagt, dass der Mensch seinem Wesen gemäß anderen Schmerzen zufügen muss? Ganz gleich, ob sie schuldig sind oder nicht.« Er wandte sich zu Maulbeere und wartete auf die Antwort des jungen Kriegers.

Maulbeere presste seine dünnen Lippen zusammen. »Ja, Ältester. Ich habe verstanden.«

Kupferkopf ging schweigend durch das im Halbdunkel liegende Dorf, die Ahle locker in der rechten Hand, und lauschte den weichen Schritten der Kinder, die um ihn herum auf dem Weg zu ihren Hütten waren. Seit dem Kampf mit Tauchvogel schmerzten ihn die Schultern; er ließ sie kreisen, und das tat ihm weh. Flötenklänge, hoch und lieblich, tönten durchs Dorf. Nur wenige Dörfler wagten es, ihn offen anzuschauen, als er vorbeiging. Die meisten saßen über ihr Abendessen gebeugt und redeten leise miteinander; der Feuerschein flackerte über ihre besorgten Gesichter. Ein verführerischer, würziger Geruch von Schildkröten, die im eigenen Saft schmorten, lag in der Luft. Kupferkopf konnte sie sehen, wie sie auf dem Rücken in der Glut am Rand der Feuer brieten. Eine geisterhafte Stille hatte sich über das Dorf gesenkt. Konnten seine Dörfler das auch spüren – diese niederdrückende Gewissheit, dass das Ende der Welt bevorstand?

Nur noch ein paar Tage, das ist alles. Dann werde ich von alledem erlöst sein. Wir werden erlöst sein.

Die Sonnenmutter höchstpersönlich hatte ihm versprochen, ihm einen Blitzjünger zu schicken, der die Vier Leuchtenden Adler abschießen und den Zorn des Sturmbläsers entfachen würde. Doch warum hatte sie ihm nicht erzählt, dass der Jünger verheiratet war – mit der einzigen Frau, die er jemals geliebt hatte?

Er betrat seine Hütte und ließ sich an der Nordwand auf sein Lager nieder. Kalter Wind fuhr durch die Hütte, zog um die kalte Feuerstelle herum, wo er die Asche aufwirbelte und sie in der Luft verteilte. Kupferkopf drehte die Ahle in seiner Hand, betrachtete jeden Einschnitt im Knochen und strich mit dem Finger über ihr Kennzeichen. Das abgegriffene Hirschbein glänzte, und der Feuerschein aus den anderen Hütten spiegelte sich darin. Er müsste eigentlich sein eigenes Feuer machen, die Abendkühle wurde immer strenger. Aber er nahm nur seine Decke und warf sie sich über die Schultern.

O wie sehr hatte er Muschelweiß vermisst, nachdem sie gegangen war! Trotz allem, was sie ihm angetan hatte, sie hatte ihm gefehlt. Sie besaß so eine herrliche Ironie, die Dinge zu betrachten und alle Misshelligkeiten dort einzuordnen, wo sie hingehörten, und oft hatte er sich ausschütten müssen vor Lachen, was ihr sehr gefallen hatte, vielleicht weil er so selten lachte, und deshalb hatte sie diese Fähigkeit immer weiter verfeinert. Er hatte sie dafür geliebt.

Auf ähnliche Weise hatte sie auch mit ihrem gemeinsamen Sohn gespielt. Kupferkopf würde nie vergessen, wie er eines Tages in die Hütte kam und sah, wie Muschelweiß sich hinter einem Turm von Körben versteckt hielt und alle möglichen Sachen im Bogen über ihren zehn und acht Monde alten Sohn warf. Ein Haufen wunderlicher Dinge lag um Riedgras verstreut – winzige Muschelschalen, Federn, Frühlingsblumen. Als eine Eichel auf seinen kleinen Füßen landete, kreischte er überrascht und entzückt auf und wollte sie aufheben, als ihn ein großer Schwamm im Rücken traf. Er riss die Augen weit auf, die Eichel war vergessen, und aufstampfend und kichernd wartete er auf das nächste Wurfgeschoss. Aber Muschelweiß war aufgesprungen, hatte den Jungen hochgehoben und ihn überall im Gesicht und im Nacken geküsst, und Riedgras hatte so gelacht, dass ihm die Tränen über sein schönes, rundes Gesicht liefen.

Genauso wie Kupferkopf.

Als sie den Jungen vor dem Abendessen hingelegt hatte, damit er noch ein Schläfchen machen konnte, hatte sie die Schildpattpuppe an seine Seite gelegt, und Riedgras hatte sie sofort gepackt und mit einem zufriedenen Seufzer an die Brust gedrückt. Mit dieser Puppe hatte Riedgras jede Nacht seines Lebens geschlafen.

Selbst jetzt, in seiner Einsamkeit, genoss Kupferkopf noch einmal die Freuden jener Tage, die sie gemeinsam erlebt hatten. Er erinnerte sich genau an jede zärtliche Berührung, jedes geteilte Geheimnis, und wenn er sich nachts allein zurückzog, dann nahm er sich diese Erinnerungen vor und schaute sie an – und dachte daran, wie wunderbar diese Sommer gewesen waren.

Kupferkopf streckte sich auf seiner Decke aus und starrte empor zu dem rußüberzogenen Dach, das nach den aufsteigenden Asche- und Rauchwolken der letzten drei Monde aussah, als hätte es ein Fell angesetzt. Das Lächeln von Muschelweiß, das glückliche Gesichtchen von Riedgras glitten vor seinen Seelen vorbei, und ein schlimmer – und vertrauter – Schmerz wuchs in seiner Brust.

O heilige Sonnenmutter, nach allem, was sie ihm angetan hatte – wie war es möglich, dass er sie immer noch so grenzenlos liebte?

17

Am zweiten Tag ihres Heimmarsches erreichten sie die Lagune der Seekuh. Hier bildete die Küste eine Bucht, das stille grüne Land wich in großem Bogen vom Ufer zurück und machte einem breiten weißen Strand Platz, der im Lavendelglanz des Sonnenuntergangs funkelte.

Schote blieb kurz stehen, um den runden Sack über seiner linken Schulter zu verlagern. Dank der Vorsorge von Mondschnecke war der Sack doppelt so schwer geworden und lastete auf seinen Schultern wie ein Sack voller Steine. Teichläufer und Muschelweiß gingen ein Stück voraus,

Hand in Hand. In Abständen hatte sich Muschelweiß entschuldigt, ihre Hand aus seiner gelöst, um ihre drei langen Speere in die andere Hand zu nehmen. Darauf war Teichläufer immer um sie herumgelaufen, so dass er ihre nun frei gewordene Hand ergreifen konnte. Das ovale Gesicht des jungen Mannes zeigte die ganze Zeit ein unverändertes Lächeln. Der Anblick erfreute das alte Herz von Schote. Wie wunderbar zu wissen, dass es noch junge Liebe gab. In den purpurnen Lichtschleiern, die lautlos über das Land sanken, wirkte das Paar wie von einem Strahlenkranz umgeben – zumindest sein neuer Schwiegersohn wirkte so.

»Teichläufer«, rief Schote und lächelte, als der hoch gewachsene hagere junge Mann sich umdrehte, das Gesicht rosig angehaucht im Rahmen seiner hellbraunen Kapuze. »Deine Großmutter ist eine Meisterin der Folter. Sie hat uns genug Essen mitgegeben, um uns einen halben Mond lang zu mästen – und um mir zu beweisen, dass ich seit meiner Jugend jeden verdammten Muskel behalten habe.«

Verblüfft öffnete Teichläufer den Mund und kehrte zu ihm zurück. »O Schote, es tut mir Leid. Bitte, lass mich das für dich tragen. Ich –« Er streckte die Hand aus.

»Nein, nein«, sagte Schote. »Mir geht's gut, wirklich. Du hast selber eine Tasche zu tragen. Ich wollte dir nur andeuten, dass du die Pflicht hast, heute Abend kräftig zuzulangen, um es mir etwas leichter zu machen.«

»Gern«, erwiderte Teichläufer und flüsterte vertraulich: »Und je eher, desto besser. Ich habe solch einen Hunger, dass ich einen Walfisch verschlingen könnte.«

Muschelweiß hatte sie angetrieben und von ihnen verlangt, von Tagesanbruch bis in die Nacht flott durchzumarschieren. Die Sorge, die Schote schon gequält hatte, war bei ihr in Verzweiflung umgeschlagen. Sie waren zu lange fort gewesen, und sie wußten es beide. Er hätte schwören können, dass in den letzten neun Tagen, seit sie Windeck-Dorf verlassen hatten, weitere Silbersträhnen in ihrem glänzenden schwarzen Haar aufgetaucht waren.

Muschelweiß blieb stehen und sah zu den beiden Männern zurück. Sie hatte das Haar zu einem langen Zopf geflochten, der ihr mitten über den Rücken hing, und trug ein einfaches hellbraunes Gewand mit einem Lederriemen als Gürtel. Äußerlich erschien sie gefasst, aber Schote wusste es besser; er sah die Angst hinter ihrem starren Gesichtsausdruck. Mit einer Hand strich sie dauernd über die Schäfte ihrer Speere wie eine Frau, die der Gedanke peinigte, sie könnten im Regen nass geworden sein, vom Wasser so vollgesogen, dass sie nicht mehr gerade fliegen würden.

»Und wie geht es dir, meine schöne Tochter?« rief er.

Sie betrachtete die goldenen Bäuche der Wolken, die müßig über den blaugrauen Hintergrund der kommenden Nacht dahinzogen. Möwen kreischten und kreisten über ihnen. »Wir haben nicht mehr viel Licht. Wir sollten heute Abend etwas eher unser Lager aufschlagen, wir haben einen langen Marsch hinter uns.«

Schote schlug Teichläufer freundschaftlich auf den Rücken und sagte: »Die beiden Männer deines Lebens würden es dir danken.«

Sie gingen weiter, und Teichläufer bat: »Lass mich das tragen, Schote, bitte.«

»Nein, nein, wirklich. Ich fühle mich gut.«

»Aber ich bin viel jünger als du. Also bitte, lass mich das nehmen«, sagte er, hob den Sack von Schotes Rücken und schulterte ihn selber.

Schote lächelte. »Also ich werde keine Gewissensbisse haben, wenn ich dich den Sack das kurze Stück tragen lasse«, sagte er. »Vielen Dank, Teichläufer.«

Sie folgten Muschelweiß um die schimmernde Lagune herum zu den Bäumen, die vor ihnen eine dunkelgrüne Mauer am Strand entlang bildeten.

Als die Nacht einfiel, verstärkten sich die Gerüche von Fisch und Salzwasser und brachten Schotes Magen zum Knurren. »Ich glaube, ich habe sogar noch mehr Hunger als du«, sagte er murmelnd zu Teichläufer. »Die große Muschelweiß lässt es offenbar stillschweigend zu, dass uns beide der Hunger schwächt, damit wir uns nicht mehr über dieses mörderische Tempo beschweren.«

»Ich glaube, sie hat Angst, Schote«, meinte Teichläufer leise. »Jede Nacht wacht sie mehrmals auf und greift nach Speeren und Atlatl, als ob sie einen Angriff erwartete. Ich verstehe es nicht. Ich habe versucht, ihr ein Gefühl der Sicherheit zu geben.«

Schote starrte in die unendlich tiefen rosa Augen und lächelte gütig. »Die meiste Zeit ihres Lebens war sie eine Kriegerin, Schwiegersohn. Sie weiß, die einzige Sicherheit im Leben hängt nur von ihr selber ab, von ihren eigenen Fähigkeiten. So alte Gewohnheiten verschwinden nicht, bloß weil man frisch verheiratet ist. Danken wir den Geistern für ihre Wachsamkeit.«

Teichläufer nickte feierlich. »Ja, ich bin auch dankbar, aber ich liebe sie nun einmal, ich liebe sie so sehr, Schote. Ich will, dass sie glücklich ist.«

»Das kommt noch. Liebe sie nur genauso weiter.« Schote drückte seinem Schwiegersohn die Schulter.

In freundschaftlicher Verbundenheit gingen sie schweigend weiter und wichen den Wellen aus, die über den Sand heran- und zurückrollten. Einige große Muschelschalen waren angespült worden; ihre rosigen Innenseiten glänzten im Dämmerlicht.

In der Nähe der Bäume sah Schote, wie Muschelweiß sich niederhockte und das Atlatl aus dem Gürtel zog; seine Finger gruben sich in Teichläufers Schultern, um ihn zurückzuziehen.

»Was ist –«

»Pst!« zischte Schote. Muschelweiß hatte einen Speer eingelegt, das Atlatl angehoben und pirschte sich in die Schatten am Rand der Bäume. Lautlos zog Schote seinen Hirschbeindolch aus dem Gürtel und schlich näher. Teichläufer blieb ihm auf den Fersen.

»Da ist ein Feuer«, flüsterte Schote, »zwischen den Bäumen, ich sehe es flackern.«

»Ein Feuer?«

»Ja. Hoffentlich gehört es einem unschuldigen Reisenden und keinem feindlichen Krieger.«

Schote kniff die Augen zu, als Muschelweiß sich aus dem

Unterholz erhob und in ruhigem Ton etwas äußerte. Dann lachte sie. Er sah sie in den Feuerschein hineingehen.

»Alles in Ordnung«, sagte er zu Teichläufer und steckte seinen Dolch wieder zurück. »Das Feuer gehört einem Freund.«

»Woher weißt du das?« Teichläufer hatte seine weißen Brauen tief hinabgezogen.

»Deine Frau hat noch keinen getötet, daher.«

»Oh, ich verstehe.«

»Komm mit, wir wollen denjenigen begrüßen, den uns die Sonnenmutter heute Abend geschickt hat.«

Schote ging voraus. Als sie sich der kleinen Lichtung näherten, sah Schote Muschelweiß am Feuer sitzen, dem alten abgerissenen Hundszahn gegenüber. Große Maus, wie war er alt geworden! Bernsteinfarbener Feuerschein tanzte über seine schmale Hakennase, und sein graues Haar und hob jeden dünnen Muskel in diesem hageren Körper hervor. Er trug nur einen Lendenschurz und saß vor den Flammen auf einer Decke. Er briet einen Rotbarsch, den er auf einen langen Stecken gespießt hatte. Das Fett des Fisches tropfte zischend und dampfend auf die Glut.

»Los, kommt her!« rief Hundszahn und winkte sie heran. »Setzt euch und wärmt euch.«

Teichläufer hob den Kopf. »Hundszahn?« fragte er. »Ist das der alte Hundszahn? Das klingt wie seine Stimme.«

»Ja, er –«, fing Schote an.

»Ja natürlich. Ich bin's, mein kleiner Blitzjünger«, unterbrach ihn Hundszahn. »Komm her zu mir. Ich hab eine Menge mit dir zu besprechen. Wie ich sehe, ist deine Brust noch nicht aufgebrochen worden. Und wie geht's dir sonst?«

Schote drehte sich um; die durchscheinenden Augen seines Schwiegersohns wurden so groß und rund wie die einer Eule. Schote ging zurück, nahm Teichläufers Arm und geleitete ihn zum Feuer. Der junge Mann kam widerstrebend mit und setzte die Füße unsicher auf. Vielleicht konnte er im Dunkeln nicht so gut sehen? Das war gut möglich; er sah schon am hellen Tage nicht gut.

Schote setzte sich neben Muschelweiß auf den kalten Sand und sagte: »Bei den Waldgeistern! Hundszahn, du siehst so alt aus, wie ich mich fühle. Ich dachte, du seiest schon längst tot.«

»Im Gegenteil, ich bin noch sehr munter.« Hundszahn wendete den Fisch auf seinem Stecken und briet nun die andere Seite. Weiteres Fett tropfte herab, und Feuerzungen schossen knisternd hoch; Schatten tanzten über die vom Rauch gefärbten Eichenstämme. »Setz dich hin, Teichläufer. Wenn du weiter mit offenem Mund so stehen bleibst, fängst du so viele Moskitos, dass du gleich keinen Hunger mehr hast. Und dann ärgert sich Schote über dich, weil du nichts von dem Gänsebraten isst, den er mitgeschleppt hat.«

Schote beugte sich vor. »Woher weißt du von dem Gänsebraten?«

Hundszahn grinste. »Meinst du, es wäre ein Zufall, dass ich mein Lager hier habe? Nein, nein. Ich warte schon seit zwei Tagen auf euch. Ihr kommt spät. Was hat euch aufgehalten?«

Schote streckte die verkrampften Beine aus und seufzte. »Die Verhandlung wegen der Heirat hat länger gedauert, als wir dachten. Mondschnecke ist sehr gerissen. Sie hat alles aus mir herausgepresst, was sie konnte.« Er zögerte und sah Teichläufer an. Der Junge sah aus, als wäre Großvater Bär aus dem Busch gestampft und hätte sich mit gefletschten Zähnen auf die Hinterbeine gestellt. Teichläufer ließ beide Säcke neben das Feuer fallen und sank ermattet auf den Sand.

»Also, Hundszahn«, sagte Schote und wandte sich wieder dem alten Seelentänzer zu, »du hast auf uns gewartet. Woher hast du gewusst, dass wir hier entlangkommen würden? Wären wir nicht so in Eile gewesen, hätten wir uns an die Pfade im Wald gehalten, wo es sicherer ist.«

»Ja, aber ich habe gewusst, dass ihr in Eile seid.« Hundszahn nahm den Stecken aus dem Feuer und streifte den Fisch in eine Holzschale, wo er noch brutzelnd weiterdampfte.

»Woher hast du gewusst, dass wir in Eile sind?« fragte Muschelweiß misstrauisch.

»Teichläufers strahlende neue Seele hat's mir verraten.« Hundszahn blinzelte den Jungen an, der noch bleicher schien als sonst. »Sie überstrahlte einen meiner Träume und polterte: Geh zum Ufer der Seekuh-Lagune, wenn du Teichläufer noch sprechen willst, bevor er wie eine Hickorynuss geröstet wird.« Hundszahn grinste. »Und das habe ich gemacht.«

Schote wechselte einen Blick mit Muschelweiß, und sie betrachteten beide Teichläufer. In dem tanzenden orangefarbenen Feuerschein kam es ihnen so vor, als würde ihm gleich übel werden. Es war typisch für Hundszahn, unerwartet aufzutauchen und ein Gespräch anzufangen, das einen vollkommen aus der Fassung brachte.

»Also gut«, sagte Schote und rieb sich lächelnd die Hände, »dann wollen wir mal essen.«

Aus dem Lebensmittelsack teilte er Gänsekeulen an Muschelweiß und Teichläufer aus und bot auch Hundszahn etwas an, der aber kopfschüttelnd ablehnte. Der alte Seelentänzer hatte saftiges Fleisch von seinem Fisch abgeschnitten und fing an zu essen. Teichläufer hob die Gänsekeule zum Mund, biss aber nicht hinein. Über die gebratene Haut hinweg sah er unverwandt auf Hundszahn. Hatte er keinen Hunger mehr? War er in eine Art von Trance gefallen? Muschelweiß hatte hingegen schon kräftig in ihre Gans hineingebissen, beobachtete Teichläufer aber genauso aufmerksam – was Schote nicht verstand. Der alte Mann war kauzig, aber ungefährlich, trotz der komischen Wirkung, die er auf seinen Schwiegersohn ausübte.

»Teichläufer«, fragte Schote, »was ist los? Du siehst aus, als hätten sich die Blitzvögel gerade vor deine Füße gestürzt.«

Der Jüngling machte den Mund auf, als wollte er etwas sagen, brachte aber keinen Ton heraus.

Schote beugte sich vor und stieß Teichläufer mit dem Ellbogen in den Bauch, worauf dieser ächzte. Teichläufer raffte sich zusammen, als wäre er gerade aus einem bösen Alptraum erwacht. »Iss!« befahl Schote. »Deine Frau wird uns früh hochjagen, lange bevor die Sonnenmutter aufsteigt, und du wirst jedes bisschen Kraft brauchen.«

Teichläufer blickte hilflos auf Muschelweiß und biss gehorsam in seine Gänsekeule. Auch Schote tat sich gütlich, die Gans schmeckte so gut und saftig, dass er zufrieden aufseufzte.

»Woher habt ihr die Gans?« fragte Hundszahn; er wendete seinen Fisch und riss das Fleisch von der anderen Seite ab.

»Willst du damit sagen, dass Teichläufers neue Seele dir das nicht gesagt hat? Wie rücksichtslos.«

»Aber keineswegs«, entgegnete Hundszahn. »Geister verraten nur, was Menschen zum Überleben brauchen – und manchmal nicht einmal das. Sie sind auf ihre Weise gierig. Ist die Gans von eurem Hochzeitsschmaus übrig geblieben?«

»Ja. Das hättest du sehen sollen, Hundszahn. Der Kernholz-Clan hat fünf Gänse gebraten und viele zehnmalzehn Kärpflinge und Enten und Schildkröten. Da waren Dutzende von Körben randvoll mit Beeren, Nüssen und Obst. Es war köstlich.«

»Nun ja, Mondschnecke ist eine schlaue Frau«, sagte Hundszahn liebevoll. »Sie weiß, wie ein großer Tag für ihren Clan zu feiern ist.« Mit gekrümmtem Finger deutete er auf Muschelweiß. »Mit der großen Muschelweiß verwandt zu sein bringt dem Kernholz-Clan mehr Ansehen, als er sich jemals hätte träumen lassen.« Er aß einen großen Bissen Fisch. »War sicher ganz gut, dass Schwarzer Regen alles verspielt hat, was ihr der junge Händler geschenkt hat. Natürlich«, fügte er gedankenvoll hinzu, »war das nicht ganz in dessen Sinn. Ich bin sicher, dass er sich das Leben genommen hat, aber das hat natürlich kein Mensch gemerkt.«

»Wie meinst du das?« fragte Muschelweiß mit hochgezogenen Brauen. Der Feuerschein flackerte über ihren angewiderten Gesichtsausdruck. Sie aß die Gänsekeule auf und warf die Knochen ins Feuer, wo sie ein schwarzes

Rauchwölkchen aufsteigen ließen. »Irgendjemand hat es sicher gemerkt.«

»Nicht unbedingt, mein liebes Kind. Teichläufer, du verstehst doch, was ich meine?« Er streckte die Hand aus, um den Jungen am Arm zu berühren, hielt aber inne, als Teichläufer erstarrte, als hätte ihn der Blitz getroffen. Hundszahn blinzelte und zog seine Hand zurück. »Also wohl doch nicht. Was ich meine, ist: Wenn ein Mann sich entschließt, in den Wald zu gehen, um sich in einem notdürftigen Versteck die Kehle durchzuschneiden, dann werden die Leute aus den nächstgelegenen Dörfern wohl kaum seine Leiche finden, jedenfalls viele Sommer lang nicht. Und vielleicht auch nie, wenn Wölfe und Coyoten ihn zuerst entdecken.« Er stopfte sich den Mund voll und kaute geräuschvoll. »Also Teichläufer«, sagte er kauend, »erzähl uns von deinem Tod. Wie war das?«

»Tod?« stieß Schote hervor. »Wovon redest du? Sieh ihn dir an! Dafür, dass er der sensible Teichläufer ist, sieht er doch jetzt ganz gesund aus.«

Hundszahn flüsterte hörbar: »Heißt das, du hast deiner Frau und deinem Schwiegervater nicht erzählt, was du am Heiligen Teich erlebt hast? Du hättest wenigstens wiederholen können, was die Geister über sie gesagt haben. Sie –«

Muschelweiß erhob sich und sagte schroff: »Entschuldigt mich bitte. Wenn wir morgen früh aufstehen, können wir Windeck-Dorf bei Sonnenuntergang erreichen. Gute Nacht.« Sie nahm ihren Sack und marschierte in den Wald, wo sie ihre Decke auspackte und am Boden ausbreitete – nahe genug am Lagerfeuer, um es zu beobachten, und weit genug entfernt, um notfalls jemanden mit dem Speer zu erledigen.

Schote unterdrückte sein Lächeln.« Die Vorstellung von Geistern hat sie von jeher gestört. Sie –«

»Das stimmt«, warf Teichläufer ein und nickte heftig. »Ich habe ihr einmal gesagt, dass ich mit Geistern reden könnte, und da ist sie beinahe in Ohnmacht gefallen.«

»In Ohnmacht gefallen?« fragte Schote spöttisch. »Wahrscheinlicher ist, dass sie erwogen hat, dich umzubringen.«

»V-vielen Dank, dass du's mir gesagt hast.«

»Gern geschehen. Doch jetzt«, fügte er hinzu, »werde ich meiner Tochter folgen. Aber es war wirklich schön, dich wiederzusehen, Hundszahn. Und nun überlasse ich dir Teichläufer, da kannst du mit ihm sprechen, wie du's vorgehabt hast. Gute Nacht.«

»Gute Nacht, Schote«, sagte Hundszahn herzlich. »Schlaf gut. Wir werden heute Nacht hier sicher sein, das hat mir mein Traum gesagt.«

»Du wirst trotzdem nichts dagegen haben, wenn ich mit meinem Dolch schlafe.«

»Keineswegs.«

Schote nickte höflich, nahm seinen Sack und ging in den Wald zu Muschelweiß.

Teichläufer konnte sie miteinander flüstern hören; dann lachte Schote leise, und Teichläufer sah, wie er seine Decke ausbreitete. Er sah auf seine Gänsekeule herab und biss noch einmal halbherzig hinein. Trotz des Wohlgeschmacks war ihm der Appetit vergangen.

»Also gut, Hundszahn«, sagte er schwach und warf den Rest seiner Keule den Tieren im Wald vor. »Jetzt erzähle.«

Hundszahn fuhr auf seiner Decke herum und flüsterte: »Kein Grund, besorgt zu sein. Du kannst ruhig mit mir reden.« In seinen wässrigen alten Augen lag ein gespenstischer Glanz.

»Worüber?«

Blitzschnell packte Hundszahn Teichläufers rechtes Handgelenk und hielt es in mörderischem Griff. Teichläufer stieß einen Schrei aus. »Du hast doch keine Angst vor mir, oder?« fragte Hundszahn.

»Nein.« Teichläufer riss ärgerlich sein Handgelenk aus der Umklammerung. »Wie meinst du das?«

Hundszahn beugte sich näher zu ihm; es blitzte in seinen verwirrenden braunen Augen, und links von dessen feuerbeschienenem Gesicht nahm Teichläufer die Bewegung eines schwarzen Flecks im Wald wahr. Er sah, wie Muschelweiß sich unter ihrer Decke aufrichtete und sie über die Schultern zog. Er wusste, dass sie es war, denn er hatte sich all die Flecken der sie umgebenden Bäume gemerkt, um sie später finden zu können. Nach diesem langen, anstrengenden Tag sollte sie schlafen. Was machte sie da? Wachte sie über ihn? Ja, das musste es sein, das wäre ganz typisch für sie. Er lächelte ganz liebevoll.

»Du liebst sie sehr, nicht wahr?« fragte Hundszahn.

»O ja, sie bedeutet mir alles.« Und das entsprach der Wahrheit, er würde alles für sie tun.

Eine launenhafte Brise fuhr über die Lichtung, bedrängte manchmal das Feuer und erlaubte den Flammen hie und da, lange Finger zu den schützenden Eichenästen hochzurecken. Teichläufer betrachtete die Flammen in der Hoffnung, ihr Tanz würde sein Unbehagen mildern.

»Sehr gut«, sagte Hundszahn. »Denn sie ist äußerst unglücklich, und sie braucht all deine Liebe, um darüber hinwegzukommen.«

»Ich weiß.« Dankbar für das neue Gesprächsthema stieß Teichläufer den Atem aus, den er unwillkürlich angehalten hatte. Einzelne weiße Haare umwehten sein Gesicht. »Ich habe mich sehr bemüht, dafür zu sorgen, dass sie sich besser fühlt, Hundszahn, aber ich habe oft das Gefühl, sie nicht erreichen zu können.«

»Dein Gefühl trügt dich nicht: Du kannst sie nicht erreichen.«

»Aber ich bin ihr Mann, Hundszahn. Sie braucht mich. Ich muss ihr Vertrauen gewinnen.«

»Das wird schwer sein, Teichläufer.«

»Ich weiß. Aber ich muss es trotzdem versuchen. Ich weiß nicht, wie ich ihr Vertrauen möglichst schnell gewinnen kann. Siehst du keine Möglichkeit? Ich möchte so gern –«

»Ich glaube nicht«, antwortete Hundszahn. »Diese Hemmnisse wurden vor langer Zeit aufgestellt und haben sich bewährt. Ich glaube nicht einmal, dass Tauchvogel sie überwinden konnte.«

Teichläufer beobachtete blinzelnd die schwirrenden Moskitos, die ins Feuer tauchten. Wenn nicht einmal Tauchvogel sie überwinden konnte, was konnte Teichläufer dann erhoffen? »Wozu braucht sie denn diese Schutzschilde?«

»Braucht die nicht jeder?« Hundszahn betrachtete ihn mit glänzenden Augen.

»Das kann ich nicht sagen. Ich jedenfalls habe sie niemals gebraucht.«

Hundszahn wälzte sich auf die Seite und stützte den Kopf in die linke Hand. »Du bist etwas Besonderes, Teichläufer. Du als Blitzjünger bist dein Leben lang beschützt und gehätschelt worden. Muschelweiß nicht. Nein«, murmelte er, »ganz im Gegenteil. Bald wirst du einmal Schote bitten müssen, dir zu erklären, was Kupferkopf Muschelweiß angetan hat, als sie ein kleines Mädchen war, zehn und einen Sommer alt, wenn ich mich recht erinnere. Sehr verhängnisvoll.«

»Und was war das?« fragte Teichläufer scharf. »Was hat er ihr angetan?«

»Ich bin nicht berufen, dir das zu sagen. Ich weiß nicht einmal, ob sie sich noch daran erinnert oder ob Schote das Geheimnis einer anderen lebenden Seele anvertrauen würde. Er hat die Sache vertuscht, so schnell, wie ein Frettchen sich eine Maus schnappt – um sie zu schützen, natürlich. Aber du musst ihn dazu bringen, dir das zu erzählen. Es ist wichtig, dass du das weißt.«

Der unheilvolle Unterton in der Stimme von Hundszahn erschreckte Teichläufer. Was konnte denn so Grauen erregend gewesen sein, dass Schote sich entschlossen hatte, die Wahrheit von jedermann fern zu halten? Offenbar befürchtete Schote, dass die Wahrheit Muschelweiß schaden würde. Aber es gab doch kaum Untaten, die es rechtfertigten, ein Kind zu bestrafen. Oder hatte er nur Kupferkopf schützen wollen? Und wie konnte denn Muschelweiß selbst einfach ›vergessen‹, was geschehen war?

Teichläufer fragte: »Bist du deswegen hergekommen? Du willst, dass ich Schote darüber befrage? Warum? Was macht das wohl für einen Unterschied?«

Ein Eichhörnchen keckerte im Wald. Teichläufer sah wieder Hundszahn an, dessen Augen glitzerten.

Heiser flüsternd erklärte Hundszahn: »Es könnte dein Leben retten – und ihres. Sehr bald werden Muschelweiß und du auf eine gefährliche Reise gehen. Du musst unbedingt wissen, wer sie ist und was sie dazu gemacht hat, bevor ihr aufbrecht.«

»Was für eine Reise? Und wohin?«

Hundszahn grinste wieder mit schiefem Mund. »Sag mal, wie war das, als das Vogeljunge die Schale zerschlagen hat? Hat dich der Lichtblitz geblendet? Das habe ich mich dauernd gefragt.«

Teichläufer riss den Mund auf. »Woher weißt du das?«

»Na ja, jeder Blitzjünger macht ja –«

»Jeder Blitzjünger?« brüllte Teichläufer und zwang sich dann, ruhiger zu sprechen. »Du meinst, andere haben vor mir dasselbe durchgemacht?«

»Was? Aber natürlich! Der Blaue Blitzjünger hat das noch viel schlimmer erlebt. Er hatte eine Todesangst vor dem Wasser, und sein Clan musste ihn zusammenbinden wie einen Puter, der gebraten wird, und ihn in den Teich werfen und mit Steinen beschweren.« Hundzahn zerrte an seinem Ohrläppchen und verzog das Gesicht. »Also man erzählt sich, dass der Blaue Blitzjünger, als er wieder auftauchte und keuchte und spuckte, so von Ängsten geschüttelt war, dass das Küken schon ausgebrütet war.«

Teichläufers Hände verkrampften sich in sein Gewand. »Ich – ich weiß nicht ... Willst du mir erzählen, dass Angst die Entwicklung des Vogels beeinflusst?«

»Alles hängt miteinander zusammen, Teichläufer, das weißt du doch. Wie viele Menschen kennst du, die sich jedes Mal verstecken, wenn ein Gewitter kommt? Eine ganze Menge, schätze ich.«

»Was in aller Welt hat das mit dem Blitzvogel in meiner Brust zu tun?«

»Aber es hat sehr viel mit dem Blitzvogel in deiner Brust zu tun.« Hundszahn zwinkerte. »Denk darüber nach.«

Teichläufer dachte darüber nach. »Willst du sagen, dass die Ängste der Menschen den Sturm anziehen? Oder ihn noch schlimmer machen? Nährt die Angst den Vogel? Ich dachte immer, Blitzvögel ernähren sich von Walfischen und Delphinen und andern Tieren aus dem Meer.«

»Ja.«

»Was ja?« Teichläufer schüttelte die Fäuste in der Finsternis. »Nährt sich der Vogel von der Angst?« Streng schaute er in die Augen des alten Irren, und Hundszahn starrte ebenso unverwandt zurück.

»Teichläufer, willst du nicht wissen, warum deine strahlende neue Seele hergekommen ist, um mich zu sehen?«

Teichläufer ließ seine Fäuste in den Schoß zurückfallen. »Ja, ich würde es ganz gern wissen. Aber ich verstehe nicht, warum sie wegfliegt, um mit dir zu sprechen, und dabei noch kein einziges Mal mit mir gesprochen hat.«

»Hat sie das nicht?« fragte Hundszahn überrascht. »Kein Wort?«

»Kein Wort!«

»Na gut.« Er winkte ab. »Das wird sie tun. Wenn es an der Zeit ist. Und danach wirst du fähig sein, alle möglichen wunderbaren Dinge zu tun, wie etwa Regen aus einem klaren Himmel abzurufen und –«

»Hundszahn!« Teichläufers Blicke schweiften unruhig herum. »Was hat sie dir gesagt?«

»Du hast nicht einmal gemerkt, dass sie weggeflogen ist, nicht wahr?«

»Nein«, flüsterte Teichläufer, von Ehrfurcht gepackt. »Wie war das möglich, dass ich das nicht gemerkt habe?«

»Das ist gang und gäbe, Seelen machen das die ganze Zeit. Fliegen hierhin und dorthin, während du schläfst. Deswegen wissen Seelen so vieles, was die Menschen nicht wissen; sie sind Forscher und Entdecker. Und du hast einen ziemlich störrischen Vogel in dir. Der hat mich direkt aus tiefstem Schlaf gerissen.« Hundszahn kratzte sich am Rücken, als wäre er da noch wund. »Wollte mit mir über den Traum sprechen, den ich gehabt habe. Erinnerst du dich noch an meinen Traum?«

»Von den Vier Leuchtenden Adlern?«

»Ja, genau. Dieses Vogeljunge –«

»Wie hätte ich den vergessen können«, warf Teichläufer bissig ein. »Ich hatte schon Angst, mein eigener Clan würde mich im Schlaf ermorden.«

»Also ich gebe zu, daran hatte ich auch gedacht«, erwiderte Hundszahn. »Die Adler sind so alt und schwach und fliegen nur noch mit einem Flügel. Ein jammervoller Anblick. Sind so schrecklich müde, dass sie sich nur mit Mühe in der Luft halten können. Ihr Tag ist fast zu Ende, Teichläufer. Wenn –«

»Hundszahn!« stieß Teichläufer hervor, wohl wissend, was jetzt kommen würde. Die Ängste, die Anschuldigungen, sein ganzes Leben hatte er sie gehört. »Ich verspreche dir, ich werde die Adler nicht töten. Ich wüsste nicht einmal, wie. Und ich will auch nicht, dass die Welt untergeht. Ich habe gerade die wunderbarste Frau der Welt geheiratet. Und ich will, dass wir lange zusammen leben –«

»Lass mich ausreden.« Hundszahn hob eine Hand; sie warf einen unheimlichen, schwankenden Schatten über die Bäume, der einem tanzenden Krieger mit Kriegskeule glich. »Wären die Blitzvögel nicht auf mich herabgestürzt, um mich zur Vernunft zu bringen, dann hätte ich dich bestimmt umgebracht. Aber sie haben mir die Vernunft eingebrannt. Deswegen habe ich dich zum Heiligen Teich gerufen – damit du im Blitz wieder geboren werden könntest. Und deswegen ist das so blendende, schöne Vogeljunge in dir zu mir gekommen. Um mir über deinen Fortschritt zu berichten.«

Teichläufer rutschte hin und her. »Das verstehe ich nicht.«

»Du wirst es noch verstehen. Sehr bald. Das Küken wächst jetzt schnell. Nicht mehr lange, dann wird es sich durch deine Rippen hacken und auf die Jagd gehen. Und dann wird dir alles klar sein.«

Das blauweiße Glühen im Innern von Teichläufer dehnte sich aus und erstreckte sich wärmend bis in Finger und Zehen. »Auf die Jagd?«

»Ja, auf die Jagd! Die Macht wird dir demnächst viel abverlangen, Teichläufer. Dass du Angst hast, ist ganz normal. Tu einfach, was du tun musst.«

Teichläufer hob versuchsweise die Hand und tastete über sein Herz. Die Haut unter dem Gewand fühlte sich unnatürlich heiß an, als ob er fieberte. Er fühlte zwei Herzschläge; einer donnerte gegen seine Rippen, der andere war wie ein schwaches, fernes Donnerrollen. »Ich gelobe, ich werde alles tun, was die Macht von mir verlangt, Hundszahn«, sagte er und fügte leiser hinzu, »was dieser kleine Blitzvogel von mir verlangt.«

Teichläufer benetzte seine Lippen und wappnete sich, um Hundszahn die Frage zu stellen, die ihn nachts wach hielt und ihn seit Tagen quälte. Der alte Mann schien das zu spüren; er runzelte erwartungsvoll die Stirn.

»Hundszahn«, sagte Teichläufer.« Du bist ein großer Seelentänzer. Bitte sag mir – und ich kann die Wahrheit vertragen, wenn ich sie kenne –: Wenn das Vogeljunge sich frei hinaufschwingt – werde ich dann sterben?«

Hundszahn grinste plötzlich. »Du bist doch schon einmal gestorben. Hat's wehgetan?«

»Nun ja ...« Teichläufers Hand glitt zu der Stelle, wo ihn der Speer getroffen hatte. »Ein bisschen.«

»Wovor hast du also Angst?«

Teichläufer, etwas zitterig, zog die Luft ein. »Das heißt also ja, nicht wahr?«

Hundszahn stieß einen Seufzer aus. Eine Wolfsspinne fiel an ihrem Faden von einem Eichenast herab und baumelte vor seinen alten Augen. Als der Netzfaden sich drehte, leuchtete der knollenförmige braungelbe Leib der Spinne im Feuerschein auf und warf einen Schatten wie ein riesiges unförmiges Monster auf die Bäume, wo Schote lag.

»Hm?« fragte Hundszahn sanft. Er beugte sich lauschend zu der Spinne. »Warum soll ich ihm das erzählen, er weiß ja schon, was wichtig ist? Bah! Die Einzelheiten machen ihm die Sache höchstens noch schwerer, und wie du weißt, hat er schon genug Ärger. Wenn er erst Kupferkopf gegenübersteht, wird er schon wissen, was er tun muss, da bin ich ziemlich sicher.«

»Kupferkopf?« flüsterte Teichläufer und verlangte dann laut zu wissen: »Wovon redest du? Soll das das Ziel unserer Reise sein? Los, sag mir das!«

Als wäre das Gespräch für sie zu Ende, kletterte die Spinne auf ihrem unsichtbaren Faden hoch. Hundszahn sah zu, den Kopf immer weiter zurückgebogen, bis die Spinne in den schwankenden Schatten weiter oben verschwunden war. Hundszahn seufzte und sagte: »Spinnen drängen einen so.« Er schüttelte den Kopf und rollte sich unter der Decke zusammen. »Gute Nacht, kleiner Blitzjünger.«

»Hundszahn! Wieso glaubst du, dass ich irgendetwas tun werde, wenn du mir nicht einmal sagst, was für Schwierigkeiten mich erwarten?«

Hundszahn gähnte. »Du weißt doch schon, dass du sterben wirst. Genügt dir das noch nicht?«

Teichläufer hielt den Atem an. Bis zu diesem Augenblick hatte er es nicht geglaubt. Reglos saß er da. Wenn der Wind in die Flammen blies, tanzte der Schatten der Wolfsspinne drehend, hüpfend und schwingend über die vom Feuer beleuchteten Bäume wie ein Kiesel an einer Schnur. Tief in seinem Innern wisperte fortwährend eine Stimme: *Aber ich habe Angst zu sterben, ich bin kaum zehn und fünf Sommer alt, ich will leben!*

»Hundszahn«, flüsterte er. »Hundszahn …!«

Der alte Mann rührte sich nicht, er war offenbar eingeschlafen.

Als Hundszahn zu schnarchen begann, erhob sich Teichläufer und schritt durch das Dunkel, umrundete schwarze Flecken, die Bäume und Bruchholzhaufen waren, und ging dorthin, wo Muschelweiß wartete.

Sie hatte ihrer beider Decken unter den ausladenden Zweigen einer großen Kiefer ausgebreitet. Als er sich näherte, hob sie die obere Decke hoch und rutschte beiseite, um ihm Platz zu machen. Schote schnarchte etwas weiter weg. Teichläufer streifte die Sandalen ab, kroch neben Muschelweiß und umarmte sie heftig. Es tat ihm wohl, ihren Körper an seinem zu spüren und ihren gleichmäßigen Atem zu hören.

»Alles in Ordnung?« fragte sie sanft, als spüre sie seine Furcht.

Teichläufer vergrub sein Gesicht in der Fülle ihres Haars, das angenehm nach Kiefernnadeln roch. »Solange du in Sicherheit bist, bin ich zufrieden. Du bist alles, worauf es ankommt, mein Weib.«

Aber das Zittern in seiner Stimme konnte er nicht ganz unterdrücken.

Muschelweiß streichelte lange seinen Rücken, bis er in ihren Armen einschlief.

18

Eulenfalter lehnte mit dem Rücken an einem Stapel Decken in der Hütte seines Großvaters und spielte ein Fadenspiel mit Stacheljunge. Das sechs Sommer alte Kind saß mit untergeschlagenen Beinen neben Eulenfalter. Voller Aufmerksamkeit betrachtete es das verwickelte Geflecht von Schnüren, das Eulenfalter vor ihn hielt.

»Ich weiß nicht, an welchen ich ziehen soll«, sagte Stacheljunge traurig. »Sag's du mir.« Sein braunes Stirnband konnte die widerspenstigen schwarzen Locken nicht bändigen; sie fielen ihm dauernd über die Augen. Mit einer schnellen Handbewegung wischte er sie beiseite.

Eulenfalter lächelte. Er streckte ihm das Geflecht entgegen und wackelte mit seinem Daumen. »Zuerst nimmst du die hier, und dann –«

Stacheljunge griff hastig nach den gekreuzten Schnüren, aber Eulenfalter riss sie ihm weg, was seinen kleinen Bruder zornig machte. Stacheljunge schlug mit den Fäusten auf die Bodenmatten und rief klagend: »Warum machst du das?«

Eulenfalter setzte sich zurück. »Weil du jedes Mal denselben Fehler machst. Jetzt hör zu.«

Stacheljunge schmollte. »Mach schnell«, sagte er.

Eulenfalter lächelte. »Du musst die beiden Kreuze auf einmal abnehmen. Dann musst du die Kreuze über den oberen Rand ziehen und sie unten drunter bringen, indem du hier eingreifst und hier, sonst fällt das Ganze zusammen. Weißt du noch? Den Fehler hast du schon das letzte Mal gemacht. Und deswegen kommen wir nicht weiter mit diesem Spiel. Wenn du das nicht allmählich begreifst, Stacheljunge, lernst du dieses Muster nie, und dann kommen wir auch nie zum nächstschwereren Abnehmen. Dann bleibst du hier stecken, am Anfang des Spiels, und bleibst da für den Rest deines Lebens.«

Stacheljunge ächzte. »Ich weiß, ich weiß. Das sagst du mir jedes Mal.«

»Ich will dich dazu bringen, dass du nachdenkst.«

»Ich denke ja!« Stacheljunge zog die Unterlippe ein und biss darauf, während er einen neuen Anlauf nahm. Er zupfte an den zwei Schnüren, zog – hielt einen Augenblick nachdenklich inne –, zog die Kreuze über den oberen Rand und schob seine Finger von unten hinauf. Eulenfalter ließ ihn machen, und als Stacheljunge die Schnüre vorzog, erschien das nächste schöne Muster: vier verknüpfte Rechtecke, mit Rauten ausgefüllt.

Stacheljunge kreischte vor Wonne. »Ich hab's geschafft. Schau!«

Eulenfalter lachte. »Ich hab's dir gesagt. Du musst immer erst denken, dann handeln!«

»Mutter wird stolz auf mich sein, wenn sie zurückkommt.«

»Ja«, sagte Eulenfalter und stieß seinen Bruder neckisch in die Seite. Stacheljunge fiel lachend rückwärts und gab Acht, dass er die Schnüre in den Händen behielt. »Sie wird stolz auf dich sein und ihr neuer Ehemann auch, hoffe ich«, fügte Eulenfalter hinzu.

Stacheljunge betrachtete grinsend das Muster, das er geschaffen hatte, und Eulenfalter ließ seinen Blick über das Dorf schweifen; er sah die vertrauten Gesichter seines Clans, hörte, wie sie herzlich miteinander plauderten, und fragte sich, wie ein Blitzjünger sich in eine derart eng verbundene Gruppe einfügen könnte. Die Abendbrise trug den Geruch von gekochten Muscheln und Riesengranadillas herüber. Erwachsene murmelten, und Kinder kicherten, als sie sich um ihre Feuer sammelten. Der Windeck-Clan besaß mehr Knoten und Knüpfstellen als ein Fadenspiel. Eulenfalter hoffte, dass der Blitzjünger sich bei ihnen wohl fühlte, wenngleich er selbst, wie er sich eingestehen musste, zeitweise von Niedergeschlagenheit und Zorn überwältigt wurde, seit seine Mutter verkündet hatte, sie könnte sich wieder verheiraten – und bei der Nachricht, dass sein Vater noch lebte, hatten sich diese Empfindungen noch verstärkt.

Er hatte Eschenblatt gebeten, einen Läufer zum Kernholz-Dorf zu schicken, um seine Mutter von der Heirat abzuhalten. Aber die Ältesten hatten das abgelehnt mit der Begründung, sie hätten zu wenig Leute übrig und könnten keinen entbehren. Außerdem waren sie auf dieses Bündnis dringend angewiesen.

Seitdem war seine Verstimmung noch gewachsen, und er hatte ein Ratespiel mit sich selbst gespielt. Was würde seine Mutter als Erstes tun? Würde sie einen ganzen Tag opfern, um sich von dem neuen Ehemann scheiden zu lassen? Oder sofort blindlings zum Dorf des Stehenden Horns eilen? Es schmerzte ihn, dass er nicht in der Lage war, sie zu begleiten. Sie brauchte ihn. Sein Vater brauchte ihn. Und er konnte keinem von beiden helfen.

Eulenfalter betastete sein verletztes Bein. Es heilte schnell, aber es tat immer noch weh, wenn er zu lange auf den Beinen blieb. Mit Hilfe eines Wanderstabs konnte er ganz gut die Runde ums Dorf machen, aber danach fühlte er sich so schwach wie ein neugeborenes Kätzchen. Er hatte sein Atlatl und seine Speere immer bei sich, wusste jedoch, dass er in einem Kampf ziemlich nutzlos wäre; schon bei dem Gedanken an einen Kriegszug gegen das Dorf von Kupferkopf brach ihm der Schweiß aus.

Rings um das Dorf hatte man Wachtposten aufgestellt, und Flügelriss, Sandbank und Seeigel saßen inmitten der Hütten in einem Kreis und warteten auf ihre Wache. Sie hatten Nachtwache gehalten und waren erst vor kurzem aufgewacht. Sie gähnten und spielten, und jeder hatte sein Atlatl neben sich. Sie spielten das Stängelspiel; man warf dabei fünf verzierte Schilfgrasstängel, und aus der jeweiligen Lage der Stängel ergaben sich die Punkte des Wurfs. Stängel, die gerade nach Norden oder Süden wiesen, erzielten zwei Punkte, die Ost-West-Richtung brachte je einen Punkt. Im Winkel liegende Stängel wurden nicht gezählt. Eulenfalter sah den Einsatz für den nächsten Wurf von Seeigel: eine hornförmige Schneckenmuschel, eine Halskette aus Wellhornschneckenhäusern und ein Feuersteinmesser. Letzteres war am wertvollsten; der Feuerstein war ein Handelsobjekt aus dem Norden und hatte viel gekostet. Seeigel warf, und enttäuschtes Geheul ertönte von den beiden anderen. Seeigel kicherte und sammelte seinen Gewinn ein.

Eulenfalter starrte abwesend auf den östlichen Horizont. Der violette Glanz auf dem Antlitz der Meerfrau verblich. Als die weißen Wellenspitzen grau wurden, schienen die Muschelschalen mit dem sandigen Untergrund zu verschmelzen. Selbst das gleichmäßige Donnern der Meerfrau wurde beim Einbruch der Nacht schwächer.

Eulenfalter senkte den Blick auf die polierten Schneckenmuscheln an seinem Gürtel. Ob Kupferkopf seinen Vater folterte? Der Hass wallte so heftig in ihm auf, dass er die Fäuste ballte.

Stacheljunge flüsterte: »Was ist los mit dir?«

Eulenfalter zwang sich zu einem schwachen Lächeln. »Nichts. Ich habe gerade nachgedacht.«

»Über den Blitzjünger?« Stacheljunge machte große Augen.

»Ja.«

Stacheljunge ließ das Fadenspiel fallen. Die verknüpften Schnüre glichen dem Eingeweide von Vögeln – weiß und faserig. »Der beunruhigt mich. Wenn Vater heimkommt, sollten wir ihn retten. Wird dann der Blitzjünger immer noch mit Mutter verheiratet sein? Schlafen dann beide unter derselben Decke mit ihr?«

Eulenfalter hatte sich das auch schon gefragt. Er sah ein, dass es notwendig war, mit dem Kernholz-Clan verwandt zu sein, aber irgendwie war ihm der Gedanke, dass ihre Mutter bei einem anderen Mann lag, zutiefst zuwider. Seine Eltern, wiewohl beide Krieger, hatten es immer abgelehnt, andere Ehegefährten zu nehmen. Der Grund war, wie jeder wusste, dass sie sich sehr liebten. Aber was würde aus dieser Liebe werden angesichts eines Eindringlings in ihrem Bett? »Viele Krieger haben mehr als einen Ehegefährten, Stacheljunge.«

»Ja, ich weiß. Aber, die sind nicht meine Mutter.« In seinen dunklen Augen war Angst. »Was wird Vater sagen, wenn er unsere Mutter mit dem Blitzjünger teilen soll?«

Eulenfalter zog zärtlich an einer Locke im Haar von Stacheljunge. Dann sagte er leise: »Ich glaube, das sollten Mutter und Vater und der Blitzjünger ausmachen. Du und ich, wir sollten uns nicht den Kopf darüber zerbrechen.«

Stacheljunge nahm das Fadenspiel auf und schüttelte die Verknüpfungen heraus. »Aber ich mache mir trotzdem Sorgen, Eulenfalter. Ich meine, was ist, wenn es Vater nicht gefällt, Mutter mit einem andern zu teilen? Wird er mit dem Blitzjünger dann kämpfen? Ich habe gehört, Blitzjünger haben viel Macht, sie können die Blitzvögel vom Himmel rufen und ihnen befehlen, andere Menschen zu verbrennen!« Stacheljunge sah Eulenfalter fragend an. »Wie kann denn Vater gegen so jemanden kämpfen?«

»Ich weiß nicht.« Eulenfalter seufzte. »Wir sollten dafür sorgen, dass das erst gar nicht passiert.«

Stacheljunge kroch vorwärts, um tief in die Augen seines Bruders zu schauen. Er flüsterte: »Ja. Vielleicht sollten wir den Blitzjünger gleich töten, wenn er schläft. Sobald er herkommt. Wenn er schläft, kann er die Blitzvögel auch nicht rufen, um uns zu verbrennen, oder?«

Eulenfalter unterdrückte ein Lächeln und zauste das Haar von Stacheljunge. »Da muss ich dir sagen, ich habe nicht die leiseste Ahnung, kleiner Bruder. Aber ich schlage vor, wir fragen erst Mutter, bevor wir das machen. Vielleicht hat sie ihren neuen Mann sogar gern.«

»Aber nicht so lieb wie unseren Vater.«

»Nein«, sagte Eulenfalter zustimmend. »Sicher nicht so lieb wie unseren Vater. Aber weißt du was?«

»Was?«

Eulenfalter beugte sich zur Seite und flüsterte: »Wenn der Blitzjünger auch nur im Traum daran dächte, Vater wehzutun, dann würde Mutter ihn doch mit dem Speer erledigen, bevor wir überhaupt dazu kämen, ihn im Schlaf umzubringen.«

Stacheljunge grinste. »Ja, das würde sie bestimmt, nicht wahr?«

»Ganz bestimmt. Ich würde sogar ...« Er sah die alte Traumstein plötzlich in ihrer Hütte am Rand des Dorfes aufstehen. Langes weißes Haar flatterte ihr um die knochigen Schultern, als sie vortrat, um in den Wald zu spähen, als hätte sie da eine Bewegung entdeckt; dann taumelte sie vorwärts und hob einen Arm, als wollte sie auf etwas deuten.

Der Speer kam ihr zum Rücken heraus.

Wie betäubt sah Eulenfalter sie auf dem Sand zusammenbrechen, lautlos wie ein welkes Herbstblatt.

Ihre Tochter sprang auf und rannte zu ihr hin. Ihr heiserer Schrei durchschnitt die Dämmerung, wurde lauter, bis das Zwielicht selber vor Schrecken erbebte. »Krieger!« schrie sie. »Krieger!«

Gleich darauf übertönte Kriegsgebrüll ihr Schreien, und der Schall fuhr auf der Brise einher wie hochschießende Falken. Grausig angemalte Krieger brachen mit erhobenem Atlatl hinter den Bäumen hervor. Wie viele? Zweimal zehn? Dreimal zehn?

Seeigel war aufgesprungen, sein Atlatl in der Hand. »Lauft!« brüllte er. »Lauft! In den Wald! Es sind zu viele!« Flügelriss und Sandbank fuhren hoch und rannten vorwärts, die Atlatl zielgerichtet, um das Dorf zu verteidigen. »Lauft! Jetzt!«

Fassungslose Menschen packten ihre Kinder und liefen kreischend und schreiend in alle Richtungen davon; die bernsteinfarbenen Lichthöfe der Feuer warfen ihre Schatten über den Sand, als wären es schwankende schwarze Riesen. So viele feindliche Krieger waren da! Sie rasten durch das Dorf, warfen Speere, schwangen Keulen und erstachen Frauen, Kinder und Männer mit ihren Dolchen. Leblose Körper lagen ausgestreckt auf dem Sand.

Eulenfalter stürzte sich auf Stacheljunge, presste ihm die Hand auf den Mund und stieß ihn in den Deckenstapel, an dem er gelehnt hatte. »Keine Bewegung!« befahl er. »Bleib da, bis ich sie abgelenkt habe, und dann lauf zu den Bäumen und versteck dich. Versuch nicht, vor ihnen wegzurennen. Verstanden? Halte dich versteckt, bis sie weg sind. Dann lauf nach Süden. Da muss Mutter irgendwo sein. Hast du mich verstanden?«

Stacheljunge rief: »Ja.«

Eulenfalter packte sein Atlatl und vier Speere und brachte es fertig, auf seinem verletzten Bein zu stehen; dann humpelte er von der Hütte weg, hinaus in die Menge der rennenden und kreischenden Menschen.

Der alte Eschenblatt hockte in der Mitte des Dorfes, ein Speer stach aus seinem Magen hervor; mit einer Hand stützte er sich auf den Boden, die andere hielt er bittend in die Höhe. »Hört doch auf! Ich bitte euch. Tötet uns nicht. Was wollt ihr? Wir geben euch alles, was wir haben. Aber tötet uns nicht!«

Ein großer stämmiger Krieger hob seine Keule über Eschenblatt. Eulenfalter stieß einen schrillen Kriegsschrei aus, legte sein Atlatl an und schoss den Speer mit aller Wucht durch die Brust des Kriegers. Der Mann taumelte zurück, und als Eulenfalter einen neuen Speer einlegte, sah er, wie Stacheljunge die Decken abwarf, aufsprang und mit aller Kraft losrannte, durch die Fächerpalmen hindurch in die tanzenden Schatten des Waldes.

Zwei Krieger entdeckten den Jungen, zeigten auf ihn, und einer rannte ihm nach. Eulenfalter wirbelte mit einem irren Schrei herum und schleuderte seinen Speer, alles in einer zügigen Bewegung. Der Speer traf den Krieger in den unteren Teil des Rückens, und er fiel vornüber; die Wucht des Aufpralls trieb den Speer wieder ein Stück aus dem Rücken heraus.

Der andere Krieger wandte sich mit einem Ruck zu Eulenfalter. Er brüllte einen Kriegsschrei und stürzte mit erhobener Kriegskeule nach vorn. Eulenfalter erkannte den Mann, er war einer des Trupps, der ihr Lager in jener Nacht überfallen hatte, in der Blaues Echo und Purpurwinde sterben mussten.

Eulenfalter hatte gerade seinen letzten Speer eingelegt und wollte sein Atlatl zurückführen, als die Keule pfeifend auf seinen Arm fiel und sein Atlatl über den Sand tanzen ließ. Eulenfalter sprang darauf zu, und der Krieger kickte es weg; lachend stand er über Eulenfalter, die schwere mit Messern besetzte Keule in beiden Händen.

»Ich erinnere mich an dich«, brüllte der Mann. »Diesmal stirbst du, du Unflat.«

Eulenfalter wälzte sich zur Seite und hob die Arme, um den Schlag abzufangen.

Ein Zischen ertönte.

Der Krieger stieß einen grunzenden Laut aus, stolperte und blickte hinab auf den Speer, der unter seiner linken Brustwarze hervorragte. Blut floß über seinen muskulösen Bauch. Als er in die Knie ging, stürmte Eulenfalters Mutter aus dem Wald, mit dem Atlatl in der erhobenen Hand und schwarzen funkelnden Augen. Als sie den Kopf zurückwarf und ihren grässlichen Kriegsschrei ausstieß, blieb Eulenfalters Herz beinahe stehen. Die Feinde erstarrten. Keulen und Dolche verharrten regungslos über den Opfern.

Sie haben nicht mit meiner Mutter gerechnet …

Muschelweiß ließ ihnen keine Zeit, um sich zu fassen. Im Laufen legte sie nacheinander drei Speere ein, zielte und schoss. Zwei Männer fielen auf der Stelle, der dritte blieb zwar stehen, griff aber mit offenem Mund fassungslos nach dem Schaft, der seinen Unterleib durchbohrt hatte, und strich mit den Fingern über die feine Befiederung der Adlerfedern. Krieger umringten ihn und registrierten kaum, wie er zusammenbrach und dann mit leeren Augen in den Nachthimmel starrte.

Eulenfalter ergriff die Keule seines Angreifers, rappelte sich auf und schwang sie machtvoll gegen einen anstürmenden Krieger. Er traf den Mann im Magen. Der stolperte über die Keule und landete mit aufgerissenem Bauch im Sand. Der stechende Geruch zerfetzter Eingeweide hing in der Luft. Eulenfalter drehte sich geschwind herum, zielte auf das Gesicht des verwirrten Mannes, ließ die Keule niedersausen und zerschmetterte ihm die Nase, deren Knochensplitter durch die Augenhöhlen ins Gehirn getrieben wurden.

Ein Speerhagel war die Antwort. Eulenfalter ließ sich fallen und kroch auf dem Bauch vorwärts in die Deckung des toten Mannes. Seine Mutter blieb auf den Beinen, duckte sich zwischen den Hütten, die sie als Deckung benutzte, hob fehlgeleitete Speere auf und schleuderte sie mit tödlicher Genauigkeit zurück. Weitere zwei Männer lagen in ihrer Bahn, und das Blut ihrer Wunden bildete Pfützen im weißen Sand.

Ein Krieger griff Muschelweiß von der linken Seite an, und Eulenfalter schrie: »Mutter, Achtung, links!«

Der Mann schwang seine Keule, aber sie duckte sich flink wie ein Wiesel, ergriff den Dolch in ihrem Gürtel, drehte sich auf der Stelle und trieb den geschärften Hirschknochen zwischen die Rippen des Mannes. Als sie die Waffe herauszog, packte das Opfer ihre Hand und taumelte in sie hinein. Sein Gewicht ließ Muschelweiß rückwärts stolpern, und zwei feindliche Krieger warfen sich von hinten auf sie und umklammerten ihre Arme.

»Wir haben sie!« brüllte einer der Männer und hüpfte herum wie ein aufgeregter Junge. »Wir bringen Kupferkopf ihre Leiche und leben bis zu unserem Ende in Ruhm und Ehren.«

Trotz seiner Todesangst kam Eulenfalter auf die Beine, die Keule in beiden Händen, und humpelte vorwärts. Das verletzte Bein tat ihm unbeschreiblich weh. Der große hagere Krieger, der den rechten Arm von Muschelweiß festhielt, lachte Eulenfalter aus und befahl: »Tötet ihn, schnell! Damit wir die kriegen, die noch leben, und dann nach Hause gehen können.«

Bevor der Krieger sein Atlatl heben konnte, pfiff ein weiterer Speer durch die Luft, und Eulenfalter sah die Feuersteinspitze im Feuerschein glänzen, als der Pfeil durchs Dorf flog. Der Aufprall warf den jungen Krieger nach vorn, und Muschelweiß setzte ihr ganzes Gewicht ein, um sich aus dem Griff des anderen Kriegers zu befreien, worauf sich beide am Boden wälzten. Der Krieger zog die Knie unter sich an und spannte die Muskeln an, um auf sie zu springen. Doch während er noch sprang, stieß Muschelweiß dem Mann ihren Hirschbeindolch in die Kehle. Sofort war sie wieder auf den Beinen und raste vorwärts; der Mann am Boden war noch nicht ganz tot, doch das würde er bald sein.

Schreckenslaute kamen von den noch verbleibenden Kriegern von Kupferkopf. Einer von ihnen, klein und mager, deutete auf etwas und brüllte: »Seht mal dort!«

Mit einem Ruck drehte sich Eulenfalter um.

Ein Mann mit Kapuze tauchte zwischen den Bäumen auf. Seine langen Ärmel hingen ihm über die Hände, und sein hellbraunes Gewand schleifte über den Boden; im Kapuzenrahmen sah man weißes Haar, das ein geisterhaft bleiches Gesicht umhüllte. Sein Gang war so voller Anmut, dass es schien, als schwebte er über den Sand, und seine Augen – Heilige Geister! – funkelten in einem rosig glänzenden Licht. Er breitete die Arme aus …

»Das ist der Blitzjünger!«

Der Schrei lief durch die feindlichen Reihen wie ein Buschfeuer.

»Seht nur! Da kommt er!«

»Der Blitzjünger von Kupferkopf.«

Muschelweiß nutzte jeden Augenblick ihres Erschreckens aus, um sie zu töten. Sie hatte irgendwo eine Kriegskeule aufgehoben und schwang sie mit tödlicher Sicherheit. Dem hohlen Krachen eines zerschmetterten Schädels folgte ein wilder Aufschrei, dem wiederum ein hohles Krachen folgte. Kupferkopfs Krieger stolperten übereinander und murmelten vor sich hin. Dann wandten sie sich zur Flucht.

Muschelweiß setzte ihnen im Wald nach.

Eulenfalter wirbelte herum und sah, wie der Blitzjünger die ausgestreckten Arme sinken ließ. Wie von einer plötzlichen Schwäche übermannt, fiel der junge Mann zu Boden und packte sein Gewand über dem Herzen. »Heilige Sonnenmutter!« keuchte er.

Schote kam mit erhobenem Atlatl aus dem Wald gelaufen. »Teichläufer«, brüllte er, »steh auf, damit ich dich sehen kann.«

Der Junge gehorchte, hatte aber große Mühe, sich zu erheben. Das weiße Haar umflatterte sein angespanntes Gesicht; er schob die Kapuze zurück und stellte sich breitbeinig hin, zitterte aber wie ein Grashalm im Sturm.

Schote ging am Blitzjünger vorbei zu Eulenfalter und beobachtete dabei den Wald.

»Großvater«, sagte Eulenfalter erleichtert, als sie sich umarmten, »dank den Geistern bist du zur rechten Zeit gekommen, sonst wären wir alle tot.«

»Du meinst, dank den Geistern, dass deine Mutter herkam. Sie spürte, dass etwas nicht stimmte, das war vor etwa einer halben Zeithand. Sie warf uns ihren Beutel zu und rannte mit aller Kraft los. Teichläufer und ich folgten ihr, so schnell wir konnten. Am Waldrand sah ich gerade noch zur rechten Zeit, wie die zwei Krieger deine Mutter packten. Das war mein Speer, der den einen rechts von ihr durchlöcherte.«

Stolz schlug Eulenfalter seinem Großvater auf die Schulter. »Dank den Geistern.«

Schotes hageres altes Gesicht fiel zusammen, als er all die Toten im Dorf herumliegen sah. Flügelriss lag nicht weit von Sandbank entfernt; die beiden jungen Krieger waren tot. Voller Trauer sah er Eschenblatt; dem Ältesten war es gelungen, noch so lange am Leben zu bleiben, dass er den Speer eines Fehlwurfs aufheben konnte. Er lag auf der Seite, den Speer mit ausgestreckter Hand umklammernd.

»Wo sind die anderen?« fragte Schote.

»Viele rannten in den Wald, verfolgt von Kupferkopfs Kriegern. Ich glaube, Seeigel lief hinaus, um unsere Frauen und Kinder zu schützen. Wir können nur hoffen, dass ein paar von ihnen …« Eulenfalter schüttelte den Kopf.

Schote nickte. »Wo ist dein Bruder? Ich sehe ihn nicht.« In seiner alten Stimme schwang quälende Angst mit. Sein Blick suchte unter den Toten nach kleinen Leichen.

»Ich hab ihm gesagt, er soll sich im Wald verstecken.« Eulenfalter hielt sich die Hände trichterförmig an den Mund und schrie: »Stacheljunge! Stacheljunge!«

Palmenwedel schlugen im Wald zusammen, und aus

den Schatten kam der kleine Junge gerannt, Gesicht und Arme zerkratzt, welke Blätter im Haar. Seine Augen waren so groß wie kleine Monde.

Kniend fing Schote Stacheljunge auf und drückte ihn an sich. »Ich war in Sorge«, sagte er.

»Ich habe mich in einem Dachsbau versteckt, Großvater, und alte Zweige drüber gezogen. Dauernd sind Krieger drum herumgelaufen.«

Schote küsste den Jungen heftig auf die Stirn. »Du bist sehr schlau. Du wirst mal ein großer Krieger.«

Eulenfalter klopfte seinem Bruder auf den Rücken und humpelte zum Blitzjünger. Teichläufer war eine Handbreit größer als Eulenfalter, hatte aber schmächtige Schultern und sah in seinem langen Gewand sehr hager aus. Immer noch zitterte er stark und keuchte, als wäre er den ganzen Weg vom Kernholz-Dorf hergerannt, um die Schlacht aufzuhalten. Als Eulenfalter näher kam, kniff der Blitzjünger die Augen zu, und zwei scharfe Linien gruben sich in die rosige Haut zwischen den dünnen weißen Brauen.

»Ich bin Eulenfalter«, sagte er, »der Sohn von Muschelweiß. Das war sehr mutig von dir, den Männern ohne Atlatl in der Hand entgegenzutreten.«

Teichläufer schaute auf, fuhr sich mit der Zunge über die blassen Lippen und antwortete: »Nein, nein, das stimmt so nicht. Ich konnte keinen von denen sehen. Hie und da« – er machte eine unbestimmte Handbewegung – »sah ich etwas Schattenhaftes, das sich durchs Dorf bewegte, aber ich wusste wirklich nicht, ob das ein Mensch war. Was mich betrifft, hätte es genauso gut ein großer Bär sein können.«

Eulenfalter blickte in diese unheimlichen rosa Augen und fragte: »Kannst du nicht sehen?«

»Nur aus nächster Nähe. Dich sehe ich jetzt ganz gut.«

Schote gesellte sich zu ihnen und trug Stacheljunge auf den Hüften. Als der Junge Teichläufer sah, starrte er ihn unverwandt an. Schote sagte: »Stacheljunge, das ist Teichläufer, der neue Ehemann deiner Mutter.«

Stacheljunge steckte sich einen Finger in den offenen Mund und nuschelte: »Ich habe gesehen, wie du diese Krieger verscheucht hast. Deshalb will ich dich nicht mehr töten. Ist vielleicht gut, dich in der Nähe zu haben.«

Teichläufer wandte sich stirnrunzelnd an Schote. »Dein Enkel wollte mich töten?«

Schote zog die weißen Brauen hoch. »Das hat er zwar gesagt, aber ich glaube nicht –«

»Einen Augenblick!« Eulenfalter hob eine Hand. Schote drehte sich erwartungsvoll zu ihm um. Mit müder, sanfter Stimme sagte Eulenfalter: »Kupferkopf hat uns vor zehn und einem Tag einen Läufer geschickt. Vater lebt. Er ist im Dorf des Stehenden Horns gefangen.«

Schote senkte den Kopf. Er schwieg eine Weile und flüsterte dann: »Ich werde es jetzt deiner Mutter sagen.«

»Ja, Großvater.« Eulenfalter warf einen Blick auf Teichläufer.

Teichläufer biss sich auf die Lippen und schloss die Augen. Herzlich sagte er: »Den Geistern sei Dank.«

Aber ich möchte helfen, Schote.«

»Nein, Teichläufer. Das ist nicht deine Sache. Du bist neu hier. Ich fürchte, deine Gegenwart wird nur weitere Unruhe bringen. Bitte. Du zitterst immer noch. Geh zur Hütte von Muschelweiß. Wir werden uns um unsere eigenen Toten kümmern.«

Teichläufer nickte und wandte sich ab.

Es hatte länger als eine Zeithand gedauert, bis die ersten wieder ins Windeck-Dorf zurückfanden. Einige Männer kamen als Erste, dann folgten Frauen und Kinder.

Teichläufer betrat die Hütte von Muschelweiß und kniete neben der kalten Feuerstelle nieder. Er hörte die Klagelaute seiner neuen Verwandten, die durch die Reihen der Toten gingen, Speerschäfte abbrachen und ihre Lieben zur Südseite des Dorfes brachten. Man hatte viele schön gefärbte Decken über die Toten gebreitet. Morgen würde man sie waschen, neu bekleiden und für die Bestattung vorbereiten. Teichläufer würde ein Außenseiter sein, nur als Beobachter zugelassen. Es machte ihm nichts aus, aber er fühlte sich einsam. Er war hier ein Fremder. Fehl am Platze. Niemand außer den nächsten Verwandten von Muschelweiß hatte ihm bis jetzt überhaupt in die Augen gesehen. Und Muschelweiß war noch nicht zurückgekommen. Er verzehrte sich nach ihr. War sie noch am Leben? Oder hatten sie Kupferkopfs Krieger getötet und irgendwo im finsteren Wald liegen gelassen? Genau davor hatte er Angst, dass er sie nicht mehr finden könnte und sie dazu verdammt wäre, auf ewig in der Welt herumzuirren.

Teichläufer zog die Kapuze hoch, um sich vor dem eisigen Nachtwind zu schützen. Aber er würde sie finden! Was immer er dafür tun müsste! Selbst wenn es nötig wäre, das Werkzeug seines eigenen Todes zu fragen, das Blitzvogeljunge, das im Käfig seiner Brust glühte. Dieses Geschöpf schlief nie; dauernd musste er zusammenzucken, denn dauernd stieß es gegen seine Rippen, als wollte es seine blauweißen Flügel unbedingt stärken, um sich möglichst bald in die Höhe schwingen zu können. In dem Augenblick, da Teichläufer aus den Bäumen herausgetreten war und die Arme vor den Feinden ausgebreitet hatte, war ein Donnergrollen durch seine Adern gerast, ohne aufzuhören. Noch immer zitterte sein ganzer Körper.

Er flüsterte: »Vogeljunges, ich bitte dich, damit aufzuhören.« Aber es hörte nicht auf, und Teichläufer seufzte und blickte auf das Meer hinaus. Seinen schwachen Augen erschien Schwester Mond wie ein riesiger silberner Schmierfleck, der den halben Nachthimmel ausfüllte, und das Mondlicht auf dem Wasser glich dem Strand am hellen Tag, weiß und schimmernd. Als sie einst noch recht klein gewesen waren, hatte Rotalge versucht, ihm beizubringen, wie die Dinge in Wirklichkeit aussahen. Da er in der Nähe alles erkennen konnte, hatte sie eine Schneckenmuschel auseinander geschnitten, so dass sie kreisförmig etwa so groß war, wie Schwester Mond am Himmel erschien, und sie ihm in die Hand gelegt. Verdutzt hatte er gesehen, wie klein sie war. Wie denn? Ein Silberkreis, nur ein wenig größer als seine Kinderhand? Als ihm seine Großmutter versichert hatte, dass das die Wahrheit war, hatte er den Nachthimmel nie mehr so wie früher angeschaut. Wenn Schwester Mond schon so klein war, wie stand es dann mit den riesigen und herrlichen Leuchtleuten? Waren sie dann etwa nur mehr Stachel aus Licht? Das war alles sehr verwirrend gewesen. Er dankte der Sonnenmutter, dass er Rotalge gehabt hatte, die ihn solche Dinge lehren konnte.

Teichläufer senkte den Kopf und betrachtete die welken Blätter, die auf die grob gewebten Bodenmatten geweht worden waren. Rotalge fehlte ihm. Seine Großmutter auch. Er vermisste sie alle, die von Kernholz-Dorf. So sehr er auch mit Muschelweiß hier zusammen sein wollte, so wenig konnte er offenbar seine Seelen zufrieden stellen.

Muschelweiß trat aus dem Wald, höchstens vierzig Handbreiten entfernt. Ein kräftig gebauter Krieger tauchte hinter ihr auf; Teichläufer sprang auf die Beine, sein Herz trommelte wild. Das ganze Dorf sah auf.

Stacheljunge brüllte: »Mutter! Mutter!« Er raste, die kleine Brust vorgereckt, auf sie zu. Schote und Eulenfalter folgten dem Jungen auf den Fersen.

Muschelweiß kniete nieder, und Stacheljunge warf sich in ihre Arme. Sie umarmte ihn und streckte Eulenfalter eine Hand entgegen; ihr älterer Sohn nahm sie und lächelte.

Schote schlug dem Krieger auf die Schulter. »Seeigel«, sagte er, »wie schön, dich zu sehen. Alle Kinder singen Loblieder auf dich und erzählen, wie du vier feindliche Krieger angegriffen hast, um sie zu retten.«

Seeigel machte eine leichte Handbewegung. Er war ein kleiner, untersetzter Mann mit so vielen Muskeln auf den Knochen, dass er einem jungen Bären glich. »Einige konnte ich retten, aber sehr viel mehr mussten sterben, Schote.«

»Ja«, erwiderte Schote sanft. »Ich weiß. Es ist nicht zu ändern. Wenn wir morgen unsere Toten begraben haben, packen wir unsere Sachen und brechen nach Süden auf. Wir stoßen zum Kernholz-Clan bei der Lagune der Seekuh.«

Seeigel nickte. »Ich kann dir nicht sagen, wie sehr mich das freut. Hast du es den anderen schon gesagt?«

»Noch nicht.«

»Darf ich's ihnen sagen?« Er wies auf die Menschen, die

wie verirrte Seelen durch das Dorf streiften. »Es wird ihren Schrecken vielleicht etwas lindern.«

»Ja sicher. Mach nur.«

Ihre Stimmen klangen so liebevoll und herzlich, dass Teichläufer sich ihnen am liebsten beigesellt hätte, aber er wollte ihr Wiedersehen nicht stören. Als Seeigel wegging, ballte Schote die Fäuste und wartete. Muschelweiß stand auf, als Stacheljunge sie losließ. Schote legte ihr beide Hände auf die Schultern und sah ihr in die Augen.

»Was ist?« fragte sie, als wüsste sie schon beim Anblick seines faltenreichen Gesichts, dass sich etwas Schreckliches ereignet hatte. Ihre Augen waren kalt geworden, funkelten aber.

»Tauchvogel lebt. Er –«

»Er lebt?« fragte sie ungläubig. »Wo ist er? Wo ist mein Mann?« Sie überblickte das Dorf. Sie schüttelte Schotes Hände ab, aber bevor sie fortrennen konnte, packte er ihre Schultern abermals mit einem so festen Griff, dass sich seine Finger in ihre blutbefleckte Tunika bohrten.

»Er ist nicht hier«, sagte Schote. »Er wird im Dorf des Stehenden Horns gefangen gehalten. Kupferkopf –«

Einen Augenblick lang schwankte sie unter der Wucht dieser Worte. Schote umfasste ihre Hüften, um sie aufrecht zu halten. »Es geht ihm gut, Muschelweiß.«

»Ja, Mutter. Das stimmt«, beeilte sich Eulenfalter einzuwerfen. »Kupferkopf hat einen Läufer geschickt, um uns zu benachrichtigen. Er –«

»Ja, natürlich tat er das«, murmelte Muschelweiß. Ihre Stimme zitterte vor unterdrückter Wut. »Dass ich Tauchvogel für tot halten könnte, das ertrug er nicht. Was hat der Läufer sonst noch gesagt?«

»Nichts, Mutter«, antwortete Eulenfalter düster. »Er kam hergerannt, lieferte seine Botschaft ab und war wieder verschwunden.« Muschelweiß schloss für einen Moment die Augen, als wollte sie Kräfte sammeln, dann eilte sie so hurtig fort, dass Schote stolperte, als sie sich von ihm freimachte. Stacheljunge beobachtete Großvater und Bruder und verzog das Gesicht, als wollte er gleich weinen.

Muschelweiß schritt in die Hütte, wortlos an Teichläufer vorbei. Sie löste drei kleine Stoffbeutel von den Dachpfosten und legte sie vor sich hin. Einer war leer, die anderen enthielten Dörrfleisch, Fisch und Pilze. Sie stopfte sich einen Vorrat in den leeren Beutel.

Teichläufer fragte: »Du gehst ins Dorf von Kupferkopf, nicht wahr?«

»Ja.«

Er griff nach seinem eigenen, größeren Beutel, der vier Handbreit hoch und drei breit war. Damit hockte er sich vor sie hin. Sie schien gar nicht zu bemerken, dass er auch Vorräte einpackte. »Wann gehen wir?«

»Ich gehe bei Tagesanbruch. Ich muss schlafen, um etwas Kraft zu gewinnen, und dann breche ich auf. Wenn ich den ganzen Weg laufe, kann ich in drei bis vier Tagen dort sein.«

»Ich komme mit.«

»Ich gehe allein.«

»Nein«, schrie Teichläufer. »Bitte, Muschelweiß. Du brauchst mich! Ich –«

Ihre brennenden Augen bohrten sich in seine. Sie warf ihren Beutel zu Boden, packte ihn an den Schultern und schüttelte ihn heftig. »Wenn du noch nie auf jemanden gehört hast, Teichläufer, dann hörst du mir jetzt zu! Ich brauche niemanden. Du bist mir nur eine Last auf meinem Kriegszug, und die kann ich nicht brauchen.«

»Aber –«

»Deine Hilflosigkeit stürzt uns beide ins Verderben. Und wenn ich sterbe, stirbt Tauchvogel auch, und das will ich verhindern.«

Sie marschierte durch die Hütte und nahm von einem Stapel neben ihrem Lager auf der Nordseite ein frisches, sauber gefaltetes Gewand. Im Nu hatte sie sich die beschmutzte Tunika über den Kopf gezogen und auf die Matten geworfen. Er hatte keine Augen für ihre nackte Schönheit. Sie schlüpfte in das neue Gewand, löste den alten Gürtel von der Tunika und band ihn sich um. Dann griff sie unter die Decken, zog drei Speere hervor – schlief sie immer mit Speeren unter der Decke? – und nahm ein neues Atlatl von einem Zapfen in einem Pfosten. Sie legte alles auf den Boden, hob die Decken hoch und kroch in die Lagerstatt.

»Muschelweiß«, rief er. »Ich möchte noch mit dir sprechen.«

Sie wälzte sich auf den Rücken und schloss die Augen. Kurz darauf hörte Teichläufer sie regelmäßig atmen. Er runzelte die Stirn, als ihr schönes Gesicht sich entspannte. Konnten das alle anderen Krieger auch? Sofort in einen tiefen Schlaf fallen? Er hatte von dieser Fähigkeit schon gehört, sie aber noch nie beobachtet. Oder täuschte sie den Schlaf nur vor, um sich ihm zu entziehen?

Teichläufer setzte sich neben sie und legte sich ihre Waffen in den Schoß für den Fall, dass Feinde zurückkämen, so nahe, dass er sie mit Speeren abwehren könnte. Eine ganze Zeithand lang beobachtete er die Dörfler. Eulenfalter und Stacheljunge kamen wieder in Schotes Hütte, offenbar um das Abendessen und Tee zu machen.

Schote half mit, die Toten wegzutragen. Seines Alters wegen war er eingeteilt, die Leichen der Kinder fortzubringen. Tränen strömten ihm über die ledernen Wangen. Er flüsterte sanft mit jedem toten Kind, und oft küsste er eines auf die Stirn oder strich ihm blutverklebtes Haar aus dem Gesicht. Ungehemmtes Schluchzen war allenthalben zu hören.

Schließlich kehrten die Leute heim und machten Feuer; sie setzten sich darum herum und stützten sich gegenseitig, weinten leise, redeten miteinander und versuchten, etwas zu essen.

Stirnrunzelnd sah Teichläufer Stacheljunge aus Schotes Hütte kommen. Der Junge rannte durch das Dorf und blieb kurz vor Teichläufer heftig atmend stehen. Sein schwarzes Haar hing ihm strähnig über die Pausbacken.

»Was ist?« fragte Teichläufer leise.

Der Junge stützte die Hände auf die Knie und beugte sich vor, damit Teichläufer ihn hören konnte und er ihm nicht zu nahe zu kommen brauchte. »Komm bitte. Ich soll dir ausrichten, dass das Essen fertig ist und Großvater mit dir sprechen möchte.«

19

Schote lag ausgestreckt vor dem Feuer, das er mit einem langen Stock lässig schürte. Orangefarbene Funken tanzten in die milde salzige Brise. Das schreckliche Erlebnis hatte seine Sinne betäubt, er fühlte sich so leer wie ein zerrissener alter Korb. Eulenfalter saß ihm gegenüber. Er hatte schon eine Schale mit Gänsebraten geleert und war bei der zweiten. Er schaute von dem saftigen dunklen Fleisch hoch und wischte sich mit der Hand über den Mund.

»Soll ich gehen, wenn er kommt?« fragte er.

Schote seufzte. »Ja, das ist wohl besser. Was ich ihm zu sagen habe, wird er nicht gern hören; das hört er am besten allein, das erspart ihm Verlegenheit.«

Eulenfalter nickte. »Reich mir einen der Speere, die du aufgehoben hast, Großvater. Ich kann mich darauf stützen, wenn ich durchs Dorf gehe.«

Schote gab ihm einen Speer, den der Jüngling neben sich legte; er stopfte sich weiter Gänsefleisch in den Mund und kaute, so schnell er konnte. Gesicht und Hände waren fettverschmiert. »Das muss ein schönes Festessen gewesen sein«, bemerkte er.

Schote lächelte mit wehem Herzen. »O ja. Der Kernholz-Clan sparte an nichts. Körbe und Schalen waren randvoll mit Essen. Es war eine großartige Hochzeit.«

»Ich wünschte, ich wäre dabei gewesen.«

»Ja, das hätte deine Mutter bestimmt glücklich gemacht.«

Eulenfalter setzte die Schale ab und stützte den Speerschaft auf den Boden, um sich daran aufzurichten. Der Schmerz verzerrte sein Gesicht, aber er lächelte Teichläufer an, als der Blitzjünger mit Stacheljunge hereinkam. Verlegen blieb Teichläufer in seinem langen Gewand stehen, das weiße Haar hing ihm über den Rand der Kapuze. Die Arme ließ er herabhängen, die Ärmel bedeckten die Hände.

Eulenfalter sagte: »Ich werde über Mutter wachen, solange du hier bist, Teichläufer, wenn es dir recht ist.«

»O ja, Eulenfalter.« Teichläufer versuchte zu lächeln, aber das Lächeln verging ihm sofort. »Vielen Dank.«

Eulenfalter strich Stacheljunge über den Kopf. »Komm mit, kleiner Bruder, du kannst mir helfen, Mutter zu bewachen.«

»Aber ich möchte hier bleiben«, sagte Stacheljunge und reckte den Kopf, um hochzuschauen. Er wollte offenbar noch weiter auf den Blitzjünger starren – in der sicheren Gesellschaft von Großvater und Bruder.

»Nein, das möchtest du nicht«, verbesserte ihn Eulenfalter. »Großvater will mit Teichläufer allein sprechen. Wir beide sind hier fehl am Platz. Komm mit.« Eulenfalter humpelte durchs Dorf, von Stacheljunge widerwillig begleitet. Stacheljunge blickte dauernd über die Schulter auf Teichläufer zurück.

Schote wies auf die Matten. »Setz dich, Teichläufer. Bediene dich, nimm dir zu essen; du musst Hunger haben.«

»Daran hätte ich gar nicht gedacht.«

»Aber du musst etwas essen. Setz dich.«

Mit dieser flüssigen Bewegung, die Teichläufer eigen war, setzte er sich und nahm sich ein dickes Stück Gänsebraten aus der Holzschale neben dem Feuer. Er sah verwirrt und verletzlich aus. In seinen Augen schimmerte Schmerz. Schote wartete ruhig ab, bis er sich ein zweites Stück genommen hatte; der junge Mann sollte etwas im Magen haben, bevor die Unterredung begann. Schote hatte erkannt, dass Teichläufer ein äußerst zart empfindendes Herz besaß, und Schote wollte ihn, den Muschelweiß schon verletzt hatte, nicht noch weiter verletzen. Er würde ohnehin in den nächsten Zeithänden noch weiteres Leid von Muschelweiß erfahren. Aber es gab Dinge, die gesagt werden mussten, so unerfreulich sie auch sein mochten.

Als Teichläufer fertig gegessen hatte und sich die fettigen Hände am Saum seines hellbraunen Gewandes abwischte, schenkte sich Schote eine weitere Tasse Brunnenmoostee ein. Mit seiner milden Säure galt er als Heilmittel und besänftigte schwache Nerven. Auch für Teichläufer füllte er einen Kürbispokal. »Vielen Dank«, sagte der Jüngling. Er nippte am Tee und berichtete stirnrunzelnd: »Sie ist entschlossen zu gehen, Schote. Allein. Sie hörte mich nicht einmal an.«

Schote nickte. »Ich weiß. Deswegen wollte ich mit dir sprechen. Sie hat dich sicher heute Abend verletzt. Wenn sie außer sich gerät, wird sie sehr schroff, manchmal sogar grausam. Nicht, weil sie dir wehtun will, Teichläufer. Es ist nur so, dass sie gerade jetzt nicht die Zeit hat, dir alles zu erklären. Sie –«

»Ich gehe mit ihr.«

Schote hielt erschrocken inne, dann nahm er noch einen Schluck. Ruhig fragte er: »Wird sie das zulassen?«

»Sie will es nicht, aber das ist mir gleichgültig. Ich werde gehen«, sagte Teichläufer eigensinnig. »Ich werde nicht zulassen, dass sie allein geht. Das ist zu gefährlich.«

Schote drehte die Tasse in seinen Händen, und Teichläufer sah ihm mit geröteten Wangen erwartungsvoll zu. »Hast du einmal darüber nachgedacht, Teichläufer, dass deine Begleitung sie vielleicht noch mehr gefährden wird?«

»Sie hat gesagt, ich sei eine Last, aber ich –«

»Du wärst eine Last. Verstehst du nicht, dass sie sich dann fortwährend um deine Sicherheit sorgen muss? Sie hat dich gern, Teichläufer, und deshalb wirst du sie ablenken. Sie wird nicht fähig sein, sich auf den Wald zu konzentrieren, auf ungewohnte Farben oder Formen, auf Dinge, die ihr einen feindlichen Krieger verraten, bevor er sie gesehen hat. Stattdessen muss sie sich Sorgen machen, ob du die giftige Schlange im Gras siehst oder ihr Zeichen, stehen zu bleiben und lautlos zu sein, weil sich vor ihr etwas bewegt hat. Und wenn du's nicht siehst, Teichläufer? Wenn's ein Trupp von Kupferkopf ist? Du kannst nicht gut sehen, und das könnte euer beider Tod bedeuten.«

»Aber ich muss unbedingt dabei sein, Schote«, sagte Teichläufer. »Du verstehst das nicht. Nicht, weil ich unbedingt gehen will, im Gegenteil, ich habe eine Todesangst. Aber ich muss bei ihr sein. Das ist«, er zog verlegen an seinen langen Ärmeln, »das ist es, was die Geister mir aufgetragen haben.«

»Die Geister?«

Teichläufer schluckte heftig. Er schien mit sich zu kämpfen. »Ich kann es nicht erklären, Schote. Ich habe versprochen, dass ich es keinem erzählen würde – außer Muschelweiß –, aber dazu hatte ich noch keine Gelegenheit. Ich muss einfach mit ihr gehen!«

Schote strich mit den Daumen an der Tasse entlang. »War es das, was dir die Geister am Heiligen Teich gesagt haben? Ich weiß noch, dass der verrückte alte Hundszahn so etwas Ähnliches erwähnt hat.«

Teichläufer nickte.

»Na gut«, sagte Schote. »Ich nehme solche Dinge sehr ernst, aber ich will, dass du zuerst einmal an die Sicherheit deiner Frau denkst. Geister wissen auch nicht alles, glaube ich. Für alle Beteiligten wäre es vielleicht das Beste, wenn du hier bliebest, uns packen hilfst und mit uns zum Kernholz-Dorf ziehst. Wir könnten dich gut brauchen, Teichläufer.« Seine Blicke glitten zur Reihe der Leichen am Dorfrand. Die über sie gebreiteten farbigen Decken wölbten sich im Wind, und gelegentlich erhaschte Schote einen Blick auf das in Entsetzen erstarrte Gesicht eines lieben Freundes. Immer noch drangen Klagelaute aus den Hütten. Wie mit einem Lederriemen umschnürt zog sich ihm das Herz zusammen, so sehr, als ob es gleich zerbersten müsste. »Wir brauchen jeden gesunden Mann, den wir bekommen können.«

Teichläufer sah in die tanzenden Flammen; der orangefarbene Schein lag auf seinem Gesicht. Die rosige Färbung der Haut und der Abglanz des Feuers ergaben eine seltsame Farbmischung, die ebenso fantastisch wie geisterhaft war. Er fühlte sich, als wäre er auf den Grund eines Riffs getaucht und hätte dort ein in die Korallen gemeißeltes Gesicht entdeckt.

Da er nicht antwortete, sagte Schote: »Und was machst du, wenn sie deine Frau töten? Dann wirst du wahrhaft allein sein, inmitten feindselig gesinnter Fremder. Sei ehrlich zu dir selbst, Teichläufer. Der dümmste Krieger der Welt könnte sich von hinten an dich heranschleichen und dir die Kehle durchschneiden. Das weißt du auch. Weder ich noch deine Frau möchten, dass das geschieht.«

Der junge Mann blickte mit klaren Augen auf. Als hätte

er nicht zugehört, sagte er: »Schote, bevor wir aufbrechen, ist da noch etwas, was ich dich fragen muss. Hundszahn hat es mir aufgetragen.«

»Hundszahn hat es dir aufgetragen? Heilige Geister, das macht mir Angst. Worum geht es?«

Teichläufers weiße Brauen zogen sich zusammen. »Um das, was Kupferkopf Muschelweiß angetan hat, als sie zehn und einen Sommer alt war. Hundszahn meinte, es wäre sehr wichtig für mich, das zu wissen.«

Schote hatte das Gefühl, eine Riesenhand hätte seine Seelen gepackt und geschüttelt. »Hundszahn meinte, du solltest mich danach fragen?«

Teichläufer nickte. »Ja.«

Schotes Hände verrieten sein Unbehagen. Er faltete sie, um seine Unruhe zu verbergen. »Was würde das ändern, wenn du es wüsstest?«

»Das habe ich Hundszahn auch gefragt«, erwiderte Teichläufer. »Und er sagte Folgendes: Es könnte dein Leben und ihres retten; sehr bald wirst du mit Muschelweiß unterwegs sein, unter schwierigen Bedingungen, und du musst unbedingt wissen, wer sie ist und wer sie zu dem gemacht hat, was sie ist, bevor ihr aufbrecht.« Teichläufer spähte unter seinen farblosen Lidern zu Schote auf. »Ich weiß nicht, warum er das gesagt hat. Aber er hielt es für sehr wichtig, dass ich dich darüber befrage. Er hat auch gesagt, es würde sehr schwer für mich sein. Bitte sag es mir, Schote, ich verspreche dir, es niemandem zu erzählen.«

Es hatte sich vor langer Zeit zugetragen, war aber noch nicht lange genug her, als dass Schote seine Wut und seinen Hass vergessen hätte. Die vergangenen dreimal zehn Sommer hatten diese starken Gefühle nicht einmal abschwächen können. Und jetzt hing vielleicht das Leben seiner Tochter davon ab, dass er über diese Ereignisse sprach?

Schote setzte sein Kürbisgefäß ab. Teichläufer beobachtete ihn, das jungenhafte Gesicht angespannt, die rosafarbenen Augen voller Hoffnung und ängstlich zugleich. Moskitos umschwirrten sein Gesicht, aber er bemerkte sie nicht.

Schote hielt den Atem an. Hundszahn war verrückt, doch

nach allem, was Schote wusste, hatte der große Seelentänzer noch nie gelogen. Wenn er meinte, dass das Leben von Muschelweiß davon abhing, dann stimmte das wahrscheinlich auch. Dennoch brauchte Schote eine Weile, um sich zu überwinden.

»Kupferkopf besaß eine rätselhafte Macht über Muschelweiß«, begann er sanft. »Aber nach ihrer Heirat, glaube ich, wurde die Macht noch stärker.«

»Sie war mit Kupferkopf verheiratet? Das hat mir niemand gesagt«, flüsterte Teichläufer.

»Das wussten sicher nur wenige. Sie heirateten in aller Stille. Es gab keine Zeugen. Kein Festessen. Keine Hochzeitsfeier.«

»Warum nicht?«

Schote stieß die Kürbistasse mit dem Zeigefinger herum. »Weil Kupferkopf es so wollte. Wenn die Leute erst wüssten, dachte er, dass sie seine Frau ist, würden sie sicher einen Weg finden, um sie gegen ihn auszuspielen – und davor hatte er Angst. Wenn seine Familie aber nur annähme, dass sie eine Hütte teilten, denn würde sie an ein vorübergehendes Verhältnis glauben, aber nicht an seine tiefe Liebe zu ihr.«

Teichläufer setzte sich zurück. »Aber weshalb war sie mit dieser Regelung einverstanden?«

»Weil er sie darum gebeten hatte. Sie liebte ihn, Teichläufer. Sie liebte ihn sehr.«

Teichläufer dachte darüber nach. Sein unruhiger Blick glitt über die Hütte und blieb an den Machtbündeln haften, die links von Schote am Pfosten befestigt waren. Seltsam, seit vielen Sommern dachte Schote zum ersten Mal wieder, er könnte ihre Stimmen hören. Leise. Furchtsam. Wie die Winsellaute neugeborener Luchsjungen.

Ohne den Blick vom Meerbündel abzuwenden, fragte Teichläufer: »Warum hatte Kupferkopf Angst, seine Familie könnte die Heirat gegen ihn verwenden? Sind es böse Leute?«

»Nein, nein, Teichläufer«, entgegnete Schote. »Kupferkopf ist der ängstlichste Mensch der Welt. Er fürchtet alles und jeden. Da machten seine Verwandten keine Ausnahme. Der einzige Mensch, dem er je vertraute, war, glaube ich, Muschelweiß.«

In der Tiefe seiner Seelen konnte Schote noch den Blick äußerster Anbetung sehen, mit dem Kupferkopf Muschelweiß angeschaut hatte. Wie ein Mann, der einen Blick auf das Paradies erhascht, das Gesehene aber kaum glauben kann.

»Ich hätte nicht gedacht, dass es irgendetwas gibt, was Kupferkopf fürchtet«, sagte Teichläufer. »Er besitzt so viel Macht, er –«

»Er besitzt tatsächlich Macht, da hast du Recht. Die Macht, die er über Muschelweiß hatte, war allerdings erschreckend.«

Der Wind tobte durch die Hütte, rüttelte am Schilfdach, und Teichläufer hielt seine Kapuze am Hals fest. »Was heißt das?«

Schote nahm einen Stock und stocherte im Feuer herum. Ein großes Scheit brach auseinander, und der karminrote Schein blitzte über Teichläufers aufmerksames Gesicht. Einen Augenblick lang schienen seine rosa getönten, durchscheinenden Augen in einer bewegten Blutpfütze zu schwimmen. »Kupferkopf konnte sie immer rufen. Ich weiß kein besseres Wort. Sie wusste, wann er sie haben wollte, und wie spät in der Nacht es auch war – sie stand vom Lager auf und ging zu ihm.«

Teichläufer hielt mitten in der Bewegung inne, seine Tasse auf der Höhe seines Kinns erhoben. »Was meinst du mit rufen? Heißt das: wie der Anruf einer Hexe?«

»Ich weiß über Hexen nicht Bescheid, aber Hundszahn hat gesagt, es könnte so etwas Ähnliches sein.« Schote versuchte, die Schauer zu unterdrücken, die ihm über den Rücken liefen. Hexen ... Er hatte in seinem Leben nur vier kennen gelernt, und an jede von ihnen konnte er noch mondelang nur mit Schrecken denken. Ihre Seelen konnten fliegen und mit einem Wort oder der Berührung einer unsichtbaren Hand töten. Sie benutzten die Macht, so wie Webkünstler Fäden benutzten – um Muster zu weben. Oft waren diese Muster nicht schön. Hexen hatten eine Neigung zur Grausamkeit. Große Seelentänzer ließen flüsternd verlauten, dass Hexen aus dem Körper eines Lebenden die Seelen heraussaugen und sie in Tote einschießen konnten, um sie wieder ins Leben zurückzubringen. Sie …

»Weiter«, drängte Teichläufer. »Bitte. Erzähle alles, was du weißt.«

Schote seufzte. Er sagte: »Es fing an, als Kupferkopf Muschelweiß zum ersten Mal erblickte. Sie war eine Schönheit. Trotz ihrer jungen Jahre konnte ein Mann das schon sehen. Aber sie war so jung, noch nicht einmal eine Frau. Meine Frau und ich, wir verboten Muschelweiß, ihn zu sehen. Donnerwolke, ihre Mutter, hasste Kupferkopf. Ich weiß nicht, warum, aber er war ein hochmütiger, sonderbarer Jüngling, und das war ja eigentlich Grund genug. Er war zehn und sieben Sommer alt und als Krieger schon gefürchtet. Wir verboten Muschelweiß, ihn zu sehen und …« Schotes Seelen schienen aus seinem Körper hinauszugleiten, der nun leicht wie eine Feder war. »Und da begann Kupferkopf sie zu rufen.«

»Was geschah dann?«

Erinnerungen bedrängten Schote; Düfte neuer Blätter und warmer Morgendünste, er sah vor sich Dutzende von Hütten und hörte Männer schnarchen und Kinder wimmern. Der Windeck-Clan war damals viel größer gewesen, fünfmal so groß wie heute. Sie hatten am großen Binnensee kampiert, im seichten Wasser gefischt und Wasservögel gejagt.

»Ich erinnere mich an einen warmen Frühlingsabend«, sagte Schote. »Ich sah, wie sie sich lautlos aus ihren Decken erhob und durch das Dorf ging. Sie ging so merkwürdig. Ihr Gang war viel zu ungelenk, sie war schon als kleines Mädchen ungemein anmutig. Ich folgte ihr, weil ich dachte, dass sie vielleicht im Schlaf wandelte und sich dabei verletzen könnte. Am Waldrand sprach ich sie an, aber sie starrte mich mit glasigen Augen an. Als sie an mir vorbeiging, folgte ich ihr, aber mit großem Abstand, damit sie beim plötzlichen Aufwachen nicht erschrak.«

Teichläufer streckte sich Schote gegenüber aus und legte die bloßen Füße näher ans Feuer. Schote sprach mit leiser Stimme. Trotz der Kälte spürte er Schweiß auf dem Gesicht. Er befeuchtete die Lippen und fuhr absichtslos mit den Fingern über die Matte vor sich, wie ein Blinder, der nach etwas Verlorenem sucht. Und vielleicht hatte er etwas verloren. Nach jener Nacht war er ein anderer Mensch geworden. War ihm ein Stück seiner Seelen entglitten?

»Und dann?« drängte ihn Teichläufer. Der Wind blähte seine Kapuze auf.

»Ich sah Kupferkopf, sah Muschelweiß auf ihn zugehen. Er murmelte etwas, was ich nicht verstand, und ich sah, wie mein kleines Mädchen die Hand nach ihm ausstreckte und wie er sie küsste. Mir wurde fast übel. Dieser große muskulöse Mann beugte sich über – dieses Kind!« Schote blickte mit Entsetzen auf seinen neuen Schwiegersohn. »Dann hörte ich einen Laut, den ich nie vergessen werde, und wenn ich zehnmal zehn Sommer alt werde. Das Blut erstarrte mir in den Adern. Meine Tochter, zehn und einen Sommer alt, lachte wie eine Frau. Verstehst du das, Teichläufer? Es war ein weiches verführerisches Lachen, aber in der Stimme eines Kindes. Als Kupferkopf seine Hand nach ihrer noch kaum erblühten Brust ausstreckte, brach ich aus meinem Versteck hervor und brüllte: Bleib von meiner Tochter weg, sonst bring ich dich um! Kupferkopf entfernte sich sofort von Muschelweiß, und dann hörte ich ihn murmeln: Geh nach Hause, deine Mutter ruft nach dir. Und sie drehte sich um, stolperte ungeschickt an mir vorbei, mit diesem leeren Gesichtsausdruck, und lief zum Dorf zurück.« Schote griff in die Luft, als wollte er dort alles Leben herauspressen. »Ich hätte ihn am liebsten erdrosselt.«

»Warum hast du's nicht getan? Dafür hätte er bestraft werden müssen. Warum hast du dem Rat der Geistältesten nichts davon berichtet?«

Die Wut und die Erschütterung auf Teichläufers jungem Gesicht beschämten Schote. Er hatte sich selbst oft gefragt, warum.

»Das war nicht so einfach, Teichläufer.« Er stützte seine Hände auf die Bodenmatten. »Ich versuche immer, gerecht zu sein – und manchmal bin ich vielleicht übertrieben gerecht. In meinen Seelen habe ich diesen Abend wieder und wieder erlebt, und nach vielem Nachdenken war ich nicht mehr so sicher, dass das Gesehene tatsächlich Hexenwerk war. Es war wohl eher jugendliche Unbesonnenheit. Hexerei ist ein so verabscheuungswürdiges Verbrechen, und davon bleibt auch etwas an dem verhexten Opfer hängen. Ich wusste, wenn jemand entdeckt, dass Muschelweiß verhext worden ist, wird man sie fürchten wie den Hexenmeister oder die Hexe selbst. Die Leute würden sie vielleicht sogar töten, um sich vor ihr zu schützen.«

Teichläufer fragte: »Du meinst, weil jemand, der verhext worden ist, Unheil über das Dorf bringen kann?«

Schote nickte. »Ja.«

»Hast du Kupferkopf deswegen zur Rede gestellt?«

»Natürlich.« Schote seufzte. »Ich beschuldigte ihn, meine Tochter verhext zu haben, aber das stritt er heftig ab und brüllte, dass er sie liebe. Doch er versprach, sie nie mehr zu sehen, bis sie eine Frau geworden wäre. Er hat das Versprechen tatsächlich gehalten.«

»Wirklich?«

»Ja. In den nächsten zwei Sommern habe ich ihn wirklich nicht mehr gesehen. Allerdings erschien er in unserem Frühlingsdorf, sowie sie ihre erste Blutung gehabt hatte. Das weiß ich noch sehr genau.«

Seine Gedanken schweiften wieder ab in die Erinnerung. Da war ein anderer Frühlingstag. Kindliches Kichern von den drei neuen Frauen drang aus der Menstruationshütte. Donnerwolke platzte vor Stolz. Sie hatte seit Tagen gekocht, um ein großes Festmahl vorzubereiten.

»Als Muschelweiß aus der heiligen Hütte trat, war Kupferkopf da. Er wartete auf sie.« Schotes Gesicht zerfiel zu einer Fläche voller Falten und Runzeln. Er schwenkte sein Kürbisgefäß ungeschickt hin und her und trank es leer.

Teichläufer blickte gespannt auf Schote. »Und Muschelweiß erinnert sich an nichts?«

Das Feuer flammte auf, der Schein erhellte die Hütte und beleuchtete die fein gemalten Muster auf den kreisrunden Beuteln, die über Teichläufers Kopf schwangen. Schote hatte die Beutel im vorigen Sommer gewebt, kurz nach den Feiertagen zu Ehren der Sonnenmutter. Er hatte allerdings die Malerei wiederholen müssen, die Farben verblichen so schnell im grellen Sonnenlicht. Er atmete tief ein und sagte: »Hundszahn hat dir das sicher erzählt.«

»Ja. Er meinte, sie erinnere sich wahrscheinlich nicht.«

Schote seufzte. »Ich weiß es nicht. Wir haben nie darüber gesprochen. Sie wollte Kupferkopf heiraten, sie bat darum. Wir lehnten ab. Sie lief weg, um mit ihm zusammen zu sein. Das brach ihrer Mutter das Herz. Und mir auch. Lange Zeit war ich sehr zornig.« Er spielte mit einem Palmwedel, der sich aus einer Bodenmatte gelöst hatte. »Ich wollte sie nicht mehr sehen.«

»Aber Schote«, sagte Teichläufer, »hast du dich denn nie gefragt, ob sie nicht aus eigenem Entschluss weggelaufen ist? Ob sie vielleicht gar nicht verhext war?«

»Natürlich. Ich habe sie genau beobachtet. Aber sie verhielt sich völlig normal. Eigensinnig, störrisch, aber normal. Ich hatte keinen Grund, Kupferkopf ein zweites Mal zu beschuldigen.«

Aber Monde später war ich einen Augenblick lang wieder unsicher …

Schote war am Dorf des Stehenden Horns vorbeigekommen und wollte sie dort sehen, nur einen Augenblick lang, hatte er verkündet, aber der Augenblick hatte fünf Tage lang gedauert. Muschelweiß war anscheinend glücklich gewesen. Fast zu glücklich. Aber auch Kupferkopf war ihm auf eine unnatürliche Weise freudestrahlend vorgekommen. Seine Blicke waren keinen Augenblick lang von Muschelweiß gewichen. Er sprach nur über sie; sie war offenbar das Einzige, was ihn interessierte.

»Ich hätte genauso gut meine Tochter beschuldigen können, Kupferkopf verhext zu haben, wie umgekehrt. Sie waren beide so unbekümmert glücklich, Teichläufer. Nachdem sie Windeck-Dorf verlassen hatte, teilte sie mir Monde später mit, sie hätten heimlich geheiratet – und sie trüge sein Kind.«

Teichläufer stützte den Kopf auf die Hände. »Was geschah mit dem Kind«

Der Kummer überwältigte Schote. Er flüsterte: »Ich weiß es wirklich nicht. Es war ein schöner Junge. Ich sah ihn nur zweimal, bevor er starb. Ich weiß nur, dass er Fieber bekam, und ich nehme an, das ihn das getötet hat. Muschelweiß hat nie über den Tod des Jungen gesprochen – nicht mit einem einzigen Wort, Teichläufer.« Er hob warnend einen Finger. »Und wenn ich du wäre, würde ich sie auch nicht danach fragen.«

Teichläufer blinzelte. »Warum nicht?«

»Ich kenne nur einen Menschen, der das gewagt hat. Das war Hundszahn, und wäre ich nicht anwesend gewesen, um meine Tochter von ihm wegzuzerren, dann wäre der alte Seelentänzer jetzt tot. Sie sprang übers Feuer und packte ihn an der Gurgel, so schnell, dass ich ihn kaum retten konnte.«

»Sie hat versucht, Hundszahn zu töten?«

»Ja, und es wäre ihr auch beinahe gelungen.«

»Und was hat Hundszahn gemacht?«

Schote schüttelte den Kopf. »Ein komischer Kauz. Als ich noch mit ihr rang und sie anschrie aufzuhören, fing Hundszahn an herumzutanzen wie ein verrückter Vogel und krächzte: Muschelweiß hat eine Seele von Riedgras gerettet! Hat sie in einen Blitz verwandelt! Seht nur, wie Riedgras hochschießt!«

»Riedgras?« Teichläufer ließ den Kopf hängen. »Der Junge hieß Riedgras?«

»Ja. Warum?«

Teichläufer war unnatürlich bleich geworden. Sein Gesichtsausdruck war der eines Mannes, der um sein Leben gelaufen ist und sich plötzlich in einer Falle sieht, zu verwirrt, um noch denken zu können.

Schote runzelte die Stirn. »Was ist los?«

»Nichts. Ich – bitte, verzeih. Bist du je dahinter gekommen, was Hundszahn gemeint haben könnte?«

»Nein, aber Muschelweiß schien das sofort zu verstehen. Diese Worte beruhigten sie. Ich weiß noch, wie sie erlöst in meinen Armen lag und weinte.«

Teichläufers Kinn zitterte. Er senkte den Kopf und spähte zu ihrer Hütte. Aber Muschelweiß hatte sich nicht gerührt. Der Wind peitschte ihr lose silber melierte Strähnen übers Gesicht. Stacheljunge und Eulenfalter hatten sich in ihre Decken eingerollt und waren neben der Feuergrube eingeschlafen.

Schote sagte: »Ich bin froh, dass Eulenfalter schläft. Ich habe schon befürchtet, er wolle die ganze Nacht aufbleiben, um Wache zu halten; dabei ist er immer noch verwundet. Er braucht Schlaf. Genau wie du, Teichläufer. Bleib doch heute Nacht einfach hier. In der Hütte von Muschelweiß ist jetzt kein Platz für dich, und ich bin sowieso nicht hier. Ich habe Seeigel versprochen, mit ihm zusammen Nachtwache zu halten.«

Teichläufer flüsterte: »Aber ich sollte bei meiner Frau sein. Sie braucht mich.«

»Sie hat ihre Söhne. Und ich werde mich in der Nähe ihrer Hütte aufstellen. Wenn du vorhast, mit ihr zu gehen, dann solltest du lieber so lange wie möglich schlafen.« Schote ergriff eine der gefalteten Decken und warf sie Teichläufer zu. »Wenn du denkst, sie hätte uns schon auf dem Heimweg scharf angetrieben, dann wirst du morgen eine große Überraschung erleben.«

Teichläufer entfaltete die Decke und hielt sie in seinem Schoß. »Lass mich mit dir Wache stehen, Schote. Ich möchte mich gern nützlich machen. Ich glaube, ich könnte jetzt sowieso nicht schlafen.«

»Versuch's. Du nutzt uns allen am meisten, wenn du schläfst.« Schote nahm Atlatl und Speere und stand auf. Das weiße Haar flatterte ihm vor den Augen. »Ich werde morgen schlafen. Du aber hast zwei, vielleicht sogar drei Tage lang keine Möglichkeit mehr dazu. Solltest du nämlich nicht mehr sicher auf den Beinen sein, wenn es an der Zeit ist, ins Dorf von Kupferkopf zu schleichen, dann bist du die Ursache ihres Todes. Ist dir das klar, Teichläufer?«

»Ja«, flüsterte der Blitzjünger.

Schote machte sich auf den Weg, um Seeigel an der verabredeten Stelle im Wald zu treffen. Bevor er unter die hohen Kiefern trat, schaute er zurück und sah, wie Teichläufer sich in die Decke wickelte und sich neben dem Feuer auf dem Rücken ausstreckte. Aber der Junge machte die Augen nicht zu. Er hob den Kopf und blickte neugierig auf die Machtbündel. Konnte er sie hören? Sprachen sie zu ihm?

Schote lauschte angestrengt, und eine liebliche, schwache Stimme wurde ihm zugetragen. Aus dem Meerbündel? Oder war es nur der Wind? Er betete, dass die Bündel ihre unsterblichen Augen aufmachten, den verwirrten Blitzjünger sähen und ihm zu helfen wünschten. Teichläufer konnte ihre Führung gebrauchen.

Wenn Muschelweiß allerdings wie durch ein Wunder dem Jungen erlauben sollte mitzukommen, dann würde der Vorstoß schwierig und lebensgefährlich werden. Muschelweiß würde nicht freundlich zu ihm sein. Sie würde erwarten, dass er sich wie ein Krieger verhielt. Und wenn nicht ... Schote malte sich die Möglichkeiten gar nicht erst aus. Die Sonnenmutter wusste, dass Muschelweiß fähig wäre, ihn zu töten und liegen zu lassen, um ihre Sache zu Ende zu bringen. Er kannte seine Tochter so gut wie sich selbst. Jetzt wären ihre Seelen schon mit ihrer Strategie und mit dem taktischen Vorgehen zur Rettung von Tauchvogel und zur sicheren Heimkehr beschäftigt.

Für Sentimentalitäten hatte sie keine Zeit.

Ebenso wenig für ihren neuen Ehemann.

20

Nicht dazu gedacht, dich zu verletzen ... dein Leben ... zu wertvoll, um es aufs Spiel zu setzen ...

Sanfte Worte, die in Teichläufers Träume fielen wie steigendes und fallendes Sonnenlicht, und die Bilder von Kernholz-Dorf vertrieben.

Mattblaues Licht lag auf seinem Gesicht. Er wälzte sich auf die Seite und öffnete schlaftrunken die Augen. Schon waren die Leuchtleute vom östlichen Horizont verschwunden und hatten einen durchgehenden halbkreisförmigen blauen Schein über dem Ozean hinterlassen. Die kühle Morgenbrise trug die Stimme der Meerfrau heran, ein besänftigendes Wispern, als wäre auch sie gerade erst erwacht. Teichläufers Blick folgte dem dunkelblauen Bogen von Bruder Himmels Bauch und glitt dann hinab zu den Bäumen, wo die Vögel zwitscherten. Er streckte die langen Beine aus und gähnte.

Pelikane stolzierten über den Strand und beobachteten ohne Zweifel die Möwen, die über ihnen am Himmel kreisten, wiewohl Teichläufer nur eine blaue Fläche sah. Stille lag über Windeck-Dorf, noch brannten keine Frühstücksfeuer.

Teichläufer setzte sich auf. Er konnte noch drei fleckenhafte Deckenhaufen in der Hütte von Muschelweiß erkennen. Gut. Sie brauchte ihre Ruhe. Er würde sie vor Sonnenaufgang wecken; dann hätte er drei Kürbisgefäße mit frischem Wasser bereitgestellt, die Beutel für den Ausflug gepackt und das Frühstück vorbereitet, so dass sie essen und bei Sonnenaufgang aufbrechen konnten, wie sie es geplant hatte. Er hatte noch nicht darüber nachgedacht, wie er sie dazu bringen konnte, ihn mitzunehmen, aber das würde er schon machen. Weil er musste. Am Morgen, gut ausgeschlafen, würde sie sicher zugänglicher sein.

Die schwache Morgenbrise zauste sein weißes Haar, als er die Decke zusammenfaltete und sie auf den Stapel zurücklegte, von dem Schote sie gestern Abend genommen hatte. Noch hing die Dunkelheit über dem Wald. Von Seeigel und Schote war nichts zu sehen. Wann würden sie zurückkommen? Bei Sonnenaufgang? Teichläufer würde auf alle Fälle Frühstück für fünf Personen machen.

Er kämmte sein Haar mit den Fingern und suchte Kochgeräte. Zwei Darmbeutel hingen an Dreibeinen neben der kalten Feuergrube, und einer davon enthielt, wie er wusste, Moostee vom vergangenen Abend; der andere war leer. Neben den Beuteln befand sich eine Kalebasse mit Wasser, und darum herum standen im Halbkreis zugedeckte Holzschalen. Teichläufer nahm kniend die Deckel von den Schalen, um zu sehen, was sie enthielten: geräucherte Froschschenkel, Kaktusfeigen, Bittersüßbeeren und kleine Flaschenkürbisse, wahrscheinlich die Überreste des Hochzeitsmahls.

Teichläufer sah sich um. An der Südseite der Hütte stand eine große Holzschale mit Feuersteinklingen und Kratzern, einem Eichenholzmörser und Rührlöffeln. Daneben waren zwei gedrungene Kochkörbe. Kniend holte er sich die Geräte, die er brauchen würde: eine Klinge und einen Rührlöffel. Dann ging er zur Feuergrube zurück. Mit der langen Klinge schnitt Teichläufer fünf Flaschenkürbisse auseinander und viertelte mehrere Kaktusfeigen. Er schüttete alles in einen Kochkorb, zusammen mit den Froschschenkeln. Dann goss er genügend Wasser hinein, um den ganzen Inhalt zu bedecken. Es müsste schön kochen; die Kaktusfeigen würden dem Räucherduft der Froschschenkel eine angenehme Würze geben, und die Flaschenkürbisse würden die Brühe noch schmackhafter machen. Für alle Fälle goss er noch Wasser auf den Tee, der vielleicht etwas schwach, aber jedenfalls noch warm sein würde.

Während er mit einem Stock die restliche Glut schürte, erwachte das Dorf. Ein kleines Kind fing an zu wimmern, und die Mutter versuchte, es mit einem leisen Wiegenlied zu beruhigen. Eine alte Frau setzte sich in der Nähe auf und warf die Decke ab. Er konnte sie sehen, dunkel gegen den Morgenhimmel abgehoben, das graue Haar im Winde flatternd. Ein Mann sagte etwas, und eine Frau gab ihm Antwort.

Aus dem Holzhaufen zog er Reiser und legte sie auf die Glut, die er sanft anblies. Als die Flammen um das Anmachholz gelb hochzüngelten, legte er größere Zweige nach. Die Korallenstücke, die um die Feuergrube herumhingen, hielten noch die Wärme des gestrigen Abends, aber nicht genug, um die Brühe aufzukochen. Teichläufer schob einige davon ins Feuer, um sie aufzuheizen. Drei warme Stücke warf er in den Moosteebeutel, wo sie aufzischten und kleine Dampfwölkchen aufsteigen ließen. Er legte weiterhin größere Holzstücke aufs Feuer, das schließlich lodernd brannte. Darauf schob er den Kochkorb über die Flammen. Das Wasser im Korb verhinderte, dass er Feuer fing, aber der Boden war immer angekohlt; diese Körbe hielten nicht lange.

Teichläufer trat zurück. Noch zwei oder drei Zeitfinger, und die Brühe würde gar sein. Er konnte es kaum erwarten. An diesem Morgen hatte er großen Hunger. Aber das Wichtigste zuerst ...

Er ging hinaus in den Wald.

Er duckte sich unter einen Lianenvorhang, umging ein Dickicht von Fächerpalmen und blieb mit einem angehobenen Fuß unvermittelt stehen; in einem ausgehöhlten, umgefallenen Eichbaum zu seinen Füßen lag eine zusammengerollte Mokassinschlange. Die abwechselnd dunkel- und hellbraunen Bänder auf ihrem Rücken verschmolzen fast völlig mit dem verwitterten Holz. Teichläufer ging langsam rückwärts, drehte sich um, hob sein langes Gewand und schlug sein nächtliches Wasser ab. Doch dauernd schaute er über die Schulter und beobachtete die Schlange. Aber sie rührte sich nicht. Hingegen rührte sich etwas anderes unter den Kiefern zu seiner Rechten. Er ließ seine Robe fallen und kniff die Augen zu. Ein brauner Fleck, so groß wie ein Mann, kam auf ihn zu. Teichläufer ging in die Knie, bereit zur Flucht.

»Ruhig, Teichläufer, ich bin's nur«, sagte Schote.

»Oh, guten Morgen, Schote. Die Wache vorbei?«

»Ja, den Geistern sei Dank. Ich bin so müde, dass ich nicht mehr richtig aufpassen kann.«

Schote schob einen Palmwedel zur Seite und kam Teichläufer so nahe, dass dieser ihn sehen konnte. Dunkelblaue Säcke hingen ihm unter den Augen, und sein altes Gesicht war so angespannt, als ob sich gerade so viel Fleisch über die Backenknochen spannte, um sie davon abzuhalten, die Haut zu durchstoßen. Er lächelte.

»Gut geschlafen, Schwiegersohn?«

»Ja«, antwortete Teichläufer, obwohl ihn Alpträume gequält hatten. Der Blitzvogel in seiner Brust hatte ihn wach gehalten, die ganze Nacht gedröhnt, und mitten in diesem Donnergrollen hatte Teichläufer Schotes schreckenerfüllte Stimme gehört, die beschrieb, auf welche Weise Kupferkopf Muschelweiß ›anzurufen‹ pflegte. Seine Seelen schauderten. Es musste Hexenwerk sein, davon war Teichläufer überzeugt.

Schote trat neben ihn und legte ihm eine Hand auf die Schulter. »Komm. Gehen wir zu meiner Hütte, und ich mache uns Frühstück. Das geht ganz schnell. Ich habe mich verabschiedet –«

»Ich habe schon eine Froschschenkelbrühe auf dem Feuer, die müsste gleich fertig sein. Aber der Tee ist schon warm.«

Schote drückte ihm freundschaftlich die Schulter. »Vielen Dank. Ich habe versucht, deine Frau zum Frühstück hier zu überreden, aber das hat sie abgelehnt. Sie –«

Teichläufer wirbelte atemlos herum. »Was? Wovon redest du?«

Schote wich stirnrunzelnd zurück. »Hast du das nicht gewusst? Sie hat dir doch –«

»Gewusst? Was gewusst?«

»Muschelweiß ist fort, Teichläufer. Vor einer halben Zeithand gegangen. Sie hat sich nur von mir verabschiedet, weil sie mich zufällig noch getroffen hat, aber sie hat gesagt, sie habe mit dir gesprochen, bevor sie ging. Da hab ich natürlich angenommen-«

»Ich habe etwas gehört, aber ich höre so viele Stimmen im Traum, da ist mir nicht aufgefallen …«

Teichläufer rannte weg, flog über Bruchholz und Gestrüpp und schlug Lianen aus dem Weg. Er stürmte durch das Dorf, das Gewand peitschte ihm um die Beine. Die Leute sahen ihm schweigend nach. Dann begannen sie, miteinander zu flüstern. Eulenfalter und Stacheljunge saßen in Schotes Hütte und nippten an ihrem Tee. Eulenfalter hob eine Hand, als Teichläufer vorbeiraste. Aber Teichläufer reagierte nicht darauf. Mit seinen langen Beinen überquerte er in großen Sätzen die Plaza und brach in die leere Hütte von Muschelweiß ein. Sie hatte ihre Decke zusammengerollt. Deswegen hatte er geglaubt, sie schliefe noch.

»Sie ist fort, wirklich fort. Sie hat mich zurückgelassen.«

Er nahm sein Bündel auf von der Stelle, wo er es gestern abgestellt hatte, und schnürte ihre Deckenrolle am unteren Ende fest. Sie verstand das nicht. Es war nicht so, dass er ihr zur Last fallen wollte, es war nur, dass er bei ihr sein musste.

Sonst wäre es vielleicht ihr Tod …

»Teichläufer?« sagte Schote, als er heftig atmend bei der Hütte ankam. »Das ist Wahnsinn. Vergiss das! Komm jetzt und frühstücke mit uns.«

»Ich kann nicht. Ich muss sie finden.«

Schotes faltenreiches Gesicht zeigte Anteilnahme. Überall im Dorf waren die Leute aufgestanden und blickten murmelnd in ihre Richtung. »Wie denn? Du kannst kaum genug sehen, du fällst doch in Gräben und Abgründe, und da willst du die größte Kriegerin seit Menschengedenken aufspüren?«

Teichläufer schwang sein Bündel über die Schulter und stand auf. »Ich werde sie finden! Ich muss sie finden! Ich weiß noch nicht, wie. Aber ich werde sie finden.«

Schote packte ihn am Arm. »Hör mir zu!« sagte er mit gepresster Stimme. »Ich weiß, dass du sie liebst und ihr helfen willst, aber in dem Augenblick, als sie hier wegging, hörte sie auf, deine Frau zu sein, und wurde wieder Muschelweiß, die Kriegerin. Glaub mir, nicht einmal ich könnte sie aufspüren. Sie –«

»Vielleicht muss ich sie gar nicht erst aufspüren, wenn ich sofort loslaufe, so schnell wie möglich den Pfad hinauf –«

»Aber sie setzt keinen Fuß auf einen Pfad, Teichläufer, sie dringt durch den Wald, wo er am dichtesten ist, über umgestürzte Stämme hinweg, durch jeden Teich auf ihrem Weg. Sie klettert auf Bäume, um Überblick zu gewinnen. Du würdest sie nie sehen, Teichläufer, nicht einmal einen Sandalenabdruck von ihr.« Voller Sorge bat Schote: »Hör mit dem Unsinn auf! Komm mit zum Frühstück! Danach kannst du mir helfen beim –«

»Schote!« Teichläufer hatte seine Sachen zusammengepackt und hob einen Kürbispokal mit frischem Wasser auf. »Wenn du meine Großmutter und Rotalge siehst, dann sag ihnen, wohin ich gegangen bin. Ich danke dir für deine Güte. Du warst sehr gut zu mir, Schote. Ich hoffe sehr, dass ich dich wieder sehe. Leb wohl.«

Teichläufer rannte hinaus, und der weiße Sandstrand flog unter seinen weiten Sätzen dahin.

»Teichläufer! Teichläufer! Mach das nicht!« brüllte Schote hinter ihm her, aber Teichläufer drehte sich nicht um.

Pelikane hoben ihre schweren braunen Leiber aus dem dunklen Wasser in die Lüfte, als er auf sie zusprengte.

Das Dorf des Stehenden Horns lag an der Küste im Norden. So viel wusste er. Wenn er schnell rannte, konnte er sogar noch vor Muschelweiß dort sein. Ja, das klang vernünftig. Sie bewegte sich mitten durch den Wald, aber er konnte im Freien schneller vorankommen. An Ort und Stelle würde er sich im Wald verstecken und auf sie warten. Vielleicht würde sie ihn dann finden!

Der Strandbogen führte ihn noch einmal ins Binnenland, gerade als die Sonnenmutter über den Horizont glitt und trübes Licht über das Gesicht der Meerfrau wellte und es in eine wogende, leuchtende Decke verwandelte. Die Flügel der Möwen, die hoch- und niederschossen, blitzten golden auf.

Ein schwaches Grollen machte sich in Teichläufers Brust bemerkbar. Er legte sich eine Hand über das Herz und zwang sich, ruhig und tief zu atmen. »Nicht jetzt, Vogeljunges. Bitte. Ich kann mir jetzt keine Schwäche leisten.«

Doch mit jedem seiner Schritte schwoll das Grollen an und durchlief ihn wie donnerndes Getöse, bis selbst das Blut in seinen Adern schon bebend vom kommenden Sturm kündete …

Mondschnecke saß in ihrer Hütte auf einer Decke und legte sich ein grünes Stirnband um das kurze graue Haar. Sie verknotete es auf der Seite, um es später wieder leicht lösen zu können. Es hatte den ganzen Tag ein scharfer Wind geblasen, der wie eine wütende Seele ächzend und kreischend durch die Hütten gefahren war. Der Nachmittagsregen, den die Erde schon verkündet hatte, war bereits zu riechen.

Rotalge stand vor Mondschnecke und holte mit einem Gabelstecken Säcke von ihren Zapfen in den Dachpfosten. Eine Seilrolle, Decken und Körbe warteten vor der Hütte, um auf Hunde-Travois verladen und zur neuen Dorfsiedlung gezogen zu werden. Mondschnecke seufzte. Der Umzug war zwar notwendig, aber sie hasste es, von hier wegzuziehen. Von allen Standorten war ihr dieser hier am liebsten gewesen. Der Kernholz-Clan hatte fünfmal zehn Sommer hier gesiedelt. Mondschnecke schaute über das Dorf und erinnerte sich an jeden Todesfall, jede Geburt und jede Heirat. Hier hatte es sich gut leben lassen. Vier Söhne von Spitzklette waren hier geboren worden – und hier gestorben, alle kurz hintereinander an einem schrecklichen Fieber. Wie lange war das jetzt her? Oh, sehr lange, fast vierzig Sommer.

Rotalge erfasste ein Säckchen mit Piniennüssen und ließ es leicht auf den Sand plumpsen. Der starke Duft von Piniensaft lag in der Luft und weckte Mondschnecke aus ihrer Träumerei.

»Dieser Ort wird mir fehlen«, sagte sie traurig.

Rotalge warf einen Blick auf sie; sie hatte ihr langes Haar zurückgebunden, und ihr Gesicht mit der kleinen Spitznase und den großen schwarzen Augen glich mehr denn je dem Gesicht eines Waschbären. Sie trug ein hellbraunes Gewand: verblichene gelbe geometrische Muster schmückten Rock- und Halssaum.

»Ich verstehe nicht, warum wir schon packen«, sagte Rotalge. »Schwanzfeder ist noch gar nicht zurück, um zu berichten, ob der neue Standort bei der Lagune der Seekuh unseren Bedürfnissen genügt.«

Mondschnecke rutschte auf ihren knochigen Hüften zurück. Schneeweiße Wolkenfetzchen segelten nach Westen, aber weit hinten am östlichen Horizont stand eine massive Mauer von tiefem Blau. Schon streckten Gewitterwolken lange Arme über den Himmel aus; darin war eine Menge Wasser lebendig. »Nein, aber er wird bald hier sein. Der alte

Schote kennt die Welt, der hätte den Ort nicht erwähnt, wenn er ihn nicht für geeignet gehalten hätte. Das wird sich erweisen, du wirst es sehen.«

Rotalge stand auf den Zehen und hakte den Gabelstecken in den Griff eines Sacks mit getrockneten Palmbeeren. Als sie ihn heruntergeholt hatte, griff sie hinein und stopfte sich eine Hand voll Beeren in den Mund, die sie nachdenklich kaute. Zögernd fragte sie: »Glaubst du, dass wir Mutter jemals wieder sehen?«

Mondschnecke verzog voller Widerwillen den Mund. »Natürlich. Meine nichtsnutzige Tochter kann nicht lange wegbleiben. Sobald keine Männer mehr greifbar sind, kommt sie zurück.«

Rotalge setzte sich mit untergeschlagenen Beinen hin und aß noch eine Beere. »Was ist mit Biberpfote und Kahlhecht? Wenn er wollte, könnte Kahlhecht doch zurückkommen, nicht wahr?«

»Wenn er bereit wäre, die Strafe des Clans für den Verkehr mit einer Ausgestoßenen auf sich zu nehmen, ja.«

»Wäre es eine schlimme Strafe?«

Mondschnecke hob eine Schulter und strich sich den Saum ihrer fahlgrünen Tunika glatt. »Das glaube ich nicht. Der Rat würde an die Verruchtheit deiner Mutter denken und ihn mit einer kleinen Strafe laufen lassen. Zum Beispiel mit dem Abschneiden aller Knoten von den Speerschäften, einen Mond lang oder zwei.« Sie streckte die braunen Hände weit aus. »Oder aber der Rat könnte dafür stimmen, ihn gleichfalls auszustoßen. Es hinge viel davon ab, wie reumütig er wäre. Wenn er auf Händen und Knien ins Lager gekrochen käme und um Verzeihung bäte, das würde ihm sehr nützen.«

Rotalge biss sich auf die Lippe und stieß die Beeren in ihrer Handfläche mit dem Zeigefinger herum. »Und Biberpfote? Ist er für immer weg?«

Mondschnecke schaute zum Strand, wo Wasserträgerin mit ihren Kindern kniete und die Frühstücksschalen mit Sand sauber schrubbte. Der kleine Robbenschwanz hatte fünf Tage lang immer mal wieder geweint. Seit dem Morgen, da er nach dem Aufwachen seinen Vater nicht mehr sah, war er wie ein heimatloses Gespenst durchs Dorf gewankt. Wasserträgerin schien genau so unglücklich. Die arme Frau liebte Biberpfote mit einer Treue, die man heutzutage kaum noch kannte. Als der Rat sie geladen und ihr vom Ehebruch ihres Mannes berichtet hatte, war sie in Wut geraten; dem ganzen Dorf hatte sie schreiend seine Unschuld verkündet – er sei einfach zur Jagd gegangen und würde bald zurück sein. Als dann alles ans Licht kam, hatte sie ihre Kinder von einer Ältestenhütte zur nächsten geschleppt und versichert, dass sie ihn ungeachtet all seiner Taten liebe und zurückhaben wolle. Die Kinder an ihrer Seite hatten weinend nach ihrem Vater verlangt. Die Hingabe von Wasserträgerin hatte alle gerührt.

»Das kann ich wirklich nicht sagen«, erwiderte Mondschnecke. »Wenn er es fertig bringt, sich aus den Klauen von Schwarzer Regen zu befreien, würde Wasserträgerin ihn bestimmt mit Wonne wieder aufnehmen. Der Rat wäre sicher auch nachsichtig, davon bin ich überzeugt, schon weil ihn seine Familie so liebt.«

»Ich hoffe, er kommt heim«, sagte Rotalge stirnrunzelnd.

Mondschnecke betrachtete sie aufmerksam. »Halte dich bloß nicht für schuldig. Als Mitglied dieses Clans war es deine Pflicht, die Ältesten zu verständigen, bevor sein Verhalten zum Skandal geworden wäre und uns alle betroffen hätte.« Mondschnecke legte ihr eine Hand auf den Kopf. »Wenn du mir nicht gesagt hättest, was du gesehen hast, dann hätte ich dich mit einer Weidengerte grün und blau geschlagen.«

Rotalge lächelte ungläubig; sie glich ihrem Großvater so sehr, dass es Mondschnecke ganz warm ums Herz wurde. »Großmutter«, sagte Rotalge, »du hast mich überhaupt nur einmal zu schlagen versucht, und das war ein Hieb aufs Schienbein mit deinem Wanderstab.«

»Wieder ein Fehlurteil von mir. Ich war immer zu nachsichtig mit meinen Kindern. Hätte ich Schwarzer Regen mit einer Weidengerte gezüchtigt, dann wäre aus ihr vielleicht doch noch ein anständiger Mensch geworden. Und jetzt kannst du sehen, was für einen Ärger unser Clan bekommen hat, nur wegen meiner Milde.«

Schwarzer Regen hatte alles von ihr verlangt, alles, was von Wert war im Haus, und alle Liebe in ihrem Herzen; immer wieder hatte sie Mondschnecke um Fürsprache im Clan gebeten, und dennoch immer wieder die Ehre des Clans befleckt und dann allen lässig die kalte Schulter gezeigt. Mondschnecke schüttelte den Kopf.

»Du hast sie geliebt, Großmutter«, sagte Rotalge. »Du kannst wirklich nichts dafür, dass sie sich von uns abgewandt hat.«

»Hätte ich ihr nur öfter gegen die Schienbeine geschlagen, dann wäre alles anders gekommen.«

Rotalge zog die Knie an und stützte die Ellbogen darauf. »Großmutter, du kannst ja nicht einmal einen Hund schlagen, wenn er dir die Suppe aus der Schale leckt.«

»Müsste ich aber«, erwiderte Mondschnecke schroff. »Mein weiches Gemüt ist meine größte Schwäche.«

Rotalge sprang auf und küsste sie auf die runzlige Wange. »Großmutter, ich liebe dich.«

Mondschnecke lächelte. Was finge sie ohne Rotalge an? Wenn ihr zum Beispiel etwas zustieße?

Teichläufers Weggang hatte ein größeres Loch in ihr Leben gerissen, als sie gefürchtet hatte. Wie gern hätte sie wieder gesehen, wie er blinzelnd auf etwas starrte oder Steine und Bäume um Verzeihung bittend streichelte, um ihre Schmerzen zu lindern. Rotalge war jetzt alles, was ihr geblieben war.

Mondschnecke beugte sich vor und sagte: »Ich liebe dich auch, Enkelin. Also vernasch endlich die letzten Palmbeeren. Ich habe Schwemmstock versprochen, ihm in seiner Hütte zu helfen …«

Sie sah auf, als ein Schwarm Kinder Arme schwenkend vom Strand herangelaufen kam und schrie: »Schwanzfeder! Schwanzfeder ist da!«

Mondschnecke winkte Rotalge. »Gib mir meinen Wanderstab, Mädchen. Wollen mal hören, was unser neuer Kommandant zu sagen hat.«

Schwanzfeder trabte ins Dorf, von Kindern umringt, die am Saum seines Gewandes hingen und ihn mit zehnmal zehn Fragen plagten. Erwachsene ließen alles liegen und stehen und standen auf. Allmählich sammelten sich alle.

»Gib mir deinen Arm, Rotalge«, sagte Mondschnecke. »Ich bin heute nicht mehr sicher auf den Beinen.«

»Ja, Großmutter.« Rotalge streckte ihr den Ellbogen entgegen.

Gestützt von dem kräftigen jungen Arm humpelte Mondschnecke aus der Hütte ins helle Tageslicht. Rotalge machte kleine Schritte, um Mondschnecke Zeit zu lassen, den Stock und jeden Fuß vorsichtig aufzusetzen. Als sie Schwanzfeder erreichten, hatte die Menge ihn umringt.

Als er Mondschnecke erspähte, löste sich Schwanzfeder aus der Menge und zwängte sich zu ihr durch. Er war ein hoch gewachsener Jüngling, zweimal zehn und einen Sommer alt, mit einem dreieckigen Gesicht, einer flachen breiten Nase und Ohren, die durch sein schulterlanges schwarzes Haar hervorragten. Das Atlatl hatte er im Lendenschurz festgesteckt, in der linken Hand hielt er drei Speere. Sein muskulöser Körper war von einer feinen Schweißschicht überzogen.

»Ich grüße dich, Geistälteste«, sagte er zu Mondschnecke.

»Du hast dich sehr beeilt«, erwiderte sie. »Was hast du vorgefunden? Ist der Platz geeignet?«

Schwemmstock trat neben Mondschnecke, sein schütteres weißes Haar zerzaust, als wäre er gerade nach einem Morgenschläfchen aufgestanden. Seine verblichene blaue Tunika war völlig zerknittert, er hatte sicher darin geschlafen. Er gähnte breit und fragte: »Also, ist es ein guter Platz?«

Schwanzfeder nickte und rammte seine Speere neben sich in den Boden. »Ja, sehr gut, glaube ich. In der Seekuh-Lagune finden wir alle möglichen Krebse und Muscheln, Austern und Schnecken. Außerdem ist der Teich, von dem Schote gesprochen hat, ziemlich groß, wenn auch seicht, und ich habe viele Palmen und Fächerpalmen gesehen. Da haben wir keine Schwierigkeiten, Fäden für unsere Stoffe zu spinnen. Und ich möchte auch –«

»Wie steht es mit der Verteidigung?« fragte Mondschnecke weiter. Ein großes Stimmengewirr erhob sich, und jedes Wort wurde nach hinten weitergegeben. »Können wir den Platz verteidigen, wenn wir angegriffen werden?«

Schwanzfeder atmete tief ein und wieder aus. »Ideal ist es dort nicht gerade. Der Wald ist dicht und gibt jedem, der sich anschleichen will, genügend Deckung. Aber wir könnten unser Dorf zwischen Teich und Lagune bauen.« Er kniete nieder und machte eine Zeichnung in den Sand. »Das Meer macht hier einen Bogen, und der Teich befindet sich hier. Dann wären wir von drei Seiten von Wasser umgeben und könnten uns notfalls gut verteidigen.«

»Wie sieht es mit Rotwild aus?« fragte Schwemmstock. »Hast du Hirsche gesehen?«

»Keinen Einzigen, Ältester. Ein paar Fährten hab ich gesehen, aber Schote hatte wahrscheinlich Recht, viele Hirsche gibt es da nicht.«

Mondschnecke nickte. »Das haben wir ja schon vermutet. Je eher wir alles zusammengepackt haben, umso besser.«

»Aber da ist noch etwas, Älteste.« Schwanzfeder blickte abwechselnd zu Mondschnecke und Schwemmstock.

»Nämlich?« fragte Mondschnecke.

Schwanzfeder trat von einem Bein aufs andere und schob sich die Speere in die rechte Hand. »Hundszahn ist dort. Ich habe mit ihm gesprochen. Er hat gesagt, er wolle jetzt bei uns leben, und außerdem –«

Rotalge stieß einen kleinen Schrei aus.

»Heilige Geister! Wieso denn das?« entfuhr es Schwemmstock.

»Ich fand es nicht angebracht, danach zu fragen«, antwortete Schwanzfeder. »Außerdem sagte er noch –«

»Du Große Moschusratte im Himmel!« schrie Schwemmstock. »Da bringt er uns doch –«

»Sch!« machte Mondschnecke und sah ihn übellaunig an.« Wenn Hundszahn bei uns leben will, sollten wir uns geehrt fühlen.«

»Da bringt er uns noch dazu, dass wir uns gegenseitig im Schlaf abstechen«, sagte Schwemmstock. »Du weißt doch, wie er ist. Läuft immer herum und erzählt die unmöglichsten Geschichten.«

Das wusste Mondschnecke natürlich. Seit vielen zehn Sommern hatte Hundszahn nicht mehr in einer Gemeinde gelebt. Er war immer ein Einsiedler gewesen, irgendwo mit seiner Seele tanzend, und diese lange Abgeschiedenheit hatte ihn geprägt. Immer wenn er den Mund aufmachte, verletzte er jemanden, und schon sein irres Lächeln allein trieb die Menschen in die Flucht.

»Was soll ich deiner Meinung nach tun?« fragte ihn Mondschnecke mit finsterem Gesicht. »Ihn abweisen?«

Schwemmstock grollte. »Einen Seelentänzer zu erzürnen ist, soviel ich weiß, der beste Weg, sich einen Tod zu sichern, der kurz und schmerzlos ist.«

»Richtig, dir widerfährt dann ein schneller Tod. Aber ich bin gar nicht so erpicht darauf, meine Verwandten im Dorf der Verwundeten Seelen wieder zu sehen. Du etwa?«

»Nein, jedenfalls nicht in der Gestalt von Seeschlamm oder einer Meergurke, da würde mich ja niemand mehr erkennen.«

Mondschnecke nickte. »Das habe ich mir gedacht.«

Sie hob ihren Stock und bedeutete der Menge, ihr Gemurmel einzustellen. Das ›Pst!‹ der Eltern brachte die Kinder zum Schweigen; alle sahen erwartungsvoll auf. »Schwanzfeder berichtet, dass die Lagune der Seekuh ein guter Platz ist. Wenn wir jetzt packen und Stangen für die Travois zurechtschneiden, könnten wir in ein paar Tagen aufbrechen. Unsere neuen Verwandten werden wahrscheinlich schon dort sein, wenn wir ankommen. Wir wollen sie nicht warten lassen.«

Die Menge löste sich auf, aber Schwanzfeder blieb noch vor ihr stehen.

»Was ist?« fragte Mondschnecke. »Gibt es noch etwas?«

Schwanzfeder nickte. »Ja, Älteste. Hundszahn erzählte mir von einem Traum. In dem Traum sah er, wie Krieger Windeck-Dorf überfielen.«

Schwemmstock kam näher, sein altes Gesicht jetzt todernst. »Die Krieger von Kupferkopf?«

»Das hat er nicht gesagt. Wahrscheinlich weiß er es nicht.«

Mondschnecke und Schwemmstock tauschten sorgenvolle Blicke aus. »Heilige Sonnenmutter!« flüsterte Mondschnecke. »Komm in meine Hütte, Schwanzfeder. Du auch, Schwemmstock. Das müssen wir besprechen.«

»Es ist vielleicht das Beste für uns alle«, meinte Schwemmstock, »wenn wir Krieger vorausschicken, während wir hier fertig packen. Unseren neuen Verwandten in Windeck-Dorf könnten sie vielleicht nützlich sein.«

Mondschnecke stützte sich auf Rotalges Arm, um zu ihrer Hütte zurückzukehren. Schwemmstock und Schwanzfeder folgten ihr und redeten leise miteinander.

Rotalge sah Mondschnecke von der Seite an. »Glaubst du, Teichläufer ist dann da, wenn die Krieger angreifen?«

Mondschnecke zog ihren runzligen Mund zusammen. »Wer kann das wissen?«

Rotalge nickte. Sie schaute wieder zu Boden, und Mondschnecke setzte ihren Stab mit großer Vorsicht auf. Sie fühlte sich auf einmal sehr unsicher auf den Beinen.

21

Als es Abend wurde, schob Teichläufer seine Kapuze zurück und ließ sein langes weißes Haar im kühlen Wind frei wehen. Über ihm kreisten kreischende Möwen. Er war eilends den Strandbogen entlanggegangen, und die Meerfrau hatte ihm die Füße gewaschen. Der Sand glitzerte purpurn, als die Sonnenmutter hinter den westlichen Horizont glitt, und der türkisfarbene Himmel färbte sich blaugrau. Muscheln hatten sich in den Sand gebohrt. Er sah ihre Luftlöcher, die ihn daran erinnerten, dass er Hunger hatte. Er hatte heute noch nichts gegessen, um sein Tempo beibehalten zu können. Doch bald musste er ohnehin innehalten und sein Nachtlager bereiten.

In der Zeit, die inzwischen verstrichen war, hatten sich

seine Ängste nicht vermindert. Sie blieben so beständig wie sein Herzschlag, auf seine Ängste konnte er sich verlassen. Noch nie in seinem Leben war er so allein aufgebrochen. Schon zu wissen, dass ihm feindliche Krieger im schwarzen Gewoge der Bäume zu seiner Linken auflauern könnten, jagte ihm solche Angst ein, dass er kaum klar denken konnte.

»Aber das macht nichts«, murmelte er. »Ich muss sie finden. Sie braucht mich.«

Er hatte Windeck-Dorf so schnell verlassen, dass er nicht daran gedacht hatte, eine Waffe von dort mitzunehmen, und die Vorahnung unmittelbar bevorstehenden Unheils lastete auf ihm wie ein Baumstamm auf der Brust, der immer schwerer wurde, je weiter er kam. Nicht einmal ein Dolch hing an seinem Gürtel, geschweige denn ein Atlatl oder eine Kriegskeule. Was war er nur für ein Narr! Wenn ihn Rotalge jetzt sähe, würde sie ihm schon wegen seiner Dummheit den Tod androhen. Sie war seine Führerin durch eine Welt verschwommener Bilder gewesen, seine beste Freundin. Er betete darum, am Leben zu bleiben, um sie wieder zu sehen.

Teichläufer fiel wieder in den Laufschritt; seine Sandalen hinterließen eine Reihe von Abdrücken im dunkelnden Sand. Die frische Luft kühlte seine erhitzten Wangen und roch nach Algen und Krebstieren. Sandkrabben, die er überspringen musste, fielen mit den Wellen über den Strand. Er atmete tief ein, und die Gerüche durchlüfteten seine Seelen.

Das Blitzvogeljunge war während der letzten Zeithände erstaunlich ruhig geblieben, so als ruhte es aus oder wartete einfach geduldig in seinem Herzen auf die Möglichkeit, sich durch seine Rippen zu hacken und in den Himmel aufzuschießen. Es hatte nicht mehr gepoltert, seit er Windeck-Dorf verlassen hatte.

Doch der Vogel wusste ebenso wie Teichläufer, dass sie nun beide über ihr eigenes Schicksal bestimmten. Vor ihnen lag der rechte Weg. Sie brauchten ihm nur zu folgen und zu tun, was die Geister gesagt hatten.

Dennoch beschäftigte sich Teichläufer unaufhörlich mit seinem Tod. Wie lange hatte er noch zu leben? Tage? Einen

Mond? Er betrachtete seine Brust. Auf seinem Gewand waren Schweißflecken. »Weißt du es, Vogeljunges? Wann verlässt du wohl das Nest in meinem Herzen? Bald?«

Nicht das entfernteste Donnergrollen antwortete ihm. Der Blitzvogel blieb totenstill.

Während er lief, schweiften Teichläufers Gedanken umher. Vielleicht war der Vogel gar nicht mehr hier drinnen? War er wieder auf dem Seelenflug? Um den alten Hundszahn zu sehen?

Vor ihm, im Bogen des Strandes, lag eine kleine Bucht, von Pinien und Palmen gesäumt. Die dunklen, glänzenden grünen Palmwedel verdeckten schwere Beerentrauben, die bis zu ihm hinunterhingen. Einen besseren Lagerplatz gab es nicht. Sein langes Gewand wölbte sich um seine Beine, als er vorwärts stürmte und schwer atmend bei den Bäumen ankam.

Er pflückte sich eine überhängende Beerentraube. Pinienzapfen lagen über dem nadelbedeckten Boden verstreut. Wenn die Eichhörnchen sie noch nicht entdeckt hatten, fände er vielleicht Piniennüsse für sein Abendessen.

Er streifte sein Bündel ab, unter den schwingenden Ästen kniend, legte die Beeren zur Seite und entrollte seine Decke. Er breitete sie aus und sank müde auf die blauen und schwarzen geometrischen Muster. Der ganze Körper tat ihm weh. Der Wind fuhr durch die Bäume ringsum, wispernd und winselnd. Er streckte die Beine aus und fuhr zusammen. Hundszahn hatte Recht gehabt; als Blitzjünger war er verwöhnt und beschützt worden, er hatte nie etwas Gewagtes unternehmen dürfen. Nach nur einem Tag Dauerlauf über den Strand würde kein Krieger so leiden wie er jetzt. Krieger hatten ihre Muskeln gekräftigt, so dass sie notfalls tagelang rennen konnten. Er schämte sich, dass er nicht mehr Kraft hatte – besonders jetzt, da er sie so nötig hatte.

Er setzte sich und öffnete den Beutel. Wie gut es tat, nicht mehr auf den Beinen zu sein. Die Füße schmerzten ihn im Spann. Er setzte sich neben die Beeren und holte seine Frischwasser-Kalebasse und ein Säckchen mit geräuchertem Fisch hervor; dann angelte er sich einen Pinienzapfen, der unter der Decke einen Höcker bildete. Jede Nuss darin war schon gegessen. Er warf den Zapfen in den Schatten.

»Mein Pech! Dann müssen mir Fisch und Beeren genügen, ich habe nicht mehr die Kraft, aufzustehen und etwas anderes zu suchen.«

Er aß etwas Fisch und danach ein paar Beeren. Die Abwechslung zwischen Geräuchertem und Süßem war so gut, dass er vor Zufriedenheit seufzte. Er legte sich auf den Rücken und starrte auf die schwingenden Äste über seinem Kopf. Durch die Piniennadeln hindurch sah er die ersten Leuchtleute wie Feuerbrände über dem ganzen Himmel erscheinen. Ihre verschiedenfarbigen Gewänder schimmerten hell. Einmal hatte er Rotalge erklärt, wie auffallend sich die roten von den blauen unterschieden; stirnrunzelnd hatte sie erwidert, sie könne die Farben sehen, wenn sie sich sehr anstrengte, aber sie fielen ihr nicht so auf wie ihm. Vielleicht verstärkten seine schwachen Augen die Schatten. Aber wie auch immer – jeder der Leuchtleute kam ihm einzigartig vor. Oberhalb der Pinienkrone funkelte eine goldene Leuchtperson gleich neben einer aus Silber. Ein entzücktes Lächeln kräuselte seine Lippen. Schwache Augen hatten auch ihr Gutes.

Er aß noch mehr Fisch und Beeren, so lange, bis er ganz müde wurde; dann rollte er sich in seiner Decke zusammen, das Gesicht zur Meerfrau gewandt, und sah, wie das Licht der Sterne über das Wasser flutete. Der Wind peitschte ihm das Haar um die Augen. Teichläufer gähnte, und bevor er es merkte, hatte ihn der Schlaf übermannt.

Der Geruch von Insektenfett, rauchgebeizt, schreckt mich auf. Meine Lungen ringen nach Luft, viel Luft, doch wenn ich den Drang, nach Luft zu schnappen, unterdrücke, muss ich sicher gleich platzen. Aber wenn mich dieser Mensch töten wollte, dann wäre ich doch bestimmt schon tot? Vorsichtig mache ich ein Auge einen Spalt auf.

Gegen die silbern besprenkelte Schale des Nachthimmels sehe ich die Schildpattpuppe fliegen. Sie lässt sich von der Strömung des Windes treiben, aufwärts und abwärts, und hält direkt über meiner Nasenspitze inne. Ihr abgetragenes Gewand sieht noch zerschlissener aus, als hätte sie ein grausamer Fremdling in seinen Händen verdreht, um sie auseinander zu brechen. In ihrem Rock klafft ein breiter Riss.

»Bist du in Ordnung?« flüstere ich. »Du siehst aus, als hätte dir jemand das Gesicht abgeschabt.«

Die Schildpattpuppe macht einen Salto und dreht sich über meinem Kopf. »Nichts auf der Welt ist in Ordnung. Einer der Leuchtenden Adler ist tot. Wollte ich dir nur sagen.«

Entsetzen packt mich. Ich stütze mich auf einen Ellbogen. »Heilige Geister! Und ich hatte nichts damit zu tun! Was ist mit den anderen Adlern? Können sie den Sturmbläser noch halten?«

Die Schildpattpuppe schießt herab wie ein Falke mit angelegten Flügeln, saust durch Zweige und über Fächerpalmen. Ihr dunkles Haar weht im Wind. »Im Augenblick noch.«

»Warum erzählst du mir das? Ich kann ihnen doch nicht helfen.«

»Wirklich nicht?«

»Nein, ich glaube nicht. Oder kann ich's doch?«

Die Schildpattpuppe hält inne. »Menschen sind ziemlich interessant. Kupferkopf erzählt mir immer, wozu er fähig ist, und du erzählst mir immer, wozu du nicht in der Lage bist.«

Mein Kinn fährt hoch; ich starre ihr in die Augen, die früher einmal braun gewesen waren. »Du kennst Kupferkopf?«

»O ja. Sehr gut.«

»Warum hast du mir das nie gesagt? Ich habe so viele Fragen, die ihn betreffen. Ich wünschte, du –«

»Ich erlaube dir eine Frage. Nur eine, Teichläufer. Überlege dir genau, welche du stellst.«

»Nur eine?« Ich runzle die Stirn. »Warum? Warum nicht so viele, wie ich will?«

»Stell mir eine Frage. Und mach schnell, ich habe nicht viel Zeit.«

Meine Kapuze ist hinuntergerutscht, und mein langes weißes Haar hängt mir ums Gesicht. Ich fasse es mit einer Hand und halte es im Nacken fest, während ich nachdenke. Welche Frage ist die wichtigste? Was muss ich vorrangig wissen?

»Also gut«, sage ich und hole Atem. »Ist Kupferkopf ein Hexenmeister oder nur wahnsinnig?«

»Er hat eine Manie, was Schmerzen betrifft, und die schenkt ihm hochgradige Klarheit. Dunkelheit, die kein Licht durchbricht. In diesem Bereich verstummen alle Fragen, und er kann wie ein Fremder in seiner eigenen Gesellschaft sein. Einen Augenblick lang kann er ohne ihrer beider Vergangenheit leben. Bist du zu jung, um das zu verstehen? Was es bedeutet, die Qualen der Reue an deine Brust zu drücken wie ein geliebtes Kind – und willens zu sterben, um sie sich zu bewahren?«

Ich fahre mit den Fingern durch den kühlen Sand. Kleine Muschelstückchen funkeln. »Ich wollte eigentlich nur wissen: Ist er ein Zauberer?«

Die Schildpattpuppe seufzt. »Ich habe dir eben alles mitgeteilt, was du über Kupferkopf wissen musst – und du beschwerst dich.«

»Alles mitgeteilt?« Ich werde rot. »Das habe ich nicht verstanden. Warum soll denn jemand sterben wollen, um seine Qualen zu bewahren?«

Die Schildpattpuppe flüstert mit unschuldiger Kleinmädchenstimme: »Wenn die Qualen das Einzige sind, was dir noch bleibt, Teichläufer, dann wagst du es nicht, sie aufzugeben. Sonst hättest du nämlich gar nichts mehr.«

Die Schildpattpuppe wirft sich in die Luft und fliegt zu den Sternen. Sie hinterlässt eine fast unsichtbare, glitzernde Spur auf ihrer Bahn, Schleife auf Schleife, Kreis auf Kreis …

Maulbeere kauerte mit dem Krieger Eistaucher zusammen im Wald und beobachtete den schlafenden Blitzjünger, dessen Gesicht so weiß war, dass es im Dunkel zu leuchten schien. Sein Haar stammte sicher von Schwester

Mond persönlich – wie aus mondbeschienenem Dunst gewoben.

»Sollen wir ihn gefangen nehmen?« fragte Eistaucher leise. Er war groß und schlank, hatte ein eckiges Kinn und kleine schwarze Augen. Er trug nur einen Lendenschurz.

Maulbeere ließ den Palmwedel los, den er beiseite gezogen hatte, und setzte sich auf den sandigen Waldboden. Er war Zeuge gewesen, wie mindestens zweimal zehn seiner Krieger gefallen waren. Er wollte im Grunde nur noch eines: nach Hause gehen zu seiner Frau und seiner kleinen Tochter. Der Überfall war ein Wahnsinn gewesen. Was wollte Kupferkopf beweisen? Dass er jedes Dorf an der Küste vernichten konnte? Zu welchem Zweck? Wenn es denn stimmte, dass der Untergang der Welt bevorstand, was spielte es dann für eine Rolle, ob diese unbedeutenden Clans ihre restlichen Tage noch in Frieden verbringen konnten oder nicht?

»Was ist denn mit Fledermausfisch und Fleckpfote?« fragte Maulbeere, um der Frage von Eistaucher auszuweichen, während er den Wald beobachtete. »Hast du gesehen, wohin sie gegangen sind?«

»Fledermausfisch wollte Spinnweben suchen, um das Blut in der Wunde von Fleckpfote zu stillen. Ich hab nicht gesehen, in welche Richtung sie gegangen sind, aber sie kommen sicher bald zurück. Spinnweben finden sie unter jedem umgestürzten Baum.«

»Ja«, flüsterte Maulbeere und schaute düster vor sich hin.

Vor zwei Sommern hatte er noch aus ganzem Herzen an Kupferkopfs Traum geglaubt, aber jetzt hatten ihn Zweifel befallen. Der Geistälteste hatte offenbar einfach den Verstand verloren. Maulbeere verspürte den dringenden Wunsch, ins Dorf des Stehenden Horns zu schleichen, seine Familie heimlich zu versammeln und mit ihr in die Nacht zu fliehen, bevor Kupferkopf ihn töten lassen konnte.

Er wandte sich an Eistaucher. »Hast du einmal daran gedacht, ich meine, wenn wir den Blitzjünger umbringen, dann könnten wir sicherstellen, dass Kupferkopfs Traum nicht in Erfüllung geht. Vielleicht gibt es gar keinen Weltuntergang mehr, wenn es keinen Blitzjünger mehr gibt, der die Vier Leuchtenden Adler abschießt.«

Eistaucher schluckte nervös. »Ja, daran habe ich auch schon gedacht.«

Sie starrten sich an. Eine erschreckte Gans schrie in den Bäumen, und dann raschelten viele Flügel, als ein ganzer Schwarm mit einem Mal in den Nachthimmel aufflog, schreiend und quakend über das, was sie aufgestört hatte.

Eistaucher flüsterte: »Ich will nicht, dass die Welt untergeht.«

»Ich auch nicht.«

Beide spähten wieder zum Blitzjünger. Der Jüngling lag vollkommen schutzlos da. Einer könnte von hinten kommen und der andere von vorn. Selbst wenn er aufwachte, hätten sie den Vorteil der Überraschung.

»Pst! Was war das? Hast du das gehört?« fragte Eistaucher.

»Was?«

Eistaucher schaute plötzlich an Maulbeere vorbei. Als er aufstehen und den Mund aufmachen wollte, durchbohrte der Speer sein rechtes Auge und schnitt durch sein Gehirn. Still wie eine Feder glitt er in den Sand. Maulbeere riss den Dolch aus dem Gürtel und wirbelte zu seinem Angreifer herum.

Der Arm, der sich hart um seine Kehle schloss, hob ihn vom Boden hoch. »Lass den Dolch fallen«, zischte die Stimme.

Mit seinem ganzen Körpergewicht warf er sich herum, den Dolch erhoben …

Sie stieß ihn so heftig zurück, dass er taumelte. In dem Augenblick, den er brauchte, um sein Gleichgewicht zu gewinnen, sah er ihre Kriegskeule durchs Dunkel sausen, die Feuersteinspitzen blitzten im Sternenlicht. Instinktiv stürzte er auf sie zu, aber die Wucht der Keule schmetterte ihn kopfüber in den Sand. Betäubt rappelte er sich auf, ihm war so übel, dass er sich mehrmals übergeben musste. Er hörte Schritte auf dem Sand, konnte aber nicht deutlich sehen. Ein grauer Nebel umwogte ihn wie zehnmal zehn Fledermausflügel. Er grub die steifen Finger in den Sand, keuchend, krampfhaft um Bewusstsein bemüht, aber die Muskeln ließen ihn im Stich. Er fiel.

Das hohle Krachen der Kriegskeule, die ihm den Schädel zerschlug, war das letzte Geräusch, das Maulbeere hörte.

22

Aber nein, mein Kind, die Schildpattpuppe hat tatsächlich existiert. Einmal habe ich sie gesehen. Ich durfte sie nicht berühren, das ließ keiner zu, denn sie war so mit Macht aufgeladen, und ich war nur ein kleiner Junge, aber ich habe sie mit meinen eigenen Augen gesehen.

Hm?

Lass mich nachdenken. Das war kurz nach dem Tod vom alten Schneckenfuß. Der war damals der Hüter der Heiligen Puppe, dreimal oder viermal zehn Sommer lang. Ich war beim Übergaberitual dabei, als die Puppe in die Hände der neuen Hüterin überging. Sie hieß Ziehende Wolke. Ich weiß noch genau, mit welcher Furcht und welcher Ehrfurcht sie die Puppe berührte. Sie nahm sie, wickelte sie in eine Windel und wiegte sie langsam in ihren Armen wie ein Baby.

Dann sangen wir alle ein Lied auf die Puppe.

Ziehende Wolke hat mir später erzählt, dass sie gleich, als sie die Schildpattpuppe in Händen hielt, einen Nachhall von all dem hörte, was die Puppe Teichläufer gesagt hatte.

Was?

Ja natürlich. Sie hat die Puppe gesäubert und ihr ein neues Gewand gemacht. Ziehende Wolke hat geschworen, dass das Zeichen von Muschelweiß noch auf dem Knochen im Rücken der Puppe zu sehen war. Ich habe es nie gesehen. Hätte ich allerdings gern. Das hätte meinen Kummer sicherlich gemildert. Ich hatte eine schwere Zeit nach dem Tod von Muschelweiß. Ich erinnere mich noch an ihre Bestattung. Da waren mehrere zehnmal zehn Leute anwesend. Sie waren von überall her gekommen, um einfach …

Was ist?

Ach so.

Ja natürlich, ich hab schon gesehen, wie du gewinkt hast, mein Kind, deshalb habe ich ja auch aufgehört. Hast du mich vorher angerufen?

Na ja, ich hab dich gewarnt. Meine Ohren sind sehr eigen.

Also, wo war ich stehen geblieben?

… Ja, richtig. Teichläufer und Muschelweiß auf der Heiligen Reise ins Dorf des Stehenden Horns.

Teichläufer war kein Krieger, das weißt du ja noch. Er musste sich tatsächlich überwinden, um einen Moskito zu erschlagen. Er liebte alles, was lebte, und sorgte sich auch darum. Aber er wusste ja so wenig von der Welt …

Orangefarbene Flecke tanzten auf der Innenseite von Teichläufers Augenlidern. Eine ganze Weile schienen sie mit seinem Traum zusammenzuhängen; er saß in der Hütte seiner Großmutter in Kernholz-Dorf und lachte und stritt mit Rotalge … Das Geräusch eines ins Feuer geworfenen Scheits riss ihn aus dem Schlaf. Er lag still und hörte erschreckt das Feuer prasseln.

Ich bin doch gar nicht in Kernholz-Dorf! Wo bin ich?

Die Meerfrau, die gegen den Strand schäumte, hörte sich ganz anders an, tiefer und lauter.

Ich habe Windeck-Dorf heute Morgen verlassen. Ja, ich ging von dort weg, um Muschelweiß zu suchen.

Er hatte am Strand unter einer hohen Pinie sein Lager aufgeschlagen, aber er hatte doch kein Feuer gemacht! Oder doch? Der Wind pfiff durch die Bäume, schlug ein paar Zapfen von den Zweigen und ließ sie auf den Sand klatschen. Der Geruch von Holzfeuerrauch vermischte sich mit dem Salzgeruch des Meeres.

Vorsichtig machte er ein Auge einen Spaltbreit auf. Sie hockte dem Feuer gegenüber und starrte ihn mit dunklen Augen finster an. Gegen den Hintergrund der Nacht wirkte ihr Gesicht wie aus Stein gemeißelt. Ein langer Zopf hing ihr über die Schulter und glänzte im windbewegten Lichterspiel zwischen Flamme und Schatten wie ein Wieselfell mit Silberstreifen.

»Muschelweiß!« sagte er und setzte sich auf. »Ich –«

»Du bist mir gefolgt. Dafür müsste ich dich töten.«

Er senkte den Blick und zog sich die Decke um die Hüften. Ihre Stimme duldete keinen Widerspruch. »Ich musste dich finden. Ich –«

»Du hast mich gefunden. Und jetzt geh nach Hause.«

Sie blickte ihn böse an. War es Hass, der ihr Gesicht verzerrte? Oder verachtete sie ihn so sehr? »Das kann ich nicht, Muschelweiß. Die Geister vom Heiligen Teich haben mir gesagt, ich müsse bei dir sein, wenn du Kupferkopf begegnest.«

»Ich habe nicht die Absicht, ihm zu begegnen«, erwiderte sie. »Ich habe lediglich vor, Tauchvogel zu befreien und mit heiler Haut wieder davonzukommen. Das ist alles. Eines Tages werde ich ihm begegnen, aber nicht dieses Mal. Dieses Mal werde ich –«

»Du willst es vielleicht nicht«, entgegnete er mit gepresster Stimme, »und doch wird es geschehen.« Er zog sich die Kapuze über, um den Nachtwind abzuwehren. Die Leuchtleute glitzerten über ihnen. »Bitte, mein Weib. Ich muss dir mancherlei mitteilen. Wir waren nur so kurz beieinander, dass ich erst jetzt die Möglichkeit dazu habe. Bevor du mich zwingen willst, nach Hause zu gehen, lass mich mit dir reden. Bitte.«

Sie knirschte kurz mit den Zähnen, warf etwas Holz auf das Feuer und stand auf. »Nein.«

»Aber – du verstehst nicht. Ich muss dich beschützen. Und deswegen –«

»Du – mich beschützen? Du bist kein Krieger. Du bist nicht einmal ein Mann. Du bist ein Junge und noch dazu ein schwacher. Mehr habe ich nicht zu sagen. Für den Rest der Nacht will ich noch über dich wachen, und bei Tagesanbruch gehst du heim.«

Teichläufer senkte gramvoll den Kopf. So hatte er sie noch nie gesehen, so abweisend und voller Gehässigkeit.

Bebend sagte er: »Der Heilige Teich … Ich bin dahin gegangen, weil Hundszahn sagte, die Geister wollten mit mir sprechen.« Er schaute auf, um zu sehen, ob sein Hinweis auf Geister ihr unbehaglich war. Sie starrte ihn finster an. »Das Wasser hat meine Seelen weggewaschen, Muschelweiß. Drei Tage lang lag ich da, dem Tode nahe. Dann ist eine neue Seele in mir wieder geboren worden.«

Muschelweiß erschauderte. »Was für eine Seele? Die eines Toten?«

Teichläufer schluckte. Seine Kehle war ausgetrocknet. »Die Seele eines Blitzvogeljungen, Muschelweiß.«

»Eines Blitzvogeljungen?«

»Ja.« Er legte sich eine Hand aufs Herz. »Es strahlt die ganze Zeit. Blauweiß. Und meine Seele hat einen Namen. Das haben mir die Geister gesagt. Aber ich will dir keine Angst einjagen. Versprich mir, ruhig zu bleiben. Ich habe nicht begriffen, warum der Name des Vogeljungen so wichtig sein sollte. Aber seit kurzem weiß ich es. Das heißt, nur wenn es sich um denselben … Menschen handelt. Das weiß ich aber nicht, weil –«

»Ich verspreche, ich werde ruhig bleiben«, sagte sie etwas gereizt. Dann atmete sie aus, offensichtlich bestrebt, ihren Ärger zu unterdrücken. »Ich wusste nicht, dass Blitzvögel Namen haben«, sagte sie gleichmütig.

Teichläufer lächelte breit. »Das hab ich auch nicht gewusst. Aber meiner hat einen.« Er hielt ihren Blick aus. »Er heißt Riedgras, Muschelweiß.«

Sie rührte sich nicht.

»Aber bitte, keine Angst! Die Geister wollten, dass ich dir sage, Riedgras sei zurückgekommen, um dir zu helfen. So wie du ihm einmal geholfen hast.«

Sie starrte ihn lange an, dann sank sie zu Boden, als wären ihre Beine kraftlos geworden. Sie machte die Augen fest zu.

»Muschelweiß!« Teichläufer warf seine Decke ab und ging zu ihr hin. Zärtlich strich er ihr übers Haar und sagte: »Ich mache uns etwas Tee. Dann besprechen wir das. Du brauchst dir keine Sorgen zu machen. Alles ist gut.«

Hinter seinem Lager kamen die Brecher jetzt mit großer Wucht an; die Wellen krachten wie glänzend weiße Fettflecken auf den dunklen Strand und brüllten wie hungrige Löwen. Teichläufers Blick glitt wieder zu Muschelweiß. Sie saß mit dem Rücken zum eisigen Wind und schaute in ihre Kürbistasse mit Tee. Die Schatten, vom Feuerschein beleuchtet, spielten über ihr schönes, sorgenvolles Gesicht und warfen ein wechselndes grau-orangefarbenes Lichterspiel auf die Pinien hinter ihr. Er hatte seinen Kochkorb auf ein Dreibein gehängt – drei Äste, oben mit einer Schnur zusammengebunden – und dann mitten übers Feuer gestellt, um den Tee zu wärmen, während er Kiefernnadeln zusammensuchte. Der Tee, süß und würzig, schmeckte nach Kiefernsaft.

»Was noch, Teichläufer?« fragte Muschelweiß. »Was haben die Geister sonst noch gesagt?«

Ihre Augenfalten waren schärfer geworden. Silber melierte Locken hatten sich aus ihrem Zopf gelöst und hingen ihr übers Gesicht. Erst jetzt, im Sternenlicht, sah er das frische Blut, das den Saum ihres hellbraunen Gewandes befleckte. Hatte sie mit feindlichen Kriegern gekämpft? In der Nähe? Und er hatte nichts gehört?

Teichläufer stellte seine Tasse aufs Knie. Er nahm einen großen Schluck, und der Duft beruhigte ihn. »Sie sagten, ich solle dir etwas mitteilen, was noch merkwürdiger ist«, antwortete er.

Sie sah ihn scharf an. »Was?«

Er zögerte, drehte seine warme Tasse in den Händen und sah die grüne Flüssigkeit im Feuerschein schimmern. Nach allem, was er von Schote und Hundszahn über Muschelweiß wusste, empfand er Furcht. Wenn sie schon gewagt hatte, einen berühmten Seelentänzer anzuspringen und ihn halb totzuwürgen – es stand mit ihm nicht zum Besten.

»Als Erstes soll ich dir sagen«, erwiderte er leise, »dass Riedgras dich vor Kupferkopf schützen würde. Du siehst also, es ist nicht unbedingt nötig, dass ich bei dir bin, sondern … nur mein Körper. Und deshalb«, fügte er seufzend hinzu, »muss ich mit dir gehen, mein Weib.«

Düster blickte sie auf seine Brust, als wäre sie begierig, sie aufzuschlitzen, um zu sehen, ob ihr toter Sohn tatsächlich darinnen wäre. »Wie könnte mich Riedgras beschützen?«

»Das haben die Geister nicht erklärt. Hätten sie es doch nur getan. Ich habe nur die Hälfte von allem verstanden. Sie haben auch gesagt –« Er versuchte, sich an den genauen Wortlaut zu erinnern. »Sie haben gesagt, Muschelweiß soll wissen, wenn die Seele von Riedgras ausschlüpft und Flügel des Lichts ausbreitet, dann wird Kupferkopf sie nie mehr jagen können. Riedgras würde ihn daran hindern.« Teichläufer sah sie an. »Verstehst du, was damit gemeint ist?«

Muschelweiß blickte ihn starr an. Sie sah schlecht aus, wie von Gespenstern gejagt, das schöne Gesicht war bis auf ihre edlen Wangenknochen eingefallen. In ihren Augen erkannte er die alte Angst und den über die Jahre zu einer tödlichen Schneide fein geschliffenen Hass. Neben ihr steckten drei Speere im Sand, die Feuersteinspitzen funkelten, und sie zog sie wie zur Sicherheit heraus und legte sie sich über den Schoß.

»Ja«, erwiderte sie sanft, »ich verstehe es.«

»Was haben sie damit gemeint? Sag mir das bitte. Wenn ich einen Teil davon verstehe, dann wird mir vielleicht auch der Rest klar.«

Sie rutschte unbehaglich hin und her; er sah ihre Schulterblätter unter dem dünnen Stoff. Hatte sie in letzter Zeit so viel Gewicht verloren? Durch die Trauer über ihre Lieben? Oder durch die andauernde, nagende Angst?

Sie winkte ab und sagte widerwillig: »Das ist schwer zu erklären, Teichläufer. Ich müsste ganz am Anfang beginnen, und ich bin mir nicht sicher, ob du –«

»Ich weiß, ich bin sehr jung«, erwiderte er verlegen. »Aber versuche, es trotzdem zu erklären, Muschelweiß. Ich muss das wissen, es ist sehr wichtig.« Der Blitzvogel hatte wieder angefangen, in ihm zu rumpeln, noch leise zwar, wie aus der Ferne, aber das Donnergrollen kam auf ihn zu und wurde lauter. »Was haben sie damit gemeint, dass Kupferkopf dich nicht mehr jagen könnte?«

»Kupferkopf ...«, sagte sie innehaltend, als ob ihr schon der Name allein Schmerzen bereitete. Sie schluckte. Dann sprudelten die Wörter aus ihr heraus, als wollte sie die Antwort schnell hinter sich bringen. »Er hat die merkwürdige Fähigkeit, die Herzen derer, die er haben will, zu gewinnen, und wenn er sie dann dazu gebracht hat, ihn zu lieben, sind sie ihm fast verfallen. Ich war nicht das erste Mädchen, das er gejagt hat.«

Teichläufer betrachtete ihr erbittertes Gesicht. »Da waren andere vor dir?«

»Mindestens eine. Sie hieß Koralle. Kurz bevor er mir sagte, dass er mich haben wolle, ließ er sie fallen. Aber sie kam dauernd zu ihm zurück, bettelte ihn an, kam auf Händen und Knien angekrochen und bat ihn, sie wieder aufzunehmen. Es fiel einem schwer«, sie blickte in ihren Tee, »das mit anzusehen.«

»Was ist aus ihr geworden?«

Muschelweiß zuckte die Achseln. »Ich hörte, sie habe sich das Leben genommen. Ich habe nie erfahren, ob das stimmt – aber wahrscheinlich schon.«

Im goldenen Feuerschein sah er, wie sich ihr Mund zusammenzog.

Teichläufer blinzelte und sah beiseite. Seit der Dämmerung hatten ihn Schwärme funkelnder Moskitos und Mücken umsurrt. Er verscheuchte eine von seinem großen Zeh und versteckte seine bloßen Füße unter dem langen Gewand. Muschelweiß hatte ihre unbedeckte Haut klugerweise mit Insektenfett eingerieben. Sie roch wie der Rauch qualmender Kiefernholzfeuer. Angenehm. Teichläufer nahm einen Schluck Tee und dachte an Koralle und die seltsame Macht von Kupferkopf, der andere dazu bringen konnte, ihn zu lieben. Hexenwerk. Das musste es sein!

»Ist er wahnsinnig?« fragte Teichläufer und bat inständig um eine klare Antwort.

»Das behaupten sie alle. Aber ich habe das nie bestätigt gefunden.«

»Niemals?«

»Nein. Ich habe ihn völlig verstört erlebt, irre vor Gram

und Kummer. Krank vor Sorge. Verzweifelt. Aber nicht wahnsinnig. Er war immer launenhaft, sprunghaft, wie ein Mann, der in rauer See an einem Baumstamm hängt, der sich aufschwingt und im nächsten Moment wieder hinunterfällt. Aber glaub mir, wenn er im Wellental war, wollte niemand in seiner Nähe sein. Er konnte töten, ohne nachzudenken. Ich versuchte dann immer, ihn zu besänftigen, ihn zum Lachen zu bringen.« Ganz kurz lag ein Anflug von Zärtlichkeit in ihren Augen, der aber sogleich hinter dem Schild ihrer Beherrschung verschwand. Sie hielt ihre Tasse krampfhaft umklammert.

»Wie sonderbar«, sagte Teichläufer.

»Was?« fragte sie wie erwachend.

»Jetzt habe ich zum ersten Mal jemanden mit Wärme von Kupferkopf sprechen hören. Hast du ihn geliebt?«

Für längere Zeit herrschte Schweigen, nur unterbrochen vom Anprall der Wogen und dem Winseln des Windes. Sie setzte ihre Tasse ab und packte wieder ihre Speere mit fester Hand.

»Habe ich Kupferkopf geliebt?« wiederholte sie mit matter, fremder Stimme. »Das hat mich noch nie jemand gefragt. Noch nie in meinem Leben. Als ich zehn und drei Sommer alt geworden war, stellten die Leute einfach fest, dass wir uns liebten. Es war so offenkundig. So quälend offenkundig. Wenn wir beisammen waren, haben wir uns immer liebevoll berührt. Ich war ihm so verfallen, Teichläufer, dass ich nicht mehr aus noch ein wusste, wenn wir getrennt waren. Vor Sehnsucht verzweifelt, bereit zum Töten, um ihn wieder zu sehen. Es gab nichts, was ich nicht für ihn getan oder ihm gegeben hätte – außer meinen Seelen. Und es gab eine Zeit, da hätte ich sogar sie aufgegeben, wenn er das verlangt hätte.«

Die Finger um die Speere ballten sich zu Fäusten; sie schloss ihre Augen, schloss den Feuerschein und das Sternenlicht aus und schirmte sich vor seinen Blicken ab. Ihre Lider zuckten, als ob Erinnerungen durch ihre Seelen tanzten, und ihr kantiges Kinn verriet, dass ihr diese nicht gefielen.

Teichläufer fragte sanft: »Hast du deswegen aufgehört, ihn zu lieben? Wegen seiner dunklen Seite?«

Sie betrachtete ihn ernst. »Ich habe nie aufgehört, ihn zu lieben.«

»Aber du bist vor ihm weggelaufen.«

Sie lehnte ihren Kopf zurück, und oberhalb eines Vierecks aus Licht spielten Schatten über ihr schönes Gesicht. Sie schien gebannt auf die Leuchtleute zu blicken. »Ja«, antwortete sie weich. »Ich bin weggelaufen.«

»Aber wie konntest du, wenn du ihn noch liebtest?«

Sie lächelte, auf eine geisterhafte Weise, und in ihren Augen war keine Belustigung, eher Bitterkeit. »Ist die Welt so einfach für dich, Teichläufer?«

Er fühlte sich plötzlich ganz klein. Er senkte den Blick. »Kannst du mir antworten? Ich muss das wirklich wissen. Warum bist du weggelaufen, obwohl du ihn noch liebtest?«

»Weil ich musste.«

»Warum?«

»Ich wünsche nicht, darüber zu sprechen, Teichläufer«, sagte sie scharf. »Kannst du nicht verstehen, dass –«

»Ich verstehe, dass dich das quält«, entgegnete er freundlich. »Und ich will dich auch nicht verletzen, aber es ist sehr wichtig, Muschelweiß. Bitte, hilf mir. Ich muss –«

Sie schrie: »Kupferkopf sagte, wenn ich ihm nicht erlauben würde, Riedgras auf seinen nächsten Kriegszug mitzunehmen, dann würde er Windeck-Dorf auf der Pelikan-Insel überfallen und jeden töten, den ich liebte! So als würde ich Riedgras töten.«

»Du? Riedgras töten? Was meinte er?«

Sie senkte den Kopf. »Riedgras hatte seit zweimal zehn und zwei Tagen im Koma gelegen – mit hohem Fieber. Ich hatte ihm Wasser zu trinken gegeben, löffelweise, träufelte es ihm ein, und er schluckte das Wasser, aber ich brachte ihn nicht dazu, etwas zu essen. Er verlor dauernd an Gewicht, und am Ende war er nur noch Haut und Knochen. Er war so klein. Er fühlte sich an wie eine Feder in meinen Armen, wenn ich ihn wiegte.«

Als hätten diese schrecklichen Worte Bilder in seinen

Seelen hervorgerufen, sah Teichläufer diesen Jungen in den Armen seiner Mutter liegen, während sie ihn wiegte und weinte und völlig zerrissen war. Unvermittelt empfand er ihren Schmerz wie den Stich eines Kaktusstachels.

»Ich glaube, es war für Kupferkopf sogar noch schlimmer als für mich«, fuhr sie traurig fort. »Er konnte Riedgras nicht gehen lassen. Er versuchte, ihn zwangsweise zu füttern, und wenn Riedgras den Bissen im Hals hatte, schrie Kupferkopf ihn an und schlug ihm auf den Rücken, damit er ihn hinunterschluckte, und dann fiel er auf den Boden und schluchzte.«

»Aber wenn Riedgras so krank war, warum wollte ihn Kupferkopf dann auf einen Kriegszug mitnehmen?«

Muschelweiß strich an den Schäften der Speere entlang, als wollte sie die Beschaffenheit des Holzes prüfen, und fühlte jede Stelle, wo ein Knoten abgeschnitten worden war. Ihr schönes, vom Feuer erhelltes Gesicht hob sich scharf gegen die silbern bereiften Bäume in ihrem Rücken ab, die im Nachtwind ächzend schwankten.

Gepresst antwortete sie: »Kupferkopf glaubte, wenn er einen Mann verwundete und Riedgras auf dessen Brust legte, so dass die Augen von Riedgras direkt in die Augen des Verwundeten blickten, wenn er den Mann töten würde ... Er glaubte, die Seelen des Mannes würden in den Körper von Riedgras sickern und ihn wieder ins Leben zurückbringen.«

Der Wind fuhr durch Teichläufers weißes Haar und strich ihm kalt über die Wangen. Weißes Licht blitzte in ihm auf, und das folgende Donnergrollen erschütterte seine Rippen. Teichläufer erschauerte und flüsterte: »Ich habe schon so etwas gehört, wenn die Leute auch nicht oft darüber sprechen. Hatte Kupferkopf denn solch eine gewaltige Macht? War er ein Hexenmeister?«

Muschelweiß bewegte den Kopf kaum merklich, und es war nicht klar, ob sie die Frage bejahte oder verneinte, aber nach ihrem verwirrten Gesichtsausdruck zu urteilen, wusste sie es wohl selbst nicht. »Das kann ich nicht sagen, Teichläufer. Nachdem Riedgras ins Koma geglitten war, sprach er gleich darauf von dem alten Hexenmeister, der beim Queckengras-Dorf wohnte. Er hieß, glaube ich, Federweiß.« Sie runzelte die Stirn. »Kupferkopf war für kurze Zeit weggegangen, eine Nacht und einen halben Tag. Ich weiß noch, wie ich dachte, dass er wahrscheinlich allein sein wollte, um zu trauern.«

Teichläufer strich sich nervös die Ärmel glatt. Der Gedanke, einem Hexenmeister gegenüberzustehen, erfüllte ihn mit Entsetzen. »Vielleicht ist Kupferkopf zu Federweiß gegangen, um etwas von ihm zu lernen?«

»Möglich. Aber das hätte ich sicher gewusst, Teichläufer. Ich glaube nicht, dass er das vor mir hätte verbergen können.« Sie schien ihm zu entgleiten, ihre Augen wurden leer und sahen etwas im Gewebe ihrer Seelen. »Wir standen uns sehr nahe.«

Der Wind zerrte an Teichläufers Gewand, und er steckte sich den Stoff unter seinen Beinen fest. »Hast du niemals etwas vor einem verborgen, den du liebtest, etwa vor Tauchvogel?« fragte er in aller Unschuld und war umso bestürzter von ihrer Reaktion.

Blitzschnell war sie auf ihren Knien und beugte sich mit wildem Blick über ihn. »So etwas fragst du mich nie wieder!«

Er nickte, eine Weile zu betäubt, um etwas darauf zu erwidern. Schließlich nahm er seinen Mut zusammen und meinte: »Es tut mir Leid, ich wollte nicht neugierig sein.« Langsam sank sie in den Sand zurück, behielt aber ihren drohenden Gesichtsausdruck bei. Vorsichtig fuhr er fort: »Ich habe das gefragt, Muschelweiß, weil ich gehört habe, dass die besten Hexenmeister keinem je die Wahrheit enthüllen. Sie lassen die Leute in Angst und Ratlosigkeit zurück. Woher kam diese Krankheit? Von einem bösen Geist – oder von einem Hexenmeister? Sind diese Männer in einem Orkan umgekommen, oder hat ein Hexenmeister dafür gesorgt, dass ihr Kanu kenterte? Solche Sachen. Wenn die Leute die Schuld nicht eindeutig nachweisen können, dann kann ein Hexenmeister viele Sommer lang wirken, bevor er entdeckt wird.«

Jetzt trug sie wieder die Maske der Kriegerin, die Zähne zusammengebissen und die Augen zu Schlitzen verengt. »Ob Kupferkopf ein Hexenmeister war oder nicht, ist ohne Belang. Die Möglichkeit allein erfüllte mich derart mit Grausen, dass ich meinen eigenen Sohn tötete, um ihm ein solches Schicksal zu ersparen.« Qual verzerrte ihr Gesicht. »Und mir selbst auch, Teichläufer. Wie hätte ich jemals wieder in die Augen meines Sohnes blicken können mit dem Wissen, dass die Seele eines anderen Mannes darin lebte? Eines Mannes, den mein Mann ermordet hatte.«

Sanft streichelte er ihren Arm. »Großmutter Mondschnecke hat immer flüsternd von den schlimmen Dingen erzählt, die die Seelen von Ermordeten ihrem neuen Körper antun: Wahnsinn, Verstümmelung, grauenhafte Dinge, die man sich nicht vorstellen kann.«

Als hätte sie einen schmerzhaften Stich in ihrem Herzen verspürt, beugte sie sich vor, und plötzlich sah sie sehr alt und müde aus. »Kupferkopf sagte, die Seelen gewöhnten sich manchmal an ihre neuen Körper. Er wollte so sehr, dass Riedgras am Leben blieb, dass er bereit war, auch etwas zu wagen. Wenn wir nur gut und lieb zu diesen neuen Seelen wären, hoffte er, würden sie Riedgras nicht wehtun. Ich ...«, sie ließ den Kopf sinken, »ich konnte den Gedanken nicht ertragen.«

Am liebsten hätte Teichläufer die Arme um sie gelegt und sie an sich gedrückt, aber er fühlte, dass sie das jetzt nicht wollte, und so schlang er die Arme stattdessen um sich selbst. »Das Massaker auf der Pelikan-Insel geschah danach?«

»Ja.« Sie nickte. »Gleich danach. Der Tod von Riedgras brachte Kupferkopf fast um. Er sprang auf mich, brüllte und wollte mich mit bloßen Händen in Stücke reißen. Ich rannte weg, zur Pelikan-Insel, um meine Familie zu warnen, aber er und seine Krieger waren schon vor mir dort.« Das Feuer war fast ausgegangen, aber hie und da züngelten gelbe Flämmchen um die rote Glut hoch und spiegelten sich in ihren wild blickenden Augen. »Er hat niemals etwas versprochen, was er nicht halten konnte. Wäre ich nicht auf der Pelikan-Insel gewesen, hätte er jeden getötet, den ich liebte.«

»Ich bin froh, dass du ihm entkommen bist, mein Weib«, sagte er leise und drückte ihren Arm.

Leicht strich ihr Daumen über die scharfe Speerspitze, und mit dem Fingernagel folgte sie jeder Kerbe in dem roten Stein. »Ich bin ihm nie entkommen, Teichläufer. Wahrhaftig nie. Seit ich ihn verlassen habe, von dem Augenblick an hat er mich bis in meine Träume verfolgt. Ich höre ihn, er ruft mich mit seiner gespenstischen Stimme, und dann bin ich wieder wie ein Kind. Von Schrecken gepackt. Dann will ich ihn von ganzem Herzen, und gleichzeitig renne ich, so schnell ich kann, um von ihm wegzukommen.«

War das der Grund, warum sie nachts mit einer Kleinmädchen-Stimme weinte? ›Rief‹ er sie da? Lockte er sie, damit sie zu ihm zurückkäme? War es denn möglich, dass Kupferkopf nach all den Jahren und den schrecklichen Dingen, die sie einander angetan hatten, sie immer noch wollte? Aber wirklich erschreckend erschien Teichläufer das unterschwellige Begehren in ihrer Stimme. Doch darauf konnte er und wollte es sie nicht ansprechen, weil er ihre Antwort zu sehr fürchtete.

»Ob die Geister das wohl gemeint haben?« fragte er.

»Was?«

»Als sie sagten, Kupferkopf würde dich nicht länger jagen können. Meinten sie damit, in deinen Träumen? Hat er dich kürzlich erst wieder verfolgt?«

Trotz der Kälte lief ihr ein Schweißtropfen über das Kinn. »Lass mich nachdenken.« Stirnrunzelnd ließ sie ihre Blicke in alle Richtungen schweifen.

»Die Geister sagten, Riedgras werde dich beschützen, sowie er ausgeschlüpft wäre und sich Flügel aus Licht hätte wachsen lassen. Das war in der Nacht unserer Hochzeit. Der blauweiße Blitz war so grell, dass er mich blendete. Ich schwamm in einem Ozean aus Licht, mehrere Zeithände lang.«

Sie betrachtete Teichläufer aus dem Augenwinkel. »Ich habe Kupferkopfs Stimme in meinen Träumen nicht mehr gehört, seit wir uns zum ersten Mal geliebt haben, Teichläufer.«

Durch einen plötzlichen Windstoß flammte die Glut auf, verstreute Asche und trug sie wie eine kleine weiße schwankende Windhose durch die Äste nach oben. Beide hatten sich umgedreht, um ihre Gesichter zu schützen, und der bernsteinfarbene Schein färbte die Blutspritzer auf ihrem Gewand zart korallenrot.

Als sich Muschelweiß umwandte, hatte sie die Augen geschlossen und machte einen sehr müden Eindruck. Teichläufer fühlte sich innig zu ihr hingezogen. Es musste gegen Mitternacht sein. Sie hatte seit dem gestrigen Abend nicht mehr geschlafen und in der Zwischenzeit gekämpft und vermutlich in einem Kampf auf Leben und Tod getötet. Wie hatte sie so lange wach bleiben können?

»Bitte, versuch zu schlafen«, sagte er. »Wir werden unsere Kraft brauchen. Ich werde aufbleiben und wachen.«

Sie schüttelte den Kopf. »Das geht nicht. Als Wachtposten bist du nicht verlässlich, Teichläufer.«

Er ging auf die andere Seite des Feuers, nahm seine Decke und kehrte zurück. Liebevoll legte er sie ihr um die Schultern, kniete sich neben sie auf den Sand und sah ihr ernst in die dunklen Augen. »Ich weiß, aber ich werde mein Möglichstes tun. Du musst ausruhen, Muschelweiß. Du wirst Tauchvogel niemals retten können, wenn du so erschöpft bist, dass du nicht einmal mehr richtig denken kannst.«

Sie betrachtete ihn prüfend und legte ihm eine Hand auf die Schulter. »Also gut, ich lege mich kurz hin«, sagte sie. »Wenn du irgendetwas hörst, weckst du mich sofort! Hast du verstanden?«

»Ja. Ich werde dich wecken.«

Sie suchte mit Blicken den Waldrand ab, zog dann die Decke um sich und rollte sich auf dem Sand zusammen. Teichläufer glitt heran, hob ihren Kopf und legte ihn in seinen Schoß. »Gut so?« fragte er flüsternd.

»Ja, das ist angenehm. Gute Nacht, Teichläufer.«

»Gute Nacht, mein Weib.«

Teichläufer strich über ihren Hals und Arm, bis er seine Finger mit ihren verschränken konnte. Sie drückte seine Hand nicht, schob sie aber auch nicht fort. Er war es zufrieden.

Die Leuchtleute warfen einen silbernen Schein über den Wald und das Meer und ein Licht auf eine Eule, die lautlos in einer Baumkrone saß, für Teichläufer nicht mehr als ein grauer Fleck. Er ließ seine Blicke schweifen, hielt Ausschau nach Bewegung. Er sah vielleicht die Dinge nicht deutlich, aber eine Bewegung fiel ihm in der Regel auf. Jetzt machte er es zu einer Frage der Ehre. Vor dem Hintergrund des silbrigen Wassers wanderten die Möwen auf der Suche nach Beute mit auf und ab wippenden Köpfen über den Strand. Weiter unten schlug ein Kormoran mit den Flügeln, um das Wasser abzuschütteln.

Teichläufer legte sich eine Hand aufs Herz. Das Grollen hatte seinen Herzschlag übertönt, leise, aber unaufhörlich. Ehrfürchtig rieb er sich über die Brust, die sich heiß anfühlte. Warum hatte sich der tote Sohn von Muschelweiß gerade zu einer Wiedergeburt in ihm entschieden? Warum nicht in der Gestalt eines Kriegers oder eines großen Seelentänzers? Warum ausgerechnet in seiner schwächlichen Gestalt? Er war kein Krieger, das war schon richtig. Doch er war ein Mann, das war er wirklich. Er brauchte nur noch etwas mehr Zeit, um ihr seine Kräfte zu zeigen.

Er betete darum, die Zeit zu haben.

Nirgends sah er noch einen Sinn in den Dingen.

In der Verwirrung, die ihn quälte, kannte Teichläufer jedoch trotzdem die Hoffnung, auch wenn sie gleichermaßen quälend war. Vielleicht konnte Riedgras den Leuchtenden Adlern helfen, wenn Teichläufer es schon nicht konnte. Hatte ihn die Schildpattpuppe deshalb einen ›Erlöser‹ genannt?

Er bemühte sich, diesen neuen Gedanken in den Rahmen seiner Träume einzupassen, die ja wunderlich und stürmisch genug gewesen waren, bevölkert von fremden Männern und der Schildpattpuppe, und alle drehten sich im Tanze, alle anscheinend überaus fröhlich.

Und begleitet von Regen.

Von andauerndem Regen aus einem zerrissenen Himmel, einem Regen, der unaufhörlich fiel.

23

Biberpfote stand mit dem Rücken an einer Eiche im Schatten und sah zu, wie Schwarzer Regen und Kahlhecht spielten. Sie saßen mit zehn anderen im Kreis und warfen Knöchelchen. Drei Knöchelchen, aus Zeigefingern, wurden geschüttelt und dann geworfen, und die Punktzahl ergab sich daraus, wie viele Gelenke in die richtige anatomische Lage gefallen waren. Die Spieler hatten den ganzen Abend getrocknete Schoten von Strandplatterbsen ins Feuer geworfen und den Rauch geschnüffelt, und sie wurden dauernd ausgelassener, lachten lauter und stießen sich gegenseitig immer grober an. Seelentänzer verwendeten Strandplatterbsen, um Visionen zu bekommen. Biberpfote war noch niemandem begegnet, der die Schoten wie diese Männer benutzte, wie einen Streifen süßer Borke oder einen Palmbeerenkuchen. Der Geist der Strandplatterbse tötete oft diejenigen, die ihre Macht zu gering einschätzten. Insgeheim hatte Biberpfote gehofft, dieser Geist würde sich heute Abend rächen, das geschähe diesen verächtlichen Kerlen recht.

Der Wind blies, und das Feuer spuckte und flackerte. Schatten tanzten über die Lichtung, wo die Spieler saßen, und streiften über ihre triumphierenden Gesichter. Heilige Sonnenmutter – was er in diesen letzten Tagen alles erlebt hatte! Nach ihrer Flucht aus Kernholz-Dorf hatte sie Schwarzer Regen über Waldpfade geführt, die so finster und eng waren, dass Biberpfote dauernd um ihrer aller Leben gefürchtet hatte. Trotz der eisigen Winde hatte er geschwitzt und die ganze Zeit einen Speer im Atlatl bereitgehalten. Schwarzer Regen wusste anscheinend ganz genau, wie sie gehen musste, und so waren er und Kahlhecht ihr gehorsam gefolgt; sie hatten Wild erlegt, frisches Wasser gesucht und das Lager bereitet. Schwarzer Regen hatte keine Hand gerührt – außer sie abwechselnd jede Nacht zu bedienen. Die Frau war unersättlich; sie kroch von Biberpfote zu Kahlhecht und wieder zurück. Ihr Verlangen schien – übermenschlich.

Heute Abend, zur Zeit der Dämmerung, hatten sie plötzlich Gelächter durch die Bäume gehört, und Schwarzer Regen fing jubelnd an zu laufen. Kahlhecht war ihr auf dem Fuße gefolgt, wie ein erregter Hirsch in der Brunft. Biberpfote war vorsichtig nachgekommen. Er kannte diese lachenden Männer nicht, und darüber hinaus wusste er nicht einmal, wo er sich befand. Weit nördlich von Kernholz-Dorf und einen halben Tagesmarsch landeinwärts – mehr konnte er auch nicht sagen.

Als er sich der Lichtung genähert hatte, war ihm der Gestank von Abfall und Kot in die Nase gestiegen. Mit Gänsehaut war er vom Pfad abgewichen und hinter den Männern aufgetaucht, die inzwischen die Frau untereinander weiterreichten, sie küssten und liebkosten. Kahlhecht hatte verwirrt dabeigestanden. Die Lichtung war voller schmutziger Männer, die brüllend grobe Bemerkungen über Schwarzer Regen machten, die Waffen aber immer bei der Hand. Ihre Falten an Hals, Armen und Beinen starrten vor Dreck. Alle hatten verfilzte ungepflegte Haare, die offenbar seit Monden nicht gekämmt worden waren. Sie trugen schmutzige Lendenschurze, schwarz vor Dreck. Badete keiner von denen jemals, wusch keiner seine Kleider? Und sie waren alle hinter Schwarzer Regen her.

Als Biberpfote die Lichtung betrat, drehten sich die Männer schnell um und hoben ihre Atlatl wie in einer einzigen Bewegung.

»Der gehört mir!« hatte Schwarzer Regen geschrien. »Lasst ihn in Ruhe!«

Nach vier Zeithänden Glücksspiel und Rauchschnüffeln war sie kaum wieder zu erkennen – ihr hübsches Gesicht gerötet, die Augen glasig und grausam. Immer wenn sie einen Wurf verlor, sprang sie den Gewinner an und wollte ihm die Augen auskratzen. Die Männer kannten sie, wussten Bescheid. Sie wehrten sie mit einer Ohrfeige oder einem Faustschlag ab, lachten dann alle und nannten sie eine Hure. Ihr schien das nichts auszumachen, aber das Wort nagte an Biberpfote, brannte tief innen wie ein Feuer in seinem Bauch. Er liebte sie! Wenn sie eine Hure war, was war er dann? Der Narr einer Hure? Die Wut simmerte und gärte in ihm. Außerdem litt er an Heimweh.

Er hatte Wasserträgerin und seine Kinder nicht einmal zum Abschied umarmt, bevor sie geflohen waren. Warum nicht? Das wäre er ihnen wenigstens schuldig gewesen, ganz abgesehen von einer Erklärung.

Er wusste jetzt, er hätte einfach alles zugeben und sich der Barmherzigkeit seiner Frau unterwerfen sollen, statt dieser Frau zu folgen, die ihn beschwatzt hatte, wie ein Feigling wegzulaufen. Wegzulaufen! Ihn zu beschwatzen! Ihn, den Kommandanten des Kernholz-Clans! Für den Rest seines erbärmlichen Lebens würde er mit dieser Scham leben müssen. Und auch der kleine Robbenschwanz müsste nun damit leben, so wie seine anderen Kinder. Er konnte die Schmähungen schon hören, die Jungen, die da kreischten: »Dein Vater war ein Feigling! Hat sich mit einer Ausgestoßenen abgegeben und ist weggelaufen, als wir ihn am nötigsten hatten.«

Sein Magen rebellierte. Er drehte sich um und übergab sich über dem Herbstlaub, das den Waldboden bedeckte. Die Spieler schrien vor Vergnügen und belegten ihn mit Schimpfnamen, aber es war ihm gleichgültig. Was immer er auch tat, um die Scham abzuwaschen, den abscheulichen Geruch des Versagers bekam er aus seinen Seelen nie mehr heraus – und auch nicht das Wissen, dass er diese blödsinnige Handlung und jetzt die verzweifelte Reue seinem erregten Geschlecht zu verdanken hatte. In dem Augenblick, da er diesem erlaubt hatte, die Stimme seines Herzens zu übertönen, hatte er sein eigenes Verderben beschworen – und das seiner Familie. Nur weil er gewähnt hatte, in dieses perverse, gnadenlose Luder verliebt zu sein.

Als hätte sie seine Gedanken gehört, drehte sich Schwarzer Regen um und befahl: »Gib mir deinen Dolch!«

»Was?« fragte er und wischte sich mit dem Handrücken über den Mund. Schwarzer Regen schien sein Unbehagen nicht wahrzunehmen, oder es kümmerte sie nicht. »Wozu?«

»Ich hab nichts mehr, um es einzusetzen. Aber ich gewinn ihn zurück, keine Sorge. Gib ihn mir! Ich bin an der Reihe, und ich brauche ihn sofort!« Gebieterisch streckte sie die Hand aus.

Biberpfote löste den Dolch von seinem Gürtel, betrachtete die Muster, die er so sorgfältig in den Knochen geschnitzt hatte, und trat vor, um ihn ihr zu geben.

Der dicke Mann, der ihr gegenüber am Feuer saß, grinste und zeigte dabei seine schadhaften gelben Zähne. Er hatte einen Brustkasten, so breit wie der Stamm eines großen Hickorybaums, und strähniges schwarzes Haar, das ihm bis zu den Hüften hing. »O Schwarzer Regen«, sagte er, »wie ich sehe, hast du einen neuen großzügigen Liebhaber gefunden. Ist der so gut wie dein kleiner Händler? Wie hieß der noch? Meerufer, nicht wahr?«

Schwarzer Regen beachtete ihn nicht und schloss die Augen, als sie die Knöchelchen in ihren Händen schüttelte und sie dann über den Boden warf. Sie kreischte wütend auf, und die Männer brachen in misstönendes Gelächter aus und schlugen sich auf die Schenkel.

Der dicke Mann nahm sich den Dolch von Biberpfote und strich mit schmutzigen Händen über die scharfe Spitze. »Du hast den Dolch deines neuen Liebhabers verloren, Schwarzer Regen. Was denkt er wohl jetzt von dir?«

»Biberpfote ist ein Mann, Westwind«, sagte sie herausfordernd. »Kein Schwächling wie du. Biberpfote kann sich seinen Dolch wieder nehmen, wann er will.«

»Ach ja?« Westwind lächelte und wandte sich zu Biberpfote um, den er spöttisch ansah. Er hatte kalte Augen und war eine gute Handbreit größer als Biberpfote. »Willst du ihn wiederhaben?« fragte er und hielt den Dolch hoch.

Biberpfote schüttelte den Kopf. »Du hast ihn ehrlich gewonnen. Behalte ihn.«

Westwind lachte. »Scheint so, dass dein letztes Opfer nicht so vergafft in dich ist wie das vorige. Meerufer hätte mich angefallen wie ein Hund, wenn ich ihn so angeredet hätte.«

Schwarzer Regen rutschte herum und sah ihrem Gegenspieler auf Knien zu, wie er die Knöchelchen schüttelte, bevor er sie warf. »Meerufer war ein Idiot«, entgegnete sie.

»Da hast du vielleicht Recht«, sagte Westwind. »Ich hab gehört, als du seine letzte Schneckenmuschel verspielt und ihn dann frech und unbekümmert verlassen hast, da ist er in den Wald gegangen und hat sich die Kehle durchgeschnitten. Nur ein Dummkopf würde sich wegen einer Frau das Leben nehmen.« Er streckte eine Hand aus. »Und dazu noch wegen so einer!«

Die Männer im Kreis schütteten sich aus vor Lachen und schlugen sich auf die Schenkel. Kahlhecht, der links von Schwarzer Regen saß, biss die Zähne zusammen und starrte zu Boden – mit einem Blick, den Biberpfote schon oft gesehen hatte. So sah er drein, wenn er kurz davor war, aufzuspringen und den nächstbesten Mann mit seinem Speer zu durchbohren, um sich von seiner Scham zu befreien.

Der Gegenspieler von Schwarzer Regen machte seinen Wurf; die drei Knöchelchen landeten in der richtigen Lage, und mit schrillem Schrei stürzte sie sich auf seine Kehle und riss ihm die rechte Wange auf, bevor er sie ungestüm in die Arme von Kahlhecht zurückstieß.

»Mach das noch einmal, Frau!« sagte er und wischte sich das über das Kinn rinnende Blut ab. »Und ich schleppe dich in den Wald und hol mir das Schmerzensgeld selber aus deinem hübschen Fell.«

Verführerisch lächelnd beugte sie sich zu ihm und lockte ihn mit schmollendem Mund: »Gibst du mir zwei Feuerstein-Speerspitzen, wenn ich dich an mich ranlasse? Ich kann einen Mann so gut behandeln, dass du denkst, ich hätte noch eine dritte Hand. Ein besseres Geschäft machst du nie! Frag jeden von denen hier. Die sagen dir schon, dass ich –«

»Schwarzer Regen!« brüllte Biberpfote und trat aus dem Schatten. »Steh auf! Sofort! Wir gehen jetzt! Jetzt!«

Sie schaute nicht einmal auf. Sie sammelte die Knöchelchen ein und sagte: »Wenn du willst, kannst du ja gehen. Ich spiele weiter.« Mit einer schnippischen Handbewegung setzte sie hinzu: »Du fängst an, mich zu langweilen, Biberpfote. Du wirst immer verdrießlicher. Geh schon vor und such deine Decken. Ich komme später nach.« Dann wandte sie sich an Kahlhecht und strich ihm an Wange und Kinn entlang. »Du hast doch gestern einen Steinschaber benutzt?« fragte sie. »Wo hast du ihn? Ich will ihn haben.«

Gehorsam stand Kahlhecht auf, ging an Biberpfote vorbei in den Wald. Er nahm seinen Beutel auf und kehrte mit dem Schaber zurück. Schwarzer Regen belohnte ihn mit einem Kuss, und Kahlhecht setzte sich wieder eifrig neben sie. Biberpfote fühlte, wie sich sein Magen zusammenzog. Sie fing an, die Knöchelchen zu schütteln.

Westwind blickte von Kahlhecht zu Biberpfote, dessen verzogener Mund seine Abneigung verriet. Er hielt sie beide für Narren, das war unverkennbar. »Sag mal«, sprach er Biberpfote an, »Schwarzer Regen hat mir erzählt, du warst der Kommandant vom Kernholz-Clan. Kennst du Muschelweiß? Hast du vom letzten Überfall von Kupferkopf gehört?«

Biberpfote erstarrte. Blitzartig sah er die Gesichter seiner Kinder vor sich. Er kam näher. »Was für ein Überfall? Auf Kernholz-Dorf?«

»Nein. Auf das Dorf von Muschelweiß. Windeck. Ein Krieger, der um sein Leben rannte, kam gestern hier durch. Er sagte, Kupferkopf hätte zweimal zehn Krieger ausgeschickt, um Windeck-Dorf ein für alle Mal auszulöschen. Er hatte ihnen versprochen, dass Muschelweiß nicht dort sei, aber als sie da waren, sah alles ganz anders aus. Sie fuhr durch sie hindurch wie ein Speer durch Bärenfett.«

Westwinds Augen funkelten vor Begeisterung. »Der Krieger behauptete, sie habe allein acht Mann getötet.«

»Acht?«

»Das meinte er, und er hatte keinen Grund zu lügen. Je

mehr es waren, umso größer die Schande für ihn und den Clan vom Stehenden Horn. Und deswegen glaube ich, waren es noch mehr. Muschelweiß kann neun oder zehn Mann erledigt haben.«

Biberpfote ballte die Fäuste. »Heilige Geister! Und was ist mit dem Blitzjünger? Hat er überlebt?«

Westwind hob eine Schulter, und sein Blick glitt zum angespannten Gesicht von Schwarzer Regen. »So lange ist der Krieger nicht geblieben, das weiß er nicht. Er hat nur den Blitzjünger aus den Bäumen kommen sehen, sagt er, und das hat ihm genügt. Er ist gerannt wie ein Dachs in Todesangst.«

Teichläufer hatte keine Erfahrungen als Kämpfer. Er hatte sogar selten Waffen dabei, weil er gar nicht wusste, wie man sie benutzte. Wenn er aus den Bäumen mitten unter Kupferkopfs Krieger getreten war ...

Biberpfote blickte auf Schwarzer Regen. Sie hatte wieder verloren und sah wutentbrannt drein. »Dein Sohn Teichläufer ist vielleicht tot, Schwarzer Regen«, sagte er. »Lässt dich das kalt?«

Wie gebannt schaute sie auf die Hände ihres Gegenspielers. »Ja, natürlich. Er hat Muschelweiß geheiratet und damit all meine Schulden bezahlt. Er hat seine Schuldigkeit getan. Ich brauche ihn nicht mehr.«

Die Kälte in ihrer Stimme erschien Biberpfote wie die dunkle Seite seiner selbst. Hatte er seine eigene Familie nicht genauso gleichgültig verlassen? Sie benutzt und dann sogar ohne Abschied zurückgelassen? Wie leicht konnte sich ein Mann im Schoß einer Frau verlieren und alles vergessen, seine eigenen Pflichten ebenso wie die Güte, die ihm entgegengebracht worden war! Er verspürte den Drang fortzulaufen, weit weg. Nach Hause. Was für ein verlockendes Wort – nach Hause! Da könnte er sich in den Armen seiner Kinder vergraben und verstecken. Bei ihrem Lachen und ihrer Liebe könnte er den Gestank dieses Orts, die Schmutzigkeit dieser Männer vergessen ... und das wilde Glühen in den Augen von Schwarzer Regen.

Zum ersten Mal seit vielen Sommern fühlte er Tränen in

den Augen brennen. Tränen, die er nicht vergießen würde. Nicht vergießen könnte. Tränen, die seinen Körper überschwemmen und seine Seelen ertränken würden. So wie er es verdiente.

Biberpfote wandte sich um und ging in den Wald. Schwarzer Regen hatte Recht. Er war verdrießlich. Es war Zeit, dass er seine Decken fand.

Tauchvogel wurde wach, als viele Schritte näher kamen; er rappelte sich auf, setzte sich und versuchte, sich wachzublinzeln. Es war noch nicht einmal Tag geworden. Die hellsten Leuchtleute glitten immer noch über das Land des Tagesanbruchs. Vom unbewegten Meer wehte ein kühler Wind herein und zerrte an seinen langen Haaren, die ihm über die bloßen Schultern hingen. Er fühlte die Kälte bis auf die Knochen. Er erschauerte und drehte sich herum, so weit es die Fesseln zuließen. Auf der Westseite der Hütte stand Kupferkopf vor einer Rotte von Kriegern, die Seilschlaufen hinter sich herzogen. Oder waren es Lianen? Sie sahen aus wie Lianen, welke Blätter hingen der Länge nach an ihnen herab.

»Was haben wir heute Morgen vor, Kupferkopf?« fragte er.

»Eine Belehrung.«

Ergrauendes schwarzes Haar hing ihm lose über die Schultern und flatterte im Wind. Kupferkopf trat vor, und fast hätte Tauchvogel aufgeschrien, als er die Schildpattpuppe in Kupferkopfs Gürtel sah. Instinktiv rutschte Tauchvogel zurück zum Ende der Matte. Sein Herz raste.

»Eine Belehrung? Worüber?«

»Über das Verwundetsein.«

Kupferkopf winkte seinen Kriegern. »Bindet ihn. Macht schnell, bevor die anderen kommen.« Er drehte sich um und ging davon.

Raue Hände packten Tauchvogels Arme und zerrten ihn hoch. Lachend schleppten ihn die Krieger in die Mitte der Hütte und zogen das am zentralen Dachpfosten befestigte Seil herunter.

»Hoch mit den Armen«, befahl der groß gewachsene hagere Mann. »Rehgeweih, mach die gefesselten Hände am Seil fest.«

»Ja, Brauterpel«, sagte ein junger Krieger, kaum zehn und sechs Sommer alt, und gehorchte eilends. Er trug nur einen Lendenschurz und hatte sein schwarzes Haar kurz geschnitten, so dass es ihm nur bis zum Kinn hing. Ein grob gewebtes Stirnband hielt es ihm aus dem Gesicht.

Bald darauf war Tauchvogel wieder an den Dachpfosten festgebunden, die gefesselten Hände oberhalb des Kopfes. Die Schulter- und Rückenwunden schmerzten bei dieser qualvollen Haltung. Wie lange würden sie ihn diesmal so hängen lassen? Einige Zeithände lang? Oder tagelang?

Rehgeweih trat zurück und leckte sich eifrig die Lippen. »Und jetzt, Brauterpel?« fragte er. »Sollen wir –«

»Ja. Bring die Lianen.«

Tauchvogel drehte den Kopf und sah die Krieger aus der Hütte rennen; sie lachten leise und flüsterten darüber, wie verrückt Kupferkopf war, und holten sorgfältig die zusammengerollten stachligen Lianen ein.

»Was macht ihr da?« fragte Tauchvogel erschreckt. »Was ist das?«

Brauterpel trat zurück, um seine Männer zu Tauchvogel zu lassen. »Rehgeweih, du und Wolkenfisch, ihr wickelt ihn fest ein, vom Kopf bis Fuß, so wie der Geistälteste gesagt hat.«

»Warum?« wollte Tauchvogel wissen.

»Ich denke nicht über meine Befehle nach, ich befolge sie«, antwortete Brauterpel und faltete die Arme hochmütig über der Brust.

Rehgeweih hielt eine Liane mit langen dicken Stacheln hoch. Er flüsterte: »Halt still. Dann tut's nicht so weh.«

Der Junge hielt das Lianenende vor Tauchvogels Gesicht, und Tauchvogel wich stolpernd zurück. »Nein!«

»Möwenflügel, halt dem Feigling die Füße fest«, kommandierte Brauterpel und grinste höhnisch.

Ein anderer Krieger kam nach vorn, ließ sich fallen, packte Tauchvogels Beine und hielt sie fest, während Rehgeweih und Wolkenfisch ihn von oben bis unten spiralförmig umwickelten.

»Fest anziehen!« brüllte Brauterpel. »Der Mann ist unser Feind!«

»Ja, schon gut«, murmelte Rehgeweih und knirschte mit den Zähnen. Er zog ruckend an der Liane, riss Tauchvogels Haut auf, brach schon eingedrungene Stacheln ab und zog die Liane so fest, dass Tauchvogel kaum noch atmen konnte.

Tauchvogel schauderte. Die langen Stacheln hatten sich tief in sein Fleisch gebohrt. Das Blut floß ihm übers Gesicht, schneller, als er es aus den Augen blinzeln konnte. Er sah seine Folterknechte wie durch einen fahl karminroten Schleier. Heiße Bäche strömten ihm über die Brust. Er hätte den Männern dankbar sein sollen, dass sie seine Augen und Geschlechtsteile ausgespart hatten, aber er empfand nur Abscheu und Hass. Als sie fertig waren und ihr Werk begutachteten, beugte Tauchvogel seinen Kopf so weit vor, wie er, ohne aufzuschreien, konnte. Das Blut überzog seinen ganzen Körper und tröpfelte die Füße hinab.

»Heilige Sonnenmutter!« sagte Rehgeweih heiser und trat mit verengten Augen zurück. »Was bezweckt Kupferkopf damit? Ich kann nicht verstehen –«

»Beweg dich!« brüllte Brauterpel. »Die Geistältesten kommen. Gehen wir. Kupferkopf hat gesagt, sowie wir fertig sind, sollen wir sofort verschwinden. Wir halten Wache, aber etwas weiter weg.«

Die Männer trotteten davon. Tauchvogel sah einige grauhaarige Männer und Frauen auf sich zukommen. Niemand, keiner von ihnen, sah ihn an, als sie ihre Matten hinwarfen und sich in die Hütte setzten. Sie schlugen sich die Decken um die knochigen alten Schultern und sprachen weiter miteinander, leise und freundschaftlich, als ob Tauchvogel gar nicht vorhanden wäre.

Seine Muskeln bebten. Was war das für ein Wahnsinn? Zehn und vier Tage lang hatte ihn Kupferkopf isoliert gehalten. Wenn ein Dörfler seiner Hütte zu nahe kam, verscheuchten ihn die Wachen mit dem Atlatl. Die einzigen

Mitglieder des Clans vom Stehenden Horn, die Tauchvogel aus der Nähe gesehen hatten, waren Kupferkopf, verschiedene schweigsame Wachtposten und die alte Frau Seestern gewesen. Und jetzt das?

Tauchvogel sah sich die zwölf Geistältesten genauer an. Sie hatten ihre Matten in einer bestimmten Reihenfolge ausgelegt. Zwei Älteste, ein Mann und eine Frau, saßen vorn mit dem Blick auf die Meerfrau, und die anderen saßen im Halbkreis hinter ihnen. Abgehoben gegen den mattgoldenen Lichtkreis, der gerade den Horizont eingefärbt hatte, schimmerten ihre silberhaarigen Köpfe.

»Pst!« zischte die alte Frau vorn und hob eine Hand.

Alle drehten die Köpfe und schauten durch Tauchvogel hindurch auf etwas im Dorf hinter ihm.

Kupferkopf kam geräuschlos, langsam und mit gesenktem Kopf herein. Er hatte sich umgezogen und trug ein grünes Gewand mit aufgenähten Seeigelstacheln am Saum, die beim Gehen aneinander klickten. Die Schildpattpuppe starrte nicht mehr von seinem Gürtel auf Tauchvogel. Hatte er sie in seiner Hütte gelassen? Kupferkopf ergänzte den Kreis, indem er sich vor Tauchvogel stellte. Aber als er auf Tauchvogel hinabsah, veränderte ein seltsamer Ausdruck sein Gesicht.

»Geistälteste«, sagte er sanft in seiner tiefen Stimme. »Heute möchte ich mit euch über das Leiden sprechen.«

Sie nickten alle und lächelten.

»Ich bin gespannt, was du zu sagen hast«, bemerkte die alte Frau in der ersten Reihe.

»Vielen Dank, Erle. Und du, Korbmacher?« Er sah auf den alten Mann neben ihr. »Ist das auch für dich ein annehmbares Thema?«

»O ja, sprich weiter.« Ehrfurcht schwang in dieser kratzigen Stimme. Die Augen des Alten funkelten.

Kupferkopf nickte. »Ich werde nicht lange sprechen.« Er faltete die Hände vor sich, atmete eine Weile tief ein und aus und starrte in den Sand. Dann hob er den Kopf und schaute Tauchvogel direkt in die Augen.

Tauchvogel schmeckte Blut im Mund. Salzig und leicht

erdhaft. Er schluckte und spähte zum Horizont. Dicke Wolken hatten das Blau aufgesogen und an seiner Stelle eine trübe graue Decke zurückgelassen. Der Wind brachte den Geruch der Meerfrau mit. Tauchvogel war jetzt einen halben Mond im Dorf des Stehenden Horns, verstand es aber immer noch nicht. Der Durchschnittsmensch hier fürchtete Kupferkopf und sah den Mann oft an, als wäre er eine hassenswerte Kreatur, gerade den dunkelsten Tiefen des Ozeans entstiegen. Aber die Ältesten hingen jetzt und hier an seinen Lippen. Das verlieh Kupferkopf seine Macht. Die Ältesten betrachteten ihn, als wäre er Bruder Erde oder Schwester Mond ebenbürtig, und ihre Familien und Freunde würden nie Schande über sie bringen, indem sie etwas anderes behaupteten. Aber wie konnte Kupferkopf diese weisen Alten derart zum Narren halten?

Tauchvogel betrachtete die Gruppe. Kupferkopf hatte die beiden ganz vorn mit ihrem Namen angeredet. Der Mann mit den langen Haar, das ihm wie erfrorenes Unkraut über die Schulter hing, war Korbmacher. Die alte Frau neben ihm mit dem kurzen Silberzopf und der Knollennase war Erle.

»Wir sind alle verwundet«, ließ Kupferkopf seine tiefe Stimme über die Versammlung tönen. Gegen den schieferfarbenen Himmel wirkte er sehr groß und muskulös. Er hatte sein Haar zu einem Knoten zurückgebunden, wodurch seine silbernen Schläfen noch auffallender wurden. »Das Verwundetsein ist das wesentliche Kennzeichen des Menschen. Die Qual ist es, die uns miteinander verbindet. Nicht die Freude.«

»Ja, so ist es«, bestätigte Erle, heftig nickend.

Tauchvogel runzelte die Stirn. Was hatte das zu bedeuten? Doch seltsamerweise war etwas dran. Die Wunden, die ein anderer hatte, brachten ihn Tauchvogel viel näher als seine Erscheinung, sein Humor oder sein Glücklichsein. Tatsächlich interessierten ihn schöne, witzige Frauen, die dauernd lächelten, überhaupt nicht. Hatten ihn nie angezogen. Aber eine schöne Frau mit traurigen Augen, das war etwas anderes.

»Die Augen anderer Menschen sind der Spiegel des Verwundetseins. Wie spiegelnde Muschelschalen. Wir sehen unsere Schmerzen und unser Leid darin widergespiegelt, und das zieht uns an wie Brunftgeruch. Machtvoll. Unwiderstehlich. Dieses geteilte Verwundetsein nennen wir Liebe. Wenn wir unsere Augen nur lange genug zumachten«, er schloss seine Augen und reckte sein Kinn zum wolkenbedeckten Himmel, »dann könnten wir uns von dieser magischen Widerspiegelung lösen und endlich geheilt sein. Nur wenn wir im Dunkel ganz allein und entspannt sind, ist Erlösung möglich.«

Als hätten seine Worte den Himmel zu Tränen gerührt, fiel jetzt ein feiner Nieselregen, und die Tropfen hingen wie Perlen im ergrauenden schwarzen Haar von Kupferkopf. Der Meerwind fuhr herein, und die Ältesten zogen sich ihre Decken über den Kopf.

Eine leise Unterhaltung setzte ein.

Erle und Korbmacher beugten sich seitwärts und flüsterten miteinander. Sie lächelten und blickten wieder zu Kupferkopf. Er schaute mit solch inniger Liebe auf sie herab, als wollte er mit seiner Wärme die Kälte vertreiben. Tauchvogel bekam eine Gänsehaut. Alle Ältesten lächelten und murmelten zustimmend.

»Ja«, fuhr Kupferkopf fort. »Wir verbringen unser ganzes Leben damit, in den Augen der anderen Erlösung zu finden. Aber dort kann man sie nicht finden. Wir müssen die Widerspiegelung, die wir in den Augen unserer Geliebten sehen, willentlich verdrängen und in der Tiefe unseres eigenen Verwundetseins Ruhe finden. Dann werden uns die Blitzvögel aufspüren.«

Korbmacher flüsterte: »Wir müssen tapfer sein und allein in das schreckliche Dunkel gehen – sonst werden diese Wunden niemals vom Blitz ausgebrannt.«

Kupferkopf nickte. »So ist es. Wir müssen in die Einsamkeit gehen und in die Dunkelheit. Ohne Furcht, denn eines Tages, und zwar bald, werden die Blitzvögel nach uns suchen. Dann müssen wir bereit sein. Wenn sie herabstoßen, muss jeder von uns in seinem eigenen Verwundetsein verharren, in dunkler Einsamkeit, und sie erwarten.« Er hob die Hände zum Regenhimmel.

Als er die Hände wieder fallen ließ und den Kopf senkte, betrachteten die Ältesten das offenbar als Zeichen; sie standen auf, nahmen ruhig ihre Matten und gingen weg, noch voller Ergriffenheit miteinander murmelnd. Erle und Korbmacher warteten, bis die anderen verschwunden waren, und gingen dann zu Kupferkopf, mit dem sie leise sprachen; sie berührten ihn zärtlich an den Schultern und priesen ihn. Bei der ehrfürchtigen Scheu, die in ihren Stimmen schwang, wurde es Tauchvogel ganz übel. Schließlich gingen auch sie.

Tauchvogel sah ihnen nach, die bunten Decken auf ihren Schultern wippten im Wind. Je weiter sie sich entfernten, umso lebhafter, ja erregter wurde ihre Unterhaltung, aus der hervorging, wie sehr sie sich danach sehnten, dass die Blitzvögel endlich herabstürzten, um sie aus dieser schlimmen Welt fortzutragen in eine bessere, jenseits der Sterne.

Verrückte. Jeder Einzelne von ihnen.

Kupferkopf holte tief Luft und wandte sich wieder Tauchvogel zu. Er kniete sich neben den südöstlichen Pfosten und stützte die Unterarme auf die Schenkel. Er hatte den Blick niedergeschlagen und betrachtete stirnrunzelnd und gedankenvoll den weißen Sand, der um seine Sandalen herumtanzte. Das Geräusch der Sandkörner, die leise über die Matten zischten, verband sich mit dem Klicken der Stacheln auf seinem Gewand, dem Wellenrauschen und dem Rascheln des Windes zu einer gedämpften Musik.

»Warum tust du mir das an?«

Kupferkopf schaute auf. »Das Weltende ist nahe, Tauchvogel. Eine Frage von Tagen. Das ist alles.« Er blickte mit zusammengekniffenen Augen zum Himmel. »Dieser Sturm ist der Anfang. Die Furie des Sturms reinigt die Welt für die Ankunft von Sturmbläser, sie macht ihm den Weg frei.«

Tauchvogel schloss die Augen.

»Die Sturmvögel kommen. Auch dich werden sie retten, vorausgesetzt, dass –«

»Hast du nicht gesagt, der Sturmbläser werde alle Lichter auslöschen, einschließlich der Blitzvögel?«

»Das wird er. Aber erst, wenn meine Anhänger heil in der neuen Welt angekommen sind. Dann wird der Sturmbläser diese alte Welt ganz und gar verschlingen.«

»Ich verstehe.« Tauchvogel öffnete die Augen wieder. Kupferkopf starrte zu ihm auf. »Aber ich habe kein Verlangen, mit dir und deinen Anhängern in die neue Welt zu kommen, Kupferkopf. Ich kann mir nichts Grausigeres vorstellen, als eine Ewigkeit lang mit solchen Narren zusammen zu sein.«

Kupferkopf kam langsam auf die Beine und stellte sich ganz nah vor Tauchvogel, nur eine Handbreit von ihm entfernt. Die Augen glichen winterlichen Seen im hohen Norden – kalt und glasartig vereist. Er schien die blutigen Male auf Tauchvogels Wangen zu betrachten. Sein Gesicht war ausdruckslos. Dann weitete sich der Mund ein wenig, aber man konnte es kein Lächeln nennen.

Er berührte die Liane über Tauchvogels Stirn. Tauchvogel zuckte zusammen, denn die tief eingedrungenen Stacheln taten sehr weh, behielt aber Kupferkopf im Auge.

Der Schein der Morgenröte streifte über Kupferkopfs Hände, als er Tauchvogels Kopf in beide Hände nahm und fest zudrückte, um die Stacheln noch tiefer in die Haut zu treiben. Tauchvogel biss sich auf die Zähne, um seinen Schrei zu ersticken.

»Ja«, flüsterte Kupferkopf und sah Tauchvogel tief in die Augen. »Sie kommt.«

»Wer?«

»Unsere Geliebte. In deinen Augen sehe ich ihre Seele durch die Wälder näher kommen.« Kupferkopf richtete sich hoch auf. »Und sie hat den Blitzjünger dabei. Genauso wie ich es vorausgesehen habe.«

Er ließ die Hände fallen und ging aus der Hütte.

Tauchvogel brüllte: »Warte! Kupferkopf, schneid mich hier ab! Was hat das für einen Zweck? Kupferkopf!«

Aber der Mann schritt ungerührt weiter und wich keine Handbreit von dem Weg zum Dorf ab.

Tauchvogel sah, wie Kupferkopf seine Hütte betrat und die Schildpattpuppe aufnahm, auf deren weißem Leib die zarten Strahlen der Morgenröte glühten.

24

Lavendelfarbenes Licht, Künder der Morgendämmerung, durchdrang den dichten Nebel, aber Mondschnecke achtete nicht darauf. Sie und die anderen Mitglieder des Rates der Geistältesten waren schon länger als eine Zeithand auf, in eine Debatte vertieft. Schwemmstock saß zu ihrer Linken, die verkrümmten alten Hände zum wärmenden Feuer ausgestreckt. Die Hakennase und das schüttere Haar schimmerten durch den Dunst. Auf der anderen Seite des Feuers, Mondschnecke gegenüber, saß Schwanzfeder neben Rotalge. Das dreieckige Gesicht des Befehlshabers mit der flachen Nase war wie aus Holz geschnitzt und zeigte trotz der aufregenden Diskussion keinerlei Regung.

Rotalge hatte den Kopf gesenkt, wie es sich gehörte. Sie war nur deshalb anwesend, weil sie hier schlief, hatte aber keine Stimme in der Versammlung. Zur Rechten von Mondschnecke kauerte Flussstein zusammen mit ihrer Zwillingsschwester Sonnenfalke unter einer Decke. Wegen ihres sehr hohen Alters – achtmal zehn Sommer – rief sie Mondschnecke nur selten in den Rat, es sei denn, die Lage erforderte die Aufmerksamkeit der vollständigen Ratsversammlung. Die Zwillinge glichen eher Skeletten als lebenden Menschen. Sie hatten keine Zähne mehr und nur noch ein paar Strähnchen grauen Haares auf den alten Schädeln. Die Muskeln waren ihnen schon vor langer Zeit geschrumpft, fast war es nur noch durchsichtige Haut, die über ihren Knochen hing. Arme und Beine sahen aus wie knotige Stecken, und die Gesichter waren eingefallen wie bei Toten. Riesige schwarze Augen starrten aus tief sitzenden Höhlen.

Mondschnecke warf einen weiteren Ast aufs Feuer. Flammen züngelten auf und spuckten Funken, die lässig zu den Dachpfosten hüpften. Der Nebel war so dicht, dass sie die nächste Hütte, dreißig Handbreit weiter, nicht sehen konnte. Man hörte allerdings Geräusche – Leute, die ihre Morgenmahlzeit kochten, Kinder, die leise miteinander sprachen, ein knurrender Hund – und auch der köstliche Geruch von gebratenem Opossum wurde herangetragen.

Schwemmstock umfasste seine Knie und wandte sich an Schwanzfeder. »Hat Hundszahn gesagt, wie viele im Windeck-Dorf getötet wurden?«

Die Nüstern der flachen Nase von Schwanzfeder weiteten sich. »Nein. Allerdings hat er genau beschrieben, was er im Traum gesehen hatte. Die Toten lagen im ganzen Dorf herum, sagte er, hauptsächlich Mütter, Kinder und alte Leute. Aber auch ein paar Krieger.«

Schwemmstock schüttelte den Kopf. »Schote hat mir erzählt, sie hätten nur noch zehn und einen Krieger übrig. Wenn also nur ein paar bei dem Überfall getötet worden sind –« Sein Mund blieb offen stehen, er wollte den Satz nicht beenden.

Flussstein übernahm das. »Sie sind wehrlos, davon müssen wir ausgehen.«

Sonnenfalke nickte mit zittrigem Kopf. »Ja. Unsere neuen Verwandten brauchen Hilfe. Wir müssen entscheiden, was zu tun ist.«

Mondschnecke sah, wie Rotalge die Augen schloss und sich auf die Lippen biss; zweifellos sorgte sie sich um ihren Bruder. Sie hatte ihr langes schwarzes Haar mit einer Schnur zusammengebunden, aber einzelne Strähnen hatten sich gelöst und hingen ihr feucht über die Wangen. Die Decke über ihren schmalen Schultern hatte Teichläufer gehört. Er hatte sogar selbst die roten und blauen geometrischen Muster entworfen. Rotalge hielt die Decke krampfhaft fest, als wäre sie die letzte Verbindung zu ihrem besten Freund. Sie tat Mondschnecke Leid, die ihrerseits vor Sorge um Teichläufer in der letzten Nacht keinen Schlaf gefunden hatte. Mondschnecke wusste so gut wie Rotalge, dass er in einem Kampf mit erfahrenen Kriegern fast wehrlos war, und fürchtete das Schlimmste.

»Hat Hundszahn etwas über Muschelweiß, Schote oder Teichläufer gesagt?« fragte Mondschnecke.

Schwanzfeder zögerte; Mondschnecke biss die Zähne zusammen, denn sie ahnte die Antwort. Er zögerte sicher nur deshalb, weil er ihre Reaktion fürchtete, und deswegen hatte er seinen Bericht sorgfältig vorbereitet.

»Also?« fragte Schwemmstock drängend. »Hat er? Ja oder nein?«

Schwanzfeder verzog das Gesicht. »Ja, aber ich konnte nichts damit anfangen, Geistälteste. Hundszahn kann einen zur Verzweiflung bringen.«

Flussstein lachte in sich hinein, es klang wie ein knarrender Ast im Wind. Der zahnlose Mund verzog sich zu einem Lächeln. »Das stimmt, wir wissen es alle«, sagte sie. »Schließlich kennen wir Hundszahn schon seit fünfmal zehn Sommern. Aber was hat er genau gesagt? Vielleicht verstehen wir es. Wir haben mehr Übung als du, Kommandant, sein verworrenes Geschwätz zu übersetzen.«

»Ja, Älteste«, erwiderte Schwanzfeder nickend. »Also, es war ziemlich sonderbar. Wir saßen um sein Feuer und aßen Muscheln, und plötzlich fährt er zu mir herum und herrscht mich an ›Hab ich dir schon von Muschelweiß erzählt?‹, und ich sage ›Nein‹, und da werden seine Augen ganz groß. Er beugt sich vor und flüstert in dieser komischen Art, die er hat« – der Mund von Schwanzfeder zog sich vor Abscheu zusammen – »›Muschelweiß ist durch diese Krieger gesaust wie ein Blitzvogel, aber nicht wie so einer, der in Teichläufer drinnen ist, denn der ist noch viel zu jung, um überhaupt irgendwo durchzusausen‹.« Schwanzfeder deutete mit Gesten sein Unverständnis an. Mondschnecke erhaschte einen Blick auf Rotalges erschrecktes Gesicht, die aber, als sie sich von Mondschnecke beobachtet sah, sofort wieder ausdruckslos dreinschaute. Mondschnecke hob eine Braue, ließ es aber dabei bewenden. Für den Augenblick jedenfalls.

Schwanzfeder fuhr fort: »Den ersten Teil habe ich so verstanden, dass Muschelweiß da gewesen ist und sich im Kampf tapfer geschlagen hat, aber mit dem Rest kann ich nichts anfangen.« Er schaute von einem Ältesten zum andern und hoffte, einer von ihnen würde etwas davon verstehen. Dunstschleier wogten hinter ihm, sie glichen Geistern, die auf Zehenspitzen heranschlichen. Auf den Dachpfosten hatten sich Tropfen gebildet, die nun herabfielen. Das Feuer wehrte sich zischend.

Sonnenfalke warf ein: »Was du von Muschelweiß annimmst, ist sicher richtig, aber ich kann mir auch nicht vorstellen, was Hundszahn mit dem Übrigen gemeint hat. Hast du eine Ahnung, Mondschnecke?«

Alle sahen Mondschnecke fragend an. Sie zuckte die Achseln. »Nein. Was Hundszahn über Teichläufer sagte, ist mir genauso unverständlich.« Sie hielt kurz inne, um Rotalge erröten zu sehen. »Aber wenn Muschelweiß am Kampf beteiligt war, dann hat sie so viele getötet, wie sie konnte. Das ist jedenfalls sicher. Wenn Kupferkopf diese Krieger geschickt hat, dann wird er noch wütender werden, wenn er von den Verlusten erfährt. Er wird Muschelweiß bestimmt verfolgen, und jeder ihrer Verwandten –«

»Wenn sie am Leben geblieben ist«, unterbrach Schwemmstock mit sanfter Stimme. Er hatte den Blick auf seine Sandalen gerichtet, er wollte wohl ihre Gesichter bei seinem Einwurf nicht sehen.

Flussstein und Sonnenfalke steckten die Köpfe zusammen und flüsterten beunruhigt miteinander. Niemand, der Muschelweiß und ihren Ruf kannte, würde ohne weiteres an so etwas denken. Sie hatte in der Vergangenheit so viele Wunder vollbracht, war aus so vielen unmöglichen Situationen heil herausgekommen – warum sollte sie gerade jetzt versagen?

Weil sie über viermal zehn Sommer alt ist, zwölf Kinder zur Welt gebracht hat und jetzt niederschmetternde Verluste erleiden musste, die sie innerlich bestimmt geschwächt und einsam gemacht haben … Die Seelen von Mondschnecke erstarrten.

»Ja«, sagte Schwanzfeder zustimmend, »wenn sie am Leben geblieben ist. Wie gesagt, Hundszahn hat gemeint, es waren so viele Krieger da, dass er sie nicht zählen konnte. Wenn Muschelweiß dreimal oder viermal zehn Kriegern ge-

genüberstand, dann ist es nicht sehr wahrscheinlich, dass sie überlebt hat.«

»Heilige Leuchtleute!« flüsterte Mondschnecke.

Wenn sie Muschelweiß getötet hatten, dann war die Lage für Teichläufer so gut wie aussichtslos. Die Seelen von Mondschnecke spielten alle Möglichkeiten durch: Vielleicht war es Schote gelungen, seinen Enkel zu beschützen; vielleicht hatte Muschelweiß Teichläufer befohlen, sich im Wald zu verstecken; vielleicht waren die Krieger beim Anblick des Blitzjüngers geflohen und hatten ihn unversehrt gelassen; vielleicht war Teichläufer tot, zusammen mit allen anderen in Windeck-Dorf.

Ein plötzlicher Gedanke erschütterte sie. »Schwanzfeder«, fragte sie, »hat Hundszahn Überlebende gesehen? Wenigstens einen? Wie ist sein Traum zu Ende gegangen?«

Schwemmstock drehte sich eifrig um. »Richtig. Davon hast du nicht gesprochen. Wie sah der Rest seines Traumes aus?«

Offenbar hielt Rotalge den Atem an. Ihre dunklen Augen hingen gebannt am Dreiecksgesicht von Schwanzfeder. Flussstein und Sonnenfalke hatten sich ihre Decken fest um die gebrechlichen alten Brustkästen gezogen und hörten reglos zu. Vielleicht brauchte man in ihrem Alter zu viel Energie, um sich aufzuregen, oder aber sie hatten in ihrem langen Leben so viel erlebt, dass sie nichts mehr überraschen konnte.

»Auch dabei«, sagte Schwanzfeder und machte eine Geste der Verlegenheit, »schienen mir seine Worte sinnlos. Er hat von einem kleinen Jungen gesprochen, der sich in einen Dachs verwandelt und sich in einem Dachsbau versteckt, und hat gesagt, dass Menschen zu Spinnen werden und in der Deckung von Schatten durch den Wald kriechen. Solches Zeug. Tut mir Leid, dass ich mich nicht an all seine Worte erinnern kann, er hat mich so verwirrt, dass ich –«

»Wir wissen Bescheid«, sagte Schwemmstock seufzend. »Hundszahn verwirrt jeden. Seit eh und je.« Dann drehte er sich um und spähte zu Mondschnecke. »Aber ich glaube, wenn er von ›Verstecken‹ geredet hat, dann waren damit sicher Leute gemeint, die entfliehen konnten. Dörfler vielleicht, die in den Wald rennen und sich dort vor den feindlichen Kriegern verbergen konnten. Was meint ihr?«

Mondschnecke runzelte die Stirn. »Das klingt vernünftig. Flussstein? Sonnenfalke?«

Die beiden Alten nickten. Sonnenfalke sog eine Weile nachdenklich an seiner Unterlippe. »Einer überlebt fast immer. Wir haben Pflichten gegenüber unseren neuen Verwandten, und wir würden uns davor drücken, wenn wir einfach annähmen, dass keiner überlebt hat.«

»Ja«, ergänzte Flussstein, »und das wäre unverzeihlich. Und wenn auch nur ein kleines Kind überlebt hat, dann hat es Angst und Hunger und braucht uns jetzt ganz dringend.«

Schwemmstock atmete hörbar aus, und Mondschnecke drehte sich zu ihm um. Der alte Mann hatte sich vorgebeugt und das Kinn auf die angezogenen Knie gelegt. Er schien niedergeschlagen, aber dennoch entschlossen. »Was denkst du, Schwemmstock?« fragte Mondschnecke.

Er antwortete: »Ich habe mir überlegt, wie viele Krieger wir vorausschicken sollten. Viermal zehn? Oder mehr?«

Mondschnecke presste die Lippen zu einem blutleeren Strich zusammen. Sie hielt sich mit ihrer Meinung zurück und wollte erst sehen, ob jemand Einwände hätte. Da niemand sprach, fragte sie: »Sind wir uns dann einig? Dass wir einen Suchtrupp losschicken, der nach Überlebenden Ausschau hält und sie zur neuen Siedlung geleitet?«

Alle im Kreise nickten.

Schwanzfeder hob eine Hand. Er knirschte mit den Zähnen. »Darf ich vorschlagen, dass wir wenigstens die Hälfte unserer Krieger zum Schutz unseres eigenen Clans hier behalten? Mit vollen Beuteln zu marschieren und auf die Kinder aufzupassen ist schon schwer genug. Unsere Leute sollten nicht auch noch fürchten müssen, dass sie Überfällen wehrlos ausgeliefert sind.«

Sonnenfalke hob den Kopf, und die tiefen Falten auf ihrem hageren Hals spannten sich wieder etwas. Auf ihrem grauen Haar lag ein schimmerndes Netz aus Dunst. »Das ist sehr klug. Zweimal zehn Krieger müssten doch genügen, um Überlebende zu schützen. Windeck-Dorf hatte vor dem Überfall nicht mehr viele Mitglieder. Nachher werden sie froh gewesen sein, dass noch zweimal zehn übrig geblieben sind, sicher meist Frauen und Kinder.«

»Schicken wir doch dreimal zehn«, sagte Schwemmstock mit grimmigem Gesicht. »Mindestens dreimal zehn. Dann bleibt dem Kernholz-Clan die Hälfte der Krieger für den Marsch nach Norden, so wie Schwanzfeder vorgeschlagen hat. Damit sind wir geschützt, und sie brauchen sicher –«

»Dreimal zehn sind zu viel«, wandte Flussstein ein. »Selbst wenn es zweimal zehn Überlebende nach dem Überfall auf Windeck-Dorf gab, was sehr viel scheint, wenn man bedenkt, wie viel Leute sie hatten, auch dann brauchen sie nicht so viele unserer Krieger als Geleitschutz.«

»Aber ich glaube wirklich –«, fing Schwemmstock an.

Mondschnecke schnitt ihm das Wort ab. »Ein Kompromiss. Können wir uns darauf einigen, dass zweimal zehn und fünf genügen?«

»Damit wäre ich einverstanden«, sagte Flussstein.

»Ich auch«, fügte Sonnenfalke hinzu.

Mondschnecke wandte sich an Schwemmstock. Er schaute so verdrießlich drein, als würde er aus lauter Sorge am liebsten selbst losziehen, trotz der anhaltenden Gelenkschmerzen. »Und du, Schwemmstock?« fragte sie. »Was meinst du?«

Er nickte düster. »Na gut. Ich wünschte, es wären mehr, aber zweimal zehn und fünf müssen eben genügen. Wir sollten darauf achten, dass unsere Krieger genügend Reserverationen und frisches Wasser mitnehmen, um unseren Verwandten zu helfen, für den Fall, dass es Verletzte gibt, was nicht ausgeschlossen ist nach alle dem, was Hundszahn gesagt hat.«

»Wir können nicht zu viel mitnehmen«, sagte Schwanzfeder warnend, »sonst sind wir zu behindert, um zu kämpfen, falls –«

»Eine kleine Reserve wird dir und deinen Kriegern wohl nicht schaden«, fauchte Schwemmstock.

Sorge und Ärger schwangen in seiner Stimme mit, und

der Magen von Mondschnecke zog sich zusammen. Schwemmstock hatte in seinem Leben so viele Kriegszüge mitgemacht, dass er die Verzweiflung von Überlebenden kannte – die Todesangst, die Flucht, das Verstecken, die Unmöglichkeit, zu jagen oder zu fischen, angesichts der Verfolger. Fast sah sie die qualvollen Erinnerungen, die sich in der Seele seiner Augen widerspiegelten. Er hatte die Fäuste geballt.

Schwanzfeder verbeugte sich achtungsvoll. »Ja, Geistältester. Wir werden alles mitnehmen, was du als notwendig erachtest.«

Schwemmstock packte Schwanzfeder am Arm. »Verzeih mir, Kommandant. Deine Krieger müssen unbelastet kämpfen können, das ist ihre erste Pflicht. Nur ein wenig Proviant und Wasser, das ist alles. Der Kinder wegen. Die haben sicher Hunger.«

Flussstein sagte: »Schwemmstock hat Recht. Für die Kinder. Nimm eine kleine Reserve mit.«

Sonnenfalke nickte und sah Mondschnecke an. »Was sagst du dazu, Mondschnecke?«

»Ja, ja, natürlich«, erwiderte diese. »Und wann sollen die Krieger aufbrechen?«

»Sofort!« stieß Schwemmstock hervor. »Sobald sie bereit sind. Die Überlebenden erwarten sie verzweifelt.«

Mondschnecke sah Flussstein und Sonnenfalke zustimmend nicken und sagte: »Schwanzfeder, sammle deine Krieger. Macht euch fertig, dass ihr gleich aufbrechen könnt.«

»Ja, Älteste.« Er stand auf, verbeugte sich vor jedem der Ältesten und verschwand im Laufschritt in die wogenden Nebelschleier. Ein fahlgelber Schein durchbrach sie, als die Sonnenmutter am Himmel höher stieg.

Schwemmstock erhob sich und half Flussstein und Sonnenfalke auf die Beine. Sie standen in einem kleinen Kreis und schauten sich ernst an. Niemand sagte ein Wort, bis Sonnenfalke bemerkte: »Es ist vielleicht nicht klug, unser Dorf zu verlegen. Nicht jetzt. Nicht nach dem, was in Windeck-Dorf vorgefallen ist. Wir müssen das genau überlegen.«

Mondschnecke nickte. »Ja. Wenn nur wenige den Überfall überlebt haben, ist es nicht sehr sinnvoll, die Dörfer zu vereinen, da sie kein Dorf mehr haben. Vielleicht ist es angebrachter, ihre Überlebenden einfach in unseren eigenen Clan zu übernehmen.«

»Das Problem ist«, gab Schwemmstock zu bedenken, »wir haben keine Möglichkeit festzustellen, wie viele Überlebende es gibt, bis wir sie vor uns sehen. Und wir haben Schote versprochen, wir würden ihn an der Lagune der Seekuh treffen. Ich glaube, wir sollten unser Versprechen halten.«

Das runzlige Gesicht von Sonnenfalke verzog sich bekümmert. »Ja, da muss ich Schwemmstock zustimmen. Wir haben es versprochen. Entweder gilt unser Wort, oder es gilt nicht.«

Mondschnecke und Flussstein tauschten Blicke aus und lasen im Gesicht der anderen. Beide nickten gleichzeitig.

Mondschnecke sagte: »Also gut. Dann machen wir uns weiter für den Umzug bereit.«

Die anderen Geistältesten machten sich auf den Weg zu ihren Schutzhütten durch einen Nebel, der hinter ihnen aufwirbelte und sich wie tanzend verdrehte. Mondschnecke hörte noch eine ganze Weile ihre leisen Unterhaltungen.

Rotalge stand auf und stand steif da, das Kinn hochgereckt.

»Was ist?« fragte Mondschnecke.

Rotalge machte einen großen Bogen um das Feuer herum und blieb vor Mondschnecke stehen. Auf ihrem jungen Gesicht stand ein wilder Zug der Entschlossenheit.

»Großmutter«, sagte sie. »Ich will unsere Krieger auf ihrem Kriegszug begleiten. Ich bin –«

»Ich brauche dich hier!«

Rotalge packte die Hand von Mondschnecke mit festem Griff. »Hier sind genügend andere, die dir helfen, Großmutter. Und ich bin geschickt mit einem Atlatl. Das weißt du. Ich muss mitgehen. Sag nicht Nein. Teichläufer ...« Sie hatte Tränen in den Augen, blinzelte sie aber entschlossen weg. Sie sah Mondschnecke an. »Als wir zum Heiligen Teich gingen, um Hundszahn zu treffen, hat mir Teichläufer ein Geheimnis anvertraut. Ich habe versprochen, niemandem davon zu erzählen, aber ich glaube, diesmal würde es ihm nichts ausmachen.«

Mondschnecke empfand ein unangenehmes Flattern in der Brust. »Sag's mir.«

Der Nebel hatte Rotalges schwarzes Haar befeuchtet, und nun klebte es an ihren Wangen wie ein Rahmen um ihre kleine spitze Nase und die großen Augen. Sie roch nach den Palmbeeren-Kuchen, die sie für die Ratsversammlung gebacken hatte. Sie sagte: »Teichläufer hat mir erzählt, dass er sich einen Mond lang unwohl gefühlt hatte, so als würde etwas in ihm geboren. Wie Donner, der erwacht, so hat er es genannt. Er ...« Sie zögerte.

Mondschnecke drückte Rotalges Hand. »Weiter!«

»Er hat gesagt, ein schwaches Donnergrollen hätte in seiner Brust angefangen, und manchmal, mitten in diesem Grollen, hörte er meine Stimme. Meine, Großmutter! Er weiß, hat er gesagt, dass ich ihn warnen will.«

»Wovor?« Mondschnecke schüttelte Rotalges Hand, um sie zum Weiterreden anzuhalten.

»Das wusste er nicht, Großmutter. Aber er hat gesagt ›ich brauche dich, Rotalge, ich glaube, ich brauche dich sehr‹. Ich hab das damals nicht verstanden. Aber jetzt verstehe ich es. Ich glaube, er braucht mich dort – und zwar jetzt!«

Sie schauten sich tief in die Augen. Mondschnecke sah in Rotalges Augen Angst und die tiefe Ergebenheit gegenüber ihrem Bruder. »Ist da noch etwas?«

Mondschnecke sagte: »Du hältst etwas zurück, das fühle ich. Sag es mir.«

Rotalge befeuchtete ihre Lippen. »Großmutter, die Träume von Hundszahn, diese verrückten Sachen, die er über Teichläufer gesagt hat.«

»Was ist damit?«

Rotalge wischte sich hinter ihrem Rücken vorsichtig die feuchten Hände am Gewand ab. Nebel rollte durch die Hütte, kalt, vom eisigen Atem des Windes getragen, und das

Schilfdach erzitterte und schlug dumpf auf die Pfosten. Mondschnecke rieb sich energisch die Arme, um sie zu wärmen.

Mit tiefer Stimme sagte Rotalge: »Teichläufer erzählte mir, er habe eine innere Stimme gehört, und ich glaube – das hat er zwar nicht gesagt, aber ich habe es so verstanden –, dass es die Stimme vom Blitzvogel war.«

Mondschnecke starrte sie nur an.

Rotalge fügte eilends hinzu: »Frag mich nicht, was es bedeutet, Großmutter, denn ich weiß es auch nicht. Teichläufer hat geheiratet und war so schnell verschwunden, dass ich ihn nie um eine Erklärung bitten konnte.«

Mondschnecke wischte die Worte ungeduldig beiseite und mühte sich nachzudenken. Sie hatte zu ihrer Zeit viele seltsame Dinge gehört, die meisten von Hundszahn, aber das hier ... Donner, der erwacht? Ein Blitzvogel im Innern von Teichläufer? Wie war das zu vereinbaren mit den Legenden von einem Blitzjünger, der die Leuchtenden Adler abschießt und damit das Ende der Welt einleitet? Sie schüttelte den Kopf. Vielleicht passte das alles zusammen, aber sie verstand nicht, wie. Mondschnecke fühlte plötzlich den Drang, stracks zur Lagune der Seekuh zu rennen und Hundszahn die Speerspitze auf die Brust zu setzen, um eine Erklärung zu verlangen. Vorausgesetzt, er konnte es erklären; oft kamen seine Träume nur stückweise zu Tage, ein Teil jetzt, ein Teil später. Seine Träume hatten den Rat der Geistältesten viele zehn Sommer lang in ohnmächtige Wut versetzt. Oft dauerte es Monde, bis man die Traumfetzen des alten Irren zusammensetzen konnte, so dass sie einen Sinn ergaben.

Rotalge berührte Mondschnecke an der Schulter. »Großmutter, bitte! Teichläufer braucht mich. Ich weiß nicht, warum. Aber es ist wahr. Auf diesem Zug muss ich Schwanzfeder begleiten.«

»Rotalge, du bist ein Kind! Noch nicht einmal eine Frau. Wie kann ich dich in die Welt hinausgehen lassen? Mit einem Kriegstrupp? Wenn ich das meiner Enkeltochter antue, werden mir die Ahnen, wenn ich ins Land des Tagesanbruchs komme, die Haut abziehen und meine Seele den Hunden verfüttern.«

Rotalge ließ den Kopf sinken. Sie versuchte zu lächeln. Ihre Hand glitt langsam den Arm von Mondschnecke hinab – es war eine Geste der Liebe und der Vergebung, und sie brach Mondschnecke das Herz.

Rotalge wandte sich ab und stellte sich ganz nahe ans Feuer. Sie erschauderte. Sanft sagte sie: »Wenn er stirbt, Großmutter, werde ich nie mehr auf meine Seele blicken können.«

Mondschnecke schloss die Augen und kämpfte mit sich. So viele Gefahren drohten am Weg. Niemand wusste, was das Morgen bringen würde. Und ihre Enkelin, das Letzte und Kostbarste, was ihr geblieben war, wollte mit ihrem Bruder fortlaufen.

Sie öffnete die Augen wieder.

Rotalge hatte sich nicht gerührt. Sie sah unglücklich und verzweifelt aus.

»Dann geh, Rotalge. Geh nur!«

Rotalge riss den Kopf hoch, neue Hoffnung in den Augen. »Im Ernst? Ich kann gehen?«

»Beeil dich. Hol deine Sachen und lauf zu Schwanzfeder. Mach schnell, bevor mir klar wird, wie sehr ich dich liebe, und bevor ich wieder zu Verstand komme!«

Rotalge umarmte Mondschnecke so heftig, dass sie keine Luft mehr bekam, und stopfte eilends ihren Beutel.

Der alte Mund von Mondschnecke zitterte. Sie beobachtete Rotalge durch getrübte Augen.

Schwankende Baumschatten huschten über Schotes Gesicht, als er in das kalte Wasser des Heiligen Teichs watete. Mit gefalteten Händen sah er zu, wie Seeigel den gebrechlichen alten Leib von Eschenblatt trug. Der Krieger schritt langsam und ehrfürchtig heran. Die Leute machten ihm Platz. Aus Achtung hatten sie bis zuletzt gewartet, um Eschenblatt zu bestatten. Mehr als sechsmal zehn und drei Sommer lang hatte er den Clan geführt, unterstützt und geliebt. Sein Tod schmerzte Schote mehr als all die andern. Er und Eschenblatt waren zusammen aufgewachsen, hatten als Kinder zusammen gespielt, als Jünglinge um dieselben Frauen gekämpft und sich gegenseitig, als Krieger, den Rücken freigehalten. Die Kriegszüge hatten sie beide zu besten Freunden gemacht. Als sie später in den Rat der Geistältesten gewählt wurden, hatten sie gemeinsam gearbeitet, geplant und gebetet, um den Windeck-Clan stark zu machen.

Und hatten versagt.

Die kläglichen Reste des Clans standen am Ufer: vier Frauen, sieben Kinder und sechs Männer. Alle hatten ihre schönsten Gewänder angelegt. Leuchtendes Scharlachrot, Dunkelgrün und herrliches Blau glänzte in den fahlen Sonnenstrahlen, die durch die dünne Wolkenschicht drangen. Der stechende Geruch von Torf und feuchtem Waldboden stieg ihm in die Nase. Schote atmete tief ein, um Haltung zu bewahren. Den ganzen Morgen hatte er im Gewebe seiner Erinnerungen gelebt, Eschenblatts Lachen gehört, des Freundes liebevolle Hand auf seiner Schulter gespürt und des alten Mannes funkelnde Augen gesehen. Er konnte sich nicht vorstellen, wie die Welt ohne Eschenblatts Herzenswärme und Humor aussehen würde; nur kälter würde sie sein.

Eulenfalter und Stacheljunge standen weit rechts von ihm, in einem dicken Haufen Herbstlaub. Über ihren Köpfen verschlangen sich die krummen Zweige einer uralten Eiche. Beide trugen rot, die Farbe des Lebens, und Eulenfalter stützte sich auf einen Wanderstab; Schweiß bedeckte seine Stirn, ein Zeichen seiner Schmerzen, und das Blut hatte den frischen Verband um sein Bein wieder rot gefärbt. Er hätte nicht kommen sollen. Der Gang zum Teich, obgleich er kurz war, hatte ihn geschwächt, und er zitterte. Dabei brauchte er jedes bisschen Kraft für den Marsch zur Lagune der Seekuh. Aber er hatte unbedingt mitkommen wollen, es waren ja auch seine geliebten Verwandten, wie er sagte. Er wollte anwesend sein, wenn sie durch das Tor ins Jenseits eingingen. Widerstrebend hatte Schote eingewilligt.

Seeigel watete ins Wasser zu Schote und ging vorsichtig um die anderen Bestattungsrahmen herum, die sie am Morgen ins Wasser gelassen hatten. Vor Tagesanbruch hatten sie Eschenlaub in sein schönstes Gewand mit seiner Lieblingskapuze gekleidet und dann seine kostbarste Habe um ihn herumgelegt, Dinge, die er im Dorf der Verwundeten Seelen noch brauchen würde: sein Atlatl mit dem Haken aus einer Geweihsprosse, zwei Muschelkratzer, einen Wolfszahn, mit Kiefernpech auf einen Griff geklebt, um Löcher in Leder zu bohren, eine Haarbürste aus schnurgebündelter Palmenrinde, bündig glatt gebrannt, und zwei Ahlen aus Hundeellenknochen. Als diese Gegenstände sauber angeordnet dalagen, hatte der Clan seine Knie gebogen und in drei warme Decken eingewickelt. Das Bündel, das Seeigel trug, sah klein und leicht aus.

Seeigel kniete im Wasser und legte die eingehüllte Leiche behutsam nieder, dann schwang Schote den Sack mit den feuergeschärften Stecken von der Schulter und kniete sich vor Seeigel.

»Wir wollen ihn untertauchen«, murmelte Schote, und zusammen drückten sie Eschenblatt unter die grüne Wasseroberfläche, darauf achtend, dass er auf der linken Seite lag, den Kopf nach Westen und das Gesicht nach Norden ausgerichtet, wo der Tunnel lag, den er durchschwimmen musste, um zum Dorf der Verwundeten Seelen zu kommen. Die Menschen drängten sich bis zum Rand des Teichs und schauten mit Tränen in den Augen hinein. Zwei Frauen schluchzten ungehemmt, und einige Kinder wimmerten.

Schote öffnete seinen Beutel und entnahm ihm zweimal zehn Stecken. Die Hälfte reichte er Seeigel und sagte: »Ich kümmere mich um die untere Hälfte, wenn du die obere Hälfte übernimmst.«

»Ja, Ältester«, erwiderte der kleine, stämmige Krieger. Er zog die dunklen Brauen zusammen und begann, Eschenblatt am Grund festzustecken.

Es bedurfte keiner großen Mühe. Der Boden des Teichs war so weich, und die Stäbe waren so spitz, dass Schote sie nur noch durch die Ecken der äußersten Decke in den klebrigen Torf zu treiben brauchte. Als er und Seeigel fertig waren, umgab ein Kreis von Stecken Eschenblatts Leiche.

Schote stand auf und blickte nach Norden zur Menge hin. »Wir wollen ihn ins Jenseits singen«, sagte er ruhig und fing mit dem Totengesang an:

Mit den lebenden Wassern bin ich gekommen,
Um die heilende Kraft der Wölfe zu geben,
die heilende Kraft der Wölfe des lebenden Wassers.
Schau nordwärts, Eschenblatt,
den Pfad der lebenden Wasser hinab
zu den Wölfen des Dorfs der Verwundeten Seelen.
Hörst du sie rufen?
Sie rufen dich, Eschenblatt,
rufen und rufen.
Dein Schutzgeist war der Otter.
Wart auf den Otter,
er zeigt dir den Weg.
Wart auf den Otter, wart auf den Otter,
er zeigt dir den Weg
durch die lebenden Wasser
zum Dorf der Wölfe des lebenden Wassers.

Zum letzten Mal beugte sich Schote hinab und legte seinem guten Freund die Hand auf die Schulter. Dann richtete er sich auf und watete aus dem Heiligen Teich. Der nasse Saum seines Gewandes war so schwer wie Stein.

Die Menschen folgten ihm durch die Fächerpalmen den gewundenen Pfad hinunter zum Windeck-Dorf. Die Wedel peitschten ihm um die Beine, als er zurückeilte. Ein Adler schrie; Schote schaute hinauf und sah ihn gegen den Hintergrund der Wolkenstreifen kreisen, der weiße Kopf und der Schwanz leuchtend wie polierte Muschelschalen in der Sonne. Er ließ die Bäume hinter sich und lenkte seine Schritte über den weißen Sandstrand zu den Hütten, aber da zögerte er.

Am östlichen Horizont türmten sich Gewitterwolken hoch in den Himmel und streckten lange schwarze Arme nach Norden aus. Ein riesiger Schwarm Blitzvögel schoss durch die Wolken, die er fahlblau und dann grellweiß färbte. Ganz schwach hörte Schote ihre Donnerstimmen, die über dem weichen Meeresrauschen widerhallten.

Seeigel hielt neben ihm an und runzelte die Stirn. »Heilige Geister!« flüsterte er. »Die Sturmfrau ist übler Laune.«

»Ja«, murmelte Schote.

»Vielleicht sollten wir in unseren Hütten bleiben, bis es aufklart, bevor wir nach Süden zur Lagune der Seekuh aufbrechen.«

Schote verspürte ein merkwürdiges Prickeln in seinem Magen, ein ungestümes Drängen trieb ihn an, er wollte weit fort von hier, noch in diesem Augenblick! Er konnte es nicht erklären, aber je länger er die Wolken ansah, um so drängender wurde der Wunsch.

Stacheljunge trottete heran und umschlang Schotes Bein. Geistesabwesend strich ihm Schote über das zerzauste schwarze Haar. Alle sahen sie mit besorgten Gesichtern auf den Sturm, der sich da aufbaute.

»Nein«, sagte Schote. »Nein, ich denke, wir sollten uns so schnell wie möglich nach Süden aufmachen.«

25

Kupferkopf warf sich herum und stieß die durchschwitzte Decke weg; er tastete nach einer Frau, die nicht da war, die seit zweimal zehn und sechs Sommern nicht mehr da gewesen war. Aus dem Dunkel der Erinnerung stürzte sich der Traum über ihn, und er sah sie so deutlich vor sich wie an jenem längst vergangenen Tag. Schön, herzzerreißend jung und weinend.

»Muschelweiß!« schrie er, als er ihr durch den Wald nachrannte. Die Palmen und Eichen warfen seine Stimme zurück. »Muschelweiß, bitte. Mach das nicht! Hör auf!«

Verzerrte Wahnsinnsbilder blitzten auf und vergingen. Er kämpfte gegen sie an, aber sie kamen trotzdem, immer wieder.

Er rannte wie wild, schlug Wedel und Lianen beiseite.

Sie war so schnell. In der Ebene war er schneller, aber im Wald war sie dank ihrer langen Beine und ihrer Behändigkeit kaum einzuholen. Er brach durch Unterholz, sprang über einen gefallenen Stamm, rannte den Hirschpfad hinunter, und weiße, duftende Blütenblätter vom Hartriegel flatterten um ihn herum. Er erhaschte kurz einen Blick auf sie, die mit Riedgras im Arm nach links abbog. Er rannte noch schneller und rang nach Luft.

»Muschelweiß!« brüllte er. »Muschelweiß, hör mir zu. Lass diesen Wahnsinn.«

Sie schrie zurück: »Lass mich in Ruhe, Kupferkopf. Lass mich in Frieden. Ich muss ...« Sie war nicht mehr zu hören, als sie im Frühlingslaub und den nun blühenden Büschen verschwand. Hinter ihr schlugen die Zweige aufeinander.

Angst und Entsetzen hatte ihnen noch tagelang die Kehle zugeschnürt, als Riedgras immer schwächer wurde. Aber sie war so rasend und verzweifelt gewesen, dass er fürchtete, sie könnte sich etwas antun, um sich selbst zu bestrafen. Sie gab sich die Schuld am Fieber von Riedgras. Sie hatte ihren Sohn mitgenommen, als sie eine kranke Freundin besuchte, um sie zu pflegen. Kupferkopf hatte sie gebeten, das zu unterlassen, aber sie hatte es dennoch getan. Drei Tage später waren dann die bösen Geister in seiner Brust ausgeschlüpft. Muschelweiß, wahnsinnig vor Sorge, hatte sich verflucht und Riedgras in ihren Armen gewiegt. Das Fieber war stärker geworden, doch am vierten Tag hatte Riedgras sie angelächelt, mit den fieberglänzenden Augen geblinzelt und den kleinen Mund leicht bewegt. Er hatte die Arme ausgestreckt, ›Mutter‹ gemurmelt, und Muschelweiß hatte ihn an sich gedrückt, als wollte sie ihn nie mehr loslassen, und gesagt: »Hab keine Angst, mein Kind. Alles wird gut. Ich habe dich lieb, Riedgras, ich habe dich sehr lieb.«

Kupferkopfs Seelen wanden sich; nach zehn und acht Tagen war Riedgras dann ins Koma gefallen. Kupferkopf war zu wütend auf Muschelweiß gewesen und zu ängstlich, um irgendetwas zu tun, außer sich seinem Gram hinzugeben. So sehr hatte er sich in die Erinnerungen an das fröhliche Lachen seines Sohns und an die Liebe in dessen Augen vertieft, dass es ihm gar nicht in den Sinn gekommen war, Muschelweiß könnte ähnlichen Erinnerungen nachhängen, genauso verzweifelt wie er.

Er bog ebenfalls nach links ab und stapfte über den palmwedelüberhangenen Pfad. Die Wedel peitschten über seine nackten Beine. Aus dem Wald heraus stürmte er auf eine Lichtung, wo ein kleiner Teich grünlich in der Nachmittagssonne glitzerte. Die Schatten der schwankenden Eichenäste strichen über die Oberfläche; Seerosen schwammen an den Rändern, und zarte Schösslinge von Schilf umgaben das Gewässer. Muschelweiß stand mitten im Teich und weinte an der Brust von Riedgras – ein leises, jammervolles Weinen. Sein kleiner Kopf hing schlaff über ihrem Arm, der Mund stand halb offen. Die Schildpattpuppe lag im Kragen seines Gewandes.

Kupferkopf hielt an, keuchend. Sie drehte sich um und sah Kupferkopf mit leeren Augen an, als wäre er ein Fremder. Langsam trat er vor, die Sandalen geräuschlos im nassen Gras. »Muschelweiß, komm nach Hause. Bring Riedgras heim.«

Sie rieb ihre Wange an der von Riedgras. »Nein. Ich muss ihn bestatten.«

Kupferkopf ging zum Rand. »In einem Teich? Aber Riedgras sollte zum Land des Tagesanbruchs gehen, nicht –«

»Ich werde zum Dorf der Verwundeten Seelen gehen, Kupferkopf. So wie du. Ich will, dass Riedgras dort ist, wenn auch ich dorthin komme. Ich muss ihn wieder sehen. Ich muss ihn unbedingt wieder sehen.«

Das Herz wurde ihm schwer. »Er ist ja nicht von uns gegangen, Muschelweiß. Noch nicht. Bring doch unseren Sohn nach Hause. Wir werden schon etwas finden, um ihn aufzuwecken. Das verspreche ich dir. Wir finden schon etwas.«

»Er ist tot«, stieß sie mit erstickter Stimme hervor. »Sein Körper lebt vielleicht noch, aber seine Seelen haben sich schon entwirrt. Wir müssen ihn bestatten, bevor seine Seelen fliehen und verloren gehen. Ich will nicht, dass unser Sohn auf ewig auf der Erde herumirren muss. Allein!« Sie fing wieder an zu schluchzen und umklammerte den kraftlosen Körper von Riedgras. »Er braucht unsere Hilfe, um diese Welt zu verlassen.«

»Hör mich bitte an«, sagte Kupferkopf sanft und watete in den kühlen Teich. Das Wasser ging ihm bis zu den Knien. Mit jedem Schritt setzte er silberne Ringe in Bewegung. Zärtlich schlang er die Arme um Muschelweiß und zog sie an sich. Sie legte den Kopf an seine Schulter, ihr langes Haar fiel an seiner Seite hinunter wie ein mitternachtsfarbener Seidenvorhang.

»Es tut mir Leid«, sagte sie schluchzend. »Es tut mir so Leid.«

Die Qual in ihrer Stimme ließ jeden Muskel in ihm erstarren. Er hielt sie an sich gedrückt, der magere Körper von Riedgras zwischen ihnen. »Es war nicht dein Fehler. Gib dir nicht die Schuld. Viele Kinder im Dorf sind krank. Die bösen Geister wären sowieso in Riedgras eingedrungen. Wir müssen einen Weg finden, sie zu verjagen. Wir wollen Riedgras nach Hause bringen«, flüsterte er. »Wir werden einen Weg finden, um die bösen Geister aus ihm herauszutreiben und seine Seelen wieder zusammenzuflechten.«

»Wie denn?«

Er küsste sie aufs Haar und sagte: »Ich weiß nicht. Aber ich werde einen Weg finden. Ganz bestimmt.«

Der Traum zog vorbei.

Bilder wirbelten durcheinander, wechselnde Gesichter, beängstigend, so als wäre er in einem riesigen Strudel gefangen und würde in die Tiefe gezogen …

Sonnenaufgang. Er war die ganze Nacht gelaufen. Wie Perlenglanz fielen die ersten Strahlen des Morgens durch die Bäume und glitzerten auf dem seichten Wasser vor ihm. Eine kalte moosig duftende Brise umwehte den Sumpf. Federweiß humpelte um seine Hütte herum, schüttelte die knochige Faust und knurrte wütend. Haut und Knochen, Lumpen und hervorquellende Augen, mehr war da nicht, und er sah aus, als wäre er zehnmal zehn Sommer alt. Die fleckige Kopfhaut wurde nur noch von ein paar dünnen Strähnen weißen Haares bedeckt, und seine Lippen fielen nach innen in den zahnlosen Mund.

Kupferkopf blickte umher, um zu sehen, was den alten Mann so ärgerte, aber da waren nur sumpfige Buchten mit vielen Vögeln und drei kleinen Alligatoren, die sich am anderen Ufer sonnten.

»Flieg weg! Los, weg!« kreischte der Alte in die Luft. »Wie oft muss ich dich noch verjagen?«

Sein Gesicht war nur noch eine eingefallene Masse von Runzeln, aber als er sich umdrehte, glühten seine schwarzen Augen mit einem Licht, das nicht mehr menschlich war. Er kratzte sich an der Seite und schielte zu Kupferkopf, als er zu einem Stapel zusammengefalteter Decken auf der Südseite seiner Hütte humpelte. Er winkte und sagte: »Komm rein. Die Geistfalken stören dich nicht, die sind hinter mir her. Außerdem sind sie alle feige. Die kommen herabgeschossen, als ob ihnen die Welt gehört, und machen uns Menschen wahnsinnig mit ihrem dauernden Geschrei und Geflatter.« Scharf kommandierte er: »Herein mit dir, wie ich's gesagt hab. Also los! Was willst du diesmal, Kupferkopf? Wieder einen Liebeszauber? Oder sonst etwas?«

Kupferkopf kam vorsichtig näher und kniete sich direkt vor der Hütte ins Gras. Er suchte den Himmel nach Zeichen der Geistfalken ab. Diesen alten Hexenmeister fürchtete er und scheute sich nicht, das zu zeigen. »Nein, Federweiß. Diesmal brauche ich mehr. Viel mehr. Und ich bezahle alles, was immer du willst.«

»Alles?« fragte der Alte und versuchte stöhnend, eine bequemere Stellung zu finden. »Also dann muss das ja jetzt etwas sehr Wichtiges sein. Erzähl's mir!«

»Mein Sohn stirbt ...«

Erinnerungen taumelten durcheinander, kamen näher und verblichen wieder, Szenen und Wortwechsel blitzten bruchstückhaft auf. Farben vermengten sich zu einem abstoßenden Regenbogen von Tönungen ...

»Dieser Ahle habe ich eine besondere Geistkraft eingeblasen«, sagte der alte Mann und beugte sich vor, um Kupferkopf in die Augen zu sehen. »Nimm sie. Gib sie deiner Frau. Sag ihr nicht, wofür sie benutzt wird. Die Ahle muss auch Zeit haben, etwas von ihren Seelen in sich einzusaugen. Von ihren und deinen und denen deines Sohnes. Wenn du dein Opfer gefangen und ihm deinen Sohn auf die Brust gelegt hast, dann tötest du den Mann mit dieser Ahle. Seine Seelen fließen dann durch die Ahle in deinen Sohn.«

»Die Ahle bringt meinen Sohn ins Leben zurück?«

Der Blick von Federweiß durchbohrte ihn. Er krümmte sich, als stochere jemand langsam mit einer Lanze in seinem Magen herum.

Heiser flüsternd sagte der Alte: »Die Ahle stammt aus dem Machtbündel, das auf der Welt am meisten gefürchtet ist. Aus dem Rabenbündel. Über zehnmal zehnmal zehn Sommer wurde es von Seelentänzer zu Seelentänzer vererbt. Viele haben ihr Leben dafür gegeben, um es zu schützen.« Er drehte die Ahle in den Händen, und ein Ausdruck der Verwunderung überflog sein faltenreiches Gesicht. »Manchmal singt sie für mich. Gesänge von Eismauern und Monsterkindern, die am Himmel miteinander kämpfen. Ihre Stimme ist so wunderbar, wenn sie singt, so schön und leidenschaftlich – das kann man sich nicht vorstellen.«

Kupferkopf starrte auf die Ahle. Die vielen Hände, durch die sie gegangen war, hatten ihr eine bräunliche Patina verliehen. Er nahm seinen Mut zusammen. »Wenn sie so kostbar ist, wie hast du sie bekommen?« fragte er.

Federweiß lächelte mit zahnlosen Mund. »Der Mann, der sie besessen hat, den hab ich umgebracht.« Er hielt ihm die Ahle hin.

»Wenn du sie unbedingt haben musstest, warum überlässt du sie mir dann einfach? Was ist dein Preis?«

»Sie kostet nichts. Nimm sie.«

»Weshalb?«

Das Lächeln verwandelte sich in eine abschreckende Grimasse. Die Augen des Alten quollen derart hervor, dass Kupferkopf fürchtete, sie würden gleich aus den Höhlen springen. Federweiß schaute in die Runde und flüsterte: »Sie treibt mich zum Wahnsinn. Die Ahle hasst mich. Das hat sie gesagt. Nimm sie. Nimm sie, sage ich!«

Kupferkopfs Angst wurde so stark, dass er fast erwachte. Zitternd wollte er nach der Ahle greifen, und stieß die

Kalebasse Wasser um, die er neben seinem Lager stehen hatte. Der kalte Guss über seinen Arm ließ ihn hochfahren. Er zog den Atem heftig ein und starrte mit großen Augen in die Nacht. Tiefste Finsternis umgab ihn. Kein einziger Lichtpunkt erhellte die Welt. Es waren wohl Wolken aufgezogen.

Kupferkopf setzte sich auf und rieb sich die pulsierenden Schläfen. Der Korb mit der Schildpattpuppe und der Ahle stand am Fußende. Er erkannte gerade noch die gedrungene Form, noch dunkler als das Dunkel der Nacht.

Er hatte die Ahle Muschelweiß geschenkt. Sie hatte ihr Zeichen hineingeschnitzt. Am nächsten Tag hatte er ihr erzählt, was er vorhatte, in der Hoffnung, ihren Schmerz zu lindern. Stattdessen wurde sie von einem wilden, tierhaften Entsetzen gepackt. Sie hasste Geistkräfte; sie jagten ihr Angst ein. Sie hatten sich heftig gestritten. Um ihn schließlich davon abzuhalten, Riedgras auf diese Art wieder ins Leben zurückzubringen, hatte sie die Ahle ins Herz ihres kleinen Sohns gestoßen.

Und in diesem einen Augenblick waren all seine Träume, all seine Hoffnungen gestorben. Er wurde wahnsinnig – er hatte versucht, seine Frau zu töten, und dann ihre Familie.

Er wollte selber sterben.

Es war ihm nur gelungen, seine eigene, kostbare Welt zu zerstören.

Kupferkopf sog die Gerüche der feuchten Nacht ein. Er war todmüde. Unbeholfen griff er nach dem Korb und zog die Schildpattpuppe hervor. Die Puppe hatte ihm immer Trost geschenkt. Er war sicher, auch sie hätte gewünscht, dass Riedgras wieder ins Leben zurückkehrte.

Die Puppe fest an die Brust gedrückt, streckte sich Kupferkopf auf dem Rücken aus und starrte mit leeren Blicken auf die rußgeschwärzten Dachpfosten.

Rotalge hockte am Rand des Lagers der Krieger, die Hände zum Feuer ausgestreckt. Sie hatte gerade vor Sonnenuntergang ein fettes Eichhörnchen erlegt, es ausgenommen, gehäutet und auf einen Stecken aufgespießt. Es briet nun über den niedrigen Flammen und roch sehr appetitlich. Die Krieger standen viermal zehn Handbreit entfernt um ein größeres Feuer, lachten und redeten; ihre großen muskulösen Leiber hoben sich vor dem Hintergrund des bestirnten Himmels und den weißen Wellenkämmen des grauen Meeres schwarz ab. Orangefarbener Feuerschein huschte über ihre Gesichter.

Rotalge drehte ihren Braten auf die andere Seite; die Säfte tropften herab und verzischten auf den Flammen. Den ganzen Tag waren sie gelaufen. Sie hatte mitgehalten, aber infolge der Anstrengung schmerzte sie jetzt jeder Muskel ihres Körpers. Die Beine der Krieger waren doppelt so lang wie ihre; würde sie auch morgen Schritt halten können? Sie musste. Wenn alles so lief, wie Schwanzfeder es erwartete, würden sie die Überlebenden von Windeck-Dorf vielleicht bei Anbruch der Nacht schon treffen, und dann würde sie Teichläufer sehen. Der Gedanke entlockte ihr immerhin ein kurzes Lächeln. Die schreckliche Vorstellung, dass er möglicherweise getötet worden sein könnte, hatte sie die ganze Zeit gemartert. Da hätte er sie vielleicht schon gebraucht – während des Überfalls. Dass sie in Sicherheit zu Hause in Kernholz-Dorf gesessen hatte – war das vielleicht schon das Todesurteil für ihren Bruder gewesen?

Rotalge band die Decke von ihrem Beutel los und schlang sie um ihre Schultern, denn die nächtliche Kälte nahm zu. Sie starrte auf den Strand; dunkle Wellen überspülten den von den Sternen weiß beschienenen Sand. Eine Möwe flatterte hoch, drehte kreischend seitlich ab und verschwand weit draußen über dem Wasser. Sie kampierten am Südende einer kleinen Bucht, und das hieß, dass sie das Meer auf beiden Seiten hatten und offenes Sandgelände hinter sich. Westlich von ihnen standen Bäume wie eine massive schwarze Mauer. Das Lager war verhältnismäßig sicher, aber Schwanzfeder hatte trotzdem sechs Wachtposten aufgestellt, die jede mögliche feindliche Annäherung erkennen konnten.

Rotalge wühlte im Beutel und holte ihre Holzschale hervor. Darauf schob sie ihren Braten vom Stecken; er plumpste zischend in die Schale. Dank der kalten Luft würde er bald abkühlen. Sie setzte die Schale ab und legte sich in den Sand, um die Beine auszustrecken. Die Waden taten ihr weh. Strähnen des langen schwarzen Haares umwehten ihr Gesicht.

Ihre Einsamkeit empfand sie als schmählich. Diese Männer gehörten zu ihrem Clan. Sie war mit ihnen aufgewachsen, hatte mit ihnen gespielt. Aber hier draußen, auf diesem Kriegszug, empfand sie ihre Ablehnung. Sie hatte den Kriegern nie angedeutet, dass sie eines Tages den Wunsch haben könnte, sie zu begleiten. Folglich nahm niemand sie ernst. Sie betrachteten sie als Belastung, die man nicht beachtet. Heimkehren konnte sie nicht, wollte sie auch nicht. Sollte Teichläufer am Leben sein, würde er ihrer dringend bedürfen, und niemand auf der Welt konnte sie dazu zwingen, die Pflicht gegenüber ihrem Bruder zu missachten. Auch nicht, wenn der eigene Clan sie wie einen unsichtbaren Geist behandelte.

Der Silberglanz der Sterne tanzte übers Meer, so weit sie blicken konnte.

Einer löste sich aus der Gruppe der Krieger und kam zu ihr. Hoch gewachsen und schlank, das lange Haar zum Zopf geflochten, der ihm über die linke Schulter hing. Er trug nur einen Lendenschurz. Rotalge biss sich auf die Lippe, als Häsling sich auf der anderen Seite des Feuers niederhockte. Sie hatte ihn nicht mehr gesehen seit dem Tag, als er ihre Mutter ›eine Hure‹ genannt hatte, ›die ihre Seelen gegen ein Muschelhalsband eintauschen würde‹ und mit Teichläufer gerungen hatte. Das heißt, eigentlich hatte Häsling gekämpft, und Teichläufer hatte sich geduckt und die Fäuste geschwungen, wenn er eine Möglichkeit zum Ausfall gesehen hatte, was nicht häufig vorkam. Jetzt war Häsling zehn und fünf Sommer alt, und seine Schultern strotzten vor Muskeln. Noch vor einem Sommer war er einer von Teichläufers besten Freunden gewesen. Aber dann hatten sich ihre Wege getrennt. Teichläufer hatte sich nach innen gewandt, sich von seinen Freunden abgesondert und geistige Werte gesucht, die Rotalge beim besten Willen nicht verstand, und Häsling hatte sich nach außen gewandt und seine Seelen unter seinesgleichen gesucht. Einige Monde lang hatte Rotalge Häsling fast so sehr wie Teichläufer geliebt, hauptsächlich weil Häsling sie fast wie seine eigene kleine Schwester behandelt hatte. Im vergangenen Sommer war Häsling zu einem sehr ansehnlichen Jungen herangewachsen, mit einem starken Gebiss, einem spitzen Kinn und einer geraden Nase.

»Guten Abend, Rotalge«, sagte er etwas nervös. »Alles in Ordnung mit dir?«

»Ja«, antwortete sie überrascht, »warum fragst du?«

Er zuckte verlegen die Achseln. »Es war ein anstrengender Tag. Alle meine Muskeln tun mir weh, und wenn mir meine schon wehtun, wie musst du dich dann erst quälen?«

Rotalge nahm ihre Schale in den Schoß. »Ich komme schon wieder in Ordnung.«

Häsling betrachtete sie, wie sie sich eine Eichhörnchenkeule abriss und sie zum Mund hob. Sie zögerte und reichte sie ihm dann. »Iss mit, wenn du willst. Für mich ist es ohnehin zu viel.«

Ein Lächeln erhellte sein junges Gesicht. »Gern.« Er setzte sich ihr gegenüber und biss in das saftige Fleisch. »Hm, köstlich! Ich hab nicht gesehen, dass du auf die Jagd gegangen bist. Wann hast du das erlegt?«

Rotalge nahm sich eine andere Keule und senkte ihre Zähne hinein. Es schmeckte wirklich gut. Ihre Finger waren fettverschmiert. »Kurz vor der Dunkelheit. Es stand auf seinen Hinterbeinen im Baum und keckerte mich an. Es war ein so gutes Ziel, dass ich es nicht auslassen konnte.«

»Ein fetter Bursche jedenfalls«, sagte Häsling und wischte sich die Hände im Sand ab. »So saftig wie ein Opossum.«

Rotalge nickte und fragte sich, warum ausgerechnet Häsling sich zu ihr gesellte. Sie waren vom selben Clan. Mehr als Freundschaft zwischen ihnen war nicht möglich. Außerdem wusste sie nicht mehr genau, ob sie ihn noch mochte.

Häsling sah ihr Unbehagen, und sein Lächeln verschwand. Er aß das Fleisch auf und warf die Knochen ins Feuer, wo sie krachend verkohlten. Mit gesenktem Kopf sah er sie von unten her an. »Bist du noch böse auf mich?« fragte er.

»Böse?«

»Weil ich das über deine Mutter gesagt habe? Es tut mir Leid, Rotalge. Ich hätte nicht so auf sie schimpfen sollen.« Stirnrunzelnd blinzelte er in die flackernde Glut.

Rotalge riss ein Vorderbein des Eichhörnchens ab und gab es ihm. Er nahm es zögernd an, als wüsste er noch nicht genau, ob sie es wirklich ernst meinte.

»Heißt das, dass du nicht mehr böse auf mich bist?«

»Nicht, weil du meine Mutter eine Hure genannt hast«, sagte sie. Sie zog die Decke zurecht, die der Wind ihr von den Schultern gezerrt hatte, und riss das letzte Bein vom Eichhörnchen ab. Sie biss hinein und sagte: »Meine Mutter ist eine Hure. Ich war böse auf dich, weil du meinen Bruder zusammengeschlagen hast.«

Häsling senkte den Kopf. »Teichläufer ist kein Kämpfer. Ich habe das ausgenutzt, und das hätte ich nicht tun sollen. Ich möchte dich bitten, mir auch das zu verzeihen. Manchmal denke ich nicht, ich handle einfach, und hinterher tut's mir Leid.«

Rotalge sah ihn mit großen Augen an. »Warum erzählst du mir das, Häsling? Was liegt dir daran, ob ich dir verzeihe?«

»Ich –« Sein Mund stand offen. Er nahm noch einen Bissen und kaute nachdenklich. Der Feuerschein schimmerte in den Flechten seines Zopfes. »Ich war immer gern mit dir zusammen, Rotalge, und da wir jetzt beide auf diesem Kriegszug sind, möchte ich, dass wir wieder Freunde sind.«

Sie fragte geradeheraus: »Häsling, warum bist du so nett zu mir? Wir sind beide im Kernholz-Clan. Verwandt. Wenn du etwa hoffst –«

»Nein«, stieß er mit aufgerissenen Augen hervor. »Heiliger Bruder Himmel, nein, Rotalge. So etwas würde ich nie tun. Das wäre ja Blutschande. Ich fühle mich hier einfach so allein. Keiner von diesen Männern nimmt mich ernst. Ich habe keine Freunde, außer dir. Wenn du wieder meine Freundin sein willst.«

»Ja, das will ich gern sein.«

Eine Zeit lang aßen sie schweigend und blickten sich über das Feuer hinweg an. Rotalge reichte ihm ein Stück Fleisch, und er nahm es, unsicher lächelnd, als ob er fürchtete, sie könnte plötzlich ihre Meinung ändern und es ihm wieder aus den Händen reißen. Dieses Verhalten fand Rotalge sehr aufregend. Soweit sie sich erinnern konnte, hatte Häsling als der gefürchtetste Schläger von Kernholz-Dorf gegolten, vielleicht weil er so oft gezwungen war, Teichläufer zu verteidigen – und sie. Mehr als einmal war Häsling mitten in eine Rauferei von Rotalge hineingesprungen. Das war kein Opfer für Häsling. Schon als kleiner Junge war er größer als seine Altersgenossen gewesen, und zu kämpfen hatte ihm anscheinend immer Spaß gemacht. Was er gewollt hatte, hatte er sich genommen. Zwar hatte er seinen ersten Bären schon vor zwei Sommern erlegt, aber er war noch kein ausgewachsener Mann; doch das konnte sich mit diesem Kriegszug ändern.

Der Gedanke brachte sie auf Teichläufer. Dank seiner Heirat war er ein Mann geworden, aber Rotalge fragte sich, ob er bei dem Überfall gezwungen gewesen war zu töten. Sie hoffte es nicht. Es hätte Teichläufer das Herz gebrochen.

»Hast du Angst, Rotalge?«

»Angst?« Sie wischte sich die fettigen Finger im Sand ab. »Wovor?«

»Angst, auf dem Kriegszug zu sein. Immerhin, wir könnten auf Kupferkopfs Krieger treffen.« Seine Augen verengten sich, als er sie anschaute, und sie sah, dass die Angst an ihm nagte, obwohl er das nicht zugeben wollte. Seine dunklen Brauen zogen sich über der geraden Nase zusammen.

»Oh«, sagte sie auflachend, »da ist in der Tat etwas, das mir Angst macht. Ich bin recht geschickt mit dem Atlatl, aber der Gedanke, einen Mann zu durchbohren, ist mir sehr unangenehm.«

»Aber wir sind Krieger«, sagte er so leise, dass das Rauschen des Meeres seine Worte fast übertönte. Er packte sein Bratenstück fester. »Und von Kriegern wird erwartet, dass sie keine Angst haben. Das ist doch richtig?«

Rotalge aß den letzten Bissen und warf das Brustbein ins Feuer. Die Flammen züngelten um die Knochen hoch, und schwarzer Rauch kreiselte empor, bevor er verwehte. Er hatte sie eine Kriegerin genannt. Hatte sie mit einbezogen. Stolz schwellte ihre Brust. »Ich habe Krieger sagen hören, dass sie in Kämpfen Angst haben. Wieso auch nicht. Wenn ein Feind mit einem Speer auf deine Brust zielt, dann musst du Angst haben, egal, wie mutig du sonst bist.«

Häsling schien darüber nachzudenken. Schließlich nickte er. »Ja, ich glaube auch.«

»Hast du denn Angst, Häsling?«

Ein dünnes Lächeln kräuselte seine Lippen. Er flüsterte: »Ich bin starr vor Angst, kleine Schwester. Und dabei ist nicht einmal ein feindlicher Krieger in Sicht.«

Rotalge lächelte. »Du bist auf deinem ersten Kriegszug. Hast du denn erwartet, dass du dich sicher fühlen würdest?«

»Nun ja«, sagte er mit geneigtem Kopf. »Eigentlich nicht. Aber ich habe von mir erwartet, dass ich mich mutig fühle. Ging es dir nicht auch so?«

Rotalge lächelte und sagte nachdenklich: »Ich glaube, ich bin zu verzweifelt, um lange darüber nachzudenken, ob ich mutig bin oder nicht.«

»Verzweifelt?« fragte er. »Wieso denn verzweifelt?«

Die Gespräche der Männer verstummten; sie entfernten sich vom großen Feuer und suchten ihre Lager auf. Rotalge sah zu, wie einige Krieger sich in ihre Decken wickelten und sich die Beutel unter den Kopf schoben. Aber Häsling verharrte auf der anderen Seite des Feuers und blickte Rotalge gebannt ins Gesicht. »Kannst du es mir nicht sagen?« fragte er drängend. »Wenn nicht, dann verstehe ich das auch. Es gibt Dinge, über die man nicht sprechen kann. Ich dachte nur, du könntest –«

»Ich würde es dir gern sagen, Häsling«, antwortete sie. »Aber es ist schon spät. Alle gehen schlafen, und das sollten wir auch. Ich glaube, morgen wird es noch anstrengender als heute.«

Häsling erhob sich und wischte sich unbeholfen den

Sand von den Beinen. »Würde es dir etwas ausmachen, wenn ich meine Decke herbringe und neben dir schlafe?« Hastig fügte er hinzu: »Wenn du's nicht willst, dann sag es nur. Ich bin auch nicht beleidigt. Mir ist klar, dass du –«

»Aber sehr gern, Häsling. Ich hab mich schon den ganzen Tag einsam gefühlt. Mit einem Freund in der Nähe fühlt man sich gleich sicherer.«

Er lächelte breit. »Danke. Ich hole meine Sachen.«

Rotalge sah ihn weggehen. Sein Beutel, Atlatl und die Speere lagen neben dem niederbrennenden Feuer. Häsling musste über zugedeckte Leiber steigen, um an seine Sachen zu kommen. Einige Männer murrten und wälzten sich zur Seite, als er vorbeischlich. Einer sprach ihn an, und Rotalge vernahm die barsche Frage.

»Was hast du mit dem Mädchen vor? Die wird noch unser Tod sein. Hält uns auf, zwingt uns, auf sie aufzupassen. Nur weil sie die Enkelin von Mondschnecke ist, heißt das noch nicht, dass wir unser Leben aufs Spiel setzen müssen, um –«

Häsling antwortete kurz und bündig. »Was ich mache, geht dich nichts an, Seilstrang. Rotalge ist für mich wie eine Schwester. Das ist allein meine Sache.«

Der Mann rollte sich auf die Seite und zog sich die Decke über den Kopf.

Häsling warf sich den Beutel über die Schulter, nahm seine Waffen auf und ging zu Rotalge zurück.

Also deswegen war er herübergekommen. Er hatte gehört, was die anderen über sie sagten, und hatte es auf sich genommen, ihr als Freund zur Seite zu stehen, obwohl er sich dadurch zum Außenseiter machte.

Als er sich auf der anderen Seite des Feuers hinkniete, lächelte er, und die weißen Zähne glänzten im Feuerschein. »Gute Nacht, Rotalge«, sagte er.

»Gute Nacht, Häsling. Häsling?«

»Ja?«

»Vielen Dank.«

»Wofür, kleine Schwester?«

»Dafür, dass du zu mir wie früher bist.«

Er runzelte die Stirn und löste die Schnüre an seinem Beutel. »Ich bedauere nur, dass ich so lange dazu gebraucht habe, Rotalge. Ich hätte mich schon längst bei dir entschuldigen müssen. Ich habe dich vermisst. Dich und Teichläufer.«

Rotalge knotete ihre Decke auf, schüttelte sie aus und zog sie über sich. Sie rollte sich neben dem Feuer zusammen, und dabei sah sie, wie Häsling Atlatl und Speere neben sich in den Sand legte. Er band seine Decke vom Beutel los und wickelte sich darin ein, mit dem Gesicht ihr zugewandt. Der orangefarbene Schein der Glut flackerte über sein schönes Gesicht.

»Rotalge«, sagte er.

»Hm?«

»Was hast du damit gemeint, dass du verzweifelt bist?«

Sie zog sich die Decke bis zum Hals hoch. »Ich bin sehr besorgt um Teichläufer«, erwiderte sie. »Wenn Muschelweiß in Windeck-Dorf war, als es überfallen wurde, dann muss Teichläufer auch dort gewesen sein.«

Sehr sanft sagte Häsling: »Auch ich bin sehr in Sorge um Teichläufer.«

26

In goldenen Streifen fielen die Strahlen der Nachmittagssonne schräg durch die Bäume und spiegelten sich in Teichläufers Augen, als er Muschelweiß mühsam über den tauglatten Baumstamm folgte, der das seichte Gewässer überbrückte. Vögel zwitscherten in den Hickoryzweigen über ihnen und hüpften herum, um sie zu beobachten. Sein Beutel rutschte hin und her und zwang ihn, auf sein Gleichgewicht zu achten, um nicht ins Wasser zu fallen. Muschelweiß hingegen bewegte sich mit sicheren und lautlosen Schritten wie eine pirschende Katze. Sie hielt das Atlatl und die Speere quer vor sich, um ihr Gleichgewicht zu halten. Jedes Mal, wenn sie ihren Fuß aufsetzte, warf sie einen scharfen Blick auf die Bäume ringsum.

Teichläufer rutschte mit einem Fuß ab. Er keuchte erschreckt.

Sie wirbelte herum, sah seine rudernden Arme und bannte ihn mit einem Blick voller Todesdrohung an Ort und Stelle fest.

Als er sich wieder gefangen hatte, flüsterte er: »Tut mir Leid.«

Ihre Augen verengten sich zu Schlitzen. Seit einiger Zeit beobachtete sie düster die grün- und graufleckigen Waldschatten, als ob sie etwas darin störte, aber sie wusste nicht was. Schließlich drehte sie sich um und folgte entschlossen dem Baumstamm. Am Ende trat sie von dort schnell auf den sumpfigen Grund und winkte Teichläufer herrisch zu sich.

Er rutschte und glitt vorwärts, bis er endlich keuchend neben ihr ankam. »Was ist los?« fragte er flüsternd.

Sein forschender Blick erkannte nur verwischte Schatten. Aber er spürte etwas, das wie ein Raubtier um sie herumschlich. Er machte den Mund auf, um es Muschelweiß mitzuteilen, aber sie gebot ihm mit einer Handbewegung zu schweigen. Kaum hörbar sagte sie: »Bleib hier. Versteck dich da im Stubbenloch des gefallenen Baums. Und kein Laut!« Brüsk befahl sie: »Hast du verstanden? Kein Laut!«

»Ja. Verstanden.«

Die Kapuze des langen Gewandes schlug ihm gegen den Rücken, als er um das Baumende herumlief und in die Wurzelhöhle sprang. Die alte Eiche hatte, als sie umfiel, eine so große Höhlung aufgerissen, dass sich Teichläufer in seiner ganzen Größe darin verstecken konnte. Er kauerte sich so zusammen, dass er gerade noch über den Rand der schwarzen Erde verfolgen konnte, wie Muschelweiß sich durch das verfilzte Geflecht von Lianen und hängendem Moos schlängelte. Die gelben Blätter der Ranken hoben sich von dem dunkleren Hintergrund der Moose und Zweige ab.

Er verlor sie aus den Augen und setzte sich in seinem feuchten Loch zurück. Sie hatte ihn geführt wie der Leithirsch sein verängstigtes Rudel führt. Sie waren in der eigenen Spur wieder zurückgegangen, hatten oft die Richtung gewechselt oder sich auf den Bauch gelegt, um ihre rückwärtige Spur aus einem anderen Blickwinkel zu beobachten. Sie hatte ihm erklärt, dass man Verfolger oft nicht wahrnehmen konnte, wenn man aufrecht stand, weil sie meist ihren Oberkörper in Deckung hielten, doch auf dem Bauch liegend könnte man ihre Füße sehen.

Schon lange vor Morgengrauen hatten sie sich auf den Pfad begeben, und nun lastete die Erschöpfung auf Teichläufer wie ein steinerner Umhang. Sein Körper hungerte nach Schlaf und Nahrung. Schlimmer noch, Schuldgefühle bedrückten ihn. Er hielt sie auf, und sie ließ es ihn dauernd spüren – durch einen scharfen Blick, eine ärgerliche Handbewegung, ein kehliges Grollen, wenn er stolperte oder sich bückte, um irgendwo Wasser zu schöpfen. Aber er verstand sie. Sie musste unter allen Umständen das Dorf des Stehenden Horns zur Zeit erreichen, um Tauchvogel zu retten. Natürlich brachte sie seine Begleitung auf. Alle drei Schritte stolperte er über den Saum seines Gewandes, obwohl er sich solche Mühe gab …

In der feuchten Erde überfiel ihn wieder der vertraute Schmerz, wie der Stich ungezählter Dornen in die Waden. Er verzog das Gesicht und rieb sich die Beine.

»Heilige Geister, bin ich müde«, murmelte er.

Das Blitzvogeljunge gab nun einen neuen Laut von sich, nicht mehr das alte Rumpeln und Donnern. Teichläufer konnte das Geräusch nicht richtig einordnen; es glich dem hohen Knistern von Blitzen direkt über seinem Kopf, und das Knistern wiederum war wie Gewisper, fast wie Wörter, aber so sehr er sich auch anstrengte, er konnte nichts verstehen. Und bei jedem Knistern spürte Teichläufer etwas in seinen Adern aufsteigen, wie ein Heer winziger, bissiger Ameisen.

Oberhalb, zu seiner Linken, hörte er das Geplätscher von Schildkröten, die, von einem ärgerlichen Sperling beschimpft, in das flache Gewässer tauchten.

Er hielt den Atem an und lauschte.

Was hatte die Tiere verscheucht? Das konnte alles Mögliche sein, der Schatten eines fliegenden Falken, ein Alligator –

Etwas ächzte.

Beim ersten Mal sagte er sich: Das ist kein Fuß, der hastig in Windbruch tritt. Als er es zum zweiten Mal hörte, befand er, es sei der Wind in den Bäumen gewesen, und er blinzelte in die schwankenden Äste.

Beim dritten Mal sank er mit erschrecktem Keuchen in sein Loch zurück.

»Blitzjünger?«

Ihm zog sich der Magen zusammen. Diese unterdrückte Stimme kannte er nicht.

Noch mal ein Ächzen, diesmal näher.

Unter seinen Achseln war das Gewand schweißnass, und Schweiß bildete sich auch auf seiner Nasenspitze. Er atmete jetzt wie ein gehetzter Fuchs.

»Ich tu dir nichts«, sagte der Mann. »Ich habe dich mit dir selber reden hören und wollte dich sehen. Du kannst herauskommen.«

Wenn er nur gekonnt hätte, dann hätte sich Teichläufer in Erde verwandelt, um mit dem Erdboden zu verschmelzen. Ein triebhaftes Verlangen wegzulaufen packte ihn. Er kauerte sich zusammen und machte sich zum Sprung bereit.

»Komm raus!« befahl der Mann heiser flüsternd. »Wenn du nicht aufstehst, dann, bei den Leuchtleuten, dann werde ich –«

»Gut, gut«, erwiderte Teichläufer. »Tu mir nicht weh.«

Es dauerte eine Weile, bis er seine zitternden Beine dazu bringen konnte, ihn zu tragen. Langsam kam er hoch. Gerade als er über den Rand sehen konnte, erkannte er den Krieger, der viel näher hockte, als Teichläufer erwartet hatte; in der linken Hand hielt er einen Dolch. Er war am rechten Arm verletzt. Verdreckte, blutgetränkte Lappen waren um die Wunde gewickelt. Der Mann machte große Augen, als er Teichläufer sah. Er stand auf.

»Bitte!« flehte Teichläufer. »Tue –«

Beim Klang von Teichläufers Stimme schien der Wald zu bersten. Muschelweiß stürzte aus den Bäumen hervor, das Atlatl in erhobener Hand.

»Nein!« schrie der Unbekannte und duckte sich, um ihrem Speer auszuweichen, aber dieser traf ihn unten am Rücken, und der Mann fiel mit einem dumpfen Geräusch zu Boden. Blut spritzte auf den Kiefernstamm neben ihm. Der Mann brachte es noch fertig, sich am Baum auf die Knie hochzuziehen, bebend, den Dolch erhoben, um sich zu verteidigen. Muschelweiß kam geräuschlos näher, im Atlatl einen neuen Speer.

Teichläufer schaute fassungslos zu. Der ganze Kampf hatte nur wenige Augenblicke gedauert, er konnte gerade noch erfassen, was geschah. Muschelweiß kniete sich neben den verwundeten Mann, und Teichläufer sah einen Fleck, der sich hinter ihr bewegte. Er schrie auf und kletterte aus seinem Loch: »Muschelweiß!«

Sie wirbelte herum, aber zu spät. Die Kriegskeule krachte auf ihren Schädel und schickte sie der Länge nach zu Boden; sie bemühte sich noch, auf die Knie zu kommen, aber ihre Kraft versagte.

Sie brach zusammen, ihr schlanker Körper fiel in das brüchige Herbstlaub.

Ihr Angreifer warf den Kopf zurück und stieß einen grässlichen Kriegsschrei aus. Dann lachte er, hocherfreut. »Ich habe Muschelweiß getötet! Die große Muschelweiß! Das Volk wird viele, viele Sommer lang mein Lob singen!«

»Nein!« brüllte Teichläufer und rannte vor. »Sie ist nicht tot! Meine Frau darf nicht tot sein!«

Der Mann packte seine Kriegskeule mit beiden Händen und lächelte. Er war etwa so groß wie Teichläufer, aber seine Schultern waren doppelt so breit, mit Muskeln bepackt. Ohne Teichläufer aus den Augen zu lassen, fragte er: »Wie schwer bist du verwundet, Adlerrochen?«

»Ziemlich schwer«, krächzte der Mann und bemühte sich, aufrecht zu sitzen. »Ich kann meine Beine nicht fühlen. Die Beine sind taub. Hilf mir, Fleckentatze. Hilf mir auf!«

»Ein Augenblick noch«, entgegnete Fleckentatze und brüllte: »Halt, Blitzjünger! Komm nicht näher. Ich will dich nicht töten. Lebend bist du viel mehr wert. Aber wenn's nötig ist, töte ich dich auch.«

Teichläufer blieb zitternd stehen und starrte entsetzt auf Muschelweiß. Sie lag auf dem Bauch, das Gesicht in den Blättern verborgen, und Blut färbte ihr Haar auf dem Hinterkopf. Hatte die Keule ihr den Schädel zertrümmert?

»Lass mich zu meiner Frau«, bat er. »Bitte, ich muss –«

»Sie ist tot«, erklärte Fleckentatze stolz. »Vergiss sie. Komm hierher!« Er deutete auf seinen Freund, der sich am Boden wand und kläglich am Speer in seinem Rücken zerrte. »Zieh ihm den Speer aus dem Rücken.«

Teichläufer kniete sich zwischen Adlerrochen und Muschelweiß, so nahe, dass er sie berühren konnte. Aber er tat es nicht. Stattdessen schweifte sein Blick ab zu dem Speer, der aus ihrem Atlatl gefallen war, keine zehn Handbreit entfernt. Dann untersuchte er die Wunde von Adlerrochen.

»Der Speer steckt in der Wirbelsäule deines Freundes«, erklärte er. »Wenn ich ihn herausziehe, könnte er alles zerschneiden.«

Adlerrochen stieß entsetzt die Luft aus. »Dann wäre ich für den Rest meines Lebens gelähmt. O ihr Leuchtleute! Bitte nicht!« Er griff nach Fleckentatze. »Bring mich zu Federweiß! Du bist der Bruder meiner Frau. Hilf mir! Wenn du mich zu Federweiß bringst, dann könnte er –«

»Dafür hab ich keine Zeit«, schrie Fleckentatze. »Ich muss zurück zu Kupferkopf, um ihm zu berichten, was im Windeck-Dorf geschehen ist. Und erzählen, stolz erzählen, wie ich seinen größten Feind getötet habe. Die Frau, die er nie fangen konnte.«

»Du kannst mich doch nicht hier zurücklassen«, kreischte Adlerrochen und hob die Hände bittend zu Fleckentatze auf. »Pumas und Wölfe werden mich hier finden, noch bevor du wiederkommst. Du musst –«

»Blitzjünger!« befahl Fleckentatze, »heb den Speer da auf und töte Adlerrochen. Und mach's schnell! Ich will nicht, dass mein Schwager leidet.«

Teichläufers Knie drohten nachzugeben. »Ihn töten?«

»Ja! Los, beeil dich!«

»Das kannst du nicht machen«, schrie Adlerrochen. »Du

bist mein Schwager. Wie willst du deiner Schwester noch in die Augen sehen?«

»Warum nicht du?« brüllte Teichläufer. »Warum soll ich das machen?«

Fleckentatze hob drohend seine Kriegskeule. »Mach es, Junge! Und mach es jetzt!«

Teichläufer drehte sich um, zwang sich, an Muschelweiß vorbeizugehen und den Speer aufzuheben, dann ging er zurück und stellte sich über Adlerrochen. Das aufgedunsene, hässliche Gesicht des Mannes war schweißüberströmt. Teichläufer hob den Speer, und Adlerrochen warf sich aufschreiend an die Beine von Fleckentatze, um sich an seinem Schwager festzuhalten.

Überrascht stolperte Fleckentatze seitwärts, und Teichläufer handelte, ohne zu denken. Er schwang herum, den Speer in der rechten Hand, und trieb die Feuersteinspitze tief in die Brust von Fleckentatze.

Der Krieger stieß hörbar den Atem aus und blinzelte ungläubig. Seine Kriegskeule schlug auf dem Boden auf, und er packte seinen Dolch mit beiden Händen. Mit den Fingern strich er mit einer beinahe liebenden Geste über den glatten Holzschaft. »Sieh nur, was du mir angetan hast«, tobte er, taumelnd im Bemühen, sich auf den Beinen zu halten. Er brach wie ein Sack neben Adlerrochen zusammen.

Teichläufer wich zurück, benommen, wie betäubt.

Adlerrochen schob sich mühsam vorwärts, betrachtete kurz den Speer im Herzen seines Schwagers und warf sich dann auf die Keule. Teichläufer sprang vor, riss sie ihm aus den Händen und stand mit erhobener Keule da, ohne es selber wahrzunehmen.

Adlerrochen brüllte wütend auf, zog den Speer heftig aus der Brust von Fleckentatze und rutschte zurück, um auf Teichläufer zu zielen. Teichläufer ließ seine Arme schwingen, ohne dessen gewahr zu werden. Die Keule zischte durch die Luft und traf laut krachend die Schläfe von Adlerrochen, der in die Kiefern flog und zu Boden fiel.

Teichläufer erstarrte.

Da war – da war Blut!

Er fasste es nicht, wie viel Blut da war.

Die Keule fiel ihm aus gefühllosen Händen.

Er stolperte rückwärts, über einen Stein, und taumelte zu Boden. Er wälzte sich auf den Bauch und kroch auf allen vieren zu Muschelweiß. Seine Hand zitterte derart, dass er sie nur mit Mühe zu ihrem blutverschmierten Kopf führen konnte. Seine Finger waren rot. »O mein Weib«, wimmerte er.

Teichläufer setzte sich und nahm sie in die Arme, küsste ihr Gesicht, zupfte Blätter aus ihrem Haar. »Ich bin an allem schuld. Es ist meine Schuld. Meine Schuld!«

Das Wahrnehmungsvermögen erwachte, langsam und grau stieg es hoch durch das pulsierende Meer der Schmerzen; sie sah das Sternenlicht durch Bäume fallen, die ihr völlig unbekannt waren. Sie blinzelte. Sie wagte es nicht, den Kopf zu bewegen, aus Angst, er würde in eine glitzernde Masse von Knochensplittern zerbersten. Sie kannte weder den Ort noch die Bäume, noch den Modergeruch der Sümpfe, doch das Gewand mit der Kapuze – das kannte sie. Und das knabenhafte Gesicht darin, weiß wie das Licht des Mondes. Tränen schimmerten auf seinen Wangen.

Er wandte sich ihr zu und flüsterte: »Muschelweiß?« Er legte ihr eine kalte Hand auf die Schulter. »Bist du wach?«

»Wie … lang?«

»Wie lang?« wiederholte er, als wüsste er nicht genau, was sie meinte. Dann stieß er hervor: »Nur ein paar Zeithände. Vielleicht vier. Höchstens fünf.«

Dann könnte sie es überleben, vorausgesetzt, sie konnten sich verborgen halten und Teichläufer erlegte etwas zum Essen – und Kupferkopf suchte sie nicht.

Aber Tauchvogel … O Tauchvogel, vergib mir …

Muschelweiß sehnte sich danach, in seinen Armen zu liegen und über all die Fehler zu weinen, die sie gemacht hatte. Tauchvogel hätte sie zu trösten gewusst. Sie brauchte ihn, seine Zärtlichkeit und Stärke und seinen neckenden Ton, der sie immer schon aus ihrer Verzweiflung herausgelockt hatte. Könnte sie ihm doch nur in die Augen sehen, seine liebevolle Berührung spüren …

Aber das war nicht möglich.

Und nach dem heutigen Tag würde es vielleicht nie mehr möglich sein.

In ihrer Sorge über Teichläufer war sie unachtsam gewesen, hatte vergessen, sich den Rücken freizuhalten. Den Jungen konnte sie nicht tadeln. Er bemühte sich, sein Bestes zu geben, und das wusste sie. Sie konnte sich nur selber tadeln. Die Last der Selbstvorwürfe wuchs mit jedem Atemzug. Tauchvogel wartete auf sie, wohl wissend, dass sie kommen würde, so wie sie umgekehrt wusste, dass auch Tauchvogel in vergleichbarer Lage nach ihr suchen würde.

»Wasser!« flüsterte sie heiser. »Hast du Wasser?«

»Ich hole welches.«

Teichläufer lief mit der Kalebasse aus seinem Beutel fort und kam gleich darauf zurück. Zärtlich schob er einen Arm unter ihr Genick und hob ihren Kopf. Die Bewegung war so quälend für sie, dass sie am ganzen Leibe zitterte. In dieser Stellung sah sie die beiden toten Männer und empfand Erleichterung.

»Versuche zu trinken«, sagte Teichläufer und hielt ihr das Gefäß an den Mund.

Muschelweiß trank viermal. »Genug …« Sie hatte zu viele Kopfverletzungen gesehen, um nicht zu wissen, was geschehen konnte, wenn man zu viel trank.

Als Teichläufer sie wieder aufs Gras sinken ließ, drehte sich alles vor ihr, die Sterne wurden zu silbernen Streifen und die Zweige zu verwischten schwarzen Wellen. In der Kehle hatte sie den bitteren Geschmack von Galle.

Teichläufer stellte die Kalebasse ab und beugte sich aufgeregt über sie. »Besser?« fragte er.

Nach einer Weile sagte sie stockend: »Teichläufer?«

»Ja, mein Weib?«

»Geht es dir gut?«

Er schaute ihr forschend ins Gesicht und schien sie zu verstehen, ohne sie zwingen zu müssen, noch mehr Kraft durch Erklärungen zu verlieren. »Du hältst mich sicher für einen schwächlichen Narren«, murmelte er. »Aber ich habe noch nie einen Menschen getötet.« Er wischte sie die Handflächen an seinem Gewand ab, als wolle er sie von all dem Blut rein waschen. »Ich weiß nicht, wie es geschehen ist. Meine Hände haben sich wie von selbst bewegt, und ich wusste gar nicht, was sie taten.«

»Und?«

»Mir ist übel.«

Muschelweiß sog ihre Lungen voll, damit die kalte Luft ihr etwas von der brennenden Hitze in ihrem Körper nahm. »Das ist auch richtig. Wenn dir nicht übel wäre, dann könnte ich glauben, dir mache das Töten Spaß. Und dann müsste ich dir über den Schädel schlagen und dich den Bären überlassen.« Sie lächelte schwach.

Teichläufer runzelte die Stirn. »Aber ich dachte immer, Krieger –«

»Nein.« Sie schloss die Augen. Die Wellen der Übelkeit drohten sie zu überrollen. Sie kämpfte dagegen an und versuchte, die Wasser ruhig zu halten. »Kein Krieger tötet gern. Es ist nur manchmal einfach notwendig. Und wenn es notwendig ist, dann denken Krieger nicht nach. Sie tun, was nötig ist, um zu überleben. Hättest du dir deine Handlungen erst überlegt, dann wärst du jetzt tot, und ich wäre es auch.«

»Aber zwei Männer«, sagte er mit gepresster Stimme. »Ich habe zwei Männer getötet.«

»Wär's dir lieber, wenn sie noch lebten und wir tot wären?«

Sein Kopf fiel herab, das lange weiße Haar hing ihm um das Gesicht herum. »Mir wär lieber, wir wären alle noch am Leben.«

»Hattest du denn eine Wahl?«

»Nein, ich glaube nicht.«

Mit großer Anstrengung schob sie ihre Hand zu ihm hin und berührte sein Knie. Er ergriff ihre Finger und hielt sie fest.

»O mein Weib, ich fühle mich so leer.«

»Ich weiß, aber ich bin stolz auf dich, Teichläufer. Heute warst du ein Krieger. Ich verdanke dir mein Leben.«

Er küsste ihre Finger mit Lippen, die wie Eis waren, und Tränen rollten ihm über die bleichen Wangen und fielen auf ihre Stirn, kühl und besänftigend. Wie ein verirrtes Kind klammerte er sich an ihre Hand, als fiele seine Welt zusammen, wenn er losließe.

»Ich danke dir, mein Gatte, für mein Leben.«

Sie versuchte, seine Hand zu drücken, um seine Ängste zu verjagen, aber die Anstrengung löste Wellen von Schmerzen aus, die sie überrollten. Die Qualen sogen sie in ein heißes Meer, wo die Winde der Vernichtung sie hin- und herwarfen; äußerste Einsamkeit und unauslotbarer Schrecken bedrängten sie dort in der Gestalt riesiger formloser Ungeheuer, die fauchend nach ihr griffen, nach ihr bissen und versuchten, sie zu zerreißen. In dieser Schwärze formten sich Gesichter, die sich zu Szenen wandelten: Dörfer, die brannten, als die Schilfdächer in Flammen aufgingen; ein alter Mann, ein Skelett fast, mit ihrem Speer im Leib, der kopfüber in den Sand fiel; Leichen von Leuten, die sie geliebt hatte, am Strand hinter der Pelikan-Insel übereinander geworfen; Frauen, die ihre Kinder ergriffen und rannten; Waschbären und Möwen über den Leichen von Kriegerinnen, die sie getötet hatte, weil sie ihrem Befehl, die Waffen niederzulegen, nicht schnell genug gehorcht hatten. Wo war das geschehen? In welchem Dorf? Die Schreie eines Kindes hallten aus der Schwärze und unterbrachen ihr Suchen. Da stand plötzlich ein kleiner Junge hinter ihr, vier Sommer alt, vielleicht fünf, nachdem sie seinen Vater getötet hatte, und hatte sie mit seinem armseligen Speer in die Schulter stechen wollen. Sie war herumgewirbelt, ohne zu denken, das Messer in der Hand …

In all dem schreckensvollen Geschehen konnte sie Tauchvogel rufen hören, und er hörte nicht auf zu rufen, aber sie fand nicht die Kraft, ihm zu antworten. Ungeheuer jagten sie, und sie musste rennen, rennen, rennen …

Ich liege erschauernd auf der Seite vor meinem kleinen Feuer, und in der kalten Brise, die um das Sumpfgebiet weht, sehe ich die rubinäugige Glut blinken. Es riecht nach

Röhricht und Harz. Mein Herz ist schwer. Ich habe meine Decke um Muschelweiß festgesteckt, um sie warm zu halten, und kam zum Schlafen hierher. Die Leuchtleute schimmern in den Lücken aus Indigo zwischen den dunklen überhängenden Ästen. Meine Lider sind wie Gewichte.

Eine ganze Zeithand habe ich gebraucht, um die Männer, die ich ermordet habe, zum Moor zu ziehen. Ich habe sie, das Gesicht nach Norden, in fahlgrünem Wasser bestattet. Ich wusste nicht, welche Gesänge ihr Clan für sie gesungen hätte oder wer ihre Schutzgeister waren, also sang ich das Totenlied vom Kernholz-Clan und bat den Alligator, sie bei ihrer langen Reise zu führen. Ich bete aus ganzem Herzen, dass sie ihren Weg zum Dorf der Verwundeten Seelen finden. Ich bringe es immer noch nicht über mich, dorthin zu blicken, wo sie zu Boden gefallen sind; geronnenes Blut bedeckt den Waldboden, im Sternenlicht schimmernd.

Ganz leise und weich fange ich an zu singen; ich bitte die Sonnenmutter, Muschelweiß zu helfen. Sie hat sich im Schlaf schwach herumgewälzt und geächzt. Ich weiß nicht, was ich sonst noch für sie tun könnte. Ich habe große Angst. Wenn ich zu müde werde, singe ich die Wörter in meinen Träumen …

»Sie stirbt! Und du dummer Junge liegst da wie ein gehirnloser Katzenfisch und tust nichts!«

Erschrocken keuchend, wälze ich mich auf den Rücken. Die Schildpattpuppe sitzt auf dem krummen Eichenast über meinem Kopf. Ihr Gewand ist eher noch zerschlissener als das letzte Mal, es hängt an ihrem knochigen Leib wie ein morsches Gewebe von Fäden. Fast ihr ganzes Haar ist jetzt ausgerissen. Da sind noch vier oder fünf Strähnen im Sternenlicht zu sehen, mehr nicht.

Ich springe auf und taumle durch das Dunkel. Entsetzen hat mich gepackt. »Was meinst du damit, dass sie stirbt? Sie kann nicht sterben.«

Aber wenn ich niederknie und in das von den Sternen beschienene Gesicht von Muschelweiß blicke, dann erlaubt mir mein Verstand nicht, an etwas anderes zu glauben. Ihr Gesicht hebt sich bleich gegen die Decke ab. Ich ergreife ihr

Handgelenk und fühle das schwache Geflatter ihres Herzschlags. Meine Stimme bebt. »Heilige Geister«, flüstere ich. »Was soll ich tun? Sag mir, wie ich sie retten kann.«

Die Schildpattpuppe rührt sich nicht. »Hab ich schon.«

»Was? Wann? Hab ich geschlafen?«

»Ich bin zum Schluss gekommen, dass du immer schläfst, wenn ich dir große Wahrheiten enthülle, Junge. Ich habe dir gesagt, dass du lernen musst, mit der Seele des Blitzvogels zu tanzen. Hast du's je versucht? Nein! Also stirbt sie natürlich.«

Die Fäuste geballt, so springe ich auf und stehe direkt unter dem Eichenast. Ich kann kaum atmen. Die Schildpattpuppe senkt den Kopf zu mir. »Aber du hast mir nie beigebracht, wie das geht. Wenn du mich nicht lehrst, mit der Seele des Blitzvogels zu tanzen, woher soll ich es dann können? Du erwartest doch nicht, dass ich das von ganz allein weiß?«

Die Schildpattpuppe hebt leicht ab und schwebt auf mich zu wie ein Löwenzahnsamen in einem warmen Aufwind, und lässt sich auf meiner linken Schulter nieder.

»Du bist nicht nur hirnlos, auch dein Gedächtnis lässt nach. Ich habe dich alles gelehrt, was du über den Tanz wissen musst. Gib deine Menschenfüße auf, hab ich dir gesagt. Lerne, aufzusteigen und zu blitzen und zu donnern.«

Ich bin außer mir, meine Augen schwimmen in Tränen. »Wie denn?« frage ich bittend. »Bitte, sag mir doch, wie ich meine Menschenfüße aufgeben kann.«

»Spring in die Luft, Teichläufer, und springe immer weiter, ohne aufzuhören, bis deine Füße vergessen, wie sich der Boden anfühlt. Du musst dich von der Erde, von Luft und Wasser lösen. Du musst alles loslassen. Und das nächste Mal, wenn das Blitzvogeljunge aufblitzt, dann wirst du fähig sein, seine blendenden Schwanzfedern zu packen und dich in einem betäubenden Donner in die Lüfte zu erheben.«

»Dauernd springen? In die Luft springen?«

»Richtig.«

»Aber wie kann ich dadurch Muschelweiß retten? Das ist doch alles dummes Geschwätz! Und ich verstehe es nicht!«

brülle ich. »Ich hab nicht mehr viel Zeit, und was du mir bietest, ist dummes Geschwätz!«

Die Schildpattpuppe fällt in einem Purzelbaum von meiner Schulter und schwebt lässig höher und höher, bis sie einer der Leuchtleute zu sein scheint. »In einem hast du recht«, ruft sie mit ihrer Kleinmädchenstimme. »Du hast nicht mehr viel Zeit.«

»Komm zurück!« schreie ich. »Du kannst mich nicht allein lassen! Jetzt nicht! Ich brauche dich!«

Sie verschwindet, und eine Bahn von glitzerndem Sternenstaub zieht hinter ihr her.

Allein und voller Angst blicke ich auf meine Frau. Ihr Atmen ist nur mehr eine schnelle Folge ganz flacher Atemstöße. Mir ist, als wäre meine Brust nur noch ein riesiges klaffendes Loch. Da ist nichts mehr. Nichts. Kein Blitzvogel. Kein Donner. Keine Hoffnung. Könnte ich doch nur meine Fäuste in irgendetwas hineinschlagen!

Ich schleiche zu meinem Feuer. Die Glut wirft einen purpurfarbenen Schein über die Baumstämme. Ich wünschte, Muschelweiß könnte mit mir sprechen. Dann hätte ich weniger Angst.

Aber sie kann es nicht.

Ich bin allein. Und sie braucht mich.

Ich mache ein paar zaghafte Versuche. Ich springe einen Fingerbreit hoch. Nichts geschieht. Ich springe wieder. Endlich hüpfe ich wie ein Verrückter in die Luft, so hoch es geht. Auf und nieder, auf und nieder springe ich, immer wieder …

Dabei schütteln mich Schluchzlaute.

Hier hüpfe ich wie ein Wahnsinniger herum, während meine Frau vor meinen Augen stirbt. Warum bin ich so hilflos? Ich habe immer darauf vertraut, dass andere mich beschützen, so dass ich meine Schwächen übersehen habe. Und wohin hat mich meine Hilflosigkeit geführt?

Heiße Tränen laufen mir übers Gesicht.

Und ich springe, springe und springe.

Um mein Gleichgewicht zu behalten, richte ich meine Augen fest auf die unscharfe Glut, die sich in der Brise leicht verschiebt. Daraus entstehen Bilder – Kernholz- und Windeck-Dorf, meine Hochzeit, der Kampf –, die sich beim nächsten Windstoß wieder auflösen.

Ich bin ein Versager, nicht nur in jenen Dingen, die Großmutter Mondschnecke mir abverlangte wie Jagen und Kämpfen, sondern auch in dem, was ich selbst gewollt habe, zum Beispiel Muschelweiß dazu zu bringen, dass sie mich liebt, und ihr zu helfen, Tauchvogel zu befreien. Ich war willens zu sterben, um dem Blitzvogeljungen zum Leben zu verhelfen, aber nicht einmal das habe ich fertig gebracht. Kann ich denn gar nichts recht machen? Bin ich so völlig nutzlos?

Ich starre auf die Glut. Wie vom Wind gespeist, wird ein grelles, tiefrotes Licht immer stärker sichtbar und streckt lange Finger wie Fühler aus, und sie greifen nach mir. Jetzt springe ich fast unbewusst und bin die meiste Zeit in der Luft. Die roten Fühler drehen sich ineinander, und über der Glut entsteht ein kleiner Wirbelsturm. Ich bin fasziniert und kann meine Augen nicht davon abwenden. Die Hitze nimmt zu; der winzige Wirbelsturm steigt empor und versengt mir das Gesicht. Und ich springe und springe.

Im Auge des Wirbelsturms bildet sich eine weiß glühende Lohe. Das drohende rote Licht wirbelt darum herum und wird immer schneller. Feurige karminrote Bänder winden sich aus dem Licht, um den weißen Feuerkern zu verstärken, und er glüht heller und heller.

»Komm, Blitzjünger«, sagt eine sanfte Stimme, nicht die der Schildpattpuppe, sondern eine männliche Stimme, *»tanz mit mir. Komm und tanze die Finsternis hinweg. Du brauchst nur eine Hand nach mir auszustrecken, Blitzjünger.«*

Wie ein springender Wasserstrahl aus flüssigem Silber schießt der Feuerkern plötzlich in die Höhe und knistert an meinem Gesicht vorbei auf seinem Weg zum sternenbeschienenen Himmel. Zu Tode erschreckt springe ich zurück und halte mir die Hände schützend vors Gesicht. Doch als ich endlich begreife, schreie ich auf – und springe. Mit beiden Händen greife ich nach den blendenden Schwanzfedern …

Teichläufer erwachte von seinem eigenen Schrei. Dort, wo er sich am Feuer zusammengerollt und in die Dunkelheit geatmet hatte, dort saß er jetzt kerzengerade. Das Feuer war zu weißer Asche niedergebrannt. In der Feuergrube war nicht einmal eine schwach rote Glut mehr übrig. Der Tag brach bald an, der Himmel hatte angefangen, sich blau zu färben. Schweiß lief Teichläufer über Gesicht und Brust.

Vom Lager von Muschelweiß kam eine schwache Stimme. »Teichläufer? Du hast geschrien. Ist alles in Ordnung?«

»Ja, alles in Ordnung, mein Weib.«

»Geträumt?«

Er nickte. »Ja. Ich habe geträumt. Aber es schien so wirklich.«

Er sah zu ihr hinüber; sie hatte sich aufgerichtet und auf einen Ellbogen gestützt. Sie hatte es fertig gebracht, einen Speer zu packen, und sie zielte damit in seine Richtung. Bebend fiel sie zurück aufs Lager, nahm den Speer herunter und legte ihn sich über den Bauch. Die Augen fielen ihr sofort zu, und ihr Kopf rollte zur Seite. Sie schlief oder war nicht bei Bewusstsein. Schmerzen zeichneten ihr Gesicht. Vermutlich war sie aufgewacht und hatte sich, aus Angst um ihn, gezwungen aufzurichten, um ihn zu schützen. Teichläufer hatte sie sogar in Verdacht, dass sie, wäre er wirklich in Schwierigkeiten gewesen, sich irgendwie hochgearbeitet hätte, um dafür zu sorgen, dass er sich nicht allein gegen seine Angreifer verteidigen müsste.

Er stand auf und kniete sich neben sie. Zärtlich schob er ihr das Haar aus dem Gesicht und zuckte zusammen, als der Schmerz ihn durchbohrte. Scharf. Feurig. Verwirrt hob er die Handflächen zu den Sternen auf.

Blasen – meine Hände sind voller Blasen!

Lange starrte er auf die Hände und hob dann den Blick zum Himmel, der heller wurde. Die Leuchtleute waren gegangen. Die ziehenden Wolken nahmen eine schwach purpurfarbene Tönung an. Kein einziger Blitzvogel tanzte dort.

Als er es wagte, sich jene blendenden weiß glühenden Schwanzfedern und das Gefühl in seinen Händen wieder ins Gedächtnis zu rufen, drang ein ganz schwaches Rumpeln aus seinem Herzen und floß mit seinem Blut durch alle Adern zu den äußersten Enden seiner Gliedmaßen, bis sein ganzer Körper ein einziger Donner zu sein schien.

Er wusste weder warum noch wie, doch wusste er, was er zu tun hatte. Sanft umfasste er mit seinen Händen den verletzten Kopf von Muschelweiß. Er brauchte sich gar nicht anzustrengen, er ließ einfach den Donner durch seine Hände in seine Frau fließen.

Ihre Lider flatterten, sie machte die Augen auf. Kaum hörbar sagte sie: »Ich danke dir, das tut mir gut.« Dann fielen ihr die Augen wieder zu, und sie erschlaffte.

Als der Donner ganz verklungen war, ließ sich Teichläufer geschwächt zu Boden fallen und umschlang seine Brust mit beiden Armen. Hatte die Schildpattpuppe das gemeint, als sie davon sprach, das Donnern zu erlernen?

Seine Hände schmerzten unsäglich.

Er blickte auf Muschelweiß. Ihr schönes Gesicht war entspannt. Sie schien leichter zu atmen.

Flüsternd sang er ein feierliches Gebet für die Blitzvögel, in dem er sie bat, ihm den Mut zu verleihen, den er brauchen würde, um sich erneut zu ihnen aufzuschwingen.

27

Biberpfote saß auf einer Wiese, bearbeitete Steinwerkzeuge und sprach mit einem Fremdling namens Schwebestern. Sie hatten sich in der Nacht getroffen, als Schwarzer Regen sie zu dem neuen Lager geführt hatte, aber bis zu diesem Morgen hatten sie kaum miteinander gesprochen. Bei Tagesanbruch hatten sich Schwarzer Regen und Kahlhecht zum Glücksspiel zurückgezogen, und Schwebestern und Biberpfote waren zu dieser Wiese geschlendert. Fahles Morgenlicht fiel durch einen Schleier hoher Wolken. Ein eisiger Wind trug ihnen die Gerüche feuchten Mooses und fruchtbaren Bodens zu und schüttelte die Fächerpalmen, die um die Wiese herumstanden. Spinnweben glitzerten über den Wedeln, und bei jedem Windstoß lösten sich einige und schwebten über den Kopf von Biberpfote.

»Glaubst du tatsächlich, dass du in sie verliebt bist? In Schwarzer Regen, diese verrufene Frau? Wie ist das möglich? Ich hatte dich für einen schlauen Kerl gehalten.«

Schwebestern fiel in das welke Gras und lachte. Er war zweimal zehn und sechs Sommer alt und hatte ein hässliches, kantiges Gesicht und ein derbes Kinn. Unzählige Pockennarben verunzierten seine Wangen und seine Stirn und ließen seine Knollennase noch hässlicher erscheinen. Sein einstmals blaues Gewand war zu einem hellen Braun mit blassen, azurblauen Streifen verblichen.

Biberpfote errötete. Er warf einen Blick auf Schwarzer Regen. Sie und Kahlhecht saßen fünfzig Handbreit entfernt und würfelten mit zwei anderen Männern. Sie spielten seit dem Morgengrauen, und während die Männer sich die Zeit genommen hatten, um Frühstück zu machen und zu essen, hatte Schwarzer Regen kein Auge von den Würfeln gelassen und die zwei Hickorynüsse, die auf einer Seite rot angemalt waren, so aufmerksam beobachtet, als hinge ihr Leben davon ab.

»Ich liebe sie wirklich«, sagte Biberpfote, klang aber nicht sehr überzeugend, nicht einmal für seine eigenen Ohren. Um sein Unbehagen zu verbergen, ordnete er seine Werkzeuge neu an, legte seine Feuersteinrohlinge zwischen seinen Hammerstein aus Quarz und den Stößel aus einer Hirschgeweihsprosse. Dann warf er einen handgroßen Lederlappen über die Sprosse. Feuerstein musste man sorgfältig bearbeiten, sonst ergab er keine dieser langen flachen Abschläge, auch Absplisse oder Späne genannt, aus denen man brauchbare Werkzeuge machte. Zu wissen, wie man den Hammerstein handhabte, das war das ganze Geheimnis; die Schlagrichtung war entscheidend. Wenn man mit dem Hammer direkt von oben auf einen Feuersteinknollen hieb, dann erzielte man keinen Span, sondern einen Kegel, ein kleines spitzes Stück Stein, das zu nichts nutze war. Man musste im schrägen Winkel schlagen.

Biberpfote griff nach einem eckigen, etwa handgroßen Knollen, der vier Finger breit war. Zuerst überprüfte er ihn auf Oberflächenschäden, die den Stein unbrauchbar machten, und als er keine fand, nahm er seinen Hammerstein, einem runden harten Quarzit, der in seine rechte Handfläche passte. In Gedanken sah er die Schlagfläche am oberen Ende des Knollens. Der Stein würde wie von selbst geradlinig durch die Mitte des Kegels brechen; das bedeutete, dass er den Feuerstein genau im richtigen Winkel treffen musste, wenn er einen guten Abschlag haben wollte. Lange dünne Späne ergaben ausgezeichnete Klingen, um Fleisch zu schneiden, während dickere Späne zu Kratzern oder Hackmessern zum Zerkleinern von Pflanzen bearbeitet werden konnten.

Biberpfote drehte seinen Feuerstein auf die Seite, legte ihn der Länge nach vor sich und vergewisserte sich über die richtige Aufschlagstelle, nahe am rechten Rand. Diesen Punkt nannte man das Schlagauge. Da er eine flache Klinge erzielen wollte, schlug er im spitzen Winkel zu. Der Span brach ab, wie er sein sollte, etwa so lang wie sein Zeigefinger und ein Drittel so breit.

Schwebestern beobachtete Biberpfote prüfend. »Es tut mir Leid. Ich hätte nicht lachen sollen. Ich glaube dir, dass du sie liebst. So wie ich all ihren Männern geglaubt habe. Sie hat eine unnatürliche Wirkung auf Männer.«

Biberpfote zog seine buschigen Brauen zusammen. Er hatte noch keine Möglichkeit gefunden, sich das Haar zu waschen, das jetzt in schmutzigen Strähnen um sein dickes Kaulquappengesicht hing. Aufgebracht sagte er: »Was weißt du schon von Schwarzer Regen?«

Schwebestern unterdrückte seine Erheiterung. »Also, das wäre eine ziemlich lange Geschichte. Wo soll ich da anfangen?« Ein letzter ununterdrückbarer Glückslaut kam ihm noch in die Kehle. Er schüttelte den Kopf und betrachtete die Wolkenbäusche, die über den blauen Himmel zogen. Die Sonnenmutter stand direkt über ihnen und zwang ihn zu blinzeln.

Biberpfote blieb stumm und mürrisch. Er änderte den

Aufschlagwinkel, um einen dickeren Abspliss zu erzielen. Es sollte ein Kratzer werden, wenn er die Kanten geschärft hatte. Zu diesem Zweck breitete er das Lederstück über seine linke Handfläche, legte den dicken Abschlag darauf und schlug die Lederkante mit dem Daumen darüber, so dass er den Abschlag auf der linken Seite erfassen konnte. Mit dem Geweihstößel schlug er dann kleine Späne von der Oberfläche ab, um den Abschlag abzurunden und ihm eine ausgezackte Schneidfläche zu geben.

Schwebestern betrachtete Biberpfote. »Im Grunde willst du gar nicht hören, was ich zu sagen habe, nicht wahr?«

»Ich höre zu. Erzähl deine Geschichte.«

Schwebestern lächelte. »Bist du sicher? Nicht wütend auf mich hinterher? Der letzte ihrer Liebhaber, den ich versuchte zu warnen, drohte, mir die Kehle durchzuschneiden.«

»Ich bin nicht wie ihre anderen Liebhaber.«

»Wirklich nicht?« Schwebestern betrachtete ihn forschend.

Biberpfote schaute auf. »Vielleicht schneide ich dir die Kehle durch – aber nicht wegen deiner blödsinnigen Geschichten.«

Schwebestern brach in schallendes Gelächter aus und schlug auf den Boden. »Ach, Biberpfote, ich mag dich. Also gut. Ich werde dir eine meiner blödsinnigen Geschichten erzählen.« Er stützte sich auf einen Ellbogen. »Ich habe Schwarzer Regen vor zehn Sommern getroffen, in der Frühjahrssiedlung vom Dorf des Stehenden Horns. Sie versuchte, Kupferkopf auf sich aufmerksam zu machen, aber er wollte nichts mit ihr zu tun haben. Ich hingegen weiß Schönheit zu schätzen. Und da sie sich für einen so günstigen Preis anbot, zwei Tritonshornschalen, habe ich zugegriffen.«

Schwebestern steckte sich einen gepflückten Grashalm in den Mund und schien Erinnerungen nachzuhängen. Lüsternheit zeigte sich in seinem Ausdruck.

Biberpfote saß so reglos da, dass sein grauer Feuersteinkratzer das Sonnenlicht auffing; er hielt ihn wie einen Muschelschalenspiegel. Nur der verblichene Stoff über seiner breiten Brust bewegte sich im Takt seines vom Ärger beschleunigten Atems. Er legte den Kratzer zur Seite und sagte: »Ich weiß nicht viel von ihr, außer dass sie zum Clan meiner Frau gehört, aber es ist mir gleich, was sie getan hat –«

»Deiner Frau?« brüllte Schwebestern und schlug sich auf die Schenkel. »Dann bist du nicht nur ihr Liebhaber, sondern auch noch ein Ehebrecher! Das wird ja immer schöner! Sprich weiter!«

Biberpfote blickte auf den wachsenden Haufen seiner Steingeräte hinunter. Er biss die Zähne zusammen. »Ich bin seit zehn und fünf Sommern mit Wasserträgerin verheiratet, und in der ganzen Zeit habe ich Schwarzer Regen kaum gesehen. Sie war die meiste Zeit unterwegs. Wenn sie allerdings zurückkehrte, hat es immer Streit gegeben. Ich habe nie gewusst, was ich von ihr halten sollte – außer dass sie eine aufregende Frau war.«

»Nun, das ist wohl nicht zu leugnen«, sagte Schwebestern zustimmend. »Wie viele Kinder hast du?«

»Sieben.«

Schwebestern gluckte abermals, diesmal aber leise und geringschätzig. »Kein Wunder, dass sie dich unbedingt haben wollte. Was für ein Triumph! Ein Befehlshaber – und verheiratet, mit Kindern. So einen Liebhaber wie dich hat sie sich bestimmt noch nie eingefangen, Biberpfote. Die meisten ihrer Verehrer sind doch kleine miese Ratten, mit denen man nicht verkehrt. Aber du! Ha! Sie muss sich ja so mächtig fühlen wie Schwester Mond!« Schwebestern beugte sich nahe zu Biberpfote und flüsterte: »Erzähl mir! Wie hat sie's gemacht?«

»Was gemacht?«

»Wie hat sie dich dazu gebracht, alles für sie aufzugeben? Du bist doch tüchtig und warst wohl angesehen bei deinen Leuten. Da muss doch mehr dahinter stecken als dieser hinreißende Leib. Was hat sie gemacht? He? Erzähl's mir ruhig.«

Biberpfote biss die Zähne wieder zusammen. Die Unterhaltung, die er mit Schwarzer Regen am Abend von Teichläufers Hochzeit mit Muschelweiß geführt hatte, die wollte er nicht wiederholen. Schwebestern würde die Geschichte vom Kernholz-Clan nicht verstehen, und Biberpfote konnte sie nicht vergessen. Nein, er war immer noch der Meinung, dass Schwarzer Regen ihm die Wahrheit gesagt hatte. Die Ältesten hätten ihn streng bestraft, so wie sie Lenzwolke bestraft hatten.

Schwebestern wartete; seine Augen glitzerten erwartungsvoll. Aber Biberpfote beschloss, das Thema zu wechseln. »Du hast vom Dorf des Stehenden Horns gesprochen. Warst du kürzlich mal da?«

Schwebestern streckte sich auf dem Gras aus und verschränkte die Hände hinter dem Kopf. Der Grashalm wanderte von einem Mundwinkel zum andern. Sein eckiges Gesicht mit dem kantigen Kinn hob sich braun vom welken Gras ab. »Natürlich. Es ist mein Clan.«

»Dein Clan?« fragte Biberpfote. »Das Dorf vom Stehenden Horn ist dein Clan? Dann weißt du doch sicher vom Überfall auf Windeck-Dorf? Ich habe gehört –«

»Ob ich davon weiß?« erwiderte Schwebestern. »Ich war dabei. Ich habe mehr von diesen jämmerlichen Kriegern getötet, als man von mir erwartet hätte.«

Hämisch verzog er seinen Mund, und zugleich fing das Blut von Biberpfote zu kochen an. Offenbar war es Schwebestern nicht bewusst, dass er gerade damit geprahlt hatte, die neuen Verwandten von Biberpfote ermordet zu haben. Oder vielleicht doch, und es kümmerte ihn nicht, dass diese Nachricht Biberpfote das Recht gab, ihm auf der Stelle die Leber herauszuschneiden.

»Ich habe gehört, dass Muschelweiß dort war«, sagte Biberpfote ruhig.

»O ja.« Schwebestern lachte. »O ja! Sie war fabelhaft. Sie bewegte sich wie ein fliegender Speer und machte alles nieder, was ihr im Weg war. Es war ein großartiges Schauspiel.«

»Obwohl sie deine Verwandten abschlachtete?«

»Aber gewiss!« rief Schwebestern aus. »Ich habe nicht gesagt, dass mir das gefiel. Ich habe ja selbst versucht, sie zu töten. Aber das tut meiner Bewunderung für ihr kriegerisches Geschick keinen Abbruch.« Er lächelte. »Ich möchte ja gar zu gern wissen, was geschieht, wenn sie im Dorf des Stehenden Horns ankommt.«

Biberpfote runzelte die Stirn. »Wieso will sie denn dorthin?«

»Hast du davon nichts gehört?« Schwebestern spuckte den Grashalm aus und starrte Biberpfote mit offenem Mund an. »Kupferkopf hat ihren Mann gefangen, Tauchvogel! Ich selbst habe die Nachricht dem Windeck-Dorf überbracht. Ich –«

»Tauchvogel lebt?«

»O ja. Jedenfalls als ich ihn zum letzten Mal sah, da war er noch lebendig. Ich muss allerdings sagen, sehr wohl sah er nicht aus.« Schwebestern grinste. »Aber er war immerhin noch so lebendig, dass er seine Frau anzog wie frisches Blut die Fliegen. Ich bin sicher, Muschelweiß ist schon unterwegs dorthin, und Kupferkopf wartet bereits auf sie.«

Ein Feuer raste heiß durch die Adern von Biberpfote. »Er wartet auf sie? Was heißt das?«

Schwebestern steckte sich wieder einen Grashalm in den Mund und kaute darauf herum. »Das heißt, er weiß, dass sie kommt. Er hatte einen Geisttraum. Deshalb hatte er uns ausgeschickt, um Tauchvogel zu fangen.«

»Ich dachte, ihr wärt zufällig in Tauchvogels Trupp geraten.«

»Nein, nein. Kupferkopf wusste einfach, wo der Aufklärungstrupp vom Windeck-Clan lagern würde, und er wusste, dass Tauchvogel dabei sein würde. Es war merkwürdig. Tauchvogel entkam. Wir mussten ihn verfolgen. Aber schließlich haben wir ihn gefunden.«

»Heilige Ahnen«, murmelte Biberpfote. Die Sonnenmutter tauchte aus der Wolkendecke auf und leuchtete grell auf die Erde. Die Feuersteingeräte funkelten unbändig.

Biberpfote erinnerte sich an den Schmerz von Muschelweiß. Der Kummer hatte ihr schönes Gesicht hart gemacht. Die Erkenntnis, dass ihr Mann jetzt ein Gefangener war, musste sie ungeheuer erschüttert haben.

»Also hat Muschelweiß nach eurem Angriff auf Windeck-Dorf die Wahrheit gehört«, fragte er. »Von den Überlebenden?«

Schwebestern wedelte mit der Hand, als wollte er Insekten verscheuchen. »Vermutlich. Was spielt das für eine Rolle?«

Es spielte eine große Rolle. Denn wenn sie sich zum Dorf des Stehenden Horns aufgemacht hatte, dann brauchte sie Hilfe. Dringend. Einmal hatte sie Biberpfote um Hilfe gebeten, und er hatte sie ihr versprochen.

Beiläufig erkundigte sich Biberpfote noch: »Wie viele Krieger aus Windeck-Dorf sind ihr wohl noch geblieben, die sie begleiten könnten? Was glaubst du?«

Schwebestern schob den Grashalm mit der Zunge in seinem Mund herum. »Überhaupt keine! Wir haben so viele getötet, wie wir konnten. Aber noch interessanter ist«, Schwebestern hob einen Finger, »wenn der Traum von Kupferkopf stimmen sollte – und ich sag beileibe nicht, dass er stimmt –, dann hat sie nur noch den Blitzjünger dabei, und keine Rückendeckung sonst.«

»Keine Rückendeckung?« flüsterte Biberpfote ungläubig. »Aber wie will sie Tauchvogel befreien, ohne –«

»Wird sie nicht«, unterbrach ihn Schwebestern glucksend. »Sie wird selbst gefangen werden. So jedenfalls hat es Kupferkopf geträumt. Aber wer weiß? Ich gehe jetzt selber zurück, weil ich neugierig bin. Ich will wissen, wie es ausgeht.«

»Du glaubst nicht an Kupferkopfs Traum?«

Schwebestern seufzte verärgert auf. »Was weiß ich denn von Seelentänzern? Kupferkopf ist jedenfalls furchtsam, so viel kann ich sagen. Aber ein Mann mit Geistträumen? Davon war ich nie überzeugt.«

»Aber wenn er doch ein Seelentänzer ist?«

Schwebestern rieb sich über sein eckiges Kinn und sah Biberpfote von der Seite an. »Das wäre ziemlich schlimm. Aber er weiß offenbar tatsächlich Dinge, die niemand anders, nicht einmal ein Geistältester vom Clan des Stehenden Horns weiß.«

»Aber es ist auch möglich, dass er einfach wahnsinnig ist.«

Schwebestern nickte. »O ja, das glaube ich auch. Kupferkopf ist in der Tat der Meinung, dass diese Morde den Blitzvögeln den Weg frei machen, so dass sie herabstoßen und ihn und seine Anhänger zu einer neuen Welt jenseits der Sterne bringen können.« Er lachte spöttisch. »Komm doch mit und hör dir das selber an. Selbst wenn Kupferkopf wahnsinnig ist, kann er sehr unterhaltsam sein.«

Biberpfote verspürte ein Prickeln im Magen, aber er lächelte und machte mit seinem nun fertigen Kratzer eine vage Handbewegung. »Vielleicht mache ich das wirklich. Wenn ich meine Weggenossen zum Mitkommen überreden kann.«

»Das ist nicht schwierig«, sagte Schwebestern. »Überrede Schwarzer Regen, und damit ist auch Kahlhecht überredet. Der folgt ihr doch wie ein verirrtes Wolfsjunges. Es ist richtig peinlich. Weiß er nicht, wie lächerlich er sich macht? Jedenfalls kannst du Schwarzer Regen leicht überzeugen. Sag ihr einfach die Wahrheit: In jedem Mond ist einmal ein großes Muschelspiel im Dorf des Stehenden Horns. Da kommen Leute von weit her, um auf die Spieler zu wetten.« Er nahm den Grashalm aus dem Mund und warf ihn weg. »Sag ihr das, dann ist sie eher dort als du.«

Die Blicke von Biberpfote glitten hinüber zu Schwarzer Regen. Zum ersten Mal in all diesen Tagen wusste er nun, wohin sein Weg führte. Ihre Besessenheit rechtfertigte sein Kommen. Lange Haare umflossen die Kurven ihres makellosen Körpers und betonten die breiten Hüften und die vollen Brüste. Sie hatte ständig gewonnen. Ihre fast erotischen Wonneschreie sagten ihm das. Sie behandelte die Würfel wie Liebhaber. Ihr Gesicht erhellte sich, wenn sie sie in die Hand nahm, und dann verzogen sich ihre Lippen zu einem sinnlichen Schmollmund.

Er setzte seinen Feuersteinrohling vor sich hin und machte mit seinem Hammer ein neues Schlagauge frei; mit leichter Hand spänte er genügend Steinschnitzel ab, um eine vollkommene Schlagfläche zu erzielen. Mit einem guten Schlag spliss er ein flaches, recht gleichmäßiges Stück ab. Es würde eine Speerspitze ergeben. Er bereitete neue Schlagflächen vor und hieb weiter und weiter.

Wenn er zum Dorf des Stehenden Horns ging, würde er viele gute Speerspitzen brauchen.

28

Nach dem Erwachen blieb Muschelweiß noch lange auf dem lichtbesprenkelten Waldboden liegen. Der weiche perlweiße Schein des frühen Morgens fiel über sie. Sie überlegte, wo sie war. Sie erkannte nichts. Weder die schwarzen Tupelobäume noch die Lorbeerbäume, nicht einmal den kristallblauen Himmel. Der Sumpf zu ihrer Rechten kam ihr irgendwie vertraut vor, aber sie wusste nicht, warum. Hatte sie ihn schon einmal überquert? Unbestimmte, mit Angst verbundene Erinnerungen stiegen in ihr auf. Schildkröten sonnten sich auf dem Windbruch am Wasserrand, und eine Schlange glitt durchs Gras, zweimal zehn Handbreit entfernt.

Eine Kopfwunde. Das war nicht schwer zu erraten. Klumpen geronnenen Blutes hingen an den Halmen, und ein hämmernder Schmerz verursachte ihr Übelkeit.

Oder ist es die Angst? Dass du dich nicht wehren kannst, wenn Gefahr droht?

Sie konnte weder kämpfen noch laufen, und sie hatte auch nicht mehr die Kraft, sich zu verstecken.

Links von ihr lagen zwei Beutel auf der schwarzen Walderde. Einer davon gehörte ihr. Der andere war ihr fremd. Aber das hieß, dass sie einen Gefährten hatte. Wen? Jemand hatte Decken über sie gebreitet und an den Seiten festgesteckt und ihr eine Kalebasse mit Wasser in Reichweite hingestellt.

Mit einem Schlag wurde sie sich ihres Durstes bewusst – so als hätte sie tagelang nichts getrunken. Sie versuchte, sich aufzusetzen; die Kopfschmerzen schwollen an und erschütterten sie bis auf die Knochen, so sehr, dass sie zitterte. Vorsichtig legte sie sich wieder hin. Die feuchte Luft schmeckte frisch auf der Zunge. Wenn sie nur hier zwischen den weichen Decken liegen bleiben und ihr volles Maß an dieser aromatischen Luft bekommen könnte …

Wo bin ich?

Ihr Vater hatte ihr gesagt, sie würden mit Windeck-Dorf umziehen, um sich mit dem Kernholz-Clan zu vereinigen. War sie jetzt dort, am Ort der neuen Siedlung? Aber warum hörte sie dann keine Stimmen? Keine Hunde bellen? Keine Kinder lachen? Keine Steinäxte, die Bäume für die Hüttenbalken fällten?

Nein. Das konnte nicht die Lagune der Seekuh sein.

Du Närrin, hier hörst du keine Brandung, riechst keine Lagune, hörst keine Möwen kreischen. Du bist nicht am Meer, du bist weit im Binnenland.

Aber wo? Warum konnte sie sich nicht daran erinnern?

Muschelweiß schob sich schwach die Decke von der Brust und blinzelte in die schwankenden Äste. Wie lange hatte sie geschlafen? Tage? Einen halben Mond? Sie konnte sich an nichts klammern; sie erinnerte sich nur an weniges in den letzten Tagen.

Langsam, tief in Gedanken, griff sie erneut nach dem Wassergefäß. Sie hatte gerade den Becher am Rand packen können, als ihr Herz zu hämmern anfing und ihre Seelen durcheinander gerieten und von einer Erinnerung zur nächsten huschten: Da war Tauchvogel, der sie anlächelte, Stacheljunge, der auf ihren Schoß kroch, die lachende Purpurwinde. Die tröstlichen Bilder drehten sich und verblichen schillernd. Dann erschien das schöne Gesicht von Kupferkopf.

Sie musste in diese schwarzen Augen blicken, sie konnte nicht anders, und diese Augen schauten durch all ihre Verkleidungen hindurch, durch alle Lügen, mit denen sie sich selbst gerechtfertigt hatte, direkt in ihre Seelen.

So wie er immer geschaut hatte.

Seine Augen fanden sie immer – obwohl sie ihn schon vor langer Zeit verlassen hatte. Bei vielen Gelegenheiten, etwa wenn sie sich fröhlich mit Tauchvogel unterhielt, erschienen diese Augen plötzlich auf dem Gewebe ihrer Seelen und starrten sie an. Und entfachten Erinnerungen, die sie einfach überwältigten. Bevor sie ihrer gewahr wurde, waren schwarze Schatten aus ihrem tiefstem Innern an die Oberfläche gekrochen und bedrängten klagend ihr Herz: schluchzende Laute, das verzweifelte Tasten seiner Hände, die im Dunkel ihren Arm umklammerten, seine heißen Tränen, die ihr Haar benetzten.

»Heilige Geister, was können wir tun? Wie können wir ihn retten?«

Ich weiß es nicht, ich weiß es nicht.

»Aber ich finde einen Weg, das verspreche ich dir. Ganz bestimmt!«

Mit bebender Hand wischte sie sich über die schweißnasse Stirn und kämpfte gegen diese Laute und Gesichter an, um sie zu verdrängen. In ihr verbarg sich ein geheimer Käfig mit Erinnerungen, schwärzer als schwarz, angefüllt mit grausigen, sich windenden Dingen. Vor langer Zeit hatte sie diese Erinnerungen eingefangen und dort eingesperrt, so dass sie immer wusste, wo sie waren, und nie von ihnen überrascht werden konnte. Eine ihrer Seelen bewachte den Käfig zu allen Zeiten, aufmerksam darauf bedacht, dass nie eines der Schreckensbilder entweichen konnte.

Nur die Augen von Kupferkopf waren frei geblieben, die einzige Erinnerung, die sie nie hatte einfangen und beherrschen können.

Da war ein schwaches Rascheln. Palmwedel streiften über Stoff. Muschelweiß hielt den Atem an. Sandalen zertraten kleine Zweige.

Lautlos tastete sie den Boden zu ihrer Linken ab. Leer. Mit der anderen Hand untersuchte sie die Stelle rechts. Nichts. Sie schob ihre Hand unter die Decke – und da fand sie ihr Atlatl und die Speere. Dort, wo sie auch zu Hause in ihrer Hütte immer lagen. Ihr Gefährte wusste, was sie brauchte.

Ihre Seelen taumelten abermals durcheinander, Erinnerungen stürzten auf sie herab, blitzten auf und entglitten ins

Nichts. Einen Schrecken erregenden Augenblick lang wusste sie nicht mehr, was sie gewollt hatte. Ihre Hand – war das glattes Holz? Richtig! Vorsichtig nahm sie sich einen Speer und legte ihn sich über den Bauch. Die Bewegungen waren so schmerzhaft, dass sie in Ohnmacht zu fallen drohte. Sie konnte nur noch unter Qualen atmen.

Weiteres Preschen durchs Dickicht; Arme, die Kletterpflanzen zur Seite warfen. Die herunterfallenden Schlingen klatschten gegeneinander wie Trommelschläge in unregelmäßiger Folge. Muschelweiß wartete ab.

Teichläufer trat aus dem Wald heraus. Er trug in einer Hand ein tropfendes Netz voller Fische, und in der andern einen kleinen Korb mit Sonnentaublättern. Um eine Gruppe von Fächerpalmen herum ging er ruhig zu seiner Feuergrube, stellte dort Netz und Korb ab, schüttelte sich das lange weiße Haar aus dem Gesicht und wischte sich mit dem Ärmel den Schweiß von der spitzen Nase und den Wangenknochen. Aus dem Augenwinkel sah er, dass Muschelweiß sich bewegte. Sie stieß einen Seufzer aus.

Teichläufer eilte zu ihr. »Bist du wach? Wie fühlst du dich?«

Muschelweiß schluckte; sie blinzelte, als ob ihr Kopf ihr selbst kleinste Augenbewegungen verbot. Das silbern melierte schwarze Haar klebte in Strähnen an ihren Wangen, umrahmte ihre Stupsnase und betonte die tiefen Linien auf ihrer Stirn.

»Besser«, flüsterte sie.

Teichläufer langte über ihren Kopf hinweg zu dem Tuch, das in einer Kalebasse mit frischem Wasser bereitlag, und wusch ihr das Gesicht. Die kühlende Feuchtigkeit schien ihr wohl zu tun. Er bemühte sich, besonders vorsichtig zu sein, so leicht wie Meerschaum, um ihr nicht wehzutun.

»Bist du kräftig genug, um etwas zu essen?« fragte er. »Ich habe aus Palmwedelstreifen ein Netz geflochten und vier Fische gefangen.«

»Ja, ich sollte etwas essen, ich brauche Kraft.«

Sie versuchte, sich auf die Seite zu wälzen, und ließ ein

schwaches Ächzen hören. Dann sank sie wieder auf den Rücken.

Teichläufer strich ihr begütigend übers Haar, das der Schweiß so benetzt hatte, dass es sich wie Otterfell anfühlte, unbeschreiblich weich. »Da ist noch etwas Minztee. Ich mach ein Feuer, um ihn aufzuwärmen, und dann brate ich den Fisch«, sagte er. »Wenn wir gegessen haben, sehe ich wieder nach deiner Wunde.«

»Noch einmal?«

»Ja, ich habe sie heute früh gereinigt.«

»Wie hat die Wunde ausgesehen?«

Er zögerte, unsicher, ob er es ihr erzählen sollte. Die Kopfhaut war bis auf den Schädelknochen aufgerissen. Als er das ganze geronnene Blut abgewaschen hatte, war der blanke Knochen zu sehen gewesen.

Sie spürte sein Widerstreben und sah ihn finster an. »Sag's mir. Sofort!«

»Die Kriegskeule hat dir die Kopfhaut aufgerissen. Man kann ein Stückchen vom Schädel sehen.«

»Ein Stückchen? Wie groß?«

Er machte eine verlegene Geste. »Daumengroß.«

Sie nickte und schloss die Augen. »Ich danke dir, Teichläufer, dass du dich um mich kümmerst.«

»Dazu hast du mich gebraucht, und ich habe es auch so gewollt«, erwiderte er und fügte hinzu: »Ich mache mich jetzt ans Feuer. Du hast eine Menge Blut verloren. Du musst Durst haben.«

Sein langes Gewand raschelte über den Boden, als er Reisig sammelte. Ja, sie hatte viel Blut verloren, es hatte ihr Haar verklebt. Er hatte mehr als eine Zeithand gebraucht, um es mit Wasser sauber zu spülen und zu kämmen. Der Wind raschelte durch die Zweige und trug die würzigen Gerüche von Moor und Moos heran. Er kam zurück und warf das Reisig neben die Feuerstelle.

»Teichläufer?« rief Muschelweiß schwach.

»Ja?« Er schaute auf.

»Hat mein Vater den Überfall auf Windeck überlebt? Ich kann mich nicht erinnern.«

»O ja, Muschelweiß. Ich habe mit Schote gesprochen, bevor ich aufgebrochen bin. Es ging ihm gut. Er war nur traurig.«

»Und meine Söhne? Was ist mit Eulenfalter und Stacheljunge geschehen?«

»Sie sind beide am Leben.« Er drehte sich schnell zu ihr herum und runzelte die Stirn. Er hatte gehört, dass man nach schweren Schlägen auf den Kopf vorübergehend das Gedächtnis verlor. »Stacheljunge versteckte sich in einem Dachsbau im Wald. Die Krieger von Kupferkopf seien die ganze Zeit darum herumgelaufen, sagte er. Eulenfalter hat im Kampf an deiner Seite gefochten. Erinnerst du dich an nichts?«

Muschelweiß schob sich ein paar schweißnasse Haarsträhnen aus der Stirn. »An einiges. An Bruchstücke vom Kampf. Ich weiß noch, wie mutig du herangekommen bist und die Arme gegen unsere Feinde ausgebreitet hast. Obwohl ich dir verboten hatte, ins Dorf zu kommen, solange nicht alles gesichert war.«

»Ich weiß, aber du hast mich gebraucht. Das hast du nur nicht gewusst.«

»Ja«, sagte sie und nickte schwach. »Das weiß ich jetzt. Ich erinnere mich auch, Teichläufer, dass ich sehr unfreundlich zu dir war, als ich nach dem Kampf wieder ins Lager kam. Das tut mir Leid. Ich habe dich sicher verletzt.«

Er lächelte ihr verzeihend zu. »Du warst doch krank vor Sorge um Tauchvogel, das weiß ich doch, Muschelweiß.«

Die warme Brise trug ihm das Geräusch eines schwanzpeitschenden Alligators zu, der in den Sumpfgewässern jagte. Ein Kranich stieß einen schrillen Schrei aus, und danach hörte er Flügelschlagen und weitere Schreie, die abrupt endeten.

Teichläufer schaufelte die Asche aus der Feuergrube, in der er ein kleines Bett aus trockenen Kiefernnadeln und Reisern bereitete. Dann nahm er sich den Feuerbohrer und das Feuerbrett vor. Das flache Kiefernholzbrett, drei Handbreit lang, eine Fingerlänge breit, wies schon zwei Bohrlöcher auf. Der Bohrer war ein zugespitzter Rohrkolben von Armlänge. Teichläufer setzte den Bohrer auf eine freie Stelle im Brett und hielt ihn weit oben fest; er drehte ihn schnell und übte dabei einen dauernden Druck nach unten aus, so dass seine Hände allmählich am Kolben heruntersanken. Wenn seine Hände unten ankamen, hob er sie wieder zum oberen Ende und fing von neuem an zu drehen.

In weniger als zehnmal zehn Herzschlägen stieg eine dünne graue Rauchspirale auf; Teichläufer hob das Brett sorgfältig hoch und ließ den heißen Bohrstaub auf das Anmachholz fallen. Leicht blasend fachte er das Feuer an. Die Kiefernnadeln fingen fast sofort an zu brennen. Funken sprühten und spuckten, als schmale gelbe Zungen um die Reiser zuckten. Teichläufer blies weiter, fügte größere Zweige hinzu, bis er ein prasselndes Feuer entfacht hatte. Dann spießte er drei Fische auf lange Stecken und briet sie; den vierten Fisch legte er auf die Seite.

»Du bewahrst einen auf?« fragte Muschelweiß.

Teichläufer grinste. Irgendwie fühlte er sich heute anders als sonst. Glücklich. Voller Selbstvertrauen. Älter. »Nein«, antwortete er. Aus dem Beutel neben der Feuerstelle holte er eine Feuersteinklinge und hielt sie hoch. »Sobald ich das Fischfett herausgeschabt habe, werde ich es in den Sonnentaublättern schmelzen und dir die Mischung um den Kopf binden.«

»Davon habe ich noch nie gehört.«

»Das ist bei offenen Wunden sehr gut«, versicherte er ihr. »Großmutter Mondschnecke hat das viele Male an mir ausprobiert. Mit so einem Sonnentaubrei heilen die Wunden schneller.«

Mit der Klinge schnitt Teichläufer den Fisch der Länge nach auf, legte die Hälften zurück und schabte das Fett sorgsam in eine Holzschale. Er fügte die welken Sonnentaublätter hinzu, verrührte das Ganze und setzte die Schale neben das Feuer, um sie zu erwärmen. Den Fisch spießte er auf und hängte ihn neben den anderen übers Feuer. Er summte jetzt vor sich hin, ein fröhliches Wiegenlied, das er als kleines Kind gehört hatte, ein Lied über Krieger und Ehre. Seine Großmutter hatte es ihm vorgesungen. Sie fehlte ihm sehr.

»Teichläufer«, sagte Muschelweiß, »du bist heute irgendwie anders. Gibt es dafür einen Grund?«

Er hörte auf zu summen und rutschte unbehaglich hin und her. Sein langes weißes Haar umrahmte sein junges Gesicht und betonte seine rosige Haut und seine weißen Augenbrauen. Wie feinfühlig sie war. Sie schien jeden seiner Gedanken zu spüren. Er warf den abgeschuppten Fisch in den leeren Korb, der vorher die Sonnentaublätter enthalten hatte, und nahm etwas Fett auf, um es auf den Händen zu verreiben; es war kühl und mild.

»Ich fühle mich wohl heute«, lautete seine rätselhafte Antwort.

»Du brauchst nicht darüber zu sprechen«, sagte sie. »Ich habe mich nur gewundert. Das ist alles.«

Er drehte sich zu ihr um und sah, dass sie ihn beobachtete. »Aber ich spreche gern mit dir darüber. Ich bin nur nicht ganz sicher, ob es an der Zeit ist. Du bist verwundet. Wir sind sehr gefährdet, hier draußen im Wald und allein. Es wäre vielleicht besser, wenn ich abwartete bis –«

»Du kannst darüber sprechen, wann immer du willst, Teichläufer. Jetzt oder später. Oder nie. Ich verstehe das.«

»Nein. Ich erzähle es dir«, versicherte er ihr. »Du bist meine Frau. Ich muss es dir sagen.«

Muschelweiß bewegte ihre Schultern, um die Rückenschmerzen zu vermindern. »Nein«, murmelte sie. »Sag's mir nur, wenn du willst. Es gibt vieles, Teichläufer, das ich nie mit dir teilen werde. Nicht weil ich dir nicht traue, sondern weil die Erinnerungen mich schmerzen, zu sehr schmerzen. Und ich erwarte auch nicht, dass du alles mit mir teilst. Nur das, was du willst.«

Er drehte die Fische, so dass sie auch auf der anderen Seite brieten. Ein appetitlicher Duft hing in der Luft, vermischt mit dem schwach stechenden Geruch der eingeweichten Sonnentaublätter. Er legte weitere Zweige aufs Feuer. Schon der Gedanke an die letzte Nacht machte ihn nervös, und er warf noch ein Holzstück in die Flammen, die krachend auflodertern.

»Teichläufer«, sagte Muschelweiß freundlich warnend,

»nicht zu viel Holz, bitte. Der Rauch steigt auf und ist weithin sichtbar. Wir wollen doch nicht –«

»Oh«, rief er aus, »großer Delphin!« Er sprang auf die Beine und kickte Erde ins Feuer. Ein Staubschleier stieg auf und verwehte durch die Zweige. »Nicht zu glauben, wie dumm ich bin!«

»Du bist nicht dumm, du weißt es nur noch nicht besser. Ich wette, du machst diesen Fehler nicht noch einmal.«

»Bestimmt nicht, das verspreche ich.« Er kauerte sich hin, besah sich die Fische und schnellte zu ihr herum. Verzweifelt sagte er: »Jetzt haben wir Erde auf unseren Fischen. Es tut mir Leid. Ich habe nicht einmal bedacht –«

»Teichläufer«, flüsterte sie. »Wir werden die Haut abziehen. Das Fleisch wird uns schmecken. Meinst du, der Tee ist schon warm? Ich habe einen Durst, ich könnte Schwester Meer austrinken.«

»Verzeih. Ich hätte ihn dir schon bringen sollen.« Er suchte hastig in seinem Beutel herum, holte einen Kürbisbecher heraus und tauchte ihn in den Kochbeutel. Er brachte ihr den Tee und sagte: »Ich bin heute etwas durcheinander. Es tut mir Leid.«

Die Fältchen um ihre Augen vertieften sich. »Deine Seelen ringen mit anderen Gedanken. Ich sehe das. Setz dich doch bitte einen Augenblick hin. Können wir offen miteinander sprechen?«

Teichläufer stellte den neuen Becher neben dem leeren ab, kniete sich hin und biss sich auf die Lippen. Er betrachtete sie durch seine farblosen Wimpern. Sein Atem wurde schneller, als fürchtete er schon ihre Fragen. Erinnerte sie sich an letzte Nacht?

»Heute, Teichläufer, bist du mehr als mein Mann. Du bist mein bester Freund. Und ich muss mit einem Freund sprechen.«

Er riss den Kopf hoch. »Warum? Was ist nicht in Ordnung?«

Ein blasser Sonnenstrahl fiel durch die Bäume und verlieh ihrem schönen, angespannten Gesicht einen goldenen Umriss. Sie kniff die Augen zusammen, statt den Kopf abzuwenden und den entsprechenden Schmerz zu riskieren. »Morgen muss ich wieder auf den Beinen sein. Wieder zum Dorf des Stehenden Horns aufbrechen. Nein, keine Einwände bitte«, sagte sie, als er sie offenen Mundes anstarrte. »Das muss ich tun. Aber ich werde langsam gehen müssen, um mich unterwegs schon zu erholen. Das heißt, wir müssen mit größter Vorsicht gehen, damit wir keine Aufmerksamkeit auf uns ziehen. Nur kämpfen – ich glaube nicht, dass ich dazu in der Lage bin, sicherlich nicht in den nächsten Tagen.«

»Ich verstehe. Ich verspreche dir, dass ich sehr vorsichtig sein werde.«

Muschelweiß griff schwach nach seiner Hand, und Teichläufer nahm sanft ihre Finger. Sie murmelte: »Ich weiß das. Aber trotzdem, der Marsch wird nicht einfach sein. Wenn Kupferkopf erst erfahren hat, was in Windeck geschehen ist, dann sind vielleicht Trupps unterwegs, die die Wälder nach uns durchkämmen.«

»Warum? Warum sollten sie?«

»Er weiß, dass ich kommen werde. Und er –«

»Woher soll er das wissen?«

Sie drückte seine Hand und starrte geradeaus, das Gesicht so bleich, als zöge vor ihrem inneren Auge plötzlich eine unheimliche Gewissheit vorbei. Teichläufer hielt den Atem an. Als ihr Blick zu ihm zurückglitt, runzelte sie die Stirn.

»Alles, was er getan hat, der Überfall auf meinen Erkundungstrupp, die Gefangennahme von Tauchvogel, der Läufer, der uns Nachricht gab, dass Tauchvogel noch lebte, der Überfall auf Windeck – mit all dem, Teichläufer, will er mich dazu zwingen, zu ihm zu kommen.«

Angsterfüllt sah er sie an. »Warum?«

Sie schüttelte schwach den Kopf. »Er braucht mich. Ich weiß nicht, warum. Aber ich weiß, wie er denkt. Er braucht mich sehr dringend, sonst hätte er sich nicht diese Mühe gemacht.«

Ein seltsames Leuchten trat in ihre Augen; Teichläufers Seelen schraken zusammen. Doch tapfer fragte er: »Willst du zu ihm gehen?«

»Nichts in der Welt wünschte ich weniger, Teichläufer.«

»Aber ich verstehe dich nicht. Du hast niemals aufgehört, ihn zu lieben, hast du gesagt. Und wenn er dich braucht –«

»Teichläufer«, sagte sie mit bebender Stimme, »es gibt sehr viel mehr Dinge auf der Welt als Liebe und Notwendigkeit.«

Teichläufer setzte sich mit untergeschlagenen Beinen neben sie. Wie immer, wenn er zum Ausdruck bringen wollte, was er wirklich meinte, sprach er sanft. »Ich würde sehr gern mehr über diese Dinge erfahren. Ich glaube, ich müsste mehr von der Welt wissen – und von Kupferkopf.«

Das schräg einfallende Licht wanderte, und wieder fielen graue Schatten über ihr Gesicht. Sie seufzte und zitterte am ganzen Leib, als sie sich zwang, auf die Seite zu rollen und nach ihrem Teebecher zu greifen. Sie hob ihn zu den Lippen und verschüttete dabei ein wenig.

»Oh, ich will dir helfen«, sagte Teichläufer und sprang auf.

»Nein.« Sie schüttelte den Kopf. »Ich muss das allein machen. Aber ich danke dir.«

Ihre Hand zitterte derart, dass der Tee über ihr Kinn rann und auf ihre Decke spritzte, aber sie brachte es fertig, den Becher auszutrinken. Ganz langsam sank sie zurück und stellte den Becher beiseite. Sie schloss die Augen und verzog das Gesicht, als wartete sie darauf, dass der Schmerz verging.

Teichläufer beobachtete sie gebannt. »Was ist da noch, außer Liebe und Notwendigkeit? Welches Gefühl ist wohl«, er dachte nach, »das mächtigste?«

Sie schloss die Augen. »Hass«, sagte sie leise.

»Hass? Hass worauf, Muschelweiß?«

Sie machte eine Bewegung, die er für ein Achselzucken hielt, und er runzelte die Stirn. Er zog die Beine an, legte die Arme darum und stützte das Kinn auf die Knie. »Warum würde jemand zulassen, dass der Hass –«

»Weil ihm nichts anderes mehr geblieben ist.«

Eine scharfe Falte trat auf seine Stirn, und er dachte daran, was die Schildpattpuppe ihm über die Qual gesagt hatte: Wenn dir nur noch die Qualen bleiben, dann wagst du es nicht, sie aufzugeben. Sonst hast du nämlich gar nichts mehr.

Teichläufer nahm ihre Hand und hielt sie zärtlich an seine kühle Wange. »Geht es dir besser?«

»Etwas besser«, sagte sie und lächelte. »Mein Magen hat sich wieder beruhigt. Aber versprechen kann ich nichts. Vielleicht kommt der Augenblick, wo du schnell von deinem Platz verschwinden musst, weil ich ihn selber brauche.«

Seine Sorge verwandelte sich in Heiterkeit. Er strahlte sie an und küsste ihre Finger. »Keine Angst, notfalls kann ich sehr schnell sein.«

»Trotz der Übelkeit und den Kopfschmerzen geht es mir heute wirklich besser, Teichläufer. Viel besser. Das ist ein gutes Zeichen.« Sie seufzte. »Du musst gestern Nacht mit einer geistigen Kraft auf mich eingewirkt haben, aber ich erinnere mich nicht daran.«

Die Brise trug den Geruch von etwas Verbranntem heran. Er ließ ihre Hand los, sprang auf und rief: »Ich habe die Fische vergessen. Die sind wahrscheinlich verbrannt!« Mit wehendem Gewand rannte er zum Feuer.

Dort riss er die Stecken weg und schob die Fische mit einem kleinen Zweig in die Holzschalen. Sie sahen schlimm aus. Er schaute zu Muschelweiß zurück. Hatte sie gespürt, wie die Macht aus ihm in sie eingeflossen war? Ob sie danach fragen würde? Was würde er ihr dann sagen? Sie war nicht mehr auf das zurückgekommen, was er ihr in jener Nacht am Strand erzählt hatte. Möglicherweise, fürchtete er, weil sie ihm keinen Glauben schenkte. Entweder das oder der Gedanke, ihr toter Sohn könnte in ihm wieder geboren sein, hatte sie vielleicht so verschreckt, dass sie lieber schwieg.

Er brachte die Schalen vorsichtig zurück und gab Acht, dass er nicht auf den Saum seines Gewandes trat.

Ihre Augen verengten sich, als er sich hinkniete; behutsam setzte er eine Schale neben sie, glitt zu Boden, schlug die Beine übereinander und balancierte seine Schale auf dem linken Knie.

»Sie sind nicht verbrannt«, sagte er, »ich hoffe, sie sind jetzt nicht so trocken wie uralte Knochen. Die Haut ist versengt.«

Muschelweiß schaute auf die gekräuselte braune Haut. »Nur auf einer Seite, Teichläufer«, entgegnete sie.

Er grinste hilflos und nahm sich einen ihrer Fische. »Ich werde die Gräten entfernen, das macht es dir leichter.«

Er wollte die Haut abziehen, und verkohlte Schuppen rieselten ihm über die Hand. Er wischte sie am Knie ab und hoffte, sie hätte es nicht bemerkt. Als er den Fisch endlich festhielt, blieb das trockene Fleisch an der zurückgeschabten Haut kleben. »O Muschelweiß«, meinte er Unheil verkündend, »das sieht nicht gut aus. Es ist knochentrocken.«

»Versuch es mit der anderen Seite.«

Er zog vorsichtig die Gräten heraus, die er in den Wald warf, und klopfte auf das Fleisch. »Du hast Recht, da ist es besser. Zumindest essbar, glaube ich.«

Die Sonnenmutter kletterte höher, und die Baumkronen schimmerten golden im Licht. Die herbstlich gefärbten Blätter der Kletterpflanzen leuchteten grellgelb, von braunen Rankenschlingen umrahmt. Frösche quakten im Sumpfteich, und gelegentlich platschte eine Schildkröte ins Wasser. Der Morgen war voller Düfte und angefüllt mit Flügelflattern und Gezwitscher.

Teichläufer hob ihr die Schale dicht vor den Mund. »Wie möchtest du essen, Muschelweiß? Kann ich dir helfen?«

»Stell die Schale einfach neben mich, Teichläufer, ich werde schon damit fertig.« Das tat er, und sie sagte: »Danke.«

Mit zitternder Hand holte sie ein Stück Fisch heraus und aß es. Aber ihr Magen wehrte sich, und sie zuckte zusammen, als hätte sie Krämpfe. Kurz darauf erklärte sie: »Na, das war ja ein Kampf. Aber ich glaube, ich habe gewonnen.«

Teichläufer, halb verhungert, griff gierig nach seinen Fischen und verschlang sie so schnell, wie er sie entgräten konnte. Mit vollem Mund sagte er: »Gut! Iss bitte noch mehr, damit du gesund wirst.«

Sie aß, aber sehr vorsichtig. Als sie gerade die Hälfte ihres ersten Fischs verzehrt hatte, setzte Teichläufer seine leere Schale ab, stützte die Ellbogen auf die Knie und betrachtete Muschelweiß mit großen glühenden Augen. Ein leichter Wind blies über den Sumpf und durch die Bäume und wehte ihm das lange weiße Haar über die Schultern.

»Sag etwas, Teichläufer«, bat sie und biss in ihren Fisch.

»Was denn?«

»Irgendwas. Was war das noch, was du mir erzählen wolltest?«

Unsicher sagte er: »Ich hole dir vorher noch einen Becher Tee, du könntest –«

Er wollte aufspringen, aber sie packte seine Hand. »Nein, danke. Das ist sehr nett von dir, aber mir wäre lieber, du bliebst sitzen. Gut. Also jetzt fang an.«

Er senkte den Kopf und schaute düster auf das Schattenspiel über dem dunklen Waldboden. »M-Muschelweiß?«

»Ja, Teichläufer?«

»Weißt du noch, wie ich dich nach der Schildpattpuppe gefragt habe?«

»Ja.«

Teichläufer sah zu, wie sie sorgsam das Zittern ihrer Hand bezwang, um sich ein Stück Fisch in den Mund zu schieben. Es kostete sie viel Mühe, aber es gelang ihr. Er nahm seinen Mut zusammen und sagte ruhig: »Sie – sie besucht mich.«

»Wer?«

»Die Schildpattpuppe.«

Muschelweiß ließ das gerade ergriffene Stück Fisch sinken und schob es in die Schale zurück. »Was meinst du damit?«

»Ich glaube«, sagte er sanft und legte die Hand auf sein Herz, das sich ungewöhnlich warm anfühlte, »ich glaube, sie kommt in Wirklichkeit, um Riedgras zu sehen. Sie will sehen, wie er zurechtkommt. Ich schwöre, manchmal höre ich sie miteinander reden, aber ich kann kein Wort verstehen.«

»Aber Teichläufer, ich habe der Puppe niemals Macht eingehaucht. Ich habe meine Seelen in sie hineingeatmet.

Und ich habe sie gern gehabt, während ich sie gemacht habe. Mehr war da nicht. Zugegeben, der Knochen, aus dem sie geschnitzt ist, ist ein sonderbares Material. Es ist auch kein Knochen, es sieht nur so aus, in Wirklichkeit ist es Stein. Ein sehr alter Stein. Meine Großmutter hat ihn mir gegeben und behauptet, sie hätte ihn wiederum von ihrer Großmutter erhalten. Aber keine von beiden war eine Seelentänzerin, sie haben nur wunderschöne Stoffe gewebt.« Die Augen von Muschelweiß verengten sich. »Wie kann die Puppe eine derartige geistige Macht bekommen haben? Und woher?«

»Ich weiß es nicht. Das hat sie nie gesagt. Doch sie kommt und spricht mit mir. Sie erzählt mir die merkwürdigsten Dinge.«

»Zum Beispiel?«

»Zum Beispiel hat sie mir erzählt, da käme ein großer Sturm, ein Sturm aus Finsternis gemacht, und wenn die Welt überleben soll, dann brauchte sie alles Licht und alle Wärme, die sie bekommen kann. Sie hat gesagt, jedes Aufblitzen, das in mir entsteht, ist ein Freudenschrei, eine Verheißung, dass das Leben weitergeht. Die Schildpattpuppe nennt Riedgras den ›Erlöser‹, ich weiß nicht, was sie damit meint, aber so nennt sie ihn.« Er blinzelte nachdenklich. »Weißt du es, Muschelweiß?«

»Nein.«

Teichläufer blickte beiseite. Er fuhr sich mit der Zunge über die trockenen Lippen. »Und sie spricht auch über Leute. Zum Beispiel über Kupferkopf. Aber ich habe eigentlich nicht verstanden, was –«

»Was hat sie gesagt?«

»Sie hat gesagt, er sei nicht grausam. Er sei – wie hat sie das genannt? Verlassen, ohne Hoffnung, ohne Trost, ein schwereloser Schatten, der unter Wasser umhertreibt. Sie hat auch gemeint, dass die Wellen seiner Einsamkeit ihn überschwemmen, dass er aber niemals um Hilfe rufen kann. Und es sei auch nicht so, dass er sterben wolle. Sie sagte, er will das Nichts sein.«

Muschelweiß wurde totenbleich. »Davon bin ich überzeugt.« Sie spielte mit einer Ecke ihrer Decke herum, zerknüllte sie und strich sie wieder glatt. Schwach fragte sie: »Hat die Puppe auch etwas über mich gesagt?«

»O ja.« Teichläufer nickte. »Gestern Abend. Da kam sie und hat mir erzählt, dass du sterben wirst –«

»Sterben?«

»Ja, und hat gesagt, es sei mein Fehler, weil ich es abgelehnt hätte, mit der Seele des Blitzvogels tanzen zu lernen. Sie hat gesagt, wenn ich nicht lernen würde, mich aufzuschwingen und zu blitzen und zu donnern, dann würdest du sterben.« Er hielt inne, mit offenem Mund. »Das habe ich dann also gemacht.«

»Du hast was gemacht?«

»Ich habe gelernt zu donnern.«

Sie zwang sich, auf die Seite zu rollen, um ihm ins Gesicht zu sehen. Sie zog die Brauen zusammen. »Was heißt das? Wie hast du das gemacht?«

Teichläufer warf mehrmals die Hand in die Höhe. »Ich sprang.«

»Du hast was gemacht?«

Er erhob sich und hüpfte ein paar Mal hoch, um es ihr vorzumachen. Seine Sandalen traten trockenen Staub los, der in Wölkchen aufstieg und Muschelweiß zwang, die Augen zuzukneifen. »Ich sprang. Die Puppe hat gesagt, ich müsse meine Menschenfüße aufgeben und deswegen immer weiter springen, bis ich vergessen hätte, wie sich der Boden anfühlt. Und so bin ich die ganze Nacht in die Höhe gesprungen, bis schließlich –«

»Bis deine Beine gefühllos wurden?«

»Nein, nein«, verbesserte er sie kopfschüttelnd. Hatte sie das im Ernst gefragt? Sie schaute ihn erwartungsvoll an. Er kniete sich wieder neben sie. »Ich stand da drüben, neben der Feuergrube, und sah in die Glut, als aus der Asche ein roter Tornado herauswirbelte und einen weiß glühenden Kern in sich entstehen ließ, als ob einer der Leuchtleute zur Erde fiele. Und ich –«

»Sprich weiter.«

Er schüttelte sich den Sand aus den Zwischenräumen

der Zehen. »Eine weiße Stichflamme schoss an meinem Gesicht vorbei, und ich sprang auf und packte den Schwanz mit beiden Händen.« Er griff in die Luft, den unsichtbaren Schwanz mit den Händen umklammernd.

Muschelweiß zuckte mit keiner Wimper. »Und dann?«

»Wachte ich auf.«

»Du bist aufgewacht?«

»Ja. Einfach so. Wie ein Pfeil bin ich in die Höhe geschossen, und gekeucht habe ich wie ein gehetzter Wolf.«

»Also ein Traum?«

Er starrte auf seine Handflächen und hielt sie ihr dann hin. Sie zog seine rechte Hand heran, um sie sich anzusehen. Winzige Blasen bedeckten die Haut.

Sie verzog das Gesicht und flüsterte heiser: »Wie ist das geschehen? Bist du ins Feuer gefallen?«

»Nein, mein Weib, ich –«

»Also woher kommt das?« verlangte sie heftig zu wissen.

»Der Blitzvogel. Seine Schwanzfedern waren glühend heiß.« Er wollte ihr seine Hand entziehen, aber das ließ sie nicht zu. Sie blickte weiter stirnrunzelnd auf die Blasen. Teichläufer zog stärker, und schließlich ließ sie los.

Er legte sich die Hände über die Knie. »Erinnerst du dich, mein Weib, dass ich dir gestern Abend die Hände an den Kopf gelegt habe?«

Sie runzelte die Stirn. »Warte. Ja. Richtig. Es tat mir wohl. Wie kühles Wasser, das durch meinen Körper fließt.«

»Ja, aber es war Donner. Ich war selbst zum Donner geworden, Muschelweiß. Und als ich dich berührte, da quoll dieser Donner aus mir heraus und floß in dich hinein.« Staunende Ehrfurcht drückte auf seine Stimme. »Ich konnte es nicht glauben, aber es geschah alles so, wie es die Schildpattpuppe vorausgesagt hatte.«

Sie gab keine Antwort.

Teichläufer biss sich auf die Lippen. »Wie es scheint, glaubst du mir nicht, mein Weib.«

»Teichläufer, ich –«

Was erwartete er? Er hatte ihr so viele unglaubliche Dinge erzählt, und jetzt das! »Die Schildpattpuppe hat mir noch etwas gesagt, Muschelweiß, und das musst du wissen.«

»Was?«

»Sie hat gesagt, dass einer der Leuchtenden Adler tot ist.«

Muschelweiß legte sich eine Hand auf den Magen und drückte, als wolle sie sich eines Schmerzes vergewissern. »Und warum bläst da kein Wind? Der Sturmbläser –«

»Ich weiß es nicht.«

Sie betrachtete ihn wohlwollend und glitt dann wieder auf den Rücken. Geistesabwesend starrte sie in den Himmel.

Teichläufer wartete auf weitere Fragen oder Kommentare. Aber als sie schwieg, erhob er sich. »Es ist wirklich genau so geschehen, Muschelweiß.«

»Ich weiß, dass du das glaubst, Teichläufer. Ich weiß auch, dass du nicht lügst. Ich brauche einfach mehr Zeit, um damit fertig zu werden. Versuche, mich zu verstehen. Ich habe ein paar sehr große Seelentänzer gekannt und von ihnen sehr seltsame Geschichten über die geistige Welt gehört. Aber ich –«

»Du hast sie nicht geglaubt?«

»Nicht immer, zugegeben. Die Macht jagt mir Angst ein, Teichläufer«, sagte sie ganz offen. »Sehr sogar. Ich will davon so wenig wie möglich glauben.«

Er nickte. Er fühlte sich leer und wusste nicht, was er sagen sollte. »Ich werde jetzt die Sonnentaublättersalbe holen, die wird dir die Schmerzen lindern.«

Als er fortging, rief sie ihm nach. »Teichläufer?«

Er drehte sich um.

Im Sonnenlicht glitzerte der Schweiß auf ihrer Stirn. »Was du gesagt hast, ziehe ich nicht in Zweifel! Ich will, dass du das weißt.«

Er ging weiter, trat gegen Kiefernzapfen und machte sich Gedanken über die Schildpattpuppe und das Geheimnis ihrer geistigen Macht. Wie war sie nur lebendig geworden? Geistige Macht ließ sich nicht einfach durch Worte übertragen. Dazu waren Rituale nötig, und heilige Gesänge mussten gesungen werden. Und zwar von jemandem, der Bescheid wusste. Muschelweiß wusste nicht Bescheid. Und Kupferkopf? Wenn er ein Hexenmeister war, dann ja. Oder war da jemand anders, der Rituale ausführen konnte? Wem hätte Kupferkopf derart vertraut, dass er ihm diesen wertvollen Gegenstand in die Hände gegeben hätte?

Federweiß?

Schauer liefen ihm den Rücken hinunter. War das vielleicht das Geheimnis? Hatte er dem alten Hexenmeister die Schildpattpuppe gebracht und ihn gebeten, ihr Leben einzuhauchen? Aber das würde bedeuten, dass die Puppe bösartig war und von dunkler Macht besessen.

Teichläufer stolperte weiter, zutiefst erschreckt und verwundert.

Sie machte keinen bösartigen Eindruck auf ihn; könnte sie ihn getäuscht haben?

Wenn die Schildpattpuppe das nächste Mal auftauchte, würde er ihr all diese Fragen stellen.

29

»Wer sind sie?«

Rotalge schaute auf. »Ich weiß nicht, Häsling.«

»Leute vom Windeck-Clan? Von den Überlebenden?«

»Vielleicht.«

Angst erfasste ihr Herz. Die Leute waren zu weit entfernt, um sie zu erkennen, aber dennoch hielt sie Ausschau nach der hoch gewachsenen, hageren Gestalt von Teichläufer.

Der milchige Glanz der Abenddämmerung sank auf den Strand wie ein Schleier aus Marienfäden, der leicht herabfiel und den weißen Sand in ein funkelndes Gletscherblau tauchte. Die nahende Nacht ließ die Vögel verstummen. Nur das Rauschen der Brandung tönte ununterbrochen weiter. Rotalge lief neben Häsling als Nachhut des Kriegstrupps. Die anderen Männer waren weit voraus, klumpenförmig zusammengedrängt. Die lange graue Zunge der Lagune der Seekuh erstreckte sich ostwärts. Sie waren schon vor der Morgendämmerung losgelaufen, und Rotalge betete, sie möchten doch bald anhalten. Immer wenn ihr Fuß auf den Sand trat, verkrampften sich ihre gequälten Wadenmuskeln. Häsling schien ebenso unglücklich zu sein. Sein Gesicht war angespannt, er kämpfte gegen die Erschöpfung an. Aber vielleicht, fürchtete sie, hielt sie ihn auf.

»Du brauchst nicht auf mich zu warten, Häsling«, sagte sie, »lauf nur voraus, wenn du willst. Ich hole euch ein.«

»Vorauslaufen?« fragte er. »Das könnte ich nicht einmal, wenn ich es wollte. Ich könnte auf der Stelle zusammenbrechen.«

Rotalge lächelte und zwang sich, den Schmerz zu missachten. Sie beschleunigte ihre Schritte. Häsling grinste sie wissend an und hielt mit ihr Schritt. Als sie dem Trupp näher kamen, sah sie, wie sich ein alter weißhaariger Mann von der Gruppe löste und stracks auf Schwanzfeder zulief. Freudenschreie ertönten.

»Ist das Schote, Rotalge? Ich kann das nicht erkennen.«

Atemlos antwortete sie: »Ja, das ist er. Siehst du Teichläufer?«

Häsling reckte den Hals und ließ den Blick über die Gruppe schweifen. Krieger mischten sich unter die Überlebenden des Windeck-Clans, und ein Durcheinander von hin- und herlaufenden und redenden Menschen entstand. Kinder tobten kreischend herum und zerrten an den Händen der Krieger; Hunde, die hoch beladene Travois zogen, wedelten mit dem Schwanz.

»Nein«, sagte Häsling, »Teichläufer sehe ich nicht.«

Angst erfüllte ihr Herz. »Ich muss mit Schote sprechen«, sagte Rotalge. »Jetzt gleich!«

»Ich komme mit.«

Sie eilten beide zu Schote. Der alte Mann trug ein zerfetztes Gewand. Sein angespanntes Gesicht mit den ledrigen Wangen und dem kantigen Kinn war hager, aber er lächelte, als er Schwanzfeder begrüßte und seine Hände ergriff.

»Hat euch Mondschnecke geschickt?« fragte er.

»Der ganze Rat der Geistältesten hat uns geschickt«, gab Schwanzfeder zur Antwort und tätschelte Schotes Hände. Seine Ohren, die sich infolge des Sonnenbrands schälten, ragten aus seinen schulterlangen schwarzen Haaren hervor. Über der Wurzel seiner flachen Nase lag ein Schmutzstreifen. »Hundszahn hat mir von dem Kampf erzählt, und ich lief zum Kernholz-Dorf zurück, so schnell ich konnte –«

»Hundszahn?« fragte Schote. Er sah schnell in die Runde. »Ist er noch hier?«

»Ich weiß nicht«, erwiderte Schwanzfeder unbehaglich. »Vor drei Tagen war er noch da. Da habe ich zuletzt mit ihm gesprochen.«

»Also dann reden wir zuerst miteinander, und dann sehen wir nach dem irren Alten.«

Schote nahm Schwanzfeder am Arm und wollte ihn durch die Menge zum einsamen Strand führen. Rotalge schluckte schwer und trat kühn vor Schote hin.

»Verzeih mir, Ältester«, sagte sie, »ich bin –«

»Rotalge!« stieß Schote hervor und umarmte sie mit seinen dürren Armen. »Heilige Geister, ich freue mich, dich zu sehen. Dein Bruder gab mir eine Nachricht für dich.«

Rotalges Knie zitterten. »Geht es Teichläufer gut? Lebt er?«

Schote verzog das faltige Gesicht und biss die Zähne zusammen. »Mein liebes Kind, es tut mir Leid, ich habe nicht bedacht … Ja. Ja, Rotalge. Er hat den Kampf im Windeck-Dorf überlebt. Aber daran hängt eine Geschichte«, sagte er und deutete auf den Strand. »Bitte komm mit uns. Ich werde dir alles erzählen.«

Rotalge fühlte sich ganz schwach vor Erleichterung. »Vielen Dank, Ältester, das tue ich gern.«

Schote und Schwanzfeder gingen über den Sand voraus, und Häsling wartete etwas, bevor er die Hand auf die schmale Schulter von Rotalge legte. Er grinste und flüsterte: »Kannst du gehen? Oder soll ich dich tragen?«

Rotalge lachte und schlug ihm leicht auf die Hand. »Mir geht's gut. Nur ein bisschen wackelig.«

»Also dann komm. Ich kann's kaum erwarten, von dem Kampf zu hören.«

Schote und Schwanzfeder setzten sich nahe der Brandung nieder, wo der Lärm ihre Rede übertönen würde. Rotalge sah das mit Unbehagen und wechselte einen besorgten Blick mit Häsling. Sie verstanden beide, was das bedeutete – dass nämlich Schotes Neuigkeiten die anderen verängstigen würden. Was der alte Mann zu sagen hatte, würde er erst in einem vertraulichen Gespräch mitteilen und dann allmählich zu den anderen Mitgliedern des Kernholz-Windeck-Clans durchsickern lassen.

Rotalge ließ sich stumm neben Schote auf die Knie nieder, streifte ihren Beutel ab und stellte ihn vor sich auf den Sand. Der alte Mann legte liebevoll eine Hand auf ihre Schulter. »Rotalge, ich möchte dich um einen Gefallen bitten.«

»Ja, gern.«

»Könntest du zusammen mit deinem Freund Brennholz für uns sammeln? Es wird bald kalt sein. Ich verspreche dir, ich sage nichts von Wichtigkeit, bis du zurückgekommen bist.«

»Aber gern, Schote.«

Sie und Häsling liefen über den Strand und hoben Treibholz auf, und dabei hörte Rotalge, wie Schote den Namen Kupferkopf erwähnte und sah, wie das Gesicht von Schwanzfeder sich veränderte. Die beiden beugten sich zueinander. Rotalge fiel in Laufschritt und sammelte so schnell Holz, wie sie konnte. Sie brauchte nicht lange. Als sie die Arme voll hatten, liefen sie zurück und warfen es auf einen Haufen. Wortlos setzten sie sich wieder hin.

»Ja«, sagte Schwanzfeder, und seine Nasenflügel bebten. Er strengte sich an, Feuer zu machen, drehte den Bohrstab auf dem Feuerholz, und das war auf dem windigen Strand nicht leicht. »Hundszahn sagte, da wären so viele Krieger in seinem Traum gewesen, dass er sie nicht zählen konnte –«

»Zweimal oder dreimal zehn«, sagte Schote. »Als wir ankamen, waren viele in den Wald gelaufen, um unsere Leute zu jagen. Ich weiß selbst nicht einmal, wie viele das waren. Was hat Hundszahn sonst noch gesagt?«

Schwanzfeder hob die Hände wieder zum Oberteil seines Bohrers und drehte weiter. »Er hat gesagt, Muschelweiß sei durch die Krieger gerast wie ein Blitzvogel.«

Schote nickte. »So war's tatsächlich. Ohne sie wären wir alle tot.« Er drehte sich lächelnd zu Rotalge um. »Vielen Dank für das Holz, Rotalge. Und wie heißt du, junger Krieger?«

»Häsling, Ältester. Ich bin Schwarzer Häsling. Ein Freund von Teichläufer.« Er reckte sich und warf sich stolz in die Brust.

»Und von mir«, fügte Rotalge hinzu.

Mit einer großen Muschel grub Schote ein Loch in den Sand. Als er tief genug gekommen war, sagte er: »Könntest du mir einen kleinen Stock holen, Rotalge?«

»Ja.« Sie suchte in dem Holzhaufen herum, zog einen Stock heraus, den sie ihm reichte.

»Danke.« Schote setzte sich wieder, holte ein Feuersteinmesser mit Griff aus seinem Beutel und begann, an dem Stock zu schnitzen. Die Holzsspäne ließ er in das Loch fallen. Der Wind spielte mit ihnen, und sie taumelten kreiselnd zu Boden.

»Fertig«, sagte Schwanzfeder.

Der Kommandant legte den Bohrer nieder, hielt die Hände schützend um den glühenden Staub im Loch des Feuerholzes, den er vorsichtig in das Loch mit den Spänen kippte. Flämmchen zuckten in den Wind. Schote zog größere Stecken aus dem Stapel und speiste die Flammen, bis sie ein prasselndes Feuer hatten.

Rotalge erschauerte, als die Wärme sie erreichte. Sie hatte den ganzen Tag geschwitzt, und das nasse Gewand klebte ihr jetzt in feuchtkalten Falten am Körper. Sie würde bald bitterlich frieren. Sie glitt näher an das Feuer heran und streckte die Hände aus.

»Und was geschah dann?« fragte Schwanzfeder.

Schote band die Decke von seinem Beutel los und warf sie sich über die Schultern. Der Wind ließ die Enden flattern; er packte sie und hielt sie fest.

Seufzend sagte er: »Also von Anfang an. Drei Tagesmärsche hinter Kernholz-Dorf spürte Muschelweiß, dass sich irgendetwas Schreckliches in Windeck-Dorf abspielte. Sie beschloss vorauszulaufen, aber vorher gab sie Teichläufer noch strikte Anweisung, sich im Wald zu verstecken, bis sie sich vergewissert hätte, dass im Windeck-Dorf alles in Ordnung sei.«

»Aber das tat er nicht«, sagte Rotalge, die ihren Bruder kannte.

»Richtig.« Schote lächelte. »Noch bevor wir ankamen, hörten wir schon Rufe und Schreie. Wir eilten so schnell wie möglich dorthin. Ich sagte Teichläufer, er solle seiner Frau gehorchen, und er verkroch sich hinter einer verkümmerten Eiche. Aber Muschelweiß war in Not. Eingekesselt. Es sah schlimm aus. Ich legte einen Speer ein und schoss und traf einen Mann, der sie bedrohte. Dann –«

Ein hoch gewachsener Jüngling kam über den Sand. Schote schaute auf. »Ah, Eulenfalter, komm, setz dich zu uns.«

»Ich wollte dich nicht stören, Großvater«, sagte Eulenfalter und warf einen Blick auf Rotalge. »Ich wollte dir nur sagen, dass ich Hundszahn gefunden habe. Wir haben unser Lager neben dem seinen.«

»Gut. Danke, Enkelsohn. Und Stacheljunge?«

»Ich habe ihn zu Abend essen lassen und zu Bett gebracht. Aber er schlief schon in meinen Armen ein, bevor er mit seinem getrockneten Rotbarsch fertig war. Er war sehr müde.«

Eulenfalter lächelte, und Rotalge sah den Verband an seinem Bein. Er war verwundet worden, obwohl er ganz gut zu gehen schien, nur etwas steif. Sie betrachtete forschend sein Gesicht im Feuerschein. Was für ein hübscher junger Mann. Er sah Muschelweiß sehr ähnlich, mit einem ovalen Gesicht und einer Stupsnase. Er hatte langes schwarzes Haar, das ihm zum Zopf gebunden über den Rücken hing. Eulenfalter bemerkte ihren Blick und lächelte. Rotalge schaute errötend zur Seite.

Schote hatte den Blickwechsel wahrgenommen. »Setz

dich, Enkel«, sagte er. »Den Kommandanten Schwanzfeder kennst du schon. Ich möchte dich Teichläufers Schwester Rotalge vorstellen, und das ist ihr Freund Häsling.«

Eulenfalter packte Häslings Hand mit festem Griff. »Häsling, ich danke dir, dass du gekommen bist, um uns zu helfen.«

Häsling nickte. »Ich freue mich, wenn ich euch in irgendeiner Weise nützlich sein kann.«

Dann ergriff Eulenfalter Rotalges Hand. Dabei zog er seine struppigen Brauen tief hinab, etwas besorgt, doch seine vollen Lippen verzogen sich zu einem Lächeln. »Rotalge, auch dir muss ich danken. Ich habe deinen Bruder noch nicht lange gekannt, aber ich habe ihn als Freund betrachtet. Auch wir beide, hoffe ich, werden Freunde sein.«

Sie nahm seine Hand, die sich warm und stark anfühlte. »Das hoffe ich auch, Eulenfalter«, erwiderte sie.

Er ließ sich neben Häsling nieder, so dass er sein verletztes Bein gerade ausstrecken konnte.

»Jedenfalls«, sagte Schote zu Schwanzfeder, der gebannt zuhörte, »einen der Männer, die meine Tochter bedrohten, habe ich töten können. Aber dann kam Teichläufer! Teichläufer – er kam aus seinem Versteck, breitete die Arme aus und marschierte mitten in den Kampf.«

Schwanzfeder stand der Mund offen. »Teichläufer? Ist das der Weiße Blitzjünger, den ich kenne? Der sich vor seinen eigenen Seelen fürchtet, wenn sie ihm aus einem Muschelspiegel entgegenlächeln?« Rotalge blickte ihn finster an und sah, dass Eulenfalter den Kopf senkte, um ein Lächeln zu verbergen. Häsling schaute von einem zum andern und runzelte die Stirn.

»O ja«, fuhr Schote fort. Die Meerbrise spielte mit seinen weißen Haaren, die ihm um die Wangen flatterten. »Und als Teichläufer da herauskam, sage ich euch, da haben die Krieger von Kupferkopf aufgeschrien und sind gerannt wie ein Rudel Coyoten, das von einem Spuk gejagt wird. Also ich hätte nie gedacht, dass Teichläufer so einen Mut beweist. Er –«

»Teichläufer ist sehr mutig«, sagte Rotalge ruhig. »Es hat

sich nur noch nicht herumgesprochen, weil er auch so zart fühlend und weichherzig ist. Stimmt's, Häsling?«

Häsling nickte. »Absolut!«

Schote tätschelte Rotalges Kopf. »Es sollte nicht so klingen, als wollte ich deinen Bruder herabwürdigen. Teichläufer hat an jenem Tag vielen Leuten das Leben gerettet, Rotalge. Der ganze Windeck-Clan ist ihm für seine Tapferkeit dankbar.« Er lächelte Schwanzfeder an. »Als Kupferkopfs Krieger geflohen waren, hat Muschelweiß sie in den Wald verfolgt, und ich bin dann ...«

Rotalge warf einen Blick auf Eulenfalter, der sie dauernd ansah. Er wirkte verschüchtert, aber im nächsten Augenblick schien er sie wieder zu bewundern, und seine Unsicherheit über sein neues Interesse war offenbar genauso groß wie die ihre. Sie schätzte sein Alter auf zehn und sechs oder zehn und sieben Sommer. Alt genug, um verheiratet zu sein. Ob er verheiratet war?

Häsling beugte sich vor und flüsterte: »Jetzt weiß ich, dass Teichläufer in Sicherheit ist, und jetzt werde ich das Lager aufschlagen und Abendessen machen. Kommst du mit?«

Sie flüsterte zurück: »Ich komme gleich.«

Häsling rutschte zu ihr hinüber; er hielt seine Hand wie ein Trichter an ihr Ohr und fragte: »Alles in Ordnung mit dir?« Mit einer unmerklichen Kopfbewegung wies er auf Eulenfalter.

Erstaunt hob sie die Brauen; was in aller Welt er wohl damit meinte, schien ihr Blick zu fragen.

Häsling zuckte die Achseln, wirkte aber immer noch etwas beunruhigt. Er stand auf, verbeugte sich höflich vor Schote und Schwanzfeder, die sein Aufstehen offenbar gar nicht zur Kenntnis genommen hatten. Schote fuhr mit seiner Geschichte fort und beschrieb anschaulich, wie er nach dem Kampf die Schäden besichtigt hatte, und Schwanzfeder legte dauernd Holz aufs Feuer nach.

Häsling schlenderte mit wiegendem Schritt über den Sand davon. Einmal drehte er sich um, ging ein kurzes Stück zurück, schaute Rotalge an, schüttelte dann den Kopf und fiel in einen Dauerlauf mit Richtung auf die Krieger, die sich bei den Bäumen um das Feuer gesammelt hatten. Sie sah seinen schwarzen Umriss zwischen den Schatten der Männer verschwinden.

»Rotalge«, Schote unterbrach seine Geschichte, »wir haben fast kein Holz mehr. Würde es dir etwas ausmachen –«

»Nein, nein, natürlich nicht.«

Sie stand auf und Eulenfalter gleichfalls. »Ich helfe dir, Rotalge.«

»Also gut.«

Sie gingen über den nassen Sand, am Rand der ankommenden Wellen entlang, und Rotalge bemerkte, dass er sie dauernd verstohlen beobachtete. Er war zwei Handbreit größer als sie, und mit seinen langen Beinen paßte er sich ihrem Gang an. Wenn er auf die Wellen schaute, die über das Antlitz der Meerfrau rollten, hob das Licht der Sterne die Züge seines schönen Gesichts hervor und schimmerte auf den Muskeln seines nackten Oberkörpers – ein Anblick, der eine seltsame Wirkung auf Rotalge ausübte; ihr Herz schlug heftig.

Sie bückte sich, warf eine große Muschel beiseite und nahm ein Stück Treibholz auf. »Eulenfalter? Ich könnte das Holz sammeln und dir geben, dann brauchst du dich nicht dauernd zu bücken.«

»Oh, ich kann mich doch bücken, Rotalge, also wirklich –«

»Du bist verletzt, das sehe ich doch. Außerdem kannst du viel mehr tragen als ich. So können wir uns die Arbeit teilen.«

Er nickte, lächelte verbindlich und sagte: »Na gut.«

Rotalge lächelte zurück, hatte aber furchtbare Angst dabei. Sie reichte ihm das Holz. Er legte es in seine Armbeuge. Während sie nebeneinander hergingen, fragte sie: »Wie bist du verwundet worden? Durch einen Speer oder –«

»Ja, einen Speer«, antwortete er und biss die Zähne zusammen. Er senkte den Blick auf seine marschierenden Beine. »Aber mein Bein ist fast geheilt. Es ist einfach nur steif.«

»Das muss schrecklich gewesen sein.« Sie bückte sich und gab ihm wieder ein Stück Holz. Er nickte. »Ja, das war es. Ziemlich schrecklich. Aber das ist nicht bei dem Windeck-Kampf geschehen, Rotalge. Das war vorher, zehn Tage früher, da war ich bei dem Aufklärungstrupp meines Vaters, nördlich von Windeck.«

Ihre Blicke trafen sich. Heilige Sonnenmutter! Seine Augen hatten eine Sogwirkung wie das Meer, machtvoll und anhaltend. Trauer war darin zu erkennen.

»Die Krieger von Kupferkopf?« fragte sie.

»Ja. Sie kamen aus dem Nichts. Wir hatten nicht einmal Zeit, um Speere einzulegen.«

Rotalge kniete nieder, um weiteres Holz aus dem Sand zu holen, und versuchte sich vorzustellen, wie es war, ohne Vorwarnung angegriffen zu werden. Das Erschrecken musste jenseits aller Vorstellung gewesen sein. »In dem Kampf hast du Verwandte verloren, nicht wahr?«

»Ja. Sie fehlen mir sehr.«

Sie konnte ihn kaum verstehen. Der Strand mit den überall verstreuten Muscheln und Schwämmen, das Mondlicht, das grell auf den Wellen glitzerte, alles wirkte zusammen, um Laute zu dämpfen. Außerdem hatte er leise gesprochen. Rotalge schaute auf und betrachtete ihn. Er hatte sich mit Insektenfett eingerieben, das den Schein des Mondes auf seinen hohen Wangenknochen schimmernd festzuhalten schien, ebenso wie in den Höhlen seiner tief liegenden Augen und auf den Muskeln seines linken Armes, in denen er das Bündel Treibholz trug.

»Wie alt bist du, Eulenfalter?«

»Zehn und sechs Sommer.«

Rotalge dachte nach. »Du wohnst noch bei deinem Großvater?«

»Ja.«

»Warum hast du nicht geheiratet?«

»Du stellst Fragen, Rotalge.« Sein Kopf fiel nach vorn; mit zusammengekniffenen Augen blickte er auf die glänzenden Muschelschalen im Sand. »Ich stand vor der Hochzeit, letzten Sommer. Aber sie –«, er atmete tief ein und dann hörbar wieder aus –, »sie wurde bei Kupferkopfs Überfall im Mond der Blühenden Yucca getötet.«

»Das tut mir Leid«, sagte Rotalge, »das tut mir sehr Leid.«

Die Trauer wich aus seinen Augen; er lächelte wieder. »Du erinnerst mich an sie«, sagte er. »Sie hieß Fackelholz. Auch sie war sehr schön.«

Rotalge holte tief Luft und hoffte, dass ihr Herzschlag sich beruhigte. Noch nie hatte sie jemand für schön gehalten, nur ihre Großmutter hatte gelegentlich bemerkt, sie sei recht hübsch. »Das ist sehr lieb, dass du das sagst, aber –«

»Ich meine das im Ernst.«

»Wirklich?«

Er nickte. »Ja.« Nach einer Pause fuhr er fort. »Ich habe dich heute Abend beobachtet, Rotalge, wie du über den Strand gelaufen bist, aus Leibeskräften. Ich weiß, du musst sehr müde sein, aber du hast es nicht gezeigt. Du bist gelaufen wie ein Krieger. Die schrägen Sonnenstrahlen fielen auf dein Gesicht, deine Haare wehten im Wind. Also wirklich – du hast hinreißend ausgesehen.«

Rotalge lächelte verlegen, erhob sich und reichte ihm weiteres Treibholz. Eulenfalter lächelte auch. Gegen den Hintergrund des bestirnten Himmels erschien er sehr groß. Kühn griff er nach ihrer Hand. Er atmete schnell und flach, als hätte er Todesangst. »Hast du etwas dagegen?« fragte er.

»Nein, ich habe nichts dagegen.«

»Ich glaube, wir haben jetzt genug Holz. Sollen wir zurückgehen?«

»Gut.«

Hand in Hand gingen sie zurück, und Rotalge vernahm die Geräusche der Nacht mit großer Klarheit. Die Wellen rauschten auf den Strand, der Wind pfiff durch die Eichen. Männer und Frauen lachten. Niemand schien sich darum zu scheren, dass ein Mädchen, die noch keine Frau war, und ein angesehener Krieger zusammen über den Strand gingen.

Sie empfand etwas Furcht und warf einen Blick auf Eulenfalter. Er beobachtete sie aus dem Augenwinkel.

»Du kannst dir nicht vorstellen«, stieß er hervor, »wie ich all meinen Mut zusammennehmen musste, um heute

Abend mit dir Holz sammeln zu gehen. Mir wurde ganz schwach, als ich nur daran dachte.«

»Warum?«

»Also, ich wollte Häsling nicht vor den Kopf stoßen, und ich war nicht sicher –«

»Häsling gehört zu meinem Clan, Eulenfalter. Er ist mein bester Freund. Außer meinem Bruder Teichläufer natürlich.«

Eulenfalter drückte ihre Hand. »Gut.«

In einem Gefühl der Ausgelassenheit, wie sie es noch nie kennen gelernt hatte, entfuhr ihr: »Ich bin sehr froh, dass du zum Holzsammeln mitgekommen bist, Eulenfalter.« Sie ging wie auf Wolken.

Sein Händedruck wurde fester. »Ich auch.«

Ihre Sandalen quietschen auf dem nassen Sand. Dunkle Wolkenfetzen trieben tief vorüber. Einige Quallen waren angespült worden, und sie gingen vorsichtig um sie herum. Hie und da erspähten sie eine glänzende Kaurimuschel. Bei Tage hätte sie alle aufgesammelt, um daraus eine Halskette zu machen.

»Eulenfalter, wo sind Teichläufer und Muschelweiß? Ich weiß, dein Vater hat gesagt, es gehe ihnen gut, aber warum sind sie nicht hier? Kommen sie noch?«

Eulenfalter blieb auf der Stelle stehen. »O Rotalge, das tut mir Leid. Es hat dir also keiner erzählt.«

Ihre Seelen ertaubten. Sie zwang sich zu atmen. »Was erzählt?«

Eulenfalter sah sie an. »Das ist eine lange Geschichte. Mein –«

»Sprich bitte.«

»Ja, verzeih. Mein Vater, Tauchvogel, lebt. Kupferkopf hält ihn gefangen. Mutter hat das erst nach dem Kampf erfahren, und dann hat sie offenbar den Kopf verloren. Sie packte zusammen und brach zum Dorf des Stehenden Horns auf, noch vor Tagesanbruch –«

»Und Teichläufer ist mitgegangen?«

Eulenfalter schüttelte den Kopf. »Nein. Mutter ging allein. Sie wollte nicht, dass Teichläufer mitging. Ich glaube, sie sorgt sich zu viel um ihn; sie wusste ja, dass es ein schwieriger Marsch sein würde.«

»Also wo ist Teichläufer jetzt?«

»Er ist meiner Mutter nachgerannt. Mein Großvater hat versucht, ihn aufzuhalten, wollte ihn überreden, zur Lagune der Seekuh mitzukommen, aber Teichläufer hat abgelehnt.«

Rotalge hatte Angst, ihre Herzschläge könnten die Rippen durchbrechen. »Ja, so ist er, das ist seine Art. Dann sind sie also jetzt zusammen?«

Eulenfalter zögerte, darauf zu antworten. »Ja, bestimmt sind sie das.«

»Und sie sind auf dem Weg zum Dorf des Stehenden Horns, um deinen Vater zu befreien. Ist das richtig?«

Er nickte. »Ja.«

Rotalge ging wieder weiter, zurück zum Feuer, wo Schote und Schwanzfeder sich angeregt unterhielten. Sie verspürte ein flaues Gefühl im Magen. Teichläufer hatte gewusst, dass er dorthin gehen würde; deswegen hatte er Muschelweiß so schnell heiraten wollen. Weil es sein musste. Hatten ihm das die Geister eingeflüstert?

»Woran denkst du, Rotalge?« fragte Eulenfalter.

»Wie weit ist das Dorf des Stehenden Horns von hier entfernt, Eulenfalter? Weißt du's?«

»Von hier? Im Dauerlauf eines Kriegers könnte man es in fünf Tagen schaffen. Vier, wenn man direkt durchlaufen könnte.«

»Könnte?«

»Nun ja. Kupferkopf hat überall Trupps auf der Lauer liegen. Es wäre Selbstmord, den Strand entlangzulaufen.«

»Also müsste ich durch die Bäume schleichen?«

Eulenfalter blieb stehen und zog sie heftig an der Hand, um ihr direkt in die Augen zu sehen. »Wovon redest du?«

»Von nichts Bestimmtem. Ich wollte nur –«

»Das ist zu gefährlich! Ich habe selbst schon daran gedacht und den Gedanken sofort wieder fallen gelassen. Du wärst schon auf halbem Wege dorthin tot.«

Rotalge sah ihn ausdruckslos an, aber er durchschaute

sie; er hatte die Stirn gerunzelt. Sie sagte: »Du hältst mich sicher für sehr dumm, Eulenfalter.«

Er sah sie von der Seite an. »Nein«, antwortete er. »Ich habe nur Angst, dass du viele Eigenschaften mit meiner Mutter teilst, junge Kriegerin.«

Rotalge reckte stolz ihr Kinn empor. »Zum Beispiel?«

Eulenfalter ließ ihre Hand los und fuhr mit den Fingerspitzen über ihre Wangen. Als er am Kinn ankam, hielt er es fest und starrte sie an, Nase an Nase. Das Mondlicht glitzerte in seinen dunklen Augen. »Zunächst einmal, die irrwitzigsten Dinge zu tun, wenn jemand, den du liebst, in Gefahr ist. Und zweitens den Hochmut zu denken, du würdest das allein schaffen. Die zweite ist wohl die schlimmere Eigenschaft.«

Rotalge lächelte ihn an. »Und du hast keine Eigenschaften von deiner Mutter?«

Er ließ ihr Kinn los. Unmutig erwiderte er: »Leider habe ich sie auch alle.«

»Und deshalb habe ich dich wahrscheinlich so gern.«

Langsam trat ein Lächeln auf sein Gesicht. »Du hast mich gern?«

»Ja, aber ich hätte dich noch lieber, wenn du mit mir kommen würdest. Nein, hör mir zu. Es würde ja nicht lange dauern. Wenn wir vor dem Morgengrauen aufbrechen, dann –«

»Große Wühlmaus! Du hast mir überhaupt nicht zugehört!«

»Doch, das habe ich.« Rotalge machte einen Schritt auf ihn zu und stand mit geballten Fäusten vor ihm. »Du hast gesagt, du hättest schon viele Tagesmärsche nördlich von Windeck hinter dir, und das heißt, du kennst die Pfade durch die Wälder, fast bis hin zum Dorf des Stehenden Horns. Du hast auch gesagt –«

»Warum sind es immer die Kriegerinnen, die mich anziehen?« fragte Eulenfalter ächzend. »Das wird noch einmal mein Tod sein.«

»Na gut, dein Tod soll doch wenigstens einen Sinn haben, oder? Komm mit, Eulenfalter. Du kannst deiner Mutter helfen. Und ich helfe Teichläufer. Er braucht mich. Ganz bestimmt. Und ich möchte wetten –« Sie zögerte und senkte ihre Stimme. »Ich wette, deine Mutter braucht dich auch.«

»Ah!« Er drohte mit dem Zeigefinger. »Und jetzt kommst du mir mit der Schuld. Das können wohl alle Frauen gut, den Männern das Gefühl der Schuld geben?«

Rotalge lächelte, hängte sich bei ihm ein und drückte seinen Arm. »Ich hab doch gewusst, dass du ein Gewissen hast«, sagte sie. »Wie lange brauchst du, um dich fertig zu machen? Und was ist mit deinen Beinen? Kannst du laufen?«

»Ich habe nie gesagt, dass ich mitkomme.«

Rotalge runzelte nachdenklich die Stirn. »Wenn wir natürlich durch die Wälder gehen, dann können wir sowieso nicht oft laufen. Wie viel länger werden wir brauchen, glaubst du, wenn wir –«

»Rotalge«, seufzte er. »Wir wollen das Holz hier abliefern, bevor mein Vater es selber holt. Dann reden wir weiter. Einverstanden?«

Sie tätschelte seinen Arm. »Vielen Dank, Eulenfalter.«

Häsling hockte neben seinem Feuer und beobachtete Rotalge, die mit Eulenfalter sprach. Länger als eine Zeithand hatten sie zusammen draußen am Strand gesessen, ohne zu essen, ohne einen Schluck Wasser – und das nach einem anstrengenden Marschtag. Schote und Schwanzfeder waren schon vor längerer Zeit zum Essen gegangen. Was war mit diesem Windeck-Krieger los? War er einfach dumm? Offenbar, sonst hätte er Rotalge nicht so lange da draußen aufgehalten. Begriff er denn nicht, wie müde und durstig sie sein musste? Wie konnte ein Mann so rücksichtslos sein?

Er hatte einen fetten Waschbären mit dem Speer erlegt und das Fleisch gebraten. Die für Rotalge reservierten Stücke waren jetzt in einer Schale auf der anderen Seite des Feuers kalt geworden. Der Wind hatte Asche auf die Fleischstreifen geweht und ihnen eine weiße Kruste gegeben. Und das Fleisch hatte so saftig geschmeckt!

Ärgerlich warf Häsling Holz in seine Feuergrube und zuckte zusammen, als der untere Ast knackte und ihn mit Funken bespuckte. Weitere Funken schnellten nach oben und segelten auf dem Winde fort. Einer der Krieger, der dreimal zehn Handbreit entfernt schlief, riss sich knurrend die Decke über den Kopf und wälzte sich auf die andere Seite.

Häsling band seinen Beutel auf und entnahm ihm eine hellgrüne Tunika, die er sich über den Kopf streifte. Er glättete sie an den Hüften, und dabei wanderte Schwester Mond wie eine polierte Muschel durch ein Meer von aufgebauschten Rußwolken und verstreute haufenweise silberne Lichtfunken über Meer und Wälder.

Er müsste eigentlich Rotalge holen. Ja, sie mit sanfter Gewalt herholen und ihr eine Strafpredigt halten, das müsste er wirklich. In ihrem Interesse. Sie erkannte Eulenfalters Absichten nicht. Im Gegensatz zu ihm. Er hatte schon viele Frauen so angesehen, wie Eulenfalter Rotalge angesehen hatte. Aber Häslings Wild waren erwachsene Frauen gewesen – keine kleinen Mädchen! Hier hatte Rotalge nur ihn, der sie beschützte, sonst niemanden. Der sie über das Leben aufklärte. Und über die Männer. Er knirschte mit den Zähnen. Ja, sie brauchte ihn, und jetzt saß er hier, wutschnaubend, und tat nichts.

Ich schwöre bei den Gräbern meiner Ahnen, dass ich diesen Windeck-Krieger, falls er ihr wehtut, mit bloßen Händen erwürgen werde. Und danach werde ich seine Leiche fortschaffen, so dass niemand sie findet.

Ganz unwillkürlich ballte er die Hände zu Fäusten. Als ihm das bewusst wurde, sah er auf sie hinab, kam sich vor wie ein Idiot und faltete mürrisch die Arme über die Brust.

Flüsternd redete er sich zu: »Sie ist ja klug, sie wird schon wissen, wann sie Nein sagen muss.«

Die Frage wühlte ihn im Innersten auf.

Sein Leben lang war Rotalge ihm wie eine Schwester erschienen. Eine Schwester, die er nie gekannt hatte, und er liebte sie. Mehr als einmal hatte sie ihn zur Vernunft ermahnt, wenn sein Temperament seinen Verstand zu überwältigen drohte. Das war in den letzten Sommern ziemlich häufig geschehen. Da hatte Rotalge begütigend seiner Eitelkeit geschmeichelt – so oft, dass er es nicht mehr zählen konnte –, wenn er sich lächerlich gemacht hatte. Sie war auch immer für ihn da gewesen – bis vor kurzem.

In den letzten sieben Monden hatte sich Häsling leer und innerlich wund gefühlt. Seine Eltern waren durch ein Fieber gestorben, und seitdem lebte er bei einer Tante. Sie war eine gute Frau, aber Häsling war sich verloren vorgekommen, wie verstört, und hatte sich verschiedentlich unbeherrscht benommen; er hatte Streit gesucht und war so kratzbürstig geworden wie ein brünstiger Alligator. Selbst sein bester Freund Teichläufer hatte sich von ihm entfernt. Wie war das geschehen? Ganz allmählich hatte sich ihr Verhältnis gewandelt. Teichläufer wollte offenbar nur mehr Zeit für sich haben. Auch um mit seiner Schwester sprechen zu können. Rotalge hatte sich ebenfalls von ihm distanziert. Sie hatte ihre Freundschaft von Häsling auf andere Mädchen verlagert. Und auf einmal war Häsling ganz allein gewesen. Natürlich, er hatte Vettern, Tanten und Onkel und Vettern zweiten und dritten Grades – aber das waren keine Freunde. Das waren Verwandte.

Der Wind schlug um. Rauch wogte über ihn hin und zwang ihn, die Augen zuzukneifen. Der frische Geruch von Kiefernsaft hüllte ihn ein. Er sah, wie er aus einer Ritze im Stamm quoll und ins Nichts verdampfte.

Draußen am Strand erhoben sich Rotalge und Eulenfalter. Häsling sprang auf, der Wind schlug ihm den Zopf gegen den Rücken, die beiden hielten sich bei der Hand. Sein Blut rauschte auf.

Sie trennten sich. Rotalge ging in seine Richtung, und Eulenfalter wanderte über den Strand. Der Krieger ging langsam, wie in Gedanken versunken.

Häsling glitt ins Dunkel des Waldes und folgte einem gewundenen Hirschpfad nach Norden, parallel zu Eulenfalters Weg. Leichtfüßig und lautlos übersprang er Windbruch und umging Gestrüpp. Das gleichmäßige Rauschen der Meerfrau half ihm. Auch als seine Sandalen einen im

Schatten verborgenen Zweig zertraten, verschluckte die Brandung das Geräusch.

Er verlangsamte den Schritt, als er Stimmen hörte. Durch das Geflecht der Zweige erspähte er ein Feuer. Jemand lachte leise, dann schlug eine Decke im Wind, als würde sie zum Schlafen ausgebreitet.

Eulenfalter trat direkt vor ihm in den Wald ein und folgte dem Pfad zum Feuer.

Häsling lief auf Zehenspitzen. Gerade als er sich zum Sprung bereitmachte, um den Mann an den Schultern zu packen, streifte sein Bein einen Palmwedel, und Eulenfalter fuhr herum und trat aus, noch bevor er festgestellt hatte, wer ihm folgte. Der Tritt traf Häsling im Magen und schickte ihn flach auf den Boden. Er versuchte, sich aufzuraffen, aber Eulenfalter fiel über ihn und stieß ihn wieder zurück. Häsling erhaschte einen Blick auf den Dolch in Eulenfalters Hand und sah dessen todverheißenden Blick.

»Nicht töten!« brüllte er.

Es dauerte eine Weile, bis Eulenfalter ihn erkannte.

»Häsling?« sagte er. »Was machst du hier?«

»Geh runter von mir. Dann sag ich's dir.«

Eulenfalter ließ von ihm ab. Selbst im schwachen Mondschein konnte Häsling das hitzige Rot seiner Wangen sehen.

Häsling wälzte sich herum und schlug mit der Faust auf den Waldboden. Graue Staubwölkchen stiegen auf. »Ich bin so dumm! Ich könnte jetzt tot sein!« flüsterte er heiser. »Wie konnte ich nur denken … du hast viele Kämpfe mitgemacht. Aber das ist mein erster Kriegszug!« Er schlug noch mehrmals auf den Boden, um sich ein Ventil für seine Demütigung zu schaffen. »Nicht zu fassen, dass ich's überhaupt probiert habe. Dabei bist du doch der wahre Krieger.«

Eulenfalter steckte seinen Dolch weg und stützte sich auf seinen Ellbogen. »Das mag ja sein«, sagte er keuchend. »Aber sei froh, dass du noch trocken bist. Eigentlich bin ich hergekommen, um meine Blase zu leeren.«

Häsling schaute auf, kicherte erst und brach dann in Gelächter aus.

Eulenfalter lachte gleichfalls. Als die Heiterkeit sich legte, wischte sich Eulenfalter die Tränen aus den Augen und sagte: »Du bist gerade noch einmal davongekommen, Häsling. Also jetzt sag mir, warum du hinter mir hergeschlichen bist.«

Häsling setzte sich auf und seufzte schwer. »Ich wollte dich töten.«

»Was? Was hab ich getan?«

»Wahrscheinlich nichts«, erwiderte Häsling achselzuckend und rieb sich über den schmerzenden Magen.

»Ich verstehe kein Wort.«

Häsling sog seine Lungen voll und beugte sich vor. »Hast du eine Schwester, Eulenfalter?«

Die Augen des Kriegers wurden schmal. »Früher, ja. Sie ist tot. Warum?«

Häsling fuhr über eine Baumwurzel vor seinen Füßen. »Von meinen Brüdern und Schwestern ist niemand älter als fünf Sommer geworden. Rotalge liegt mir sehr am Herzen, sie ist für mich wie eine kleine Schwester, und ich ...« Er wedelte hilflos mit der Hand. »Ich war in Sorge, dass du vielleicht nicht erkannt hättest, was sie für ein wertvoller Mensch ist.«

Eulenfalter lächelte. »Doch, das habe ich«, sagte er. »Aber ich hätte ihr sowieso niemals wehgetan, falls dich das beunruhigen sollte. Ich habe sie sehr gern.«

Häsling blickte hoch. »Das hab ich gesehen. So wie du sie vorher angeschaut hast, und da habe ich gewusst, was du denkst.«

»Na und? Was ist dagegen einzuwenden?«

Häsling kniff die Augen zusammen. »Was dagegen einzuwenden ist? Sie ist noch keine Frau. Das ist dagegen einzuwenden!«

Eulenfalter machte große Augen und schluckte. »Das hat sie mir nicht gesagt.«

»Natürlich nicht. Hast du sie gefragt?«

»Nein.« Er schüttelte den Kopf. »Das macht es ja noch schlimmer.«

»Schlimmer? Was?«

Eulenfalter sah Häsling in die Augen, ohne mit der Wimper zu zucken. »Weißt du, dass sie vorhat, Teichläufer zu folgen?«

»Wovon redest du?«

»Teichläufer ist auf dem Weg zum Dorf des Stehenden Horns, mitten in Kupferkopfs Lager und –«

Häsling schrie: »Warum?«

Eulenfalter hob eine Hand und schaute aufmerksam in die Runde. Die Stimmen waren verstummt. Schatten bewegten sich zwischen den Bäumen. »Pst!« flüsterte er. »Ich will nicht, dass mein Großvater davon erfährt, bevor ich's ihm sage.«

Häsling kroch näher an Eulenfalter heran und setzte sich wieder. Leise sagte er: »Warum wollte Teichläufer –«

»Er ist bei meiner Mutter«, erklärte Eulenfalter und fuhr sich mit der Zunge über die Lippen. »Das hoffe ich wenigstens. Meine Mutter ist aufgebrochen, um meinen Vater zu befreien, den Kupferkopf gefangen hält. Teichläufer ist ihr nachgelaufen.«

»O nein.« Häsling legte den Kopf in die Hände. Der Schmerz in seinem Magen wurde stärker. »Teichläufer bringt es doch nicht einmal fertig, eine Schnecke in kochendes Wasser zu werfen. Das ist ja fürchterlich.«

»Ich weiß.« Eulenfalter nickte. »Die Frage ist also: Gehen wir mit, um ihnen zu helfen – oder nicht?«

Häsling blies sich die Backen auf und stieß die Luft hörbar aus. »Eines kann ich dir sagen: Wenn Rotalge Teichläufer in Not glaubt, dann gibt es nichts, was sie aufhält. Sie wird losziehen, um ihn zu finden, mit oder ohne uns.«

Eulenfalter legte Häsling eine Hand auf die Schulter und sagte: »Vielen Dank, du hast meine Befürchtungen bestätigt. Kann Rotalge mit einem Atlatl umgehen?«

»Hervorragend«, erwiderte Häsling. »Mit dem Speer schießt sie einer Libelle aus zehnmal zehn Schritt den Kopf weg.«

Eulenfalter hob anerkennend die Brauen. »Na dann«, meinte er, »wollen wir mal überlegen, wie wir vorgehen.«

»Aber was ist mit deinem Bein?« fragte Häsling mit Blick auf den dicken Verband. »Kannst du –«

»Ich muss. Nur ich kenne die Wege durch den Wald so weit nördlich.« Eulenfalter massierte sein Bein, wie um sich Mut zu machen, aber er verzog das Gesicht vor Schmerzen. »Also, gehen wir zurück zum Lager, Häsling. Lass dich von Rotalge überreden mitzugehen. Das hat sie schon bei mir geübt.« Er lächelte und schüttelte den Kopf. »Sie kann sehr überzeugend sein – und sehr charmant.«

»Sehr sogar – für ein kleines Mädchen.«

Eulenfalter seufzte, stand auf, hob sein Gewand und schlug sein Wasser auf das welke Laub ab. »Ich hab's nicht vergessen, mein Freund.«

Häsling erhob sich gleichfalls. »Wirst du auch nicht mehr. Ich werde dich daran erinnern. Oft.«

Schwester Mond sah durch einen milchigen Wolkenschleier auf Kupferkopf hinunter. Ihr Schein wanderte durch seine Hütte, tastete spielerisch nach ihm und schnellte ängstlich wieder zurück. Er saß auf seiner Lagerstatt, ein Stück Sandstein vor sich und die Ahle in der Hand. Ein leichter Windzug bewegte die Stoffsäcke, die an den Dachpfosten hingen; sie knirschten leise.

Er beugte sich vor, um die Ahle weiter zu schärfen, und sein langes schwarzes Haar mit Silbersträhnen fiel ihm über die Brust. Fachkundig zog er die abgebrochene Spitze über den Sandstein hin und her. Das rhythmische Zischen erschien ihm wie kühler Balsam auf einer brandigen Wunde.

Die Schildpattpuppe von Riedgras saß aufrecht inmitten seiner zerwühlten Decken und sah ihm aufmerksam zu. Ihre verblassten Augen leuchteten im Mondlicht mit unnatürlichem Glanz. Aber schließlich war sie damals zum Schluss dabei gewesen, eingehüllt in den Kragen des Gewandes von Riedgras – sie würde ihn nur zu gut verstehen.

Sehr sanft fragte Kupferkopf: »Warum ist mir das nicht schon früher eingefallen? Hm? Glaubst du, weil der Gedanke mir immer noch Angst einjagt?«

Ein erdbebengleiches Zittern kroch an seiner Wirbelsäule hoch. Kupferkopf hielt den Atem an und wollte es mit seiner Willenskraft unterdrücken. Dann machte er sich wieder daran, die Ahle zu schärfen und zu einer tödlichen Spitze zu schleifen.

30

Was? Was ist das für ein Unsinn, Kind? Kupferkopf hätte doch nie versucht, die Schildpattpuppe auf der Ahle aufzuspießen. Heilige Geister! Schon der Gedanke macht mich ganz krank. Wer hat dir denn so etwas erzählt?

… Also da möchte ich am liebsten unterbrechen. Mir war gar nicht klar, dass der nie wandernde Stern diese Geschichten kennt.

Ha! Ja, das ist eine gute Beobachtung, Kind. Offenbar kennt sie die Geschichte nicht.

Jedenfalls ist die Idee lächerlich. Warum sollte denn Kupferkopf die Macht der Ahle derart verschwenden?

Das hat sie dir also erzählt?

Großer Wurm! Ja, natürlich war die Schildpattpuppe lebendig, aber warum hätte Kupferkopf die Seelen der Puppe in sich haben wollen? Das ist nicht nur lächerlich, das ist der reine Schwachsinn.

Nein, nein, Liebes, hör zu. Kupferkopf war viel zu schlau, um die Macht der heiligen Ahle für so einen Blödsinn zu missbrauchen. Er hatte viel wichtigere Pläne.

Allerdings fürchterliche Pläne …

Die Winterfeier für die Sonnenmutter war schon nahe, und im Dorf des Stehenden Horns waren alle mit Vorbereitungen beschäftigt. Ein großes Fest sollte stattfinden, mit Tanz von morgens bis abends und rituellen Spielen, bei denen ungeheure Wetten abgeschlossen würden …

Teichläufer war bestürzt, denn schon in der Morgendämmerung hatte der Tag heiß und schweißtreibend angefangen. Seine Sorge um Muschelweiß hatte sich zur Panik gesteigert. Der Schweiß lief ihr über die Wangen, als sie auf dem Hirschpfad hinter ihm ging, und ihr schönes Gesicht war bleich und verzerrt. Dauernd drehte er sich nach ihr um. Die Kopfschmerzen zwangen sie, langsam zu gehen. Unter ihren sorgsam gesetzten Schritten brachen und knirschten heute Muschelschalen und Zweige. Teichläufer vermutete, sie hätte sich normalerweise für solch einen Lärm verflucht, aber an diesem Morgen konnte sie nur ihren Blick fest auf den Boden richten und beten, dass sie den nächsten Baum erreichte, um sich mit der Schulter daran zu lehnen und wieder zu Atem zu kommen. Sie war mit einem ganz leichten Gewand bekleidet, mit einer Yucca-Schnur als Gürtel, und sie sah elend aus. Ein auf der linken Seite verknotetes Stirnband bändigte ihr langes Haar und hielt den Umschlag mit der Sonnentausalbe an seinem Platz.

Um sie herum hatten Eichen, Hickory- und Zürgelbäume ihre Wurzeln tief in den dunklen Waldboden geschlagen. Äste ragten in den klarblauen Himmel hoch, als erflehten sie den Segen von Mutter Sonne. Überall sprossen Fächerpalmen. Teichläufer zuckte zusammen, wenn gezackte Blätter einer Pflanze am Gewand von Muschelweiß zerrten, so dass sie zu stürzen drohte. Sie versuchte, sie beiseite zu stoßen, aber sie hatte nicht die Kraft dazu. Sie drehte sich dann zur Seite und zwängte sich vorbei.

Kein Wind fuhr durch die Blätter. Selbst die Vögel waren wie betäubt von der Hitze und saßen verdrießlich auf den Zweigen, ohne zu singen.

»Ich würde alles geben für eine kühle Brise«, sagte Muschelweiß sanft, »die mir das Brennen im Kopf etwas milderte.«

»Ich weiß. Das Herbstwetter ist so launisch. An einem Tag friert man, am nächsten röstet einen die Sonne.« Teichläufer, dessen langes Gewand über den Boden schleifte, führte sie durch eine Wegebiegung zu einem schattigen Platz. »Hier ist es besser, Muschelweiß. Etwas kühler.«

Eine alte Eiche stand an der Biegung. Muschelweiß lehnte sich an den dicken Stamm und sog den Geruch der warmen Rinde ein. Teichläufer litt mit ihr. Sein langes weißes Haar klebte ihm nass am Schädel und bildete kleine Locken auf der Stirn, die er wegschüttelte. Sein eigenes schweißgetränktes Gewand war schwer wie ein Umhang aus Stein. Wenn ihm die Hitze schon so zusetzte, wie musste sie dann erst leiden?

»Alles in Ordnung?« fragte er. »Machen wir Rast?«

»Nur ganz kurz. Dann geht's wieder weiter.« Sie lehnte den schmerzenden Kopf an den Stamm.

Wenn sie ihn nur gelassen hätte, dann hätte er Weiden gesucht, Blattstiele abgekocht und daraus ein wirksames Kopfschmerzpulver gemacht. Die Wurzeln von Passionsblumen hätten auch geholfen, wenn auch nicht so gut. Aber das hatte sie abgelehnt, weil sie weitermarschieren mussten. Vielleicht würde er morgen Zeit dazu finden, bevor sie aufwachte.

Mit zitternder Hand massierte sie ihren Nacken, senkte die Hand aber wieder zum Magen.

Teichläufer ging zu ihr zurück. »Wird dir wieder übel?«

Muschelweiß lächelte schwach. »Mein Magen hat sich von selbst verknotet, damit ich mich nicht übergeben muss.«

Er legte ihr zärtlich eine Hand auf die Wange. »Möchtest du etwas Wasser?«

»Ja, vielleicht hilft das. Vielen Dank.«

Er streifte seinen Beutel von der Schulter, holte die Kalebasse mit Wasser heraus und nahm den Verschluss ab. Er gab ihr das Gefäß, erschauerte aber plötzlich und machte die Augen fest zu.

Muschelweiß trank. »Was ist?«

Teichläufer sah sie mit glitzernden Augen an. »Es ist ... der Blitzvogel. Er poltert in mir.«

Sie zog die Brauen zusammen. Sie nahm einen großen Schluck Wasser. »Wenn der Vogel so aufs Reden erpicht ist, dann soll er doch einmal die Sturmfrau rufen. Wir könnten etwas Regen zur Abkühlung gebrauchen.«

»Regen?« meinte Teichläufer. Er blickte in den wolkenlosen Himmel und runzelte die Stirn.

»Ja«, erwiderte Muschelweiß. »Ich habe ein paar Seelentänzer gekannt, die haben behauptet, sie hätten die Seelen von Vögeln. Sie könnten Stürme herbeirufen.«

»Hundszahn hat so etwas erwähnt.«

Sie reichte ihm die Kalebasse, wischte sich mit dem Handrücken den Schweiß von der Stirn und lehnte sich wieder an die Eiche. »Hundszahn müsste eigentlich Bescheid wissen. Versuch's doch mal. Schließlich sind Blitzvögel mit der Sturmfrau verwandt. Und ein paar kühle Regentropfen kämen mir gerade recht.«

Teichläufer blinzelte unsicher. »Vielleicht kann dieser Blitzvogel die Sturmfrau nicht rufen.«

»Na schön«, meinte sie. »Ein Versuch kostet uns ja kaum Zeit.«

Teichläufer schlug sich nervös seitlich gegen die Oberschenkel. »Also, wenn du bereit bist, dann wollen wir weitergehen. Ich spreche dann zum Blitzvogel, wenn wir in Bewegung sind, das ist vielleicht einfacher. Beim Gehen fühle ich mich freier.«

Muschelweiß nickte lächelnd. »Geh voraus. Ich komme nach.«

Teichläufer ging mit gesenktem Kopf und biss sich auf die Lippen.

Muschelweiß folgte ihm in ihrem eigenen Tempo, einen Schritt nach dem anderen. Sie musste sehr vorsichtig sein. Ein Sturz konnte sie wieder aufs Lager werfen, und das durfte sie nicht riskieren. Ein gespenstisches Wispern ging durch den Blätterwald – und verstummte. Sie runzelte die Stirn.

In den Zweigen über ihr lief ein Eichhörnchen und versuchte, mit Teichläufer auf gleicher Höhe zu bleiben. Keckernd und hüpfend lief das kleine Tier an einem Hickorystamm hinunter auf den Pfad und verharrte direkt vor Teichläufer, der ebenfalls stehen blieb. Das Eichhörnchen stellte sich auf die Hinterbeine, atmete heftig und legte den Kopf auf die Seite.

»Was ist denn, Kleiner?« flüsterte Teichläufer. »Du willst wohl auch, dass es regnet?«

Muschelweiß blieb stehen. So wie die Biegung verlief, konnte sie Teichläufer im Profil sehen. Mit hochgerecktem Kinn schaute er stirnrunzelnd zum blauen Himmel auf, der durch das Geflecht der Zweige hindurchschimmerte. Das Eichhörnchen blickte ebenfalls nach oben. Beide hielten inne, völlig still und erwartungsvoll.

Muschelweiß stützte sich gegen einen Zürgelbaum, um sich aufrecht zu halten. Ihre Knie hatten zu zittern angefangen. Hoch über ihnen segelten ein paar Wolkenstreifen vorüber. Ein Lächeln trat auf ihre Lippen. Das Eichhörnchen gab einen Piepston von sich und ließ sich auf alle viere fallen, aber es rannte nicht weg.

Teichläufer schloss die Augen. Eine leichte Brise fuhr durch die Blätter, blies Kühle über den Pfad und bewegte Teichläufers weißes Haar. Das Sonnenlicht überflutete die nassen Strähnen und schmückte sie mit rosafarbenen Glitzerpunkten.

Muschelweiß hielt ihr Gesicht in den Wind. Oh, das tat wohl.

Das Eichhörnchen piepste abermals, und seine sanften braunen Augen wurden größer, als es emporschaute.

Muschelweiß folgte seinem Blick. Die Wolkenstreifen hatten sich miteinander verwoben und formten ein bauschiges Gebilde, mit dem, während sie noch schaute, weitere aus allen Richtungen heranwogende Wolkenbäusche verschmolzen.

Sie sah zu Teichläufer. Er hatte sich eine Hand auf die Brust gelegt, zwei Finger auf den Herzen. Schwaches Donnergrollen war zu hören. Fasziniert suchte Muschelweiß den Himmel nach Blitzvögeln ab, erkannte aber nur die Bewegung der Wolken, die sich über den Himmel wälzten.

Einzelne Regentropfen fielen ihr weich auf das emporgerichtete Gesicht.

Das Eichhörnchen ließ einen hohen sirrenden Ton hören und sprang mit einem Satz ins Gebüsch. Als es sich durch ein Loch in einem modernden Baumstamm zwängte, blitzte es. Ein Donnerschlag zerriss die Luft.

Muschelweiß fuhr zusammen; sie keuchte, in ihrem Kopf pochte der Schmerz.

Jetzt regnete es stärker, dicke Tropfen fielen herab, schlugen auf das Laub und die Palmwedel und prasselten auf

Windbruch. Sie starrte Teichläufer an. Er hatte sich nicht bewegt. Wo noch vor wenigen Augenblicken Furcht seine Stirn umwölkt hatte, war nun heitere Gelassenheit zu sehen.

Ein riesiger Blitzvogel stieß von den Wolken herab, krachte in einem blauweißen Bogen hernieder und setzte einen Baum in der Nähe in Brand. Muschelweiß duckte sich hinter dem Zürgelbaum und hielt sich die Ohren zu, um das Krachen nicht zu hören.

»Teichläufer!« rief sie.

Jetzt war es ein Wolkenbruch, der die Welt verdunkelte und durchtränkte.

Ein weiterer Blitzvogel schoss über den Himmel, so blendend grell, dass Muschelweiß den Blick ruckartig zur Seite richtete. Eine Explosion ließ den Boden erzittern; Holzsplitter regneten auf sie herab. Die blitzdurchschossene Luft zischte an ihr vorbei und roch nach Zerstörung. Blaue Nachbilder brannten auf ihrer Netzhaut, als sie die Augen aufriss und sich mühte, den vom Blitz gespaltenen Baum klar zu sehen. Die Hälften waren links und rechts von Teichläufer niedergestürzt.

Es wurde ihr übel, aber sie rannte zu ihm und legte ihm eine Hand auf das weiße Haar, während sie den Himmel beobachtete.

Der Regen hatte sie bis auf die Haut durchnässt. »Teichläufer«, sagte sie, »genug! Ich glaube dir. Hörst du mich? Ich glaube dir.«

»Was?« murmelte er. Er neigte den Kopf, um sie anzusehen, und das Wasser lief wie aus Eimern von seinen Wangen herab. »Was hast du gesagt? Oh, sieh nur, es regnet!« Er schwankte etwas und schrie: »Ich habe es geschafft! Es regnet, Muschelweiß!« Er sprang ein paar Mal aufgeregt in die Höhe. »Ich habe es geschafft! Sieh nur!«

»Du hast es tatsächlich geschafft. Aber jetzt hör auf damit, bitte!«

Ein weiterer Blitzvogel raste dicht über ihre Köpfe hinweg und dröhnte so laut, dass Muschelweiß aufschrie. Sie warf einen Arm hoch, und Teichläufer fiel zu Boden, den Kopf im Schlamm.

»Teichläufer!«

»Ich versuche es!«

Er wälzte sich auf den Rücken und blinzelte empor in diese Sintflut, die da herabkam. Das Wasser wusch ihm das lange Haar aus dem Gesicht und schickte Ausläufer aus, die den Pfad hinunterrutschten wie ein Schwarm fliehender weißer Schlangen.

Muschelweiß stand mit offenem Mund da, als sich die Wolken teilten. Lanzen goldenen Sonnenlichts schossen durch den dunstigen Wald. Bevor ihr Herz zehnmal schlug, hatte sich der Sturm schon in eine reine, leuchtend blaue Schale verwandelt, die sich über ihnen in die Unendlichkeit wölbte.

Teichläufer, schlammverschmiert von Kopf bis Fuß einschließlich der Haare, setzte sich aufrecht hin. Er drehte sich mit einem Ruck zu Muschelweiß herum. »Ich kann es nicht glauben. Es ist gegangen!«

Sie starrte ihn nur mit offenem Mund an. Er rappelte sich auf und kam zögernd auf sie zu. »Habe ich dir Angst eingejagt?«

»Wie hast du das fertig gebracht?«

Mit breitem Grinsen sagte er: »Ich habe das Blitzvogeljunge einfach gebeten, uns bitte etwas Regen zur Abkühlung zu schicken. Ich musste mich natürlich konzentrieren, damit mich Ried … der Vogel auch bestimmt hörte. Das war alles, Muschelweiß. Und es ist gegangen.«

Ihr Blick glitt zu den versengten Baumhälften. Die Stelle, wo Teichläufer gesessen hatte, war im nassen Boden immer noch vertieft.

Sie wischte sich den Regen aus dem Gesicht. Ihre Herzschläge dröhnten wie Hammerschläge gegen ihren Schädel. Sie machte einen Bogen um die schwelenden Baumreste und ging im Zickzack zum Pfad zurück, und dabei bemühte sie sich, ihren Puls zu verlangsamen. Kleine glitzernde Teiche füllten jede Mulde aus, die sie weit umging.

Teichläufer folgte ihr so dicht, dass sie seinen Atem im Nacken spürte. Er ging schneller, um an ihre Seite zu kommen. »Ist alles in Ordnung mit dir?« fragte er.

»Nun ja, du hast etwas zerstört.«

»Zerstört? Was?«

Muschelweiß blieb stehen und schaute ihn finster an. »Ich habe es immer für Zufall gehalten. Ich habe niemals daran geglaubt, dass diese Seelentänzer den Regen herbeirufen könnten. Ich habe immer gedacht, das sei alles nur Schwindel.«

Teichläufer biss sich verlegen auf die Lippen. »Wäre es dir lieber gewesen, daran festzuhalten?«

»Es war nicht so beunruhigend, Teichläufer.«

»Aber ich bitte dich, warum hast du dann verlangt, dass ich den Regen herbeirufen soll?«

»Wahrscheinlich weil ich dachte, du wärst gar nicht in der Lage dazu.«

Teichläufer verlagerte sein Gewicht auf das andere Bein. »Das verstehe ich. Das habe ich ja selbst auch gedacht.«

Muschelweiß blickte auf den Wald. Trotz des Wolkenbruchs stiegen immer noch winzige Rauchwölkchen von den versengten Bäumen empor. Seufzend erwiderte sie: »So viel zu Logik und gesundem Menschenverstand.« Sie ging weiter.

Teichläufer folgte ihr. »Bedauerst du, dass ich es getan habe?« fragte er.

Sie schüttelte den Kopf. »Nein, Teichläufer.«

»Also geht es dir jetzt besser?«

»Aber nein, natürlich nicht. Jetzt fühle ich mich viel unwohler, und es ist nicht nur mein Körper, der angeschlagen ist.«

»Aber ich habe es für dich getan. Weil du danach verlangt hast. Ich wollte, dass du –«

»Ich weiß, Teichläufer.« Sie legte ihm eine Hand auf die Schulter. »Komm nun. Jetzt, da es viel kühler ist, müssten wir das Marschzungenhaff gegen Abend erreichen.«

Er lächelte plötzlich, was sein Gesicht verschönte. »Ja, mein liebes Weib.«

Er stapfte durch das Gestrüpp an ihr vorbei, um ihr so die Palmwedel und Zweige seitlich weghalten zu können.

»Das brauchst du nicht zu machen, Teichläufer.«

»Aber es hilft dir doch, oder? Es macht es dir leichter.« Er sah sie mit großen ängstlichen Augen an.

Sie lächelte. »Ja, das tut es. Vielen Dank. Nur versuche doch bitte, weniger Lärm zu machen, wenn du mir hilfst.«

»O ja, tut mir Leid.«

31

Die unbarmherzigen Insekten, die unter Grashalmen oder in faulendem Holz wohnten, kamen bei der Hitze alle heraus. Schwärme von Moskitos, Ameisen, Spinnen und Stechmücken befanden sich wieder auf dem Kriegspfad. Die Hände von Schwarzer Regen waren in ständiger Bewegung, schlugen nach allem, was summte, sirrte oder auf ihr zu kriechen wagte, aber ihr rotes Gewand fühlte sich an, als wimmelte es darin vor Leben.

Sie zerdrückte eine Spinne, wischte Ameisen von ihrer Decke, streckte sich vor dem Feuer auf der Seite aus und sah zu, wie Biberpfote sein Abendessen aus Froschschenkeln, Holunderbeeren und Kaktusfeigen beendete. Sie waren an diesem Tag tüchtig marschiert und hatten erst spät ihr Lager aufgeschlagen. Sie brauchten alle Ruhe. Kahlhecht saß neben Schwarzer Regen, gähnend und schon schlaftrunken, und starrte nachdenklich in die Flammen. Die Fläche seines jungen Gesichts spiegelte das Feuer wie ein Wasserspiegel. Schwebestern hockte auf der anderen Seite des Feuers, neben Biberpfote, und machte Pemmikan – eine Mischung aus gedörrtem Hirschfleisch, Pflaumen und Fett.

»Wie weit ist es noch bis zum Dorf des Stehenden Horns, Schwebestern?« fragte Biberpfote.

Schwebestern zuckte die Schultern. »Wenn wir Schwarzer Regen davon abhalten können, in jedes Spiel einzusteigen, an dem wir vorbeikommen, vielleicht zwei, drei Tage.«

Schwarzer Regen lächelte, aber sie war nicht erheitert. Sie kannte Schwebestern seit vielen Sommern, und er besaß nicht einmal die wesentlichen Voraussetzungen eines Mannes. Er war ein Feigling, ein Dieb und ein Lügner – und wie er eine Frau bediente, stand unter dem Motto ›Spring, stoß und lauf weg‹.

Sie hatte einen großen Fehler gemacht, und sie hatte nie aufgehört, sich deswegen zu tadeln. Auch ärgerte es sie, dass sie sich jetzt wieder in seiner abstoßenden Gesellschaft befand. Biberpfote würde dafür bezahlen. Als er eine gemeinsame Reise mit Schwebestern erwog, hatte sie sofort Einwände erhoben, aber Biberpfote hatte den Mann dennoch eingeladen mitzukommen – ›damit er uns die kürzesten Pfade weisen kann‹, wie er sagte; sie wolle doch sicher so schnell wie möglich zum großen Muschelspiel kommen? Schwarzer Regen hatte ihn in Verdacht, dass er andere Motive hatte, die sie aber noch nicht kannte. Der arme Biberpfote, seine Familie fehlte ihm sehr, das zeigte sich in jeder Hängefalte seines Kaulquappengesichts. Außerdem sprach er fortwährend von seinen Kindern. ›Der kleine Robbenschwanz hat schon Speerspitzen gemacht, da war er drei Sommer alt‹ oder ›Wenn du denkst, das ist was Besonderes, mein Sohn Robbenschwanz hat gleich mit seinem ersten Speerwurf eine Taube im Flug getroffen, nein wirklich, ich schwör's‹.

Sie schaute düster zu Kahlhecht hinüber. Auch ein Fehler, ein Riesenfehler. Der Junge war der geborene Langweiler. Kein Gespräch, keine Unterhaltung, und noch weniger Mumm unter der Decke als Schwebestern. Da musste man lange suchen, um einen zu finden, der noch kümmerlicher war. Schwarzer Regen war nun so weit, dass sie Kahlhecht verachtete. Wenn man nur wüsste, wie man die loswerden könnte …

»Wir sind schon so nahe?« fragte Biberpfote. »Das war mir nicht klar.«

»Oh, es ist nicht weit, wenn du einen guten Führer hast«, erwiderte Schwebestern.

Eine scharfe Falte schnitt durch die Stirn von Biberpfote. Wie alle anderen Männer am Feuer trug er nur einen Lendenschurz. Der Schweiß tropfte von seinem dicklichen Gesicht und rann ihm über die muskulöse Brust. Er hatte sich das kinnlange Haar mit Yuccaseife gewaschen; es glänzte im Feuerschein. Schwarzer Regen seufzte, schlug nach einer Stechmücke und verzog das Gesicht. Die Frisur stand Biberpfote nicht, sie müsste ihm das einmal sagen; damit wirkten seine kleinen Augen und der kleine runde Mund kümmerlich.

»Und dieser Kampf mit Muschelweiß?« fragte Biberpfote. »Wann soll der denn sein?«

»Was weiß ich?« antwortete Schwebestern. »Sobald sie ankommt. Wahrscheinlich kommen wir gleichzeitig an.«

In den Augen von Biberpfote schien Neugier auf. »Was weißt du von Kupferkopfs Träumen, Schwebestern?« fragte er. »Du redest nie darüber. Hast du Angst, dass er –«

»O nein«, sagte Schwebestern und lachte in seiner kreischenden Art, »ich fürchte doch Kupferkopfs Rache nicht. Ich weiß einfach sehr wenig über seine Träume. Wollte ich auch nicht wissen. Die sind wirklich zu ausgefallen.« Er konnte nicht widerstehen und blinzelte zu Schwarzer Regen hinüber: »He, Schwarzer Regen! Etwa so ausgefallen wie die Wahnbilder einer Frau, die den ganzen Tag Mondsamenkörner gekaut hat, wie?«

Anmutig zog sie ihre Brauen hoch.

Biberpfote aß seine Froschschenkel auf, warf die Knöchelchen ins Feuer und nahm sich eine Hand voll Holunderbeeren. Er warf einen Blick auf Schwarzer Regen und fragte sich stirnrunzelnd, ob das vielleicht ihre heutige Zurückhaltung erklärte. Er schalt sich einen blinden Narren. Sie hatte zwar seit Mittag keine Körner mehr gegessen, aber die rauschhafte Wirkung hielt an, und Schwebestern kannte die Symptome.

Unter ihrem drohenden Blick verzog Schwebestern den Mund zu einem verächtlichen Grinsen. Er hatte das Haar zu zwei Zöpfen geflochten, die sein hässliches, eckiges Gesicht einrahmten. Leise lachend widmete er sich wieder seinem Pemmikan.

Er hatte ein paar Hirschdarmstücke gereinigt und sie über Palmenstängel zu seiner Linken gehängt. Danach hatte er lange Streifen getrockneten Wildfleischs auf ein viereckiges Stück Kalkstein gelegt und das Fleisch mit einem runden Flusskiesel zu Brei geschlagen. In das Fleisch drückte er die Beeren hinein, und so entstand eine klebrige Masse. Schwarzer Regen roch das Aroma, das angereichert war durch den Räucherduft des Fleischs, angenehm säuerlich durch die Beeren, und es roch so appetitlich, dass ihr das Wasser im Mund zusammenlief, obwohl sie gerade erst gegessen hatte.

Biberpfote machte eine leichte Handbewegung. »Hat Kupferkopf denn gesagt, wie der Kampf anfangen soll, zu welcher Tageszeit und –«

»O ja«, antwortete Schwebestern, ohne von seiner Arbeit aufzuschauen. »Solche Einzelheiten gibt er gern und stolz zum Besten. Er sagt uns nie etwas, was wirklich von Bedeutung ist, aber bei Kleinigkeiten ist er großzügig. Es soll im Morgengrauen losgehen.«

Biberpfote zerquetschte einen Moskito auf seiner Stirn. Weitere sirrten um seine Ohren herum, die durchsichtigen Flügel glänzten im Feuerschein. »Also wenn Muschelweiß im Dorf des Stehenden Horns ankommt?«

»Das hat er gesagt. Muschelweiß und der Blitzjünger.«

Schwebestern schaute prüfend auf die Holzschale mit Hirschfett, die vor ihm im Sand stand. Er hatte es vorher geschmolzen, und nun kühlte es ab und wurde fester. Pemmikan musste man mit derbem Talg machen, im Allgemeinen nahm man dazu Hirschfett. Mit weicherem Talg, etwa von Waschbären oder Bären, konnte man es nur verderben. Wenn man das Fett zu heiß über das Fleisch goss, wurde es ranzig. Genau die richtige Beschaffenheit und die richtige Temperatur waren also nötig; bei einwandfreier Herstellung hielt es sich allerdings viele Sommer lang.

Schwarzer Regen schüttelte sich das lange Haar aus dem Gesicht und sagte: »Also mein Sohn wird bei ihr sein. Arme Muschelweiß. So einen Klotz am Bein hat sie nicht verdient. Sie wird zweifellos seinetwegen sterben.«

Vom Tag seiner Geburt an war Teichläufer für sie eine Last gewesen. Er konnte nicht jagen, nicht kämpfen, nicht einmal gut genug sehen, um zu weben oder Steinwerkzeuge zu schlagen. Wer immer ihn sah, rannte voller Todesangst davon. Nach allem, was Schwarzer Regen wusste, war Teichläufer zu allem unfähig. Das einzig Gute, zu dem der Junge jemals beigetragen hatte – und das nur durch einen Zufall –, war die Bezahlung ihrer Spielschulden gewesen. Biberpfote schien verletzt. Er schüttelte den Kopf. »Teichläufer ist ein guter, lieber Junge, Schwarzer Regen. Du hast ihn nie richtig kennen gelernt. Er –«

»Ich bin nicht interessiert, Biberpfote«, erwiderte sie gereizt. »Danke Schwester Mond, dass ihn meine Mutter gewollt hat. Als ich ihn nach der Geburt zum ersten Mal sah, da hab ich wirklich vorgehabt, ihn im Wald auszusetzen. Damit ihn die Wildkatzen finden.«

Auf Biberpfotes entsetzten Blick hin meinte Schwebestern: »Vielleicht ist sie verhext. Was glaubst du, Biberpfote? Die menschlichen Seelen von Schwarzer Regen sind doch weggespült worden, und dann ersetzt durch die Seelen von Klapperschlange und Krokodil. Diese blutlosen Seelen, die sie hat – fallen dir dabei nicht diese Biester ein?«

Schwarzer Regen lächelte breit. Aber in diesem Lächeln konnte Schwebestern, wie sie wusste, schon die Verheißung ihrer Rache erkennen.

Biberpfote sah zu Kahlhecht hinüber, der die Unterhaltung einfach ignorierte, und senkte den Kopf. »Und wie geht der Kampf aus, Schwebestern?« fragte er. »Wird Muschelweiß sterben? Oder Teichläufer?«

»Kupferkopf sagt nie, wie der Kampf enden wird. Nur dass die Blitzvögel aus den Wolken herabstürzen und ihn und seine treuen Anhänger in eine herrliche Welt jenseits der Sterne tragen werden.« Schwebestern schlug weitere Beeren in den Fleischbrei, und das Geräusch war in der stillen Nacht weit zu hören. »Ich glaube nicht, dass Kupferkopf weiß, wie der Kampf enden wird.«

»Dann ist er kein Seelentänzer, sondern ein Schwindler. Den Verdacht hatte ich schon immer«, sagte Schwarzer Regen; sie lehnte sich zurück, verschränkte die Hände hinter dem Kopf und streckte die langen schönen Beine in das Licht des Feuers.

Natürlich konnten die Männer nicht umhin, sie anzustarren. Schon ihre Haltung war aufreizend. Die vollen Brüste drückten gegen die Tunika, und die Beine hatte sie so angeordnet, dass die Herrlichkeiten unter ihrem Rock einsehbar waren. Kahlhecht grinste wie ein Idiot, während Schwebestern sie mit hochgezogenen Brauen betrachtete. Biberpfote brachte es mit Mühe fertig, zur Seite zu blicken.

Schwebestern griff nach einem Stück Darm und sagte spöttisch: »O ja, Kupferkopf ist ganz sicher ein Schwindler. Schwarzer Regen, die hehre Frau, weiß bestimmt eine Menge über Seelentänzer.«

Sie beugte sich vor. »Ich könnte dir Sachen über ihre männlichen Meisterleistungen erzählen, die würdest du nicht glauben – geschweige denn nachmachen können, Schwebestern.«

Schwebestern unterdrückte hohnlächelnd eine Antwort. Mürrisch machte er einen Knoten in das Stück Darm und füllte den Fleischbrei ein, indem er ihn locker hineinstopfte. Wenn man es zu fest stopfte, konnte das warme Fett die Mischung nicht völlig durchdringen, und dann würden üble Geister darin wachsen, und der Pemmikan-Esser würde erkranken. Als er den Darm zur Hälfte gefüllt hatte, gab er ihn Biberpfote. »Halt das bitte für mich, damit ich eingießen kann.«

»Gern.« Biberpfote hielt das Darmende offen.

Schwebestern goss den warmen Talg vorsichtig hinein, auch nicht zu viel, gerade genügend, damit die Mischung durchsättigt werden konnte.

»Sehr gut, mein Freund«, sagte Schwebestern zum Schluss. »Vielen Dank.«

Biberpfote reichte ihm das fertige Pemmikan, und Schwebestern verknotete das obere Ende. Danach knetete er den Darm, um das Fett mit dem Fleisch gründlich zu vermischen.

»Du willst wohl nichts über Seelentänzer hören, Schwebestern?« fragte sie stichelnd. »Neidisch?«

»Schwarzer Regen«, antwortete er. »Nichts, was du weißt, ist für mich interessant.« Er machte das Pemmikan fertig und hängte es über einen Palmwedel. Dann holte er sich das zweite Stück Darm und füllte es mit dem Rest; Biberpfote hielt es ihm wieder hin, damit er das Fett eingießen konnte.

Biberpfote wollte jede Zwietracht vermeiden und fragte: »Wieso glaubst du, dass Kupferkopf das Ende des Kampfes nicht kennt? Das wäre doch erstaunlich. Die Seelentänzer, die ich gekannt habe, die haben alle –«

»Wie viele waren das denn?« fragte Schwarzer Regen spöttisch. »Ich habe viel mehr gekannt als du, und sie waren alle Betrüger.«

Kahlhecht lachte und schlug sich auf die Schenkel, aber Biberpfote schaute nicht einmal zu ihr hin. Er wechselte einen Blick mit Schwebestern und achtete auf das offene Darmende. In ihrem Herzen brannte die Wut. Als das Fett ins Fleisch eingedrungen war, nahm Schwebestern den Darm und machte einen Knoten ins obere Ende.

Biberpfote beharrte auf seiner Frage. »Wenn Kupferkopf wirklich ein Seelentänzer ist, dann müsste ihm sein Geisthelfer das Ende des Kampfes gezeigt haben. Warum sollte er ihm das vorenthalten?«

Schwebestern hing den zweiten Darm über den Palmwedel und säuberte seine Hände im Sand. »Vielleicht wünscht sein Geisthelfer, dass er versagt. Wäre ich der Geisthelfer von Kupferkopf, würde ich alles in meiner Macht Stehende tun, damit er für alle Leiden, die er anderen zugefügt hat, selber leiden müsste.«

»Gerechtigkeit, he?« rief Kahlhecht. Er kroch neben Schwarzer Regen. Sein junges Gesicht war hochrot; er legte ihr einen Arm um die Schulter und begann, sie liebkosend zu streicheln.

Die Augen von Biberpfote verengten sich zu Schlitzen. Sie hatte sein Lager in der letzten Nacht nicht geteilt, und er wusste, warum. Sie hatte Kahlhecht vergeblich beibringen wollen, wie man eine Frau erregt. Die halbe Nacht hatte Biberpfote gezwungenermaßen ihren verzweifelten Versuchen zuhören müssen; ihre Missachtung hatte ihn fast wahnsinnig gemacht. Sie lächelte ihm über das Feuer zu. Er war in der vergangenen Nacht so wütend gewesen, dass er aufgesprungen und samt Decke vom Lager fortgestapft war.

Doch heute Nacht würde er zurückkommen, daran hatte sie keinen Zweifel. Er würde angekrochen kommen, sie zärtlich anfassen und um ihre Gunst buhlen. Sie hatte noch nicht entschieden, ob und wie sie darauf eingehen würde. Jedenfalls konnte sie darauf vertrauen, dass Biberpfote sie zum Höhepunkt der Lust bringen konnte, während Kahlhecht es nur fertig brachte, ihren Appetit anzuregen, bevor er erschlafft in ihr Haar schnarchte.

»Ja, das wäre allerdings Gerechtigkeit«, sagte Schwebestern. »Kupferkopf ist ein Ungeheuer. Du hast ja keine Ahnung, junger Freund. Dein Dorf hat er nicht überfallen. Noch nicht.«

Biberpfote setzte sich auf. »Plant er etwa, Kernholz-Dorf zu überfallen?«

»Er plant, jedes Dorf in seiner Reichweite zu überfallen. Das hängt vom Ausgang des Kampfes mit Muschelweiß ab. Wenn sie stirbt, ist kein Dorf an der Küste mehr sicher.«

Biberpfote sah Schwebestern an. »Hat Kupferkopf darüber gesprochen, wie es ablaufen wird? Ich meine, der Kampf im Dorf des Stehenden Horns.«

Schwebestern streckte sich auf der Seite aus, wischte mit einem Finger die Reste vom Stein und steckte sie in den Mund. Er kaute langsam, um das Aroma zu genießen. »Da steht ein Baum, eine alte Eiche voller Hängemoos, an der nordwestlichen Ecke vom Dorf. Kupferkopf sagt, von dort aus wird Muschelweiß angreifen.«

Biberpfote nickte eifrig. »Und dann?«

Schwebestern machte eine Bewegung, als wollte er Stechmücken verscheuchen. »Dann nimmt er sie gefangen. Er behauptet –«

»Nicht jetzt!« zischte Schwarzer Regen Kahlhecht an, der nach ihren Brüsten tastete.

»Warum denn?« fragte er verwirrt. »Du hast doch nie etwas dagegen gehabt, wenn ich dich streichele.«

»Dann eben heute Abend«, sagte sie. Schroff rutschte sie

von ihm weg, stand auf und ging zum Feuer, um ihre Hände zu wärmen.

Schwebestern sah mit glitzernden Augen, wie sie näher kam. In den letzten Tagen war sein Verlangen derart angewachsen, dass er sich kaum noch beherrschen konnte. Schwarzer Regen ließ ihre Blicke über die Schwellung in seinem Lendenschurz gleiten – und lächelte. Er lächelte zurück.

Das könnte sich alles am Ende sehr günstig für sie fügen.

Sie kniete sich neben ihn und küsste ihn auf den Mund. Schwebestern packte sie gewaltsam an den Schultern, warf sie zu Boden, kroch über sie und küsste sie gierig.

»Schwebestern! Um der Sonnenmutter willen! Kannst du denn nicht etwas gewandter vorgehen?« Sie biss ihn und lachte, als er zu bluten anfing.

»Du Hure! Dreckige Hure!« brüllte Schwebestern, packte grob ihre Arme und hielt sie mit einer Hand über ihrem Kopf fest auf dem Boden. Mit der anderen Hand zog er seine angeschwollene Männlichkeit unter dem Schurz hervor.

Schwarzer Regen sah den entgeisterten Ausdruck im Gesicht von Kahlhecht. Er war verängstigt, aber bereit, ihr zu Hilfe zu eilen. Halbherzig kämpfte sie gegen Schwebestern an. »Lass mich los!« befahl sie.

»Du willst es doch!« sagte Schwebestern. »Du hast doch immer die Lust gewollt, nicht Liebe.«

Schwarzer Regen rief: »Hör auf! Schwebestern, lass mich los! Kahlhecht, hilf mir! Er tut mir weh!«

Mit dem Knie zwängte Schwebestern ihre Beine auseinander, warf sich auf sie und drang in sie ein. Sie trat und schrie, und Kahlhecht fuhr hoch, die Augen weit aufgerissen.

Biberpfote sagte gebieterisch: »Setz dich, Kahlhecht! Sie ist nicht in Gefahr, sie ist –«

»Schweig!« brüllte Kahlhecht, als er sah, wie sie sich wehrte.

Tränen rannen ihr übers Gesicht. Kahlhecht war schreckensbleich. Sie weinte. »Kahlhecht ... Oh, bitte, ich bitte dich –«

»Hör auf!« brüllte Kahlhecht. »Schwebestern! Lass sie

los!« Er zog den Dolch aus dem Gürtel und stürzte auf die beiden zu.

»Nein!« schrie Biberpfote und sprang auf. »Schwebestern, er ist bewaffnet! Er –«

Kahlhecht packte Schwebestern an den Schultern und riss ihn von Schwarzer Regen weg. Schwebestern wälzte sich zur Seite und sprang auf, den eigenen Dolch in der Hand, den er in Kahlhecht versenkte.

Biberpfote brüllte auf. »Nein!«

Kahlhecht taumelte zurück und starrte mit offenem Mund auf die Waffe, die in seiner Lunge steckte. Blut schäumte auf seinen Lippen. Er hustete, rang nach Luft und stolperte über eine Baumwurzel. Der Dolch fiel ihm aus der Hand; er sackte zu Boden, mit zuckenden Händen und Knien.

»O Bruder Erde, nein«, murmelte Biberpfote, als er sich neben Kahlhecht hinkniete.

Die Kräfte verließen den jungen Krieger. Seine Finger krallten sich in den Sand, das Blut floss ihm aus dem Mund. Seine Augen waren jetzt sehr groß. Entsetzt schaute er Biberpfote an. Die Lungen waren voller Blut, er konnte nicht mehr sprechen. Er erstickte, den Blick unverwandt auf Biberpfote gerichtet.

Schwarzer Regen sah fasziniert zu. Diese männlichen Todesrituale hatte sie immer reizvoll gefunden.

»Verzeih mir«, flüsterte Biberpfote. »O Kahlhecht, das ist meine Schuld. Wäre ich nicht gewesen, wärst du nie in diese Lage gekommen, und diese … diese …«

Der Junge starrte blind zu den dunklen Umrissen der Bäume auf, ohne Biberpfote zu hören. Biberpfote ließ den Kopf hängen und schloss die Augen.

Schwarzer Regen sagte: »Schwebestern, komm her. Ich brauche dich in mir.«

Und sie sah den Hass, der mit ungestümer Macht über Biberpfote kam. Voller Ekel und Abscheu starrte er sie an. Schwarzer Regen lächelte, als sich Schwebestern wieder auf sie legte und sie heftig küsste.

Bieberpfote saß reglos da.
Er dachte an seine Zukunft.

Muschelweiß wusste nicht, welche Falle für sie aufgestellt war. Jemand musste sie warnen und dann an ihrer Seite kämpfen. Und dieser Jemand würde großes Ansehen gewinnen.

Wenn er seine Arbeit im Dorf des Stehenden Horns beendet hätte, dachte Biberpfote, würde er so schnell nach Hause laufen, wie ihn die Beine trügen. Er würde Wasserträgerin um Gnade bitten. Nähme sie ihn zurück, dann würde der Rat vielleicht auch einlenken. An der Seite der großen Muschelweiß gekämpft zu haben, würde ihm sicher helfen, die Geistältesten davon zu überzeugen, dass er der Wiederaufnahme in den Clan würdig wäre. Vielleicht könnte er sogar Muschelweiß dazu bringen, zu seinen Gunsten zu sprechen.

Hinter sich hörte er Schwebestern keuchen und ächzen.

Biberpfote griff Kahlhecht bedachtsam unter die Arme und hob ihn hoch. Ein kleiner Teich lag eine halbe Zeithand entfernt im Wald. Er würde den jungen Krieger ganz allein auf den Weg ins Dorf der Verwundeten Seelen bringen. Niemand durfte dazu verdammt werden, allein über die Erde zu irren.

Als er zum Teich ging, warf der Mond sein Licht auf den Pfad. In jedem gesprenkelten Lichtfleck schienen ihm die lächelnden Gesichter seiner Kinder entgegen; mit ausgestreckten Händen baten sie ihn, nach Hause zu kommen. Die offene Wunde in seinem Herzen schmerzte sehr.

Er eilte den Pfad hinab.

32

Schneidet ihn ab«, befahl Kupferkopf mit sanfter Stimme. »Bindet ihm die Hände. Ich will nach dem Abendessen mit ihm reden.« Zu Tauchvogel gewandt, sagte er: »Ich werde dir jemanden bringen, mit dem du gut befreundet bist.«

»Wen denn?«

Tauchvogel bemühte sich, auf die Beine zu kommen, und verrenkte den Kopf, um Kupferkopf zu folgen, der durch das abendliche Dorf ging. Kinder rannten über die Plaza, und Hunde bellten. Männer und Frauen, die in ihren Hütten hockten, sprachen leise miteinander und häuften Holz für die nächtlichen Feuer auf. Der Meerwind trug den Geruch saftiger Schildkröten ins Dorf. Tauchvogel hatte seit drei Tagen nichts gegessen; ihm war schwindlig. Die unzähligen Dornenstiche in seinem Körper brannten und taten ihm weh, aber über die konnte er hinweggehen. Doch dieser Hunger überfiel ihn wie ein Bär, der ein verwundetes Reh gesichtet hat.

Brauterpel packte Tauchvogels gefühllose Hände und fesselte sie mit einer Lederschnur. Er flüsterte: »Mach dir keine Sorgen. Morgen ist alles vorbei. Kupferkopf sagt, dass wir dich morgen töten.«

Tauchvogel sah ihn fassungslos an, und der Krieger schüttete sich aus vor Lachen; er drehte sich auf der Stelle um und schritt davon, den anderen Kriegern winkend, ihm zu folgen. Sie bezogen ihre Wachtposten dreißig Handbreit entfernt. Tauchvogel wollte sich übergeben, konnte aber nur trocken würgen, so lange, bis er einfach keine Kraft mehr hatte; er fiel auf die Seite und blinzelte erschöpft hinaus auf die Meerfrau. An diesem Abend peitschten hohe Wellen den Strand und krachten ununterbrochen grollend ans Ufer. Purpurne Lichtpunkte tanzten auf dem Wasser; in seiner getrübten Sicht kamen sie ihm vor wie verstreute Blütenblätter von Hartriegel.

Hartriegel, blühend, so süß duftend …

Erschöpft glitt er in Schlaf.

In seinen Träumen hörte er eine Stimme singen, so rein, so voll klingend, dass er die Frau sogar in Verdacht hatte, kein menschliches Wesen zu sein. Viele Waldgeister irrlichterten durch diese verkümmerten Eichengehölze, spielten Wanderern Streiche, aber auch zornige Geister strichen dort herum, um sich an lebenden Menschen dafür zu rächen, dass sie noch auf Erden wandeln mussten. Tauchvogel ging auf Zehenspitzen vorsichtig weiter, einen Speer ins Atlatl eingelegt, flach atmend.

Hartriegelblüten hingen von den überhängenden Zweigen und parfümierten die Luft. Behutsam schob er die lavendelfarbenen Dolden aus dem Weg und duckte sich unter das Geäst.

Als er Stimmen von vorn und das unregelmäßige Kratzen eines Knochenglätters auf Speerschäften hörte, blieb er stehen. Menschen! Er hatte seit Tagen keine mehr gesehen.

Er fiel in einen Laufschritt – wieder jung, lebensvoll und stark, angetan mit seiner Krieger-Tunika, mit dem aufgemalten schwarzen Wal auf der Vorderseite. Möwen glitten durch den Sonnenbogen über seinem Kopf. Die warme Frühlingsbrise spielte mit dem Saum seines Gewandes und wehte ihm die langen schwarzen Haare vor die Augen. Er war von heiterer Gelassenheit. Zum ersten Mal seit Monden waren seine Bedrücktheit und seine Ängste verflogen. Durch die Bäume hindurch sah er einen kleinen, von Fächerpalmen bedeckten Hügel. Hickory- und Eichbäume drängten sich auf dem Kamm; graue Rauchwölkchen verwehten im Wind.

Das Kratzen des Glätters auf Holz war jetzt so deutlich zu vernehmen, dass Tauchvogel ihn fast über die Länge seiner eigenen Knochen gleiten hörte. Langsam kletterte er den Hügel hinauf, schob die Wedel beiseite und duckte sich unter den Eichenästen.

Ein Junge, etwa zehn und vier Sommer alt, lehnte an einem großen Hickorybaum und machte ein Seil aus der Nackenhaut einer Seeschildkröte. Zwei dünne Streifen dieser Haut, gedehnt und miteinander verflochten, ergaben eine sehr starke Schnur. Ein großer Hund lag auf der Seite, neben dem Jungen; er betrachtete Tauchvogel freundlich aus braunen Augen und wedelte mit dem Schwanz. Der Junge hob grüßend sein Kinn. Tauchvogel nickte und ging weiter.

Er kam in einen dunkel überschatteten Raum, und von fernher stiegen Erinnerungen in ihm hoch und kämpften sich zur Oberfläche durch: schreckliche Bilder, seine Söhne, nacheinander sterbend, und seine schöne Tochter schrie …

Er kämpfte dagegen an, um wieder in die ruhigen Gefilde des Traums versetzt zu werden, und dachte ganz stark an die Eichen, die neben ihm aufragten, an die krummen Zweige, mit graugrünen Moosbärten dick behangen, an die Luft, die nach Hartriegelblüten duftete; sie schwankten im Wind, luftverwirbelnd wie ein Fächer. Tauchvogel hob sein schweißüberströmtes Gesicht und genoss die Blüten und die duftgesättigte Kühle, die von ihnen ausging.

Der verheißungsvolle Geruch von brennendem Hickoryholz und heißem Fett stieg ihm ebenfalls in die Nase. Er atmete tief ein, und getrieben von der Gier nach diesem Essen, rannte er blindlings den gewundenen Pfad hinunter und stürzte, aus den Bäumen kommend, in eine Rasenlichtung voller Menschen.

Männer und Frauen saßen am Rand der Lichtung im Schatten, teils lachend, teils leise in Gespräche vertieft. Körbe mit Proviant standen um sie herum. In der Mitte der Lichtung brannte ein Feuer. Ein breites Glutbett füllte die Feuergrube im Sand. Auf der anderen Seite des Feuers bearbeitete eine Frau inmitten tanzender Schatten einen Speerschaft mit einem Knochenglätter, einem gespaltenen Oberschenkelknochen mit einem Bohrloch an einem Ende. Weitere Geräte lagen sauber geordnet rechts von ihr: Feuersteinstichel und Messer, eine Holzschale mit Bärenfett, zwei Holzklötze mit sandgefüllten Rillen, eine Schicht von Schwanzfedern der Eule. Dann war da noch ein Gefäß mit gebratenen Rippenstücken vom Hirsch. Ein junger Krieger saß neben der Frau.

Durch die Versammlung wandernd, blickte Tauchvogel zu der Frau, und sein Magen verkrampfte sich schmerzlich, während er Gesprächsfetzen mit anhörte und die warme Brise genoss, die über die Lichtung strich.

Am Rand der Feuergrube blieb er stehen, um der Frau zuzusehen. Der Mann neben ihr stieß sie an und wies mit einer Handbewegung auf Tauchvogel. Sie lachte fröhlich, sah auf, und als sie seine Aufmerksamkeit bemerkte, lächelte sie ihm zu. Sie war groß, hatte ein schönes ovales Gesicht, fülliges blauschwarzes Haar, und ihre obsidianfarbenen

Augen strahlten Wärme aus. Ein Windstoß, der ihr das Gewand gegen die Brust drückte, ließ die fülligen Brüste und die schlanke Taille hervortreten.

Tauchvogel lächelte und wollte gerade zurücktreten, als die Frau sagte: »Bitte teil unser Feuer. Wir kennen dich nicht. Woher kommst du?«

Er setzte sich gern. Der Mann flüsterte etwas, nickte dann höflich Tauchvogel zu und schlenderte zu einer Gruppe von Kriegern, die ihn mit Gelächter empfing.

Die Frau sagte: »Du kommst sicher von weit her. Nimm dir von den Rippenstücken.«

»Du bist sehr freundlich, danke.« Er nahm sich ein Stück mit zwei Rippen und biss sofort in das saftige Fleisch. Er aß gierig, kaute, lächelte sie an und sah ihr bei der Arbeit zu.

Mit einem Feuersteinmesser hobelte die Frau die Knoten vom Speerschaft ab. Durch dauernde Drehung glättete sie den Schaft, der dadurch rund blieb. Nach der Beseitigung aller Unregelmäßigkeiten tauchte sie die Finger in das Bärenfett und rieb damit den frisch geglätteten Abschnitt ein. Dann hielt sie den Schaft über die Glut. Sie musste ihn dauernd hin und her bewegen, damit er nicht anbrannte und beim Aufprall nicht zerbrechen würde. Das erhitzte Hickoryholz wurde so biegsam wie frisch geschnittene Triebe, und auf diese Weise konnte man das Holz gerade richten und zugleich stärken. Das Fett verhinderte das Überhitzen und das Versengen.

»Ich bin Tauchvogel«, sagte er mit vollem Mund, »vom Wespennest-Clan.«

Sie drehte den Speerschaft weiter. »Ich bin Muschelweiß vom Windeck-Clan.« Sie lächelte, und ihre Augen leuchteten.

In diesem Augenblick hielt er sie für die schönste Frau der Welt. Freude breitete sich in seinem Herzen aus, und auch in seinem Magen. Die Hungerkrämpfe ließen endlich nach, und Tauchvogel atmete langsam und befriedigt aus.

Die Frau lächelte, runzelte aber auch die Stirn. »Du hast sicher lange nichts zu essen gehabt?«

»Das stimmt«, antwortete er. Als Erinnerungen an Schmerzen und Folter hochkamen, fügte er hastig hinzu: »Aber jetzt geht es mir gut. Du arbeitest an diesen Speerschäften wie ein Fachmann. Hast du schon viele gemacht?«

»Ja.«

Sie zog den Schaft zurück, hob den Glätter und führte den Schaft durch das gebohrte Loch am Ende des Glätters, den sie über den erhitzten Teil des Schafts hinabbewegte und entsprechend bog, dort, wo der Schaft gerade gerichtet werden musste, und dabei knirschte und kratzte der Knochen. Sie hielt den Speer zur Seite, visierte die Richtung über die ganze Länge und fettete dann einen neuen Abschnitt ein, etwa eine Handbreit, den sie nun erhitzte.

»Und was, Tauchvogel vom Wespennest-Clan, tust du halb verhungert so weit von zu Hause weg?«

Er zuckte die Achsel. »Ich bin ein Forscher. Am liebsten laufe ich nur herum, um zu sehen, was es überall gibt. Und während ich unterwegs bin, treibe ich auch etwas Handel.«

Ihr wunderbares Lächeln blitzte wieder auf, und er konnte nicht anders, er musste einfach zurücklächeln. »Ich verstehe. Du bist jemand ohne Verantwortung. Ein unverheirateter Jüngling, der nirgends kämpfen muss, da es keinen Krieg gibt, und so viele Brüder hat, dass deine Familie es sich leisten kann, dich etwas verrückt herumlaufen zu lassen.«

Er war betroffen. Dann zwinkerte er und brach in Gelächter aus. »Jawohl! Ich bekenne mich schuldig. In allen Punkten. Mein Großvater hat mir immer vorgeworfen, ich sei faul. Also mit einem Wort – ich bin ein unverantwortlicher, verrückter junger Faulpelz. Aber als Händler sehr gut.«

»Du hast gesagt, dass du etwas Handel treibst. Nur etwas!«

»Das ist richtig.«

»Das heißt, nur wenn du willst.«

»Nun ja«, sagte er achselzuckend. »Handel treiben ist nicht immer ein Vergnügen. Die meisten fühlen sich verpflichtet, einen übers Ohr zu hauen, bei jedem wertvollen

Stück, das man erworben hat. Kein Mensch denkt daran, was es einen selber gekostet hat. Diese Wanderungen und das Feilschen sind oft recht unerfreulich. Und deshalb treibe ich jetzt nur Handel, wenn mir der Sinn danach steht.«

Sie schob den Glätter den ganzen langen Schaft entlang und prüfte die Ausrichtung von neuem. Während sie die zwei Holzklötze vor sich bewegte, sagte sie: »Das heißt, du treibst nur Handel, wenn du sicher bist, dass du deinen Käufer beschwindeln kannst.«

»Oh, also –«

»Ein unverantwortlicher, verrückter, junger, fauler Schwindler.«

Tauchvogel grinste breit. Sie sah ihn zurückhaltend aus den Augenwinkeln an und widmete sich wieder ihrem Schaft. Sie füllte die Hohlkehlen in den Holzklötzen mit feinem Sand, legte den Schaft in die Kehle eines Klotzes und den anderen Klotz darüber und zog den Schaft durch die gesandeten beiden Hälften hindurch, vor und zurück, um ihn vollkommen glatt zu machen. Wenn zu viel Sand an den Enden hinausgestoßen wurde, nahm sie den Schaft zurück, fügte weiteren Sand hinzu und glättete einen neuen Abschnitt des Schafts.

»Du hältst mich also für einen Schwindler?« fragte Tauchvogel.

Sie veränderte ihre Haltung, um ihn anzusehen, und ihre Augen leuchteten sanft. Seltsame Augen – sie zogen ihn machtvoll an, und wenn er in diese Augen sah, war es ihm, als ob stürmische Winde seine Seelen herumstießen. Er spürte Verzweiflung, gerade unter der Oberfläche, kaum verborgen in diesen dunklen Tiefen, und im Innersten sehnte er sich danach, die Wunden zu lindern. Oh, wie leicht fiele es ihm, diese schöne Frau zu lieben …

»Es klingt so, als wärst du ein Schwindler.«

»Hast du mich deshalb eingeladen, dein Feuer zu teilen? Damit du mich beleidigen kannst?«

Muschelweiß hatte ihren Speer glatt geschliffen und nahm ihn aus den Schleifklötzen. Mit einem Stück Stoff wischte sie den anhaftenden Sand ab. »Nein«, sagte sie schließlich. »Damit du etwas essen kannst. Du hast auf die Rippenstücke gestarrt, als würdest du sie an dich reißen wollen; da habe ich dich lieber gleich eingeladen.«

»Da hast du Recht, vielleicht hätte ich sie gestohlen.« Er grinste. »Ich weiß nicht, warum ich einen derartigen Hunger habe, aber ich –«

Schritte auf Sand, Stimmen aus großer Ferne …

»Ich glaube, ich mag dich«, sagte sie.

»Weil ich wie ein Schwindler aussehe?« Die Neckerei hatte die Welt mit neuem Leben erfüllt. Der Himmel war unglaublich blau, die Vögel tirilierten so laut, dass es ihm in den Ohren wehtat.

Sie lächelte, legte den Speer ab und nahm seine Hand. Bei der Wärme ihrer Haut, der Zärtlichkeit ihrer Berührung drehte er die Handflächen nach oben und drückte ihre Finger. Er versank in dieses unbeschreibliche Gefühl ihrer Haut auf der seinen, und ohne nachzudenken küsste er sie, und sie …

»Weckt ihn!« befahl jemand schroff.

Tauchvogel fuhr hoch und riss die Augen auf, als ihn grobe Hände in eine sitzende Stellung emporzerrten. Die eiternden Dornenwunden brannten wie Feuer. Sein ganzer Körper brannte. Blinzelnd, schnell atmend, versuchte er sich vorzustellen, wo er war. Das Geschehen aus dem Traum und die erlebten Gefühle ließen ihn nicht los. Aber Muschelweiß war verschwunden, sie saß nicht mehr neben ihm. Die Verzweiflung zerriss ihn und trieb ihm die Tränen in die Augen. Er hätte geweint, hätte er die Kraft dazu gehabt.

»Lasst uns allein«, sagte Kupferkopf.

Die Krieger zogen sich auf ihre vorigen Stellungen zurück. Merkwürdig – Kupferkopf machte ein paar Schritte, kreuzte die Arme über der bloßen Brust und starrte auf die ungestüme Brandung. Er trug nur einen Lendenschurz und außerdem eine sehr schöne Halskette aus Meerschneckengehäusen. Das Silberhaar an den Schläfen glänzte im Gewoge des Feuerscheins, der aus dem ganzen Dorf kam.

Tauchvogel ließ den Kopf fallen, die gebundenen Hände im Schoß. Blind starrte er auf die grob gewebte Bodenmatte. Er sehnte sich so verzweifelt nach Muschelweiß, dass er glaubte, sterben zu müssen, wenn er sie nicht gleich wieder sah. Er wollte sie sehen, sie berühren, ihre liebevolle Stimme hören.

»Tauchvogel!« rief eine Frau.

Er fuhr hoch, sah atemlos zu, wie sie in die Hütte eintrat und vor ihm niederkniete. Güte und Sorge waren in ihren Augen, als sie seine grässlichen Wunden sah. Sie waren entzündet, Eiter quoll aus den Einstichen und lief in Rinnsalen über Brust und Arme. Sie legte ein gefaltetes Stück Stoff neben sich und berührte vorsichtig sein Gesicht.

»Tauchvogel, erinnerst du dich an mich? Ich bin –«

»Glaskraut«, flüsterte er entgeistert. Sie hatte noch dasselbe runde, hübsche Gesicht mit der feinen Brauenwölbung und der schmalen Hakennase. In Trauer, hatte sie ihr Haar kurz geschoren. »Bist du das wirklich?«

»Ja.« Sie umarmte Tauchvogel, ohne auf die eitrigen Wunden zu achten. »Ich bin es. Seit Tagen habe ich versucht, eine Besuchserlaubnis zu bekommen.«

»Glaskraut«, wiederholte er, um sich selbst zu überzeugen. Sie und ihr Sohn Koralle waren bei Kupferkopfs Überfall im letzten Sommer gefangen genommen worden. »Heilige Sonnenmutter, wie ist das schön, dich zu sehen. Wir haben dich für tot gehalten.«

Sie wich zurück und berührte die eiternden Dornen, die noch in seiner Stirn staken. »Nein, nein, mir geht es gut.«

»Und Koralle? Stacheljunge weinte einen ganzen Mond lang, nachdem sein bester Freund –«

»Mein Sohn ist tot, Tauchvogel«, sagte sie leise. Aber es waren keine Tränen in ihren Augen. Nur Hass glühte darin. Brennender, leidenschaftlicher Hass. Sie wandte sich um, um zu sehen, wie weit Kupferkopf entfernt war – mindestens zweimal zehn Handbreit. Dennoch sprach sie mit gedämpfter Stimme. »Die Krieger vom Stehenden Horn trieben uns so unbarmherzig her, dass viele der Alten und der Kinder nicht mithalten konnten. Wer zurückblieb, wurde getötet. Dann trieben sie den Rest von uns noch schneller an, um die verlorene Zeit aufzuholen.«

Mit den gebundenen Händen griff Tauchvogel nach ihrem Handgelenk. »Ich bin froh, dass du davongekommen bist, Glaskraut. Der Clan wird glücklich sein zu hören ...« Mit einer Handbewegung bedeutete sie ihm weiterzureden, und Tauchvogel sagte: »Dass du am Leben und gesund bist.« Aus ihrer Sandale holte sie einen kleinen Dolch heraus. »Hast du jetzt Familie hier?« Sie verbarg den Dolch unter seinem rechten Knie. »Einen Mann oder Kinder?«

»Ja«, antwortete sie, »mein Mann heißt Brauterpel. Ich glaube, du bist ihm schon begegnet. Ich trage sein Kind.« Als wollte sie es aus ihrem Leib stoßen, legte sie sich beide Hände auf den Bauch und drückte fest darauf. Wilde Wut verzerrte ihr Gesicht. »Er ist ein angesehener Krieger, und ich bin seine dritte Frau, das heißt, ich mache alles, wozu die anderen Frauen keine Lust haben. Sie behandeln mich schlecht. Es ist ein hartes Leben, Tauchvogel, und ich vermisse meine Familie sehr. Wie geht es Seeigel?« Seelenqual stand in ihren Augen.

»Deinem Mann geht es gut. Er liebt dich immer noch. Als du gefangen wurdest, dachte ich, er wird wahnsinnig. Er –«

»Nein.« Sie drückte seine Hände ganz fest. »Erzähl mir nichts. Ich könnte es nicht ertragen. Aber sag ihm bitte, wenn du heimkehrst, dass meine Seelen nur noch seinetwegen leben. Er ist in meinen Gedanken und Träumen. Jeden Tag. Wenn ich glauben könnte, dass ich –«

»Es ist Zeit, Glaskraut«, sagte Kupferkopf. Der Wind wehte ihm silberne Strähnen seines schwarzen Haares um das schöne Gesicht. »Deine Familie erwartet dich. Doch bevor du gehst, zeige Tauchvogel bitte, was du für ihn gemacht hast. Er soll wissen, dass es von dir kommt, nicht von mir.«

Glaskraut runzelte die Stirn und zögerte. Dann griff sie nach einer Tunika und schüttelte sie aus. »Ich habe sie für dich gemacht, Tauchvogel. Es hat mir das Heimweh gelindert. Ich habe den Geistältesten um die Erlaubnis gebeten, sie dir schenken zu dürfen, und nachdem er sie gesehen hatte, hat er zugestimmt. Jedoch –«, sie warf einen Blick auf Kupferkopf, »ich musste sie dir selber bringen.«

Tauchvogel war sprachlos. Er konnte nur darauf starren. Der Wind ließ die Tunika flattern, so dass der blaue Blitz auf dem Brustteil zuckend aufzuleuchten schien. Aus der Tiefe seiner Erinnerung drang die Stimme von Kupferkopf langsam und leise: *Bis gestern habe ich nicht gewusst, dass du an meiner Seite bist, wenn die Welt untergeht. Ich weiß nicht, warum du da bist. Ich glaube, du musst zu mir gestoßen und einer meiner Anhänger geworden sein, denn du trägst eine hier im Dorf des Stehenden Horns gemachte Tunika mit der blauen Zickzack-Linie.*

»Vielen Dank, Glaskraut«, würgte Tauchvogel heiser hervor. »Sie ist wunderschön.«

»Ich wollte, dass du es warm hast.« Die Stimme brach ihr. Sie umarmte Tauchvogel ein letztes Mal und erhob sich. »Auf Wiedersehen.« Schnell ging sie durch die Hütte und lief ins Dorf.

Kupferkopf lehnte sich an den Pfosten vor Tauchvogel, die Arme über der muskulösen Brust gekreuzt, und betrachtete ihn. Seine Augen funkelten wie riesige schwarze Monde, und sein Blick brachte Tauchvogel zum Erzittern, denn er strahlte ein Furcht erregendes Versprechen aus. Der Feuerschein aus dem Dorf fiel ihm schräg übers Gesicht, so dass die rechte Seite im Schatten blieb. Die andere Seite jedoch, die Nase und die vollen Lippen schienen wie aus purem Bernstein geschnitzt.

Die tiefe Stimme von Kupferkopf erfüllte die Welt, so weich und seidig wie ein Gespinst. »Warum ist sie nicht hier, Tauchvogel?«

»Wer?«

»Sie hätte schon gestern hier sein müssen. Mit dem Weißen Blitzjünger. Zwei meiner Krieger sind gestern Nacht hier angekommen; sie haben mir von dem Kampf erzählt. Wenn es ihnen gelungen ist, hierher zu kommen, dann müsste sie es auch geschafft haben.«

»Ich habe dir gesagt, dass sie nicht kommen wird. Nicht, um mich zu befreien. Das wäre doch Wahnsinn, wenn das

Windeck-Dorf sie so nötig braucht. Und was du auch immer von ihr halten magst, Kupferkopf, dumm ist sie nicht«, erwiderte Tauchvogel mit funkelnden Augen.

»Irgendetwas muss geschehen sein.« Kupferkopf schüttelte den Kopf. »Ich verstehe nicht, warum meine Träume mir diese Verzögerung nicht aufgezeigt haben.«

»Mir ist aufgefallen, dass sich alle bereitmachen, und ich weiß nicht, ist das wegen der Winterfeier der Sonnenmutter oder wegen der Reise in die leuchtende neue Welt, die du ihnen versprochen hast.«

»Beides wird gleichzeitig geschehen, Tauchvogel.« Die Krähenfüße um seine Augen wurden schärfer. Er stieß sich vom Pfosten ab und ließ die Arme fallen. »Aber ich hatte gehofft, ich hätte zuvor noch etwas Zeit für sie. Ich brauche –«

»Was heißt das: Beides wird gleichzeitig geschehen? Die Wintersonnenwende … Ich habe mein Zeitgefühl verloren. Die Sonnenwende … ist die nicht schon in den nächsten Tagen?«

Kupferkopf nickte. »Und die Blitzvögel werden mich zur Zeit der Abenddämmerung holen. Wenn sie nicht bald kommt, dann habe ich nicht mehr die Zeit für sie, die ich haben will.«

Tauchvogel kniff die Augen zusammen. Die Angst zog ihm den Magen zusammen und drohte ihn wieder zu trockenem Würgen zu zwingen. »Du hast doch gesagt, du brauchst sie nur, damit sie dir den Blitzjünger bringt, so dass er dich erlösen kann. Wozu sonst brauchst du dann Zeit für Muschelweiß?«

Ein Schauer überlief Kupferkopf, aber er ließ Tauchvogel nicht aus den Augen. Er ballte die Fäuste und zögerte lange, bevor er antwortete, das Gesicht von inneren Kämpfen zerfurcht. »Es gibt Fragen, die ich ihr stellen muss.«

»Worüber?«

»Dinge, von denen du nichts verstehst.«

»Ich habe gedacht, du wolltest sie töten. Um sie zu bestrafen. Weil sie deinen Sohn ermordet hat. Weil sie dich an deine Feinde verraten hat.«

Kupferkopf beugte das Haupt.

In dem langen Schweigen, das folgte, hörte Tauchvogel das raue Gelächter der Wachtposten und den scharfen Schlag einer Kriegskeule gegen eine Palme. Die Muskeln um Kupferkopfs Mund spannten sich. Endlich sagte er: »Ich muss sie befragen über Dinge, die vor zweimal zehn und sechs Sommern geschehen sind. Nach der Pelikan-Insel.«

»Aber da war sie schon weg. Woher soll sie das wissen?«

Kupferkopf sah auf und blickte Tauchvogel starr in die Augen. »Vielleicht weiß sie es nicht. Aber ich muss sie trotzdem fragen. Verstehst du, Tauchvogel, ich kam am nächsten Tag nach Haus, um meinen Sohn zu begraben. Aber all die Seelentänzer, einschließlich Hundszahn, sagten mir, dazu bestünde kein Grund.«

»Das verstehe ich nicht.«

»Nein?« fragte Kupferkopf so leise, dass Tauchvogel ihn kaum hörte. »Das ist gut.«

»Warum haben sie so etwas Schreckliches gesagt? Seelentänzer wissen doch besser als jeder andere, dass –«

»Sie hatten ihre Gründe.« Kupferkopf presste die Lippen so fest aufeinander, dass sie nur noch eine blutlose Linie bildeten. »Ich muss allerdings zugeben, dass sie mir gleichgültig waren. Ich habe meinen Sohn dennoch begraben. Allein. Die Leute hatten die Seelentänzer gehört und fürchteten sich. Niemand wollte meinen Sohn auch nur berühren.« Ganz leise fügte er hinzu: »Ich musste meinen Sohn bestatten.«

»Aber warum ...«

Kupferkopf ging weg, hinaus zum Strand, ganz nahe an die wütenden Brecher heran, als ob ihr Getöse den Rest der Welt auslöschen könnte. Die Gischt benetzte sein Haar und den fast nackten Körper; Tauchvogel sah ihn erschauern. Doch er kam nicht in die Wärme des Dorfs zurück, sondern wanderte weiter nach Süden, bis Tauchvogel ihn aus den Augen verlor.

Sehr vorsichtig griff Tauchvogel unter das Knie und streifte den Dolch hervor. Er war klein, so lang wie der Fuß von Glaskraut, und war tödlich spitz zugeschliffen. Aber er durfte ihn nicht benutzen, es sei denn, er hätte eine gute Chance zu fliehen. Doch wo könnte er ihn inzwischen verstecken? Er schaute sich um. Wenn er sich bewegte, würde er sicher nur die Wachen auf sich aufmerksam machen.

Zwei Bodenmatten stießen sechs Handbreit vor ihm aneinander. Er musste es wagen. Tauchvogel streckte sich auf der Seite aus, als wollte er schlafen, hob die Ecke einer Matte hoch, drückte die Dolchspitze darunter in den Sand und ließ die Matte wieder fallen.

Als Brauterpel durch die Hütte spazierte und sich über ihn stellte, hatte Tauchvogel die Augen geschlossen. Er brauchte die Erschöpfung gar nicht vorzutäuschen. Brauterpel blieb eine Weile stehen, unschlüssig im Sand scharrend, und ging dann.

Ich danke dir, Sonnenmutter. Ich danke euch, Waldgeister und heimatlose Geister …

Aber bevor er seine Litanei beenden konnte, war er schon in tiefen Schlaf gefallen. Er träumte von einem kleinen Jungen, der tot in den Armen seines Vaters lag, und niemand war da, um dem Mann zu helfen, seinen Sohn zu bestatten.

33

Was ist los, Mondschnecke? Machst du dir Sorgen über Teichläufer und Rotalge?« fragte Schote.

Graue Rauchstreifen von den frühen Lagerfeuern wogten über dem Wald, der die Lagune der Seekuh umgab. Seit vier Zeithänden war die Sonnenmutter schon auf, aber ihre Strahlen durch die hohen Wolken hindurch waren nur ein fahler Widerschein ihrer selbst, farblos und bleich, von den Wellen des riesigen blauen Meers matt zurückgeworfen. Ein paar aufgebauschte Donnerwolken trieben auf die Küste zu. Der Geruch von brennendem Hickory- und Eichenholz durchzog die Luft.

Mondschnecke nickte und stach mit ihrem Wanderstab

in den Sand. »Ja, ich würde ihnen gern das Genick brechen. Ich bete nur, dass ich eine Gelegenheit dazu bekomme.«

Die neu gebaute Ratshütte stand in der Nähe der Bäume am Südrand des Dorfs, von den anderen Hütten durch eine Reihe von Palmen getrennt. Mondschnecke sah, dass Hundszahn und Schwemmstock sich schon in den kühlen Schatten des Schilfdachs gesetzt hatten. Schwemmstock wedelte mit den Armen in der Luft.

»Meinst du, sie kommen heute besser miteinander aus?« fragte Schote. Er ging langsam neben ihr und wartete darauf, dass sie sich auf ihren Stock stützte. Er hatte die Hände hinter dem Rücken verschränkt, das weiße Haar wehte in der warmen Brise. Die Haut seines hageren Gesichts wirkte heute besonders ledrig.

»Das wäre wohl ein Wunder«, antwortete sie, »wenn man bedenkt, dass sie noch nie miteinander ausgekommen sind.«

Schote lachte leise. »Und ich dachte, es wäre nur die Hitze.«

Der Spätherbst bot selten solche heißen Tage, die die Gemüter reizbarer zu machen schien. Überall in der Runde waren die Leute mürrisch an der Arbeit, fällten junge Bäume für die Pfosten der Hütten, sammelten Beeren und Kaktusfeigen, bauten Hütten und deckten Dächer. Zufrieden sah keiner aus.

Mondschnecke seufzte. Seit der Ankunft des Kernholz-Clans in der Nacht war alles schief gegangen. Es hatte Auseinandersetzungen zwischen den Clans gegeben, Streit um die besten Hüttenplätze, Krieger, die sich aneinander messen wollten, Kinder, die durchs Dorf tobten, wie kleine Tiere kreischten, sich an den Haaren zogen und miteinander rangelten, und Hunde, die wie wild aufeinander losgingen. Das Schlimmste für Mondschnecke war allerdings die Nachricht von Schote gewesen, dass weder Rotalge noch Teichläufer hier waren. Beide waren weggelaufen, um im Dorf des Stehenden Horns Selbstmord zu begehen.

»Ich sollte gar nicht über Schwemmstock und Hundszahn reden. Ich bin genauso schlecht gelaunt«, sagte Mondschnecke. »Aber das ist nicht die Hitze. Das kommt vom Magen.«

»Ich weiß, wie dir zumute ist. Ich bin krank vor Sorge über Eulenfalter. Sein Bein ist noch nicht heil, und jetzt ist er wieder auf dem Kriegspfad. Ich hoffe nur –« Ein heftiger Windstoß fuhr über den Strand, warf den Leuten Sand in die Augen und trieb sie zu ausgedehnten Flüchen, bevor er durch die Bäume fegte. Schote drehte abwartend den Kopf zur Seite und fuhr fort: »Ich hoffe nur, dass Eulenfalter den beiden hilft, am Leben zu bleiben. Er beharrte darauf mitzugehen, denn ohne ihn würden sie sich wohl verirren, meinte er.«

Mondschnecke packte den polierten Griff ihres Stocks noch fester. »Da hat er sicher Recht gehabt. Dank der Sonnenmutter, dass er so mutig ist.«

»Er ist ein guter junger Krieger«, sagte Schote mit einem Unterton stolzer Trauer. »Eulenfalter kann sich sehr gut orientieren. Wenn er einmal auf einem Pfad war, weiß er alles darüber, wo er sich mit anderen Pfaden kreuzt, wo die besten Lagerplätze sind und wie sich die Abzweigungen durch den Wald winden. Ich bin überzeugt, er wird Rotalge und Häsling sicher zu Muschelweiß und Teichläufer führen. Und was danach kommt – wer weiß das?«

»Ich wünschte, sie wären alle hier, wo wir sie beschützen könnten. Aber Eulenfalter hatte Recht: Rotalge und Häsling wären auch allein gegangen, ungeachtet aller Einwände. Ich bin dir sehr dankbar, Schote, dass du Eulenfalter erlaubt hast, sie zu begleiten.«

Schote lächelte traurig. »Mein Sohn hat mir keine Wahl gelassen, Mondschnecke. Aber natürlich – seine Anwesenheit dort ist lebenswichtig.«

Mondschnecke hob ihren Stock und bohrte ihn in den Sand. Sie dachte nach. Kupferkopf war ein Experte, was das Foltern anbetraf, das war weit und breit bekannt, und seine Methoden wurden entsprechend gefürchtet. Der Gedanke, er könnte eines ihrer teuren Enkelkinder gefangen nehmen und … Sie wagte nicht, sich das auszumalen. Ließe sie ihrer angstgesättigten Wut freien Lauf, würde sie sicher eine

Kriegsabteilung ausschicken, um das Dorf des Stehenden Horns niederzubrennen. Die eiternde Wunde bedurfte einer Verätzung, dringend. Aber noch nicht. Das durfte sie noch lange nicht wagen.

Schote verzog den Mund. »So wie du aussiehst«, sagte er, »denkst du an Mord.«

»Leider sagt mir mein Verstand, dass das ein schwerer Fehler wäre. Wir brauchen unsere Krieger hier. Nach dem Überfall auf Windeck müssen wir alle auf der Hut sein.«

Schotes weiße Brauen senkten sich. Schweiß rann ihm aus den tiefen Furchen in seiner Stirn über die hohlen Wangen. »Ja, das müssen wir wohl.«

»Ich wünschte, wir wüssten mehr über Kupferkopf. Dann könnten wir uns sicher besser verteidigen. Kennst du ihn gut?«

»Nein.« Schote schüttelte den Kopf. »Ich habe ihn vielleicht fünf- oder sechsmal gesehen, meist nur ein paar Zeithände lang.«

Das verwunderte Mondschnecke, denn jeder wusste, dass Muschelweiß und Kupferkopf sich mehrere Sommer lang eine Hütte geteilt hatten. Hatte Schote den Liebhaber seiner Tochter so sehr verachtet?

Geheime Ängste quälten sie wieder, und sie brauchte alle Willenskraft, um die Bilder zu verdrängen. Rotalge und Teichläufer an den Armen hochgezogen … tanzende Krieger um sie herum …

Sie fragte: »Ist Kupferkopf wirklich so grausam, wie man sich erzählt?«

Schote rieb sich die wunden Muskeln seines rechten Armes. »Ich weiß es nicht, Mondschnecke. Als ich ihn sah, war er niemals grausam. Ganz im Gegenteil. Er war immer ein unsicherer junger Mann, der sich wahnsinnig davor fürchtete, was andere von ihm dachten.«

»Dann glaube ich, hat er sich wohl verändert. Offenbar macht er sich jetzt überhaupt nichts mehr daraus, was andere denken.«

Schote erwiderte leise: »Vielleicht.«

Als sie sich der Ratshütte näherten, drehte Schwemmstock sich um und winkte sie herbei. »Der Sonnenmutter sei Dank«, rief er laut. »Hatte schon Angst, dass ihr nie herfinden würdet. Um ein Haar hätte ich mir die große Ader am Bein aufgeschlitzt.«

Mondschnecke schrie: »Warum denn? Was ist los?«

»Das werdet ihr schon sehen.«

»Das klingt wie eine Drohung«, entgegnete sie.

»Hältst du es für eine Drohung, wenn ich dir sage, dass die Sonnenmutter sich heute Abend zurückziehen wird?« fragte Schwemmstock und räkelte sich auf den Bodenmatten.

Mondschnecke hob eine Braue und fragte sich, was Hundszahn gemacht hatte. Der Seelentänzer schien eingeschlafen zu sein, ein halb fertiges Fischernetz fest in den Händen. Er lag mit geschlossenen Augen flach auf dem Rücken, das Netz über dem Bauch. Die beiden alten Männer trugen Lendenschurze; Schweiß glitzerte auf ihren hageren Körpern.

Schote setzte sich mit gekreuzten Beinen neben Hundszahn. Mondschnecke humpelte zu einem Stapel von Matten und ließ sich neben Schwemmstock darauf nieder. Ihr Gelenk tat ihr heute unbeschreiblich weh. Sie stellte ihren Stock beiseite und schaute sich um. Ein kahler Ort – kaum mehr als vier Pfosten und ein Dach. Man hatte gerade angefangen, die Travois abzuladen und das Gepäck auszupacken. Nicht ein Korb, kein Beutel, kein Sack zierte die Hütte. Mondschnecke stieß den Atem aus. Sie musste froh sein, dass schon jemand Bodenmatten ausgelegt hatte – wahrscheinlich Muschelglanz. Ihre Tochter hätte sicher gewollt, dass sie so bequem wie möglich untergebracht war, während das Dorf aufgebaut wurde. Dankbarkeit erfüllte ihr Herz. Wenigstens Muschelglanz war ihr noch geblieben.

»Sieh mal!« schrie Schwemmstock und deutete in die Ferne. »Da ist es wieder. Ich hab ja gesagt, dass es wiederkommt.« Er schaute an den aufgetürmten blau geränderten Donnerwolken vorbei auf einen Streifen aus tiefstem Schwarz, die sich wie eine ungeheure Schlange über den

Horizont wand. »Es kommt und geht. Wir beobachten das seit Tagen. Hundszahn, war diese Wolkenbank schon hier, bevor wir ankamen?«

»Nicht dass ich wüsste.«

»Wann hat sie sich erstmals zusammengefügt?«

Hundszahn kratzte sich an der Hakennase. Sein schweißnasses graues Haar klebte ihm an den Wangen. »Wenn ich mich recht erinnere«, sagte er nachdenklich, »einen Tag bevor Teichläufer ein Mann wurde.«

Mondschnecke runzelte die Stirn. Sie sah zu Schwemmstock, dann wieder zu Hundszahn. »Was heißt das? An jenem Tag, als er Muschelweiß heiratete?«

»Nein, nein, der Tag, an dem er erstmals einen Mann tötete.«

Schote und Mondschnecke wechselten bedeutsame Blicke, und Schwemmstock sah sie an, als wollte er sagen: Ich hab's euch ja gesagt.

Schote verbesserte ihn. »Teichläufer hat beim Kampf um Windeck-Dorf keinen getötet, Hundszahn.«

Hundszahn gähnte laut, wischte sich den Schweiß von der Brust und schloss die Augen wieder. »Ich weiß.«

Schwemmstock beugte sich nahe zu Mondschnecke und flüsterte: »Ich hab euch ja gesagt, ihr würdet's schnell begreifen. Er hat wieder einen seiner irren Tage.«

»Großer Waschbär«, murmelte Mondschnecke. Manchmal war Hundszahn klar und deutlich, aber gelegentlich äußerte er sich wie ein Idiot. »Also, wollen wir einmal sehen, was er sagen will.«

»Unmöglich«, meinte Schwemmstock. Er wischte sich die wenigen weißen Haare aus den Augen. »Sieh mal her, Hundszahn«, sagte er barsch. »Hundszahn, hör mir zu! Antworte bitte! Ist das nur ein Gewitter?«

Hundszahn machte die Augen auf und blinzelte. »Was?«

»Diese schwarze Wolkenwand!«

Hundszahn richtete sich auf und blickte mit zugekniffenen Augen aufs Meer. »O ja, das ist eine richtige schwarze Wolkenwand.« Er legte sich wieder hin und breitete das Netz wie eine Decke über sich aus. »Möchte wetten, die

Blitzvögel schießen überall in den Himmel. Die Wale und Delphine sollten sich vorsehen.« Er gähnte wieder. »Und Teichläufer auch.«

Mondschnecke beugte sich zu Schwemmstock. »Wie lange ist er schon so?« fragte sie flüsternd.

»Seit ich mich in die Ratshütte gesetzt habe. Ich muss euch sagen, die letzte Zeithand war schlimmer, als wenn sie dir die Haut mit einem scharfen Feuersteinmesser langsam abgeschält hätten.«

Schotes Mund verzog sich zu einem unterdrückten Lächeln.

Schwemmstock wandte sich wieder an Hundszahn und sagte scharf: »Hör mal, Hundszahn. Das ist wichtig. Wenn das wirklich ein Gewitter ist, dann sollten wir besser die Arbeit beenden und uns im Wald unterstellen, bis es vorbei ist. Kannst du uns sagen –«

»Was?« Hundszahn drehte sich auf die linke Seite und schaute ärgerlich auf Schwemmstock. »Was redest du da? Ziehen wir schon wieder mit den Dörfern um? Warum sagt mir niemand etwas?«

Schwemmstock erhob sich. »Schote, Mondschnecke, ich hoffe, euch beide beim Abendessen zu sehen.«

Hundszahn sah ihn im Wald verschwinden und blickte zu Mondschnecke. »Der mag mich wirklich nicht, wie?« Er warf sich wieder auf den Rücken und seufzte.

»Hundszahn!« fragte Mondschnecke. »Das ist jetzt wichtig. Hast du Träume gehabt? Ist das Gewitter, das kommt, so schlimm, dass wir im Wald Schutz suchen müssen?«

»Sollten wir wahrscheinlich, und bald, bevor –« Er starrte gebannt auf eine ziehende Wolke.

»Bevor was?«

Hundszahn fuhr herum. »Was?«

»Du hast gesagt, wir sollten im Wald Schutz suchen, bevor … bevor was?«

»Oh«, stieß Hundszahn hervor, als käme er eben erst zu sich. »Tut mir Leid, manchmal werde ich abgelenkt.« Er setzte sich auf und blickte Mondschnecke um Verzeihung bittend an. »Bevor Rotalge zur Frau wird, denn danach wird's zu spät sein.«

Mondschnecke konnte ihn nur anstarren.

Schote fuhr sich mit der Hand durch sein weißes Haar. »Lass mich raten«, sagte er. »Zu spät für was, Hundszahn?«

Hundszahn sah ihn forschend an. »Zur Flucht natürlich. Was ist los mit dir, Schote? Du hast überhaupt nicht zugehört, nicht wahr?«

Schote blieb der Mund offen stehen. »Mondschnecke. Jetzt bist du dran.«

Mondschnecke dachte nach, und ihre Mundwinkel bogen sich nach unten. »Ich weiß nicht, wo ich anfangen soll.«

»Ah!« sagte Hundszahn und schüttelte einen erhobenen Finger. »Ja, ich verstehe. Ich war ja damals da, wie du dich erinnerst. Ich wusste auch nicht, wo ich anfangen soll.«

Schote hob eine Braue. Schlau fragte er: »Du warst da?«

»O ja. Das Dorf des Stehenden Horns war in Aufruhr nach Kupferkopfs Rückkehr von der Pelikan-Insel. Ich hatte Glück, dass ich noch heil herauskam. Er hat gedroht, mich umzubringen. Hast du das gewusst?«

Mondschnecke schwieg und beobachtete ihn nur.

»Nein«, antwortete Schote. »Warum hat er dir gedroht?«

»Ich glaube, er hielt die Seelentänzer im Dorf des Stehenden Horns – wir waren zu viert –, er hielt uns für schuldig. Ich weiß allerdings nicht, aus welchem Grund er uns einer so fürchterlichen Untat beschuldigte. Erinnert ihr euch an Schneckenfuß? Es hat ihm das Herz gebrochen. Er war damals sehr jung, aber bereits ein anerkannter Seelentänzer. Wir haben tagelang bei dem toten Jungen gesessen und versucht, uns vorzustellen, was geschehen war. Wir haben's nie herausbekommen. Nicht ganz jedenfalls. Es war wirklich grauenvoll.«

Schotes Gesicht verdüsterte sich. »Meinst du Riedgras?«

»Aber natürlich«, erwiderte Hundszahn gereizt. »Wen denn sonst?«

Mondschnecke setzte sich zurück. Der Name weckte etwas in ihrer Erinnerung, aber sie wusste nicht genau, was es war. Riedgras, ein Junge aus dem Dorf des Stehenden Horns, der zur Zeit des Pelikan-Insel-Massakers starb …

»Was war so grauenvoll?« fragte Schote drängend.

Hundszahn schaute sich furchtsam um, stand auf und setzte sich dann dicht neben Mondschnecke. Hätte sie sich besser bewegen können, wäre sie etwas zur Seite gerückt, aber stattdessen packte sie nur ihre Knie. In den Augen von Hundszahn funkelte Wahnsinn. Der Seelentänzer flüsterte: »Es war die Tatsache, dass der Junge nur noch eine Seele hatte, die Seele, die immer im Körper bleibt. Die anderen Seelen waren weg.«

»Großer Bruder Erde!« flüsterte Schote. »Du meinst, sein Körper hätte schon länger als zwei Tage gelegen? Warum würde –«

»Nein, nein«, sagte Hundszahn leise und reckte den Hals, um sich zu vergewissern, dass sie nicht belauscht wurden. »Der Junge war noch nicht einmal einen Tag tot, Schote. Das war das Grauenvolle daran.«

Schote kniff die Augen zu. »Wie war das möglich? Was ist mit seinen anderen Seelen geschehen?« Plötzlich flammten seine Augen auf. Er stützte sich mit den Handflächen auf und beugte sich zu Hundszahn. »Hast du nicht gesagt, eine davon wäre in einen Blitz verwandelt worden?«

»O ja. Die Erste Mutter nahm seine im Wasser gespiegelte Seele zurück. Das wissen wir. Aber was geschah mit seiner Schatten-Seele, Schote? Das war das große Geheimnis. Ich glaube, wenn Kupferkopf die Antwort darauf wüsste, könnte er Muschelweiß töten, sowie sie den Fuß in sein Dorf setzt. Aber zum Glück weiß er es nicht. Und deswegen hat sie eine Chance.« Hundszahn runzelte die Stirn und sah Mondschnecke teilnahmsvoll an. »Und die anderen haben natürlich auch eine. Ich wollte dir keine Angst machen.« Liebevoll tätschelte er die Hand von Mondschnecke. »Nicht, dass Muschelweiß die Antworten hätte, aber –«

Mondschnecke riss ihre Hand weg. »Hundszahn, ist dir klar, wie wütend du einen machen kannst?«

»Natürlich«, sagte er. »Da kommt er wieder, also wenn

ihr nichts dagegen habt, mach ich mich wieder auf.« Rasch erhob er sich und trottete davon.

»Worum ging es da?« fragte sie.

Schote deutete auf Schwemmstock, der aus dem Wald kam. Sie schüttelte den Kopf. »Also ich muss sagen, mir ist es ganz recht, wenn Hundszahn geht. Hast du von alledem etwas verstanden? Was hatte das mit den fehlenden Seelen zu bedeuten?«

Schote schaute düster auf die Asche in der Feuergrube. »Ich habe keine Ahnung. Aber ein paar wichtige Sachen hat er uns ja mitgeteilt.« Er sah Mondschnecke starr an. »Erstens, dass der Sturm da draußen anscheinend eine Bedrohung sein wird. Ich halte es für angebracht, für ein paar Tage weiter ins Binnenland zu ziehen. Zweitens, dass Muschelweiß noch nicht im Dorf des Stehenden Horns angekommen ist, Mondschnecke. Sie und Teichläufer hätten schon vor Tagen dort ankommen sollen.«

Vor Aufregung schnürte sich ihr der Hals zu. »Glaubst du, dass sie in Schwierigkeiten sind?«

Er schüttelte den Kopf. »Ich weiß es nicht.« Er schnaubte auf. »War keine große Hilfe, Hundszahn, oder?«

Mit zugekniffenen Augen sah Schote dem Seelentänzer nach. Hundszahn winkte den Leuten und grüßte sie, als er das Dorf durchquerte. Eine Rotte von Kindern formierte sich hinter ihm und lief ihm nach. Ihnen folgten wiederum Hunde, die jaulend und bellend spielerisch nach ihren Fersen schnappten. Hundszahn bemerkte sein Gefolge offenbar nicht.

Schwemmstock wartete ab, bis Hundszahn endgültig verschwunden war, kam dann zur Ratshütte zurück und setzte sich neben Schote. Von seiner Nasenspitze tropfte der Schweiß. Er wischte ihn ab und gewahrte dann den Gesichtsausdruck von Mondschnecke und von Schote. Wortlos zog er sein Messer aus dem Gürtel und reichte es Schote: »Hier. Die große Ader verläuft an der Schenkelinnenseite.«

34

Der warme Nachtwind trug das Bellen und Kläffen von Füchsen herüber. Teichläufer zog sich die Decke über den Hals und lauschte. Sie hatten Beute erspäht. Das hörte er, denn die Fähe, die den Standort jedes Jägers im Rudel wissen wollte, gab dem Rudel Signale und rief es immer näher herbei, um die Beute zu reißen. Es dauerte nur einen Zeitfinger. Ein Kaninchen stieß in Todesangst einen Schrei aus, es folgte noch ein kurzes, scharfes Gejaule, und dann herrschte Schweigen.

Teichläufer sog die Nachtluft ein und schaute zu den Zweigen der Persimonen hoch, die wie ein feines, schwarzes Filigran über ihm hingen. Das Lager befand sich am Rand einer begrasten Lichtung. Hohe, dünne Wolkenstreifen bedeckten den Himmel. Wo immer Schwester Mond einen Durchlass fand, sandte sie ihr Licht hindurch, das auf dem Rasen aussah wie ein verlorenes Halstuch aus schimmernden Spinnenfäden.

Neben ihm schlief Muschelweiß, in Decken eingehüllt. Dreimal war sie heute gefallen. Einmal war sie über eine freiliegende Wurzel gestolpert; die anderen Male hatte er sie keuchen hören und gerade noch gesehen, wie sie sich um sich selbst drehte und zusammenbrach. Sie behauptete zwar, dass sie wieder gestolpert sei, doch er befürchtete Schlimmeres. Danach brachte sie die schiere Anstrengung des Stehens jedes Mal wieder außer Atem. Sie stützte sich dann mit einer Hand auf Teichläufers Schulter und atmete heftig; ihre Nasenflügel bebten, als sie sich bemühte, auf den Beinen zu bleiben.

Teichläufer wusste nicht, was er machen sollte.

Er zuckte zusammen. Der Blitzvogel rührte sich wieder. Er konnte fühlen, wie er lebte, wie ein groß gewordener Embryo, der sich ungeduldig aus dem Mutterleib befreien wollte. Bei jeder seiner Bewegungen hörte Teichläufer ferne Melodien. Tiefe Trommelwirbel und Paukenschläge, überlagert von einem Klingeln, als spiele da jemand mit ausgetrockneten Knochen, und dem andauernden Zischen einer

Palmbürste, die über Leder geführt wurde, ähnlich dem leisen Rascheln von Regentropfen – Donnermusik. Teichläufer genoss diese unsagbar schöne Musik mit allen Fasern seines Körpers. Manchmal schien es ihm, als finge er Wörter auf, über Wolken, die sich auftürmten, über den unendlichen blauen Himmel und über das beseligte Aufschießen in endlose Räume der Dunkelheit. Er wurde von einer überwältigenden Sehnsucht gepackt. Wie die Arme einer Geliebten versprach dieser Gesang ihm Dinge, die er in seinen Träumen nicht für möglich gehalten hätte. Ein Lichtschein, durch eine überirdische Stille herabsinkend, schimmerte all seine Glieder entlang. Die Donnermusik drang ins Mark seiner Knochen, und die Sehnsucht nach diesem blendenden Flug war so groß, dass sie schmerzte. Könnte er doch nur –

Du brauchst nur deine Hand auszustrecken, Blitzjünger, sagte eine leise Stimme, *und auch du kannst in die Höhe fliegen.*

Teichläufer erstarrte vor Angst. Er flüsterte: »Wer bist du?«

Er hatte diese Stimme nicht mehr gehört, seit er die brennenden Schwanzfedern des Blitzvogels gepackt hatte. Er atmete schneller und flacher, und die Luft zischte durch seine Nasenflügel.

Er wartete auf die Stimme.

»Teichläufer?« murmelte Muschelweiß.

»Ja, mein Weib?« Er wandte sich zu ihr.

»Was ist los?«

»Es ist nichts. Schlaf weiter, du brauchst deine Ruhe.«

Sie wälzte sich auf die Seite, um ihn anzusehen. Im tanzenden Mondlicht schimmerte ihr Haar silbern. »Du bist hochgefahren, als hätte dich etwas gebissen.«

»Ich habe geträumt.«

»Du hattest einen Traum?« fragte sie sanft drängend. »Oder einen Geisttraum?«

Teichläufer setzte sich aufrecht, die Decke in bläulichen Falten um seine Hüften gewickelt. Er rieb sich heftig über die Wangen. »Ich kann das nicht mehr unterscheiden.«

»Du zitterst ja«, bemerkte sie.

»Ich zittere?« Bestürzt blickte er an sich hinunter und stellte fest, dass sie Recht hatte. »Ich weiß nicht, wann das angefangen hat.«

»Was ist in deinem Traum geschehen?«

»Ist nicht so wichtig.«

Muschelweiß hob eine Hand. »Komm, Teichläufer. Leg dich dicht neben mich.«

Ihre Stimme klang so stark und selbstsicher, dass er sich geborgen fühlte. Er zog sich die Decke über die Schulter und rückte neben sie; sein Gesicht war nur eine Handbreit von ihrem entfernt. Sie legte den Arm um ihn und streichelte ihm zärtlich über den Rücken. Er seufzte vor Erleichterung.

»Es ist alles in Ordnung«, flüsterte sie. »Wir sind beide in Ordnung. Versuche zu schlafen.«

Teichläufer bettete seinen Kopf in die Mulde ihres Schlüsselbeins, und sie strich ihm über das lange weiße Haar, als gefiele ihr dessen Weichheit.

»Ich liebe dich, Muschelweiß. Ich danke dir.«

»Wofür?«

»Dass du dich um mich sorgst.«

Er fühlte, wie sie in sein Haar lächelte. Sie tätschelte seinen Rücken. »Du hast dich ja auch um mich gesorgt.«

»Nicht sehr gut. Ich habe mir zwar Mühe gegeben, aber offenbar bin ich nicht in der Lage –«

»Ich bin dir sehr dankbar dafür, dass du mich begleitet hast. Du hast mich verbunden, hast mir Weidenrindentee gekocht und gejagt und Fische gefangen. Was hätte ich ohne dich gemacht?«

Teichläufer hob den Kopf, und in seinen Augen war zu lesen, wie wund sein Herz war. »Danke, dass du das gesagt hast. Ich weiß, es ist nicht so ernst gemeint, denn ich habe ja kaum Tiere gefangen.« Ihm fielen seine ungeschickten Jagdversuche ein. »Allerdings, meine letzte Falle hat ganz gut gewirkt, nicht wahr?«

»Du hast sie sehr geschickt in den Wildpfad gehängt. Als der Waschbär hineingetappt ist, hat er nicht einmal gewusst, wie ihm geschah.«

»Ja.« Teichläufer lächelte. »Er hing am Fuß in der Schlinge, die ich am Ast aufgehängt hatte.« Sein Lächeln wich, und er schaute düster auf seine Decke. Es war ein Junges gewesen. Als das kleine Tier Teichläufer herankommen sah, hatte es in Todesangst geschrien, und dieser Schrei war Teichläufer durch Mark und Bein gegangen. Das Schlimmste war das Töten gewesen. Mit dem Messer hatte er die Luftröhre des kleinen Waschbären durchgesägt, und die ganze Zeit hatte das Tier nach Luft gerungen und Teichläufer mit großen verzeihenden Augen angesehen. Die Tiere wussten besser um den Tod Bescheid als die Menschen.

»Woran denkst du?« fragte Muschelweiß.

»An den kleinen Waschbären, und an das, was geschah, nachdem ich ihn getötet hatte.«

Sanft fragte sie: »Und was war das?«

Teichläufer konnte sie nicht ansehen. Er zerknüllte eine Ecke seiner Decke. »Ich konnte nicht anders, Muschelweiß, ich habe mich mitten auf den Pfad gesetzt und geweint. Ich wusste, wir brauchen das Fleisch, besonders du hast es gebraucht, um neue Kräfte zu gewinnen, und es tat mir auch nicht Leid, dass ich den Waschbären getötet habe, ich habe nur …«

»Es hat dir nur im Herzen wehgetan.« Muschelweiß hob sein Kinn, um ihm in die Augen zu sehen. »Warum hast du mich nicht ansehen können, als du mir das erzählt hast?«

Er zögerte. »Ich hatte Angst, dass du dich meiner schämst.«

»Weil du über seinen Tod geweint hast? Weil du Mitleid mit anderen Kreaturen gehabt hast? Wie könnte ich mich deiner schämen, da du den Wert des Lebens begriffen hast?« Sie lächelte schwach. »Das ist doch deine Stärke, Teichläufer.«

Er ergriff ihre Hand. »Du weißt immer, wie du meine Sorgen lindern kannst. Ich danke dir. Und jetzt schlaf weiter, mein Weib. Es tut mir Leid, dass ich dich so lange wach gehalten habe.«

Muschelweiß wies auf den Platz neben sich, und Teichläufer kuschelte sich erneut an sie, hörte ihren regelmäßigen Herzschlag und lauschte glücklich ihren beruhigenden Atemzügen.

Muschelweiß küsste ihn leicht auf die Stirn. »Ich brauche wirklich Schlaf, Teichläufer, aber noch wichtiger sind mir deine Träume.«

»Ach, die sind nicht so wichtig.«

»Hast du Angst, dass ich dir nicht glaube? Ich werde dir bestimmt glauben, ich muss dir glauben, Teichläufer.«

Er runzelte die Stirn. »Du musst?«

Er spürte, wie sie nickte. »Ja, wir sind dem Dorf des Stehenden Horns zu nahe und beide in großer Gefahr. Ich kann es mir nicht leisten, irgendetwas außer Acht zu lassen. Ich brauche jede kleinste Information, die ich bekommen kann. Ich wünschte, du würdest mir vertrauen.«

»Aber das tue ich doch!« stieß er hervor. »Ich vertraue dir von ganzem Herzen, Muschelweiß. Es ist nur ... ich weiß nicht, ob das, was ich empfunden habe, wirklich damit zu tun hat –«

»Teichläufer«, sagte sie, müde seufzend. »Erzähl's mir einfach. Bitte.«

»Der Blitzvogel hat sich gerührt. In mir.«

»Gerührt? Du meinst, so wie ein ungeborenes Kind?«

»Ja.«

Gedankenvoll strich sie ihm ein paar Mal übers Haar. »Der Vogel wächst also?«

Wieder nickte er; er hätte gern ihren Gesichtsausdruck gesehen, fürchtete sich aber zugleich davor. »Und Musik erklingt dabei.«

Die Hand von Muschelweiß hielt über seiner Schulter inne. »Musik?«

»Ja, eine seltsame Musik, und eine sehr schöne. Fast zu schön, um sie zu ertragen. Zischen und Trommelschläge und Klingeln, und das alles begleitet von tiefen Trommelwirbeln. Donnermusik. So nenne ich sie.«

Teichläufer fühlte, wie Muschelweiß den Kopf reckte. »Wie merkwürdig«, flüsterte sie.

»Was?«

»Kurz bevor meine Kinder geboren wurden, war mir in jedem einzelnen Fall, als spürte ich eine Angst in ihnen, Angst vor dem Geborenwerden und eine Unsicherheit. Vielleicht waren es auch meine eigenen Gefühle, aber ich glaubte, sie kämen von meinen Kindern. So habe ich immer für sie in meinem Schoß gesungen, um ihre Ängste zu lindern, und das schien sie zu besänftigen.« Das Mondlicht durchdrang den Wald und überzog Bäume und Gras vorübergehend mit silbernem Schimmer. Muschelweiß schwieg eine Weile und sagte dann: »Wenn es Riedgras in dir ist, dann versucht er vielleicht, dich zu beruhigen, Teichläufer. So wie ich ihn einst zu beruhigen versuchte.«

»Um meine Ängste zu lindern angesichts seiner Geburt?«

»Ja. Hast du Angst, Teichläufer?«

Teichläufer legte einen Arm um ihre Hüften und drückte sie fest an sich. Heiser sagte er: »Sehr, mein Weib.«

Muschelweiß legte ihre Wange liebevoll auf seinen Scheitel. »Ich wünschte, ich wüsste, was ich sagen könnte, um dir zu helfen, Teichläufer. Aber ich wollte in meinem Leben nie etwas mit der geistigen Macht zu tun haben, so dass ich jetzt …«

»Schon gut, mein Weib. Schon deine Stimme zu hören beruhigt mich.«

Sie strich ihm mit den Fingern durch das weiße Haar. »Ich wünschte, Hundszahn wäre hier. Er wüsste, was man dir jetzt sagen müsste. Teichläufer«, sagte sie, als wäre ihr der Gedanke jetzt erst in den Sinn gekommen, »als wir Hundszahn bei der Lagune der Seekuh getroffen haben, da hat er gesagt, er sei ausdrücklich deinetwegen gekommen. Um mit dir zu sprechen. Er hat sogar den Blitzvogel erwähnt. Hast du mit ihm darüber sprechen können?«

Er rollte sich zusammen und verbarg sein Gesicht in ihrer Tunika. »Ja.«

»Was hat er dir gesagt? Hat er erklärt, was geschehen würde, wenn der Blitzvogel zur Welt kommt?«

»Ja.«

»Teichläufer!« Sie stützte sich auf einen Arm und stieß

ihn an, um ihn auf den Rücken zu wälzen, damit sie ihm in die Augen sehen konnte. »Was hat Hundszahn gesagt?«

Er zwang sich, ihrem Blick zu begegnen, aber ihr Blick ließ sein Herz heftig schlagen. »Er sagte, das Junge wachse sehr schnell, und es werde nicht lange dauern, bis es durch meine Rippen schnitte und auf die Jagd ginge.«

»Auf die Jagd? Wen oder was will es jagen?«

Teichläufer machte eine hilflose Armbewegung. »Hundszahn sprach damals zu einer vorwitzigen Wolfsspinne und hatte offenbar keine Lust, auf meine Fragen zu antworten – eine ausgenommen.«

Ihre Augen verengten sich. »Welche?«

»Ich habe ihn gefragt, was wohl geschehen würde, wenn das Blitzvogeljunge frei in die Höhe schießt.«

Muschelweiß wartete und betrachtete ihn forschend. Die Wolken zogen weiter, und das Mondlicht fiel über den Wald; die schwarzen Schatten der verflochtenen Zweige lagen in Streifen über ihrem Gesicht wie eine Kriegsbemalung. »Und? Was hat er gesagt?«

»Er hat gesagt ...« Seine Hand zitterte, als er sie auf ihre glatte Wange legte. »Er hat gesagt, dass ich sterben müsste.«

Er fühlte, wie ihre Muskeln sich spannten. Aber sie sagte nichts. Ihre Blicke schossen über die Lichtung, überwachten die Bäume und wandten sich dann wieder Teichläufer zu.

»Hat er sonst noch etwas über diesen Tod gesagt?« fragte sie.

»Wie meinst du das?«

»Erzähle mir alles, was er in jener Nacht über dein Sterben gesagt hat.«

»Nun, ich habe zuerst gefragt, ob ich sterbe, sobald das Junge sich frei aufschwingen würde, und da hat er gesagt: Du bist schon einmal gestorben, hat das wehgetan? Darauf habe ich geantwortet –«

»Hat er gemeint, du seist gestorben, als du in den Heiligen Teich gegangen bist?«

»Ja. Darüber hat er geredet, dass meine Seelen im Teich weggewaschen würden. Jedenfalls, habe ich gesagt, hat es nur ein bisschen wehgetan, als ich das erste Mal gestorben bin, und daraufhin fragte er: Also wovor hast du Angst?« Teichläufer strich über ihren Arm. »Ich weiß nicht, wieso er so beiläufig darüber sprechen konnte.«

Muschelweiß lächelte breit. »Verstehst du nicht, Teichläufer? Hundszahn spricht immer in Rätseln. Du weißt doch gar nicht, ob er gemeint hat, dass du tatsächlich stirbst. Er hat vielleicht gemeint, dass du stirbst wie im Teich, und das heißt, dass deine Seelen eine Art von Verwandlung durchmachen müssen.« Sie verzog den Mund. »Wie ich Hundszahn kenne, könnte er auch gemeint haben, dass ein Fußnagel von dir stirbt. Wir wissen nichts Genaues.«

Sie stieß mit der Stirn gegen die seine, und er grinste und starrte in ihre warmherzigen Augen. »Also hör auf, dir Sorgen zu machen. Du kannst sicher noch weitere zehnmal acht Sommer leben.«

»Das glaubst du wirklich?«

»Das ist sehr gut möglich.«

Erleichterung überwogte Teichläufer. Muschelweiß würde ihn nicht belügen, und wenn sie glaubte, dass Hundszahn in Rätseln gesprochen habe, dann waren seine Ängste vielleicht völlig unbegründet. Er würde darüber nachdenken müssen.

»Ist dir denn niemals der Gedanke gekommen«, fragte Muschelweiß flüsternd, »dass das Blitzvogeljunge versucht, dir eben das zu sagen? Nämlich: Fürchte dich nicht, Teichläufer, alles wird gut.«

Er legte sich eine Hand aufs Herz und strich leicht darüber. »Nein, so habe ich das nie gesehen. Aber die Klänge, die es von sich gibt, sind so erhebend und zauberhaft, dass sie mich in der Tat von meinen Ängsten ablenken.«

»Also ich nehme an, dass Blitzvögel mehr wissen als Hundszahn. Wenn das Vogeljunge sich rührt, um deine Ängste zu lindern, dann will es auch nicht, dass du Angst hast. Und vielleicht – nur vielleicht – geschieht das einfach deswegen, weil du wirklich nichts zu fürchten hast.«

Teichläufer murmelte: »Ich liebe dich so sehr.« Er sehnte sich danach, sie sagen zu hören, dass sie ihn auch liebe, aber es war ihm klar, dass ihr das jetzt besonders schwer fallen musste, da sie auf dem Weg zu Tauchvogel war. Er konnte warten. Eines Tages würde Muschelweiß ihm das sagen. »Schlaf jetzt«, flüsterte er. »Bitte, Muschelweiß. Du musst deine Kraft zurückgewonnen haben, wenn wir im Dorf des Stehenden Horns ankommen. Um dorthin zu kommen, musst du jetzt schlafen, mein Weib.«

»Ich werde schlafen, wenn du auch schläfst.«

»Ich will es versuchen.«

Sie zog ihm die Decke über die Schultern und ließ noch einmal ihren Blick über den Wald schweifen. Dann nahm sie Teichläufer in die Arme und schloss die Augen.

Eine ganze Weile konnte Teichläufer nicht einschlafen. Er dachte über alles nach, was sie gesagt hatte. Und über die Melodie des Blitzvogels, die so überirdische Sehnsüchte in ihm ausgelöst hatte.

D*u hast mich gerufen, du blinder Gesell. Ich bin hier. Was willst du?*

Ich reiße die Augen auf und keuche vor Schreck. Meine Blicke durchforschen die fahlblaue Morgendämmerung. Die verflochtenen Zweige haben den Mantel der Nacht abgeworfen und die ersten schwachen Strahlen von der Sonnenmutter Herrlichkeit in sich aufgenommen. Blätter glänzen und wiegen sich im kiefernduftgesättigten Wind. Es ist wohltuend kühl nach der gestrigen Hitze.

Ich wende den Kopf. Da sehe ich sie.

Die Schildpattpuppe sitzt mitten auf einem Palmenwedel über meinem Kopf, die abgewetzte Tunika und der weiße Körper vorzüglich in den dunkelgrünen Fächer eingepasst.

»Warum hast du so lange gebraucht?« flüstere ich. »Ich rufe dich schon seit Tagen.«

»Da erwartest du, dass ich komme, bloß weil du rufst? Ich habe ganz andere Sorgen, du dummer Junge.«

»Warum nennst du mich dumm?« frage ich ärgerlich. »Ich habe gelernt zu donnern. Stimmt das nicht?«

Der Wind säuselt durch den Wald, und der Wedel, auf dem die Schildpattpuppe sitzt, wippt auf und nieder und bauscht ihren zerrissenen Rock. »Nur weil ich dich gezwungen habe, eine ganz einfache Sache zu lernen, glaubst du, du gehörst nicht mehr zu den Katzenfischen, denen sie die Gehirne ausgekämmt haben?«

Ich spanne meine Rückenmuskeln an. »Ich habe auch andere Sachen gelernt. Der Blitzvogel hat mir etwas vorgesungen. Hast du das gewusst? Er hat mir die tollsten Sachen gesagt – wie einem zumute ist, wenn man aus dem weichen Bauch von Wolken springt und durch den Himmel taucht –«

»Ich vermute, es ist dir noch gar nicht aufgegangen, dass dich der Blitzvogel zum Aufschwingen bewegen wollte ... hab ich Recht, du hirnloser Junge? Vielleicht hat dir der Vogel auch Dinge in einem Licht gezeigt, das so magisch war, dass deine Augen die Schönheit gar nicht erfassen konnten?«

Erstaunt flüstere ich: »Woher weißt du das?«

Die Schildpattpuppe seufzt gereizt. »Könnte es sein, dass der Vogel dich triezt und derartig süchtig macht nach dem Licht, dass du, wenn du einmal Zeit haben solltest – vorausgesetzt, du lebst lange genug –, endlich lernen willst zu BLITZEN!«

Ich stutze. Die Schildpattpuppe beugt sich auf dem Wedel nach vorn, so dass sie über meinem Kopf hängt. Ein Auge hat sie verloren, anscheinend wurde es abgerieben. Ein hämisches Grinsen verzieht mein Gesicht.

»Du kannst mich jetzt wohl kaum mehr mit ›blinder Gesell‹ anreden; du hast ja selber nur noch ein Auge.«

»Das ist ein anderes Thema; du sollst bei der Sache bleiben!«

Meine Gedanken taumeln herum. »Ah«, sage ich, »du meinst, du bist nicht blind, weil du immer noch ein Auge hast, und –«

»Aber du bist so blind wie ein Maulwurf. Hör mir zu, Teichläufer! Der Blitzvogel gibt sich die allergrößte Mühe, damit du endlich den Wunsch verspürst, in seinem Tanz aufzugehen, bevor es zu spät ist, bevor du es nur noch unter Schmerzen lernst.«

»Was hat das nun wieder zu bedeuten?«

Die Schildpattpuppe rutscht den Wedel hinunter bis zum linken gezackten Blattende, etwa eine Handbreit entfernt, und flüstert: »Hast du wirklich meinen Namen in deinen Träumen geschrien, um mir solche Fragen zu stellen?«

Ich starre ihr ins verblichene Gesicht. Ihr Mund ist nur noch ein verschmierter grauer Fleck. »Eh, nein. Ich habe dich gerufen, weil ich wissen will, wie du ins Leben getreten bist. Muschelweiß hat gesagt, sie hat dir kein Leben eingehaucht, und wenn sie nicht –«

»Endlich eine wesentliche Frage ... Hat dir Muschelweiß je erzählt, dass vier ihrer Söhne an einem Tag starben, als eine Wasserhose aus dem Himmel herabkam und ihr Kanu entzweiriss?«

Mir bleibt der Mund offen stehen. »Nein«, sage ich leise.

»Gegen Morgen schwamm sie hinaus ins warme Wasser und suchte nach ihren Leichen. Der Sturm hatte das Meer so aufgewühlt, dass sie nichts sehen konnte. Sie glitt mit den Händen über den Grund und tastete nach ihnen. Den ganzen Tag schwamm sie herum und suchte nach ihnen. Am Abend, als sie schon völlig erschöpft war, glitt ihre rechte Hand über etwas Kaltes, Glattes, und ihre Fingerspitzen ertasteten einen Mund und eine Nase. Sie musste alle Kraft zusammennehmen, um den Jungen aus dem Sand bis zur Oberfläche zu ziehen, und da presste sie ihren Mund auf seinen und versuchte, ihm wieder Leben einzuatmen. Aber es gelang ihr nicht. Und weißt du warum, Teichläufer?«

Ich ziehe die Wedelspitze, auf der sie sitzt, zu mir herunter. Die Schildpattpuppe neigt sich zu mir und starrt mir ausdruckslos ins Gesicht. »Was hat das damit zu tun, wie du ins Leben getreten bist?«

»Wie wird denn überhaupt etwas lebendig, Teichläufer?«

»Er oder sie bekommt eine Seele oder Seelen.« Ich lasse den Wedel los, und die Schildpattpuppe wippt mit ihm nach oben.

»Und wie hast du eine bekommen, als deine Seelen im Teich weggewaschen wurden?«

»Du warst doch da. Du brauchst mich nicht –«

»Denk darüber nach, du hirnloser Junge. So schlau bist selbst du, um dahinter zu kommen.«

Sie schießt in die Höhe wie ein fehlerlos geschleuderter Speer und fliegt schnurgerade nach Nordosten. Der Wedel wippt noch vor mir und fächelt mir kühle Morgenluft zu.

35

Schwarzer Regen trottete auf dem Wildpfad zwischen Biberpfote, der voranging, und Schwebestern, der die Nachhut bildete. Palmen säumten den Pfad, die Wedel bewegten sich im Wind. Schwere Beerentrauben hingen in ihrer Reichweite. Hätte sie nur Zeit gehabt, dann wäre sie stehen geblieben, um Hände voll davon zu pflücken und unterwegs zu essen. Aber sie hatte keine Zeit. Schwebestern sagte, sie würden das Dorf des Stehenden Horns an diesem Abend erreichen oder spätestens morgen früh; sie hatte also ihre schönste rote Tunika angezogen und sie mit einem geflochtenen Kaninchenfellriemen straff gegürtet. Das frisch gewaschene schwarze Haar hing ihr in glänzender Fülle über die Schultern und flatterte im Wind. Im kleinen Rückenbeutel klingelten und klapperten Wertsachen. Sie hatte viele wertvolle Steinwerkzeuge gewonnen, auch Halsketten, aus Wolfszähnen gefertigte Punzgeräte mit Griff zum Durchlöchern von Leder, sogar ein paar spitz gebrannte Bestattungsstöcke, mit bunt gefärbten Schnüren umwickelt. All das würde sie in dem großen Spiel brauchen; da würden hohe Beträge eingesetzt werden, und sie wollte bei den heißesten Spielen dabei sein.

Hinter ihr fluchte Schwebestern.

Sie blickte über die Schulter zurück. »Was ist los?«

Er wischte sich mit einem schweißnassen Arm über das hässliche, eckige Gesicht. Er trug einen Lendenschurz und eine wertlose Halskette aus Wellhornschneckengehäusen. »Ich war in Gedanken und lief in eine dicke Traube von reifen Palmbeeren.«

Schwarzer Regen lachte. »Dann pass doch besser auf.« Sie ging etwas schneller weiter und holte Biberpfote ein.

Zwar hielt sie es nicht für besonders klug, sich derart mühsam den Weg durch diesen Wald zu bahnen, doch Schwebestern hatte ihnen klargemacht, dass hier nur eine Gefahr bestand, nämlich die durch Kupferkopfs Krieger, die jedoch zumeist seine Verwandten waren. In einer unerfreulichen Auseinandersetzung hatte Schwebestern Biberpfote versichert, dass nur seine Gegenwart ihnen Sicherheit versprach. Schwarzer Regen grinste insgeheim darüber; Biberpfote hatte ihm geglaubt, selbst noch als Schwebestern darauf bestanden hatte, als Letzter zu gehen. Wenn der Mann so sicher war, warum ging er nicht selbst voraus? Warum hatte Biberpfote nicht einfach gefordert, dass Schwebestern die Führung übernahm?

Allerdings spielte es für sie letztlich keine Rolle. Biberpfote würde als Erster vermutlich auch den ersten Speer auffangen, und das wäre ihr nur recht. Er hatte sie vorsätzlich missachtet. Als sie letzte Nacht Schwebestern überdrüssig geworden war – was nicht lange gedauert hatte –, war sie unter die Decken von Biberpfote gekrochen und hatte ihn leidenschaftlich umarmt – und da hatte er so getan, als schliefe er! Sie hatte ihn nicht erregen können, obwohl sie Dinge mit dem Mund vorgenommen hatte, die jeden normalen Mann dazu getrieben hätten, sie auf der Stelle zu nehmen, ohne Rücksicht auf verstandesmäßige Bedenken.

Finster schaute sie auf seinen breiten Rücken. Glaubte er wirklich, er könnte heimgehen, seine von ihm so schimpflich behandelte Frau würde ihn zurücknehmen und er dürfte weiterleben, als hätte er Schwarzer Regen nie getroffen? Was für ein Narr! Selbst wenn diese platt gedrückte Kröte von Frau ihn tatsächlich zurücknähme, würde nichts mehr so sein wie vorher. Der Clan würde ihn täglich zehnmal an seinen Ehebruch erinnern, durch einen Blick, durch eine Mundbewegung, durch jemanden, der im falschen Augenblick die Arme kreuzte. Schlimmer noch: Seine Kinder würden ihn mit Fragen quälen. »Vater, wo bist du gewesen?« – »Warum bist du weggegangen?« – »Liebst du uns nicht mehr?« – »Hast du uns wirklich wegen dieser widerlichen Ausgestoßenen verlassen?« – »Wie konntest du das tun, Vater?« – »Wir lieben dich so sehr, wir hätten dich gebraucht.«

Und wenn die Kinder dann erwachsen geworden wären, alt genug, um sein Verbrechen zu begreifen, dann würden sie ihn mit anderen Augen ansehen – misstrauisch, verachtungsvoll. Es würde seine Seelen töten. Aber das sah er nicht. Noch nicht. Nicht, da der Einfall, einfach heimzugehen, noch so neu war.

Schwarzer Regen hatte das alles schon erlebt. Hätte sie ihn halten wollen, dann hätte sie sich mehr Mühe gegeben, ihm diese Dinge vor Augen zu führen. Aber Biberpfote hatte seinen Glanz verloren. Wie die meisten Männer. Dieses Wesen, das da mit schweißnassen muskulösen Schultern vor ihr lief, war ihr jetzt nicht mehr wert als ein zerbrochenes Muschelhalsband. Er hatte ihr ohnehin schon alles Wertvolle von seinem Besitz übereignet, außer seinen Waffen, und nicht einmal sie konnte einen wahren Krieger dazu bringen, sich dieser zu entäußern. Jetzt hatte er nicht mehr den geringsten Nutzen für sie.

Schwarzer Regen brauchte einen neuen Liebhaber. Ein neuer Händler wäre ihr durchaus recht, einer mit vielen kostbaren Gegenständen in seiner Habe, vorzugsweise auch jemand, der erfreulicher anzusehen war als dieser Kommandant mit dem Kaulquappengesicht. Innerhalb der vielen Spiele im Dorf des Stehenden Horns würde sie sicher jemanden finden. Schon an diese Jagd zu denken, erregte sie. Kein Mann würde ihr widerstehen, wenn sie erst einmal –

Biberpfote hockte sich nieder, und Schwarzer Regen kam plötzlich zum Stehen. Er winkte sie zurück, die Augen zu Schlitzen verengt, legte einen Speer in sein Atlatl ein und stand wurfbereit auf.

Schwebestern glitt hinter sie und flüsterte: »Was ist los? Was sieht er?«

»Was weiß ich? Ich habe nicht mit ihm geredet.«

»Seit Tagen nicht, soviel ich weiß.« Er biss sie in den Hals.

Schwarzer Regen schob ihn weg. »Warum gehst du nicht hin und hilfst Biberpfote? Es sind doch deine Verwandten, oder?«

Schwebestern grinste. »Wahrscheinlich.«

Schwarzer Regen grinste ebenfalls. »Du hast Seelen, die einer Wassermokassinschlange würdig wären, Schwebestern. Oder ist es so, dass deine Verwandten auf dich anlegen, sowie sie dich sehen?«

Schwebestern blickte sie kurz an und reckte den Hals, um Biberpfote zu beobachten, der aufgestanden war und sein Atlatl sinken ließ. »Komm, es scheint, als wären wir sicher.« Er legte ihr eine Hand auf den Arm.

Sie schüttelte sie ab. »Nein, danke«, sagte sie und schritt vorwärts. Aber in der Biegung des Weges blieb sie abrupt stehen. Da stand Biberpfote zusammen mit Muschelweiß und Teichläufer. Heiliger Bruder Himmel! Wurde sie den Jungen niemals los? Muschelweiß trug einen dicken Verband um den Kopf, stand aber aufrecht, die Augen vor tödlicher Entschlossenheit funkelnd – so wie immer. Als Teichläufer Schwarzer Regen erblickte, wurde er noch bleicher als sonst. Er hatte das lange weiße Haar zu einem Zopf geflochten, der die Züge seines ovalen Gesichts und seine spitze Nase betonte. Sein langes hellbraunes Gewand war mit erdigen Streifen und Schweißflecken verschmutzt. Er sah aus, als hätte er seit Tagen nicht gebadet.

Muschelweiß warf nur einen kurzen Blick auf Schwarzer Regen. Gebannt sah sie Biberpfote an. »Den Geistern sei Dank, dass wir euch gefunden haben«, murmelte dieser. »Ich muss dir einiges erzählen.«

Schwarzer Regen lächelte, kam heran und stellte sich neben Biberpfote, der sofort zu reden aufhörte.

Muschelweiß sagte: »Hallo, Schwarzer Regen. Ich hoffe, es geht dir gut.«

»Es geht mir gut. Aber du siehst nicht so gut aus. Hast du eine Kopfverletzung?«

Das Gesicht von Muschelweiß blieb so unbewegt wie eine hölzerne Statue. Zu Biberpfote gewandt, sagte sie: »Komm. Wir wollen das unter vier Augen besprechen.«

Sie führte Biberpfote fünfmal zehn Handbreit zur Seite, und sie hockten sich zusammen unter den Moosbart einer alten Eiche, beide mit grimmigen Gesichtern.

Schwarzer Regen wandte sich Teichläufer zu, der in sich zusammenzusinken schien. »Na komm«, sagte sie, »setz dich zu mir und erzähle mir, was mit euch geschehen ist.«

»Vielleicht sollte ich zu meiner Frau gehen, vielleicht braucht sie –«

Sie packte ihn am Arm. »Sie braucht keine Hilfe von dir, Teichläufer. Sie und Biberpfote sprechen sicher über Kriegsführung oder Überfälle, also über Dinge, von denen du nichts verstehst. Ich brauche dich mehr als Muschelweiß.« Sie zog ihn in den Sprenkelschatten eines kümmerlichen Hartriegelbusches. »Setz dich.«

Teichläufer kniete sich hin, schien aber so zappelig wie ein Fuchs, der mit einer Hinterpfote in der Falle hängt. Schwebestern warf sich neben ihn auf den Boden, was Teichläufer mit unguten Gefühlen zur Kenntnis nahm.

»Das ist also der Weiße Blitzjünger«, sagte Schwebestern staunend.

»Ja, das ist mein Sohn Teichläufer. Teichläufer, das ist Schwebestern vom Clan des Stehenden Horns«, erklärte Schwarzer Regen verdrießlich.

Teichläufer blickte ihn argwöhnisch an.

Schwebestern sagte: »Kürzlich wieder ein paar Leuchtende Adler abgeschossen, Blitzjünger. Wie?«

Als Teichläufer nicht antwortete, hob Schwebestern die Brauen und fragte Schwarzer Regen: »Hat das auch eine Stimme? Oder besteht das nur aus weißen Haaren und rosa Augen?«

Schwarzer Regen gebot ihm: »Sag etwas, Teichläufer.«

Ihr Sohn rutschte unruhig herum. Kläglich flüsterte er: »Was?«

Schwebestern lachte in sich hinein. »Das hat wirklich eine Stimme, aber keine besondere. Sag mal, Schwarzer Regen, wie hast du die erhabene Muschelweiß dazu gebracht, so etwas zu heiraten?«

Schwarzer Regen betrachtete ihn mit kaltem Blick. »Hast du nichts zu tun, Schwebestern? Ich will mit meinem Sohn allein sprechen.«

Aus dem Augenwinkel sah sie Teichläufer die Augen schließen, als quälten ihn Schmerzen, aber gleich darauf riss er sie wieder weit auf und starrte Schwarzer Regen an, als erwartete er, bestraft zu werden.

Schwebestern beobachtete die beiden und lachte laut auf. »O ja, Schwarzer Regen, ich sehe ja, wie der Junge sich danach sehnt, mit seiner lieben Mutter zu sprechen. Ich gehe nirgendwohin. Wahrscheinlich erwartet mich hier ein Vergnügen, wie ich es seit einem halben Mond nicht mehr hatte«, sagte er beleidigend, um ihre Liebesfähigkeiten herabzusetzen. Sie presste die Lippen fest aufeinander, und lachend ließ er sie all seine faulenden Zähne sehen.

Teichläufer sah von einem zum andern, und die Röte stieg in seine Wangen.

»Ah«, sagte Schwebestern, »dein Sohn kennt dich, Schwarzer Regen. Aber wie denn auch nicht? Du hast deinem Clan Schande gemacht. Wie oft wohl? Dreimal? Oder viermal?«

»Viermal«, stammelte Teichläufer.

Schwarzer Regen lächelte anmutig und streckte sich zwischen den Männern aus, die schönen langen Beine gekreuzt. »Also seit meiner Verbindung mit Biberpfote sind es viermal? Was sagt denn deine Großmutter dazu? Die muss doch leichenblass sein?«

Teichläufer krallte seine Fingernägel in den Saum seiner Robe.

Schwebestern bemerkte: »Ich hatte keine Ahnung, dass ein menschliches Gesicht so eine Farbe bekommen könnte. Aber ganz so menschlich ist es ja auch nicht, wie? Wie bist du überhaupt entstanden, Junge? Erzähl doch mal.«

Teichläufer schien unschlüssig, ob er antworten sollte.

Schwarzer Regen sagte: »Erzähle es ihm ruhig, Teichläufer. Er fragt im Ernst, er ist ein Nichtswisser.«

Lustlos fing Teichläufer an: »Blitzjünger werden dann geschaffen, wenn ein Blitz in den Schoß einer Frau einschlägt und –«

»Na ja, das bezweifelt ja keiner«, sagte Schwebestern. »Tatsache ist, dass ein Blitzschlag vielleicht das Einzige ist, was deine Mutter noch überraschen kann. Möchte wetten, sie legt sich bei jedem Gewitter mit gespreizten Beinen hin und hofft –«

»Bist wohl eifersüchtig, Schwebestern? Beachte ihn nicht, Teichläufer. Den macht ein Grashalm eifersüchtig. Jetzt sag mir –«

»Nicht eifersüchtig, Schwarzer Regen«, entgegnete Schwebestern mit hämischem Grinsen. »Gelangweilt. Völlig schlaff vor Langeweile. Und langweilig sein, das ist doch das Letzte, was du willst, oder?«

Am liebsten hätte sie ihm dieses Grinsen aus dem hässlichen Gesicht geschlagen. Sie nahm sich das für später vor. Sie würde schon einen Weg finden, um sich für diese Bemerkung zu rächen. Ihren Sohn fragte sie: »Wie steht es mit deiner Ehe, Teichläufer? Bist du glücklich?«

Der Junge schien kurzatmig. Er fand kaum die Kraft, um sich zu äußern. »Ja, Mutter.«

»Und Muschelweiß? Wie wurde sie verletzt?«

Teichläufer trat nach einem Eichenzweig auf dem Boden. »Wir sind überfallen worden.«

»Und sie hat einen Schlag auf den Kopf bekommen?«

Teichläufer nickte.

»Aber warum wickelt sie sich nicht in ihre Decke und schläft? Sie sollte –«

»Weil sie Muschelweiß ist, meine Süße«, antwortete Schwebestern anstelle von Teichläufer. »Da braucht es mehr als einen kurzen Hieb auf den Kopf, um sie auszuschalten, besonders da sie weiß, dass ihr Mann Tauchvogel noch am Leben ist und in den Händen von Kupferkopf. Übrigens«, fuhr er fort und betrachtete Teichläufer jetzt mit einiger Furcht, »der einzige Grund, weshalb Kupferkopf Muschelweiß einfangen will, bist du, Blitzjünger. Möchte selber wissen, warum.«

»Ich?«

»O ja. Kupferkopf will dich ganz dringend haben.«

Schwarzer Regen erstarrte bei diesem Namen. »Kupferkopf, den habe ich nie gemocht.«

»Er hat dich genauso wenig gemocht, Süße.« Schwebesterns Augen funkelten. »Ich weiß noch, wie du versucht hast, ihn dir zu schnappen, das war bei der Winterfeier der Sonnenmutter, aber er –«

Teichläufer rappelte sich mühsam auf. »Meine Frau braucht mich.«

Schwebestern lachte, als Teichläufer in einen Eichbaum lief, über eine Palme stolperte und mit wehendem Gewand zu Muschelweiß eilte. Er kniete sich neben sie, und Muschelweiß legte zärtlich einen Arm um ihn. Er rückte so dicht neben sie, wie es ging, ohne sich direkt in ihren Schoß zu setzen.

Schwarzer Regen sagte verächtlich: »Er war nie der Mann, der er hätte sein sollen.«

»Das war sicher der einzige Grund, warum du dir den eigenen Sohn nicht unter die Decke gezogen hast.«

»Mach dich nicht lächerlich. Meine Mutter hätte mir die Kehle durchgeschnitten.«

Schwebestern rieb sich übers Kinn. »Wundert mich, dass sie's nicht sowieso getan hat.«

Biberpfote betrachtete Teichläufer. Der Junge schien ganz krank. Er klammerte sich an die Hand von Muschelweiß, als wäre es ein Baumstamm in einem Wirbelsturm. Biberpfote bedauerte ihn und fragte sich, womit Schwarzer Regen ihren eigenen Sohn wohl gedemütigt hatte.

»Sprich weiter«, drängte ihn Muschelweiß.

Biberpfote nickte. Trotz ihrer Verletzung strahlte Muschelweiß eine Kraft aus, die sogar Biberpfote anfeuerte. Er beugte sich vor und sprach gedämpft. »Schwebestern sagt, dass Kupferkopf geträumt hat, wie du im Dorf ankommst. Er weiß, dass du kommst. Und alles andere ist genauso schlimm.«

»Erzähle!«

Biberpfote verschränkte die Finger und rieb die Handflächen aneinander. »In seinem Traum hattest du keine Streitkraft dabei, da kamen nur du und der Blitzjünger, um Tauchvogel zu befreien. Er hat dir eine Falle gestellt, um dich zu fangen.«

Sie biss die Zähne zusammen. »Was für eine Falle?«

Biberpfote fuhr sich mit der Zunge über die Lippen und blickte zu Schwarzer Regen und Schwebestern hinüber, um sich zu vergewissern, dass sie sich nicht gerührt hatten. Dann sah er wieder Muschelweiß in die Augen. »Es wird angenommen, dass du gegen Abend ins Dorf kommst. Da ist eine alte Eiche, mit hängendem Moos, an der nordwestlichen Ecke des Dorfs.«

»Ich kenne den Baum.«

»Kupferkopf hat geträumt, dass du mit Teichläufer von dort einfällst. Dort hat er Krieger stehen, die nur auf dich warten.«

Ihre Nasenflügel blähten sich; Biberpfote wusste nicht, ob aus Wut oder aus Ohnmacht. Sie zog ihren Arm von Teichläufer zurück und verschränkte die Hände in ihrem Schoß. »Dann kann ich dir versichern, dass ich nicht von dort kommen werde.« Sie blickte düster auf ihre weißen Knöchel. »Hat Schwebestern gesagt, an welcher Stelle sie Tauchvogel gefangen halten? Vor vielen Jahren hätten sie ihn in die Ratshütte in der Nähe des Wassers gesperrt, aber jetzt? Ich weiß es nicht.«

»Das hat Schwebestern nicht gesagt«, erwiderte Biberpfote. »Aber das finde ich für dich heraus.«

Ein verführerisches Lachen von Schwarzer Regen stieg auf, und Biberpfote zog sich der Magen zusammen. Er spuckte aus, um den faulen Geschmack im Mund loszuwerden.

Muschelweiß fragte: »Was hast du?«

Er schüttelte den Kopf. Tief einatmend blickte er teilnahmsvoll auf Teichläufers bleiches Gesicht und sagte: »Du wirst nicht allein kämpfen, wenn du ins Dorf des Stehenden Horns eingedrungen bist, Muschelweiß. Ich weiß nicht, was es nutzt, aber ich –«

»Biberpfote, ich will offen sein. Wenn wir zum Kämpfen gezwungen werden, sind wir verloren. Kupferkopf hat zu viele Krieger. Wir müssen einen Weg finden, um ins Dorf zu schleichen, Tauchvogel ausfindig zu machen und wieder zu verschwinden. Sonst wird keiner von uns sich unseres Triumphs erfreuen können, weil wir tot sind. Verstehst du? Wir können nicht gegen Kupferkopf kämpfen.«

Biberpfote nickte. »Ich verstehe. Aber vielleicht könnte ich für eine Ablenkung sorgen, damit du Zeit hast, Tauchvogel zu finden.«

Muschelweiß legte ihm eine Hand auf die Schulter. »Ich wäre dir sehr dankbar für deine Hilfe, Kommandant.«

Scham schwoll in ihm an. »Diesen Titel verdiene ich nicht, Muschelweiß, doch danke ich dir für –«

»Aber –«, stieß Teichläufer hervor und wandte sich an Muschelweiß, um sich ihre Billigung einzuholen.

Ihr Blick streifte über sein Gesicht. Sanft fragte sie: »Was wolltest du sagen, Teichläufer?«

Er griff wieder nach ihrer Hand, als gäbe ihm diese Berührung Sicherheit, und murmelte: »Nun ja, es ist einfach ... Ich bin sicher, ich meine, wenn wir im Dorf Erfolg haben, Biberpfote, dann glaube ich bestimmt, dass meine Großmutter vor dem Rat für dich sprechen wird. Und Biberpfote! Wasserträgerin hat nie aufgehört, dich zu lieben. Sie würde dich gern wieder aufnehmen.«

Biberpfote neigte den Kopf, um sein Herzeleid nicht sichtbar werden zu lassen. Mit gepresster Stimme sagte er: »Das hoffe ich, Teichläufer. Ich kann dir nicht sagen, wie sehr ich eben darum bete.«

36

Eulenfalter lehnte sich an den gekrümmten Stamm einer kümmerlichen Eiche, massierte sein schmerzendes Bein und beobachtete die Flämmchen, die durch die aufgehäuften Reiser in der Feuergrube zuckten. Morgens hatte er immer die größten Schmerzen. Das Bein war in der Nacht steif geworden, so dass er nun wie ein alter Mann zum Holzsammeln und Feueranmachen humpelte. Sie hatten sich die Arbeit geteilt. Eulenfalter suchte die Pfade aus, entschied über die Lagerstätten und machte Feuer, während Häsling und Rotalge jagten, fischten, Süßwasser ausfindig machten und die Kalebassen füllten.

Sie waren gut vorangekommen. Das einzige Hindernis war bis jetzt ein dicker, angriffslustiger Bär gewesen, der ausgerechnet denselben Pfad benutzen wollte wie sie. Häsling schlug vor, ihn mit dem Speer zu erlegen, aber Rotalge wies darauf hin, dass sie keine Zeit hätten, das Tier auszunehmen, und es wäre doch unverantwortlich, so gutes Fleisch und so ein Fell einfach liegen zu lassen. Eulenfalter war zurückgegangen und hatte einen seitlich gleichlaufenden Pfad genommen.

Er rieb sich den Rücken am Stamm. Verflochtene Zweige hingen rings um ihn wie die Schwanzfedern eines jenseitigen Adlers, der bereit war, ihn hochzureißen, um ihn im Land des Tagesanbruchs zu fressen. Der Gedanke erheiterte ihn. Milchiges Morgenlicht schimmerte durch die windbewegten Blätter der Zweige. Eine halbe Zeithand nach der Dämmerung war die Sonne durch einen schwarzen Wolkenvorhang aufgestiegen und hing riesig und karminrot im klaren, blauen Himmel. Das grüne Gesicht der Meerfrau war mit Spitzen von tiefem Purpur übersät.

Eulenfalter warf zwei große Holzstücke aufs Feuer, doch so, dass sie die Flämmchen nicht erstickten. Dann schürte er nach. Funken stoben, wirbelten hoch und flogen in der Brise davon. Ein süßlicher Geruch von brennendem Kiefernharz hing in der Luft.

Als er sich wieder gegen den Baumstamm lehnte, sah er Häsling mit angstvoller Miene auf sich zukommen. Eulenfalter humpelte ihm steifbeinig entgegen.

»Was gibt's?« fragte er.

Häsling blieb keuchend stehen, das spitze Kinn und die gerade Nase mit Schweiß bedeckt. Sein Atlatl und der Dolch hingen ihm vom Gürtel seines Schurzes. Er sagte: »Komm mit und sieh selber, ich weiß nicht, was ich davon halten soll.«

Häsling führte ihn ein Stück Wegs zurück. Mannshohe Feigenkakteen standen auf beiden Seiten; an vielen Polsterenden hingen rote Früchte, die schwach würzig rochen. Eulenfalter musste oft seitlich ausweichen, um den langen Dornen aus dem Weg zu gehen.

Vor sich sah er Häsling hinter einem Dickicht von Fächerpalmen knien, und dann traf ihn selbst der Gestank: verwesendes Fleisch. Da überfiel ihn Angst und lähmte sein Denkvermögen.

Nicht meine Mutter, bitte, Bruder Erde …

Häsling stand auf. Eulenfalter rief: »Wer ist es? Sag!«

Häsling schüttelte den Kopf. »Ich weiß nicht. Zwei Männer.«

»Bist du sicher?« fragte Eulenfalter und trat neben Häsling.

»Ja.«

Sie trugen beide nur Lendenschurze, ihre Oberkörper waren nackt.

Eulenfalter hielt den Atem an, um sich nicht übergeben zu müssen. Er wich etwas zurück und betrachtete die aufgeblähten, verwesenden Leichen. Ein Speer durchs rechte Auge hatte den einen getötet, der Schädel des anderen war durch zwei machtvolle Schläge mit der Kriegskeule zerschmettert worden.

Eulenfalter machte große Augen. »Heilige Geister, Häsling«, sagte er. »Den Mann links, den mit dem eingeschlagenen Schädel, den kenne ich. Der war einmal Kommandant unter Kupferkopf. Seit letzten Sommer habe ich den fünfmal gesehen, jedes Mal, wenn Windeck-Dorf überfallen wurde, und zuletzt, als seine Krieger unseren Aufklärungstrupp überfielen.«

»Und der andere?«

Eulenfalter schüttelte den Kopf. »Ich glaube, den kenn ich nicht –« Plötzlich zog er die Brauen zusammen. »Warte.« Er machte drei Schritte vorwärts und betrachtete das Gefieder des Speers. »Häsling! Meine Mutter hat diese

Männer getötet. Das ist ihr Speer. Das könnte ich beschwören.«

»Also ist sie hier entlanggekommen.«

»Ganz bestimmt.« Eulenfalter bückte sich und betrachtete prüfend den Boden. »Sieh dich mal um, Häsling. Findest du irgendwo Spuren? War Teichläufer bei ihr, als sie überfallen wurde?«

Häsling sah sich um. »Seit dem Tod dieser Männer hat es geregnet, Eulenfalter. Selbst wenn Teichläufer bei ihr war, lässt sich das wahrscheinlich nicht mehr feststellen.«

Eulenfalter schob einen Palmwedel zur Seite und prüfte die versteckten Stellen darunter. Nichts. »Ich weiß, Häsling. Ich hätte Rotalge gern eine gute Nachricht überbracht.«

Leise fragte Häsling: »Machst du dir immer noch Sorgen, dass Teichläufer Muschelweiß vielleicht nicht gefunden hat?«

»Wir wissen nur eines ganz genau, nämlich dass Kupferkopfs Krieger nach dem Angriff auf Windeck-Dorf im Wald verstreut waren und dass meine Mutter zwei von denen getroffen und getötet hat. Was Teichläufer angeht ...«

Häsling untersuchte kniend eine Vertiefung in einem Häufchen Laub. »Du meinst, er hätte auch ein paar dieser Krieger treffen können, bevor er Muschelweiß einholte?«

Eulenfalter hörte die Sorge und die Angst in seiner Stimme und sagte: »Nur die Ruhe! Vielleicht ist Teichläufer völlig außer Gefahr. Aber ich wünschte, wir könnten irgendwie feststellen, dass er auf meine Mutter gestoßen ist, dann wäre mir wohler.«

»Ja, mir auch. Ich –« Er fiel auf die Knie. »Eulenfalter!«

»Hast du etwas gefunden?« Er humpelte heran und stützte die Hände auf die Knie.

Häsling deutete auf verklumptes Laub im Sand unter den kleinen Fächerpalmen und schaute dann zu Eulenfalter hoch. »Das sieht mir ganz nach einem blutigen Sandalenabdruck aus«, sagte er.

»Kannst du es aufheben, Häsling? Sehen wir uns das mal genauer an.«

Häsling sammelte die Blätter zusammen und reichte sie

Eulenfalter. Es waren vier Eichenblätter und mehrere Kiefernnadeln, mit altem Blut verklebt. Das Blut hatte durch die gewebte Sandalensohle ein bestimmtes Muster bekommen. »Sie ist offenbar ins Blut ihres Opfers getreten und hat es in diese Richtung weitergetragen. Sieh mal nach, ob du noch so etwas findest, Häsling.«

Häsling kroch auf allen vieren weiter und sah unter jede versteckte Stelle. »Eulenfalter! Sieh mal! Hier noch einmal. Und hier wieder.«

Dicke Lianen hingen von einem Eichenast herunter. Häsling hielt sie beiseite und deutete auf die Halbmondform zweier rechter Sandalenabdrücke im Sand. Eulenfalter schlug Häsling auf den Rücken und überprüfte dann die Strecke von den Leichen über die blutbefleckten Blätter bis zu diesen Abdrücken.

Ahnungsvoll sagte Eulenfalter: »Mutter war in Eile, Häsling. Sie rannte. Siehst du die Schrittlänge hier? Und sie rannte geradeaus. Doch das paßt nicht zu ihr. Nicht, wenn sie auf einem Kriegszug ist. Über irgendetwas war sie sehr beunruhigt.«

Häsling kam auf die Beine und runzelte die Stirn. »Über etwas am Strand? Da draußen?« Mit dem Kinn wies er auf eine Gruppe von Palmen und Kiefern.

»Sehen wir einmal nach.«

Sie stürmten durch die wilden Ranken eines blühenden Hundstodgewächses. Blütenblätter umflatterten sie; manche landeten auf ihren schweißnassen Schultern und blieben dort kleben wie ein gelb gefleckter Umhang, andere wurden zertreten und hinterließen einen süßen Duft.

Bei den Bäumen schaute sich Eulenfalter um und sagte: »Trennen wir uns, dann können wir den Strand schneller überprüfen.«

»Gute Idee.«

Der Sand glitzerte hellweiß im schrägen Morgenlicht. Eulenfalter untersuchte die Stellen unter tief hängenden Palmbeerentrauben; dort entdeckte er etwas Schwarzes.

»Häsling!« rief er. »Ich habe Holzkohle gefunden. Jemand hat hier Feuer gemacht.«

Häsling lief zu ihm. Sie bückten sich und betrachteten die verkohlten Stücke. Eulenfalter nahm das Messer vom Gürtel und bohrte ein kleines Loch in die Sandschicht, die der Wind hergetragen hatte. Je tiefer er bohrte, umso mehr Holzkohle kam ans Licht. In der alten Feuerstelle lagen noch große Reste.

»Das ist höchstens fünf oder sechs Tage alt.«

Häsling hob den Kopf. »Aber wer hat das Feuer gemacht? Die toten Krieger da hinten? Muschelweiß?«

Eulenfalter richtete sich auf und band sein Messer wieder an den Gürtel. Die Wogen der Meerfrau, die hier ans Ufer brandeten, waren laut zu hören. »Nein, Häsling«, antwortete er. »Kein Krieger würde sich so einen Platz aussuchen. Er ist zu wenig geschützt. Schau dich um. Feinde könnten sich hier von drei Seiten anschleichen, und das Getöse der Wellen würde ihr Herankommen übertönen. Du wärst tot, bevor du es merkst.«

Hoffnung erhellte Häslings junges Gesicht. »Du glaubst, es war Teichläufer?«

»Das würde die Hast meiner Mutter erklären, nachdem sie die Krieger getötet hatte. Vielleicht fürchtete sie, die könnten ihn entdeckt haben, bevor sie sie gesehen hatte.«

Häsling reckte den Hals und sah zu der Stelle unter den Bäumen, wo die toten Männer lagen. »Aber sie könnte dieses Lager von dort gesehen haben. Wenn sie Teichläufer sehen konnte –«

»Vielleicht war es Nacht, Häsling. Vielleicht hatte er sich in seine Decken gerollt und schlief, und sie wusste nicht, ob er tot oder lebendig war.«

»Vielleicht.«

Ein Lächeln kräuselte Eulenfalters Lippen. »Ich glaube, sie hat ihn gefunden, Häsling. Ich glaube, sie hat ihn gefunden, und nun sind sie beide zusammen.«

Häsling schloss die Augen und stieß einen Seufzer der Erleichterung aus. »Wenn das stimmt, dann sind sie bereits im Dorf des Stehenden Horns. Wie lange brauchen wir dorthin?«

»Wenn wir unser Tempo beibehalten, zwei Tage.« Unwillkürlich massierte Eulenfalter sein schmerzendes Bein. Nach längerem Gehen war es stets weniger steif, und dann ließ der brennende Schmerz etwas nach. »Und das können wir auch, glaube ich.«

Der Wind schlug Häsling den Zopf gegen den Rücken. »Unter Umständen kommen wir zu spät, um ihnen noch zu helfen. In zwei Tagen könnten sie deinen Vater befreit haben und bereits auf dem Heimweg sein.«

»Oder man hat sie gefangen genommen.«

Dieser Gedanke hatte die ganze Zeit schon Eulenfalters Seelen beunruhigt, obwohl er diese Sorge bislang noch nicht ausgesprochen hatte, wohl weil er sich scheute, die Folgerungen in Betracht zu ziehen. Häsling kniff die Augen zusammen.

»Dann wollen wir uns beeilen«, sagte er. »Kupferkopf steht nicht im Ruf, seine Gefangenen wohlwollend zu behandeln.«

»Nein«, murmelte Eulenfalter und starrte wieder in die alte Feuerstelle.

»Lass uns Rotalge suchen«, meinte Häsling. »Sie fing Kärpflinge in dem kleinen Teich westlich von unserem Lager. Je eher wir gegessen haben und uns auf den Weg machen, umso schneller sind wir im Dorf des Stehenden Horns.«

Häsling wollte sich umdrehen, als Eulenfalter ihn am Arm packte. »Am besten wird sein, wir sagen Rotalge gar nicht, dass man sie vielleicht gefangen genommen hat. Wir sagen ihr einfach, wir hätten sichere Anzeichen dafür, dass Teichläufer bei meiner Mutter in Sicherheit ist.«

Häsling lächelte. »Ich möchte wetten, dass sie die Möglichkeit ihrer Gefangennahme schon längst bedacht hat. Aber gut – wenn sie nicht davon spricht, sage ich auch nichts.«

Eulenfalter nickte dankbar. »Ich weiß nicht, warum ich dauernd versuche, sie zu beschützen, dabei weiß ich doch, dass sie eine sehr kluge Frau ist –«

»Ein Mädchen!« verbesserte ihn Häsling und stieß Eulenfalter so stark in die Seite, dass dieser seitwärts taumelte. »Sie ist ein sehr schlaues Mädchen.«

Eulenfalter lächelte. »Erinnere mich nur immer daran.«

In einem kleinen fächerpalmenumstandenen Teich perlte ruhiges, durchsichtiges Wasser. Mondschnecke ging über weiches Moos und bahnte sich mit ihrem Stock einen Pfad durch die dichten Wedel. Am Teich kniete sie sich hin. Altes Laub und Bruchstücke von Muscheln bedeckten den Grund. Eine junge Wasserschlange schwamm am anderen Uferrand und schickte silbern schimmernde Wellen aus. Mondschnecke schöpfte eine Hand voll kristallklaren Wassers und trank; es war kühl und von erdhaftem Geschmack.

Menschen marschierten hintereinander an ihr vorbei auf dem Weg zum Wildpfad. Männer gingen erkundend voran, die Frauen trugen schwere Packen und beaufsichtigten die Hunde vor den Travois. Einige trugen Säuglinge auf den Hüften. Muschelglanz ging inmitten einer Schar lachender, hopsender Kinder. Stacheljunge trottete an ihrer Seite. Er hatte sich schnell mit der jüngsten Tochter von Muschelglanz, Kleiner Pelikan, angefreundet. Die Alten bildeten den Schluss; sie marschierten so rasch, wie sie konnten, aber längst nicht schnell genug, um mit den jüngeren Mitgliedern des Clans Schritt halten zu können. Mehr als ein Dutzend Stammesälteste mühten sich am Ende der Kolonne. Schote blieb stehen und winkte Mondschnecke. Sie winkte zurück. Offenbar wartete er auf sie. Er blieb zurück, lehnte sich rastend an eine hohe Kiefer und beobachtete sie.

Seit zwei Tagen begleiteten Pumas und Wölfe sie auf gleichlaufenden Pfaden links und rechts, gerade außerhalb der Reichweite von Speeren, leise, aber gefährlich knurrend. Kein normales Tier würde eine so große Gruppe anfallen, doch sie konnten durchaus ein umherirrendes Kind oder einen einzelnen Alten anspringen. War Schote deswegen beunruhigt? Nachts, an den Lagerfeuern, stießen die Leute leise Flüche aus und erzählten immer wieder von gefahrvollen Situationen, denen man gerade noch mit heiler Haut entkommen war. Keine einzige Regenwolke hatte den Himmel verdunkelt, seit sie die Lagune der Seekuh verlassen hatten. Mondschnecke hatte manche bittere Bemerkung mitbekommen, dass man eigentlich umkehren sollte. Gemurmel lief durch die Reihen, dass Hundszahn ein alter Narr sei, desgleichen jeder, der auf ihn höre.

Mondschnecke konnte sie nicht tadeln. Sie hatten den Großteil ihrer Habe in den Bäumen nahe der Lagune versteckt. Männer und Frauen vermissten ihre alltäglichen Gegenstände, die das Leben leichter machten, wie etwa zusätzliche Decken, schwere hölzerne Kochschalen, große Körbe voller Palmenfasern, Schnüre und Seile, und die Kinder weinten nach ihren Spielsachen. Nach der Beratung mit den anderen Clanältesten hatten Schote und Mondschnecke angeordnet, dass nur leichte Gegenstände mitgenommen werden durften. Aber nach all den Überfällen fürchteten die Leute verständlicherweise, dass ihr Besitz in der Zwischenzeit gestohlen oder vernichtet werden könnte.

Sie schöpfte sich eine weitere Handfüllung des kühlen, kräftigenden Wassers, als Hundszahn durch die Fächerpalmen neben ihr brach. Das schweißnasse graue Haar klebte ihm an den Wangen und ließ seine Hakennase noch größer erscheinen. Er trug einen Lendenschurz und eine Halskette aus Kaurimuscheln. Schmale Rippen zeichneten sich auf seinem Brustkasten ab. Mit dem hageren Körper wirkte er sehr alt und gebrechlich. Mit einem kleinen Holzbecher schöpfte er sich Wasser, das er in drei Schlucken trank, wobei sich sein Adamsapfel heftig bewegte. Sehnige Muskeln traten in seinen Waden hervor, als er aufstand und auf sie herabblickte. Seine Augen glitzerten.

Ungerührt sagte Mondschnecke: »Du siehst heute ganz normal aus.« Mit schräg gelegtem Kopf fragte sie: »Bist du's auch? Wenn ja, würde ich gern mit dir sprechen. Sonst lieber nicht.«

Hundszahn kratzte sich die welke Wange. »Ich weiß das selber nie genau«, antwortete er.

Mondschnecke stellte den Stock auf und erhob sich knurrend. Mit dem Ärmel wischte sie sich den Schweiß von der Stirn. Hundszahn lächelte sie auf seine rätselhafte Art an.

»Was gibt's da zu lächeln?« wollte sie wissen. »Heiß ist es, als hätten wir Steine erhitzt, hungrige Raubtiere schleichen um uns herum, und die Leute halten mich für verrückt, dass ich sie zu diesem Marsch ins Binnenland zwinge.«

»Du bist nicht verrückt«, sagte Hundszahn. »Du bist vorsichtig. Dafür sollten sie den Leuchtenden dankbar sein.«

»Warum?«

»Zunächst einmal: Rotalge, Eulenfalter und Häsling sind noch am Leben.«

Mondschnecke stützte sich auf ihren Stock und betrachtete ihn forschend. Sie war unsicher: Sollte sie ihn dazu drängen, ihr zu erklären, woher er das wusste? Hinter ihm schossen Schwalben unter den Eichen und Palmen hindurch. Am Ende überwog ihre Neugier. »Bist du sicher?« fragte sie. »Haben sie Teichläufer und Muschelweiß schon gefunden?«

»Nein, aber Biberpfote und Schwarzer Regen. Biberpfote hatte ein längeres Gespräch mit Muschelweiß über das Dorf des Stehenden Horns. Und sie haben einen sehr guten Plan, um Tauchvogel zu befreien.«

»Heißt das, dass Biberpfote auch zum Stehenden Horn geht? Mit Schwarzer Regen?«

»O ja«, sagte Hundszahn und schüttelte mit Nachdruck einen erhobenen Finger. »Das ist eine Geschichte für sich. Denn ursprünglich wollten sie gar nicht dorthin gehen. Aber dann haben sie einen streunenden Krieger namens Schwebestern getroffen, den Mann, der Traumstein bei dem Überfall auf Windeck-Dorf getötet hat und später auch Kahlhecht –«

»Kahlhecht tot?« stieß Mondschnecke hervor. »Ist das sicher?«

»O ja. Kahlhecht ist tot. Ganz tot.«

Eine Faust umkrampfte ihr Herz. So jung war er gewesen und so ein guter Krieger, wenn auch noch ungestüm. Seine Mutter, Stoffweberin, hatte seit seinem Weggang nur noch von ihm gesprochen, von jedem Geschehnis im Leben ihres Sohnes und all seinen Streichen, die am Ende zu seiner Flucht geführt hatten, und sie hatte sich die Schuld an allem gegeben. Die Brüder von Kahlhecht waren herumgegangen und hatten ihn vor jedem verteidigt, der ihnen zuhörte. Mondschnecke schüttelte den Kopf. Der Junge war vielleicht leichtsinnig gewesen, aber den Tod hatte er nicht verdient. »Warum hat ihn dieser Schwebestern getötet?«

Hundszahn wechselte einen Blick mit ihr, den sie sofort verstand. Sie nickte. »Wegen meiner nichtsnutzigen Tochter, wie? Großer Walfisch! Ich wünschte, Hundszahn, du hättest mir bei ihrer Geburt gesagt, dass ich ihr den Schädel einschlagen soll. Dann wäre viele jetzt noch am Leben.«

»Und eine Menge guter Leute wäre jetzt nicht am Leben«, entgegnete er. »Oder anders gesagt, sie wären nie geboren worden, zum Beispiel Teichläufer und Rotalge.«

Mondschnecke rückte sich den Beutel auf ihrem Rücken zurecht und bahnte sich den Weg durch die Palmen zurück zum Pfad. Hundszahn folgte ihr. Als sie sich dort gegenüberstanden, sagte sie: »Da hast du Recht. Über die Geburt meiner Enkelkinder könnte ich niemals traurig sein. Wie schade, dass Spitzklette nicht erlebt hat, wie sie groß geworden sind.«

Sie gingen nebeneinanderher, bis sie bei Schote ankamen. Schote lächelte, sein eckiges Kinn ragte aus seinem hageren Ledergesicht hervor. Das weiße Haar lag ihm flach auf dem Kopf. Sein Schurz, einst leuchtend rot gefärbt, war zu einem Rosarot verblichen.

»Nun, wie geht's euch beiden heute Nachmittag?« fragte er, erst Mondschnecke, dann Hundszahn ansehend.

»Besser jetzt«, antwortete Mondschnecke. »Ein Schluck Wasser und eine kurze Rast geben einem neue Kraft. Und nicht nur das. Hundszahn hat mir gerade mitgeteilt, dass Rotalge, Eulenfalter und Häsling noch leben.«

Schote trat an sie heran. »Und was ist mit Teichläufer und Muschelweiß? Hast du von ihnen geträumt, Hundszahn? Geht es ihnen gut?«

Mondschnecke wandte sich zu Hundszahn, der über die Frage nachzudenken schien. Aus seiner Bemerkung, dass die beiden planten, Tauchvogel zu befreien, hatte sie geschlossen, dass sie in Sicherheit waren, aber sein Zögern ließ ihr Herz heftiger schlagen. War vielleicht nach jenem Geschehnis noch etwas Furchtbares vorgefallen? Sie wartete und betrachtete forschend jede Runzel im Gesicht des alten Seelentänzers. »Nun?« fragte sie. »Alles in Ordnung?«

Hundszahn fuhr mit seiner Sandale über die Kiefernnadeln im Pfad. »Alles in Ordnung.«

»Und warum hast du dann so lange nachgedacht?« fragte Mondschnecke.

Hundszahn kreuzte die Arme über der Brust und bedachte seine Antwort. Dann sagte er: »Geistträume enthalten viele Rätsel.«

»Was für Rätsel?« fragte Mondschnecke.

»Es ist doch alles in Ordnung, oder nicht?« fügte Schote hinzu.

»Nun ja«, erwiderte Hundszahn. Sein Gesichtsausdruck wurde weich, als er die Verzweiflung in ihren Stimmen hörte. »Ja und nein.«

»Heilige Geister!« sagte Mondschnecke stöhnend. »Und du hast so normal ausgesehen.«

Schote stellte sich in Erwartung einer längeren und schwierigen Erklärung breitbeinig hin. »Welche Rätsel gibt es im Zusammenhang mit Teichläufer und Muschelweiß? Wo sind sie jetzt?«

»Gehen wir weiter«, schlug Hundszahn vor. »Wir sollten die Clans einholen, sonst denken sie noch, die Raubkatze im Wald da drüben nagt schon unsere Knochen ab.« Mit dem Kinn wies er in Richtung Wald.

Mondschnecke drehte sich schnell um und sah zwei gelbe Augen im Lianengeflecht funkeln. Der lange Schwanz des Pumas lag über dem Ast, auf dem er lauerte, wie eine goldene Schlange gegen die braune Rinde. Der Schwanz zuckte vor und zurück, wie um Fliegen zu verscheuchen, und blieb dann still liegen.

Schote senkte die Hand zum Dolch im Gürtel. »Einverstanden«, sagte er. »Wir wollen weitergehen.« Er ging voran, und Hundszahn, vor sich hin summend, folgte Mondschnecke.

»Hundszahn«, rief Schote über die Schulter zurück. »Sag

jetzt, was du sagen wolltest. Was war da so rätselhaft bei Teichläufer und Muschelweiß?«

»In der letzten Nacht träumte mir, dass Rotalge, Eulenfalter und Häsling der Spur von Muschelweiß folgten, über einen gefallenen Baumstamm hinweg, der einen kleinen Teich überbrückte, und dass Muschelweiß und Teichläufer sie dabei beobachteten.«

»Was ist daran so rätselhaft?« fragte Mondschnecke. »Klingt doch so, als hätten sie sich jetzt gefunden.«

»Nun ja«, meinte Hundszahn, »nicht ganz. Denn Teichläufer und Muschelweiß, versteht ihr, haben sie unter Wasser beobachtet. Ich habe ihre Gesichter auf dem Grund des Teichs gesehen.«

Schote blieb so plötzlich stehen, dass Mondschnecke mit ihm zusammenstieß. Sie konnte sich mit ihrem Stock gerade noch schnell genug abstützen, um nicht zu fallen.

Schote ballte die Fäuste. »Du meinst, sie sind tot? Im Teich bestattet?«

Hundszahn sah Schote an. »Nein, nein. Das heißt, das glaube ich nicht. Aber seltsam, dass ich an diese Möglichkeit gar nicht gedacht habe. Doch das ist wohl verständlich; ich hatte –«

»Das ist doch unsinnig«, sagte Mondschnecke, »wenn sie tot wären, im Teich bestattet, wie könnte Eulenfalter dann ihrer Spur über den Baumstamm gefolgt sein?«

»Und Kupferkopfs Krieger hätten sie niemals bestattet«, warf Schote ein. »Die hätten die beiden doch einfach liegen lassen.«

Hundszahn rieb sich das Kinn. »Ja, das stimmt auch.«

Mondschnecke und Schote wechselten besorgte Blicke. Die drei wanderten eine Zeit lang schweigend weiter, umgingen eine Anhöhe und kamen zu einer schattigen Stelle, wo der Pfad mit Eicheln übersät war. Das ›Rätsel‹ von Hundszahn hatte die Knie von Mondschnecke zum Zittern gebracht. Sie ging langsamer, um nicht auf einer Eichel umzuknicken. Schote stützte sie. In der Ferne sahen sie die Leute in kleinen Gruppen zusammenstehen und auf sie warten. Die Kinder hatten sofort die Gelegenheit wahrgenommen, um mit kindlichem Lachen unter den Bäumen Fangen zu spielen. Muschelglanz war ein kleines Stück zurückgegangen und stand im schattendurchwobenen Sonnenlicht, eine Hand schützend über den Augen, um nach Mondschnecke auszuschauen. Kleiner Pelikan und Stacheljunge tobten um sie herum.

Mondschnecke winkte ihrer Tochter zu, und Muschelglanz winkte zurück und lächelte erleichtert. Als Stacheljunge Schote sah, lief er mit stampfenden Beinchen auf ihn zu und umklammerte das Bein seines Großvaters. Schote strich ihm über das schwarze, struppige Haar.

»Spielt ihr schön, Stacheljunge?« fragte er.

Stacheljunge schaute zu ihm auf. Die Stupsnase und die dicken Bäckchen waren mit Erde verschmutzt, und das Stirnband, das ihm sein verfilztes Haar aus den Augen halten sollte, war verrutscht. »Ja, Großvater, und ich habe Kleiner Pelikan gern, sie –«

»Nein«, sagte Hundszahn seufzend und unvermittelt. Der alte Mann schüttelte den Kopf und nickte dann, als hätte er seine Meinung über irgendetwas geändert. »Ich bin überzeugt, dass Teichläufer und Muschelweiß in Sicherheit sind. Das müssen sie sein – sonst sind wir alle dem Untergang geweiht.«

Schote und Mondschnecke erschraken. Sie wandten sich zu ihm um, und Stacheljunge sah mit fragendem Blick zu ihm auf.

»Wie meinst du das?« fragte Mondschnecke.

Hundszahn zwängte sich durch sie hindurch und ging an ihnen vorbei. Er erwiderte: »Ich habe einfach eine Todesangst. Die Macht kann oft so wankelmütig sein.«

37

Eulenfalter schritt um die Lagerstelle herum, um Klarheit zu gewinnen. Der graue Abenddämmerschein machte die Untersuchung schwieriger. Er schob die Palmwedel zur

Seite, um unter der Abdeckung der breiten Wedel nach weiteren Fußabdrücken zu suchen. Die weiter auseinander liegenden zehenlastigen Spuren mussten die von Teichläufer sein, und die schleifenden, holpernden waren sicher die seiner Mutter. Oft war er ihr auf Kriegszügen gefolgt und kannte die Größe ihrer Abdrücke und die Muster, die sie in die Sandalensohlen gewoben hatte, ganz genau.

Er zog die Brauen zusammen. Flüsternd sprach er mit sich selbst. »Die beiden Toten, die wir gefunden haben, die haben dich verletzt, Mutter, die haben dich schwer verletzt.«

Seit sie am späten Nachmittag an dieser Lagerstelle angekommen waren, hatte er sich in hohem Maße unwohl gefühlt. Jetzt wusste er, warum: Das Blut war das seiner Mutter gewesen.

Stirnrunzelnd schaute er zurück auf den gefallenen Baumstamm, der die Breite des Wassers überspannte. Kraniche suchten im Flachwasser am Ufer nach Essbarem; ein riesiger Alligator beobachtete sie aus der Schilfdeckung heraus. Bei der Überquerung des Baumstamms hatten sie die Leichen gesehen, die unter der stillen Wasseroberfläche zu ihnen aufgeschaut hatten. Jemand – vermutlich Teichläufer – hatte die toten Männer in den Teich gezerrt, sie auf die linke Seite gelegt, ihre Gesichter nach Norden gedreht, in die Richtung des Dorfs der Verwundeten Seelen. Eine Sammlung von Waffen und Steinwerkzeugen schimmerte neben ihnen. Ja, es musste Teichläufer gewesen sein, der sie bestattet hatte. Kein anderer würde seine Feinde so rücksichtsvoll behandeln.

Der Wind fuhr durch die stöhnenden Äste und sättigte die Luft mit den Düften des Rieds und den flüchtigen Modergerüchen des Herbstes. Eulenfalter atmete tief ein. An den meisten Eichen hingen Moosvorhänge, die bis zur Erde reichten. Im Moos waren lange Strähnen grauen und schwarzen Haares verflochten; er hatte sie zweimal zehn Schritt von Teichläufers Versteck gefunden, im Wurzelloch, wo der gefallene Baum gestanden hatte, und dort hatte er auch Teichläufers Spuren, Handabdrücke und Fäden seiner langen Robe entdeckt.

Eulenfalter ging zu der Stelle zurück, wo seine Mutter gelegen hatte. Der Abdruck ihres kräftigen Körpers war noch sichtbar. Das getrocknete Blut an den Blättern ließ auf eine Kopfverletzung schließen; aber wie schwer diese sein mochte, konnte er nicht sagen. Selbst bei kleineren Verletzungen blutete die Kopfhaut in der Regel ziemlich stark. Doch war es sicher ein wuchtiger Schlag gewesen, der sie zu Boden gestreckt hatte, wenn auch sicher nur für kurze Zeit, da sie ja unterwegs war, um seinen Vater zu befreien.

»Wäre es ihr möglich gewesen, einen Fuß vor den andern zu setzen, wäre sie weitergegangen.« Zärtlich tastete er über die Vertiefung, und sein Magen zog sich zusammen. »Aber du hast wohl nicht einmal aufstehen können, Mutter.«

Eulenfalter richtete sich auf. Rotalge und Häsling hatten sich getrennt und suchten nach weiteren Zeichen, während er seine Nachforschungen abschloss. Sorge nagte an ihm. In diesen dichten Binnenwäldern wurde es schnell dunkel, und bei dieser Bewölkung würde es nicht mehr lange dauern, bis undurchdringliche Finsternis sie einhüllen würde.

Die Luft kühlte sich ab, und Schauer liefen ihm über den Rücken. Er ging zu der alten Feuerstelle, wo er seinen Beutel aufschnürte und seine Tunika herausnahm. Er streifte sie sich über. Mit dem Zwielicht senkte sich eine seltsame Stille herab. Das Getriller und Gezwitscher der Vögel wurde von den Lauten der Nachttiere abgelöst. Eulen riefen, und der Wind trug das schwache Brüllen eines Alligators in der Ferne heran, dem ein Alligator im nahe gelegenen Teich antwortete. Eulenfalter drehte sich um und beobachtete das große Tier, wie es ans Ufer kletterte und sich im hohen Gras versteckte. Es hatte rot glühende Augen. Überall im Schilf spiegelten die gelben Augen von Ochsenfröschen und großen Wasserspinnen den letzten Schimmer der Dämmerung wider. Dutzende von Fröschen fingen an zu quaken. Eulenfalter lächelte.

Er hockte sich vor die alte Feuergrube und zog Zweige

aus dem aufgestapelten Holz zu seiner Rechten. Es war ein hoher Stapel; Teichläufer hatte einen guten Vorrat angesammelt und ihn nicht verwenden können. Weil Muschelweiß auf die Beine gekommen war und zum Aufbruch gedrängt hatte? Wahrscheinlich. Eulenfalter holte Messer, Feuerbrett und Bohrer aus dem Beutel und schnitt Holzspäne in die Grube. Als er genug davon hatte, legte er Reiser darüber und drehte den Bohrer im Feuerbrett. Die ersten Funken sprühten auf, als das Dunkel sich um ihn schloss. Er blies die Flämmchen vorsichtig an. Das Feuer loderte auf und tauchte die geisterhafte schwarze Landschaft in leuchtendes orangefarbenes Licht. Er legte mehr Holz auf, hielt das Feuer aber so klein, dass es sie gerade wärmte und für das Essen reichte.

Als er das Feuer sich selbst überlassen konnte, grub er tiefer in seinem Beutel und holte einen kleinen, unten geschwärzten Kochkorb heraus und ging damit zum Teich, um ihn mit Wasser für Tee zu füllen. Da hörte er Stimmen – die bittende von Häsling, und die ärgerliche von Rotalge. Kurz darauf sah er einen schwarzen Schatten auf der Westseite des Marschgebiets durch die Bäume huschen – aber nur einen Schatten.

Eulenfalter wunderte sich. Hatten sie sich gestritten? Kniend füllte er den Kochkorb. Als er sich erhob, trat Häsling in den Feuerschein. Er sah verstimmt aus. Er hatte seine Tunika angelegt und das dunkle Haar zu einem Zopf geflochten. Häsling warf seinen Beutel ab, ließ sich am Feuer nieder und streckte die Hände danach aus.

Eulenfalter kniete sich Häsling gegenüber. »Hast du eine Schnur, Häsling?« fragte er.

»Was hast du gesagt?«

»Eine Schnur. Hast du eine? Ich brauche eine, um ein Dreibein für den Kochkorb zu machen.«

Die Spannung in Häslings Gesicht ließ nach. »Oh, tut mir Leid. Ja. Hier.« Er nahm eine kleine Rolle aus seinem Beutel und reichte sie Eulenfalter.

Eulenfalter band drei Stecken aus dem Holzstapel oben zusammen und führte die Schnur durch die Löcher im

Korbrand. Er rückte den Korb, der nun am Dreibein hing, an die Flammen heran. »Habt ihr draußen irgendetwas gefunden?«

Häsling starrte düster ins Feuer. »Nein. Nichts von Belang. Nur noch mehr Spuren.«

»Und einen Pfad? Habt ihr den Pfad gefunden, den meine Mutter und Teichläufer auf dem Weg zum Dorf des Stehenden Horns genommen haben?«

Häsling blinzelte und schien wieder aus seiner Versunkenheit aufzutauchen. »Heilige Geister, ja; verzeih mir, ich war in Gedanken.« Er deutete auf die Stelle, wo Muschelweiß gelegen hatte. »Der Pfad beginnt gleich bei dem verklumpten Blut, schlängelt sich durch die Bäume und führt genau nach Nordosten.«

»Eine klare Spur? Können wir ihr morgen folgen?«

Häsling nickte. »So klar, als wäre da ein Hirschrudel gelaufen. Überall Anzeichen davon. Abgebrochene Wedel an beiden Seiten. Wie konnten sie nur so unvorsichtig sein? Sie müssen sich völlig sicher gefühlt haben. Oder –«

»Nein.« Eulenfalter verschränkte die Finger. »Da habe ich meine Zweifel. Dieser Leichtsinn kann nur bedeuten, dass meine Mutter sehr krank gewesen ist, dass sie bei jedem Schritt nur darauf bedacht war, sich auf den Beinen zu halten.«

»Heilige Geister, ja, so wird es sein.«

Eulenfalter entnahm seinem Beutel ein Säckchen mit roten Blüten, die er in den Kochkorb warf. Die Blumen der Hainbuche in dieser Region, die fast ununterbrochen blühten, ergaben einen köstlichen würzigen Tee. Das starke Aroma stieg ihm in die Nase.

»Ich habe deine Stimme vorhin gehört«, sagte Eulenfalter vorsichtig. »Habt ihr einen Streit gehabt, du und Rotalge?«

»Ich habe keine Ahnung«, gab Häsling grollend zurück. »Ich habe sie weinen hören und habe mir fast das Genick gebrochen, als ich durch die Bäume zu ihr eilen wollte. Als ich ankam, schrie sie mich an, ich solle weggehen.«

»Warum hat sie geweint?«

Häsling warf die Hände hoch. »Was weiß ich? Sie wollte nicht darüber reden.«

Eulenfalter runzelte die Stirn. »Hast du sie vielleicht irgendwie verletzt?«

»Nein!« sagte Häsling abwehrend. Sein junges Gesicht nahm einen grimmigen Ausdruck an. »Ich habe überhaupt nichts getan. Das schwöre ich. Eine ganze Zeithand war ich nicht einmal bei ihr. Wir hatten uns getrennt, um Spuren oder irgendwelche Zeichen von Teichläufer und Muschelweiß zu finden. Und da habe ich sie weinen hören, das war alles.«

Mit einem Stecken häufte Eulenfalter sorgfältig etwas Glut unter seinen Korb, um dem Dreibein nicht zu nahe zu kommen. »Wo war sie?«

Häsling deutete auf die Südseite des Marschgebiets. »Da hinten bei diesen Teichkolben.«

Eulenfalter nickte. »Kannst du Abendessen machen?«

»Ja. Aber es hat keinen Zweck, ihr nachzugehen, Eulenfalter. Ich kenne sie schon ewig. Wenn sie in dieser Stimmung ist, kannst du nicht mit ihr reden. Du musst sie in Ruhe lassen, damit sie mit sich ins Reine kommt, dann wird sie von selbst wieder vernünftig.«

Eulenfalter lächelte. »Das glaub ich gern. Ich muss es trotzdem versuchen. Bin gleich zurück.«

Häsling murrte, riss den Beutel hoch und ließ den Inhalt zu Boden fallen. Er sortierte die verschiedenfarbigen Stoffsäckchen. Wie Eulenfalter festgestellt hatte, war Häsling auf Organisation versessen. Das rote Säckchen enthielt Dörrfleisch, das grüne eine Sammlung verschiedener Nüsse und das schwarze lange Pemmikan-Würste. An diese Einteilung hielt er sich ganz genau – so als brächte ihm jeder Zuordnungsfehler Unglück. Jeder Krieger, den Eulenfalter kannte, huldigte zumindest einem Aberglauben. Seeigel verließ niemals das Dorf, ohne sich vorher einen Gürtel aus den Haaren seiner Frau um die Hüften zu knoten, und seine Mutter trug immer ein Schlangenstern-Halsband unter ihrer Krieger-Tunika. Er hatte sie noch nie ohne dieses Halsband gesehen. Nicht auf einem Kriegszug.

Er folgte geräuschlos dem schmalen Wildpfad um den westlichen Rand des Marschgebiets herum. Ochsenfrösche quakten ihr Abendlied, als er vorbeikam, aber die Schildkröten platschten ins Wasser und paddelten davon. Er konnte gerade noch einen Blick auf die schwarzen Buckel ihrer Panzer werfen, als sie im Schein des Feuers durch die sich ausbreitenden Ringe glitten. Die Nacht roch gut nach Moos und brennendem Hickoryholz.

Im Bogen umschritt er das Südende des Marschgebiets, und da sah er Rotalge stehen, von den mannshohen Schilfkolben fast verdeckt, und hörte sie leise weinen.

»Rotalge!« rief er. »Hier ist Eulenfalter. Bist du –«

»Geh weg!« rief sie mit einer Heftigkeit, die er ihr nicht zugetraut hätte.

Eulenfalter blieb kurz stehen und ging dann weiter. Sie stand mit dem Rücken zu ihm. Drei Schritte hinter ihr hielt er an und verschränkte die Arme. Langes schwarzes Haar, dessen Fülle im Feuerschein schimmerte, fiel ihr über den Rücken und reichte fast bis zum Saum ihres Gewandes. »Ich kann nicht weggehen«, erwiderte er. »Nicht, wenn ich sehe, dass du traurig bist. Was ist los, Rotalge?«

»Eulenfalter, geh bitte weg! Ich möchte nicht darüber sprechen. Mit niemandem. Und besonders nicht mit dir.«

Scham klang in ihrer Stimme. Eulenfalter sah sie von der Seite an. »Was ist denn, Rotalge? Mir kannst du es doch sagen.«

Über die Schulter warf sie ihm einen Blick zu und schluchzte. »Nein, das kann ich nicht. Ich – ich weiß nicht, warum mir das jetzt passiert. Die Sonnenmutter bestraft mich offenbar dafür, dass ich auf dem Kriegspfad bin ohne die Erlaubnis meiner Großmutter. Das muss es sein, Eulenfalter!« Sie wirbelte herum und schüttelte die Fäuste gegen ihn; zwischen ihren Fingern steckten noch Wollbüschel der Rohrkolben. »Großmutter Mondschnecke hat mich an der Lagune der Seekuh erwartet. Sie wird sich jetzt zu Tode ängstigen, und es ist meine Schuld, und die Sonnenmutter lässt ihren Zorn aus –«

»Rotalge ...«

Sie verzog das Gesicht, als sie seinem Blick standhielt. Im Glanz des Feuerscheins sah sie atemberaubend schön aus. Die Augen waren voller Tränen. Er schaute wieder auf die Wollbüschel und nickte. Impulsiv ergriff er ihre rechte Faust und drückte sie ermutigend. Dann kreuzte er abermals die Arme über seiner breiten Brust.

Lässig hob er das Kinn und schaute prüfend in den kohlschwarzen Himmel. Er sagte: »Mal sehen; war ich mit Frauenkriegern zehn und ein Mal oder zehn und zwei Mal auf dem Kriegspfad? Auf Kriegszügen will's der Brauch, dass die Teilnehmer kaum Geheimnisse voreinander haben. Nicht, weil sie sich unbedingt alle gern haben, sondern weil das Verhältnis untereinander so natürlich ist, dass es einem kaum in den Sinn kommt, etwas verbergen zu wollen. Und das heißt, ich habe –«

»O Eulenfalter«, brachte sie mühsam heraus, »das ist keine Angelegenheit von Männern. Wäre ich zu Hause –«

»Ja«, unterbrach er sie freundlich, »wärst du daheim, dann würde jetzt eine Feier stattfinden. Deine Großmutter und Tanten und Cousinen würden dir das Haar waschen und kämmen, würden dir herrliche neue Gewänder weben und ein Festessen bereiten ...« Er hielt inne, als er sah, wie ihre Augen sich weiteten; sie hatte ihn verstanden.

Sie wandte sich ab und bedeckte ihr Gesicht mit den Fäusten, in denen sie noch die Rohrkolbenwolle hielt. Schluchzer schüttelten sie, aber ganz lautlos.

Eulenfalter trat von einem Fuß auf den andern, ballte die Fäuste, und als er es nicht länger aushielt, pfiff er auf Sitte und Anstand, ging zu ihr und warf seine Arme um sie. Ohne ein Wort vergrub Rotalge ihr Gesicht in seiner Tunika. Er spürte, wie ihre Tränen den Stoff durchdrangen und seine Haut wärmten. Am liebsten hätte er laut gelacht. Wäre seine Mutter hier gewesen, hätte sie Rotalge beiseite genommen wie viele Kriegerfrauen vor ihr, ein Freudenlied gesungen, sie fest umarmt und angewiesen, wieder ins Lager zurückzukehren, bevor sie sie leider wegen Dummheit töten müsste, aber zu solcher Schroffheit konnte sich Eulenfalter nicht durchringen.

Er strich ihr über das lange Haar. »Pst! Ist ja schon gut, meine liebe junge Frau. Du solltest stolz sein. Die Sonnenmutter straft dich nicht. Sie hat dir die Fähigkeit verliehen, deinem Clan Kinder zu schenken. Ein größeres Geschenk ist gar nicht denkbar. Ich muss zugeben, sie hat nicht gerade den günstigsten Zeitpunkt gewählt, aber Götter sind nicht immer rücksichtsvoll.«

Rotalge sagte nichts, und Eulenfalter biss sich auf die Lippen. Er wusste nicht, was er tun sollte, und so drückte er sie einfach noch fester an sich. Mit der Wange über ihr Haar streichelnd, sagte er sanft: »Darf ich dir beim Sammeln der Kolbenwolle helfen? Die anderen Kriegerinnen, die ich gekannt habe, die haben sich ihre Beutel damit voll gepackt, wann immer sie konnten, für den Fall, dass sie vielleicht später nicht mehr dazu kämen.«

»Du würdest mir dabei helfen?«

»Aber natürlich, warum denn nicht?«

Rotalge löste sich aus seinen Armen und wischte sich mit dem Handrücken über die Wangen. Sie schaute dankbar zu ihm auf. »Ich danke dir für alles«, sagte sie. »Ich weiß, ich habe mich in deinen Augen schimpflich benommen. Ich bin heute keine Kriegerin mehr, das ist mir klar, aber –«

»Niemand kann jeden Tag Krieger oder Kriegerin sein, Rotalge. Nicht einmal die große Muschelweiß. Und dafür bin ich Schwester Mond dankbar.«

Er legte ihr liebevoll einen Arm um die Schultern und führte sie in das Röhricht. Die Kolben waren alle flaumig geworden. Bei jedem kleinen Windzug lösten sich die Samen und schimmerten über dem Marschgebiet wie Funken im wabernden Feuerschein.

Rotalge holte sich ihren Beutel von der Stelle, wo sie ihn abgelegt hatte, und stopfte Hände voller Kolbenwolle hinein. Dann zögerte sie neben ihm und hielt den Kopf gesenkt. Trotz der Dunkelheit sah er, dass sie errötet war. Er konnte ein Lächeln nicht unterdrücken. Wie sie da stand, mit rotem Kopf und den Haaren, die ihr über die Schulter wehten, sah sie so unschuldig und hinreißend aus. Sie konnte nicht ahnen, wie sehr ihr Anblick ihn rührte.

Eulenfalter streifte zwei Hände voll Wolle vom nächsten Kolben ab und stopfte sie in ihren Beutel. Nach weiteren Kolben greifend, sagte er: »Hast du genügend Stoffstreifen dabei, um sie damit zu stopfen? Ich habe eine zusätzliche Tunika mitgebracht, und wenn du sie zerreißen willst –«

»O Große Maus!« rief sie mit erstickter Stimme. »Wir wollen nicht davon sprechen.«

Eulenfalter fuhr fort, als hätte er nichts gehört. »Vater hat mir immer gesagt, ich hätte keine Scham. Das stimmt sicher. Ich weiß noch, als ich klein war, wollte ich immer in die Menstruationshütte kriechen, um zu sehen, was die Frauen da machten. Natürlich haben sie mich nie gelassen, aber nachts schlich ich mich oft weg und setzte mich draußen neben die Hütte und hörte sie drinnen lachen. Das klang immer, als hätten sie viel Spaß.«

»Spaß?«

»Ja. Hast du das nicht auch immer gedacht?«

»Heilige Geister, nein! Die Frauen in der Hütte dürfen kein Fleisch essen und nichts trinken außer Wasser. Sie dürfen ihre Webstühle, ja sie dürfen überhaupt keine Geräte berühren. Sie können nur drinnen sitzen und reden.«

»Klingt mir gar nicht so übel.« Er packte weitere Wolle in ihren Beutel. »Sie müssen nicht auf schreiende Kinder aufpassen oder ihre anspruchsvollen Männer hätscheln. Sie brauchen kein Essen zu machen, nicht aufzuräumen –«

»Der Gedanke an die Menstruationshütte ist mir zuwider!«

Die Tränen in ihren Augen waren verschwunden und hatten einer Art Wut Platz gemacht. Eulenfalter lächelte. Wenn das so weiterging, würde sie bald wieder die alte sein.

»Dann warst du also sehr weise«, meinte er, »als du dich entschlossen hast, eine Kriegerin zu werden, denn Kriegerinnen werden mit einer besonderen Macht ausgestattet, die sie von solchen Pflichten befreit.«

»Ja«, erwiderte sie. »Ich habe schon immer vermutet, dass Frauen aus diesem Grund Kriegerinnen werden. Der

Tod im Kampf ist dem Aufenthalt in der Menstruationshütte sicherlich vorzuziehen.«

Eulenfalter unterdrückte sein Grinsen. »Wie auch immer, mir ist das nur recht. Auf Kriegszügen dürfen Männer den Kriegerinnen in die Augen sehen und sie wie normale Menschen behandeln, gleichgültig zu welcher Mondzeit.«

Rotalge brachte es nun fertig, tief und gleichmäßig einzuatmen. Ungestüm streifte sie eine Hand voll Wolle von einem Kolben. Ein Samenschleier wogte im Kreis um sie herum. Sie stopfte die Wolle in den Beutel.

Eulenfalter fügte seine Ausbeute hinzu. »Rotalge!« sagte er.

»Ja?«

Der schwach schimmernde Feuerschein fiel auf die obere Hälfte ihres Gesichts und hob ihre runden Augen und ihre kleine spitze Nase hervor. Eulenfalter legte ihr eine Hand auf die Wange. »Ich bin sehr froh, dass du eine Frau geworden bist.«

»Wirklich?«

»Ja. Du nicht?«

»Den ganzen Tag habe ich mir zwischendurch immer wieder gewünscht«, sagte sie mit wehmütigem Lächeln, »wieder ein kleines Mädchen zu sein, nicht weil das einfacher ist – ist es ja nicht –, sondern weil dann klar wäre, was von mir erwartet wird, was ich tun darf und was nicht. Und jetzt weiß ich gar nichts mehr. Ich fühle mich ... einfach überrumpelt. Und einsam, Eulenfalter. Mir fehlt meine Familie.« Ihr brach die Stimme. Hastig band sie den Beutel zu und warf ihn über die Schulter. Dann blickte sie über den Sumpf auf das kleine Lagerfeuer. »Meine Großmutter«, flüsterte sie, »die vor allem. Und Teichläufer.«

»Wir werden Teichläufer bald sehen, Rotalge. Sie sind höchstens einen Tag weit von uns entfernt, und meine Mutter ist verletzt. Also kommen sie nur langsam voran.«

Mit einem Ruck drehte sie sich zu ihm um. »Deine Mutter! Also daher das Blut –«

»Ja, ich glaube, sie wurde am Kopf verwundet.«

Rotalge ergriff seine Hand. »O Eulenfalter, glaubst du, es geht ihr gut?«

»Gut genug, dass sie gehen kann. Mehr weiß ich auch nicht.«

Sie starrten sich an, und für eine Weile schien es, als hielten sie beide den Atem an. Im Teich spiegelte sich der Feuerschein, der auch in Rotalges dunklen Augen aufglänzte. Der Geruch des feuchten Grases und der nassen Erde, vermischt mit dem schwachen Duft ihres Yucca-Shampoos, hüllte ihn ein. Eulenfalter blieb so lange reglos stehen, dass er glaubte, über dem Boden zu schweben.

»Rotalge?« Er holte tief Luft und schloss die Augen, sich durchaus bewusst, dass ihr Blick die ganze Zeit auf ihm ruhte. Seine Gefühle stiegen auf und nieder wie spielende Falken, und sie erschreckten ihn. Sie wühlten ihn mit einer Heftigkeit auf, die er noch nie erlebt hatte. Er sagte sich, das komme wohl von den aufregenden Ereignissen des Tages, der Entdeckung der Lagerstatt, der Rekonstruktion des stattgefundenen Kampfes, der Erkenntnis, dass seine Mutter verwundet worden war. Und wie Häsling erregt ins Lager gelaufen kam, und schließlich, dass Rotalge zur Frau geworden war. In den letzten Zeithänden hatte es ja nur noch eine Aufregung nach der andern gegeben. Sollte er nicht lieber noch etwas damit warten? Bis sich alles in ihm gesetzt hatte und er wieder richtig denken konnte? Er war sicher, dass seine Mutter ihm raten würde zu warten.

Als ob seine Seelen eben das befürchteten, beeilte sich sein Mund zu sagen: »Rotalge, wenn wir das heil überstehen, möchte ich deine Großmutter fragen, ob ich um dich werben darf. Ich –«

Er brachte es nicht über sich, den Satz zu beenden.

Rotalge stand da wie erstarrt; dann sprang sie auf ihn zu und schlang ihre Arme mit einer solchen Wucht um seinen Nacken, dass er rückwärts taumelte und beinahe ins Wasser gefallen wäre.

Als sie sagte »O Eulenfalter, das würde mir sehr gefallen«, lachten sie beide.

38

Leichtfüßig eilte Biberpfote durch den schattigen Wald, der das Dorf des Stehenden Horns umgab. Überall verstreut standen Hütten, und es wimmelte von Menschen, die dabei waren zu kochen, zu lachen und zu spielen. Es brannten so viele Feuer, dass das fast volle Gesicht von Schwester Mond den orangefarbenen Schein kaum durchdrang, obwohl ein silberner Schleier über dem Meer lag und von den schaumigen Wellenspitzen fast blendend widergespiegelt wurde. Brecher stürmten gegen den Strand, und über dem Anlauf und Rücklauf des Wassers tauchten Schwalben herab. Es war so warm gewesen, dass Insekten wie schimmernde Dunstwolken in der Luft hingen. Ihr Sirren und Summen kam noch zu dem Geräuschpegel aus dem Dorf hinzu.

Biberpfote machte einen großen Bogen um einen vom Blitz gespaltenen alten Baumstumpf und beobachtete die Hunde, die über die Pfade zwischen den Hütten liefen und sich schwanzwedelnd jedem zuwandten, der ihnen Beachtung schenkte. Das musste die größte Siedlung sein, die je entstanden war. Aus vielen Clans waren Leute hier zusammengeströmt, um Kupferkopf nahe zu sein, wenn das Ende nahe war, und sie beteten, dass er sie errettete. Die Menge setzte Biberpfote in Erstaunen. Wie viele Narren lebten in dieser Welt? Anscheinend viel zu viele.

Salzgesättigte Windstöße bliesen ihm das kinnlange Haar übers Gesicht. Er steckte es hinter den Ohren fest und sah mit zusammengekniffenen Augen zu, wie ein riesiges Freudenfeuer auf der großen Plaza aufloderte. Funken stoben auf und taumelten über die Köpfe der dort versammelten Menge hinweg. Er hörte das tiefe Lachen von Schwarzer Regen, dann einen freudigen Schrei von Schwebestern und kurz darauf die Flüche eines Unbekannten.

Vor drei Zeithänden waren sie angekommen, hatten ein Lager aufgeschlagen und waren sofort getrennt ihrer Wege gegangen; Biberpfote erkundete die Lage des Dorfs, während seine Gefährten das größte Spiel suchten, das sie finden konnten. Jetzt klang es so, als hätten sie ihr Ziel gefunden. Das typische Geklapper geworfener Knochen war trotz der prasselnden Flammen gut zu hören. Biberpfote wünschte sich von Herzen, dass Schwarzer Regen gewinnen möge. Denn andernfalls würde sie feindselig und unfügsam sein. Im Allgemeinen stolzierte sie dann zum Lager zurück, packte ihre Sachen und befahl ihm, sich zu beeilen, da sie so schnell wie möglich verschwinden wollte.

Aber hier brauchte er sie in guter Stimmung. Notfalls würde er sogar die Waffen, die ihm ans Herz gewachsen waren, verkaufen, um sie mit weiteren Wetteinsätzen zu versorgen. Solange sie spielte, hatte er eine Erklärung für seine Gänge durchs Dorf.

Das Heimweh nagte an ihm. Wenn alles gut ging, konnte er in fünf oder sechs Tagen wieder in den Armen von Wasserträgerin liegen. Oh, wie er sich danach sehnte, seine Kinder wieder an sich zu drücken und ihr Lachen zu hören; er konnte es kaum noch erwarten. Das Einzige, was ihn bei Sinnen hielt, war das Wissen, dass er unter allen Umständen erfolgreich sein musste; andernfalls würde ihn der Clan nicht mehr aufnehmen. Ganz gleich, um welchen Preis – Biberpfote musste unbedingt dafür sorgen, dass Muschelweiß Tauchvogel befreien konnte.

Über die Süd- und die Westgrenze des Dorfs war er schon im Bilde. Die Anordnung der Hütten war ihm zuerst willkürlich vorgekommen. Aber im Verlauf seiner Aufklärungsgänge erkannte er, dass diese Vermutung ganz falsch war. Die Hütten standen in einer Reihe immer weiterer Halbkreise um die Plaza herum, so wie Muscheln in der Muschel. Der äußere Halbkreis wurde von hohen Bäumen gesäumt, und neben jedem hielten zwei Mann Wache. Diese Anordnung bestürzte ihn; niemand, nicht einmal Muschelweiß, hätte ein abschreckenderes Bollwerk schaffen können. Jede mögliche Angriffslücke war schon vorausgesehen und versiegelt worden. Viele zehnmal zehn Krieger waren nötig, um diese Abwehr zu durchbrechen, und in dem Kampf würden viele sterben. Es gab keine feindliche Streitmacht, sagte sich Biberpfote, die das Dorf des Stehenden Horns überrennen konnte.

Kopfschüttelnd staunte er darüber, wie Muschelweiß die Lage erkannt hatte. Sie war seit zweimal oder dreimal zehn Sommern nicht mehr hier gewesen, und doch wusste sie, dass es sinnlos war, Kupferkopf hier bekämpfen zu wollen. Wie Recht sie gehabt hatte! Nur eine kleine Gruppe konnte hier eindringen, doch wie würde sie wieder heil herauskommen?

Er ging langsam die Nordgrenze des Dorfs ab, er ließ sich Zeit, vermied Dickicht und Ranken, duckte sich unter tief hängenden Ästen und verhielt sich so lautlos wie möglich. Dabei dachte er über den Plan nach, auf den sich Muschelweiß und er geeinigt hatten.

Es könnte gehen …

Er sandte ein Stoßgebet zu jedem Geist, den er benennen konnte. Er musste nur im richtigen Augenblick für Ablenkung zu sorgen, und dafür, dass er in dem darauf folgenden Getümmel überlebte. Noch wusste er nicht, wie die Ablenkung aussehen würde. Vielleicht sollte er einen Streit mit Schwebestern vom Zaun brechen. Dann kämen von überall Krieger herbeigeströmt, um zuzusehen. Sicher würden Wetten abgeschlossen. In der Zwischenzeit hätte Muschelweiß die Möglichkeit, zu handeln.

Bei einer verkrüppelten alten Eiche mit hängendem Moos blieb er stehen; sie stand in der nordwestlichen Ecke des Dorfs. Er überschaute die Umgebung und erkannte, dass dies der Baum sein musste, den Kupferkopf in seinem Traum gesehen hatte. Bei diesem Baum erwartete er Muschelweiß. Dicht hinter dem Baum waren zwei Hütten, aber …

Keine Wachen.

Biberpfote betrachtete den halbmondförmigen Bogen des äußersten Hüttenrings. Diese Lücke war die einzige undichte Stelle, durch die man unbeobachtet ins Dorf gelangen konnte. Hielt Kupferkopf Muschelweiß wirklich für so dumm? Glaubte er wirklich, er brauchte ihr nur eine Öffnung zu lassen, damit sie ihm genau in die Arme lief? Am liebsten hätte er vor Verachtung ausgespuckt.

Aber er fuhr mit seinem Rundgang fort, bis er die Meerfrau durch die Bäume glitzern sah. Ein großer Blaureiher am Ufer, den hohen Hals aufgereckt, beobachtete einen Pelikan, der nur ein paar Flügelschläge weiter einen Fisch verschlang, sich nach der Mahlzeit aufplusterte und danach selbstbewusst den Strand entlangstolzierte. Er hatte nicht das kleinste Häppchen übrig gelassen, und so zog der Reiher den Kopf wieder ein, steckte den Schnabel unter einen Flügel und schlief weiter.

Biberpfote hätte jetzt gern sein Atlatl dabeigehabt, denn der Reiher hätte ein gutes Ziel abgegeben. Aber als sie ins Dorf gekommen waren, hatten die Wachen sie angehalten und angewiesen, ihr Lager außerhalb der Dorfgrenze aufzuschlagen und ihre Waffen dort zu lassen. Das war ein Befehl von Kupferkopf. Kein Fremder durfte das Dorf mit Waffen betreten.

Biberpfote ging weiter. Die letzte Hütte, eine sehr große, stand vor einigen verkrüppelten Eichen an der Nordseite des Strandes: die Ratshütte.

Er schlich lautlos darauf zu und kniete sich hinter ein Dickicht. Ein Mann lag mitten in der Hütte, Hände und Füße gefesselt. Er hatte langes schwarzes Haar, ein rundes Gesicht und einen breiten Mund. Er trug zwar eine schöne Tunika mit einem aufgemalten blauen Blitz auf der Brust, aber Biberpfote erkannte auf freiliegenden Körperteilen überall eiternde Stichwunden.

Tauchvogel?

Es konnte kein anderer sein.

Muschelweiß hatte Recht gehabt; sie hatte gewusst, wo ihr Mann festgehalten wurde.

Und plötzlich fragte sich Biberpfote, ob Kupferkopf das wohl wusste. Begriff Kupferkopf, in welchen Bahnen das Denken von Muschelweiß verlief, so wie sie wusste, wie seine Gedankengänge aussahen?

Während er zurückwich, kam ihm ein furchtbarer Gedanke. Heilige Geister, nein! Aber war es denn so ausgeschlossen? Hatte Kupferkopf seine Falle vielleicht noch tückischer aufgestellt, als er selbst oder Muschelweiß ahnten? Vielleicht waren all diese Geschichten von seinen ›Träumen‹, die er jedem erzählte, bereits Teil dieser Täuschung. Hatte Kupferkopf vielleicht schon in seine Planung einbezogen, dass diese Geschichten Muschelweiß zu Ohren kommen würden? Verließ er sich tatsächlich darauf?

Angst erfüllte ihn. Er hielt einen Rankenbogen zur Seite und schlängelte sich daran vorbei; dabei sah er die Rotten der Wachtposten um die Ratshütte. Weitere Posten saßen versteckt in den Ästen hoher Kiefern, um den Strand im Auge zu behalten, und außerdem schritten Wachen über die Plaza, wo Schwarzer Regen und Schwebestern spielten; jeder Krieger hatte ein Atlatl dabei und hielt drei Speere in der rechten Hand.

Biberpfote machte einen großen Bogen um die Dorfgrenze und betrat das Dorf kühn durch die Lücke bei dem alten Eichbaum. Niemand hielt ihn auf. Er marschierte geradewegs durch den Einschnitt auf einem Pfad zwischen vier Hütten hindurch bis zur bevölkerten Plaza.

Furcht lähmte sein Denkvermögen. Er atmete jetzt schnell und flach wie ein gehetztes Kaninchen, seine Brust hob und senkte sich.

Er musste Muschelweiß warnen, bevor sie dieses Dorf betrat …

Brauterpel kniete neben Schwebestern im Spielerkreis um das große Feuer auf der Plaza. Auf dem Platz waren vier Gruppen mit verschiedenen Spielen beschäftigt: mit Würfeln, Knochen, Stäben und Muscheln. Am Strand liefen Männer Sand aufwirbelnd um die Wette, und die Beobachter setzten auf die Wettläufer.

»Ich habe dir vieles erzählt«, flüsterte Schwebestern. »Ich würde gern meine Bezahlung sehen. Was hast du mir mitgebracht?«

Brauterpel beugte sich vor und blickte ihn finster an. Schwebestern grinste und zeigte seine faulenden, gelben Zähne. Sein Gewand war ruß- und fettbeschmiert, und er roch, als hätte er seit einem Mond nicht mehr gebadet. Am liebsten hätte ihm Brauterpel die faulen Zähne eingeschlagen.

Aber er sagte nur: »Bleib in der Nähe, ich bin vielleicht noch nicht fertig mit dir.« Dann drückte er einen feinen Feuersteinkratzer in Schwebesterns schmutzige Hand.

Schwebestern ließ ein leises Lachen hören. »Ich werde hier sein. Nächstes Mal bringst du mir Speerspitzen und schöne Decken.«

»Ich würde an deiner Stelle den Preis nicht zu hoch ansetzen«, flüsterte Brauterpel mit gepresster Stimme, und sein Blick glitt schnell über die Menge ringsherum. »Vielleicht zieht Kupferkopf es vor, dir deine Informationen stückweise aus der Haut zu schneiden, anstatt sie dir abzukaufen.«

Das hässliche, eckige Gesicht von Schwebestern fiel zusammen. »Nun, sag dem Geistältesten, ich helfe ihm nur zu gern, so sehr ich kann. Auch ohne Belohnung.«

Brauterpel lächelte. »Du bist klüger, als ich dich im Gedächtnis hatte, Schwebestern.«

Er erhob sich und schlenderte zur Hütte von Kupferkopf. Schwester Mond hing über ihm wie eine silberne Muschelschale, ihr Gesicht abwechselnd leuchtend und von einer dünnen Wolkenschicht verdeckt. Herbstblätter rissen sich von den Bäumen los und trudelten aufwärts ins Mondlicht wie hochgewirbelte Asche aus einem großen Feuer. Brauterpels Blick hing an Kupferkopf.

Der Geistälteste stand an den südöstlichen Stützbalken der Hütte gelehnt. Die Furcht einflößende Schildpattpuppe baumelte an einer Schnur von seinem Gürtel. Er hatte sein langes ergrauendes Haar zu einem Zopf geflochten, der ihm über die rechte Schulter hing. Er trug einen schwarzen Lendenschurz und eine Halskette aus kleinen Schneckengehäusen, die auf seiner tief gebräunten Haut sehr weiß wirkten. Die großen dunklen Augen glänzten in seinem ovalen Gesicht, sahen jedoch nicht zu ihm, sondern schienen eher auf einen stämmigen Krieger gerichtet, der am Rand der Plaza umherstreifte.

Brauterpel blieb vor Kupferkopf stehen und wartete, bis der Älteste auf ihn herabblickte. In diesen Augen war nichts. Absolut nichts. Keine Gefühlsregung. Keine Wärme.

Nur Leere. Das war alles, was Brauterpel in ihnen sah. »Du hast Recht gehabt, Ältester«, sagte Brauterpel. »Schwebestern hat mir viele Dinge mitgeteilt.«

Kupferkopfs tiefe Stimme klang noch geisterhafter als sonst, als er fragte: »Hast du ihn über unseren wissbegierigen Gast ausgefragt? Der Mann hat unsere Stellungen gründlich ausgekundschaftet.«

»Ich habe ihn danach gefragt«, antwortete Brauterpel.

»Und?«

Brauterpels Hand senkte sich auf den Dolch am Gürtel. »Schwebestern sagt, er heiße Biberpfote. Er ist der frühere Kommandant vom Kernholz-Clan.«

»Der frühere?«

»Ja.« Brauterpel schnaubte verächtlich. »Er hat die Ehe gebrochen, mit der Frau da drüben, die gerade die Knöchelchen schüttelt. Sie –«

»Schwarzer Regen«, sagte Kupferkopf.

»Ja.« Brauterpel drehte sich zu der Frau um, und jedes Mal verblüffte ihn ihre außerordentliche Schönheit von neuem. Sie trug eine leuchtend rote Tunika, die ihre schmalen Hüften und die vollen Brüste hervorhob. Glänzend schwarzes Haar fiel ihr über die Schultern. »Kennst du sie?« fragte er.

Kupferkopf nickte. »Biberpfote hat Ehebruch begangen und wurde von seinem Clan ausgestoßen?«

»Ja, das hat Schwebestern gesagt. Und auch«, Brauterpel senkte die Stimme, »dass Biberpfote Muschelweiß im Wald getroffen und sich lange mit ihr unterhalten hat. Sie –«

Kupferkopf bewegte keinen Muskel, aber seine Augen blickten Brauterpel mit einem Mal ins Gesicht. »Wann war das?«

»Heute Morgen. Einen halben Tagesmarsch von hier. Nicht weiter. Ich habe den Verdacht, Geistältester, dass er ein Spion von Muschelweiß ist.«

»Vielleicht«, sagte Kupferkopf ruhig.

Brauterpel stellte sich breitbeinig hin und nahm sich zusammen. Trotz der kühlen Brise fing er an zu schwitzen. Das ging ihm immer so, wenn er Kupferkopf ins Gesicht blicken musste; dann wünschte er, er wäre weit weg – besonders wenn Kupferkopf die Schildpattpuppe trug. Da konnte er von einem Augenblick zum andern anfangen zu rasen, ohne Grund.

»Was kann ich für dich tun?« fragte Brauterpel. »Soll ich diesen Biberpfote töten? Wäre ganz einfach. Sein Lager liegt fünfzig Schritte westlich vom Dorf entfernt. Meine Krieger können ihn umzingeln, bevor er merkt, dass wir da sind.«

Kupferkopf schwieg eine Weile. Dann deutete er mit dem Kinn auf Schwarzer Regen. »Wie läuft ihr Spiel?«

»Schlecht.« Brauterpel verzog den Mund vor Widerwillen. »Sie ist keine gute Spielerin. Die ganze Zeit hat sie verloren. Sie setzt schon ihren Körper ein. Wahrscheinlich wird sie in einer Zeithand das Spiel verlassen müssen, um ihre Schulden zu bezahlen, und dafür wird sie die ganze Nacht brauchen. Ich möchte bezweifeln, dass sie morgen noch jemand in einen Spielkreis aufnimmt.«

»Ist ihr Sohn, der Weiße Blitzjünger, bei Muschelweiß? Hat Schwebestern davon gesprochen?«

»Ja, der Junge kommt mit, genau wie du es geträumt hast, Geistältester.«

Kupferkopfs Schulter wischte am Pfosten vorbei. »Und sonst niemand?«

»Nein. Muschelweiß hat nur den Blitzjünger dabei.«

Kupferkopfs Gesicht war ganz starr und sein Blick so kalt, dass Brauterpel am liebsten weggerannt wäre; mit aller Kraft zwang er sich, langsam zu atmen, damit sein Erschrecken nicht so offenkundig würde. Immer wenn Kupferkopf die Schildpattpuppe trug, plante er etwas Entsetzliches. Brauterpel wollte nicht darüber nachdenken, was es diesmal sein würde. Die Winterfeier für die Sonnenmutter war nur noch drei Tage entfernt. Irgendein Wahnsinnsakt könnte –

Sehr ruhig sagte Kupferkopf: »Ich glaube, ich werde meine alte Freundin Schwarzer Regen begrüßen.« Er machte ein paar Schritte und hielt inne. Über die Schulter befahl er: »Hol ein paar Krieger zusammen. Sie sollen sich bereithalten.«

»Wozu, Ältester?«

Kupferkopf sah wieder zu Schwarzer Regen hinüber, und seine Augen verengten sich zu Schlitzen. »Wozu es nötig sein sollte«, antwortete er.

Brauterpel verzog das Gesicht, als Kupferkopf über die Plaza schritt. Die Leute sahen die Puppe an seinem Gürtel, hielten mitten im Schritt inne und wichen zu einem Spalier zurück, um ihm Platz zu machen. Kupferkopf schien es nicht zu beachten.

39

Wildhetzer, ein langnasiger junger Mann, schrie Schwarzer Regen an: »Du gierige Hure! Wirf endlich!«

Sie beachtete ihn nicht, hielt die Walnusswürfel an den Mund und blies ihren Geist in sie hinein; aus tiefstem Herzen betete sie, dass die Seelen der Würfel die innere Verwandtschaft zu ihr erkennen und ihr beim nächsten Wurf helfen würden. Die sechs Männer im Kreis stießen grobe Schmähungen gegen sie aus, aber sie verschloss sich vor ihnen und dachte nur an die Würfel. An die Würfel!

Die letzten drei Würfe hatte sie gewonnen. Eine Haarnadel aus Hundeknochen, drei Muschel-Halsketten und eine schlampig gearbeitete graue Speerspitze lagen vor ihr. Wenn sie nur die Seelen der Würfel wieder anrühren könnte, dann würden sie ihr auch weiterhin helfen. Wie eine Geliebte flüsterte sie den Würfeln zu, sie wisse ja, dass sie ihnen vertrauen könne, und versprach ihnen, sie zu pflegen, zu räuchern und mit Hickoryöl einzureiben, wenn sie sie nur gewinnen ließen.

Lasst mich gewinnen! Lasst mich gewinnen!

Menschenmengen wälzten sich durchs Dorf. Scharenweise waren sie während der ganzen Nacht angekommen, hatten ihre Lager außerhalb des Dorfs aufgeschlagen und sich danach zur Plaza begeben. Schwarzer Regen vermutete, dass sich die Dorfbewohner seit diesem Morgen verdoppelt hatten. Gerüche von Wildfleisch-, Kaninchen- und Gänsebraten und gekochten Muscheln umfingen sie, zusammen mit dem würzigen Duft von Kiefernnadelntee und Kaktusfeigen. Männer und Frauen trugen verschiedene glänzende Muschelhalsketten, und im Vorbeigehen blitzten die fantastischen geometrischen Muster auf ihren gefärbten Gewändern leuchtend rot, tiefblau, grün und gelb auf.

»Schwarzer Regen, um Bruder Himmels willen, wirf endlich die Würfel!« schrie Schwebestern. Sein abstoßendes, eckiges Gesicht glänzte vor Insektenfett, das sich in seinen Pockennarben gesammelt hatte. Er hatte von dem Entenbraten gegessen und seine Hände am Lendenschurz abgewischt, der jetzt mit schmutzigem Fett befleckt war.

Wie sie ihn verabscheute!

Die sechs Männer ihrer Gruppe schlugen mit den Fäusten auf den weißen Sand und drängten sie zur Eile. Drei weitere Spielergruppen saßen um das große Feuer herum, in ihre eigenen Spiele vertieft. Wenn jemand laut wurde, reckten Männer und Frauen die Hälse, um zu sehen, was vor sich ging. In diesem Augenblick blickten dreimal zehn Spieler unwillig in die Richtung von Schwarzer Regen.

»Schwarzer Regen!« Schwebestern schob sie zur Seite. »Spiel!«

»Na gut«, schrie sie zurück. »Wenn du dein Maul hältst, dann werfe ich.«

Die Männer wurden ernst. Eine Würfelseite war schwarz angemalt, die andere weiß. Ein Spieler gewann Punkte, wenn beide Würfel dieselbe Farbe zeigten, bei Schwarz einen Punkt, bei Weiß zwei Punkte. Kamen beide Farben zum Vorschein, schied der Spieler aus dieser Runde aus. Wildhetzer hatte inzwischen nach vier glücklichen Würfen sechs Punkte angesammelt. Er musterte seine Gegnerin jetzt, furcht- und hasserfüllt zugleich, mit glitzernden Augen.

Schwarzer Regen lächelte. »Was setzt du, Wildhetzer? He? Wie viel willst du verlieren?«

Wildhetzers Lippen kräuselten sich verächtlich. Sein langes schwarzes Haar umwehte sein junges Gesicht. Er war etwa zehn und acht Sommer alt und so hochmütig wie ein brünstiger Bär. Sein Schurz hatte ein schönes rotes geometrisches Muster, und Schwarzer Regen hatte vor, ihm eben das abzugewinnen, bevor die Nacht zu Ende war. Es war nur recht und billig, wenn dieser hochnäsige Kerl gedemütigt und entblößt nach Hause gehen musste.

Wildhetzer warf einen Blick auf seinen Gewinn und wählte eine schön geschnitzte Speerspitze aus Hirschhorn aus. Er warf sie in die Mitte des Kreises. »Das gegen deine drei Muschel-Halsketten, Schwarzer Regen.«

»Alle drei?« stieß sie hervor. »Für eine armselige Hornspitze? Ich setze zwei Halsketten dagegen. Die sind gleichwertig –«

»Das sind sie nicht!« Wildhetzer schaute sie finster an. »Deine Halsketten sind aus gewöhnlichen Muscheln gemacht. Aber meine Spitze stammt vom alten Drosselsänger selbst!«

Gemurmel kam in der Gruppe auf, und der Name wurde ehrfürchtig flüsternd weitergegeben.

Schwebestern beugte sich zur Seite und wisperte: »Vorsicht! Die Speerspitzen von Drosselsänger sind berühmt für ihre Macht. Er ist ein sehr großer Seelentänzer. Wildhetzer könnte viel mehr verlangen als deine drei –«

»Wenn Drosselsänger so großartig ist, warum habe ich noch nie von ihm gehört?«

Schwebesterns schmutzige Hand vollzog einen lässigen Kreis. »Es mag ja sein, dass die erhabene Frau namens Schwarzer Regen auf ihren ausgedehnten Reisen noch nie zu den fernen Nordwäldern gelangt ist, dorthin, wo Drosselsänger lebt.«

Sie sah sich die Spieler alle an; sie murmelten immer noch über die schäbige Knochenspitze, und das bedeutete, dass sie wirklich wertvoll war. Andererseits blieb ihr ziemlich wenig, wenn sie die drei Halsketten einsetzte und verlieren sollte.

Aber ich werde nicht verlieren! Würfel, was sagt ihr? Ihr sagt Nein, ihr werdet mir helfen, nicht wahr?

»Spielst du jetzt, Hure?« schnauzte Wildhetzer sie an.

Sie warf die hübschen Halsketten lässig auf seine Speerspitze. Nun setzten die anderen Spieler ihre Einsätze auf die beiden. Selbst Schwebestern, stellte sie fest, wettete gegen sie. Sie warf ihm einen Blick voller Hass zu, woraufhin er grinste und die Lippen spitzte, als wollte er sie küssen; die Männer brüllten vor Lachen.

»Spiel jetzt, meine Schöne«, sagte Schwebestern. »Wirf die Würfel, damit ich meinen Gewinn kassieren kann.«

Schwarzer Regen hauchte den Würfeln nochmals ihren Geist ein, schloss die Augen, schüttelte sie und warf.

Geschrei erhob sich. Sie riss die Augen auf und sah zwei weiße Würfel zu ihr aufblicken. »Zwei Punkte«, kreischte sie entzückt.

Wildhetzer hielt die Augen eine Weile geschlossen, doch dann lächelte er und nickte. »Weiter, Schwarzer Regen. Wirf! Aber du musst wissen, dass sich die Seelen der Würfel nun anders besonnen haben: Sie sind jetzt mein. Du machst keine Punkte mehr. Nicht gegen mich. Also –«

Er stellte eine wunderschön geschnitzte Holzschale neben ihre Halsketten. »Wenn du weiterspielen willst, dann wird dich das die hässliche Speerspitze kosten.«

Sie nahm sie, hielt sie kurz über die Einsätze und warf sie obendrauf.

»O wackeres Weib!« rief Schwebestern. »Ich setze einen Eichenmörser gegen Schwarzer Regen. Wer setzt dagegen?«

Sie hörte nicht auf das Gerede. Sie hielt die Würfel an die Lippen und hauchte ihnen abermals Geist ein. Doch es war, als stiege ihr der Verwesungsgestank eines toten Tieres in die Nase; sie spürte, dass sich etwas verändert hatte. Angst befiel sie, ihr Magen verkrampfte sich. Wildhetzer hatte tatsächlich die Würfel beeinflusst; deren Seelen wandten sich jetzt gegen sie.

Sie sprach sich selber Mut zu. *Nur Ruhe, ich kann ihre Seelen zurückgewinnen. Natürlich kann ich das. Das muss ich können.*

Lustvoll leckte sie über alle Würfelkanten, ihren Geist in sie hineinatmend, um ihnen Wildhetzers bösen Geist auszutreiben.

»Los, Schwarzer Regen!« forderte Schwebestern. »Wir haben keine Lust, die ganze Nacht auf deinen Wurf zu warten.«

Schwarzer Regen schüttelte die Würfel. Sie fühlten sich warm in ihren Händen an. Sie warf sie. Ein heiseres Gelächter brach los.

Einer schwarz. Einer weiß.

Mit einem Aufschrei schlug sie wutentbrannt mit den Fäusten auf den Sand.

Wildhetzer lachte leise, raffte seinen Gewinn zusammen und nahm die Würfel an sich. Er grinste über ihre einsame Haarnadel aus Hundeknochen. »Dieses armselige Schmuckstück ist also alles, um was du noch spielen kannst.«

»Nein«, gab sie zurück und straffte sich, so dass ihre Brüste sich unter dem Gewand abzeichneten. Die Männer schrien »Oho« und lachten. »Ich werde dir die gleichen Wonnen schenken, die ich den anderen versprochen habe. Aber das kostet. Ich will –«

»Ich habe kein Verlangen nach deinem besudelten Leib, Frau, ich will Ware zum Handeln. Wenn du außer der Haarnadel nichts mehr hast, dann bist du aus dem Spiel.«

Schwebestern flüsterte heiser: »O mein Freund, du hast ja keine Ahnung, wie fantastisch sie sein kann. Sie macht Sachen …« Er wurde immer leiser, als er Kupferkopf herannahen sah, der sich hinter Wildhetzer stellte.

Es wurde totenstill im Spielerkreis. Augen weiteten sich; jeder blickte so, als starrte er seinem eigenen Verderben ins Gesicht. Schwarzer Regen schaute Kupferkopf forschend an. Zuletzt hatte sie ihn vor sieben Sommern gesehen. Seit damals hatte sich sein Haar an den Schläfen silbern gefärbt, was seine tief sitzenden schwarzen Augen und die gebräunte Haut noch mehr zur Geltung brachte. Einige Falten hatten sich in seine Mundwinkel gegraben, doch trotzdem sah er wie ein Mann von dreimal zehn Sommern aus und nicht wie jemand von fast fünfmal zehn Sommern. Angesichts seiner schlanken Größe und seines außerordentlich schönen Gesichts musste sie lächeln.

Kupferkopf sah Schwarzer Regen wie verzaubert an. Sein schwarzer Lendenschurz war frisch gewaschen, und ein merkwürdiges Spielzeug hing an seinem Gürtel. Schwarzer Regen betrachtete die Puppe. Sie schien aus dem Beinknochen einer Schildkröte gefertigt zu sein. Jemand hatte das Spielzeug in ein verschlissenes Gewand gekleidet und ihm lange schwarze Haarsträhnen mit Kiefernharz angeklebt. Ein aufgemaltes Gesicht war noch schwach zu erkennen.

Kupferkopf ging langsam um den Kreis herum und kniete sich links neben sie. Er roch so gut, als hätte er in einem Teich voller Seerosen gebadet. Mit tiefer Stimme fragte er leise: »Bist du am Gewinnen?«

»Nein, ich verliere, und der spindeldürre Kerl da, der weigert sich, mich spielen zu lassen.«

Kupferkopfs Blick glitt zu Wildhetzer. Orangefarbener Feuerschein tanzte über sein ausdrucksloses Gesicht und spiegelte sich flammend in seinen Augen wider. »Spiel, Wildhetzer«, befahl er mit sanfter Stimme. »Ich stehe für die Wette von Schwarzer Regen ein.«

»Du?« stieß Schwarzer Regen hervor. »Du willst das tun?«

Kupferkopfs durchdringender Blick blieb auf Wildhetzer haften, doch er nickte.

Wildhetzer leckte sich über die Lippen. Er schaute die anderen Männer im Kreis an, als hoffte er, von dort eine Hilfe zu bekommen. Doch niemand zuckte mit der Wimper. Schwarzer Regen wusste, warum. Kupferkopf nahm niemals an Glücksspielen teil. Er machte bei Rennen mit oder beim Speerwerfen, bei sportlichen Wettkämpfen also, bei denen es auf die eigene Geschicklichkeit ankam, doch nie bei Spielen, deren Ausgang nur vom Glück abhing.

»Sehr wohl, Geistältester«, entgegnete Wildhetzer ernst. »Was willst du einsetzen?«

Kupferkopf antwortete: »Ich setze zehn und fünf rote Feuerstein-Speerspitzen gegen alles, was du da hast.« Er deutete auf den Haufen von Wildhetzers Gewinnen.

»Zehn und fünf Speerspitzen aus Feuerstein?« schrie

Schwebestern, ganz außer sich. »Dafür könntest du Wildhetzers Frau kaufen. Und sogar ohne –«

Wildhetzer schlug Schwebestern mit dem Handrücken so heftig ins Gesicht, dass der Mann ausgestreckt im Sand liegen blieb. Schwarzer Regen lachte. Die aufgeschlagene Lippe von Schwebestern blutete. Aber er lächelte. Ein Rache verheißendes Lächeln. Er setzte sich auf, wischte sich über den Mund und sagte: »Ich rechne später mit dir ab, junger Krieger.«

»Wenn du den Mut dazu hast«, erwiderte Wildhetzer drohend mit leiser Stimme. Er wandte sich zu Kupferkopf. »Hast du das ernst gemeint, Ältester? So viel willst du einsetzen? Für diese Frau?«

»Ja.«

Wildhetzer schüttelte ungläubig den Kopf. »Sehr wohl. Nach welchen Regeln spielen wir?«

»Nur ein Wurf. Wenn du Punkte machst, gewinnst du. Wenn nicht, verlierst du.«

Schwarzer Regen setzte sich aufrecht hin. Sie warf Kupferkopf einen überraschten Blick zu, aber er sah nicht mehr zu ihr hin. Sein Blick haftete an Wildhetzer. Das Blut klopfte in ihren Adern, als sie sah, wie Wildhetzer sich verlegen krümmte. Sie war von Spielen mit hohem Einsatz hingerissen, hatte aber aufgrund ihrer begrenzten Mittel selten Gelegenheit, daran teilzunehmen.

Wildhetzer holte tief Luft. »Ich nehme das Spiel an, Ältester.«

Kupferkopf wies auf die Würfel. »Gut. Du bist dran.«

Die Spieler im Kreis beugten sich vor und sahen atemlos zu. Wildhetzer schüttelte die Würfel. Die Augen von Schwebestern quollen hervor. Die Geräusche des Dorfs, die Schwarzer Regen kaum bemerkt hatte, wurden auf einmal überlaut. Hunde bellten. Die Wellen brachen sich laut. Feuer prasselten und knackten im aufkommenden Wind. Männer stießen Jubelschreie aus, und Frauen lachten.

Kupferkopf starrte auf Wildhetzer, ohne mit der Wimper zu zucken. Dem jungen Krieger rann der Schweiß über die Wangen. Er beugte den Kopf und sang ein leises Gebet zur

Sonnenmutter. Dann spannten sich die Muskeln in dem jungen Gesicht.

Ein Würfel schwarz. Ein Würfel weiß.

Stille.

Alle starrten auf Kupferkopf, die Augen voller Angst: Sicher hatte er die Würfel verhext. Wildhetzer schloss die Augen, schob seine Gewinne zu Schwarzer Regen hinüber und stand auf. »Gute Nacht«, sagte er und ging davon.

Schwarzer Regen drehte sich mit dem ganzen Körper herum, um seiner hageren Gestalt zum nächsten Pfad zu folgen, der aus dem Dorf hinausführte. Wildhetzer tauchte in die tanzenden Schatten des Waldes ein.

»Du hast anscheinend gewonnen«, sagte Kupferkopf zu Schwarzer Regen.

Sie sah ihn misstrauisch an und fragte sich, was diese Hilfe sie kosten würde. Mit ihrem verführerischsten Lächeln fragte sie ihn: »Nun, und wie kann ich dir für deine Unterstützung danken?«

Kupferkopf spielte mit der schönen Hirschhornspeerspitze in der Mitte des Haufens, und streichelte sie andächtig. »Spiele das Würfelspiel mit mir.«

»Ist das alles?«

Sein Blick schien sie aufzuspießen. »Es wird angemessen sein.«

Sie wagte nicht, das abzulehnen. Außerdem hatte sie jetzt viele wertvolle Gegenstände zum Einsetzen. Das Spiel, wie es auch immer ausging, würde großartig sein.

»Soviel ich weiß, hast du das Glücksspiel nie gemocht«, sagte sie.

»Ob ich es mag oder nicht, ist ohne Belang. Niemand will mit mir spielen.« Er schaute jedem im Kreis in die Augen. »Ich habe den Verdacht, dass man meine Geisthelfer fürchtet.«

Die vier Männer zu seiner Linken schluckten krampfhaft und erhoben sich so hastig, dass sie übereinander stolperten.

Da erhob sich ein zorniges Gemurmel, mit Flüchen vermischt. Darauf verbeugten sich die Männer achtungsvoll vor Kupferkopf und verabschiedeten sich.

Nur Schwebestern blieb noch zu ihrer Rechten sitzen, das hässliche Gesicht wie in Todesangst erstarrt. Schwarzer Regen hob anmutig eine Braue. Mut war es nicht, was ihn hier zurückhielt. Warum blieb er? Er war für seine Neugier bekannt. War das der Grund? Wollte er unbedingt wissen, wie die Nacht zu Ende ging?

Kupferkopf streckte sich auf der Seite liegend aus und stützte den Kopf auf seine Faust. »Mach weiter«, sagte er.

Schwarzer Regen hob die Würfel auf. Eine unheimliche Kälte kroch ihr den Rücken hinauf. Geschwind reichte sie Kupferkopf die Würfel. »Warum wirfst du nicht zuerst?«

»Wenn du willst.« Er hielt die Würfel in der rechten Hand, so behutsam, als wären es zerbrechliche Vogeleier. »Das heißt also, es ist meine Wette, nicht wahr?«

»Ja.«

Schwebestern rutschte nervös näher. Schweiß tropfte ihm übers Kinn.

Schwarzer Regen betrachtete Kupferkopf. Wie würde er spielen wollen? Der Mann konnte jeden Betrag einsetzen, und sein Dorf würde das abdecken. Das Dorf des Stehenden Horns besaß große Reichtümer. Man brauchte sich bloß umzuschauen – da sah man Pelze, seltene Steinwerkzeuge, herrlich gewebte Decken und schön geflochtene Körbe …

Ein Schauer durchlief sie. Wenn sie den Einsatz hoch trieb und gewann? Heilige Schwester Mond! Zum Glück hatte sie nie richtig an Kupferkopfs ›Kräfte‹ geglaubt. Für sie war er einfach nur ein Mann, und mit den Raffinessen des Glückspiels nicht sehr vertraut.

»Mal sehen«, sagte Kupferkopf. »Mein Einsatz ist eine rot und blau gestreifte Decke, vom besten Weber im Dorf gewebt. Willst du sie sehen, bevor ich werfe?«

»Nicht nötig«, erwiderte Schwarzer Regen. »Ich vertraue dir, Kupferkopf.«

»Du vertraust mir?«

»Ja, natürlich.«

Ein Lächeln lief über sein Gesicht, aber seine Augen blieben so kalt wie ein gefrorener See.

Schwarzer Regen warf die Hirschhornspeerspitze vor

ihm in den Sand. Er sah sie an und wartete. Grollend fügte sie die Feuersteinspitze hinzu. »Genügt das?«

»Die Holzschale bitte auch noch.«

Ärgerlich gehorchte sie.

Sein Blick in ihre Augen hielt sie fest, als er warf. Zweimal weiß. Schwarzer Regen erbleichte.

Schwebestern beugte sich zu ihr. »Kupferkopf hat zwei Punkte gewonnen. Hast du Angst, Schwarzer Regen?«

»Überhaupt nicht«, sagte sie mit einem gezwungenen Lächeln. »Du bist immer noch an der Reihe, Kupferkopf. Möchtest du deinen Einsatz erhöhen?«

Kupferkopf schob die Würfel mit einem Finger auf dem Sand herum. Sie hinterließen eine kreisförmige Spur. »Ich glaube, ich setze noch zwei weitere Decken.«

Schwarzer Regen schaute auf ihre klägliche Sammlung von Halsketten, Schalen und Haarnadeln herab, die wirklich keinen entsprechenden Gegenwert darstellten. »Was willst du davon für deinen Einsatz haben?«

»Von dem, was vor dir liegt, Schwarzer Regen, will ich überhaupt nichts.«

»Heißt das, du bist nur hergekommen, um mich aus dem Spiel zu werfen?« sagte sie aufgebracht. »Das hätte Wildhetzer schon ganz allein fertig gebracht, da hättest du dich nicht bemühen müssen –«

»Wir wollen über andere Werte sprechen.«

Schwarzer Regen setzte sich zurück. Meinte er das so, wie er es gesagt hatte? Kupferkopf hatte ihre Annäherungen so oft zurückgewiesen, dass das nicht wahrscheinlich war. Aber möglicherweise war er endlich zur Vernunft gekommen. Das wäre ja ein seltenes Vergnügen, so einen heiligen, mit Macht begabten Mann auf dem Lager zu haben. Schon der Gedanke ließ sie lustvoll erschauern.

Sie legte sich auf die Seite neben ihn, ihr Gesicht nicht weiter als vier Handbreit von seinem entfernt. »Und an welche anderen Werte hast du gedacht?«

Er nahm die Würfel auf und schüttelte sie. Eine silberne Locke hatte sich aus seinem Zopf gelöst und baumelte über seinem schönen Gesicht. »Erzähle mir von deinem Sohn.«

»Von meinem Sohn?«

»Ja. Teichläufer heißt er, nicht wahr? Als Blitzjünger muss er über besondere Talente verfügen.«

Schwarzer Regen schnaubte: »Wenn ja, dann habe ich bis jetzt noch nichts davon bemerkt.«

»Noch nie?«

»Nein. Teichläufer kann nichts, Kupferkopf. Er ist halb blind. Er kann weder jagen noch kämpfen, noch fischen. Er ist ein Schwächling, ein unbedeutendes, unnützes Geschöpf.«

Kupferkopf neigte den Kopf. »Damit hast du deinen Einsatz gemacht.« Er warf die Würfel.

Zweimal schwarz.

Schwarzer Regen ballte die Fäuste und sagte grollend: »Das sind jetzt drei Punkte. Du bist immer noch dran.«

Kupferkopf stützte sich auf seinen Ellbogen. »Ich erhöhe meinen Einsatz noch um zwei Feuerstein-Kratzer, wenn du mir alles erzählst, was du an Muschelweiß bemerkt hast.« Als er ihren Namen nannte, wurde seine Stimme zärtlich. »Was hat sie getragen? Wie hat sie ausgesehen?«

»Das ist einfach«, sagte sie. »Muschelweiß hatte ein zerrissenes und blutbeflecktes Gewand an und einen Verband um den Kopf. Um ihr Gehirn festzuhalten, nehme ich an. Einer deiner Krieger hat versucht, ihr mit seiner Keule den Schädel zu spalten.«

Kupferkopf sah sie an, ohne mit der Wimper zu zucken. »Sie war verletzt?«

»Schwer verletzt.«

Seine Augen verengten sich. »Was noch?«

Schwarzer Regen zuckte die Achseln. »Nichts. Das war alles, was mir aufgefallen ist.«

Kupferkopf warf die Würfel.

Zweimal weiß.

Schwarzer Regen kreischte: »Das ist nicht zu glauben. Betrügst du mich?«

»Diesmal«, sagte Kupferkopf sanft, »setze ich zusätzlich meine zehn und fünf roten Feuersteinspeerspitzen und außerdem vier der schönsten Decken aus diesem Dorf.«

Das Blut klopfte ihr in den Schläfen. »Und was willst du dafür haben? Weitere Informationen?« Gewann sie, konnte sie mehrere Sommer lang im Luxus leben, und das wusste er. Sie wartete gespannt auf seine nächste Frage.

Seine schwarzen Augen glühten. »Nur noch eines«, sagte er.

»Alles. Was auch immer. Was möchtest du haben?«

Schwebstern wartete, erstarrt. Schwarzer Regen konnte seinen stinkenden Schweiß riechen.

»Alles?« fragte Kupferkopf.

Schwarzer Regen lächelte. »Ja«, antwortete sie verführerisch. »Alles!«

»Dein eigenes Leben. Setzt du es ein?« Er sagte das beiläufig, so als bäte er um eine Tasse Tee, aber die Frage traf Schwarzer Regen wie ein Schlag in den Magen.

Sie fuhr auf. »Mach dich nicht lächerlich. Da gibt es nichts, was du bieten könntest –«

»Bist du sicher?« Kupferkopfs Faust schloss sich um die Würfel.

»Ja. Da bin ich sicher. Um ein Leben zu kaufen, brauchst du mehr, als du hast, Kupferkopf, du oder dein Dorf des Stehenden Horns.«

»Ach ja? Und wenn ich dir nun dein Gewicht aufwöge in den feinsten Steinwerkzeugen, die es gibt?«

Der bloße Gedanke daran machte sie sprachlos. Als sie ihre Fassung wiedergewonnen hatte, entgegnete sie: »Nicht genug.«

»Und wenn ich dein Gewicht in Steinwerkzeugen dagegen setze und außerdem noch zehnmal zehn der feinsten Decken, die je gewoben wurden?«

»Zehnmal zehn?« Schwarzer Regen lachte. Der Mann scherzte. Dieser Reichtum würde sie zur wohlhabendsten Frau an der Küste machen. Aber was hätte sie davon, wenn sie tot wäre?

»Zehnmal zehn«, antwortete er. »Könnte so viel ein Leben kaufen?«

»Nicht meines«, sagte sie schnippisch. »Aber –«

Sie starrten sich gegenseitig an. Kupferkopf lächelte.

Schwebestern schaute von einem zum andern, sprang auf, verbeugte sich hastig vor Kupferkopf und sagte: »Ich muss jetzt gehen. Gute Nacht.«

Schwarzer Regen bemerkte nur, dass er gegangen war, sie konnte den Blick nicht von Kupferkopf losreißen. Eine seltsame, erotische Wärme lag jetzt in seinen Augen, und sie spürte deren Wirkung am ganzen Körper – wie Geistpflanzen, die ihr langsam durch die Adern drangen.

Kupferkopf hielt die Würfel hoch. »Wenn du dein eigenes Leben nicht einsetzen willst, setzt du dann das von Biberpfote ein?«

Schwarzer Regen lachte. »Das von Biberpfote? Der ist so wertlos wie mein Sohn. Warum interessiert es dich, ob –«

»Für dein Gewicht in Steinwerkzeugen und zehnmal zehn feinste Decken, die je gewebt worden sind. Das ist mein Einsatz. Spielst du mit mir, Schwarzer Regen? Hast du den Mut dazu?«

»Ja, aber … ich …«

»Ein Wurf«, sagte er und hielt ihr die Würfel hin. »Deiner!«

Er ergriff ihre Hand und drückte ihr die Würfel hinein. Es schien ihr unglaublich, dass die einzige Berührung zwischen ihnen nur seine Hand war, die ihre Hand hielt. Ein wonniges Gefühl durchströmte sie, vergleichbar dem Augenblick vor dem Orgasmus, schmerzhaft und wunderbar. Wenn schon diese kleine Berührung so viel in ihr bewirkte …

»Ich habe nur eine Bedingung«, sagte sie verwegen.

Seine Augen verengten sich. »Und das wäre?«

»Wenn ich gewinne, will ich dein Lager mit dir teilen. Nur eine Nacht. Ich versichere dir, dass du es nicht bereuen wirst. Ich –«

Kupferkopf gebot ihr mit erhobener Hand Schweigen. »Ich nehme deine Bedingung an.«

Die Schatten schwankender Bäume tanzten über die geschlossenen Augen von Biberpfote. In seinen Träumen wanderte er über die Pfade zwischen den Hütten von Kernholz-Dorf. Seine Kinder hingen ihm lachend an den Händen. Der kleine Robbenschwanz spielte mit seinem neu gemachten Speer; er legte ihn in sein Atlatl ein und warf ihn, so weit er konnte, und dann lief er, um den Speer zurückzuholen, und fing wieder von vorne an.

»Sieh mal, Vater«, schrie der Junge. »Hast du gesehen, wie gut ich bin?«

Wasserträgerin ging an seiner Seite. Sie lächelte ihn an, und wie früher strahlten ihre Seelen aus den Augen, so als wollte sie sie ihm anvertrauen.

»Wasserträgerin«, sagte er. »Verzeih mir. Du hast mir sehr gefehlt. Ich weiß nicht, wieso ich so dumm sein konnte. Ich –«

Sie legte ihm eine Hand auf den Mund. »Sprechen wir nicht mehr davon. Ich habe dir schon längst verziehen, lieber Mann. Ich liebe dich. Unsere Kinder lieben dich. Und nur das zählt jetzt.«

Biberpfote wollte ihr über das schwarze Haar streichen ...

Die Kriegskeule schlug mit einem dumpfen Geräusch auf seinem Schädel auf, so als wäre ein Kürbis von einem hohen Baum gefallen. Einen Moment lang begriff er gar nicht, was geschah. Er rollte auf den Bauch und bemühte sich, die Hände unter sich zu bringen, um sich hochzustützen. Vor seinen Augen verschwamm die Nacht in verwischten Farben. Er –

Die Keule sauste noch einmal herab – und noch einmal und trieb sein Gesicht tief in den nach Kiefern duftenden Waldboden. Mit einer letzten verzweifelten Anstrengung zog er die Knie an und sprang nach den Beinen seines Angreifers ...

Der heisere Schrei weckte Tauchvogel aus tiefem Schlaf. Er riss die Augen auf, blieb aber reglos liegen und starrte lauschend zum Schilfdach hinauf.

Im Dorf kam Stimmengewirr auf. Mehrere Kinder fingen gleichzeitig an zu schreien. Tauchvogel wandte den Kopf. Im Mondschein rannten Leute mit wehenden Decken um ihre Schultern herum. Eine brüllende Stimme schallte aus dem Wald. »Zurück in eure Hütten! Weg hier! Das geht euch nichts an!« schrie Brauterpel.

»Aber was ist los?« wollte eine Frau wissen. »Wer hat geschrien?«

»Verschwindet, bevor ich mit euch dasselbe mache. Los, weiter! Habt ihr nicht gehört?«

Jetzt wachten noch mehr Menschen auf. Männer mit Waffen trotteten über die Plaza.

Tauchvogel füllte seine Lungen mit der kühlen Nachtluft. Der Wind trug den Geruch von brennendem Kiefernholz heran. Tauchvogel bewegte seine gefesselten Hände und zuckte zusammen. Seine vom Seil wund gescheuerten Handgelenke brannten so schmerzhaft, als wäre jede Faser des Seils in den tödlichen Saft des giftigen Wolfsmilchgewächses getaucht worden. Ganz vorsichtig rollte er herum, das Gesicht zur Plaza.

Das ganze Dorf schien in Aufruhr. Die drei Posten bei der Hütte von Tauchvogel drehten sich wie ein Mann in die Richtung von Brauterpel.

Möwenflügel zischte: »Kleinhorn und Wolkenfisch, geht doch mal nachsehen, was da passiert ist. Ich bleibe hier.«

»Ja, Möwenflügel.« Kleinhorn machte sich auf, und Wolkenfisch folgte ihm auf dem Fuße.

Sie liefen über die Plaza, an einer Frau vorbei, die reglos verharrend auf die Stelle im Wald starrte, wo der Schrei hergekommen war; langes schwarzes Haar umwehte ihr schönes Gesicht.

Kurz darauf drehte die Frau sich um und ging fort.

40

Muschelweiß kniete am Rand der Feuerstelle und starrte auf die rote Glut, die bei jedem Windzug aufglimmte. Ihr war übel und kalt, trotz der warmen Böen, die durch die blühenden Ranken strichen. Kleine weiße Blüten blitzten im Mondlicht auf. Ihr süßer Duft parfümierte den

Wind und vermischte sich mit dem scharfen Kieferngeruch.

Sie erschauerte und schaute zu Teichläufer hinüber, um nachzusehen, ob er noch gut zugedeckt war. Er lag auf dem Rücken, die Decke unter dem Kinn; das weiße Haar lag in einem schimmernden Kreis um seinen Kopf herum.

Sie rieb sich über den Nacken. Die ganze Nacht war sie in einem gespenstischen Dschungel von Erinnerungen herumgeirrt, unfähig zu schlafen, und das ärgerte sie. Seit langer Zeit wusste sie, dass auf einem Kriegszug der Schlaf noch wertvoller war als Essen oder Wasser. Ohne Schlaf war ein Krieger dem Tod geweiht. Und doch hatte sie die letzten drei Zeithände in wahnsinnigen Alpträumen zugebracht, war geschleuderten Speeren ausgewichen, unter Kriegskeulen weggerollt und war aus voller Kraft gerannt. Aber sie wusste weder, wovor sie wegrannte, noch wohin.

Sie wusste nur, zu wem.

Der Schlangensternanhänger bewegte sich zwischen ihren Brüsten. Sie zog ihn am Lederriemen heraus. Ihre Haut hatte ihn erwärmt. Als sie ihn neigte, um die blütenähnlichen Muster zu betrachten, fing die Oberfläche den karminroten Schein des allmählich verlöschenden Feuers auf. So ein gefährliches Ding. Die letzten dreißig Sommer hatten so viele Abschiede, so viel Tod und Leid gesehen – und dieser kleine Anhänger auch.

»O Riedgras«, flüsterte sie.

Einen Mond vor dem Tod ihres Sohnes hatte Muschelweiß am Strand gesessen und einen Korb geflochten, als sie ihr Kind kichern hörte. Sie hatte sich rechtzeitig umgedreht und sah den kleinen Jungen herantrotten, mit einem ganz gebliebenen Schlangenstern fest in seinen dicken Fäustchen. Er fiel auf die Knie, strahlte sie an und hob den Stern hoch.

»Für dich, Mutter. Ich hab dich lieb.«

Muschelweiß drückte den Anhänger an ihre Wange. Als Riedgras krank geworden war, hatte sie fast den Verstand verloren. Jeder Augenblick in diesem tragischen Mond der Fallenden Blätter, jeder huschende Sonnenstrahl, jeder Wutanfall von Kupferkopf und jede schmerzvolle Berührung waren in das Geflecht ihrer Seelen eingewebt worden.

Seltsam, dass diese drei kurzen Sommer ihr wirklicher schienen als irgendetwas sonst in den vergangenen zweimal zehn und sechs Sommern. Nicht weil ihr diese drei Sommer lieber waren – was nicht der Fall war –, sondern weil die Person, die sie heute war und jemals werden würde, damals geprägt worden war, während der Zeit mit Kupferkopf.

Sie schloss die Augen und versuchte, die Gedanken zu verbannen und sich nicht auszudenken, wie die Dinge sich entwickeln würden. Wenn alles gut ging, würde sie nur aus der Ferne einen Blick auf ihn erhaschen. Das könnte sie noch ertragen. Sie würden nicht miteinander sprechen. Sie würden sich nicht in die Augen sehen. Er würde niemals wissen, dass sie in seinem Dorf gestanden hatte – jedenfalls nicht, wenn sie keinen Fehler machte. Sie würde schnell hineingehen und schnell wieder verschwinden – in ihrer beider Interesse.

Bewusst lenkte sie ihre Gedanken auf Tauchvogel, und eine fast unerträgliche Sehnsucht erfüllte ihr Herz.

Tauchvogel, mein Tauchvogel …

Ihre Gedanken glitten zurück, durch die langen Sommer, zu dem schwülen Tag, als sie ihren ersten Sohn geboren hatte. Tauchvogel hatte während der Wehen neben ihr gekniet und ihre Hand umklammert, um ihr von seiner Kraft abzugeben. Sie erinnerte sich, dass sie gedacht hatte: Sieh nur diese glühenden Augen, wie kraftvoll er ist, wie gefasst. Als ihrer beider Sohn endlich auf die weiche Decke geglitten war, hatte Tauchvogel ihre Hand losgelassen, war ein paar Schritte gegangen und dann in Tränen ausgebrochen.

Ja, obwohl seine Seelen an jenem Tag zerrissen waren, hatte seine Liebe sie schützend umgeben wie eine Festung aus Stein. Immer war er da gewesen, hatte sie geliebt und mit leidenschaftlicher Treue beschützt, sich gegen Feinde gestellt, gegen seinen Clan und sogar gegen ihre eigenen Kinder – und jeder, der es wagte, sie zu kritisieren, hatte das Ausmaß seines Zorns kennen gelernt.

Sie machte die Augen auf und sah blind auf das Flämmchen in dem spuckenden Feuerrest auf der anderen Seite der Feuerstelle.

Tauchvogel ist der einzige Traum, den ich je hatte, der lebendig war und atmete und an meiner Seite ging.

Sie hatte sich auf das Ergebnis ihrer Suche vorbereiten wollen. Zweifellos hatte Kupferkopf Tauchvogel gemartert. Wie schwer verletzt er wohl sein mochte? Ob er wohl gehen konnte? Würde sie ihn tragen müssen? Das würde sie notfalls tun. Notfalls würde sie sterben, damit er leben konnte – ohne nachzudenken, da sie wusste, wie sehr die Kinder ihn brauchten und liebten, und wie sehr sie selbst ihn liebte. Ihre Seelen führten ihr grausige Bilder vor Augen. Tauchvogel ohne Füße, ohne Hände. Tauchvogel geblendet.

Unvorstellbar für sie war nur, dass er tot war.

Teichläufers gequälte Stimme unterbrach ihre Gedanken.

»Nein«, flüsterte er. »O nein, bitte, ich kann nicht ...«

Muschelweiß erhob sich und ließ sich neben ihm nieder. Seine Finger bohrten kraftlos im weichen Waldboden, als ob er vor etwas Furcht Erregendem fliehen wollte. Dicke Schweißtropfen standen auf seinen bleichen Wangen, die der Mond beschien.

»Teichläufer«, flüsterte sie. »Alles ist gut.«

Muschelweiß strich ihm das feuchte weiße Haar aus dem Gesicht. Was für ein wertvoller junger Mensch, und nun war es so gekommen, dass er ihr sehr viel bedeutete. Angesichts der Gefahren, die ihnen morgen Abend drohten, war es kein Wunder, dass ihn Alpträume peinigten. Er wusste ja nichts von Krieg. Er hatte sicher Todesangst.

Muschelweiß küsste ihn liebevoll auf die Stirn. »Teichläufer«, sagte sie leise, »ich bin hier, du brauchst keine Angst zu haben. Ich bin direkt neben dir.«

Eine Träne quoll ihm aus dem linken Auge und rann ihm über die Schläfe. Mit schwacher Stimme sagte er: »Mein Weib –«

»Ja. Alles in Ordnung?«

Teichläufer richtete sich auf und blickte sie an. Seine großen rosafarbenen Augen schienen wie mit Silber überzogen.

Nasses weißes Haar rahmte sein Gesicht ein und verlieh ihm ein geisterhaftes Aussehen.

»O Muschelweiß«, sagte er. »Ich habe mit der Schildpattpuppe gesprochen. Hast du sie gesehen? Sie war gerade hier. Sie ist hergeflogen und hat sich mitten auf meine Brust gestellt.«

»Nein, ich habe sie nicht gesehen.« Sie strich ihm über den Arm und versuchte, ihn zu beruhigen.

Teichläufer atmete stockend aus. »Sie kam vom Dorf des Stehenden Horns hergeeilt. Ich habe sie noch nie in solch einer Panik erlebt. Sonst ist sie immer so anmaßend und selbstsicher, aber heute Abend hat sie so schnell gesprochen, dass ich –«

»Was wollte sie?«

Sein Mund zitterte. »Ich soll dir sagen, dass dein Plan misslingen wird.«

Ein Schauer lief über ihre Arme. Mit übermenschlicher Anstrengung zwang sie sich, nicht zu zittern. »Warum? Ist etwas schief gegangen?«

Teichläufer schüttelte den Kopf. »Ich weiß nicht. Sie hat nur gesagt, sie wisse, wie wir auf andere Weise die Abwehr von Kupferkopf durchbrechen könnten. Sie könnte für nichts garantieren, aber –«

»Sag's mir.« Muschelweiß zog seine Hand in ihren Schoß und hielt sie fest. »Ich muss genau wissen, was sie gesagt hat. Jedes Wort.«

Ich liege hier, zum bestirnten Himmel blickend, von Ängsten gepeinigt. Die Leuchtleute haben Schwester Mond für den Rest der Nacht ins Dorf der Verwundeten Seelen getrieben und nach dem Land des Tagesanbruchs verlangt. Verschwommen funkeln gelbe und fahlblaue Lichtspritzer über den Himmel und erhellen ihn, und ich sehe zu, wie sie hin und her schießen. Das Grauen erfüllt mich, als wäre es ein Ding in mir, das lebt. So voller Furcht war ich noch nie in meinem Leben.

Ich drehe mich um und blicke auf den Schlangensternanhänger. Nachdem wir uns müde geredet hatten, war Muschelweiß neben mir unter die Decke gekrochen, die Wange auf dem Anhänger ruhend. Nur eine kleine Ecke davon ragt hervor.

Der Blitzvogel in mir hat geweint, ganz leise und lange gewinselt wie ein Sturmwind in weiter Ferne. Ich weiß nicht, warum. Aber es hat mit dem Schlangenstern zu tun – und mit der Schildpattpuppe. Das Weinen hat in dem Augenblick angefangen, als die Schildpattpuppe am Himmel über mir erschien und unter Hinterlassung einer leuchtend goldenen Flugspur herabgekreist ist. Aber das Weinen hörte nicht auf, als sie wieder wegflog; es wurde lauter, als Muschelweiß sich auf die Seite wälzte und der Schlangenstern ihr vorn aus dem Gewand fiel.

Ich fühle, wie das Vogeljunge nach dem Schlangenstern greifen will und sich verzweifelt bemüht, ihn zu packen.

Und ich kann nichts tun, um zu helfen. Ich bin so angsterfüllt und verwirrt, ich …

Meine Finger schieben sich über die Decke und berühren den Schlangenstern.

Ein Gefühl der Zufriedenheit überflutet meinen ganzen Körper, beruhigend und still. Das Weinen hört auf.

Eine Stimme wispert: *Schlafe, Blitzjünger, schlafe jetzt!*

Als wäre ich nicht mehr Herr meiner eigenen Augen, werden die Lider immer schwerer, bis mir die Augen zufallen.

Aus dem Nichts – und aus dem Überall – kommt plötzlich leises Zischen und Summen, und schwacher Trommelschlag vibriert durch meinen Körper bis in die Fingerspitzen und hinab in die Zehen.

Die Donnermusik lindert meine Ängste und wischt sie sanft hinweg wie ein weicher Pinsel aus seidigen Wieselhaaren. Bilder blitzen auf und fliegen vorbei, und ich fühle, wie ich hoch auf in den Himmel steige und über eine Welt fliege, in der es regnet, in grellstes, hellstes Licht getaucht. Es ist ein solches Wunder, dass mir das Herz vor Entzücken wehtut. Es kommt mir so vor, als ob mein zerbrechlicher Menschenkörper gleich bersten müsste vor Wonne, die meine Brust erfüllt. Und ich weiß, wenn das geschehen sollte, dann wird sich strahlender Glanz aus mir ergießen und den Himmel mit feurigen blauen Regentropfen durchtränken.

Oh, wenn doch dieser Flug ewig dauern könnte ...

41

Der Vollmond glitt über den östlichen Horizont, und geisterhaftes silbernes Licht bereifte den Himmel und schmückte die ziehenden Gewitterwolken mit mattem Glanz. Das Heulen der Wölfe wurde vom warmen Wind herangetragen, der über den Strand fegte. In dieser wehmütigen Abendmusik ließ Muschelweiß ihre Seelen dahintreiben. Sie war dabei, tote Korallen an eine Schnur zu binden. Teichläufer stand vor ihr, mit einem Lendenschurz bekleidet, und atmete schwer. Vor kurzem hatte er begonnen zu zittern, und nun schien das Zittern stärker zu werden. Mondlicht fiel durch die Eichenäste und warf Schattenstreifen über seinen weißen Körper. Mit großen Augen blickte er sie an.

Teichläufer hob ein weiteres Korallenstück auf, ließ es fallen, hob es abermals auf und tat sein Bestes, um die Schnur um das ungleichmäßige Stück zu wickeln. Seine Finger gehorchten ihm anscheinend nicht. »M-M-M-Muschelweiß?«

»Lass nur, Teichläufer, ich mach das schon. Geh du und suche ein trockenes Plätzchen, um unsere Beutel und deine lange Robe zu verstauen. Morgen gehen wir nach Süden, und da wirst du deine Robe wieder dringend brauchen.«

»Ja, gut.« Er gab ihr die Schnur und ging mit niedergeschlagenem Blick auf die Bäume zu.

Sie hatten einen breiten Streifen Stoff von seiner Robe reißen müssen, um einen Schurz für ihn zu machen, denn mit der langen Robe, die sich beim Schwimmen um seine Beine verheddern würde, käme er nicht mehr heil aus dem Wasser. Aber in dem hellen Sonnenlicht morgen Nachmittag würde er seine Robe wieder brauchen. Zur rechten Zeit würde sie ihm Beinkleider daraus machen.

Zur rechten Zeit – wenn sie mit Tauchvogel vereint wären und zu dritt nach Süden zur Lagune der Seekuh eilten.

Die Sehnsucht zerriss ihr das Herz. Sie sah Teichläufer mit ihren Beuteln und seiner gefalteten Robe in den dunklen Wald wandern. Das Mondlicht auf seiner weißen Haut war so stark, dass sie seinen Gang durch die Bäume verfolgen konnte. Es kam ihr unheimlich vor, als ob sie eine heimatlose Seele beobachtete, die ihren geheimnisvollen nächtlichen Pflichten nachging. Nur dass Teichläufer viel mehr Lärm machte. Zweige knackten unter seinen ungeschickten Füßen. Äste krachten, wenn er dagegenlief. Ganz schwach hörte sie ihn verzweifelt aufseufzen.

»Heilige Sonnenmutter«, sagte sie leise und ehrfürchtig, »lass ihn das überstehen. So viel liegt noch vor ihm, so viele wunderbare Abenteuer.«

Sie richtete den Kopfverband gerade. Der heftige Schmerz war einem dumpfen Kopfweh gewichen. Es war unangenehm, aber erträglich. Sie band noch drei große Korallenstücke an Teichläufers Schnur, die sie in der Hand wog, um das Gewicht zu schätzen. Der Ozean war glatt wie ein Edelstein, die Stimme der Meerfrau war nur noch als leises Murmeln zu vernehmen. Sie würden ihr Ziel erreichen. Der Plan würde gelingen. Sie fragte sich überrascht, wieso sie nicht selbst darauf gekommen war.

Muschelweiß trug eine fahlgrüne Tunika. An ihrem Gürtel hingen Dolch und Atlatl. Vor ihr lagen zwei Gesichtsmasken aus Schildkrötenpanzern. Am Nachmittag hatten sie Augenschlitze hineingebohrt, damit sie etwas sehen konnten, wenn sie aus dem Wasser stiegen. Mit den Masken würden sie hoffentlich nur wie dahingleitende Schildkröten aussehen. Möglicherweise brauchte sie ihre Maske gar nicht, da ihre Haut dunkel gebräunt und nachts im Wasser sicher nicht zu erkennen war, aber Teichläufer wäre bestimmt zu sehen gewesen. Sie band ihre Maske am Gürtel fest. Das Atlatl würde ihr wahrscheinlich nichts nützen, da sie keine Speere mitnehmen konnte. Aber sie wollte es trotzdem dabeihaben, für den Fall, dass sie einen fehlgeleiteten feindlichen Speer benutzen konnte.

Teichläufer kam mit angespanntem Gesicht aus den Bäumen zurück. Beide hatten ihre Haarzöpfe zu Knoten auf dem Hinterkopf zusammengebunden. Diese Haartracht hob die ovale Form seines jungen Gesichts hervor. In der silbernen Lichtflut wirkte er sehr groß und hager für einen Jüngling von zehn und fünf Sommern. Die meisten Krieger seines Alters hatten schon muskelbepackte Beine und Schultern infolge des dauernden Laufens und Speerwerfens. Aber Teichläufer hatte andere Stärken. Seine rosafarbenen Augen glommen so überirdisch, als ob er eine ganz andere, unwirkliche Welt wahrnehmen würde, die sie nicht sah.

»Ich glaube, ich habe ein gutes Plätzchen gefunden«, verkündete er, als er neben ihr stand. Er kreuzte die Arme über der nackten Brust. »Ein Loch in einem toten Baum. Ich habe die Sachen dort hineingestopft.«

»Vielen Dank, Teichläufer«, sagte sie. Aber sie hoffte, dass es nicht regnen würde, denn sonst würde das Wasser in Strömen in den hohlen Stamm laufen, und dann würden ihre Sachen in einer Pfütze liegen. »Es ist Zeit, Teichläufer. Ich habe Biberpfote versprochen, dass wir genau eine Zeithand nach Mondaufgang dort sein würden. Bist du fertig?«

»Ja.« Sein Adamsapfel zeigte, dass er schwer schluckte. Er hob seinen Korallengürtel auf. »Er ist schwer«, meinte er. Seine Hände zitterten schon wieder.

»Ist er auch schwer genug? Ich habe damit leider keine Erfahrung, wie du weißt.«

»O ja. Er wird uns bestimmt unter Wasser halten.«

Sie lächelte. »Gut. Komm, ich will ihn dir festbinden.«

Er reichte ihr den beschwerten Gürtel. »Danke. Ich weiß nicht, warum ich so nervös bin.«

»Du hast allen Grund dazu«, sagte sie. »Aber keine Sorge. Wenn wir ins Wasser steigen, wirst du ganz ruhig sein.«

»Meinst du wirklich?«

»Ja«, versicherte sie und verknotete die Schnur um seine schlanke Taille. Er hob die Arme, um es ihr zu erleichtern. »Ich mache einen Knoten, den du notfalls gleich lösen kannst.«

»Das mache ich auch immer, wenn ich auf dem Lagunenboden liege, um auf die Fische zu hören. Man weiß nie, wann ein Hai vorbeikommt, und dann muss man schnell verschwinden.«

Muschelweiß band die Gesichtsmaske an seiner Schnur fest, legte dann ihren eigenen beschwerten Gürtel um und warf einen Blick auf sein ängstliches Gesicht. Seine weißen Brauen hatten sich über seiner spitzen Nase zusammengezogen. »Ist das denn jemals vorgekommen?«

Er schüttelte den Kopf. »Nein, die Haie und ich sind Freunde. Wir haben uns nie gegenseitig gestört.«

»Da bin ich aber froh«, sagte sie. »Rede mit ihnen heute Abend. Sag ihnen, dass wir ihnen nichts tun wollen und für ihr Entgegenkommen dankbar wären.«

»Ja, das werde ich tun, obwohl ...« Er legte lauschend den Kopf auf die Seite, hörte die Wellen ans Ufer schwappen, die Möwen kreischen und herumflattern. »Ich kann da draußen keine Haie hören, jedenfalls keine großen. Nein, da sind nur einige Quakfische und ein paar Delphine, aber keine Haie.«

Er war so ernst bei der Sache, dass ihn Muschelweiß nicht necken konnte. Außerdem war sie sich über seine ungewöhnlichen Fähigkeiten ohnehin nicht mehr im Klaren. Und noch dazu war sie jetzt nicht in der Stimmung, überhaupt jemanden zu necken. Jeder Nerv ihres Körpers war in Aufruhr.

Sie holte tief Luft und lächelte ihn an. »Na, dann lass uns gehen. Hast du die Schilfrohre dabei?«

Teichläufer nahm drei davon aus seinem Gürtel und gab ihr zwei. An allen war eine Schnur befestigt. »Pass auf, dass du nicht durch die Nase atmest«, riet er ihr.

»Ich will es versuchen, aber wir brauchen sie sowieso erst ganz zuletzt. Das hoffe ich wenigstens. Sieh jedenfalls zu, dass du dein Rohr gut versteckt und greifbar hast. Wenn

Krieger am Ufer erscheinen, dann tauch so tief unter, wie du kannst. Wenn wir nahe genug sind, um das Dorf zu beobachten, setzen wir unsere Masken auf.«

Muschelweiß befestigte die beiden Schilfrohre am Gürtel neben ihrem Dolch und ging aufs Meer zu. Teichläufer folgte ihr geräuschlos.

Sie watete eine kurze Strecke hinein und beugte sich vor, um festzustellen, ob sie den sandigen Grund berühren konnte. Der Korallengürtel zog sie kräftiger hinab, als sie vermutet hatte; ihre Knie prallten auf den Boden. Aber sie merkte, dass sie den Kopf über Wasser halten konnte, wenn sie sich mit den Händen am Grund abstützte; der Gürtel sorgte tatsächlich dafür, dass ihr Körper untergetaucht blieb.

Das Ufer verlief in einem Bogen, und Muschelweiß kroch auf Händen und Knien vorwärts. Teichläufer war neben ihr; sein Haar schimmerte wie Meerschaum. Aus der Entfernung konnte der weiße Schopf leicht mit einer schwimmenden Möwe verwechselt werden, und wenn sie sich dem Strand näherten, würde ihn die Maske tarnen.

Gut.

Sie hatte befürchtet, dass sein Gesicht und sein Haar sie beide verraten könnten, aber das würde nicht geschehen, dessen war sie jetzt fast sicher. Wenn sie allerdings jemand entdecken sollte, dann wäre sein Kopf ein klar erkennbares Ziel für Speerwürfe.

Das Wasser umtanzte sie in kleinen schwarzen Wirbeln und schwappte an ihre Kehlen; eine Welle klatschte unvermutet über ihr Gesicht. Sie schloss die Augen und blinzelte dann das Salzwasser fort. Schwalben kreisten über ihnen, schossen herab, um sie näher anzusehen, und schwebten wieder hinweg.

»Wie weit noch?« flüsterte Teichläufer.

Seine Zähne klapperten, aber sie wusste, dass nicht das kalte Wasser der Grund dafür war. »Nicht mehr weit. Siehst du die Landspitze da vorne?«

Er kniff die Augen zu. »Nein.«

»Vertrau mir, sie ist da. Wenn wir darum herumgeschwommen sind, müssten wir das Dorf des Stehenden Horns sehen können. Das liegt direkt über dem Wasser.«

»Und was machen wir dann?« Seine Augen glitzerten silbern, als er sich zu ihr umdrehte.

»Wir schwimmen am Dorf vorbei bis ganz hinauf zur nördlichen Dorfgrenze. Ich glaube, dass Tauchvogel dort festgehalten wird. Da jedenfalls hat die Ratshütte immer gestanden, und ich bete darum, dass sie immer noch dort steht.«

Eine Weile schwammen sie schweigend Seite an Seite weiter. Teichläufers Augen glichen riesigen Silbermonden. »Und wenn nicht? Was ist, wenn Tauchvogel mitten im Dorf gefangen gehalten wird?«

»Dann suchen wir das Dorf ab, bis wir ihn finden. Keine Angst, Teichläufer, alles geht gut. Und du kommst heil aus allem heraus.«

»Ich liebe dich, mein Weib. Bitte vergiss das nie, was auch immer geschieht.«

Er schloss den Mund, aber Muschelweiß hörte immer noch, wie seine Zähne klapperten. Er senkte den Kopf und starrte auf das Mondlicht, das auf den Wellenspitzen tanzte.

»Mach dir keine Sorgen, wir –«

»Ich kann sie nicht verdrängen.«

Ein großes Stück Treibholz schwamm vor ihr, und sie schob es zur Seite. »Du denkst doch nicht etwa an das, was Hundszahn gesagt hat, oder?«

»Doch«, flüsterte er.

»Teichläufer, vertrau mir bitte. Ich kenne Hundszahn etwa dreimal so lange wie du, und er hat bestimmt nicht gemeint, dass wir tatsächlich sterben, da ich bin ganz sicher. Außerdem habe ich immer wieder erlebt, dass ein Krieger, der glaubt, dass er sterben wird, auch tatsächlich stirbt – und es wäre mir wirklich lieb, wenn du das sein lässt.«

Ein flüchtiges Lächeln huschte über sein Gesicht. »Ich danke dir, mein Weib, ich werde mich bemühen.«

An einer baumlosen, spitz zulaufenden Sandbank verlief der Bogen wieder nach außen. Während Muschelweiß weiterschwamm, erfasste sie eine Bewegung, nur ein zuckender Schatten gegen den weißen Sand. Sie zog Teichläufer an der Schulter zurück.

»Was ist?« fragte er und sah sich erschreckt um.

»Bewegung«, flüsterte sie und betrachtete prüfend die Schatten, die im Mondlicht schwankten. »Wachen. An der Spitze der Sandbank. Hätte ich mir denken können.«

Teichläufer kniff die Augen zusammen. »Ich sehe nichts. Wie viele sind es?«

»Zu viele.« Die Furcht zog ihr den Magen zusammen. »Fünf oder sechs.«

»Vielleicht fischen da Leute oder genießen den Mondschein. Morgen ist die Winterfeier zu Ehren der Sonnenmutter, da sind sicher viele Leute im Dorf des Stehenden Horns wegen der –«

»Sie bewegen sich wie Krieger, Teichläufer«, sagte sie. »Aber warum sind sie hier am Ufer? Fürchtet Kupferkopf etwa, er könnte vom Meer aus angegriffen werden? Von Feinden in Kanus? Nein. Heilige Geister!«

»Was ist los?«

Ihre Gedanken rasten. »Weiß er, dass wir vom Wasser her kommen? Aber das ergibt keinen Sinn. Nicht, wenn das stimmt, was Schwebestern Biberpfote erzählt hat – dass ich nämlich keine Kriegsabteilung dabeihabe und dass ich von der Nordwestecke ins Dorf komme. Warum stellt er dann so viele unnütze Wachen hier auf?«

»Glaubst du, Schwebestern hat Biberpfote gegenüber gelogen?« fragte Teichläufer. Die Ader unter seiner weißen Schläfe pulste sichtbar. »Oder dass Biberpfote dich angelogen hat?«

»Nein. Nicht Biberpfote.« Sie schüttelte den Kopf. »Vielleicht nicht einmal Schwebestern. Vielleicht hat Kupferkopf einfach für alle Fälle eine Mauer aus Wachen aufgestellt.« Aber ein weiterer Gedanke steigerte ihre Angst. Und wenn Kupferkopf einen neuen Traum gehabt hatte? Jedes Mal, wenn sie ihre Pläne änderte … Muschelweiß wagte es nicht, den Gedanken zu Ende zu denken.

»Ich muss das herausfinden, Teichläufer.«

»Wie denn?«

Sie wandte sich um. »Ich muss mich im Dorf umsehen, und das heißt, ich muss unsere Pläne ändern.«

»Wie denn? Jetzt?«

»Ja. Du musst hier auf mich warten. Ich gehe allein voraus, und –«

»Nein! Muschelweiß, du brauchst mich. Ich habe gedacht, du hättest es verstanden! Ich muss unbedingt da sein. Du bist in großer Gefahr –«

»Hör zu«, sagte sie und legte ihm eine Hand auf die kalte Schulter. Sein Mund zitterte. »Irgendetwas stimmt hier nicht. Ich kann es nicht erklären, aber ich spüre, dass hier etwas verkehrt ist. Du musst hier für mich Wache halten. Wenn ich innerhalb einer Zeithand nicht zurück bin, musst du Hilfe holen. Ich bin von dir abhängig, Teichläufer. Kannst du das für mich tun?«

Tränen standen ihm in den Augen. Er versuchte, sie wegzublinzeln, aber sie sah sie. »Hör du mir jetzt zu!« sagte er so nachdrücklich, wie sie es noch nie von ihm gehört hatte. »Die Geister im Heiligen Teich haben mir gesagt, dass ich bei dir sein muss, wenn du Kupferkopf gegenübertrittst. Auch Riedgras wird da sein, um dir zu helfen. Ich habe gedacht, dass du mir glaubst. Du hast gesagt, dass du mir glaubst!«

Furcht klang aus seiner Stimme, und Muschelweiß packte ihn hart an den Schultern. »Ich glaube dir ja, Teichläufer, und eben weil ich dir glaube, verspreche ich dir, dass ich lediglich einen Erkundungsgang durchs Dorf mache. Das ist alles. Im Norden werde ich die Standorte der Wachen feststellen und nachsehen, ob die Ratshütte noch dort ist, wo ich sie in Erinnerung habe. Dann schwimme ich zurück zu dir.«

»Aber du hast gesagt, wenn du nicht zurückkämst –«

»Das war nur eine Vorsichtsmaßnahme. Sei versichert, ich werde zurückkommen.«

Muschelweiß sah plötzlich die Röte in seine Wangen steigen. Er stotterte: »Das wirst du nicht. Man wird dich töten, und ich werde schuld sein. Und dann werde ich mir niemals verzeihen –«

»Teichläufer«, sagte sie sanft. »Was sagt dir der Blitzvogel? Warnt er dich?«

Er blinzelte auf einmal. »Nein«, sagte er stirnrunzelnd. »Nein, der Vogel ist heute Abend ganz still.«

Muschelweiß lächelte. »Würde ich in eine Falle laufen, glaubst du nicht, dass die Seele meines Sohnes versuchen würde, mich dann zu warnen? Genauso wie sie es früher getan hat?«

Teichläufer dachte offensichtlich scharf nach. Er nickte.

Sie tätschelte seine Schulter. »Ich bin bald zurück. Ich versprech's dir. Und, Teichläufer – bleib unten. Steh nicht auf, plansche hier nicht herum. Dein weißes Haar und dein Gesicht fallen sofort auf. Setz die Gesichtsmaske auf, wenn du näher ans Ufer willst. Biete diesen Kriegern kein leichtes Ziel.«

»Aber was ist, wenn deine Erkundung zu lange dauert? Wenn Biberpfote seine Ablenkung vorbereitet hat und wir nicht da sind, um sie auszunützen? Was wird denn –«

»Biberpfote wird wohlauf sein; wir müssen einen Weg finden, um ohne seine Hilfe hineinzukommen. Kein Wort mehr jetzt.« Sie machte ein entschlossenes Gesicht, und Teichläufer senkte den Blick. Mit der Faust schlug er ins Wasser.

»Ich liebe dich«, sagte er verzweifelt. »Gib auf dich Acht!«

»Das mache ich. Bis gleich.«

Sie schwamm fort, sehr schnell zuerst, wurde aber dann langsamer, als sie sich der sandigen Landspitze näherte, wo die Wogen heftiger wurden und hochschwappten. Eine kräftige Unterströmung zerrte an ihr. Ohne den schweren Korallengürtel wäre sie sicher nicht verborgen geblieben. Die Wellen hätten sich ihrer bemächtigt und sie ans Ufer geworfen. Sie hörte das Lachen der Soldaten und roch gebratenen Fisch, sah aber kein Feuer.

Sie band ein Schilfrohr von ihrem Gürtel los, steckte es in einen Mundwinkel und verknotete die Schnur daran hinten am Genick. Dann tauchte sie ihr Gesicht unter Wasser und atmete etwa vier Zeithänge lang. Das Rohrende ragte gut über die Oberfläche.

Sie streckte die Beine aus und ließ den Unterkörper vom Gürtel hinabziehen; den Kopf tauchte sie unter Wasser. Die Wellen behelligten sie nicht sehr, und sie entdeckte, dass sie nicht nur atmen, sondern auch noch recht gut sehen konnte.

Behutsam zog sie sich vorwärts. Als sie die Spitze umrundete, hob sie die Augen aus dem Wasser und konnte die Wachen deutlich sehen. Sie saßen vor einer Glutgrube, über der sie Fische brieten. Der karminrote Schein schwankte. Sie glitt weiter und folgte dem Uferbogen, bis das Dorf in Sicht kam.

Am Ufer standen vielmal zehn Hütten, und dazwischen drängten sich die Menschen. Sie hatte bereits gehört, wie das Dorf gewachsen war, aber sie war doch überrascht, als sie sah, dass hier mindestens zweimal zehnmal zehn Menschen versammelt waren.

Sie band die Maske los und zog sie sich übers Gesicht. Durch die Augenschlitze sah sie viele Männer und Frauen, die sie wieder erkannte. Einige Geistälteste saßen auf der Plaza und warfen Knöchelchen. Erle sah noch genauso aus wie vor zweimal zehn und sechs Sommern, das kurze silberne Haar geflochten, und ihre Knollennase war noch ebenso rot. Sie musste jetzt, o ja, siebenmal zehn und fünf Sommer alt sein. Korbmacher, neben ihr, stieß sie an und lächelte. Er wirkte viel älter. Als ihn Muschelweiß zuletzt gesehen hatte, war sein Haar noch pechschwarz gewesen. Jetzt hing es ihm über das hagere Gesicht wie bereiftes Unkraut, und seine Nase hatte sich noch schärfer gekrümmt.

Sehnsüchtige Erinnerungen erfüllten ihr Herz, bittersüß und mächtig. Erle hatte die Geburt von Riedgras überwacht. Muschelweiß erinnerte sich, wie innig und liebevoll die alte Frau über dem neugeborenen Kind gesungen hatte. Und Korbmacher hatte sie immer wieder davor gewarnt, wie unberechenbar Kupferkopf sein konnte. Dennoch war Korbmacher, wie sie gehört hatte, einer von Kupferkopfs hilfreichsten Anhängern geworden.

Noch Monde nach ihrem Auszug aus dem Dorf des Stehenden Horns hatte sie die Ältesten vermisst, die Wärme in ihren Augen und ihre sanften, alten Stimmen.

Weitergleitend kam sie an mehreren Strandfeuern vorbei, vor denen junge Paare saßen, die sich anlächelten, miteinander sprachen und sich zärtlich berührten. Danach kam sie zu dem Uferabschnitt, auf dem Wettrennen stattfanden. Zwei Männer rannten in ihre Richtung; unter ihren bloßen Füßen flog der Sand hoch. Zuschauer drängten sich an der in den Sand gezogenen Ziellinie und jubelten, als der Sieger darüber lief. Sie sah, wie Wetteinsätze den Besitzer wechselten, wie die Wetten bezahlt wurden.

Dann ...

Dann sah sie die Ratshütte. Sie stand allein an der nördlichen Grenze vor einer Reihe von Bäumen. Vier Posten mit Speeren neben sich hockten in der Nähe und waren in ein Würfelspiel vertieft. Eine Holzschale mit gekochten Muscheln stand in ihrer Mitte. Während ein Spieler die Würfel warf, öffneten die anderen Muscheln, aßen sie und warfen die Schalen auf einen wachsenden Haufen.

Sie schwamm näher an die Hütte heran; das Blut schoss ihr heiß durch die Adern. Dort, mitten in der Hütte, lag Tauchvogel. Wie sehnte sie sich danach, zu ihm zu stürmen, die Fesseln zu durchschneiden und notfalls gegen die ganze Welt zu kämpfen, um ihn zu befreien. In den vielen Sommern, die sie sich nun schon kannten, hatte Tauchvogel ihr nie etwas anderes als Güte und Liebe erwiesen, und Dutzende von Malen hatte er für ihre Sicherheit sein Leben aufs Spiel gesetzt. Die Seelen von Muschelweiß wanden sich vor Schmerz. Je länger sie auf seine eiternden Wunden starrte, umso feuriger brannte die Wut in ihr – die Wut, dass Kupferkopf seinen Hass auf sie an einem Unschuldigen ausließ, die Wut, dass er Tauchvogel benutzte, um ihre Rückkehr zu erzwingen.

Tauchvogel rührte sich und wälzte sich auf den Rücken. Er trug ein schönes Gewand mit einem blauen Blitz auf dem Brustteil. Sie betrachtete ihn aufmerksam, seine Füße, seine Hände, sein Gesicht. Äußerlich schien er in einer nicht allzu schlechten Verfassung. Wenn er keine inneren Verletzungen hatte, war er sicher imstande zu gehen.

Aber wie gelange ich nur zu ihm? Es sind so viele Leute in der Nähe!

Sie brauchte wirklich die Hilfe von Biberpfote. Konnte sie mit ihm rechnen? War er überhaupt da? Sie hatte ihn nicht gesehen, aber da drängten sich so viele im Dorf, es herrschte ein ständiges Kommen und Gehen. Biberpfote konnte durchaus hier sein, obwohl sie ihn nicht sah.

Sie riss sich von Tauchvogel los und schwamm nach Norden. Da wuchsen die Bäume fast bis zum Uferrand. Kiefernzapfen und Eicheln lagen verstreut auf dem Sand.

Im Wald jenseits der Dorfgrenze waren nun viele Lager aufgeschlagen. Der organgefarbene Schein der Feuer warf Schatten, die durch die Eichen, Kiefern und blühenden Hartriegel fielen. Bei so vielen Fremden im Dorf würde man sie nicht unbedingt erkennen. Allerdings hatte Kupferkopf seinen Wachen zweifellos eröffnet, dass sie gut daran täten, Muschelweiß zu identifizieren. Jeder Krieger im Dorf würde um sein Leben fürchten und sich das Gesicht jeder Frau ihres Alters, die im Dorf herumlief, mehrmals ganz genau ansehen.

Sehr vorsichtig glitt sie auf dem Bauch so nahe wie möglich an den Strand heran.

Eine dicke Gewitterwolke schob sich vor Schwester Mond, und plötzlich lag das ganze Ufer im Dunkel. Muschelweiß ließ die Maske ins Wasser fallen und hob den Kopf über Wasser. Sie band das Atemrohr los und erhob sich wie selbstverständlich.

Das Rohr band sie an den Gürtel und summte fröhlich vor sich hin, als sie den Haarknoten löste und den Zopf aufflocht. Sie schüttelte das Haar frei, so dass es ihr Gesicht teilweise verdeckte, und betete, dass der Pfad, zu dem sie jetzt strebte, noch bestand.

Als sie durch die schwankenden Schatten der vielen Feuer schritt, kam sie an mehreren behelfsmäßig aufgestellten Festtagshütten vorbei, die eigens für die Feier errichtet und leicht wieder abzureißen waren. Dünne Stämmchen stützten unbearbeitete, leichtgewichtige Dächer aus Palmwedeln. Diese Hütten waren vorwiegend von Frauen und Kindern bevölkert, nur hie und da sah man ein paar Männer. Die Bratendüfte von Pelikan, Opossum und Eichhörnchen machten ihr den Mund wässrig.

Ein kleiner Junge setzte sich aufrecht hin, als er sie sah, musterte sie genau und schrie: »Warum bist du in deiner Tunika geschwommen? Ist das Wasser so kalt?«

»O ja, sehr kalt«, antwortete sie lächelnd. »Ich glaube, da hinten braut sich ein Sturm zusammen, und der hat das Wasser abgekühlt. Ist die Schildkröte in deiner Schale gut?«

Der Junge schrie grinsend: »Ja.« Er riss ein Stück von dem saftigen Fleisch ab, stopfte es sich in den Mund und winkte ihr nach, als sie weitereilte.

Der Pfad umrundete das Dorf etwa dreißig Handbreit von den Hütten entfernt, die den letzten Ring um das Dorf bildeten. Drei Männern gingen an ihr vorbei, und sie nickte höflich. Die Männer beachteten sie kaum, nickten zurück und eilten weiter, als fürchteten sie, zu spät zum Abendessen zu kommen.

In den Zwischenräumen der Hütten des letzten Rings lehnten Wachen an den Stützpfosten und beobachteten gespannt, was sich zwischen der Plaza und den schwankenden Schatten des Waldes abspielte. Die Anspannung in den jungen Gesichtern verriet ihr, dass die Männer innerlich vor Angst ganz verkrampft waren.

Muschelweiß folgte dem Bogen im Pfad, als sie plötzlich einen Gestank wahrnahm. Hier standen keine Hütten mehr zwischen den Bäumen; lichte Stellen zeigten an, wo noch vor wenigen Tagen Hütten gewesen waren. Alle Festtagshütten waren hier beseitigt worden. Warum nur?

Der Gestank wurde stärker, und sie hielt inne.

Biberpfote lehnte an der alten Eiche an der Nordwestecke des Dorfs. Jemand hatte einen Pfahl durch seine Brust gebohrt, um seinen Körper an den Baumstamm zu nageln, und ein anderer Stab trat genau unterhalb des Kinns hervor und hielt den Kopf aufrecht, so dass Vorüberkommende direkt in seine Augenhöhlen blicken mussten. Raubvögel hatten sie leer gepickt. Grauenhafte Schläge mit einer Kriegskeule hatten seinen Hinterkopf in blutigen Brei verwandelt.

Muschelweiß ging weiter, aber ihr Herz schlug laut. Sie hatte keine Hilfe mehr, niemanden mehr, der –

»Du bist immer noch sehr verwegen, Muschelweiß.«

Sie wirbelte herum, und einen Augenblick lang blickte sie in die Augen von Kupferkopf, und zugleich sah sie aus allen Büschen Krieger springen, die sich aus sämtlichen Richtungen auf sie stürzten wie hungrige Wölfe.

Muschelweiß stieß einen schrillen Kriegsschrei aus, wich zur Seite und stieß ihren Ellbogen in das Gesicht des ersten Mannes, der nach ihr zu greifen wagte. Während er aufschrie und stolperte, versetzte sie ihm einen tödlichen Schlag gegen die Kehle und rannte um ihr Leben – direkt in das Getümmel des Dorfs hinein. Die Menschen stolperten übereinander bei dem Versuch, ihr aus dem Weg zu gehen, und wichen erschrocken vor ihr zurück. Ein schreckliches Getöse setzte ein. Das Gekeuche, Geschrei und Gebrüll wurde so laut, dass es am Ende alle Geräusche übertönte.

Mit wehenden Haaren flitzte sie mit ihren langen Beinen um das große Freudenfeuer in der Mitte der Plaza herum und stürmte zum Strand. Wenn sie nur bis zum Wasser käme, dann könnte sie vielleicht –

»Muschelweiß! Nein! Nicht dort entlang! Da sind zu viele Wachen! Du musst –«

Tauchvogels Schreie schnitten ihr ins Herz. Sie erhaschte einen Blick auf ihn in der Ratshütte, auf sein schreckverzerrtes Gesicht, als sie genau in die sechs bewaffneten Krieger lief, vor denen er sie hatte warnen wollen. Sie standen in einer Reihe vor ihr, aber in ihren Augen lag Angst.

Sie riss ihren Dolch aus dem Gürtel, sprang den ersten Krieger in ihrer Nähe an, senkte die Waffe tief in sein Herz und warf seinen Körper den Verfolgern entgegen, während sie weiterspurtete. Ein anderer Krieger stolperte über seinen Freund und schrie wutentbrannt auf. Die anderen sprangen über ihn hinweg und rasten, Kriegsschreie ausstoßend, hinter Muschelweiß her.

Tauchvogel stieß einen wilden verzweifelten Schrei aus. Ihr Herz raste; über die Schulter sah sie drei Wachen auf ihn springen. Trotz seiner Fesseln war es ihm gelungen, auf die Beine zu kommen und aus der Hütte zu laufen, als sie ihn zu Boden rissen. Mit den gebundenen Händen schlug er um sich.

Heilige Sonnenmutter, wenn doch nur –

Ein Krieger packte Muschelweiß von hinten. Seine kraftvollen Arme umfassten ihre Taille, und die Wucht seines Sprungs warf sie zu Boden. Sie schrie vor Wut, als die anderen Wachen wie Hunde über sie herfielen, ihre Arme und Beine festhielten, ihr in die Haare griffen und packten, was immer sie in die Finger bekommen konnten.

Die Leute liefen herbei, umringten sie, schrien Fragen und keuchten vor Erschrecken, als sie Muschelweiß sahen; weiter hinten reckten sie die Hälse, um besser sehen zu können.

Muschelweiß wandte den Blick zur Seite und sah, wie in einem ihrer Alpträume, einen hoch gewachsenen, schlanken Mann durch das Gedränge kommen. Atemloses Schweigen herrschte, als die Leute sich gegenseitig anstießen, um ihm Platz zu machen. Die Anmut seiner Bewegungen, der Anblick seines schönen Gesichts trafen sie wie Schläge.

Kupferkopf kniete neben ihr nieder. Er sagte kein Wort. Sein forschender Blick tastete sie ab, als wollte er jede Einzelheit ihres Gesichts und ihres Körpers mit dem Bild in seiner Erinnerung vergleichen. Ein unheimliches Licht glomm in seinen dunklen Augen.

Mit sanfter Stimme befahl er: »Bringt sie in meine Hütte.«

Leise wie eine Maus schlich Häsling vorwärts und setzte seine Füße sehr behutsam auf, damit keine Zweige knackten und kein erschrecktes Nachttier durch seine Flucht die Aufmerksamkeit auf ihn lenkte. Er lud sein Atlatl mit einem Speer und lauschte angespannt auf die Stimmen, die von der Lichtung vor ihm herüberhallten. Laute Stimmen. Voller Wut. Eulenfalter hatte sie als Erster gehört und vorgeschlagen, sich der Lichtung von zwei Seiten zu nähern. Als Häsling sich durch ein dichtes Lianengestrüpp zwängte, kam die Wiese in Sicht, und er sah ein weißes Gesicht, geisterhaft weiß.

Nein. O nein!

Sein Herz schlug ihm bis zum Hals. Er hörte ersticktes Schluchzen und musste sich beherrschen, um nicht vorzustürmen.

Teichläufer kniete im Gras, das Gesicht tränenüberströmt. Vier Krieger standen um ihn herum, breitbeinig, Dolche in der Hand. Sie schienen zu Tode erschreckt.

»Ich glaub das nicht«, sagte ein Krieger, der nicht viel älter als Häsling war. Er trug ein Stirnband, um sich die schulterlangen Haare aus dem Gesicht zu halten. »Kupferkopf hat uns gesagt, der Blitzjünger sei in der Nähe, aber ich hätte niemals –«

»Halt den Mund, Wespe«, knurrte der hoch gewachsene, hagere Mann neben ihm. »Möwenflügel und Wolkenfisch, ihr bindet ihm die Hände. Wespe und ich durchsuchen seine Beutel, dann bringen wir ihn zurück.«

»Ja, Brauterpel.«

Die zwei Krieger, offenbar Möwenflügel und Wolkenfisch, rissen Teichläufers Hände hoch und fesselten sie mit einer Schnur. Sie waren etwa gleichaltrig, zweimal zehn und zwei oder drei Sommer alt, und hatten sich das Haar auf Kinnlänge geschnitten; aber Möwenflügel war der kräftigere von beiden, mit breiten Schultern und langen muskulösen Beinen. Im Vergleich zu ihm war Wolkenfisch schmächtig, mit einem Mondgesicht und einer platten Nase. Teichläufer leistete keinen Widerstand.

Häsling ging auf die Knie und kroch näher heran, gedeckt durch ein dorniges Rosengestrüpp. Hagebutten hingen an den Stängeln und verbreiteten einen süßen Duft. Von hier aus konnte er Teichläufer besser sehen. Sein Freund saß reglos da, wie betäubt von seiner Niederlage, mit einem Ausdruck, als hätte er alles in der Welt verloren, was von Bedeutung gewesen war. Häsling runzelte die

Stirn. Er hatte Teichläufer schon einmal so erlebt – an dem Tag, als Teichläufers Großvater gestorben war. Der alte Mann hatte Teichläufer aufgezogen, war ihm mehr gewesen als sein Vater, und dieser Verlust hatte seine Seelen ins Taumeln gebracht.

Häsling setzte sich wieder. *Wo ist Muschelweiß? Sie müsste hier sein, und wenn sie nicht hier ist, dann …*

Häsling schloss einen schmerzerfüllten Moment lang die Augen.

Tot?

Er litt mit seinem Freund.

Wespe und der andere Krieger leerten Teichläufers Beutel auf dem Gras aus und untersuchten den Inhalt. Teichläufer hob das Kinn und sah gespannt zum Nachthimmel empor, als betete er zu Schwester Mond.

Der hagere Brauterpel fluchte und richtete sich auf. Wütend trat er nach den Sachen aus den Beuteln und kickte die Vorräte, Holzschalen und Kalebassen über die Lichtung.

Brauterpel beugte sich zu Teichläufer hinab und sagte: »Komm mit, Blitzjünger. Dein Tod erwartet dich. Wir sind nur seine Boten.«

Er packte Teichläufer am Arm und zerrte ihn auf die Beine. Aus schierer Bösartigkeit drehte er ihm den Arm um und drückte ihn auf Teichläufers Rücken brutal nach oben. Teichläufer, mit weißem Gesicht, stand reglos da.

»Willst wohl den tapferen Jungen spielen, wie?« fragte Brauterpel. »Mal sehen, wie lange du das unter Kupferkopfs Folter durchhältst. Er hat sehr überzeugende Methoden –«

Dem Zischen folgte das knackende Geräusch eines brechenden Knochens, und Brauterpel kreischte auf und schwankte. Mit großen Augen starrte er ungläubig auf den blutigen Speer, der in seinen Rippen stak. Ein Winsellaut des Entsetzens entrang sich seinem Mund. Er rannte drei Schritte weit, bevor er fiel.

Die anderen Krieger flohen auseinander und sprangen in Deckung. Wespe jaulte auf, als ein Speer ihm die Brust durchbohrte. Er stolperte seitwärts, fiel zu Boden, und seine Hände krallten sich kraftlos ins Gras.

Häsling brach aus seinem Versteck hervor und schleuderte mit der ganzen Kraft seines jungen Körpers den Speer auf Möwenflügel. Der Speer traf den Krieger in der Flanke und drang tief ein. Blut sprudelte aus der Wunde und rann ihm in schauerlichen Rinnsalen über den nackten Rücken. Der Mann sank auf die Knie und beugte sich nach vorn, aber Häsling wusste, dass er den Feind nicht getötet hatte. Er zog den Dolch aus dem Gürtel. Er musste ihn dem Krieger ins Herz stoßen, er hatte keine andere Wahl. Mit zitternden Knien rannte er auf ihn zu.

Ihn töten, während er mir in die Augen sieht? O Bruder Himmel, lass es mich schnell tun, damit ich es hinter mir habe.

Ein Kriegsschrei durchschnitt die Luft. Herumwirbelnd sah Häsling, wie Wolkenfisch über einen umgestürzten Baumstamm sprang und mit erhobenem Dolch aus den Bäumen auf ihn zulief. Hass brannte in seinen Augen. Häsling stolperte, fassungslos über die Nähe des Mannes.

»Häsling! Runter mit dir!« schrie Eulenfalter.

Häsling warf sich zu Boden, und Eulenfalters Speer sauste über seinen Kopf hinweg und durchbohrte den Hals von Wolkenfisch, der kurz vor Häsling niederfiel und an seinem eigenen Blut würgte. Er packte den Speer und hielt ihn fest, während er Häsling in die Augen sah. Es dauerte eine Ewigkeit, bis er erstickt war. Häsling wurde übel.

Eulenfalter kam mit geladenem Atlatl hinter den Bäumen hervor, auf alles gefasst. »Komm mit«, sagte er, »Rotalge und Teichläufer brauchen uns.«

»Aber ich muss Möwenflügel noch töten, ich habe ihn nur –«

»Er ist tot, Häsling. Er ist verblutet. Gehen wir!«

Häsling rollte sich auf die Knie; Eulenfalter packte seine Hand, um ihm zu helfen, aber dennoch brauchte Häsling all seine Kraft, um wieder auf die Beine zu kommen. Als er endlich mit zitternden Knien stand, blickte er auf die mondbeschienene Wiese.

Da kniete Rotalge und hielt ihren Bruder umarmt. Sie

hatte ihn losgebunden, und er drückte sie fest an sich. Der nach Gras duftende Wind trug seine leisen Schluchzlaute mit sich fort.

42

Ich habe eine Zeithand gewartet«, sagte Teichläufer verzweifelt. Mit geschwollenen, rot unterlaufenen Augen blickte er gebannt in die tanzenden Flammen. »Dann bin ich ihr nachgegangen.«

Eine löchrige Decke aus feinem Nebel legte sich über ihr Lager, streichelte die Luft mit ätherischen Fingern; die Kälte drang den dreien bis ins Mark. Im Mondlicht, welches das Geflecht dunkler Zweige durchdrang, glitt der Nebel um die Eichbäume und glitzerte, als wäre er ein lebendes Wesen, das ihnen lauschte, sie beobachtete und nur auf eine Gelegenheit wartete, um sie niederzustrecken. Das Feuer spuckte Funken sprühend, um diesen spinnwebfeinen Angreifer abzuwehren.

»Weiter«, drängte Rotalge.

Teichläufers nasses weißes Haar trocknete in der Wärme des Feuers und hing ihm nun locker über die Schultern. »Ich kroch am Ufer entlang, unter Wasser, und setzte meine Schildkrötenmaske auf, um mein Gesicht zu tarnen. Ich habe sie nicht gesehen. Aber man hat sie wohl gefangen genommen. Ich verstehe nicht, warum sie mich belogen hat. Hätte sie mir gesagt –«

»Hätte sie's dir gesagt, dann hättest du unbedingt mit ihr gehen wollen.« Eulenfalter saß Teichläufer am Feuer gegenüber und runzelte die Stirn. »Sie wollte nicht, dass du mitgehst, Teichläufer. In der größten Gefahr setzt sie nur ihr eigenes Leben aufs Spiel. So ist sie eben.« Er seufzte. »Ich muss freilich zugeben, dass mich das auch schon oft verärgert hat.«

Teichläufer zog die Knie an und umschlang sie mit seinen langen Armen.

Rotalge betrachtete die beiden. Eulenfalter trug ein einfaches Gewand mit einem Gürtel aus geflochtenen Lederriemen. Sie hatte Teichläufer gezwungen, seine Robe wieder anzuziehen, obwohl er versicherte, dass das nicht nötig sei. Aber er war so lange im kalten Wasser gewesen, dass sich sein Körper wie ein Eisblock angefühlt hatte.

Sie schöpfte sich einen Becher heißen Kiefernnadeltee aus dem Kochkorb über dem Dreibein und sah nach den übrig gebliebenen Waschbärstücken in der Holzschale über dem Rand der Glut. Das Fleisch war dampfend heiß. Sie strich mit dem Finger über den Schalenrand, fand die kühlste Stelle, packte dort die Schale und ging mit ihr und dem Teebecher zu Teichläufer.

Er schaute auf, als sie um die Feuerstelle herumkam und sich neben ihn kniete. Das Glänzen seiner rosafarbenen Augen zeigte, wie sehr er sie liebte. »Vielen Dank, Rotalge, aber ich glaube, ich würde es nicht bei mir behalten. Ich habe keinen Hunger.«

»Ich will aber, dass du isst«, sagte sie. »Du bist nur noch Haut und Knochen. Wolltest du fasten auf eurer Wanderung nach Norden? Hast du gedacht, das macht dich zu einem besseren Krieger?«

Er verzog das Gesicht. »Das könnte ich sowieso nicht werden, Rotalge, das ist einfach nicht meine Art.«

»Ach, Möwenscheiße«, sagte sie. »Du bist einer der mutigsten Männer, die ich kenne. Nun iss!« Sie legte ihm eine Hand auf die Schulter und senkte die Stimme. »Bitte, Teichläufer, versuch's wenigstens.«

Eulenfalter sah sie liebevoll an, gerührt von ihrer schwesterlichen Zuneigung. Er sah so gut aus, seine Stupsnase und die hohen Wangenknochen glänzten im Feuerschein; Rotalge lächelte ihn an. Häsling hatte die erste Wache übernommen und die drei miteinander reden lassen; Rotalge würdigte sein Opfer, besonders da sie wusste, dass Häsling ebenso wie sie das Bedürfnis hatte, mit Teichläufer zu sprechen.

»Sie hat Recht, Teichläufer«, sagte Eulenfalter. »Ich weiß noch, wie du mitten in den Kampf von Windeck geschritten bist; ich war außer mir vor Bewunderung für deinen Mut.«

Teichläufer presste die Lippen aufeinander.

Rotalge setzte sich neben ihren Bruder und schob die Schale näher zu ihm. »Iss!« befahl sie.

Er seufzte, nahm ein Stück vom Waschbärbraten und aß einen kleinen Bissen. Dabei schloss er die Augen, als ob er auf etwas wartete. Aber der Bissen blieb unten. Dann griff er nach einem zweiten Stück – zu Rotalges großer Erleichterung.

Eulenfalter wartete, bis Teichläufer fertig gekaut hatte und nach dem dritten Stück griff. Dann fragte er: »Hast du das Dorf gut sehen können, Teichläufer?«

Teichläufer dachte angestrengt nach. »Gut kann ich nie etwas sehen, Eulenfalter, aber da auf dem Strand kniff ich die Augen zusammen und betrachtete jeden Fleck, so gut ich konnte. Da waren viele Leute auf der Plaza und lachten. Das weiß ich, weil ich sie hören konnte.«

»Und was ist mit den Wachen? Hast du welche gesehen?« Eulenfalter stützte die Ellbogen auf die Knie, und die Schatten, die das Feuer warf, huschten über seine junge Stirn.

Teichläufer kaute sein Stück Fleisch und schluckte es hinunter. »Nein, die habe ich nicht gesehen. Aber Muschelweiß meinte, da seien ›zu viele Wachen‹. Südlich vom Dorf ist eine Sandbank, die ins Meer ragt. Sie sagte mir, dass da sechs Männer postiert sind.«

»Beim Wasser?« fragte Eulenfalter. »Das ist seltsam. Es sei denn, Kupferkopf befürchtet –«

»Einen Angriff vom Meer her, ja. Das hat auch Muschelweiß verwundert.«

Rotalge schüttelte den Kopf. »Ich glaube, da geht es um etwas anderes«, sagte sie. »Die Wachen dort haben vielleicht gar nicht nach feindlichen Kriegern ausgeschaut.« Teichläufer und Eulenfalter sahen sie fragend an, und sie fuhr fort: »Erinnert ihr euch nicht an Kupferkopfs Traum? Demnach sollten die Blitzvögel mit dem Sturmbläser kommen, und zwar vom Meer her. Vielleicht hat er die Posten ihretwegen dort aufgestellt – nicht wegen uns.«

»Heilige Geister«, flüsterte Eulenfalter. »Das klingt plausibel.« Er rührte sich nicht, sein Blick blieb auf Rotalges Gesicht haften.

Teichläufer beendete seine Mahlzeit und säuberte sich die Hände im Sand. »Muschelweiß hat auch gesagt, sie glaube, dein Vater sei wahrscheinlich in der Ratshütte am Nordende des Dorfs. Da bin ich hingegangen und habe viele Leute gesehen. Ein Mann, einer, der in der Hütte war, blieb die ganze Zeit auf dem Boden liegen. Ich konnte nicht erkennen, ob er saß oder lag, er stand jedenfalls nicht auf. Und ich habe mich gefragt, ob er nicht vielleicht gefesselt war.«

Kalter Hass glomm in Eulenfalters dunklen Augen auf. Er ballte die Fäuste in seinem Schoß, aber seine Stimme blieb gefasst. »Wenn es mein Vater war, und wenn er die Gefangennahme meiner Mutter gesehen hat ...« Eulenfalter starrte auf die windbewegten Flammen. »Mein Vater wird einen Weg finden, um sich seiner Fesseln zu entledigen. Selbst wenn es seinen Tod bedeuten sollte, wird er dafür sorgen, dass die Männer, die ihr etwas zu Leide getan haben, dafür büßen müssen.«

Rotalge fragte: »So sehr liebt er sie?«

»Mehr als ich dir sagen kann«, antwortete Eulenfalter. »Ich war mit den beiden auf dem Kriegspfad und habe gesehen, wie sie sich in den sicheren Tod stürzten, nur um den andern zu retten. Es ist unfassbar. Und wunderbar. Wenn sie liebt, dann mit all ihren Seelen.«

»Ja«, murmelte Teichläufer, »das ist wahr.«

Eulenfalter warf einen Zweig aufs Feuer, das sofort knisterte und einen tanzenden Funkenschwarm zu den schwankenden Ästen der Bäume emporschickte. Zärtlich fügte er hinzu: »Und so ist sie auch zu ihren Kindern. Die ganze Welt könnte schrumpfen und vergehen, aber nicht ihre Liebe zu uns. Das war die eine Gewissheit in unserem Leben, die außer Zweifel stand. Das Einzige, worauf wir uns verlassen konnten.«

Rotalge sagte: »Aber dein Vater –«

»O ja, er hat uns sehr geliebt, aber ich weiß nicht, wie ich's erklären soll. Die Liebe unseres Vaters war warmherzig. Er war zärtlich und machte gern Spaß. Er war unser bester Freund. Die Liebe unserer Mutter war wie ein Bär in unseren Seelen, immer wild, sie drängte uns, jeden anzuspringen, der uns bedrohte. Und war auch gewillt, das notfalls selbst zu tun.« Eulenfalter verschränkte seine Finger. Seelenqualen zeichneten sein Gesicht. »Ich kann euch nicht sagen, wie oft ich mir im Angesicht des Todes diese Liebe schon vergegenwärtigt habe – die immer da war. Aus meinen Seelen heraus sah sie mich an und befahl mir, aufzustehen und zu kämpfen.«

Teichläufer war still geworden.

Rotalge streichelte seinen Arm. »Alles in Ordnung, Teichläufer?«

Er schloss die Augen. »Ich muss sie suchen.«

»Was?« rief Rotalge. »Sei nicht verrückt. Du kannst nicht einfach ins Dorf des Stehenden Horns hineinmarschieren. Kupferkopf wird dich töten.«

Teichläufer machte die Augen auf und schaute mit verzogenem Gesicht auf seinen fahlgrünen Tee. »Schwebestern hat mir gesagt, dass Kupferkopf Muschelweiß gar nicht will. Er hat gesagt, Kupferkopf will mich haben!«

Eulenfalter beugte sich vor. »Wer ist Schwebestern?«

Ein Windstoß fuhr durch den Wald, und das Dunkel schien sich zu kräuseln. Das Mondlicht, zerbrochenen Scherben gleich, tanzte über ihr Lager, und rings um sie herum rissen sich Eichenblätter von den Zweigen los und taumelten durch die Luft wie leuchtende Federn.

»Das ist einer von Kupferkopfs Kriegern«, antwortete Teichläufer. »Wir haben ihn auf dem Weg getroffen. Schwebestern, Biberpfote und meine – unsere Mutter, sie waren ja zusammen unterwegs.«

»Du Große Maus«, sagte Rotalge stöhnend, »du hast unsere Mutter gesehen?«

Teichläufer nickte. »Ich habe nicht lange mit ihr gesprochen, aber während dieser Unterhaltung meinte Schwebestern, es geschehe nur meinetwegen, dass Kupferkopf Muschelweiß in die Falle zu locken sucht. Denn Kupferkopf wolle unbedingt mich haben.«

»Willst du damit sagen, dass Biberpfote im Dorf des Stehenden Horns ist?« fragte Eulenfalter atemlos.

»Ich hoffe es. Biberpfote und Muschelweiß hatten einen

Plan, um deinen Vater zu retten. Es war vorgesehen, dass Biberpfote für Ablenkung sorgen sollte, heute Abend, eine Zeithand nach Mondaufgang.«

Eulenfalter rieb sich über das gefühllose Gesicht. »Heilige Geister! Wenn wir einen Verbündeten im Dorf haben – und dazu noch einen Kommandanten mit Biberpfotes Erfahrung –, dann müsste es uns doch möglich sein, Kupferkopf zu schlagen.«

»Das meinte Muschelweiß auch«, sagte Teichläufer.

Eisige Kälte fuhr Rotalge in alle Glieder. Sie packte die Hand ihres Bruders mit festem Griff. »Wovon redet ihr?«

Teichläufer umschloss ihre Hand. »Was ist?« fragte Rotalge.

»Es ist nur – ich sehe keinen Grund zu kämpfen. Wenn Kupferkopf mich haben will, dann ist es vielleicht das Beste, mich preiszugeben. Vielleicht kann ich mit ihm handeln – ich begebe mich freiwillig in seine Hand, und er lässt Muschelweiß und Tauchvogel frei.«

Eulenfalter schüttelte heftig den Kopf. »Nein, Teichläufer. Daran darfst du gar nicht denken. Kupferkopf wird euch alle drei töten.«

»Aber warum?«

»Weil«, unterbrach ihn Eulenfalter scharf, »er meine Mutter hasst. Er hasst sie seit unzähligen Sommern. Er wird sie niemals ziehen lassen. Und ich habe den Verdacht, dass er meinen Vater genauso hasst. Wir sollten Biberpfote suchen und uns einen neuen Plan ausdenken, das halte ich für die beste Möglichkeit, sie zu befreien.«

»Aber selbst wenn wir uns auf Biberpfote verlassen können«, warf Rotalge ein, »hat Kupferkopf immer noch zehnmal zehn Krieger. Wie sollen wir denn zwei Männer durch sein Netz von Wächtern schmuggeln?«

Eulenfalter schüttelte den Kopf. »Ich weiß nicht. Ich muss erst mit Biberpfote sprechen. Ihr müsst ihn mir genau beschreiben. Und dann gehe ich morgen zur Sonnenaufgangsfeier ins Dorf. Wenn es gelingt –«

»Nein!« rief Rotalge protestierend, und ihr Herz klopfte laut. »Du hast mehrere Überfälle von Kupferkopfs Kriegern heil überstanden. Einer davon könnte dich wieder erkennen. Das einzig Vernünftige ist, dass ich gehe, Eulenfalter. Keiner von denen hat mich je gesehen. Und ich weiß auch, wie Biberpfote aussieht.«

Teichläufer zuckte auf einmal zusammen. Er rieb sich die Stelle über seinem Herzen. Er war so bleich wie das Mondlicht.

Rotalge murmelte: »Was ist, Teichläufer? Alles in Ordnung?«

Traurig lächelnd erwiderte er: »Musik, Rotalge, ich höre wunderschöne Musik.«

»Musik?«

Er nickte. »Weißt du, wie die Wölfe sich gegenseitig anrufen, von jenseits des Waldes? Wie einer heult, bis ein anderer ihm antwortet?«

Rotalge benetzte ihre Lippen. Sie blickte auf seine Hand; die Finger drückten so fest gegen die Rippen, dass das Blut unter seinen Nägeln zurückgewichen war. »Ja«, sagte sie.

Ruhig erklärte er: »Ich werde ins Dorf des Stehenden Horns gerufen. Die Blitzvögel verlangen dort nach mir. Ich glaube, das ist die einzige Möglichkeit, Muschelweiß zu retten.«

»Sie rufen dich?« fragte Eulenfalter verwirrt. »Die Blitzvögel? Was soll das Geschwätz?«

Rotalge blickte Teichläufer fragend an, aber Teichläufer schüttelte den Kopf. Rotalge nickte. Vor lange Zeit hatte sie versprochen, niemandem etwas von dem Donner und den Blitzen in seinem Innern zu erzählen, und einmal hatte sie das Versprechen schon gebrochen. Nicht noch einmal! Es sei denn, Teichläufer würde es ihr erlauben.

»Das Geschwätz dreht sich um die Rettung deiner Mutter, Eulenfalter«, antwortete Rotalge und legte zum Zeichen ihrer Unterstützung ihre Hand auf Teichläufers Schulter. »Bist du sicher? Ist das die einzige Möglichkeit?«

All seine Gefühle lagen in seinem Blick, als er sie anschaute. Er flüsterte: »Ja.«

»Dann sag uns, was die Blitzvögel von uns verlangen, Teichläufer.«

»Moment mal!« stieß Eulenfalter hervor. »Das halte ich nicht für klug. Wir sollten –«

Mit einer Handbewegung gebot ihm Rotalge zu schweigen. »Weiter, Teichläufer. Sag uns, was wir tun sollen.«

43

Heulender Wind weckte Muschelweiß, aber sie bewegte sich nicht. Sie war sitzend an den Stützpfosten gebunden; in der Nacht war ihr Körper seitlich in die Seile gesackt, und der Regen, der auf das Schilfdach trommelte, war ihr im Takt auf die rechte Schulter getropft. Kalte Rinnsale rannen ihr über den Arm. Sie hatte ihre langen Beine ausgestreckt, und die Regentropfen perlten auf ihrer Haut. Das Blut klopfte in ihren schmerzenden Füßen. Die Fesseln um ihre Knöchel waren brutal zugezogen worden.

Gesang und Gelächter wurden je nach Windstoß lauter oder leiser. Nahebei knisterte ein Feuer. Würziger Rauch von verbranntem Hickoryholz umwehte sie. Säckchen, die an den knarrenden Dachpfosten hingen, schlugen gegeneinander. Die feuchten Bodenmatten seufzten …

Muschelweiß ballte die Fäuste; sie kannte dieses Geräusch, als wären die Jahre von ihr abgefallen wie alte Gewänder.

Langsam und vorsätzlich ging Kupferkopf vor ihr auf und ab. Ihre Seelen erinnerten sich: seine Schritte – wie die Schritte eines Mannes, der zu seiner eigenen Hinrichtung geht, ohne Hoffnung auf Errettung. Vier Schritte nach Osten, Wendung, vier Schritte nach Westen, Wendung, vier Schritte nach Osten … In den Pausen zwischen den Böen hörte sie ihn atmen.

Muschelweiß öffnete die Augen.

Sie sah ihn an; beklemmendes Grauen vermischte sich mit Resten einer alten und starken Liebe. Sie atmete schnell.

Ein Halbkreis von silbernem und schwarzem Haar umrahmte sein wunderbares Gesicht, das im Schein des Feuers leuchtete. Heilige Geister, wie gut hatte er diese Sommer überstanden! Falten hatten sich in seine Stirn und seine Augenwinkel gegraben, aber die Nase und der volle Mund waren immer noch wie in Stein gemeißelt. Seine tief gebräunte Haut hatte die samtene Färbung des Winterfells vom Hirsch. Er trug eine einfache Tunika; sein rituelles Gewand hing an einem Zapfen am südöstlichen Pfosten. Der kostbare blaue Stoff blähte sich im Wind, der die am Kragen, an den Ärmeln und am Saum aufgenähten Glimmerringe zum Glitzern brachte. Der Glimmer von Händlern aus dem Norden warf das Licht so gut zurück wie ein Wasserspiegel. Im aufhellenden Morgendämmerschein blitzte er auf wie rosigbernsteinfarbene Flammenzungen.

Kupferkopfs Gegenwart wirkte wie eine Geistpflanze, die ihr winkte und sie rief, selbst nach allem, was zwischen ihnen vorgefallen war. Ein Teil von ihr sehnte sich danach, die Hand nach ihm auszustrecken, während ein anderer Teil vor ihm zurückzuckte wie die Hand, die versehentlich den glatten Leib einer zusammengerollten Giftschlange streift.

Sie riss ihren Blick von ihm los und betrachtete den Himmel.

Gewitterwolken segelten über sie hinweg, und in den weiten Lücken zeigten sich Sterngruppen. Von dort hingen schwankende Regenbänder herab. Der rosige Schein des Sonnenaufgangs brachte die roten und gelben Blätter im Wald langsam zum Leben, und deren Farben vermischten sich mit dem grünlichen Grau des hängenden Mooses und den dunklen Gruppen von Fächerpalmen. Die Brise trug den frischen Geruch des Morgens heran ... Fünf Krieger, nein sechs, waren um die Hütte herum postiert.

Kupferkopf blieb plötzlich stehen. Er drehte sich nicht um, sondern spähte hinaus auf die Brandung, wo die Möwen kreisten und herabstießen, mit einem Gekreisch, das das Getöse der Brecher und der Böen übertönte. Schon waren Schneckenfuß, die Geistältesten und eine kleine Gruppe von Seelentänzern aus der Region dabei, die Weck-Zeremonie der Sonnenmutter am Tag ihrer Winterfeier vorzubereiten. Muschelweiß erkannte die meisten von ihnen. Sie umstanden ein großes Strandfeuer, die Gesichter erhellt vom tanzenden orangefarbenen Schein, die Körper kaum mehr als schwarze Umrisse gegen den hellen Hintergrund der Dämmerung.

»Seltsam«, sagte Kupferkopf. »Ich sollte draußen am Strand sein, bei den anderen Geistältesten, aber ich hatte Angst, dich zurückzulassen.«

Seine Stimme hallte kreiselnd durch die Leere, die die Seelen von Muschelweiß erfüllten, und tönte so sanft und verzweifelt zurück wie vor zweimal zehn und sechs Sommern:

Ich hatte Angst, dich zurückzulassen, du bist so außer dir gewesen, seit Riedgras im Fieber lag, dass ich fürchtete, du könntest dir etwas antun.

Sie fing an zu zittern.

Langsam, wie mit unsäglicher Anstrengung, drehte sich Kupferkopf zu ihr um. In den tiefen dunklen Gründen seiner Augen glomm ein Licht. »Weißt du, wie sehr ich dich geliebt habe? Wie das für mich war, dich und Riedgras an einem Tag zu verlieren?«

Muschelweiß lehnte den Kopf fest an den Pfosten, um ihn ruhig zu halten. Jeder Muskel in ihr verkrampfte sich.

Kupferkopf griff nach dem Stoff über seinem Herzen und zerknüllte ihn in seiner Pein. »Ich habe den Leuchtleuten ständig gedankt«, sagte er, »dass ich die Zeremonien heute Morgen nicht leiten muss. Ich spüre in mir einen grenzenlosen Schrecken, ich habe eine ungeheure Angst, die Augen von dir abzuwenden, weil du dann wieder verschwinden könntest und ich dich dann nie mehr fände.«

Bei dem weichen Klang seiner Stimme verengten sich ihre Augen zu Schlitzen. »Was genau willst du von mir, Kupferkopf?«

»Dich.«

»Wie?«

»Ich will dich!«

Die alte Seestern tauchte aus den Schatten des erwachenden Dorfs auf und kam auf sie zu. Sie hatte eine Schale mit Essen in einer Hand und trug in der anderen einen Kochkorb an den Riemen. Ihr zahnloses, eingefallenes Gesicht erinnerte an eine über Winter verdorrte Pflaume. Aber auf ihrem schönen Ritualgewand funkelten die aufgesetzten polierten Muschelschalen und Samenkörner. Sie ließ sich Zeit und setzte ihre alten Füße mit Bedacht. Der Kochkorb schwankte im Takt ihrer Schritte.

Kupferkopf wandte sich um und begrüßte sie. »Einen frohen Feiertag wünsche ich dir, Seestern.«

»Den wünsche ich dir auch, Geistältester.«

Seestern kniete nieder und setzte die Schale und den Korb vor ihm ab. »Ich habe rituell gesegnete Nahrung und Tee gebracht. Brauchst du sonst noch etwas?« Ihr zahnloser Mund verzog sich zu einem Lächeln.

»Nein, vielen Dank, Seestern. Ich sehe dich gleich am Strand.«

»Ja, Ältester.«

Seestern stand auf. »Heute ist doch der Tag, nicht wahr, Ältester? An dem die Blitzvögel herabstoßen, um uns zu befreien?«

»So ist es«, antwortete er feierlich. »Sehr bald werden wir alle zusammen in dieser leuchtenden neuen Welt jenseits der Sterne sein. Bereite dich darauf vor!«

Sie strahlte. »Ja, Ältester, das mache ich.« Sie verbeugte sich, drehte sich um und ging, leichtfüßiger jetzt und heiterer.

Die Menschen grüßten sie auf ihrem Weg durch das Dorf, stellten ihr Fragen und warfen dann ehrfürchtige Blicke auf Kupferkopfs Hütte. Eilends kämmten die Mütter ihren Kindern die Haare und zogen sie schön an. Krieger überprüften ihre Atlatl und Speere. Wer dort schon stand, trug kleine Beutel auf dem Rücken, als ginge er auf eine Reise.

Kupferkopf ging mit Schale und Korb zur Feuerstelle. Kniend hängte er den Korb mit den Riemen an das Dreibein über die warme Glut, setzte sich dann mit gekreuzten Beinen und stellte die Schale zwischen sie. Darin dampften Baumpilze und gebratene Flundern.

»Du wirst Durst haben«, sagte Kupferkopf und tauchte eine Kürbistasse in den Korb; er reichte sie Muschelweiß.

Sie griff danach mit gefesselten Händen, und ihrer beider Finger berührten sich. Kupferkopf zuckte zusammen. Eine ganze Weile ließ er die Tasse nicht los, wie in dieser Berührung verloren, und als er sie schließlich freigab, zitterte seine Hand.

Muschelweiß stürzte den Trank hinunter, Beerentang-Tee, mit Hummelhonig gesüßt. Bei dem säuerlichen Geschmack zog sich ihr Mund zusammen, aber die honigsüße Wärme besänftigte ihre wunden Nerven. Sie nippte an ihrem Tee und beobachtete ihn. Er trank eine ganze Tasse aus und nahm sich dann einen Baumpilz. Während er ihn aß, deutete er auf den Himmel. »Siehst du das?«

Muschelweiß sah auf. Ein perlmuttener Schein füllte die Lücken zwischen den Gewitterwolken aus. Hoch über ihr glühte der Himmel tiefblau, noch von den letzten Leuchtleuten besetzt, aber als er sich zum östlichen Horizont niederwölbte, ging das Blau in Purpur über und nahm dann eine ungewöhnliche Lavendeltönung an, so wie ganz seltene Orchideen. Die ziehenden Wolken schimmerten leicht violett. Dicht über dem Ozean erstreckte sich ein dünner pechschwarzer Streifen, so weit das Auge reichte.

»Was soll ich sehen?«

»Den Sturm«, sagte er. »Wir haben nicht mehr viel Zeit. Nur noch ein paar Zeithände.«

»Zeit? Wofür?«

Er warf ein Stück Kiefernholz aufs Feuer, und die Flammen züngelten um die Borke. Kleine Harztaschen kochten auf, zischend und platzend. Er schob ihr die Holzschale zu. »Iss! Du wirst deine Kraft brauchen.«

»Wofür, Kupferkopf?«

»Für den Weltuntergang, Muschelweiß. Wenn die Nacht heute kommt, werden die Leuchtenden Adler tot sein. So wie du und ich und jeder andere.«

Er klang völlig normal. Sogar hochgestimmt.

Sie zwang sich, die Hand zu bewegen, und holte sich einen großen Pilz aus der Schale. Er beobachtete jede ihrer Bewegungen, Hoffnungslosigkeit in den tiefen Gründen seiner dunklen Augen. So hätte er auch einen Feind anblicken können, einen Krieger, der sich anschickte, ihn zu töten, und nicht auf die Frau, die ihm einen Sohn geboren hatte, die Frau, die ihn einst geliebt hatte, aus ganzem Herzen und mit all ihren Seelen.

Der Feuerschein tanzte. Schatten schlüpften in die Höhlung seiner Wangen und liefen ihm über das glatte Kinn.

»Ich muss bald zur Feier gehen«, sagte er.

Sie gab keine Antwort, aß ihren Pilz auf und riss sich dann ein großes Stück von der Flunder ab. Sie stopfte sich das weiße Fleisch in den Mund.

Ja, iss, Muschelweiß! Fasse dich! Denke nach!

»Bevor ich gehe«, fuhr er mit weicher Stimme fort, »muss ich dich noch einiges fragen.«

Sie aß den Fisch auf und nahm sich ein neues Stück, so viel, wie sie hinunterschlingen konnte. Sie war gefesselt und schwer bewacht, aber er hatte sie nicht geschlagen. Noch nicht. Doch sie musste erst tot zu seinen Füßen liegen, bevor sie aufhörte, Tauchvogel befreien zu wollen.

»Wo ist der Blitzjünger?« fragte er.

Ihr Herz fing an zu hämmern.

Nach Süden gerannt, um Hilfe zu holen, so schnell er kann! Oh, ich bete, dass er wenigstens einmal tut, was ich ihm gesagt habe.

Kupferkopf sagte: »Ich habe letzte Nacht einen Trupp losgeschickt, um ihn zu suchen.«

Sie musste sich dazu zwingen, den Bissen in ihrem Mund hinunterzuschlucken.

»Warum?«

»Er ist es, der die Leuchtenden Adler töten wird. Wenn er das macht, wird sich der Sturm da draußen aufbauen. Die ganze Zeit wartet der Sturm auf ihn. Wenn der Blitzjünger ruft, dann wird der Sturm die ganze Welt hinwegfegen. Wo ist er?«

»Du hast einen Trupp losgeschickt, und er ist noch nicht

zurück?« Ihre Gedanken rasten, und sie bemühte sich, in seinem Gesicht zu lesen.

»Noch nicht.«

Also hatten die Krieger versagt, sie hatten Teichläufer nicht gefunden und wagten es nicht, ohne ihn zurückzukommen, oder ...

»Die Krieger sind tot, Kupferkopf. Du weißt das so gut wie ich.«

»Vielleicht.« Er neigte den Kopf fast unmerklich. »Obwohl ich mir nicht vorstellen kann, dass ein Junge vier kampferprobte Krieger besiegt. Aber das spielt keine Rolle. Ich schicke einfach noch weitere Krieger hinaus. Am Ende finde ich ihn. Er –«

»Nein, du findest ihn nicht.«

Er sah sie scharf an, und sie gewahrte den ersten Riss in seiner Abwehr. Furcht, tief und überwältigend. Schreckliche Angst, dass sich sein Traum nicht erfüllen würde.

»Er besitzt sehr viel Macht.« Sie erhob ihre Stimme, so dass die Krieger in der Nähe sie hören konnten. »Ich habe den Blitzjünger Dinge tun sehen, die dich gewaltig erschrecken würden, Kupferkopf. Kurz gesagt, er kann die Blitzvögel vom Himmel rufen und ihnen befehlen, alles zu zerschmettern, was er will.« Die Wachen drängten sich näher heran und lauschten mit großen Augen. »Teichläufer kann sich in einen Blitz verwandeln und durch den Himmel stürmen. Den findest du nie. Er –«

»Ich hoffe sehr, dass er viel Macht besitzt«, erwiderte Kupferkopf. Der Riss schloss sich. Ein unheimliches Licht glomm in seinen Augen. »Nachdem ich mit seiner Mutter gesprochen hatte, war ich schon besorgt, dass er vielleicht überhaupt kein Blitzjünger wäre, denn dann, Muschelweiß, wären all meine Träume gestorben.«

»Schwarzer Regen ist hier? Sie lebt?«

Kupferkopf verzog vor Abscheu den Mund. »Ja, Schwarzer Regen lebt«, sagte er. »Sag mir, Muschelweiß, wohin ist der armselige Haufen gezogen, der die Schlacht vom Windeck überlebt hat? Nach Süden? Denn bei denen würde doch der Blitzjünger Obdach suchen, nicht wahr?«

Er sprach das Wort ›Schlacht‹ so ungerührt aus, als spräche er über Moskitos. Bilder vom Windeck-Kampf kamen ihr ins Gedächtnis: Eschenblatt, der mit welker Hand einen Speer in seinem Leib umklammerte; Kinder, bäuchlings im Sand ausgestreckt; Traumstein, auf der Seite liegend, in einer Pfütze von Blut zusammengerollt; das Jammern und das Leid der Überlebenden.

Wenn ich doch nur meine Hände um seinen Hals legen könnte …

»Nein«, sagte sie leichthin, doch unfähig, ihre vor Wut zitternde Stimme zu beherrschen. »Ich bin sicher, dass Teichläufer schon hierher unterwegs ist, nachdem er deine besten Krieger ›abgeschlachtet‹ hat.« Sie beobachtete ihn durch Augenschlitze. »Noch hast du Zeit. Mach mich los, dann will ich versuchen, dich zu retten.«

Sie warf einen Blick auf die Wachen. Ob es wirkte? Sie schauten sich unbehaglich und stirnrunzelnd an. Wenn sie ihre Unruhe und die Angst vor ihren eigenen Schattenseelen schüren konnte, würden sie vielleicht in ihrer Wachsamkeit nachlassen, und dann …

Kupferkopf beugte sich zu ihr. »Ja«, flüsterte er, »ich weiß, dass er hierher unterwegs ist. Meine Träume haben mir seine Ankunft verkündet.«

»Wenn das so ist, warum hast du dann einen Trupp geschickt, um ihn zu suchen? Um ihn herzuzerren? Du bist doch immer noch der alte Narr, Kupferkopf – wild darauf bedacht, dich und deinen Clan von Dingen zu überzeugen, an die du selbst nicht glaubst.«

Die Wachen murmelten unruhig.

Kupferkopf wandte den Kopf etwas und starrte sie böse an.

Schweigen trat ein.

Immer wieder betrachtete Muschelweiß prüfend die Männer. Nach ihren Mienen zu urteilen, schien keiner von ihnen besonders ehrerbietig oder anhänglich. Hatten die letzten Überfälle ihn so viele seiner ihm treu ergebenen Krieger gekostet?

Ja, da ist eine Schwäche … Ich könnte dieses Dorf auseinander reißen, wenn ich nur die Zeit hätte … Aber habe ich die?

Kupferkopf stand auf und ging zu dem Stützpfosten, an dem sein Ritualgewand hing. Die einfache Tunika zog er aus und warf sie zu Boden; nackt und muskulös stand er vor ihr.

Sie drehte den Kopf zur Seite und schloss die Augen, verbannte die Erinnerung an seinen Körper, an seine starken Arme, die sie umfasst hatten …

Heilige Geister – wie konnten nur zwei Menschen, die sich mit solcher Leidenschaft und Hingabe geliebt hatten, einmal dahin kommen, dass sie sich gegenseitig fürchteten und so sehr hassten?

»Ich will dich bei mir haben, wenn die Zeit kommt«, sagte er sanft. »Wenn die Blitzvögel donnernd vom Himmel herabkommen –«

»Warum? Nach all dem, das wir uns gegenseitig angetan haben?«

Er strich über das glänzende blaue Gewebe seines Ritualgewandes. »Ich brauche dich, Muschelweiß. Ich habe dich immer gebraucht. Meine Seelen – das bist du. Ohne dich bin ich nur eine hohle Schale.«

»Ich werde nicht mitgehen.«

Er nahm das schöne Gewand vom Zapfen. »Oh, du wirst dabei sein, dafür werde ich schon sorgen.«

Er streifte sich das Gewand über den Kopf und strich es über den schmalen Hüften glatt. »Wenn ich zurückkomme, wirst du alle meine Fragen beantworten. Es wird einfacher sein, wenn du es aus freiem Willen tust, statt –«

»Ich werde nicht antworten, Kupferkopf.«

Er blickte zum Himmel auf, der heller wurde, und zu den dahinziehenden Gewitterwolken, und schaute dann gebannt über den Strand. Dort standen zehnmal zehn Menschen, die zusammen gegen das glitzernde Meer eine wellig bewegte schwarze Decke bildeten. Ihr sanftes Gemurmel wetteiferte mit dem rhythmischen Getöse der Wellen.

»Du hast die Wahl, Muschelweiß.« Kupferkopf band sich einen Kaninchenfellgürtel um die schmalen Hüften. Er kam zu ihr zurück und stand über ihr, von hoch oben auf sie herabblickend, voll versteckter Drohung. Er lächelte. »Aber ich weiß natürlich nicht genau, wie viel Folter dein geliebter Tauchvogel noch aushalten kann. Er ist ziemlich geschwächt. Doch ich versichere dir« – grob packte er ihren Kopf mit beiden Händen und lächelte noch inniger – »dass ich ihn mit dem größten Vergnügen vor deinen Augen umbringen werde, so wie du meinen Sohn vor meinen Augen umgebracht hast.«

Sie verkrampfte sich innerlich. Sie befreite sich aus seinem Griff und beugte sich nach vorn, gegen die Seile, gegen die Trauer ankämpfend … und gegen die Erinnerungen.

Lautlos wie der Tod schritt er hinweg.

Tränen stiegen ihr in die Augen. Sie ließ den Kopf fallen und sah mit einer Klarheit, die sie erschreckte, dass sie sich kaum verändert hatte – nicht einmal in zweimal zehn und sechs Sommern. Muschelweiß, die große Kriegerin, war im tiefsten Innern immer noch ein verängstigtes kleines Mädchen, das nun schreckerfüllt auf die Kriegerin starrte. Das Mädchen wollte wegrennen, die Kriegerin kämpfen. Muschelweiß konnte nicht voraussehen, welche der beiden sich am Ende als die Stärkere erweisen würde.

Draußen am Strand bildeten Männer und Frauen eine Reihe, parallel zur Brandung. Als ein goldenes Leuchten über die schwarzen Wolken stieg und den Horizont glasierte, hoben sie ihre Atlatl. Aufrecht und stolz schossen sie ihre Speere hoch in den Himmel, um das Dunkel zu vernichten, und stießen dabei schrille Kriegsschreie aus. Jubelnd hoben sie die Stimmen, um zur Sonnenmutter zu beten und ihr singend zu versichern, sie hätten die bösartige Finsternis getötet, die sie seit der Sommersonnenwende gezwungen hatte, jeden Tag immer früher im Dorf der Verwundeten Seelen Zuflucht zu suchen.

Die Gesänge verstummten.

Die Menschen standen stumm und reglos. Es dauerte so viel länger als gewöhnlich, bis die Sonnenmutter wieder erschien, dass die Menge, ängstlich und unruhig geworden, murmelnd dunkle Befürchtungen äußerte. Doch als das Antlitz der Sonnenmutter sich endlich mit einem rotgoldenen Streifen über die schwarze Wolkenwand erhob, durchschnitten Freudenschreie das Wehen des Windes. Die Leute hüpften und drehten sich; Tanzreigen bildeten sich, und der Strand verwandelte sich in ein Getümmel aus schwenkenden Beinen, wedelnden Armen und lautem Gesang.

Muschelweiß sah zur Seite.

Durch das verflochtene Gewebe von Wachen erspähte sie Tauchvogel, der in der Ratshütte auf den Knien lag, den Rücken zur Sonnenmutter. Ein goldener Strahlenkranz hüllte ihn ein. Zwar war er Muschelweiß zugewandt, doch der blendende Sonnenaufgang tauchte sein Gesicht in Schatten.

Doch auch ohne sein Antlitz zu erkennen, spürte sie seine Liebe wie eine warme Strömung, die sich über die Plaza und in ihr Herz ergoss. Er strahlte ihr seine Kraft zu, auf alle Fälle, falls sie deren bedürfte.

»Halt aus, Tauchvogel«, flüsterte sie. »Ich bin noch nicht am Ende.«

Fast vernahm sie seine Stimme, neckend und warmherzig, die ihren Seelen zuwisperte:

»Das habe ich auch nie gedacht. Ich bin hier, bei dir. Wir brauchen nur eine Chance. Zusammen können wir die Welt besiegen, und du weißt das.«

Ihr Hals war wie zugeschnürt. »Ja«, formte sie die Worte mit ihren Lippen, »ich weiß. Wir brauchen nur einen Spalt, um uns hindurchzuzwängen.«

Plötzlich ertönte von den Menschen am Strand ein Schrei, von Keuchen begleitet, und Muschelweiß sah, wie Tauchvogel sich schnell dem Meer zuwandte. Sie riss ihren Blick los und gewahrte, wie die Tanzkreise aufbrachen und die Leute sich gegenseitig stießen und anschrien. Frauen ergiffen ihre Kinder und rannten zu ihren Hütten, während die Männer ihre Atlatl fester packten. Die Clanältesten bei Kupferkopf fielen auf die Knie.

Jemand brüllte: »Er ist gekommen! Er ist endlich gekommen! Das Ende ist nahe!«

Kupferkopf wirbelte herum; seine hoch gewachsene,

schlanke Gestalt leuchtete im bernsteinfarbenen Glanz der Sonne.

Die vielen Wachen um Muschelweiß stießen erschreckt und hörbar die Luft aus und starrten mit offenem Mund auf etwas, was sie vom Hüttenboden aus nicht sehen konnten.

Kleinhorn reckte den Hals. »Heilige Geister! Es ist vollbracht! Genauso wie Kupferkopf es uns vorausgesehen hat.«

Da sah Muschelweiß Teichläufer. Wie ein Geist, der aus einer Vision herausgleitet, so schritt er mit wehenden weißen Haaren über den dunstigen, windigen Strand, die Arme weit ausgebreitet. Wolken schienen ihm zu folgen, rutschten eilends zum Strand hin und sammelten sich über seinem Kopf. Die lange Robe schlug ihm um die Beine. Und seine Augen … in diesen rosafarbenen Sternen spiegelte sich der Morgen mit blendender feuriger Kraft.

Zum großen Entsetzen von Muschelweiß ging Teichläufer direkt auf Kupferkopf zu und streckte ihm die Hände entgegen.

Kupferkopf ergriff sie.

Tauchvogel sah zu, wie Kupferkopf mit Teichläufer durchs Dorf ging, und ihm klopfte das Herz im Halse. Das Volk drängelte sich hinter Kupferkopfs Wachen, die Leute stießen sich gegenseitig und schlugen sich, um besser sehen zu können. Aller Augen ruhten auf dem Blitzjünger. Einzelne Schreie stiegen auf, die Leute waren atemlos vor Erwartung. Die Geistältesten hatten sich mit den Seelentänzern zu einer kleinen Gruppe zusammengeschlossen. Ihre Gesichter glühten wie von einem inneren Feuer.

Diese Narren glaubten, der schmächtige Junge könnte sie erretten und sie in diese leuchtende neue Welt jenseits der Sterne bringen.

Etwas fiel auf die Matte links von Tauchvogel, wahrscheinlich wieder eine Muschelschale, vom aufkommenden Wind hereingeblasen. Er achtete nicht darauf, seine Aufmerksamkeit galt nur den Geistältesten und Muschelweiß.

Aber als die Menge sich von allen Seiten an Kupferkopfs Hütte herandrängte und er Muschelweiß nicht mehr sehen konnte, ließ er sich erschöpft zu Boden fallen.

Und da sah er das Feuersteinmesser mit Griff, das da lag.

Tauchvogel schaute schnell zu den Wachen, die gebannt auf Kupferkopfs Hütte starrten, und sein Blick glitt forschend über den Waldrand.

Mit seinem Blut strömte heiße Angst durch seinen Körper.

Eulenfalter stand im Schatten und betrachtete mit angespanntem Gesicht seinen Vater; er nickte ihm liebevoll zu, machte ein Zeichen mit erhobener, geballter Faust und trat unbekümmert aus dem Schatten hervor. Er musste den genau richtigen Augenblick abgepasst haben, als das ganze Dorf abgelenkt war ... oder ... könnte es sein, dass der Blitzjünger und Eulenfalter zusammenarbeiteten und ihre Maßnahmen zu diesem Zweck aufeinander abgestimmt hatten?

Sei kein Narr! Zu viel Hoffnung ist genauso gefährlich wie zu wenig.

Er zwang sich, gleichmäßig zu atmen, um den Aufruhr in seinen Seelen zu verbergen.

Du musst so handeln, als wären hier nur du, Eulenfalter und Muschelweiß die Spieler; du kannst auf nichts anderes zählen.

Er beugte sich vor. Nach den vielen Tagen des Nahrungsmangels, der Schmerzen und der Foltern – wie stark und zäh war er denn noch? Aber darauf kam es nicht an. Er würde jedenfalls kämpfen mit all der Kraft, die er noch besaß. Vorsichtig brachte er die gebundenen Hände in Stellung und begann, an den Seilen zu sägen.

O mein Sohn, sag mir, dass da draußen ein Kriegstrupp bereitsteht, dass alles sorgfältig geplant worden ist!

44

Teichläufer schritt Kupferkopf durch das verregnete Dorf voran, leichtfüßig, das Kinn gereckt. Er lächelte jeden an, an dem er vorbeikam, und wunderte sich, wie viel Freude das Leben machte, wenn man sich erst einmal als Totgeweihter aufgegeben hatte.

An seiner Seite gingen Wachen, und weitere Wachen umringten die Hütte, in der Muschelweiß an dem Pfosten angebunden saß. Ihre dunklen Augen glitzerten. Sie sah Teichläufer an, als wäre er eine Erscheinung aus ihrem schlimmsten Alptraum. Er bemühte sich, Selbstvertrauen auszustrahlen, um ihr zu zeigen, dass alles in Ordnung war. Aus den Augenwinkeln konnte er Häsling erspähen, der außerhalb des Dorfs in einer Gruppe von Zuschauern stand. Zum Feiertag waren so viele Fremde gekommen, dass niemand auf ein paar fremde Kinder achtete, und als Kinder würden Häsling und Rotalge gelten. Allerdings war Häsling ziemlich gefährdet, denn er hatte gegen manche der Krieger gekämpft.

Teichläufer betrat die Hütte und eilte zu Muschelweiß. Kniend umarmte er sie fest. Er küsste ihr Ohr und flüsterte dabei: »Keine Angst, ich habe einen Plan.« Er spürte, wie sie erstarrte. Laut fragte er: »Ist alles in Ordnung? Haben sie dir wehgetan?«

Sie schüttelte den Kopf. »Nein.«

Als er vor ihr zurückwich, sah er, dass ihr Blick gebannt auf Kupferkopf gerichtet war, und darin kam ein Gefühl zum Ausdruck, das er noch nie zuvor in ihren Augen gesehen hatte; es war stärker als Hass, es kam eher einem tödlichen Versprechen gleich. Teichläufer sank auf die Matten neben ihr, noch innerhalb des Kreises, den die von oben fallenden Regentropfen um sie herum bildeten. Von seinem ersten Schritt ins Dorf an hatte er den Regen gerufen, und nun strömten die Gewitterwolken zusammen und verdeckten die Sonne.

Er spürte förmlich deren furchtbare Gewalt; eine Wut, die sich aufbaute, bereit, in jedem Augenblick loszubrechen und alles zu zerstören, was ihr in die Quere kam.

Kupferkopf stand mit gekreuzten Armen auf der anderen Seite des Feuers, den Blick auf Muschelweiß gerichtet. Es schien, als kämpften sie lautlos mit schierer Willenskraft gegeneinander.

Draußen im strömenden Regen zogen die Wachen ihren Kreis enger und warfen ehrfürchtige Blicke auf Teichläufer. Jenseits des Rings der Wachtposten schoben sich die Dorfbewohner im Regen zusammen, deuteten auf Teichläufer und bemühten sich, besser zu sehen.

»Die Zeit ist gekommen, Muschelweiß.« Ohne den Kopf zu drehen, befahl Kupferkopf: »Kleinhorn, dräng das Volk zurück. Das hier betrifft die Leute nicht. Noch nicht.«

Ein sehr junger Krieger nickte hastig: »Ja, Geistältester.«

Draußen brüllte er seine Kommandos, und die Menge protestierte. Die Wachen mussten mehreren Leuten mit ihren Atlatl über den Kopf schlagen, um sie zum Rückzug zu bewegen, und empört murmelnd gaben die Leute nach.

Kupferkopf legte den Kopf auf die Seite; in seiner Miene hielten sich Neugier und Unverständnis die Waage. Teichläufer musste in diese magnetischen Augen starren, er konnte sich nicht davon losreißen. Sie erinnerten ihn an die Augen eines Wolfs auf einer blutigen Fährte. In seiner blauen Ritualtunika sah Kupferkopf fabelhaft aus; die Glimmerringe funkelten im Feuerschein. Die silbernen Schläfenhaare leuchteten in reinstem Weiß.

Mit sanfter, klarer Stimme fragte er Muschelweiß: »Weißt du noch, was geschehen ist, als ich von der Pelikaninsel heimkehrte?«

Angesichts ihrer Verwirrung stieß Teichläufer hervor: »Du – du meinst, das Massaker der Pelikaninsel? Vor zweimal zehn und sechs Sommern? Nein, ich – ich meine, ich habe gehört –«

»Still, Teichläufer«, flüsterte Muschelweiß. Sie betrachtete Kupferkopf, als wollte sie sich sein Gesicht einprägen. Sie kniff die Augen zusammen.

Kupferkopf hielt die Hände über die Flammen, um sie zu wärmen. »Nun?«

»Natürlich nicht. An dem Tag habe ich meine Familie begraben«, sagte sie mit kalter Stimme. »Wie konnte ich –«

»Deine Familie war hier!« brüllte er. Dann, jämmerlich flüsternd: »Hier! Und wir hätten dich gebraucht.«

Muschelweiß blieb eine Weile stumm. Dann fragte sie: »Und was ist geschehen, als du heimgekehrt bist, Kupferkopf?«

Er holte tief Luft. »Ich kam heim, um unseren Sohn zu bestatten, und fand alle Seelentänzer im Dorf um ihn herumsitzen und schnattern wie die Vögel.«

»Sie schnatterten? Worüber?«

Er ballte die Fäuste über dem Feuer. »Sie sagten, ich solle mich nicht um die Bestattung sorgen. Die Jenseits-Seelen von Riedgras hätten sich verflüchtigt, die einzige Seele, die er noch habe, sei die, die sowieso auf ewig im Körper verbleibt.«

Muschelweiß saß reglos das. »Aber ich … verstehe nicht. Warum –«

»Du verstehst es nicht?«

Sie starrten sich an, Kupferkopf erbittert und zermürbt, Muschelweiß verwirrt.

Während des Schweigens fühlte Teichläufer sein Herz heftig klopfen. Hundszahn hatte gesagt, dass eine der Seelen von Riedgras sich in einen Blitz verwandelt hatte; er wusste, was mit dieser Seele geschehen war. Er …

Der Blitzvogel rührte sich, schwach wimmernd, ganz zart und herzzerreißend. Direkt über der Hütte grollte Donner, und der Regen zischte wie eine Palmfaserbürste auf einem Stück Fell. Das Vogeljunge in Teichläufer drehte sich um sich selbst, und er hatte plötzlich das Gefühl, als würden seine Lungenflügel zerdrückt. Mit offenem Mund rang er mühevoll nach Atem. Muschelweiß oder Kupferkopf hatten etwas gesagt, was den kleinen Blitzvogel in Panik versetzt hatte; Teichläufer konnte seinen schnellen Herzschlag spüren. Jetzt hatte der Sturm ein ohrenbetäubendes Ausmaß gewonnen. Grelle Blitze zogen gewaltige Donnerschläge nach sich.

Was war mit der anderen Seele von Riedgras geschehen?

… Denk nach, hirnloser Gesell, selbst du bist schlau genug, um dahinter zu kommen.

Und aus dem verborgenen Mittelpunkt des Donners drangen geflüsterte Worte, Gesangsfetzen, die vom warmen Schlaf in dahintreibenden Wolkentürmen handelten, vom reinen weißen Licht, das in tiefster Finsternis leuchtet, vom furchtbaren Schwindelgefühl beim tiefen Fall durch die weiten blauen Himmel. Es war so wunderbar, so ergreifend, dass Teichläufer am liebsten geweint hätte. *Erinnerungen des Blitzvogels.* Genau das war es. Könnte er doch nur –

Die Fragen von Muschelweiß rissen Teichläufer wieder auf die Erde. »Warum sollten dir die Seelentänzer so etwas sagen?«

Die Maske der Wut war von Kupferkopf abgefallen, und nun sah er plötzlich unsagbar verletzlich aus. Er schüttelte den Kopf. Eine scharfe Windbö stieß ihn wie mit harter Hand. Er ging um das windgepeitschte Feuer herum und kniete sich auf der anderen Seite neben Muschelweiß.

»Ich hatte gehofft«, sagte er, »dass du mir das sagen kannst.«

»Wie soll ich das denn wissen?«

Teichläufer betrachtete die beiden neugierig. Während der Sturm tobte, veränderten sich Kupferkopf und Muschelweiß; ihre Gesichter entspannten sich, ihre Stimmen wurden weicher. Sie sprachen nun in inniger Vertrautheit miteinander.

Kupferkopf spreizte die Hände, die Geste drückte eine Bitte aus. »Du bist der einzige Mensch, der es sagen könnte. Seit zweimal zehn und sechs Sommern habe ich darüber gegrübelt, was mit Riedgras geschehen ist. Wohin seine Seelen verschwanden. Schreckliche Alpträume haben mich nachts gequält, mit Erscheinungen, die zu scheußlich waren, um sie zu glauben.«

Teichläufer setzte sich ganz gerade hin, und es drängte ihn, Kupferkopf zu erklären, dass eine der Seelen von Riedgras lebte und wie durch ein Wunder in einem gleißend hellen Leib über das Antlitz der Erde schoss –

Jetzt war die Stimme von Muschelweiß eiskalt. »Sag mir, was in der Nacht geschehen ist, als du nicht da warst. Als Riedgras so krank war. Bist du zu Federweiß gegangen?«

Das Haar flatterte ihm um das angespannte Gesicht. »Ja.« Er nickte. »Er hat mir die Ahle geschenkt. Die könnte Riedgras retten, hat er gemeint, die Ahle würde ihn wieder ins Leben zurückbringen.«

»Wie denn?«

»Sie wirkt wie ein Saugheber, hat er gesagt, sie saugt die Seelen aus einem lebenden Menschen …«

»Stattdessen aber«, argwöhnte sie mit abgemilderter Brutalität, »hat dieses Geschenk unseren Sohn seiner Seelen beraubt. Willst du das andeuten? Dass die Ahle ihm in irgendeiner Weise seine Jenseits-Seelen genommen hat?«

Kupferkopf sank auf die Bodenmatte und fuhr sich mit der Hand durch das nasse Haar. »Ich weiß es nicht, Muschelweiß. Ich bin noch einmal zurückgegangen – nachdem ich Riedgras bestattet hatte –, um Federweiß zu treffen, aber der alte Mann konnte mir nichts sagen. Er hat es sicher auch nicht verstanden.«

Ihr Gesicht entspannte sich wieder. »Du hast Riedgras trotz der Einwände der Seelentänzer bestattet?«

»Hast du vielleicht gedacht, ich überließe meinen Sohn den Raubtieren? Nein, Muschelweiß. Nicht meinen kleinen Sohn. Der durfte mehr von mir erwarten. Ich habe Riedgras sehr geliebt. Genauso geliebt … wie ich …«

Leise sagte sie: »Ich weiß.«

Teichläufer hörte den zärtlichen Nachhall in ihrer Stimme und sah, wie sie mit ihren gebundenen Händen Kupferkopfs geballte Faust berührte.

»Wo hast du Riedgras bestattet?«

»Im kleinen Teich hinterm Dorf.«

»Kupferkopf, verzeih mir. Ich hätte an diesem Tag bei dir sein müssen, um dir zu helfen.«

Kupferkopf sah lange auf ihre Hände hinab und strich dann sanft über ihre Finger. Darauf kam er mit einer schnellen, ruckartigen Bewegung auf die Beine und holte einen kleinen Korb vom Fuß seines Lagers. Daraus zog er eine

Hirschhornahle hervor – und die Schildpattpuppe! Beides steckte er sich in den Gürtel.

Mit offenem Mund sah Teichläufer zu. Die ganze Zeit war sie also hier gewesen! Ohne ihm etwas zu sagen! Sie hatte nur gesagt, dass sie Kupferkopf kenne, ohne ein Wort darüber, dass sie hier in seiner Hütte wohnte.

Heiliger Bruder Himmel! Die Gedanken schossen ihm durch den Kopf und fügten eins zum anderen. War sie es vielleicht, die Kupferkopfs Alpträume ausgelöst hatte? Vielleicht waren das nur Widerspiegelungen der Regungen der Schildpattpuppe, die hier zusammen mit Kupferkopf gefangen war und mit ihm unter der Last seines Schuldgefühls über den Tod von Riedgras litt?

Die Schildpattpuppe sah Teichläufer nur milde an, als wäre sie, wie üblich, überrascht, dass er so lange dazu brauchte, um die einfachsten Dinge zu erfassen.

Kupferkopf kam zu Muschelweiß zurück. Er winkte einem Wachtposten. »Kleinhorn, schneide Muschelweiß los und bring sie und den Jungen zum Strand. Es ist jetzt an der Zeit festzustellen, ob er wirklich ein Blitzjünger ist.«

Kupferkopf blickte Muschelweiß lange liebevoll an, dann drehte er sich schnell um und schritt hinaus.

Sofort drängten Wachen in die Hütte. Ein Krieger riss Teichläufer hoch, und ein anderer durchschnitt die Fesseln von Muschelweiß.

Kleinhorn war sicher nicht viel älter als Teichläufer. Er benetzte seine Lippen und kniff die Augen ängstlich zusammen, als er Muschelweiß ansah. »Marsch, ihr beiden.«

Eine Hand schob Teichläufer vorwärts; an der Seite von Muschelweiß ging er durch das von Wind und Regen gepeitschte Dorf. Sie schritt kräftig und selbstbewusst aus. Der Regen prasselte schräg auf sie herab, ihm direkt in die Augen. Er wandte den Kopf zur Seite und sah, dass Muschelweiß jetzt so bleich und hohläugig war, als wäre sie Zeuge einer unermesslichen Tragödie.

Die Leute umringten sie, sprangen herbei, um sie zu sehen und Fragen zu stellen.

»Bist du ein Blitzjünger?«

»Bist du gekommen, um uns zu retten?«

Ein ergrauter alter Mann schrie: »Wir flehen dich an! Ruf bitte die Blitzvögel, damit sie uns forttragen!«

Eine Kriegerin fügte hinzu: »Besser, du rufst sie, sonst töten wir dich, weil du ein Scharlatan bist.«

Teichläufers Mut versickerte wie Wasser im Sand, als die Leute vorstürzten und brüllten.

Heilige Geister, bitte, ich bin noch nicht bereit zu sterben.

Er drängte sich näher an Muschelweiß heran.

Er schaute auf und sah Kupferkopf neben der Hütte am nördlichen Ende stehen, und da leuchtete der Blitzvogel in ihm auf. Er bemühte sich, das Zittern seiner Beine zu unterdrücken. Während er auf Kupferkopf zuging, beruhigte sich die Meerfrau, als hielte sie den Atem an, und der Regenschauer verwandelte sich zu einem leichten dunstigen Nieseln. Wieder war da dieses überirdische Verlangen. Teichläufer blickte zu den Wolken empor und gewahrte ein so wunderbares Licht aufblitzender Farben, dass er seinen Augen nicht traute. Karminrote, bernsteinfarbene und blaue Tönungen von einer unwirklichen Lichterfülle; sie gehörten dem Himmel an, rührten von Wolkensprüngen her und von Sturzflügen durch eine unvorstellbare Stille.

»Teichläufer!« flüsterte Muschelweiß drängend.

»Hm? Was? Was hast du gesagt?«

»Ich rede mit dir seit ... Hör zu! Tu, was immer Kupferkopf sagt. Ohne zu zögern. Verstehst du? Gib ihm keinen Anlass, dir wehzutun.«

Teichläufer nickte. »Ja, mein Weib.«

Er schaute zurück zu den funkelnden Lichtern, die durch die Wolken sausten wie Kinder beim Fangenspielen. In seinem Innern wuchs die Sehnsucht ... und wuchs ...

Kupferkopf stand vor der Ratshütte. Muschelweiß schritt auf ihn zu wie die geschmeidige Kriegerin, die er noch in Erinnerung hatte. Schön. Selbstbewusst. Mit blitzenden Augen.

Bei diesem Anblick, bei dem Sturm und bei dem lauten Jubel der erregten Menge geriet er in Verzückung. Keiner seiner Träume hatte ihn auf die Wonne dieser letzten Augenblicke vorbereitet ... und auch nicht auf die Bedrückung, immer noch nicht zu wissen, was Riedgras zugestoßen war. Er hatte wirklich geglaubt, sie könne es ihm erklären.

»Kleinhorn!« rief Kupferkopf und hob die Arme. »Ich habe dir gesagt, wie es ablaufen soll. Dränge das Volk zurück!«

»Ja, Ältester.«

Kleinhorn lief die Reihe entlang und formierte seine Krieger zu einer undurchdringlichen Wand. Nur die Geistältesten ließen sie durch. Korbmacher und die anderen Ältesten nickten Kupferkopf achtungsvoll zu, als sie vorbeigingen, und begaben sich in die Ratshütte. Kupferkopf nickte zurück und atmete tief ein.

Als er sich Muschelweiß zuwandte, war sein Gesicht umwölkt. Bald würden sie wieder zusammen sein. Auf ewig.

Muschelweiß blieb zehn Handbreit entfernt stehen. Teichläufer hielt hinter Muschelweiß inne und starrte mit aufgerissenen Augen über ihre Schulter auf Kupferkopf.

Kupferkopf zog die Hirschhornahle aus dem Gürtel und deutete damit. »Komm hierher, Blitzjünger.« Nichts geschah.

»Sofort!«

Teichläufer zuckte zusammen. Er berührte leicht die Schulter von Muschelweiß, als er auf weichen Knien um sie herumging und vor Kupferkopf trat. Er bemühte sich sehr, dem Mann in die Augen zu sehen, aber er zitterte zu stark.

»Bist du der Weiße Blitzjünger?« fragte Kupferkopf. »Der uns gesandt ward, um uns zu retten?«

Teichläufer kniff die Augen zusammen. »Man – man sagt, ich sei es.«

»Glaubst du es selbst?«

»Ich – ich bezweifle es nicht, ich bin mir nur nie sicher gewesen.«

»Hast du niemals gemerkt, wie sich die Macht in dir bewegt?«

Der Junge zögerte, und Kupferkopf sah die Wahrheit, die sich in seinen Augen spiegelte. Freude glühte in ihm auf wie das Sonnenlicht des Frühlings. »Du hast es gemerkt, das kann ich sehen. Und das mit ungeheurer Kraft, nicht wahr?«

Teichläufer nickte heftig.

»Hast du sie je angewandt?« fragte Kupferkopf. »Um Tiere herbeizurufen oder –«

»Einmal habe ich die Blitzvögel gerufen.«

Ja. O ja! Bald ... »Ich will, dass du das noch einmal machst, Blitzjünger. Konzentriere dich auf das Feuer, das in dir lodert, und –«

Aus dem Nichts und zugleich von überall her erschallte das spöttische Gelächter von Schwarzer Regen. Sie schrie: »Heilige Leuchtleute! Kupferkopf! Hast du keinen überzeugenderen Erlöser gefunden? Du wirst all deine Anhänger enttäuschen. Sieh sie dir an! Sie hatten einen großartigen, glanzvollen Helden erwartet, der mit wuchtigen Schritten in ihr Dorf kommt. Und was bietest du ihnen? Einen jämmerlichen Knaben!«

Ihre Attacke löste eine Welle nervösen Gelächters unter den Gästen aus, während Kupferkopfs Anhänger wütend dazwischenbrüllten. Zwei Männer stießen sich gegenseitig und schrien sich an, zum Faustkampf bereit.

Kupferkopf zog die Brauen zusammen.

Ich hätte sie töten sollen.

Er wollte schon einen Befehl geben, besann sich aber. Das hätte nicht dem Traum entsprochen. Er durfte jetzt nichts riskieren. Nein, das wagte er nicht.

Er ignorierte Schwarzer Regen und wandte sich wieder an Teichläufer. »Nicht einmal deine Mutter glaubt an dich.«

»Das ist nicht un-ungewöhnlich«, stammelte Teichläufer. »Aber noch schlimmer ist, dass sie jetzt herkommt.«

Kupferkopf sah auf. Schwarzer Regen schob sich durch die Menge. Sie hatte ihr Haar zum Zopf geflochten und trug eine glänzende scharlachfarbene Tunika, die nass war und jede Rundung ihres Körpers betonte. Ihr Gesicht war hassverzerrt. Schwarzer Regen kam bis zu dem Ring der Wachen und versuchte, sich hindurchzuzwängen. Die Wachen blickten auf Kupferkopf. Der jedoch schüttelte den Kopf.

Mit schriller Stimme rief sie: »Du hast Angst, mich zu dir

zu lassen. Du weißt, dass Teichläufer kein Blitzjünger ist. Du beschwindelst all deine Anhänger.«

»Es fällt mir schwer zu glauben, dass du etwas von heiligen Männern weißt, Schwarzer Regen«, rief Kupferkopf, »und dass du überhaupt etwas darüber wissen willst.«

»O Kupferkopf«, brüllte Schwebestern. »Sie behauptet, ganz intime Einzelheiten von Seelentänzern zu kennen. Du brauchst sie nur zu fragen.«

Großes Gelächter.

Schwarzer Regen stützte die schmalen Hände auf ihre geschwungenen Hüften. »Wäre er ein Blitzjünger, dann hätte er es bis jetzt sicher mal bewiesen. Hat er aber nicht, das versichere ich dir. Du kannst ihn ruhig laufen lassen. Er ist nur ein ganz gewöhnlicher Junge.«

Teichläufer runzelte verwirrt die Stirn. Plötzlich geriet Kupferkopf in panische Angst. War das ein Trick? Um den Blitzjünger irgendwie zu versehren oder abzulenken, damit er sich nicht mehr darauf konzentrieren konnte, die Blitzvögel zu rufen?

Kupferkopf beugte sich vor und murmelte: »Was stimmt hier nicht?«

»Ich weiß nicht, warum ausgerechnet meine Mutter versuchen sollte, mir zu helfen.«

»Das tut sie nicht. Sie hat sich keine Spur geändert. Sie will mich nur in Verlegenheit bringen; dass das dir vielleicht hilft, ist purer Zufall.«

Teichläufer schien darüber nachzudenken, nickte dann und seufzte.

»Er ist mein Sohn«, schrie Schwarzer Regen. »Ich muss es schließlich wissen.«

»Die Hure ist seine Mutter?« brüllte einer in der Menge. »Große Geister, Kupferkopf! Wenn Schwarzer Regen den geboren hat, dann kann er unmöglich ein Blitzjünger sein. Wir kennen doch alle die Geschichten von ihr. Blitzjünger werden von guten Frauen geboren!«

»Oh, die ist gut!« schrie Schwebestern. »Sehr gut sogar. Das weiß doch hier jeder Mann!«

Schwarzer Regen wirbelte herum und suchte in der Menge nach Schwebestern. Tosendes Gelächter übertönte die Wellenbrecher. Dutzende von Männern schlugen sich auf den Rücken und wieherten vor Lachen.

Teichläufer ließ vor Scham den Kopf sinken.

Mit erhobener Hand gebot Kupferkopf Ruhe. Seine Unbehaglichkeit wuchs. Als der Lärm bis auf ein leises Kichern und Fluchen verstummt war, sagte er: »Schwarzer Regen, du lässt mir keine Wahl. Viele hier glauben, dass er ein Blitzjünger ist. Nun wird dein Sohn es uns beweisen müssen.«

Teichläufers Knie zitterten so stark, dass Kupferkopf sich beherrschen musste, um ihn nicht zu stützen.

Mit zittriger Stimme sagte der Junge flüsternd: »Aber ... Ich glaube nicht, dass ich das kann.«

»Wie?« fragte Kupferkopf. »Sprich lauter, ich will, dass jeder dich hört.«

Teichläufer zwang sich zu schreien: »Ich glaube nicht, dass ich das kann, es beweisen, meine ich.«

»Natürlich kannst du das! Ich habe gesehen, dass du es kannst. In meinem Traum.«

»Aber w-wie denn?«

Mit klarer, hallender Stimme befahl ihm Kupferkopf: »Schieße die Leuchtenden Adler ab!«

Einige in der Menge, Außenseiter, Fremde, schrien entsetzt auf. Er sah, wie manche zurückwichen, bereit fortzulaufen. Teichläufer war schreckensbleich. Verzweifelt zerknüllte er den Stoff seines Gewandes. »Bitte«, murmelte er, »bitte verlang das nicht von mir. Ich-ich wüsste ja nicht mal, wie, Kupferkopf.«

»Er wüsste ja nicht mal, wie, Kupferkopf«, spottete Schwarzer Regen. »Wen überrascht das? Mein Sohn hat noch nie gewusst, wie man überhaupt etwas macht. Mach dieser Posse ein Ende und lass mich meinen Sohn heimbringen.«

»Wenn er die Leuchtenden Adler nicht abschießen kann, dann ist er nicht der Blitzjünger, den mir meine Träume verheißen haben, und dann lasse ich ihn gehen. Aber das muss er erst beweisen. Teichläufer –«

»Wenn du wirklich willst, dass er es beweist, Kupferkopf«, rief Muschelweiß und trat energisch vor, wie ein Löwe auf der Jagd, »dann gib ihm ein Atlatl und Speere! Gib dem Jungen Waffen, damit er schießen kann!«

Kupferkopf runzelte die Stirn.

Mit dir in der Nähe, Muschelweiß? Nur fünf Schritte musst du tun, um sie dem Jungen zu entreißen. Würdest du schießen? Könntest du mich töten?

»Kleinhorn!« sagte Kupferkopf. »Komm her. Gib dem Jungen dein Atlatl und drei Speere. Einen für jeden der übrig gebliebenen Adler.«

Teichläufer riss den Kopf herum. »Woher weißt du das?« zischte er. »Dass einer der Adler schon tot ist?«

Das Gefühl der Erfüllung schwoll in Kupferkopfs Brust. »Träume, Blitzjünger, Träume ... Jeden Tag meines Lebens ringe ich mit der Macht –«

Mutig trat der Junge auf ihn zu und starrte ihn mit großen brennenden Augen an. »Und ... du kämpfst mit der Verzweiflung und den Wellen der Einsamkeit, die über dir zusammenschlagen. Aber niemand darf sehen, wie du um dich schlägst oder um Hilfe rufst. Du bist vom Gedanken an den Schmerz besessen. Viele Sommer lang hast du die Reue in deinem Herzen gewaltsam unterdrückt wie ein verzogenes Kind. Und ...« Er zitterte jetzt sehr stark. »Und du würdest sterben, um diese Seelenqual aufrechterhalten zu können, nicht wahr?«

Kupferkopf erstarrte. Sein Herz schlug dumpf gegen seine Rippen. Die Verzweiflung, von der der Junge gesprochen hatte, kroch in ihm hoch, lähmte seine Muskeln, schwächte seine Knochen. »Haben dir die Blitzvögel das gesagt?«

Teichläufers Gesicht leuchtete. »Nein, ich weiß es einfach.«

Kleinhorn kam mit den Waffen herbei, aber Kupferkopf hielt ihn mit einer Handbewegung zurück. »Du hast gefragt, ob ich sterben würde, um diese Qual aufrechtzuerhalten. Ja, Teichläufer, das würde ich. Aber was hat das mit dir zu tun? Warum fragst du danach?«

»Weil ich glaube, du solltest dir wünschen zu leben – nicht zu sterben.«

»Ich habe nichts, wofür es sich zu leben lohnte, Teichläufer. Nicht hier. Nicht mehr.«

»Doch!« sagte der Junge mit Nachdruck. Er schüttelte beide Fäuste gegen Kupferkopf. »Du bist ein großer Träumer! Du könntest ein großer Anführer sein. Das hat mir meine Frau erklärt. Mach Frieden mit den anderen Dörfern, und dann –«

»Das kann ich nicht, das kann ich nicht tun, Teichläufer. Vielleicht hätte ich es noch vor zehn Sommern gekonnt, aber jetzt nicht mehr.« All seine Träume für diese Welt waren seit langem verweht. Er winkte Kleinhorn heran. »Gib ihm deine Waffen!«

Kleinhorn drückte sein Atlatl und seine Speere in Teichläufers Hände, der sie widerstrebend annahm, und kehrte dann wieder an seinen Platz im Kreis der Krieger zurück.

Teichläufer ging ungeschickt mit den Speeren um, ließ einen fallen, steckte sich einen anderen unter die linke Achselhöhle und versuchte, den dritten einzulegen. Seine Hände zitterten so sehr, dass der Speer nicht am Muschelhaken hängen blieb. Endlich gelang es ihm, den Speer richtig einzulegen. Er biss sich auf die Lippen.

»Bist du bereit, Blitzjünger?«

Teichläufer schüttelte den Kopf. »Nein. Nein, ich – ich kann das nicht, Kupferkopf. Ich kann die Adler nicht abschießen. Mein ganzes Leben lang habe ich –«

»Kleinhorn!« rief Kupferkopf. »Stell deine Krieger auf, sie sollen auf Muschelweiß anlegen. Wenn der Junge auf mein Kommando nicht den Speer schleudert, lässt du sie töten!«

Teichläufer wirbelte entsetzt herum; drei- oder viermal zehn Männer hatten ihre Atlatl auf Muschelweiß gerichtet. Der Nieselregen hatte ihr langes Haar durchnässt, das nun glatt an ihrem schönen Gesicht herunterhing. »O nein, bitte nicht! Ihr dürft sie nicht verletzen! Sie hat ja nichts getan!«

Kupferkopf deutete auf den trüben, schwarzen Himmel. »Heb dein Atlatl, Blitzjünger! Mach dich bereit!«

Teichläufer schloss kurz die Augen, und Kupferkopf sah die Tränen, die ihm aus den Augenwinkeln quollen.

Leise sagte Teichläufer: »Ich bin bereit.«

»Schieß die Adler herunter!«

Mit aller Kraft schnellte er den Speer im Bogen aufs Meer hinaus, wo er im glitzernden Regen verschwand. Es war ein jämmerlicher Wurf; die Leute zischten und lachten – als plötzlich ein Furcht erregender grellweißer Blitz den Himmel durchschnitt. Einen Herzschlag später krachte ein alles übertönender Donner über den Strand. Angsterfüllte Schreie kamen aus der Menge. Alle Köpfe schnellten nach oben. Durch den grauen Sprühregen sah man die Blitzvögel tanzen und springen und mit wilder Lust auf- und niederschießen.

Kupferkopf brüllte: »Schleudere noch einen Speer, Teichläufer! Los! Mach schnell!«

Weinend zog der Junge einen Speer unter seinem Arm hervor, legte ihn ein und schoss ihn ab.

Ein Blitzvogel kam donnernd in einem zerstörerischen blauweißen Feuer herab und schlug nördlich von ihnen ein. Das betäubende Krachen des Donners, der folgte, verschlang die Schreie. Die Menge floh, in ihrer Panik rannten die Menschen sich gegenseitig um. Kupferkopf lief ihnen ein paar Schritte nach und brüllte: »Nein, kommt zurück! Unsere Zeit ist gekommen! Eine leuchtende neue Welt erwartet die Tapferen, die ausharren. Bleibt bei mir!«

Die Geistältesten und sechs- oder siebenmal zehn junge Leute umstanden die Ratshütte erwartungsvoll, mit gläubigen großen Augen.

»Und noch einmal, Teichläufer!« rief Kupferkopf. »Wirf noch einen Speer! Du bist der Blitzjünger! Ich habe es gewusst. Los, weiter, töte den letzten der Leuchtenden Adler. Rette mich! Bitte rette mich, Weißer Blitzjünger!«

Teichläufer bückte sich nach dem letzten Speer – da kamen angsterfüllte Schreie von den Gläubigen. Kupferkopf schnellte herum: Eine schwarze Schlange wand sich aus den Wolken herab, eine Schwärze, die sich unter den Stößen peinigender Winde krümmte. Wie eine jagende Schlange stieß sie mit dem spitzen Kopf aufs Wasser weitab vom Strand und hüpfte dann über die schaumige Dünung.

Kupferkopf hob die Hände in die herankommende Wasserhose und schrie, während der Sturmwind anschwoll und an seinem Haar und seinem Gewand riss: »Das Ende ist da! Schleudere den letzten Speer, Blitzjünger! Jetzt!«

Erschreckt stieß Tauchvogel die Luft aus, als Muschelschalen und Korallenknollen vom Himmel fielen und taumelnd über den Sand rollten. Die Wasserhose! Sie muss sie aufgesaugt und jetzt wieder ausgespien haben. Die Gläubigen kreischten und hielten sich die Hände über den Kopf. Währenddessen zog Tauchvogel den Dolch unter der Matte hervor, stand auf und mischte sich schwer atmend unter die Menge. Eulenfalter und zwei andere junge Krieger standen Schutz suchend unter einer Kiefer, nur zweimal zehn Schritte entfernt.

Ein unheimliches Heulen, wie die Ankündigung des Weltuntergangs, sandte Schauer durch die Seelen von Tauchvogel. Als der unglaubliche Regenguss nachließ, floh die Menge wie ein Haufen gejagter Kaninchen. Ein rennender Mann stieß den geschwächten Tauchvogel zur Seite, der daraufhin torkelte und sich mit Mühe wieder fing. Er zwang sich, mit zitternden Beinen auf seinen Sohn zuzugehen. Der rasende Wind riss ihn beinahe um, kurz bevor er die Baumgruppe erreichte.

»Vater!« Eulenfalter umarmte ihn mit aller Kraft. Ein Mädchen und ein Junge waren bei ihm. Der Junge kniete auf dem Boden und betastete die Muschelschalen, die vom Himmel gefallen waren.

»O mein Sohn«, sagte Tauchvogel und packte Eulenfalter an den Schultern. »Wir haben keine Zeit. Deine Mutter ist in großer Gefahr.«

»Vater, das ist Rotalge, Teichläufers Schwester, und das hier ist Häsling. Sag uns, was zu tun ist.«

Tauchvogel drehte sich um. Der Regen hatte fast ganz aufgehört. Hie und da stach die Sonne schon durch die Wolken. Er sah Teichläufer schwanken, einen Arm hoch erhoben und mit zusammengekniffenen Augen auf die Wasserhose blicken.

Kleinhorn schrie: »Lauft! Alle, weg vom Strand! Beeilt euch! Geistälteste, rennt! Rennt!« Er wedelte heftig mit den Armen, brüllte anderen Wachtposten Befehle zu und wies den Fliehenden den Weg. Der furchtbare Wind übertönte das Geschrei der Krieger; Männer, Frauen und Kinder rannten um ihr Leben.

Nur eine Hand voll seiner Anhänger harrte mit den Geistältesten in der Ratshütte aus. Der Bau bebte im Wind, der Palmwedel vom Dach fegte und sie über das Dorf torkeln ließ.

Als Teichläufer den letzten Speer gegen seine Brust drückte, wandte sich Kupferkopf um, und der Wind riss ihm die Schildpattpuppe aus dem Gürtel. Sie flog, sich ruckhaft überschlagend, als ob sie tanzte, durch die Luft auf Teichläufer zu. Sie schlug auf den Sand auf und drohte wieder wegzufliegen; mit einem Hechtsprung packte sie Teichläufer fest mit beiden Händen.

»Teichläufer!« brüllte Kupferkopf. »Schleudere den letzten Speer. Mach ein Ende!«

Der Junge hielt den letzten Speer umklammert und schüttelte den Kopf. »Nein. Nein, das werde ich nicht tun!« Er beobachtete die Wasserhose, die östlich vom Strand über die Brandung abdrehte.

Muschelweiß sprang auf und riss Teichläufer den Speer aus der Hand, aber Kupferkopf reagierte sofort. Er warf sich auf sie, packte sie an den Hüften und warf sie zu Boden. Knurrend wie ein wütender Puma wehrte sie sich; tretend und schreiend wälzten sie sich über den Sand.

»Jetzt!« brüllte Tauchvogel und rannte, und seine jungen Krieger waren hinter ihm.

Kupferkopf drückte Muschelweiß die Hirschhornahle gegen den Hals, worauf sie reglos liegen blieb.

»Nein!« schrie Teichläufer. Er steckte sich die Schildpattpuppe in seine Robe und stürzte mit dem Speer in der Hand auf Kupferkopf zu.

»Zurück!« kommandierte Kupferkopf. »Sonst bring ich sie um. Wirf den Speer, Junge. Los, jetzt! Tauchvogel, komm nicht näher!«

Tauchvogel hielt mit weichen Knien inne, zu weit entfernt, um ihr helfen zu können.

»Teichläufer«, sagte Muschelweiß. »Tu, was er will! Schleudere den Speer!«

Teichläufer ging ungeschickt mit Atlatl und Speer um, und dabei lehnte Kupferkopf wie ein Liebhaber seine Stirn gegen die von Muschelweiß und genoss hingegeben die seidige Glätte ihrer Haut.

»Ich habe es dir gesagt«, rief Kupferkopf, den Wind übertönend, »ich kann dich nicht verlassen. Nicht noch einmal. Wenn ich in die leuchtende neue Welt gehe, dann nehme ich deine Seelen mit. In mir, Muschelweiß.«

Muschelweiß riss die dunklen Augen weit auf, als sie verstand, was er meinte. Ungestüm versuchte sie, sich aus seinen Armen herauszuwinden. Teichläufer nahm die Gelegenheit wahr, schnellte herum und warf sich auf Kupferkopf.

»Teichläufer! Nein!« schrie Rotalge.

Kupferkopf schlug Teichläufer geschickt den Speer aus der Hand und wollte nun Muschelweiß die Ahle ins Herz stoßen. Sie fing seinen Arm ab, und mit verzerrtem Gesicht rang sie mit ihm.

Tauchvogel stürmte heran.

Teichläufer schrie: »Halt! Halt!« Geduckt griff er mit bloßen Händen nach Kupferkopf. Mit der Schulter stieß er Kupferkopf von Muschelweiß hinunter, lag nun auf ihm und wollte nach der Ahle greifen.

Kupferkopf sah Muschelweiß hochkommen und senkte schnell die Ahle zwischen zwei Rippen in Teichläufers Brust, durch das Gewebe des Stoffes hindurch. Er stieß den Jungen zur Seite, um sich auf Muschelweiß zu stürzen.

Sie hatte sich wieder gefasst und traf ihn mitten im Lauf mit beiden Fäusten. Er taumelte zurück, und sie schlug ihn abermals.

»Zurück mit dir, Muschelweiß!« brüllte Tauchvogel,

packte Kupferkopf am Hals und stieß ihm den Dolch, der in die Ratshütte gefallen war, in den Unterleib. Kupferkopf krümmte sich unter der Wucht des Stoßes und schrie heiser: »Nein! Nein! Wo sind die Blitzvögel? Wo sind sie?«

Tauchvogel zog den Dolch heraus und senkte ihn dem Mann in die Brust. Dann ließ er ihn zu Boden fallen. Der Träumer rollte sich auf der Seite zusammen, die Augen ungläubig aufgerissen, voller Schmerz. Unverwandt blickte er auf den verwundeten Blitzjünger, der ein paar Körperlängen weiter weg lag.

Tauchvogel packte Muschelweiß am Arm und schrie: »Komm, wir müssen hier weg! Sofort!«

»Nein«, rief sie. Das Haar flatterte um ihr Gesicht, als sie sich umdrehte. »Teichläufer! Ich muss zu Teichläufer!«

Eulenfalter, Rotalge und Häsling knieten neben Teichläufer. Rotalge weinte. »Teichläufer? Teichläufer, sag etwas!«

Muschelweiß drängte sich zwischen sie, ließ sich neben ihn fallen und untersuchte seine blutdurchtränkte Robe. Der Kopf der Schildpattpuppe ragte ihm aus dem Kragen, von einem weißen Ring nassen Haares umfangen, als wollte sie verwundert zusehen. Muschelweiß sagte: »Teichläufer, ich bin hier. Ich werde dich tragen. Halte dich an mir fest, wenn du kannst.«

»Nein«, murmelte er mit schwerer Zunge. Der offene Mund zitterte. »Nein, Muschelweiß. Das Blitzvogeljunge kommt!«

»Soll es. Ich werde dich jetzt hochheben, Teichläufer. Wir müssen von hier fort!« Muschelweiß schob einen Arm unter seine Knie und den anderen unter seine Schultern.

Teichläufer zuckte in ihren Armen wie ein Kaninchen, das erschlagen wird. Er stieß einen grellen, unzusammenhängenden Schrei aus, als Blitze direkt über ihren Köpfen niederfuhren, die Donnerschläge so laut, dass man taub davon wurde.

Muschelweiß schrie auf und fiel rückwärts zu Boden.

In der unheimlichen Stille, die folgte, vernahm Tauchvogel eine Stimme, wie ein Gewisper aus dem Grab. Zuerst dachte er, sie komme von Teichläufer, doch der Blitzjünger bewegte den Mund nicht.

Eine schöne Stimme sagte: »Tanze mit uns, Blitzjünger, komm und tanze. Du brauchst nur die Hand auszustrecken. Auf, augenloser Junge, das ist nicht so schwer …«

Teichläufer hob eine bebende Hand. »Ich kann nicht … ich kann dich nicht fassen.«

»Teichläufer«, sagte Muschelweiß. »Was geht hier vor?« In großer Erregung ergriff sie die Ahle, riss sie aus seiner Brust und schleuderte sie fort. »Teichläufer, ich werde jetzt –«

»Nein«, flüsterte er. »Nein, mein Weib, bitte. Ich muss … gehen …«

Er hob die Hand noch höher, die weiße Hand ragte hoch wie eine eisverkrustete Landmarke, und ein Blitz schlug am Strand ein und ließ Muschelschalen und Sand auf sie herabregnen.

Tauchvogel sprang auf Muschelweiß zu, riss sie zu Boden und schützte sie mit seinem Leib. Aus dem Augenwinkel sah er, wie sich Eulenfalter, Rotalge und Häsling getrennt hinwarfen.

»Heilige Geister«, flüsterte Tauchvogel. Der Krach hallte ihm in den Ohren nach, vor seinen Augen tanzten schwarze Flecken. Er wälzte sich auf die Seite und schaute bangend auf das Meer hinaus, wo die Wasserhose getobt hatte, und dann wieder zum Dorf, wohin die Krieger geflohen waren. Der Wind ging in ein leises Wimmern über. »Steh auf, Muschelweiß!« sagte er.

Muschelweiß schien ihn nicht zu hören. Stocksteif blieb sie liegen, die Augen voller Entsetzen.

Tauchvogel fuhr herum, um ihrem Blick zu folgen.

Ein geisterhaft leuchtendes Gespinst schwoll um Teichläufer an, beängstigend lautlos. Schimmernd. Ein phosphoreszierendes Feuer. Tauchvogel hatte es einmal bei einem Gewittersturm mit wilden Blitzen gesehen; jede Muschelschale am Strand hatte in diesem gleichen blauen Feuer gebrannt. Es ergoss sich über Teichläufers Arme und Beine, folgte seinen Adern und badete ihn in azurnem Licht.

»Teichläufer!« schrie Rotalge auf. Sie griff nach ihrem Bruder, aber in dem Augenblick, in dem ihre Hand durch das Gespinst stieß …

Ein unbeschreiblich herrliches, strahlendes Licht umstrahlte sie alle.

Land und Himmel gingen ineinander über. Wie die Mäuse drängten sich die Menschen zusammen, knöcheltief im Regenwasser stehend. Eine halbe Zeithand zuvor hatte sich der Himmel geöffnet. Mütter hielten ihre Kinder an sich gedrückt und schützten ihre Köpfe mit Decken, Matten oder alten Gewändern. Der rasende Sturm riss ganze Schauer von Eichenblättern von den Zweigen und schlug sie mit dem Wolkenbruch nieder. Selbst weinende Kinder verstummten erschreckt.

Mondschnecke schaute finster unter ihrer Haube hervor. Hundszahn saß verdrießlich vor ihr und Schote neben ihm, mit Stacheljunge in seinem Schoß, beide unter einer Decke. Schwemmstock hockte neben Hundszahn auf seinen Fersen, das spärliche weiße Haar lag nass über der fleckigen Kopfhaut.

Plötzlich stieß Hundszahn einen schrillen Schrei aus. »Seht mal dort!« schrie er, als ein gewaltiger Blitzvogel direkt über ihre Köpfe knatterte und eine schwach blaue Flammenbahn hinterließ. Hundszahn kam taumelnd auf die Beine. »Er ist schön! Er ist so wunderschön! Mondschnecke, hast du jemals gedacht, dass er so prachtvoll sein würde?«

Sie schrie ihn an. »Hundszahn! Setz dich hin, bevor dir ein Ast auf den Kopf fällt!«

Der hagere alte Seelentänzer hielt sich die Hände trichterförmig vor den Mund, um gegen den Gewittersturm anzubrüllen. »Aber ich bin so glücklich!«

»Weswegen?« wollte sie wissen. »Das ist der schlimmste Sturm, den wir seit –«

»Aber die Seelen von Riedgras sind endlich wieder vereinigt! Jetzt ist er auf dem Weg zum Dorf der Verwundeten Seelen. Teichläufer nimmt ihn mit.«

Mondschnecke wechselte einen Blick mit Schwemmstock und blickte dann auf Schote.

Schote drückte Stacheljunge fester an sich und zuckte die Achsel. »Wer weiß?« sagte er.

Schwemmstock stützte sich mit einer Hand am Eichenstamm ab und stand auf. »Ich nehme das jetzt in die Hand!« verkündete er.

Er schlurfte durch das Wasser, hinaus in einen der schlimmsten Schauer, packte Hundszahn am Arm und zerrte den Seelentänzer in den Schutz des Baums. Er brüllte Hundszahn in das regennasse Gesicht: »Du alter verrückter Idiot! Das war ein Blitzvogel, nicht ein Blitzjünger!«

Hundszahn schüttelte die Hand ab und sah ihn missmutig an. »Du hast doch wirklich den Verstand verloren, Schwemmstock«, sagte er grollend.

45

Wie ein leuchtend blauer Schleier senkte sich das Zwielicht über den Wald. Die Wolken hatten sich geteilt, und an jedem Hickoryblatt, an jeder Kiefernnadel und jedem Palmwedel hingen Regentropfen wie durchsichtige Perlen. Durch das Filigran des Blätterbaldachins funkelten schon die ersten Leuchtleute herab.

Die Nachtluft roch herb nach Erde und Kiefern, und Eulenfalter atmete sie in vollen Zügen ein. Er streckte die Hände zu dem kleinen Feuer aus und schaute sich auf der Lichtung um. Als der Sturm nachließ, fiel auch die Temperatur, und die Winde brachten eine beißende Kälte mit. Teichläufer lag auf der anderen Seite des Feuers unter einem Berg von Decken. Der bernsteinfarbene Schein der tanzenden Flammen huschte ihm über das bleiche, abgezehrte Gesicht. Rotalge und Häsling saßen zu beiden Seiten. Auf Rotalges Gesicht zeichnete sich tiefe Sorge ab, die ihre Augenwinkel nach unten zog.

Finster blickend saß Häsling auf dem Boden. Seine

schlammbefleckte Tunika klebte ihm am Körper wie eine zweite Haut und betonte die Muskeln seiner Arme und Schultern. Er biss die Zähne zusammen, um seine Unruhe zu unterdrücken. Atlatl und Speere lagen griffbereit – für alle Fälle.

Er war ein Krieger geworden. Und noch mehr.

Als sie zur abendlichen Rast anhielten, war Häsling wortlos verschwunden, hatte einen Pelikan erlegt und zum Lager zurückgebracht. Alle andern kümmerten sich um den verwundeten Teichläufer, während Häsling den großen Vogel rupfte und ihn, aufgespießt auf einem Stecken, über dem Feuer braten ließ. Er hatte erfasst, was der Gruppe Not tat. Eines Tages würde er sicher ein hervorragender Clan-Führer sein.

Tauchvogel und Muschelweiß knieten nicht weit vom Feuer. Sein Vater hatte einen Arm um seine Mutter gelegt und sprach leise auf sie ein. Sie hielt den Kopf gesenkt, ihr silbern-schwarzes Haar fiel in Wellen an ihr herab. Eulenfalter sah, wie seine Mutter den Kopf schüttelte, und hörte sie sagen: »Das ist etwas, was ich tun muss, Tauchvogel.«

Sein Vater schloss die Augen, als litte er, nickte aber.

Rotalge griff nach Teichläufers Handgelenk.

Besorgt fragte Häsling: »Schlägt sein Herz noch?«

Rotalge nickte. »Ja, aber schwach.«

Eulenfalter rieb sich die Hände über dem Feuer. »Er kann von Glück sagen, dass die Ahle so kurz war. Etwas länger – und sie hätte sein Herz durchbohrt.«

»Das verstehe ich nicht«, sagte Häsling stirnrunzelnd. »Wenn die Ahle sein Herz und seine Lungen nicht getroffen hat, warum ist er dann so krank?«

Eulenfalter erwiderte sanft: »Weil der Körper nach einer Verletzung manchmal so benommen und betäubt ist, dass er eine Weile nicht mehr aus diesem Zustand herausfindet, Häsling.«

Und manchmal findet er nie mehr heraus.

Seine Eltern erhoben sich und kamen zum Feuer. Tauchvogel hatte seinen breiten Mund so fest geschlossen, dass die Lippen nur noch eine dünne Linie bildeten. Sein rundes

Gesicht war leicht mit Schweiß überzogen. Muschelweiß strahlte hingegen ein Selbstvertrauen und eine Gelassenheit aus, wie Eulenfalter sie seit über einem Mond nicht mehr bei ihr gesehen hatte.

Hinter Rotalge blieben sie stehen und schauten auf Teichläufer hinab. Eulenfalter sagte: »Es geht ihm ganz gut. Bis jetzt.«

Seine Mutter nickte und kniete sich nieder. Zärtlich wischte sie das weiße Haar von Teichläufers bleicher Stirn. »Teichläufer?« sagte sie sanft. »Ich möchte, dass du mir zuhörst. Ich muss heute Nacht weggehen, aber morgen bin ich zurück. Bleib am Leben für mich.« Sie beugte sich über ihn und küsste ihn auf die Wange. »Bleib am Leben für mich, mein Ehemann.« Die unterdrückte Gefühlsaufwallung machte ihre Stimme heiser. »Ich bin stolz auf dich. Du warst sehr tapfer heute.«

Eulenfalter blickte zu seinem Vater. »Was meint sie? Wohin will sie gehen?«

Tauchvogel verzog den Mund. »Zum Dorf des Stehenden Horns.«

»Was?« stieß Eulenfalter hervor. »Hat sie den Verstand verloren? Da sind zehnmal zehn Krieger, die töten sie sofort!«

Kaum hörbar mischte sich Teichläufer ein. »Lass sie gehen!«

Seine Augen waren immer noch geschlossen, aber die Lider bewegten sich. Seine Lippen öffneten sich etwas, und er holte tief Atem.

»Teichläufer?« flüsterte Rotalge und umklammerte seine Hand. »Wie geht es dir?«

Ein schwaches Lächeln erhellte sein Gesicht. »Ich flog, Rotalge, ich schoss hoch in die Luft, und ich blitzte!«

Sie blickte sich um, um zu sehen, ob jemand ihn verstand. Aber sie sah nur verblüfft starrende Augen und fragte ihn leise: »Wohin bist du geflogen, Teichläufer?«

»Zum … Dorf der Verwundeten Seelen.«

»Zum Dorf der Verwundeten Seelen? Du meinst, du bist gestorben?«

Teichläufer fuhr sich mit der Zunge über die Lippen. »Nein. Da ... da kam ich wieder zum Leben zurück. Ich habe meine Seelen wieder. Sie haben auf mich gewartet, haben auf einem Baumstamm neben dem Pfad gesessen.«

Eulenfalter kratzte sich am Nacken und hob eine Augenbraue.

Auf Rotalges Gesicht breitete sich ein Lächeln aus. »Teichläufer hatte seine Seelen verloren, sie waren ihm im Heiligen Teich herausgewaschen worden.«

Muschelweiß legte ihm die Handfläche auf die Wange. Liebevoll sagte sie: »Mein Herz ist so froh, dich zu sehen, Teichläufer.«

Er lächelte sie an. »Und meines ist froh, dich zu sehen.«

»Du hast uns heute allen das Leben gerettet.«

»Ich liebe dich, mein Weib.«

Muschelweiß beugte sich über ihn und küsste ihn auf den Mund. »Ich liebe dich auch.«

Teichläufer hob die Lider. Innige Liebe leuchtete aus den Tiefen seiner rosafarbenen Augen. Mit zittrigen Fingern griff er nach ihr, und Muschelweiß packte seine Hand mit festem Griff.

»Das ... Volk im Dorf des Stehenden Horns ...«, flüsterte Teichläufer, »wird ihn nicht anfassen ...« Er rang nach Worten, das Sprechen schien ihn anzustrengen.

Muschelweiß sagte: »Weil die Leute jetzt nicht mehr glauben, dass er ein echter Träumer war. Ja, Teichläufer, ich weiß. Und deswegen muss ich gehen.«

Teichläufer nickte schwach. »Ich bin sehr froh. Die letzten zweimal zehn und sechs Sommer war er einsam. Du hast Recht, wenn du ihn davon erlösen willst, mein Weib.«

Teichläufers Griff lockerte sich. Sein Kopf rollte auf die Seite. Er schlief ein. Muschelweiß steckte seine Hand behutsam unter die Decke und stand auf.

»Morgen Abend bin ich zurück«, sagte sie zu Tauchvogel.

Tauchvogel sah Eulenfalter an. »Wir sind dann zurück.«

»Du kommst nicht mit!« erklärte Muschelweiß.

»Du gehst nicht allein!«

»Sei nicht so töricht. Du bist noch schwach, und die Kinder brauchen dich hier. Ich komme schon zurecht.«

Tauchvogel legte den Arm um ihre Schultern. »Das sind keine Kinder mehr, Muschelweiß. Das sind jetzt Krieger. Die brauchen keinen von uns. Die brauchen niemanden mehr.«

Tauchvogel stand am Ufer eines kleinen Teichs hinter dem Dorf des Stehenden Horns. Die Bäume ringsum sahen recht kümmerlich aus, von Blättern entblößt, mit gebrochenen Ästen und freiliegendem weißen Holz mit vielen Narben. Fetzen hängenden Mooses schwankten in der launenhaften Brise. Laub, Zweige und Bruchholz bedeckten den Boden, und Fächerpalmwedel hingen in den Lianen, wo sie sich verfangen hatten.

Der Himmel schien matt, verstreute Wolken wirkten in der Morgensonne wie zerfranst. Aber aus den Bäumen erscholl melodisches Gezwitscher, als hätte der Sturm die Vögel als Einzige in der ganzen Schöpfung unberührt gelassen.

»Kann ich helfen?« fragte er Muschelweiß und betrachtete prüfend ihr Gesicht, um in ihren Seelen zu lesen. Er kämpfte mit sich selbst, unterdrückte seinen Hass auf Kupferkopf und die Erinnerung an das Leid, das dieser ihm zugefügt hatte, und dämpfte in sich das Verlangen nach einer Erklärung der Haltung von Muschelweiß nach dem Tod dieses schrecklichen Mannes. Sie sah traurig aus.

»Nein«, antwortete sie.

Muschelweiß packte die Decke, in die sie Kupferkopf eingerollt hatte, und zog seine schlanke Gestalt ins Wasser. Bevor sie hinauswatete, klemmte sie sich die zugespitzten Stecken unter den Arm. Von der stillen, grünen Oberfläche stieg leichter Dunst kreiselnd in die Höhe. Mit ihrer wohlklingenden Stimme sang sie die Totenklage.

Tauchvogel kreuzte die Arme und kniff die Augen zusammen.

Muschelweiß berührte Kupferkopf sehr zart. Wie war das möglich? Erinnerungen an brennende Glut und Dornen wogten durch seine Seelen. Hohläugig sahen ihn die Toten an: Purpurwinde, so jung und so schön, Blaues Echo, voller Leben und Ehrgeiz, im Gras verblutend, und so viele andere, die der Besessenheit dieses Mannes zum Opfer gefallen waren.

Tauchvogel wandte sich ab und schluckte die aufsteigende Wut hinunter. Er musste noch ein Mittel finden, um die ätzenden Tränen in seiner Seele zurückzuhalten, um sie zusammenfließen zu lassen und irgendwohin abzuleiten, wo sie ein Leben lang verbannt blieben.

Über der Küste hing an diesem Morgen dicker Nebel, der sich wie in Büscheln in den Baumkronen fing und über Hirschpfaden waberte.

Es ist vorbei. Die Macht hat Vergeltung geübt, auf ihre Weise. Also, finde dich damit ab, Tauchvogel, was war, das war. Was zählt, ist nur noch das Jetzt und das Morgen.

Er erschauerte, und die Wut verging und wurde von Hoffnung abgelöst. Er füllte seine Lungen mit der frischen Luft, die die Gerüche der nassen Erde und der Pflanzen mit sich brachte.

Vergeltung – in der Tat. Als sie ins Dorf des Stehenden Horns gekommen waren und die Verwüstungen gesehen hatten, war er fassungslos gewesen. Die Leute schlichen mit hängendem Kopf wie geschlagene Hunde umher und suchten nach ihrer Habe, um sie zusammenzupacken, oder sie bemühten sich, neue Travois zu bauen. Hütten gab es nicht mehr.

Die Wahrheit war ihnen stückweise zu Ohren gekommen; Leute mit glanzlosen Augen hatten darüber berichtet. Die Wasserhose, die in jener Nacht über die Küste nach Norden abzudrehen schien, hatte gewendet und ihr Dorf völlig zerstört.

Einige Dorfbewohner hatten flüsternd die Vermutung geäußert, Kupferkopfs Geist habe sich an ihnen gerächt, weil sie nicht an ihn geglaubt hätten. Andere vermuteten, dass der Ort durch Hexenwerk verderbt und verflucht sei. Die Leute wollten nur noch fort von hier, so schnell wie möglich. Die Eile war so groß und ihre Angst so überwältigend, dass sie die Leichen ihrer Lieben einfach liegen ließen, wohin sie der Wirbelsturm geschleudert hatte.

Muschelweiß hatte Kupferkopfs Leiche am Strand gefunden, mehrere Handbreit von der Stelle entfernt, wo er gestorben war. Er lag auf dem Rücken, die großen Augen auf den weißen Nebel gerichtet; sein Gesicht trug nun den Ausdruck heiterer Gelassenheit.

Tauchvogel wandte sich wieder zum Teich, als die Stimme von Muschelweiß stärker wurde; ihr Totengesang vermischte sich mit dem Lied der Vögel:

Schau jetzt nach Norden,
auf den Weg, den die lebendigen Wasser nehmen
zu den Wölfen im Dorf der Verwundeten Seelen.
Hörst du sie rufen?
Sie rufen nach dir,
rufen nach dir … rufen nach dir …
rufen nach dir.

Tauchvogel erschrak über den Schmerz in ihrer Stimme.

Muschelweiß hatte Kupferkopf in die Mitte des Teichs gezogen, und Wellenkreise markierten ihren Weg durch das stille Wasser. Langes ergrauendes Haar schwamm ihm um das schöne Gesicht, als sein Kopf unter Wasser sank. Muschelweiß drehte ihn auf die linke Seite, sein Gesicht nach Norden gerichtet, bog ihm die Knie zur Brust und stach den ersten Bestattungsstab durch die Decke, um ihn am Grund des Teichs festzumachen. Gewandt bewegte sie sich um Kupferkopf herum und steckte mit den anderen Stäben einen Ovalrahmen ab, damit er den Tunnel, der zum jenseitigen Leben führte, nicht aus den Augen verlieren würde.

»Mögest du Frieden finden«, murmelte Muschelweiß. »Riedgras wird dich dort treffen, wo der Pfad zu den Eisbergen führt. Und ich …« Sie senkte den Kopf, als könnte sie die Qual nicht mehr ertragen. Sie legte ihm eine Hand auf die Schulter und beendete den Satz mit ruhiger Stimme: »Ich habe dich sehr geliebt, Kupferkopf.«

Silberne Kreise erschienen auf der Wasseroberfläche, als

sie herauswatete. Sie stand vor Tauchvogel und schien starr durch ihn hindurchzusehen, und ihr Gesicht glich einer Maske. Das Wasser rann ihr die langen Beine hinunter. Er sah die fallenden Schultern und die aufeinander gepressten Lippen und wusste, dass sie unendlich erschöpft war.

Sie nickte. Tränen glitzerten in ihren Augen. Hastig wandte sie sich zum Gehen. Tauchvogel zog sie an der Hand zurück und umarmte sie fest. »Ich bin's«, flüsterte er und verknüpfte die letzten losen Enden seiner Seelen. »Weine nur, weine um ihn.«

Schwarzer Regen wanderte über den Strand, südlich von dem verlassenen Dorf, am Arm vom jungen Kleinhorn. Sie lächelte vor sich hin, als sie auf ihre schmalen braunen Füße sah, die durch die ankommenden schaumigen Wellen planschten. Neue Kraft und Lebenslust erfüllten sie, als hätte sich ein Feuer, in ihren Lenden angefacht, im ganzen Körper ausgebreitet. Die Katastrophe hatte ihr die Wiedergeburt beschert.

Mit viel Glück hatte sie den Wirbelsturm heil überstanden und aus der Zerstörung des Dorfs des Stehenden Horns sofort Nutzen gezogen; ihre Beutel waren prall gefüllt mit wertvollen Gegenständen. Die Erbeutung vieler Halsketten, Speerspitzen und Muschelschalen hatte allerdings größte Vorsicht erfordert; sie musste nachts wachsam und leise umherschleichen, um die Leichen zu fleddern. Dieses Volk war ziemlich engstirnig, wenn es um seine Toten ging.

Sie packte Kleinhorns Arm fester, worauf er im Gegenzug den Arm um sie schlang, mit einer Hand auf ihrer Brust. Er hatte nicht aufgehört zu lächeln, seit sie vor drei Nächten, gleich nach dem Wirbelsturm, zu ihm unter die Decken gekrochen war.

Sie sah ihn aus dem Augenwinkel an. Zehn und sechs Sommer alt, hatte er noch wenig Erfahrung – aber eine ungewöhnliche Ausdauer. Ganz zu schweigen von dem ungeheuren Prestige, das ihm zugefallen war, da er alle zusammengetrieben und vom Strand weggeführt hatte, bevor der Wirbelsturm sein Zerstörungswerk begann. Die überlebenden Geistältesten vom Dorf des Stehenden Horns hatten ihn zum Kommandanten ernannt.

Sie stieß ihn mit der Hüfte an und lächelte verstohlen, als sich der Griff auf ihre Brust verstärkte. Er würde ihr genügen. Jedenfalls eine Zeit lang.

»Was ist denn das?« fragte Kleinhorn und deutete mit der freien Hand auf den Boden.

Schwarzer Regen kniff die Augen zusammen. Aus den kalten, schaumigen Wellen hob sie den Gegenstand auf und achtete nicht darauf, dass Kleinhorn die Gelegenheit nutzte und ihr zwischen die Beine griff.

Das Ding schimmerte im fahlen Licht, das den Dunst durchdrang. Sie bewegte es hin und her, sah das Zeichen des Besitzers auf der Rückseite, und ihr Herz machte einen Sprung. Sie hatte all die Geschichten gehört, tatsächlich hatte sie nach der Zerstörung des Dorfs kaum etwas anderes vernommen: Kupferkopf und seine Schildpattpuppe, Kupferkopf und die Ahle!

»Was ist das?« fragte Kleinhorn abermals und strich ihr über den Hintern.

Sie steckte es hastig in ihren Gürtel, blieb stehen und drückte ihn an sich. »Ach, nur ein altes Stück von einem Hirschgeweih. Ich langweile mich, Kleinhorn. Irgendwo ist sicher ein Spiel im Gange. Komm, das müssen wir finden.«

Kleinhorn runzelte die Stirn, abgelenkt durch ihren Leib, der sich an ihn drückte. »Aber was willst du denn mit einem alten Stück Hirschgeweih?«

Schwarzer Regen lächelte verführerisch. »Oh, das kann ich bestimmt mal gebrauchen.«

46

Und dann, fragst du? Wir sprechen von Schwarzer Regen, mein Kind. Lass mich nachdenken ... Ich glaube, der Hexenmeister hieß Moorspatz. Er hat ihr auch eine Menge bezahlt.

Hm?

Ja, das hat er getan. Teichläufer erreichte ein hohes Alter. Manchmal denke ich, er könnte der glücklichste Mensch gewesen sein, der je über die Erde geschritten ist. Muschelweiß liebte ihn zum Schluss sehr, ihre Liebe zu ihm hatte sich im Laufe der Zeit immer weiter vertieft. Er aber hörte nie auf, zu blitzen und in den Himmel aufzusteigen.

O ja, er donnerte auch. Tatsache ist, dass ihn diese Fähigkeit, donnern zu können, zu einem der größten Heiler aller Zeiten machte. Da kamen sie von weit her, wanderten drei oder vier Monde lang, nur um sich von Teichläufer die Hand auflegen zu lassen, und ...

Einen Augenblick, ich muss mich anders hinsetzen. So, jetzt kann ich weitererzählen!

Aber natürlich. Rotalge und Eulenfalter wurden im folgenden Sommer Mann und Frau. Rotalge wurde eine große Kriegerin, noch berühmter als Muschelweiß. Ihr würdet nicht glauben, was sie alles vollbracht hat.

Was?

Ach ja? Und wie steht's mit euch andern? Wollt ihr auch diese Geschichte hören?

Ja, ja natürlich erzähl ich's euch. Schon dass ihr danach fragt, wärmt mir das Herz. Schließlich mache ich ja nichts anderes, als die alten Legenden am Leben zu erhalten.

Also jetzt kommt mal alle näher. Inzwischen seid ihr hier so viele, und ich bin ja auch nicht mehr der Jüngste. Also gut, Kinder, setzt euch gerade hin. Wenn ich etwas erzähle, dann will ich nicht, dass einer sich hinfläzt. Könnt ihr mich alle hören?

Gut. Also ...

Was war denn das? Da ist etwas an mir vorbeigezischt.

Ein Stein!

Wer hat das getan? Du? Wie heißt du? Du bist neu hier. Das war recht flegelhaft. Man wirft keine Steine auf Geschichtenerzähler. Geschichten – sind sehr empfindlich, die kann man nicht einfach ...

O ja. Ja, das ist richtig. Ich bin Stacheljunge, der Sohn von Muschelweiß und Tauchvogel.

Jetzt lasst mich mal wieder zu mir kommen, ich will mir die Decke um die Schultern festknoten. Es ist ziemlich kalt geworden in der Nacht, findet ihr nicht?

Also so war das, als Rotalge von einem Kriegszug zur Koralleninsel heimkam und Eulenfalter verwundet im Dickicht liegen sah – und all ihre Kinder waren weg. Da wurde sie fast verrückt vor Angst. Aber das hatte alles mit dieser üblen Ahle zu tun, versteht ihr? Viele Sommer zuvor hatte Teichläufer nämlich versucht, sie von dem alten Moorspatz zurückzukaufen, aber der alte Hexenmeister hatte etwas anderes damit vor. Er wusste, dass aus einem der Kinder von Rotalge eine große Seelentänzerin geworden war, und da malte er sich aus, wie es wäre, wenn es ihm gelänge, dieses Mädchen zu rauben …

Was bist du nur für ein frecher Kerl! Was ist los mit dir? Einen Augenblick, warte mal, ich weiß zwar nicht mehr, wie gut ich noch zielen kann auf meine alten Tage, aber –

So. Na, du hast ja angefangen! Du hast es verdient! Also jetzt sei still und pass auf!

Der alte Hexenmeister Moorspatz hatte die kleine Sumpfschnepfe also entführt und zerrte sie tief ins Moor. Aber er bekam etwas ganz anderes als das, was er sich erhofft hatte. Denn Sumpfschnepfe besaß sogar schon im Alter von fünf Sommern große Macht. Sie rief nämlich die Bären und Alligatoren herbei, versteht ihr? Und jetzt will ich euch mal erzählen, was da passiert ist: Das erste Mal, als der alte Moorspatz aufwachte und rings um sich zwei- oder dreimal zehn böse glitzernde Augenpaare von diesen Schuppenviechern sah, da …